Disanzhongjuese
第三种绝色 上

八月薇妮 著

重庆出版集团 重庆出版社

图书在版编目（CIP）数据

第三种绝色 / 八月薇妮著. – 重庆：重庆出版社,2013.7
ISBN 978-7-229-06749-6

Ⅰ. ①第… Ⅱ. ①八… Ⅲ. ①长篇小说 – 中国 – 当代 Ⅳ. ①I247.5

中国版本图书馆CIP数据核字(2013)第144306号

第三种绝色
DISANZHONG JUESE
八月薇妮　著

出 版 人：罗小卫
责任编辑：罗玉平　李　雯
装帧设计：秋水书衣

重庆出版集团
重 庆 出 版 社　**出版**

重庆长江二路205号　邮政编码：400016　http://wwwcqphcom
重庆市联谊印务有限公司印刷
重庆出版集团图书发行有限公司发行
EMAIL:fxchu@cqphcom　邮购电话：02368809452

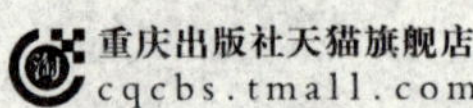

全国新华书店经销

开本：720mm×1000mm　1/16　印张：37.5　字数：720千
2013年 8 月第1版　2013年 8 月第1版第1次印刷
ISBN 978-7-229-06749-6
定价：49.80元

如有印装质量问题，请向本集团图书发行有限公司调换：02368706683

楔　子

远处传来轰隆隆的声音，像是雷声，震得脚下地面隐隐颤动，头顶屋梁上的灰尘也忙不迭地跟着抖落下来。

偌大的仓库，地上凌乱散落各种枪械物品和几具横七竖八的尸体，硝烟正极快地四处弥漫。

中央的空地处，两个人相互依偎站着，身形修长的男子望着面前站着的人，忽地出声道："陈继鸾，你后悔吗？"

男人面前是个比他矮小些的女子，着一身男式的长衫，从领口到脚踝处，包裹得严严实实，站得身段端正，显得很有精神的她隐约可见腰部微陷，双腿笔直。

她正打量周遭，闻言便回头，盘在脑后的头发随着动作散开，陈继鸾扬眉："后悔什么？"

男人望着那凌乱发丝中间若隐若现的一双明亮的眼睛，她微微扬头的姿态，带着一种天生的倨傲。

从认识到现在，陈继鸾始终都是骄傲的，她身上天生就有一团光，最初吸引他眼球的也就是那团不灭的耀眼的光，那么刺目地让他坐立不安，心慌意乱。

男人头一次有些语无伦次的感觉："跟着我，让你受了不少苦，好像从来没有让你像是一个普通女人一样，成婚生子，丈夫宠爱……"

现在才恍惚觉得，他先前所做的的确太过霸道蛮横，全不管她的人生不仅仅是他这一

个选择。

陈继鸾深深看他一眼，转头看周围，仓库的门被顶上跌下的梁柱堵死，空气中弥漫着淡淡的火气，热浪跟烟气纠缠着迅速蔓延。

“鸾鸾……”男人似极感慨。

陈继鸾张口，却差点呛到自己：“你……咳……”她抬手在唇边一拢。

他上前一步，把从旁边弥漫出的一缕黑烟挥开，低头看怀中的她，满眼宠爱怜惜。

陈继鸾缓了口气，却咬了咬牙：“哪来的这一套一套的！……当初敢情是我哭天抢地要死要活跟着你的？——别逼我打晕你！”

他怔了怔，竟笑得开怀：“不，是我哭天抢地要死要活地要跟着你。——鸾鸾你打我吧，你知道我最喜欢你打我。”

“住口！是不是刚才头被撞坏了？”陈继鸾打量着男人，事到如今三爷仍是极好看的，就好像一朵名花跌入泥尘里，却仍是天然绝色。

他忍不住笑意：“或许是……”长笑一声，不由分说地将她抱入怀中，细细望着她脸上的伤痕，一双凤眼中水火交融，如此看了片刻，忽然温柔唤道：“继鸾……”

她哼了声：“干吗？”拧眉仍旧打量周遭，望着那滚滚弥漫的烟雾，不由恨恨地骂：“难道就真没有个出口？我就不信……”

他却全然不理这些，抬手捏住她的下巴，凝视着这张沾着灰墨跟血的脸，声音温柔得让人腿软：“鸾鸾，我爱你呢。”

陈继鸾心头一颤，终于收回目光。

她仰头看着面前的男人，靠近了才能察觉他竟是这么高，足足比她高出一个头去——大多数人看到他的时候都会被他的脸迷惑，从而忘记其他，就好像身不由己坠入一个温柔旖旎的梦里头，让人心甘情愿不想醒来。

独独她从一开始就看破他俊秀无害的外表之下那凶残的内里，可偏偏想逃却总身不由己。这家伙的手脚太快，也太难缠，让她头疼……出招拆招，打打闹闹，便也成如今了，这种因缘，或者说孽缘，该怎么说？

沉默中，传来劈里啪啦的响声，火光越来越盛，火舌已经卷到了屋顶，地面的热浪升腾，张牙舞爪地扑到屋顶，又自顶端席卷而回。

生死一刹，两人却浑然不觉似的，死死地看着对方，却都看到在对方眼里，是彼此小小的影子。

陈继鸾叹了口气，终于埋首男人的怀中，口干舌燥，汗从两颊滑落，颈间衣扣处至胸前已被汗打湿。

陈继鸾抬手，将领口的斜襟衣扣一一解开，解了几粒后她仿佛有些不耐烦，便用力将衣裳尽数撕开，露出底下素白里衣遮着的半裸身子，里衣剪裁得很是合体，玲珑曲线，高低起伏，都在他的眼底。

他眼中的烈焰……无声中同样火光大炽。

陈继鸾似站在烈火之中，长衫随风火舞动：纤腰酥胸，玉颈长腿，火光里，明明灭灭，那是惊心动魄令人无法抗拒的诱惑。

他目光烁烁望着她，似乎细致地看遍了她浑身上下每一寸每一毫，嘴角泛出一丝笑意，然后便轻轻地吹了声口哨，哨音里有几分轻佻，几分激赏，宛如当时初见。

——当时，他瞧着那大雨中无路可去的人，望着她被雨淋湿黑白分明倔强的眸子，望着她心有不甘却仍旧缓缓跪倒他跟前的样子，如此戏谑得意地吹了一声口哨。

他曾浑身的热血沸腾，感觉自己将得到她了，终于要得到她。

继鸾望着那双黑白分明的眼睛，在烈焰光芒中，这人的容颜越发好看起来，她曾仇视的、信服的、爱慕的……一切，也同样在眼前脑中瞬间极快地闪现。

目光交汇，呼吸缠绵，继鸾凝视眼前人，忽然问：“如果时光倒回，让你重新选择，你会怎么做？”

他在她的唇上亲了口，毫不犹豫地回答：“我只会更紧地抓住你，让你时时刻刻都在我怀里，分分秒秒也不让你离开，谁敢动一指头都不行。”

分明是笑着，眼中却见了泪，水火交融。

陈继鸾忽然狠狠地向着他极好看的唇上用力咬了下去，咬得毫不留情，甚至将他的唇给咬破了，血腥气弥漫而出，将这张如画的脸更添了几分绝艳。

男人却兀自眉头也不皱一下，仿佛流血的不是他，淡淡而坚定地又说：“就算是让你恨着我，我也要紧紧地抓住你不放。”

她无奈地叹了声：“你就不能说点好听的吗……”

“陈继鸾，你懂吗？”男人只一笑，想把她揉到身体里一般紧紧抱着，在她耳畔轻声道，“我一直都知道我爱你，可是直到现在我才知道我多爱你。”

很想说这样的话，对着她，想一千遍一万遍地说，永不厌倦，永远不够。

沉默中，继鸾深吸一口气：“其实……我有个秘密要告诉你。”

他抱紧她柔韧的身子，低头从颈间吻落：“什么？”

陈继鸾凑近了，舔去他唇角的一丝血痕：“其实我……”

他凝视着她的眼睛，望见她唇边那一抹甜蜜笑意，忍不住便也凑了过去，唇瓣相接瞬间，身后一声巨响……通红的火光自仓库周遭飞舞而出，似乎能吞噬天地，爆炸的巨响声中，大朵大朵的金色火花绽放，如同烟火，绚美之极。

第1章

雏凤初试

1

陈祁凤抱着只小奶狗招摇过市，那奶狗通体乌黑只有脖子上一团儿白，丑不溜丢地腿儿还有点儿瘸，陈祁凤却偏跟它一见钟情，从街边儿捡到后就爱顾有加。

小奶狗一开始瘦歪歪地，被他一天无数顿地喂，养得胖胖的了，陈祁凤望狗成龙似的，得空就出来抱着溜达见世面。

路上的人都是旧相识，见了陈祁凤尽忙不迭地打招呼，二爷长二爷短地叫。

陈祁凤笑哈哈地回应，有人别出心裁，便夸他怀中的那只奶狗长得标致，陈祁凤将夸奖的话照单全收，喜滋滋地："你二爷养的崽子怎么会不标致？"

有个素来厮混得熟的就说："那是，看看二爷就知道了，不标致那显然不是二爷的种儿啊！"

这是在损那狗崽子是陈祁凤生的，陈二少抬脚在那人屁股上踢落个灰印子，笑骂："滚你妈的蛋，你才不是二爷的种呢。"

那人脸皮厚若城墙，反笑着说："我倒是想当二爷的儿子，只可惜比二爷年纪还大些哩！"

周围的人纷纷笑骂他厚颜无耻，那狗崽子也汪汪地叫，似乎恨有人要跟自己争宠。

陈祁凤摸了它两把，对那人哼道："你是要想当安禄山呢，老子我可不是李隆基，也没有个杨贵妃让你咂奶吃。"街头的人又轰然，热闹成一团儿。

陈祁凤却已经走了过去，身后"二爷您慢走"，"二爷快回来"之类的招呼此起彼伏。

陈祁凤得意洋洋到了吉祥楼，掌柜的见了他，头皮一阵发紧，脸上却仍不敢怠慢地挂了笑，腿脚勤快地赶紧迎了出来："二爷您来了！赶紧招待二爷上雅座！"

店小二新来的，动作敏捷表现良好，滋溜便窜出来："二爷请！"

陈祁凤一点头，抱着小奶狗昂首挺胸地上楼。

那二楼里有吃早茶的人，见他上来了便问道："二爷，大姑娘是又出活去了吗？"

陈祁凤说道："是啊，你也知道了？"

那人是个相识的，便笑："有三四日没见二爷了，这番却这早，要是大姑娘没出去，二爷哪敢就这么早早地跑出来啊！"

陈祁凤听着就笑："你倒聪明，我好不容易盼着她出这趟活，我才好松快些，——整天看我看得什么似的，恨不得拿个链子把我拴在家里，生怕我出来惹事，哼！难道二爷我看来像是个无事生非的主儿吗？"

说话间他便落了座，把雪白的褂子衣襟一撩，露出里头整齐的里褂，那肤色竟跟衣裳

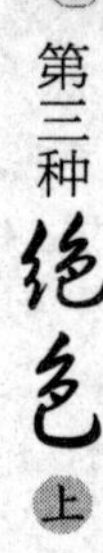

的颜色差不多。

店小二把茶给他斟了，闻言看一眼这人，却见少年脸儿生嫩，肤色如雪，细长的眉，红红的嘴，生得委实美貌，一个“眉清目秀”竟不足以形容，——只是一双眼有些厉害，忒也有神。

店小二听他那句话，便接口笑道：“那可不是？”却又自知失言，赶紧拎着壶跑了。

陈祁凤笑骂道：“你别回来，回来二爷我一根手指头弄死你！”

那小二一溜烟跑到楼下，楼下掌柜听了声响，抬手打在他头上：“狗东西，你不知道二少的脾气暴？非要去惹他！”

店小二揉着额头嘀咕：“看起来大闺女似的，怎么生得这么个烈性子……真是奇了怪了。”

掌柜的喝道：“别啰嗦，把嘴管得严实些！你忘了他上回把张大少打得半死，直到最近才下地？你那眼能看出什么！打的就是你这种不长眼的东西！”

店小二被训，却不敢回嘴，只偷偷又问：“掌柜的，这陈家的功夫，真的有你们说的那么厉害？”

掌柜的见他贼头贼脑的样儿，骂道：“混账东西，你是不尝尝滋味就不知道死，陈氏太极也是你能小瞧的？虽然现在陈家只剩下大姑娘跟二少两人，但虎死威风在，病死的骆驼比马大……呸呸，何况还没死呢！我正经儿告诉你，别说是咱们这小地方，就算是远到莱县……也难找出比大姑娘本事更好的……”

“这陈氏太极不是传男不传女吗？难道大姑娘的本事比二少还好？”

“二少那点儿比起大姑娘可就差远了……你又懂个屁，呸！我怎么跟你唠起这些来了。”掌柜的反应过来，赶紧关上话匣子，“总之闭紧你的嘴，别给我惹祸……”

正说到这，就见门口有两个外地人打扮的进门来，掌柜的急忙道：“赶紧去招呼客人！”

那两个进门的客人，一看穿着打扮就是外地来的，衣衫的款式都很是新潮，那矮个子还戴了顶洋气的白檐礼帽。进了门且不落座，四处一看，黑脸的就皱眉：“到底是小地方，这算是最大的茶楼了，竟也是这么寒酸，瞧这些桌子脏的。”

另一个矮个儿说道：“哪能跟咱们堡里比，就凑合着吧，横竖只待两天就走了，这还有二楼，上二楼看看，兴许能好点儿。”

掌柜的在旁听那两人的口音、说话，暗自头皮一紧，便自装聋作哑。

店小二正在恭敬，听这两位横鼻子竖眼地一说，便暗地撇嘴，抬头却仍笑脸相迎地：“楼上有雅间，二位楼上请。”

掌柜的正在柜台后面拨弄着算盘，一边看店小二把两人请上去，皱着眉，只觉得眼皮子有些跳。

那两个外客上了楼，便放眼四看，刚要挑剔，蓦地望见那临窗坐上的陈祁凤，黑脸的就有些直了眼，冲着矮个子使了个眼色，两人便往窗边上去，捡了个挨着陈祁凤桌子的座。

陈祁凤正喝了口茶，低头喂小奶狗吃饽饽，那小狗才学会吃东西，动作不利落，吃了会儿，竟咬住了他的手指头，便拼命地吸，两只后腿儿紧紧地蹬着桌子使劲。

陈祁凤只觉得手指头痒痒地，看着小奶狗那贪婪样，便笑骂：“你当二爷是你妈呢！狗崽子！”又宠又爱地摸了一把那小狗头。

这边上那两人都落了座，见状，黑脸的魂儿就有点飘飘然，低声同矮个子说道：“你看到了吗？那孩子生得还真好，要是他这么一打扮，保准把那金鸳鸯的柳照眉给比下去！”

矮个子扫了一眼陈祁凤：“说起姓柳的，不过只是个戏子，不提也罢，这整个锦城头一号的美人儿，得是那个人！”

黑脸的正在瞅陈祁凤，闻言怔道：“哪个？”

矮个子不答话，只把手伸出来，伸出三根手指冲着他一比：“可知道了？”

“你说的是那楚……三爷？”黑脸的惊了惊，整个儿咽了口唾沫，声音都小了下去，“三爷”两字轻轻地，仿佛怕一用力就咬碎了。

“除了那尊神，还有谁？”矮个子道，“别说是在锦城，往外头数，什么大上海的歌舞明星，北平的那些个名角……没见一个生得比他还好的，就说咱们爷的那小姨子，北平城有名的娇贵小姐，还是留了三年洋回来的，打扮得恁摩登，什么稀罕人物没见过，见了楚三爷，硬是看得挪不动步，迷得颠三倒四，把原先家里定了亲的个什么少帅都给扔了，哭着喊着非要跟三爷，多便宜的好事儿呢，三爷硬是爱答不理……”

“啧啧，这留过洋的女人到底不同，这样的好事儿咋没给我撞上？”

“就给你撞上你能行？”

“我日你啊老梁！”

他两个一顿唧唧喳喳，末了便彼此笑骂，那边陈祁凤听了三言两语，便拿眼睛看过去。

陈祁凤听了个大概，隐约知道有那么个叫“三爷”的了不得，然而见这两人都是外地打扮，他这番又是偷跑出来的，便不去惹事，只仍低了头喂那小奶狗吃东西。

那黑脸的跟矮个儿说到这里，就齐齐地看了一眼陈祁凤，矮个儿便道：“那你说这孩子怎么样？”

“在这种小地方，他就算是凤凰了，而且瞧那脸儿嫩的，估计能掐出水儿来，只要调

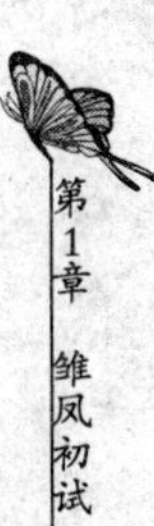

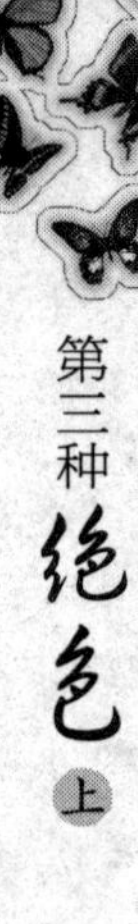

教……”话没说完，忽然“哎哟”一声，原来从旁边飞来一碟粉糕，劈头盖脸地打了过来。

“谁扔老子！”黑脸儿怒叫。

他本生了一张涂着锅底灰似的脸，被白色的糕粉一撒，宛如驴粪蛋儿挂了霜，半边肩头还软耷耷地挂着块糕，更见滑稽，顿时有几个茶客没忍住笑出声儿来。

这可是明知故问，几乎同时，旁边一人一拍桌子起身：“正是你爷爷！”凤眼翠眉一张如画的脸，不是陈祁凤是谁？

黑脸跟矮个双双跳起，齐齐喝骂：“好你个兔儿爷，你……”

话音未落，眼前水花四溅，滚烫一片，竟是陈祁凤把一壶热茶也扔过来，茶叶随着水晃出来，饶是两人躲得快，身上还是挂了几枚茶叶片子，茶壶落地，砰地跌破了，水又溅了一脚。

两人哪里肯吃这个亏，当下暴跳如雷地要往陈祁凤那桌跃过去，陈祁凤把那小奶狗往怀中一揽，右手冷笑地一撇褂子：“狗东西来得好！”动作潇洒，分毫不惧。

眼见一触即发，忽然间楼下飞似的上来了个人，张着双手直直地就冲过来：“二爷二爷……两位爷，有话好好说，别动手啊！”

原来是小二见情形不妙，赶紧下楼招呼了掌柜。

掌柜的如个救火队员一样扑了上来，双手张开插身三人中间：“有话好好说……”

陈祁凤呸了声：“这可不能说了，这两个贼徒在我跟前瞎眼乱喷，今儿二爷不给他们点颜色看看就不姓陈！”

黑脸汉子一抹脸：“我日，现如今的兔子都这么够劲！来来，你过来，爷不伺候得你舒服，就也不姓马！”

陈祁凤见他张狂，二话不说抄起一把凳子就要扔过去。

掌柜的惨叫一声如丧考妣，苦着脸地求道：“二爷，算我求您了，上回把这楼砸了半个，这些桌椅还是大姑娘新给换上的……才不到一个月……”

这句却有奇效，陈祁凤手腕一抖，竟把那凳子轻快儿地放下了。

2

鲁北平原上最繁华的地方是锦城，锦城八十里开外，是蓝村地界，蓝村又分平县跟原家堡两个地方。

陈祁凤所居住的地方便是平县，而矮个同黑脸则来自原家堡。

原家堡不同于其他县城，属于家族式的聚居，原家堡由九个村落组成，掌事的是原氏族长，兼任了原家堡的县长，俨然有些自立为王的派头。

原家堡同平县之间隔着三四十里地，矮个名唤梁豹，黑脸叫做马彪，两人从原家堡来平县办事，没想到却遇到陈祁凤，惹出这桩祸事。

话说陈祁凤听了掌柜一番话，放下板凳："行，二爷给你面子，不过你得把今儿的事给我瞒着，别告诉我姐。"

马彪同梁豹一听，差点儿喷笑。

马彪就贼眉斜眼地放声："哟呵，敢情还没断奶呢！这还出来叫什么板儿！赶紧回家去钻娘们儿怀里算了！"

掌柜的听了这个，哗地出了一身冷汗，心道这世上真有不怕死的人。

掌柜生怕陈祁凤按捺不住，就只哀求地看陈祁凤："二爷我的好二爷，这事儿我不跟大姑娘说……您看……"就差叫亲爷爷了。

此刻陈祁凤脸上却没了先头那愤怒神情，取而代之的是一股微冷的表情："行！那一言为定！"仍抱着那小奶狗，右手一抬，把掌柜的拨拉到一边，却冲那两人道："是带种的，就别缩回去，敢不敢跟爷爷来？"

"好哇，那就找个僻静的地儿……"这两人还以为陈祁凤怕了，此刻见他竟有"私了"意思，真真天赐良机，互相便使了个眼神，笑得猥琐风骚。

陈祁凤竟不计较，潇潇洒洒，径直抱着狗儿下楼去。

马彪同梁豹两个，顿时茶也不吃了，紧紧跟着下楼，生怕把这个漂亮少年给放跑了似的。

掌柜的在后头看着，后怕之余抬衣袖擦擦脸上的汗，目瞪口呆："我的娘，难得这小魔星不去招惹别人，偏有人不长眼凑上来，如今这事儿可怎么了结，偏大姑娘不在，谁能拦得住呢……唉！"叫苦不迭。

小二在旁看了个热闹，此刻多嘴就说："我怎么隐约听说警察局的栗队长跟大姑娘……"

他这一说，掌柜的眼睛一亮，把手一招："猴崽子！亏你记得这些鸡毛事，去！你跑一趟局子看看栗队长在不在，在的话就跟他说一声，就说大姑娘不在，二爷又要惹事了！我看那两个外地人不是好惹的，不知道是什么来头……"

"掌柜，栗队长真的会来？"

"你去试试不就知道了？死马当活马医吧！"

小二赶紧扭头出了店，在酒楼门口一张望，正看见陈祁凤领着那两人，拐弯进了小胡同口。小二不知深浅，唯恐陈祁凤吃亏，当下不敢耽搁，急急忙忙一阵风似的撞开人群，

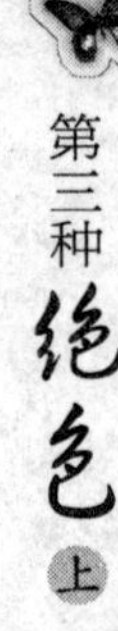

冲警察局而去。

且不说小二如脱缰的野马一般冲向警察局找人，只说陈祁凤抱着那奶狗儿，领着两个外地的进了个僻静的小巷，巷子不宽，勉强能容两个人并肩而行，地上还乱乱地放着些破竹筐子之类，难得无人。

马彪梁豹一看，彼此使了个眼神，马彪咽着口水："这地方倒是好啊，僻静……"

这边儿他一言还没说完，就听一声冷笑，有什么东西带着一股冷风扑过来，他急忙一掌拍去，又飞身闪避，站定了脚才见是个破竹筐。

避倒是避开了，脸上却火辣辣地疼，竟是被那竹筐上的竹篾片划破了脸。

马彪顿时大怒，他大意之下竟没看清陈祁凤是怎么动手的，梁豹倒是看清了：只见眼前那俊秀少年手都未动，只是脚尖儿在地上那么轻微地一划一勾，便将个竹筐子勾起来，在脚上往上一挑，脚侧轻轻一拍，那动作漫不经心似玩儿般地，不知为何这竹筐子就不偏不倚飞了过来，撞个正巧。

梁豹见陈祁凤露了这手，才皱了眉，知道不可轻敌，便对马彪说道："这点子有些扎手。"

马彪先是被陈祁凤泼了一脸茶，继而又是几碟子粉果儿，如今却又划破了面皮，简直是破了相了。

他本就生得不怎地好看，如今这样一"打扮"，简直就如那戏台上的武丑，黑一道白一道，血呼啦地，更是丑得人嫌鬼怕。

两人发了狠，心意相通，各把包袱一放，一前一后扑了过来。

陈祁凤一手揣着奶狗，一手当空一招，乃是极普通的"起手式"，梁豹倒是个有见识的，一眼看陈祁凤那个架势，顿时脱口叫道："太极！"

陈祁凤脸上笑微微地，却是凛凛地冷意："今儿就让你们见识见识陈氏太极！"说到"见识见识"的时候，马彪那狠狠一拳便打了过来。

陈祁凤人不动，手腕一抖，不知怎地那手就旋了下去，在马彪的脉门上一捏。

马彪只觉得手腕似要断了，当下惨叫一声。

陈祁凤双足不动，身子往旁侧倾斜如风中柳，握着马彪的手腕顺势往后一带。

恰好马彪来势凶猛，身子还没刹住，被他这样顺势一带，更好似是下坡又遇了顺风，整个人不由自主双脚离地，飘飘然地就飞了起来，像条离水的飞鱼一般活泼泼地往前撞了出去。

"马彪！"梁豹大叫一声，急着过来救援。

陈祁凤闻了动静，身子在顷刻间板直，一掌袭向梁豹胸前。

梁豹抬手欲制住他，陈祁凤却又一俯身一转脚，本来是正面对着梁豹，如今却是几乎背贴向他怀中。

梁豹一怔，没想到他动作如此之快，更不知他为何竟有此举：陈祁凤这一举动，如缩身依偎他怀中似的，这不是把整个人都饶给他任凭他为所欲为了吗？

就在这极短暂地怔忪之间，梁豹只觉得一股大力从自己胸口袭来，原来间不容发之时，陈祁凤一个顶肩重重地抵了个瓷实。

梁豹只觉得胸口被他这一撞，震痛交加，四肢发麻，当下四仰八叉身不由己地踉跄倒回去。

那边黑脸马彪正好爬起身来，半个下巴几乎都在地上抢破了，双手臂也有些骨折，勉强还算是个活人，此刻见梁豹也吃了亏，当下咬牙蹦跶过来，抬脚踢向陈祁凤。

陈祁凤瞧着他狗急跳墙之态，徐徐一笑，双手将他的高抬腿一架，同时一脚无声无息地踢向他的双腿正中。

这一下狠绝之极，马彪发出惊天动地一声惨叫，双手捂着那处就倒下去，这下儿浑身抽搐再起不来。

那边梁豹正爬起来，见状心惊胆战："小样的！这样阴狠！"

地上马彪声嘶力竭气息奄奄："宰了他，快宰了他！"

梁豹自知先前看走眼，大意轻敌了，此刻便在腰间一摸，竟然摸出一柄盒子炮，抬臂指向陈祁凤："兔崽子！爷爷送你去见阎王！"

陈祁凤被枪指着，兀自上前一步："你敢！"

梁豹气得手抖，吼道："小兔崽子，还敢嘴硬，给我站住！跪下！"

陈祁凤歪头啐了一口："老子跪天跪地，没跪过龟孙，有本事你就开枪！"

梁豹倒吸一口冷气，见陈祁凤虽然年少，却竟这样凶悍，被枪指着竟也毫无惧色，一时心颤，却也因此而激发了他的凶性，便手腕一挺，道："你当爷爷不敢！"

正在这一触即发的时候，却听到巷子口有人厉声喝道："都住手！把枪放下！"

马彪同梁豹回头，却见巷子口站着好几个人，都是身着制服的巡警，有几个端着枪飞奔进来，中间一个不疾不徐，一身制服穿的笔挺，看样子不过是二十五六岁，生得魁梧，剑眉炯目，很是俊朗。

梁豹一怔，又看陈祁凤，到底没有放手。

陈祁凤一看这青年，却不由得撇了撇嘴。

这青年警察上前来，先扫一眼陈祁凤，看梁豹仍不放下手中枪，便喝道："叫你把枪放下！"

梁豹并不买账，反问："你是警察局的？贵姓？"

青年警察一皱眉："少废话！叫你把枪放下没听见？"

梁豹冷笑道：“我是原家堡梁豹！是原县长的手下，别一家人不认一家人！——看你的年纪，不像是郑局长，在我面前横什么？你叫什么，报上名来？”

青年警察面不改色，冷静说：“你管我叫什么，我们在巡逻，也顾不上认什么亲。你再不放手，我就不客气了！”

梁豹见他并不惧怕，咬牙道：“这个人打伤了我弟兄，怎么也饶不过他！”

“是怎么样，我们自然会调查，我再说一次，放下枪！你要是耳朵没聋就他妈照做！”

青年警察说着，抬手拔出腰间的枪，手腕笔直一探，脚下上前两步，黑洞洞地枪口狠狠地就抵上梁豹的太阳穴，顶得他竟歪了一下头。

梁豹动怒，却不敢造次，毕竟不是自家地盘。

两人你瞪着我，我看着你，那青年警察脸色冷峻，眼神坚决，分明是不会退让的意思。

梁豹也算是见多识广的，见这人不好惹，心道好汉不吃眼前亏，终于把枪放下，却仍咬牙道：“好！强龙不压地头蛇，我就先给你三分薄面，但你们若不秉公处理，我要你的好看！——原家堡原县长你该听说过，连这平县县长都给三分薄面，你区区一个巡警算哪根葱！”

青年警察面不改色：“管你是原县长还是谁，持枪私斗就是不行，押下！”

梁豹忍着怒道：“住手！有胆子报上名来！”

青年警察冷笑：“怎么着，你还想公报私仇？也行！记住了，我叫栗少扬。”

3

几个警察过来，把梁豹跟马彪押走，马彪已然动弹不得，被两人架着离开。

陈祁凤自顾自逗弄那小奶狗，就是不瞧栗少扬。

栗少扬将枪收起来，看着他就叹了口气。

陈祁凤听了，便斜着眼看过来：“姓栗的，你在我跟前长吁短叹的干什么？我又没请你来，你自己找为难，可别怪我啊。”

栗少扬望着他一副无所谓的样儿，一笑：“当然啦，陈二少爷怎么会麻烦到我呢？我也不敢这么说，只不过回头继鸾回来，少不得我得跟她交代交代。”

陈祁凤一听这个，眉头就皱了起来，愤愤地嚷嚷说：“你又想跟我姐告状？你到底是不是爷们儿啊！”

栗少扬仍旧是那副冷静的表情，几分苦笑："二爷，你大概还不知道自己惹了什么人吧？这件事就算我想替你瞒也瞒不住的。"

"就那两个王八瘪三？本少爷不放在眼里。"陈祁凤撇嘴，一脸不屑。

"原家堡的原大爷是什么样的人……那可是原家堡里说一不二的人物，连咱们平县县长都不敢得罪。"栗少扬只觉得头疼，望着这不知天高地厚的少爷，想自己说破了嘴皮也无济于事的，就摇头，"算了，我跟你说这些干什么，祁凤，你赶紧回家去。"

"我才出来，没玩够呢，用你管？"陈祁凤甚是嘴硬，把头一扭，脸孔朝天。

栗少扬斜睨他一副冥顽不灵的样儿，叹了口气："那也行，反正继鸾要回来了，就等她亲自叫你回去吧。"

陈祁凤慌了神，却还嘴硬着："谁说的！她明明三天才能回来，这才两天呢。"

栗少扬叹了口气："你爱信不信。"他说完之后，转身就走。

身后陈祁凤一改先前的天不怕地不怕，咽了口唾沫，抬手摸摸小奶狗，心里一合计："姐要回来了，咱们不能在外面玩儿了，还是先回去吧。"竟转过身匆匆地抄小路往家去了。

栗少扬走到巷口，回头一看，见陈祁凤褂子一抹白影闪过，已经拐了弯。

栗少扬摇头苦笑。

在巷口等候的两个警察看他出来，忐忑说："队长，听那两个人是挺有来头的，我们得罪得起？"

栗少扬苦笑："得罪不起也得罪了，放心……这事都在我身上，如果局长怪罪下来，也算我的。"

两个警察忙道："队长说哪里话呢。"

另一个说道："这二爷，每天不生事真是浑身不舒坦，也亏得大姑娘了……"

旁边那位用胳膊肘顶顶他，向着栗少扬使了个眼色："大姑娘是什么样的人物，那是我们队长的心上人……自然不一般啦！"

栗少扬本正怀着心事，听他们一唱一和，忍不住就笑了笑："少说闲话啊！让继鸾听见可不好！"话虽如此说，神情却也是喜悦的。

偏偏那手下又多嘴说了一句："大姑娘倒是能干的，不过将来要多了二爷这么一个能惹事的大舅子……"

栗少扬笑道："别多嘴了啊，让继鸾听见，我可不拦着她揍你们。"

谁不知道陈继鸾最疼爱她唯一的弟弟，这么多年来一个人照料着陈祁凤，不管他捅多大漏子惹多少祸都肩挑手扛下。

这陈祁凤也怪，虽只怕陈继鸾一个，也挨了不少训无数打，却总是个挑事的性子……

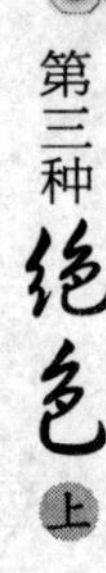

不仅陈继鸾，就说栗少扬当巡警队队长以来，就替他摆平了无数宗的争斗。

两个手下知道多话了，赶紧讪笑着走开了。

只剩下栗少扬一人，忍不住轻轻叹了口气："怪不得继鸾那么操心，每次出门总要百般叮嘱我，果真这位少爷就一刻也不消停地惹事，唉，——要是我有个这样的弟弟，不是他把我活活气死，就是我把他活活打死。"

陈继鸾护送着商队到了地头，东家奉上的热茶还没有喝上一口，就见个身着黑皮的警察，举着一封电报风一样地跑进来："哪位是陈大姑娘？"

陈继鸾把茶杯一放："我就是！"

那警察转头一看，见面前的女子，俏生生地立在面前，竟着一身男子的常服，里头的衣裳扎在腰间，外头的大褂敞开，发辫盘在头顶，头上盖着一顶软檐黑帽，底下显出极精神的两道眉毛，黑黑地挑向两边，带着勃勃英气，双眸极亮，让人一看到这双眼睛似乎就无法在意别的东西了。

陈继鸾生得并不难看，只是常年在外头行走，一张脸儿被风吹日晒弄得有些儿黑，又打扮得跟男人似的，举手投足之间格外大气，不经意看，还以为是个飒爽英姿的小伙儿，只有细看才能看出那婉约精致的眉眼儿来。

那警察略一打量，陈继鸾已经走过来："这位总爷，什么事儿？"

警察一听，急忙一哈腰："您抬举……是这样的，我们刚收到县里传来的电报，是巡警队的栗队长发来的，托我们来找您，若您到了，就让我们说一声，让您速速回去。"

陈继鸾一怔，旁边有同伴过来："大姑娘，啥事儿啊？"

那警察道："也没说啥事，就说让您快回去。"说着，就又打量陈继鸾，越看越觉得这人耐看，眉眼口鼻无一处不好看的，又带着一股独特的气质。

陈继鸾苦笑："谢您了，我知道了，马上就回去。"

那警察听了话，不舍的走："那要不要我们跟栗队长说一声儿？"

陈继鸾道："那也行，劳烦了。"

警察道："没有的事，顺手而已。"多看两眼，到底走了。

警察去后，那商队的领头就过来："继鸾，看这样子，是不是祁凤又出事儿了啊？"陈继鸾常年帮他走货，他自然知道陈家的这些儿事。

陈继鸾本正想说，对上老人了然的眼神，忍不住就苦笑着叹了口气，都是相熟的人了，什么多余的话都省下。

陈祁凤被栗少扬所骗，乖乖地回到宅子里，把门关了，老老实实翻书本，耳朵却竖得老高，但凡听到点风吹草动就探头往窗外看，生怕是陈继鸾回来了。

那只小狗儿在他脚边上转来转去，哼唧了片刻，便也乖乖偎着他的腿边儿睡了。

没想到，如此提心吊胆地过了半天，把原先没心思背的一些之乎者也都攻下了一大半，门口进来的，除了老家仆陈叔，就是不期而入的风。

陈祁凤大怒，情知又被栗少扬糊弄了。

以他那烘干炮仗一点就着的恶脾气，当下就要出门找栗少扬算账，却又被陈叔苦劝下，陈祁凤也担心陈继鸾是时候该回来了，生怕自己前脚出门陈继鸾后脚进来，便就先忍下，默念："姓栗的大骗子，君子报仇十年不晚，你给我等着就是了。"

陈祁凤心急如焚地，不知不觉到了傍晚，天色黑了，陈叔正要去关门，忽地听到外头脚步声匆乱，渐渐地竟向着这边而来。

陈叔一听，心头欢喜，以为是陈继鸾回来了，赶紧把门打开，谁知道门刚开，一堆人从外头蜂拥而入，手中竟都带着家伙，有人叫道："快，把那小子捉住！"

陈叔这才知道来的不是善茬，当机立断叫道："少爷，有人来闹事！"

陈叔的本意是让陈祁凤快些逃，没想到陈祁凤等了半天继鸾不见人，早就埋了一肚子火，听说有人"闹事"，真好像干渴里头望见山泉源头，当下并不慌着逃，反而欢天喜地地从里头跳出来，吼道："谁敢在阎王爷头顶上动土！"

这闪电般的功夫，因陈叔叫了那一嗓子，已经被进门的几个人一拳撂倒，在地上乱踢，刹那间惨叫连连。陈祁凤一露面便看了个清楚，当下身形不停，脚下一划飞一般冲进战团。

夜色里，这帮人乍然见从门里头竟出来个半大小子，一个愣怔，几乎以为是找错了人，却不防陈祁凤趁着这个功夫闯入他们中，双手穿花扑蝶般，连拳带掌，步法且灵动，只听得哎哟数声，已经有三四人着了道，纷纷踉跄着退了出去。

陈祁凤顺势俯身将陈叔扶起来："忠叔你怎么样了？"

陈叔被打得蜷缩在地上，一起来后浑身都疼，却说不出伤在哪里，就连连摇头，只记挂陈祁凤安危："少爷……你快走……"

陈祁凤见他嘴角带血脸上乌青，一咬牙道："你别管我，找地方躲起来！"把陈叔往旁边一推，将来人拦住，吼道，"都他妈冲着我来啊！欺负老头算什么东西！"

这帮人一听，算是认准了他，当下前仆后继地冲上来，陈祁凤见人这么多，情知事情难以善了，纵然他武功高强，到最后怕也讨不了好去，但他年少气盛，一腔热血，浑然不怕，只想要打个痛快。

两下对上一触即发，大门外却又冲进许多人来，有人厉声叫道："不许动手，都不许动手！"十几条枪哗啦啦地顿时把所有人都围在中央。

借着屋内的灯光，陈祁凤一看，不由泄气，原来来者又是栗少扬。而陈祁凤还没来得

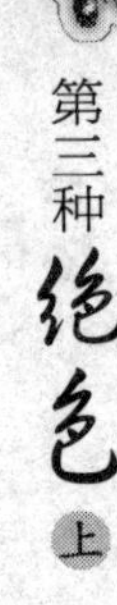

及开口，就见原先围住他的那些人之中有个迈步走出来，道：“栗队长，又是你！”

栗少扬默叹口气：“山水有相逢，好说。”

那人闻言，便往地上呸了一口，抬头望着栗少扬，道：“别他妈的跟我扯这鸡八蛋，栗队长，平日里你怎么护着这个小兔崽子没关系，可这次不行，你打听打听他惹的那是谁！”手往天上一指，唾沫横飞，眉眼乱斜。

那边陈祁凤一听：“你他妈骂谁！”

栗少扬一抬手：“祁凤！”又看向那发话的人道：“就算你说的那人是天王老子，在我的地盘上，就得听我的！”

那人哈哈一笑，眉眼更歪：“栗队长，晚上风大，留神闪了舌头，这是你的地盘？我呸！你头上还有个局长不是！你当他是死的！你别以为我不知道，今儿下午警察局长为了这事儿已经骂了你一顿了，我们不去找你算账你就偷着乐吧，趁早别再在这浑水里掺和，不然的话，你这队长的位子怕也坐不长了！”

栗少扬身边众人一听，神色各异，栗少扬却依旧面不改色，只道：“坐得长坐不长，以后再说，起码现在我还坐在这儿呢！我既然坐着，就容不得你们骑在我脖子上拉屎！都给我退出去！”

“不退你又怎么着，把我们都全毙了？”那人索性作出一副无赖模样，手一拍胸膛，“有种你开枪！”有他带头，他身后那群人也纷纷鼓噪起来，似乎瞅准了栗少扬不敢动手。

栗少扬一眉皱起，道：“别敬酒不吃吃罚酒！”

两下对峙这瞬间，从陈家敞开的大门处却又极快地跑进一个人来，见这势头，便心惊胆战往前两步，跑到栗少扬身边儿，道：“栗队长，局长听说你带人来了，很生气……让你别胡闹，赶紧回去。”又看看周围的警察，便张罗：“行了行了，局长说不关咱们的事儿，走吧……”

栗少扬眉头一皱，他手下的警察面面相觑，有人便把枪放低了。

对方领头那人听了个清楚，又看这势头，顿时邪笑道：“瞧瞧吧，这敬酒不吃吃罚酒的还不知是谁呢，明明跟你八竿子打不着的事儿，何必掺和，你们局长都发话了不是，你出来冒充什么大头蒜！到时候掉了队长的位子也就罢了，留神把命也搭进去！听说你对这陈家的姑娘有意思，不过就是个整天抛头露面的骚娘们儿，为了她把命赔进去……”

这话还没说完，陈祁凤双眼冒火，叫道：“老子弄死你！”纵身扑上来。

正在鼓噪无法按捺之间，栗少扬一扬手，只听得“啪”地一声枪响，冲天而起。

在场众人听了枪响均都一震，不敢动弹，独陈祁凤置若罔闻似的，狠准一把攥住先前说话那人。

他少年身形瘦弱且灵活，“啪”地一掌先挥过去，那人冷不防，身子往后一个趔趄。

电光火石间，陈祁凤一跃而起，双膝一屈，膝头竟顺势撞在那人胸前，生生地把那人往后压倒下去。

那人狠狠跌在地上，陈祁凤将他死死压住，得势不饶人地揪着那人胸前衣裳，握起拳头，劈里啪啦往他的脸上招呼下去：“你再说我姐，说啊！狗日的！”刹那间打得那人牙齿横飞，鼻口蹿血。

周围的人一见，顿时纷纷涌上来相救。

栗少扬目眦欲裂，吼着叫道：“祁凤，给我住手！都别动！”

混乱中已有人抓住陈祁凤拳打脚踢，栗少扬见势不妙，挤进人群，抬手砸倒两个，硬生生把陈祁凤揪出来。

陈祁凤在混乱中已经是挨了两下，俊秀的脸上也青肿了两处，此刻叫道：“栗少扬，这件事你不用管！你又不是我爹！”

栗少扬气得头上冒火，眼睛瞪得发红，吼道：“闭嘴，跟你没关系！”

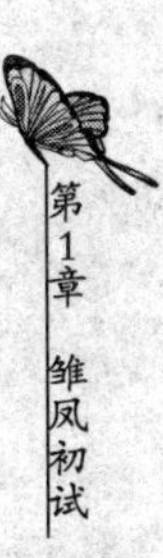

第2章

女中豪杰

1

陈祁凤一怔，栗少扬将陈祁凤拉在身后，手中的枪往前一指，大声道：“都给我站住，不然枪子不长眼！”望着面前不敢上前的人群，才又略微侧脸，咬牙道：“我答应过继鸾看着你，我不能失信！”

来传信的那警察吓了一跳：“栗队长，你疯了吗！”

栗少扬道：“就算是陈祁凤伤人，那也得公事公办，不能私了！局长现在还没撤我的职是不是！”

那人暗暗叫苦：“就算你不要命，那也不能连带着众兄弟……”

栗少扬扫了一眼身后的警察们，大声道：“这件事我一人做事一人当，大家伙儿都回去吧！”

众警察一听，有人便直接放下枪，露出后退之意，栗少扬身边的两人却对视一眼，道：“队长平日对我们不薄，这要紧关头走还算是人吗？”

有几个听了，面露羞愧之色，却也不敢拿身家性命做赌注，到底退了。

栗少扬望望两人，道：“兄弟的心意领了，但这是我一人惹出来的，你们犯不着受累，赶紧走吧！”

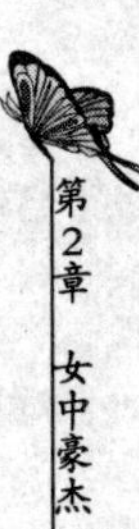

那两人哪里肯走，面前的众人已经一步步围了过来，其他警察作鸟兽散。

陈祁凤被栗少扬挡着，此一刻望着栗少扬的背影，心里才有一丝异样感觉。

那报信的临走，看一眼栗少扬，终于忍不住凑过来，低声道：“栗队长，别说我没提醒你，外面来人了！”

栗少扬一惊，那人低着头，快步出门离去。

栗少扬定神听了听，果真听到杂乱的脚步声极快逼近，栗少扬心道：“难道今天运气竟这么差？”

果真，一批人极快冲了进来，手中竟还都提着枪，栗少扬定睛，领头的居然正是白天被陈祁凤打的那两人！

栗少扬咬牙，此事果真是不能善了。

两拨人，一拨在内，一拨在外，里外将栗少扬同陈祁凤还有两个警察拦住，饶是陈祁凤胆大，见状也忍不住有些变了脸色。

栗少扬临危不乱，道：“这两个兄弟跟此事无关，你们要找便冲我来，放他们走！”

门口梁豹马彪两个一对视：“成！”

栗少扬身旁那两个巡警苦着脸：“队长……”

“快走，迟了就没法儿了！”栗少扬厉声喝道。

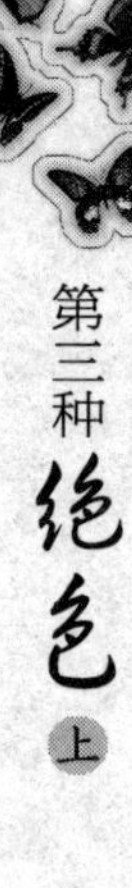

两人没办法，这时候留下也无济于事，便提着枪，硬着头皮从那堆人之中出外而去。

陈祁凤靠在栗少扬背后，此刻反而笑了：“栗少扬，没想到有朝一日我会跟你在一起这样……”

栗少扬一歪头：“呸！什么这样那样！早知道你这么能惹事，我就得让继鸾答应我把你捆起来打！”

陈祁凤笑道：“现在捆怕是晚了。”说着，便松动了一下筋骨，又笑：“那么你对付前面的，我对付这些……看样子我今儿没把他们伺候舒服。”说着，那双眼就盯着马彪同梁豹。

若是在先前，这两人听了陈祁凤这话，必然又要污言秽语说上一番，然而此刻听陈祁凤一说，便想起白日里被打的惨痛，两人不约而同起了杀意，齐齐地举起手中的枪，冲着陈祁凤。

马彪被揍得厉害，差点儿还断子绝孙，此刻下半截还有些麻木呢，盯着陈祁凤道：“这小王八羔子嘴硬得厉害，今儿就送你去阎罗殿，看你还能不能这么硬气！”

陈祁凤打了个哈哈：“你爷爷我天生就是硬骨头，不管见的是天王老子还是阎王爷，还真就不能改！”

栗少扬见这位少爷果真是死不悔改的倔驴性子，他怒极反笑，便笑骂：“你这头驴！继鸾怎么就有你这么个弟弟！”

陈祁凤笑道：“那是我有福呗，你眼红啊？”

两人被包围着，生死一发，却兀自谈笑风生地，那矮个一发狠，吼道：“都他妈给我住嘴！”

一扣扳机，只听得“啪”一声响，子弹擦着陈祁凤的肩膀而过，黑暗里破出一溜儿火花。

陈祁凤歪头看看被擦破的衣裳，摇头咋舌道：“这枪法不咋地。”

栗少扬只觉自己的头有牛头大，恨不得一头把陈祁凤拱死得了，骂道：“闭上你的鸟嘴，你过来，这些人没有家伙。”

陈祁凤哼了声，两人配合倒是默契，脚下一转，栗少扬的枪口同门口那堆人的枪对上。

栗少扬道：“今天老子就算是死在这，也得有几个垫背的！”一双眼睛在黑脸跟矮个身上转来转去：“不是自夸，我栗少扬的枪法在这儿可也算是数一数二的，你们信不信？咱们比比谁的枪快？”

有道是横的怕楞的，楞的怕不要命的，如今这活儿横行霸道惯了的碰上陈祁凤跟栗少扬这两个又楞又不要命的，还真有点狗咬刺猬无处下手。

直接打死吧，还真的出不了心中这口气，而且互相对射，估计真也要赔上两条性命。

正在这互相对峙谁也讨不了好的时候，却听到院墙外有个声音清朗响起，说道："大家伙儿有话好好说，做什么动刀动枪的，枪子不长眼，走火了可就不美了！"

陈祁凤同栗少扬一听这个声音，齐齐地面露喜色，陈祁凤更是脱口欢喜叫道："姐！"

栗少扬手上一抖，却又死死牢牢握住枪："祁凤别动。"

陈祁凤不敢乱动，那两帮子人却都齐齐皱眉："是个女的。"

门外有人笑道："平县陈继鸾，问原家堡马梁两位堂主好儿！"

马彪跟梁豹一听对方还没露面，居然就喝破自己来头，双双心中一凛，转头看去，却见在大门口处，夜色之中依稀有一人骑在马上。

矮个梁豹诡计多端，便道："你就是陈大姑娘？你弟弟惹了祸事，你想怎么了？"

门口陈继鸾平平静静道："好说，小孩子不懂事，惹了事当然要大人来收场了，还请梁堂主不要同小孩儿一般见识，暂且把手中那玩意儿放下，出来说话。"

梁豹眼神一变："你想引老子出去？可惜老子不跟娘们儿谈，要谈，就到床上还差不多……哈哈……"他见对方是个女的，声音里忍不住便带几分淫邪之意。

陈祁凤一听，便要上前弄死，却被栗少扬死死按住："有继鸾在，你别乱她的事儿！"

"当然不是跟我谈，"陈继鸾语气依旧平静，甚至带着一丝笑意："不过这儿有个人想跟梁堂主马堂主谈，你们要到床上地上，都行。"

黑脸马彪见陈继鸾一直在外头说竟不进门，他便怒了："什么杂碎敢跟老子们谈，要谈就滚进来！"

话音刚落，便听到外头陈继鸾一声笑，声音略微放低了些，却仍能让人听得清楚："原二少，好像你这两位手下不肯听话。"

紧接着，有个声音杀猪般地吼叫起来："马彪，梁豹，你们两只杂碎，给本少爷滚出来，我日……"

马彪梁豹一听，双双面色大变，也顾不上跟栗少扬对峙了，赶紧垂了手低了头一溜烟地往门外跑去，院子里其他的人一看，也跟着往外跑。

栗少扬见人纷纷出外，便慢慢地把手中枪放下，枪把上已经全是汗。

栗少扬甩了甩手心的汗，苦笑道："不愧是继鸾，这招'釜底抽薪'做得真漂亮。"

陈祁凤本也要跟出去看热闹，见状道："那说话的男人是谁？"

栗少扬道："原家二少爷，继鸾神了，竟把他弄来……你啊，你要是有继鸾的一半儿脑子就好了！"

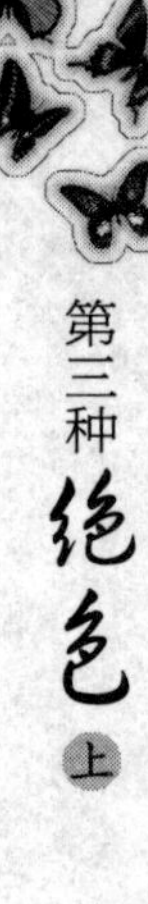

陈祁凤白生了一张漂亮脸蛋，却生了个炸药桶似的性子，栗少扬简直恨铁不成钢。

陈祁凤撇嘴道：“我知道你看上我姐了，可也不用这么拍马屁吧，我有那么差吗？当然不能跟我姐比，但跟其他人比已经绰绰有余。”

栗少扬听了这话，差点把一颗心呕碎了：“行行，我的少爷，您厉害行吗？您天下第一！”

“别，我又不嫁给你，你不用这么拍马屁。”陈祁凤得意洋洋，显然不是个谦虚的样儿，“走，去看看他们怎么样了，别让我姐吃亏。”

“继鸾都把原少爷‘请’来了，她必然是打算好了的，你别坏她的事，少说多看。”栗少扬谆谆叮嘱。

陈祁凤道：“我谁的话也可以不听，我姐的话能不听？”横了栗少扬一眼，往外跑去。

两人出到外头，却见有一个瘦削身形的青年正拎着马鞭子，劈头盖脸地打着梁豹跟马彪，骂道：“日你们两个龟蛋，竟敢要跟老子上床上谈！我谈谈谈谈你娘的！”

两人抱头相求，陈继鸾道：“二少，得饶人处且饶人。”

原二少闻言，加之手腕也累，便一扔马鞭又道：“听听继鸾这份度量！再看看你们，你们做下好事，惹了官司，居然还敢打着我爹的名头杀上人家门来，真真找死！败坏我们原家堡的名头！一帮混账王八羔子！”说着不解气，上去又踹一脚。

马彪顺势将原二少的脚抱住，愁眉苦脸道：“二爷别踢了，再踢我就成太监了！”

原二少一愣。梁豹道：“被那小子打的……”

原二少这才明白，竟扑哧一笑：“他娘的，活该！太监了倒干净！”

马彪才苦道：“二爷，看在我们也吃了亏的份儿上，您消消气，我们这不是不知道是您认得的朋友吗……就饶了我们这回。”

原二少跟跄着把腿抽回来：“继鸾你说怎么处置他们？”

陈继鸾笑道：“幸好没出人命，便是小事，大家相逢一笑泯恩仇如何……”

马彪同梁豹两人面面相觑，心道：“说得轻松，挨打的是我们，被那小子打一顿不说，又挨这么一顿。”

陈继鸾又道：“也是舍弟的不是，我在这里代他向两位赔礼了。我也会教训他让他长点记性，就算是看在二少的面子上，请两位堂主高抬贵手，不要同他那无知小子一般见识。”说着，就抬手向两人抱拳行礼。

这话若是换别人说出来，陈祁凤定然又要跳起，然而陈继鸾说完，陈祁凤却只有蔫头耷脑的份儿。

马彪梁豹两人见陈继鸾言谈举止落落大方，这一番话说的十分体面，且又抬出原二少来，——那个主儿在边上虎视眈眈，他们两人便讪笑。

马彪不语，梁豹较圆滑：“这……怎么说的，早知道大姑娘如此了得，借我们几个胆儿也不敢闹腾啊。”

暗地里却冲旁边马彪使了个眼色，马彪心领神会，便也道：“说的是，我向陈大姑娘赔礼了！”说到一个“礼”字，声音上扬，便作势拜倒下去。

马彪身板儿壮实，比陈继鸾高上许多，此刻又靠陈继鸾甚近，这一拜，暗中卯足了劲儿，只要往前一撞，满以为能把陈继鸾撞飞了去，——正是有意想让陈继鸾当众出丑。

2

陈继鸾见马彪靠得近，早便留意，此刻见他果不其然撞过来，却只一笑：“何必行此大礼？”看似个全无防备的样儿，肩头却不露声色地往后一歪。

这时机拿捏得恰到好处，外人看来，竟像是马彪挨着陈继鸾的肩膀往后倒去一般，但只有马彪同陈继鸾自己知道，两人肩头相贴，然而他那刚猛撞击的劲道却半点也伤不到对方。

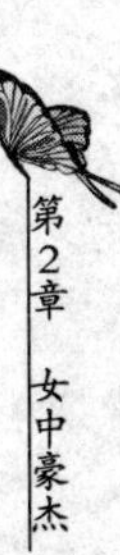

不知怎的，马彪竟有种错觉……这种感觉就好似他撞过来这一举动并非他的本意，而是被陈继鸾带着身不由己地往前而来。

马彪先是得意，而后震惊，正愣怔之际，陈继鸾肩一抖，无声无息地往前撞来。

有道是：他强由他强，清风拂山岗；他横由他横，明月照大江。

陈继鸾这不动声色的一侧身，却已经是太极的精髓所在，并非硬碰硬，却是借力打力的招数。

肩膀刹那对撞，马彪只觉得一股巨力猛然间击中了自家肩膀，却不知这些力道都是来自于自己，却被对方借了去还击回来。

当真是“以彼之道还施彼身”，马彪偌大的个子，只觉得自个儿似生了翅膀，“嗖”地往后飞出去，双脚腾空而起瞬间他心中大叫不好，真真是害人反害己，谁知道这电光火石之间，手腕却被人一把稳稳攥住。

马彪方腾云驾雾却又落了地，整个人晃晃悠悠不知发生何事，抬眼才见是陈继鸾握住了自个儿手腕，正笑吟吟地望着他：“马堂主，陈继鸾不敢受此大礼。”

马彪一张黑脸哗地便红了起来，黑里透红，与众不同。

周遭围观众人虽都会几招拳脚功夫，但是内家精妙又哪里会懂？能看得懂这一招的，不超出两人去。

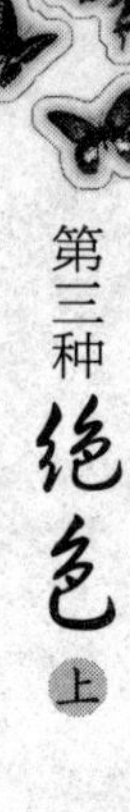

马彪身边儿的梁豹正瞪着看好戏，谁知道这瞬间风起云涌，他眼睁睁地看马彪腾身而起要吃个大亏，本来心头一震想去救援，没想到还没来得及动弹，陈继鸾却已出手。

梁豹虽不知陈继鸾究竟用了何招，但马彪这一举动吃了暗亏是真，这一刻他心中才明白：这位陈大姑娘，果真不容小觑。

马彪本要让继鸾出糗，却差点偷鸡不着蚀把米，又承蒙继鸾及时援手，这次当真心服口服，二话不说，涨红着脸便拜了下去："马彪有眼不识泰山，向陈大姑娘请罪了！"

陈继鸾一摇头，笑道："都说了不打不相识，何必如此。"

原二少此刻上前，抬手挥在马彪后脑勺上："要拜就好好地拜，方才你那是脚下没站住怎地？"

马彪讪讪地，哪里好意思说自己是想欺负人来着。

梁豹忙上前打圆场："多谢大姑娘不计较！"

原二少回头看陈继鸾，却见她面上笑意如昔，一抬手道："都说了不必多礼，再多礼可就不实在了。二少，也不用再为难两位，所谓冤家宜解不宜结，就此了结此事，继鸾已经感激不尽。"

她的声音朗朗，比男子更加爽快，令马彪梁豹汗颜。

原二少道："既然继鸾都发话了，我还能说什么？都听你的！"说罢此事，前来闹事的那帮人即刻风卷残云般离去。

此刻已经入夜，原二少上马，同马梁两人离开，临去前望着陈继鸾，叮嘱道："继鸾，若是闲了，休要忘了去原家堡找我。"

陈继鸾笑道："多谢二少美意，只不过我跑惯了，怕是受不住高门大户的拘束。"

原二少笑吟吟地看她一眼："或许有朝一日你厌了跑来跑去，我原家堡的大门可永远都为你开着。"

栗少扬同陈祁凤在旁一直默不作声，此刻听了原二少这句，不由双双挑眉。

陈继鸾只抱拳笑道："二少请了，后会有期。"

原二少才回过头去，一行人渐行渐远，夜色中隐没了身形。

一直等这群人消失无踪，这边儿上鸦雀无声的陈祁凤跟栗少扬面面相觑，栗少扬意外地发现陈二少脸上露出闪闪烁烁的表情，他心下自是了然，却偏不说。

栗少扬便上前："继鸾，你怎么这么快赶回来了？"

陈继鸾看也不看陈祁凤："多亏你的信儿去得及时，你怎么样，伤了？"

栗少扬见她只问自己，便笑道："没事儿，好端端地呢。"

陈继鸾上下看他，抬手在他肩头一握："少扬，多谢你。"

栗少扬心头一动："说哪里话……若不是你及时回来，恐怕我真也……"

"别说这些，"陈继鸾摇头，"我欠你的实在太多，好在警察局那边原二少会去疏通，大概不会为难你了。"

栗少扬皱眉："继鸾，我不怕那些。"

陈继鸾叹了口气："我当然知道，只不过若是让你为了我丢官罢职，我心里更就过意不去了。"

栗少扬心中万千言语，怎奈这不是说话的功夫，便只好道："既然你如此说，也罢……你长途跋涉回来，又忙着去请原二少，必然累极了，就先歇息会儿，明儿我再来找你，如何？"

陈继鸾道："也好，你也快回去吧。"

两人说到这里，栗少扬便自要走，陈祁凤见状，一个箭步上前，把他的袖子拉住。

栗少扬垂眸，对上陈祁凤略带祈求的眼色，栗少扬咳嗽了声，忍着笑道："祁凤，怎么了？"

陈祁凤小声道："你别走……这会子你走了，我姐……"

栗少扬自然知道陈祁凤是想让他求情，怎奈他也恨陈祁凤做事不知天高地厚，正想继鸾收拾他呢，闻言便略低了头，对陈祁凤小声道："祁凤，这回我可帮不了你，我要是帮你，备不住继鸾连我一块儿揍了。"

陈祁凤身子一抖，咬牙："栗少扬你没义气！"

栗少扬奇道："原先你就说不用我帮的，还说我又不是你爹，这会儿又怎么了？"

陈祁凤张着嘴："你、你……"

栗少扬叹了声："祁凤……你先前的威风我可还记得呢啊，我没向继鸾添油加醋就已经不错了……我也知道你撑得住的，啊，我走了。"他抬手，在陈祁凤的肩头拍了两下，扬长而去。

陈祁凤不可置信地回头瞪他，气道："亏我刚还觉得你这人不错，原来也不过如此，我真是错……"

一句话还没说完，就听到旁边陈继鸾道："祁凤，你跟我进来。"声音冷冷地，毫无笑意。

陈祁凤蓦地咽了口唾沫，头皮发麻："姐……"

陈继鸾把马牵进屋内："你要是想在外面站一晚上，倒也是不错！"

陈祁凤浑身一抖，撒腿就往门内跑："姐，可不能这样……"

刚进了门，陈继鸾淡淡地道："把门关上。"

陈祁凤心里发抖，却也乖乖地把大门关了，陈继鸾把马拴在旁侧，回头看他，夜色之中，双眸冷冷地，如秋水寒光。

陈祁凤一看这个架势，那双腿就蠢蠢欲动，忽然有些后悔刚才二话不说跑进来，恨不得打开门再跑出去。

正在这时候，却听屋内有人道："大小姐，你回来了！"

陈继鸾扭头，却见是陈叔，一瘸一拐地出来，陈继鸾急忙过去将他扶着："陈叔你伤哪了？"

陈叔扶着她的手臂站稳："大小姐，我没什么大碍，多亏了少爷及时救了我，不然的话……"

陈祁凤听了，便知道陈叔有意替自己开脱，正在心存侥幸，却听陈继鸾道："陈叔，你不用替他说好话，这事儿是他惹出来的……这次还把你跟少扬也牵扯进去了，我……"

陈祁凤孤零零站在旁边，小声辩白："姐，这件事是他们挑起来的，他们说我是……"

陈继鸾喝道："你若是听我的话不出去，这件事儿能发生吗？"

陈祁凤双手交握："可是我实在闷得不成……"

陈继鸾压着火气，端量了一番陈叔的伤，见没什么大碍才道："陈叔，你先回去歇息罢。"

陈叔见她要打发自己，必然是要处置陈祁凤了，便忙道："大小姐，你要怪就怪我吧……是我没看住少爷，他年纪小，还不懂什么……"

陈继鸾手在额头上一扶："陈叔，他年纪不小了，但脾气却越发大，这样下去怎么才是个头，这次要不是我及时回来，少扬也会因为他遭殃，少扬家还有个老娘，若他因为祁凤有个三长两短的，我可怎么向人家交代？"

陈叔无言以对，陈继鸾淡淡道："陈叔你回去吧。"

陈叔也护不住陈祁凤，且又无法忤逆陈继鸾的意思，只好先回房去。

陈继鸾进了堂屋，陈祁凤呆站了会儿，也跟着进去，他一进门，那只小奶狗就凑过来，在他腿边上转来转去，很是活泼。

陈祁凤本不敢动，见状就用脚将它一拨拉："一边儿去……"

陈继鸾见他居然有心逗弄小狗，抬手在桌上一拍。

陈祁凤吓得一哆嗦，赶紧就跪了下去："姐，我知道错了！"可怜兮兮地往上看着陈继鸾。

陈继鸾双眉扬起："你哪错了？"

陈祁凤支吾道："我不该不听姐的话，出去闹这事……还把栗少扬也掺和进来……还……还把陈叔伤了。"

陈继鸾气的笑出来："你还挺明白的，可惜每次都这么明知故犯。"

陈祁凤道："姐，我也不知道……我真不是成心惹事，只是那些人……就总招惹我。”

“你给我闭嘴！”

陈祁凤嘟着嘴，终于低了头，断断续续道：“姐，要么，你别把我一个人丢在家里，你都说我也不小了，你就让我跟着你出去。我好歹也是个男人，也该是时候养家了。”

陈继鸾冷笑：“你？你镇日惹事不够，让你出去做营生，赚的钱我怕还不够赔人家的！”

陈祁凤双膝着地，缓缓地往前小心挪动了几下，离陈继鸾近了，才又偷偷打量她的神色：“姐，你让我出去干正经事儿，我就不会跟人打架，也不会跟人闹事了。”

“你这是不会走就想着跑！”陈继鸾望着他，又喝道，“跪着别动！”

陈祁凤手按在膝头上，双眉微蹙，沉默片刻，才又道：“姐你当初不也是如我这样大就出去……你这样，我就觉得我是个废物……”

陈继鸾听到这里，心头一震：“你说什么？”

陈祁凤扭头：“我想赚钱养家，我不想让姐在外头忙活……前些日子那媒婆来的时候说的那些话，我都听见了……”

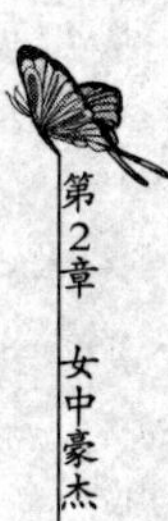

陈继鸾倒吸一口冷气，双眉一拧，咬了咬唇道：“谁让你听那些胡说八道了！”

“我就听不得那些，说什么姐在外头抛头露面……年纪不小了，嫁不出去，你看她给姐说的那人，竟是个鳏夫，据说还其丑无比，什么东西……”陈祁凤有些难过，又有些气愤，眼圈儿发红，“要不是看在她是个女人，我真想……”

“又想去惹事？”陈继鸾心头一乱，强自按捺，“你刚说什么来着？”

“我不是惹事，”陈祁凤低低嘟囔，“我只是想做点正经事，让姐当大小姐……让那些人不敢再胡说八道。”

陈继鸾哑然，心头不由得一软。

陈祁凤听她不作声，便又挪上前，靠得陈继鸾越发近了：“姐……”

“你以为，你能养家，我呆在家里好端端地当陈大小姐就没有人嚼舌根儿了？”陈继鸾望着这个弟弟，先头的怒意也暂消退了去，“人生天地间，不管是天生大富大贵亦或者落魄潦倒，背后都会有人乱嚼，你管那些有的没的做什么？横竖只过咱们的日子就是！”

“姐……”陈祁凤膝头点地，又欲上前。

陈继鸾却起身，绕开陈祁凤，走到他的旁侧：“我的心意你不是不知道，我只想让你好端端地长大成人，有一番出息，娶一房媳妇然后替陈家开枝散叶，你若真的替我着想，就好好地安分些……不要总是让我每次出去都提心吊胆地，行吗？”

陈继鸾望着外头沉沉夜色，说到最后，便叹了口气。

第3章

姐弟情深

1

陈祁凤不管对上谁，都务必要压上一头，但就是对陈继鸾，不管起因如何，都是一个惨败结局。

当夜，陈祁凤被打发后院，走了九九八十一趟的八卦步。

陈祁凤从小疏懒的紧，若不是被陈继鸾罚着苦苦用功，怕是到不了现在这个境界，饶是如此，他的功夫同陈继鸾相比却仍有无法言喻之差距。

顾名思义八卦步练得是下盘功夫，陈祁凤从小被罚的花样百出，八卦步自也是其中一宗，后院这地脚，几乎都给他踩惯了，可这却是头一遭要走八十一趟之多。

陈祁凤心里暗自哆嗦，本想求一求，然而望见陈继鸾冷冷的脸色，当下也义无反顾地去了。

虽然开了春儿，但夜深风凉，又是屋外，陈祁凤起初冷得搓手，然而凝神静气走了三趟，身上已经隐隐发热，走到第十趟的时候，额头上已经有汗滚落。

他本能想偷个懒，然而觑一眼前头那已经灭了灯的房间，总觉得他姐暗中必盯着看，这样的前例也不是没有过的——当初陈祁凤初次被罚，总想偷懒少走几趟，或者走错了步法也不以为意继续，每当他想如此糊弄过去的时候，陈继鸾却偏如数家珍地把他偷懒撒赖的次数，甚至在哪个位上走错了都会指点出来。

陈祁凤才明白，他在被罚着，陈继鸾却也并不清闲，如是几遭，再不敢怠慢。

陈祁凤起初走步的时候还带三分怨怒，渐渐地走开了步子，却全神贯注地投入进去，那身形起初犹自能看清，练到四五十趟的时候，只见一道白影子，在冷月之下，飘然如风，矫若游龙沿着八卦位而行。

陈祁凤虽然惫懒，但却是个聪明之极的性子，只要他一心一意要做什么事儿，便绝少失误，但尽管如此，练完了这八十一趟步法，月影西沉，东方的大猫星也都光闪闪地冒出来，外头隐隐传来了鸡鸣声响，眼看就要天亮了。

陈祁凤浑身如同水缸里捞出来一般，身子极端之累，怪的是心里头却异样轻松，陈祁凤笑自己是不是被他姐“虐待”惯了，每次闯祸被罚后都会觉得高兴，就仿佛出了这遭汗受了这些苦，就把他闯过的祸事也尽数洗去了、能够对得起陈继鸾了一般。

因此陈祁凤累归累，心里却极高兴，住了脚，只觉得一双脚都又麻又疼，身上也黏糊糊地，他是个爱干净的人，虽然累极，却不愿这样儿入睡，左右挣扎一番，终于龇牙咧嘴道：“还是先冲个凉再睡吧……”撑着身子，蔫头耷脑地往厨房去。

谁知人刚到厨下，却见厨内亮着灯，陈祁凤一惊，急忙跃进去，却望见陈叔正在灶前烧火，见他进来，便笑道：“少爷您练完了？我估摸着也差不多了。”

陈祁凤疑惑："陈叔你怎么……"

"昨晚上大小姐嘱咐我，让我在大猫星出、鸡叫二遍的时候起来烧些水……"陈叔给灶膛里加了把火，笑道，"起初我还不知怎么回事儿，刚才起来的时候听到少爷在练功才明白过来……"

陈祁凤眼中陡然有些古怪，望着那灶上冒出的袅袅白气，一时无言。

陈叔看着灶膛里跳动的火光，低声又说："少爷，你可千万别怪大小姐，她也是为了你好……当初老爷去世的时候，百般叮嘱大小姐要她好好地照顾你……"

陈祁凤眼中光闪闪地，却垂了头："陈叔你放心吧……我懂事。"

"我也知道少爷是极懂事的，"陈叔笑，"是我人老了，就忍不住爱多两句嘴……"

陈祁凤看着他被火光映亮的脸，脸上还带着肿，陈祁凤有些难过，拉了个板凳坐下："陈叔，我爱听你说话……你的伤怎么样了？"

两人在厨下低低地说着话，屋前头，陈继鸾打了个哈欠，缓缓翻了个身儿，心想："臭小子……真是越罚越上瘾了，下次要再惹事，该想个新法儿折腾他才是。"

陈祁凤一觉睡了两个时辰，日头已经爬到半天上，陈祁凤跳出门，活动了一下手脚便去找陈继鸾，谁知陈继鸾竟不在，只有那只小奶狗还亲亲热热地凑上来摇尾巴。

陈祁凤把狗儿一把捞起来，正抱在怀中亲热逗弄着，陈叔已经端了一碗面上来："少爷起来了？快把面吃了。"

陈祁凤正有些饿了，倒了杯水喝了口，一手仍捞着小狗儿，一边呼噜噜地吃面，吃了一口，又问："我姐呢？"

陈叔道："大小姐一早儿出去了。"

陈祁凤"啊"了声："没说什么事儿啊？"

陈叔笑着说："这倒是没有。"

陈祁凤吃着吃着，心中咯噔一声，便皱了眉，咬着一根菜叶子，心道："啊……我知道了，一定是去见栗少扬了，可恨，昨天还说今儿去找他的，那个没义气的……"

正在胡思乱想中，忽然觉得有人在拽自己的嘴，陈祁凤垂眸，却见竟是那只奶狗儿，不知什么时候居然咬住了他垂在嘴边的菜叶子，正在努力试图拽出来。

陈祁凤扑哧一笑，牙关一松，那小奶狗便得了手，慌忙乱吃起来。

陈祁凤揪住他："小狗崽子，你才多大，也敢跟二爷抢东西吃！"那奶狗得了吃的，哪里理他，吃完了后，又仰头看过来，两眼乌溜溜地发光，意犹未尽似的。

陈祁凤又笑，便夹了一筷子面给它，笑骂道："急什么，有二爷的就有你的……"

果真如陈祁凤所想，陈继鸾的确是去找栗少扬了。

大清早儿，栗少扬吃了饭，收拾妥当正要出门，栗家大娘在里屋道："少扬要出门了？”

栗少扬急忙进去：“娘，正要走。”

栗大娘一点头：“行，只不过记得昨晚上娘跟你说过的话。”

栗少扬双眉一蹙，栗大娘早就看见了：“我知道你大了，也不听娘的话了，只不过你要给老栗家好好想想……我想你找个能生养的、安安静静的媳妇，不是个整天在外头跑来跑去的……按理说继鸾那个性子倒还是不错的，可是扛不住她还有个惹事儿的弟弟，陈祁凤从小到大惹了多少事端？娘不想你再因为他吃累，你知道吗？”

栗少扬道：“娘你别担心了，继鸾有什么不好的？多能干呢！祁凤年纪还小，等年纪大点儿也就好了，我小时候还不是皮的人憎鬼厌？”

栗大娘不悦地看着他：“我才说她两句，你就护得什么似的，若真个进门了，我不是要被压制死了？”

栗少扬忙笑道：“娘，这哪能呢！你又不是不知道继鸾？陈大爷在世的时候，多亏她孝顺伺候着，继鸾出来跑还不是因为受了大爷的嘱咐要照料家吗？要你儿子真有这个福气让她嫁过来，有那样能干又孝顺的儿媳妇儿，管保你整天乐得合不拢嘴！”

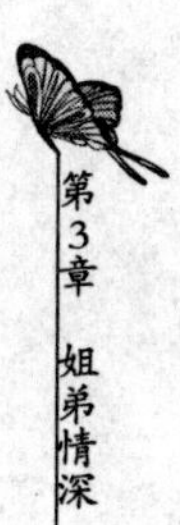

栗大娘竟给说得笑出声：“行了行了！本是要说你，倒叫你说了我！娘就是担心你被累着吃亏……索性你大了，自己有个数就行！”

栗少扬见这事儿平了，便忙答应着，拿了制服帽子便出了门。

栗少扬正掩了门要走，一步下了门前台阶，抬头的功夫，就望见身前俏生生地站着个人。

此刻日头刚刚升起来，照得她整个人明媚耀眼，笑影微微。

栗少扬双眉一扬，笑道：“继鸾？来了怎么不进门儿？”忽然之间心头打了个顿儿，该不会是方才他跟他娘在屋里说的那番话都给她听了去吧？

2

陈继鸾上前一步：“我也是刚来，估摸着你差不多也要出门了，果真不是？”

栗少扬望着她笑得明朗之态，略微宽心：“那现在……”

陈继鸾哈哈一笑转身：“边走边说吧。”

两人之间熟络，不比寻常，栗少扬也未同陈继鸾客套，转身同她一路便行，又问：“祁凤如何？”

陈继鸾挑眉：“昨晚上被我罚了一顿，能再安生几天。”

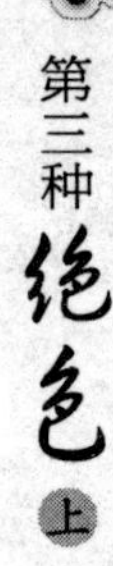

栗少扬笑："他也就你的话能听。"

陈继鸾也笑，转过头来看向栗少扬，忽道："少扬，我是特意来谢你的。"

栗少扬正看见个熟人，便一招手，才道："你看你，跟我客套这个做什么？"

陈继鸾微笑着低头："这么多年来，也多亏了你跟我一块儿护着祁凤，我是真的欠了你一声谢。"

栗少扬本不以为意，只当是彼此闲谈，听陈继鸾说出这句，那脚步不由得一顿："这什么话？你……"

清晨的镇子上，渐渐地人也多了，起早做生意的买卖人，出来买早饭的镇民，吆喝声络绎不绝此起彼伏……这些场景栗少扬是看惯了的，一切宛如平常。

然而此刻，栗少扬凝眸望向陈继鸾，心中忽地有一种不妙的预感，他张口："继鸾，平白无故地你……"总觉得陈继鸾这句话似有些过于凝重正经似的，他英武的脸上极快地掠过一丝犹疑惊慌之色。

果不其然，陈继鸾抬手，轻轻覆向他手腕上："少扬，我是来向你告别的。"

这一瞬间，栗少扬只觉得自己整个人被雷劈了似的，呆站在原地，忘了反应。

小贩的吆喝声依旧在耳畔回荡，然而栗少扬却觉得眼前所有的人都模糊地退了下去，人来人往，车水马龙，都成了模糊不清的背景，只有一个陈继鸾，明朗双眼正望着他，说道："少扬，我是来向你告别的。"

"少扬？"陈继鸾望着栗少扬怔忪的脸，轻声又唤，手上略微用力，将他的手臂摇了一摇。

蓦地栗少扬反应过来，用力一挥手臂便将陈继鸾的手甩开："你……"他想说话，可是胸口却像是堵了什么似的，只是气愤愤地望着陈继鸾，"你什么意思？"

带着震惊怒意，栗少扬声音大了些，引了周围许多人侧目。陈继鸾抬手重新握住他的手腕，栗少扬欲挣扎，想了想又罢了，陈继鸾拉着他往旁边走，走到一个巷子口，见无人才停了下来："少扬……"

栗少扬心中乱了：倘若换了别人这么说，他可以当是个笑话，或者竭力改变这个决定，但是没有人比他更清楚陈继鸾的性子，——这个人一旦做了决定，任何人也无法改变。

就好像一座山扑面而来将他压倒。

"为什么？"栗少扬终究忍不住，大声问道，"好好地……怎么说走就要走？"

"我不得不走。"陈继鸾声音有几分低，眼中也带着难过之意。

栗少扬身子发抖，却将她的些微表情看得极清楚："为什么？忽然之间……难道是祁凤又惹了什么人吗？是谁！我去对付就是了！"

陈继鸾将他的手腕一紧："少扬！"

栗少扬拧眉看她，陈继鸾叹了口气，终于说道："是原家堡的事。"

栗少扬一怔："原家堡？事情不是了结了吗？昨晚你请了原二少……"

陈继鸾道："若是原家堡是原二少说话，自然不需要离开，但是原家堡真正主事的人是谁，你比我更清楚。"

栗少扬脑中飞快地转："就算是原家大少……那这件事也了结了，难道他还能节外生枝？"

陈继鸾一笑："昨晚我同二少走了一路，他同我说了好些话。原县长病了好些日子，喜怒无常，原大少一直想要上位，同二少很有嫌隙，原县长又是个极爱面子的人，两年前王麻子那伙贼人抢了他们手下的一个女人，就被他发兵把山寨都给剿了。咱们平县的县长从来都不敢去惹这尊老虎，这一番祁凤打了他们两个堂主，二少同我有交情，情愿息事宁人，但是大少那边，免不了会拿这件事来做由头……好邀他们老爷子开心，顺手打压二少，要是原大少向平县施压，到时候巡捕房就不得不听命，事情只会越闹愈大。"

栗少扬听了这一番话，将当前的局势想了想，忍不住心头发冷。

陈继鸾道："二少虽未明说，不过大概就是这个意思了。"

栗少扬道很难过："那你打算去哪？"

"我想去莱县，那个地方距离锦城近，离蓝村远，"陈继鸾说着，又安抚栗少扬道，"放心，只是出去避一避风头而已，等风平浪静了，或许就会回来。"

"说得轻巧，"栗少扬一脸愁云惨雾，"外头花花世界，兴许你花了眼迷了路，几时才能回？"

陈继鸾哈地一笑："瞧你这幅模样，好像我回不来了似的。"

栗少扬皱着眉，忽道："继鸾，不然我跟你一块儿走吧。"

"你疯了吗？"陈继鸾压低声音，"你娘怎么办？那些亲戚怎么办？你不像是我，我只有祁凤跟陈叔了。"

栗少扬摇头："继鸾，你让我再想想……"

陈继鸾道："行了，别想了，'父母在，不远游'……我是无牵无挂，你可不成，凭着意气跑出去，到时候悔死你。"

栗少扬自知她说得有理，可是一想到要分别，却又的确难舍。

陈继鸾道："你就当我出了一趟长点的差事，不就成了？上回我到锦城，不也是半月没回来？"

栗少扬唉声叹气，只觉得满眼都是灰暗阴霾。

陈继鸾抬手捶他一拳："打起精神来，我要说真格儿的了。"

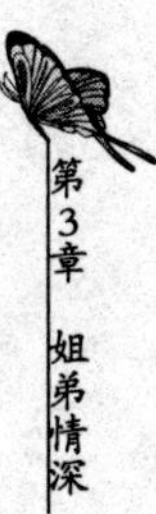

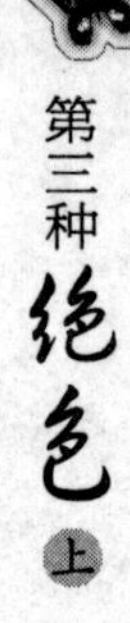

“你都要走了，还有什么真的假的。”栗少扬赌气把头转开去。

陈继鸾揪住他衣襟：“你听我说，你那么护着我，人人都知道你跟我关系非同一般……我这一走，万一原大少捉不到正主迁怒于你咋办？”

栗少扬哼了声：“怎么，他能杀了我？”

陈继鸾思忖着：“我记得你跟原县长有过一面之缘，他还夸赞过你，原大少是聪明人，怕是不会为难你的。”

“你的记性真好。”栗少扬哼了声，冷眉冷眼地看着她。

陈继鸾笑道：“虽然如此，不过还是再加一宗保险的好，我也走得放心些。”

栗少扬不解：“到底想做什么？”

陈继鸾道：“自然是跟我翻脸啦！”

栗少扬啐了口：“这个不用做，你这一走，我自然就跟你翻脸了。”

陈继鸾笑道：“我知道你是不会跟我翻脸的，只不过……总得让别人知道啊。”

栗少扬问：“什么意思？”

陈继鸾冲他一笑，栗少扬正觉得她这笑意里总有几分狡黠之意，却听陈继鸾叫道：“什么！不答应就要翻脸吗？姓栗的，你讲理不讲理？”

她这一声清脆，顿时有许多人转头看过来，那几个警察局同僚也注意到了，有人说：“那不是栗队长吗？”

栗少扬心头一顿，即刻便明白过来，又恼又恨，咬牙道：“陈继鸾！”

陈继鸾指着他，啪地一巴掌打了过来：“没想到你是这样儿的人，我陈继鸾今天就同你一刀两断，从此谁也不认得谁了！”

栗少扬哭笑不得：“你至于吗？”她不过是做戏，手高高举起轻轻落下，又是练家子，知道怎么才伤不到他，然而却又能做到声音响亮。

陈继鸾见他始终不配合，便瞪向他，栗少扬叹了口气，终于大声叫道：“行！你给我听好了，我也不是没志气的人，不就是一个娘们吗？哪里找不到……你……你快给我滚吧！滚得越远越好，别让我再看到你，不然的话……”

陈继鸾见他果真开窍，然而说的话似真似假，她心里明白，脸上是一片震惊伤心神情：“栗少扬，好！我记住了！”恼着脸冲开人群便跑了个无影无踪。

两人闹翻，陈继鸾一走，几个警察就窜过来，外表担忧内里八卦地询问：“队长，发生啥事了？”

栗少扬捂着脸，半真半假地伤怀：“算了，一个女人而已……走就走了，权当我没认识过她……”

几个警察闻言，各自震惊，有人叫道：“队长，难道是她不肯……”

“强扭的瓜到底不甜啊。”栗少扬叹息，目光捕捉人群中陈继鸾的身影，却见那影子极快地消失在人群里。

一帮警察顿时鸡血起来：“这可是她的不对了！咱们队长对她多好，昨儿为了她那弟弟，还差点儿跟原家堡的人干起来。”

“可真不值当的……女人心，海底针啊……队长，别伤心了啊，天底下三条腿的蛤蟆难找，两条腿的女人多的是。”

栗少扬面上敷衍着这帮警察，心里却有点儿发酸：“是啊，三条腿的蛤蟆难找，两条腿的女人多的是，可是……这天底下只有一个陈继鸾啊。”

陈继鸾同栗少扬演完了戏，便往家里赶，刚进门，就见陈祁凤嗖地跳出来，一把抓住她：“姐，你快来看看，陈叔他疯了，居然把咱们家的东西都拾掇起来，我拦都不听。”

陈继鸾将他拉进门，见陈叔正从堂屋出来，便道：“陈叔已经收拾好了吗？”

陈叔恭敬答应：“都按照大小姐说的，弄好了。”

陈继鸾将周遭打量了会儿：“陈叔，你年纪大了，不值当跟我们奔波，我回来的时候跟镇上梁记米店的梁老板说好了，他那缺一个看店的老成人……你自去就是，他不会亏了你。还有，近来这几日你不要回来，以后隔三差五，可以来这儿看看。”

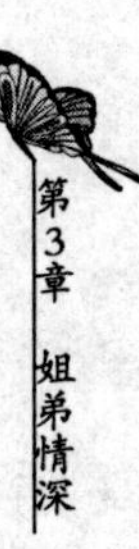

陈叔见她安排妥当，然而心里极为不舍：“大小姐，我情愿跟着大小姐和少爷，只不过我也知道我身子不行，跟着怕只是累赘，就不伺候了……”说着，竟有些老泪纵横。

旁边陈祁凤呆呆：“姐！你们在说什么？”

陈祁凤百般不舍得离开这个家，陈继鸾并未向他解释缘由，只说要去莱县投奔一个亲戚。

陈祁凤叫嚷数声，闹了阵子脾气，便也妥协了，到底是少年心性，听闻莱县比平县好玩得多，便反而有些跃跃欲试。

把家里头能带的东西打包运在马车上，陈继鸾怕多生事端，就给了陈叔一些钱，先叫他离开。

望着老人家依依不舍去了，心里自也有几分难过，但看时候不早，便收拾离愁别绪，唤了陈祁凤出门。

陈祁凤抱着那只小奶狗，爬上马车，见陈继鸾锁了门，轻轻跃上马车，才有几分不舍：“姐，我们真走啊？”

陈继鸾道：“不然怎么样？不过以后还是会回来的。”

陈祁凤看着眼前的屋子，院墙，摸摸怀中胖乎乎的奶狗：“说的也是，就当出去转会儿吧，以后还回来。小黑你说是吧？”

陈继鸾瞧着他无心的模样，一笑，将鞭子一挥，马车便向前而行。

陈继鸾抄偏路，却也有几个人瞧见了她驾车离开，有人只以为她要出买卖，便打招呼。陈继鸾出了镇上，见大路上并没有多少人，便加快速度。

如此一路将行到一片小树林边上，却见树林里跳出一人来，叫道："继鸾！"

陈祁凤在车内听了这个声音，探头出来："哟，栗少扬，你在这儿劫道呢！"

栗少扬也不理他，他心里自然清楚，陈继鸾要离开平县，全是因为这位少爷，但看他这一派清闲，就知道陈继鸾大概是没把实情说给他。

那边陈继鸾翻身下车："祁凤别动啊！我跟少扬说会儿话就回来。"

眼睁睁见两人进了小树林，才低头逗着小黑，又自言自语地嘀咕："说什么话，还得避开着人呢，我瞧姓栗的有点儿不安好心，姐你可千万别上当啊……

3

刚出了冬，天还极冷，树叶子都还没有冒头。午后的阳光透过稀疏的树枝投下来，照在地面的树叶上泛着淡淡的金色，叶子长年累月地堆积，像是铺了一层厚厚地树叶毯子，脚踩上去发出脆弱的声响。

栗少扬靠在一棵树上："你就想这么走了？"

继鸾笑："少扬，你这语气，听起来像怨妇。"

栗少扬哼道："是啊，特地来追你这负心汉……"说到这里，自己也忍不住笑了出来："算啦，别当我会拦着你唧唧歪歪真像个娘们儿似的，——给你！"说着，一低头，把树根边上放着的一个包袱拎起来，轻轻往陈继鸾面前扔过来。

陈继鸾单手一张，轻而易举地将包袱接了个正着，试了试，颇有分量："什么？"

栗少扬笑："没什么，就是一些糕点，你以前喜欢吃高家茶楼的千层酥，可你必然不肯去特意买，我就买了些，你路上带着吃。"

继鸾也笑："少扬，你真细心，要是谁能嫁了你……可真是几辈子修的福气。"

栗少扬嗤之以鼻："明知道我想要的是谁，还跟我鬼扯这些。你要是真这么看得起栗少扬，我们的娃儿都得满地走了。"

"少扬！"继鸾皱眉。

栗少扬白她一眼："算了，不说这个。"他顿了顿，眼睛看着地面那层叠堆积的落叶，思忖着慢慢说道："其实继鸾……我只是有几句话想跟你说，外头不比蓝村，花花世界不是那么好混的，继鸾，我不放心你。"

继鸾敛了笑意："少扬……"

栗少扬唉了声："不过担心归担心，我也知道陈继鸾不是那种经不起风浪没见过场面的……其实我这担心，只是我自己的罢了，好了！"

陈继鸾含笑看他，却不说话。

栗少扬被她双眸盯着，脸不由得有些发红，咳嗽了声又道："不过，以后的事儿没个准，兴许你会再回来，也兴许我会去找你……"

继鸾踏前一步："少扬，以后……好好照顾自己。"

栗少扬点头："有你这句话就够了。"

风吹过树林，树枝摇晃，日影有些散乱，栗少扬望着面前的陈继鸾，她的眉眼如斯鲜明生动，早就习惯地在他眼前和心里，忽然之间知道她要离开了……这滋味还真不好受。

继鸾低头看自己手上的包袱："好沉，不仅是千层酥吧，这里头还有什么？"

栗少扬瞪她一眼："还有几个苹果，路上供你磨牙。"

"苹果？"继鸾伸手去摸，栗少扬一下按住她的手，继鸾抬头看他，"怎么了？"

栗少扬望着她："继鸾……我能不能……"

"什么？"

栗少扬深吸一口气，终于开口："继鸾，我能不能抱一下……你？"

空无一人的大路上，只有马儿"得得"小跑的声音，陈继鸾手中握着鞭子，望着前头的路，一阵恍惚。

车内陈祁凤钻出来："姐，栗少扬到底跟你说了什么啊？"

陈继鸾哼道："你这么想知道，怎么不跟着去啊。"

陈祁凤摸着旁边的包袱："我怕你揍我……这里面是啥啊？我能打开看看不？"

陈继鸾翻了个白眼："那就老实在里头呆着，少扬说里面是千层酥，还有苹果，等会儿饿了吃。"

陈祁凤隔着包袱布摸了一阵，忽然惊叫一声。

陈继鸾望着前路："鬼叫什么？"

陈祁凤探手进包袱里面，竟摸出几块明晃晃的银元来："姐，合着栗少扬不是来劫道的，他是来送钱的呢，可真大方。"

陈继鸾手一抖，扭头往后看，正好看到陈祁凤手中的银元，瞬间便想到在小树林里的情形，原来他当时忽然按住了她的手，就是不想她发现，不给她拒绝的机会。

陈继鸾双眼有些被银元晃到，默默地叹了口气："那个傻子。"

陈祁凤把银元塞回去，想来想去，说道："姐，其实凭良心说，栗少扬还算是个不错的人。"

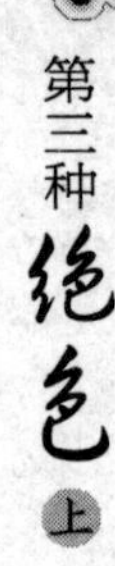

陈继鸾哼道：“你想说什么？”

陈祁凤哼哼哧哧：“我就是觉得……他对姐你总算是真心的……”

陈继鸾叹了口气，一时有些头疼：“看见钱就说人家好了……行了啊，别说这些没用的了。”隔了会儿，才又低声道：“他的确是个不错的人，可惜……”

“姐你说什么？”

陈继鸾摇摇头：“没什么……赶路吧。”

陈祁凤说的的确是对，继鸾始终也觉得栗少扬人不错，只不过，继鸾扪心自问，她没有嫁给他的勇气，确切地说，陈继鸾不知道自己是不是适合嫁人，生子，伺候丈夫孝顺公婆这种事，从她扛下陈家的担子开始她就极少怕过什么事，但对于“嫁人”这种事，她毫无自信。

马车跑一阵儿，稍微停下来歇一阵，姐弟两个说说走走，不说话的时候陈继鸾便看路，陈祁凤逗弄小狗，偶尔会遇上几个行路的，如此渐渐地天地间没了日影。

陈祁凤玩儿够了，探头看周围，随口道：“我说姐，按理说我们差不多该到莱县了啊？怎么好像越走越远似的？”

陈继鸾也正在思考这个问题，陈祁凤看着她茫然的神色，心头狠狠地颤了一下，失声道：“姐，你别是又迷路了吧？”

陈继鸾讪讪地：“这个……不会吧？”然而话语里却毫无底气。

极少人知道，无所不能的陈继鸾，有一个最大的缺陷，那就是不认路，乃是一个不折不扣的路痴。

陈祁凤目瞪口呆：“你……你……我们这是要到哪儿啊？怎么看起来前不着村后不着店的？这不会是什么荒山野岭吧？有狼不？狼来了咱们能对付吗？早知道跟栗少扬要一只盒子炮……”

“闭嘴……”陈继鸾没好气地。

陈祁凤可逮着机会训她了，老气横秋地说：“姐，不是我说你，好歹也在外头走动，什么事儿都精明异常，怎么认个路就这么麻烦呢，你说谁敢用你……”

“出差事都有领路的，哪里用得到我？”说到这里，陈继鸾却底气十足。

“那完了……现在可没个领路的，早知道让陈叔跟着……”

两人你一言我一语，硬着头皮往前走，幸好走了一阵儿迎面又来了一辆车，陈继鸾急忙抱拳相问，对方听是个女子的声音，便放心道：“前面啊……再走五六里地就是锦城了。”

陈祁凤同陈继鸾面面相觑，没想到莱县没去成，居然跑到锦城来了。

陈祁凤问道：“姐，这可咋办，还去莱县吗？”对方刚要走，一听便道：“今儿是去不成了，你们得绕个大弯子才能去莱县，这一片是山，可不好过，乌漆麻黑的要迷了路，恐怕天明也到不了莱县。”

两人一听，只好打消去莱县的念头。

告别了那赶路人，陈祁凤仍旧叹息不已：“姐，我可服你了，这事儿要是让栗少扬知道，估计能够他笑个几天几夜的。”

陈继鸾淡淡地：“你敢。”

陈祁凤不是不敢，而是绝对不会把陈继鸾的糗事跟别人说，也就是守着陈继鸾才敢调侃两句，外人但凡说句陈继鸾的不好，他都一蹦三尺。

陈祁凤探头往前看：“我好像看到灯光了……前头大概就是锦城了，我从小到大没到过锦城呢，不过锦城那么大，我们到了后要怎么走，再迷路咋办？”

陈继鸾沉默片刻：“你带路好了。”

陈祁凤望着她那郁郁的模样，头晕目眩，不知所云。

果真如那人所言，两人又走了近一个钟头，眼前的灯火越来越亮，渐渐地燃成了一片灯的海一样，陈祁凤一看就有些头晕，然而却又兴奋异常。

陈继鸾硬着头皮看着路，赶着马车慢慢往前走，越往里越是热闹，两边渐渐地多了好些高楼，灯红酒绿，令人迷醉。

只不过陈继鸾渐渐发现，这条路上来往的除了行人就是汽车，并没有马车，继鸾忐忑走着，越来越觉得不妥，刚要招呼陈祁凤，忽地听到有人叫道：“这儿怎么有一辆马车……明明是禁止马车通行的！怎么也没有巡警管管？”

有几个流浪小孩在旁边窜来窜去，有个顽皮的偷偷捡了块石头冲着马儿扔过来，正打在黑马眼皮边上。

黑马受惊，顿时长嘶一声，双蹄一抬，竟往前冲了过去。

陈继鸾大惊，急忙勒住马缰绳，大声呼喝试图让马儿停下，但马儿受了惊吓，哪里肯听人声呼喝，只顾往前狂奔。

街道上顿时一片混乱，尖叫声，喝骂声，到处都是慌忙躲闪惊马的人群，陈继鸾竭力拉着缰绳，整个人几乎伏在马背上，却一时半刻仍无法控住马儿。

前头人群闪开，黑马速度越来越快，蓦地陈继鸾脸色一变，就在他们正前方，迎面来了一辆黄包车，车子旁边护着许多人，车上坐着一个身着长衫头戴礼帽的人，略低着头，帽檐遮住眉眼，只隐隐可见挺秀的鼻子，微抿的唇，形成极好看的弧度。

马儿同黄包车相距不过三百米，陈继鸾拼命勒着缰绳，眼看黑马渐渐地放慢了去势，只要那辆黄包车肯让开就没事。

继鸾心头正着急，却见那车上的人肩头一动，披在肩上的大衣抖了抖，几乎滑下肩头，那人也缓缓抬起头来。

陈继鸾只望见一双很是锐利却惊艳的丹凤眼，如描似画，漂亮至极，然而更抢眼的，却是此人霍然抬起的手臂，那手中竟然握着一柄黑色铮亮的手枪，乌黑的枪筒如一只邪性的眼睛，正正地对准着这边蓄势待发。

生死刹那，陈继鸾心头一紧，扬声叫道："祁凤！"

身后陈祁凤早探身出来，见状一跃而起："我知道了姐！"一把攥住陈继鸾放开的缰绳。

人群中一声惊呼，却是陈继鸾在唤人的瞬间已经纵身离了马车上，身形如轻云清风，竟然腾空而起，在马背上脚尖一点，扑向黄包车上擎枪的之人。

那人很是意外，枪口稳稳地直指陈继鸾，倒要看看这人到底有多不要命。

谁知电光火石间陈继鸾足尖已经踏上黄包车的边沿，探臂向前。

那人只见她的手心正冲着枪口挡住，不由得一挑眉，心中冷道："难道这人以为他的手是铜墙铁壁？"这一思忖，那眉眼更是冷飒的惊人。

而就在他这一思忖的瞬间，那素手在眼前极快地一转，像是轻云转成一朵花，不动声色地拂上手腕。

他抬臂举枪的瞬间，袖口往下滑落，露出腕子，被继鸾手指抚了个正着。

那人感觉手腕上一抹异样微温，眉尖浮起一丝怒意，咬牙冷道："找死！"

陈继鸾从未听过这般淡漠清冷的声音，就好像瞬间能寒到人心深处。

第4章

误入锦城

1

事情发生得太快，从楚归好整以暇地擎枪，瞄准欲射击，到陈继鸾腾身而上，手掌挡枪，手指抚上他的手腕……电光火石都在一刹那。

做人精明强干如楚归者，一时都未能反应过来，精致的双眸对上陈继鸾沉静如斯的双眸，心中才惊疑想通：眼前的人是在赌！

陈继鸾是在赌他楚归是不是会第一时间勾动扳机，是在赌他会因她的举动有那么一闪念间的停顿，而她所需要的就是那常人都会忽略的“一闪念”——就在她的手搭上他手腕的瞬间，她很有可能是赌赢了！

楚归心中惊恼交加，没有人敢在他面前玩心机，原先只想要杀马，如今杀人的心思却滚滚而来。

楚归面上不动声色，刚要不顾一切地将这胆大妄为之人毙于枪下，被继鸾抚过的手腕却是一阵酥麻无力，手指头软软地竟连扣动扳机的力气都无。

楚归情知着了道，愈发挑眉，重新对上面前一双极亮的眸子。

陈继鸾看他一眼，手上不停，手指在楚归的腕上一搭之后，往下一抄——原来本被牢牢握在楚归手中的那枪竟自他手心跌落。

楚归的眼角余光里，扫见那人的手掌当空一荡，如春风拂柳似的曼妙，如此恰好地将他的枪抄住。

陈继鸾握着那冰冷的铁器，又看一眼自始至终坐着未动过的这位爷，低低说道：“这位爷，手下留情！”

楚归耳旁听得那一声，正觉得有些怪异，蓦地扫过陈继鸾的鬓角，心头一动，手一扫，便将她头顶的帽子掀翻下去。

陈继鸾的头发编成一条粗粗的发辫，本来是盘在脑后的，帽子跌落后，发辫便垂落下来。

陈继鸾一皱眉，脚尖一点往后便跃落地上。

楚归打量着她的身段，若有所思地眯起了眼，按捺心中震惊：“女……人？”

陈继鸾皱眉往上看他一眼，双手平举把那手枪送上去：“这位爷，一时情急冒犯了！还望手下留情。”

楚归听着她的声音，目光从陈继鸾的脸上缓缓移到她手中捧着的枪上，又越过那乌黑的枪直直看向她面上，嘴里轻轻道：“留情？我是见过你，还是睡过你？哪里来的情可留？”

饶是陈继鸾镇定，听了这一句嘴角也微微一扯。

此刻陈祁凤已经奋力将黑马停住，正大叫道："姐！"

陈继鸾见楚归不接手枪，心里一沉，便将枪往前一送："抱歉，原物奉还。"

楚归轻轻一笑，不接："这东西被你碰过了，脏。"

陈继鸾抬眸看向他，望着对方灯光下那张惊艳的脸孔，心中那股不祥预感越发浓烈，只想抽身离开才好，勉强赔了个笑："请多包涵。"抬起袖子将枪支一擦，重又递过去。

楚归哼道："包不包涵就看你的本事了……"说着便猛地抬手，向着陈继鸾的手腕擒去。

陈继鸾凝眉，任凭他握过来似的，右手一撤，左手松开那手枪，手掌平贴着楚归的手腕往前，在他手臂上一拍。

楚归一颤，手本来是握向她腕子的，却不知被她弄了什么鬼，竟然在间不容发之际给她游鱼般地逃了，楚归手臂一震手心一凉，阴差阳错地却见自己竟把那枪擒了个正着。

"多谢。"陈继鸾微笑着抱拳。

楚归蹙着眉，脸上渐渐似笑非笑。此刻他的属下都围拢过来，有人喝道："哪里来的土包子，敢冲撞三爷，作死呐！"耀武扬威地似要动手。

继鸾见跟着的足有七八人，心中感觉越发不好，且周遭还有些看热闹的，有人窃窃私语："果真是楚三爷！快看快看！"

有那些涂脂抹粉的女子，娇媚笑着，暗送秋波，黄包车上楚归却似什么也没见，只是一抬手，制止了正在蠢蠢欲动的手下。

楚归看一眼手中的枪，一笑之下拢入袖中，动作间露出袖底的手腕，上面方才被抚过所留的异样触觉似未散去。

楚归往旁边看去。

陈继鸾望着他淡漠的眼神，扭头看去，心头一紧。

"哪来的马车，哪来的！"此起彼伏的叫嚷，维持治安的巡警们终于姗姗来迟。

数个巡警围在黑马周围，黑马刚刚收惊，瞪大眼睛不安地扫视周围，陈祁凤拉着马缰绳，伸手抚摸马颈，竭力安抚。

陈继鸾见楚归并没有再动手的意思，便急忙退出来，挡在黑马跟陈祁凤面前，冲着几个警察抱拳行礼，道："有劳，这车是咱们的。"

这几个巡警刚要嚣张，待看见旁边黄包车上的楚归，顿时一个个抿耳攒蹄似的收拾了爪牙，纷纷过来到楚归跟前，一个个低头哈腰："三爷在这儿呢！给三爷见礼啦！"

陈继鸾见这群人忽然之间调头对着黄包车上那位爷敬礼去了，她情不自禁瞄向楚归，谁知一看之下，却正对上那帽檐之下一双灿若寒星的眸子。

陈继鸾心中暗自叫苦，面上却仍对那人露出个笑来，做示好之意。

楚归却不领情，只对那些巡警淡淡道："几位来得够迟的……再晚一步，三爷就要给这匹马让道了。"

在锦城混的这些巡警，哪个不是人精儿似的，这几个巡警鸡飞狗跳来的时候，本来想大干一场，谁知见了楚归在，便有些疑心楚归认得陈继鸾，他们便不好动手，如今楚归这一发声，大家伙儿便心知肚明，知道楚三爷跟这人毫无瓜葛。

不仅毫无瓜葛，而且好像还有些针对的意思。

众巡警一听，仿佛接了圣旨，立刻兴高采烈摩拳擦掌，转过身来不怀好意地打量陈继鸾同陈祁凤，以及那匹看起来还算膘肥体壮的大黑马。

对于锦城的巡警而言，"敲竹杠"这种业务，已经跟巡城维护治安等本职密切结合在一起，难舍难分，甚至连本职在它跟前也暗淡无光，俨然成了副职。

这会儿几个巡警盯着大黑马，已经自动把它划归为己由财产了。

其中一个小队长疾言厉色地："这条道路禁止马车通行，你们是哪里来的，居然敢擅闯？来人，把马车扣押起来！"

陈继鸾急忙拦住："总爷，我们是刚从乡下来的，不知道这儿的规矩，还请高抬贵手。"

小队长瞄着陈继鸾的脸，心想："好好一个姑娘，怎么穿得跟男人似的，可惜了……"

在他眼中，身着简朴土气男装的陈继鸾姿色一般，入不了他的法眼，于是便将"女色"这种衍生业务抛在一边，专心致志地对付黑马跟马车。

小队长挺胸踮肚，打起官腔："什么高抬贵手，我们要公事公办懂不懂？"周围的巡警高高兴兴地过来，要拉马车，大黑马嘶鸣了声，陈祁凤把一个要夺缰绳的警察推开："住手！"

那警察一个趔趄，小队长面色一变："他娘的，居然敢扰乱执法……"

几个警察纷纷地就要动用武装，说时迟那时快，陈继鸾把祁凤一拉："别闹！"

陈祁凤愤愤地站住脚，陈继鸾抬手抱拳，微笑道："我弟弟性子躁，请各位把总多多包涵，这马车你们拉去就是了。"

那小队长见陈继鸾一笑，灯光下那样明眸皓齿，他看得一呆，心里的火气蓦地竟消下去："还是这位姑娘有见识……那好，马车我们先带回局里了，你们要是还想要回去，三天里交齐了罚款就是了。"

陈继鸾笑道："多谢您，是应当的，不知罚款多少？"

"这个么……"小队长看着陈继鸾笑眯眯的样儿，原先没动的意思又开始活动，张口要说个数儿，忽地听到耳旁传来一声低低的咳嗽。

小队长听了这一声，鬼使神差地停了语声，转头就看旁边。

却见黄包车上楚三爷神情淡淡地，懒懒洋洋似的道：“擅闯公街是小事儿，不过我可是被撞伤了……”

他整个人动也不曾动，跟长在车上似的，甚至衣裳上褶子都没一道，被撞伤一说，可不知从哪里来的。

小队长心头一颤，却赶紧换了一副肃然表情：“不错！车马又撞伤了人，罚款嘛……就三十……”眼睛望着楚归的脸色，却见楚归眉头略皱了皱，小队长嘴巴一开一合，那数字顿时青云直上：“三十却是不够的，当然要一百大洋！”

陈祁凤在侧一听，整个人气疯了，一辆马车加上马，最多也只有三十大洋，这会儿倒好，真真狮子大开口。

陈祁凤怒道：“胡说什么！哪里撞伤人了？马儿连碰到你也不曾！”

楚归看了一眼自己的手腕，厚颜无耻地说道：“我的心受伤了，被你们这匹野马吓坏了，一百大洋真是不够赔的。”

小队长立刻点头：“三爷说得太对了！”周围几个巡警跟楚归的手下也跟着附和，一时之间仿佛起了一片回声儿。

陈祁凤大为不忿，陈继鸾暗中捏了捏他的手腕，她是看得极明白，这一场过节或者说官司，不是不能了结，而是面前这位“三爷”不让了。

陈继鸾望着楚归，见他一副老神在在的模样，便迈步上前，抱拳道：“三爷，我初到贵地，不知深浅冲撞三爷大驾，还请三爷大人大量，多多包涵，放我们姐弟一马。”

楚归嘴角一挑，一双漂亮眼睛扫向陈继鸾，嘴角忍不住多了一丝笑意：“先前让我留情之时就说过了，我一没见过你二没有睡过你，凭什么呢？”

2

陈祁凤在旁边听着这声调，看着那人玩味的表情，要不是陈继鸾拦着，定会冲上去杀个不可开交。

事情的了局，是黑马跟马车被巡警拉走，那位黄包车上的主儿也潇洒离开，偌大的锦城，这繁华漂亮的街头上，只剩下一对从平县来的姐弟，茕茕独立，不知要去往何方。

陈祁凤怀中揣着那只奶狗，身后背着包袱，手里还拎着两个，恨恨地望着楚归那威风凛凛的车队离开：“姐，你说那是不是个疯子？长得那样儿，说话也阴阳怪气的……怎么看都不正常……”

陈祁凤在平县的时候，常常被人说生得太好，如今见了这位诡异的三爷，就像是浣熊看到了熊猫，终于找到个眼圈比自己更黑更大的，陈祁凤由此自信心大涨，同时对于楚归有十万分的鄙夷。

陈继鸾依依不舍地望着黑马被牵走，这是他们陈家能拿出手来的财产之一了，陈继鸾每次出活的时候都要仰仗大黑马来回奔波，同黑马建立了颇为深厚的感情。

听了陈祁凤的话，陈继鸾道："这些话咱们两个说说就算了，万别跟其他人说，这是他们的地头，方才那个'长得那样又阴阳怪气'的，正是地头蛇，瞧那些巡警怎么对他就知道了。祁凤你记住，以后见了他咱们绕道走啊，千万别意气用事。"

陈祁凤点头："行啊姐，我听你的，不过今儿的事我可也记住了，以后有机会我一定要把这口气争回来。"

陈继鸾笑："有志气倒是好事，只不过可别想着暗地里动手啊。"

"姐，我看你跟他过了一招，他很厉害？"

"很一般，"陈继鸾说着，又慢慢道，"不过，他身边儿不少练家子。"

陈祁凤道："哦……"小奶狗在陈祁凤怀中探头探脑，陈祁凤抬手以手背把它挡进去："别闹……不过姐，咱们的马怎么办？"

陈继鸾也有些忧愁："本来还想明天一早去莱县的，一百大洋啊……"想想都觉得肉疼的紧。

"别说咱们的钱不够，就算是够，他们这是明火执仗的敲竹杠啊。"陈祁凤又有些愤然地，"姐你说是吧？"

"谁说不是呢，"陈继鸾抬手，把陈祁凤手里的两个包袱接过来，"我拿……咱们先找个地方歇会儿，明天再想法子吧。"

姐弟两个肩靠肩，往锦城的花花世界里行去。

楚归人在黄包车上，忍不住抬手，在耳朵上轻轻摸过，耳朵从刚才开始就有些痒痒地。

楚归拨弄了一下垂在胸前的围巾，觉得不可能是因为风太冷了冻了耳朵，多半是有人在说他的坏话。

楚归鬼使神差地便想到方才撞见的陈继鸾同陈祁凤，抖了抖手腕便哼了声："两个土包子。"

楚归在锦城有三处住所，头一处的老宅，是祖上传下来的，现如今是由楚归跟他大哥楚去非共同居住，名义上是如此，实际上楚归十天半月大抵才有一天去老宅转转。

楚去非没跟锦城名媛林紫芝成亲之前，楚归还常留在老宅，自从楚去非三年前成了亲，楚归觉得不好打搅大哥的新婚生涯，正好他有意要在别处买所宅子，便趁机搬了出去。

如今楚归回到的便是他的外宅，这所宅子其实也是座老宅，宅子主人曾也是锦城风光一时的名流，只因害了吸鸦片烟的毛病，把偌大的家产尽数败光，楚归看这所宅子古色古香，同自家老宅有几分相似，便接了手。

楚归回到家中，下了黄包车，管家接了进去，便又毕恭毕敬道："三爷，您没回来之前，金鸳鸯的柳老板亲自来了一趟，没等到三爷，就走了，还留了拜帖，说是改天再来拜会三爷。"说完了，就把那方帖子递了过来。

楚归垂眸扫过去，却并不伸手接，只道："这柳照眉唱的是旦角儿，字倒是写得不错，只是上面终究是有股味儿的。"

管家知道楚归的意思，便将帖子递给旁边的下人，不敢让他沾手。

下人退了，管家敛着手又道："不过，这柳老板来过几趟了，也不知是有什么急事儿，少爷您真的不要见他吗？"

楚归笑得几分古怪，且不回答。这功夫站在他旁边的黑衣汉子道："听说杜五奎最近往金鸳鸯跑得忒也勤快，姓杜的是个大老粗，又有那么不上台面的癖好，多半是瞧上了柳照眉了。"

楚归优哉游哉，仿佛没听到。管家有些惊愕："是那个杜帅？听说他前些日子才抢了个有名戏班的戏子，藏在家里头，怎么转眼间又看上柳老板啦？"

楚归这才笑着轻声道："姓杜的一贯的喜新厌旧，这回算是柳照眉倒霉，他要不是走投无路，也找不到我们门上来。"

管家左顾右盼，却听那黑衣汉子也说道："可不是，落到这姓杜的手里的戏子，林林总总足也有七八十多个了吧？没一个有好下场的，这回他看上了柳照眉，家里头那个……距离死期估计也不远了。"

管家人倒是忠厚，闻言便忧心问道："三爷，那柳老板落在他手里岂不是也没什么好果子吃？您不帮帮柳老板吗？"

楚归淡淡然道："帮，当然要帮，人家三番两次走到门上来了，就算是那杜五奎有三头六臂，三爷也要会会他啊。"说着嘴角便一挑。

黑衣汉子似笑非笑，管家却松了口气，露出憨厚笑容："三爷，您这是救人一命胜造七级浮屠啊。"

楚归微微笑得如春风荡漾："老九，你拿我的拜帖去一趟杜帅府上，说我请他明晚在金鸳鸯看戏。"

黑衣汉子应道："好嘞，我这就去。"

老九拿了拜帖去后，楚归便问管家："余师傅在府内吗？"

管家道："在，只是不知这会儿睡了没……少爷您等等，我让人去看看。"

楚归道："不用，我自己去看一眼。"

楚归起身，缓缓地往内堂而去，拐过回廊，才进个月门，就见有人站在院子中央，正在练习打那木人桩。

楚归也不出声，只静静看着，倒是旁边伺候的丫鬟见了，不免向他见礼，那人瞥见了，这才停手，丫鬟递过帕子给他擦手脸。

"三爷回来了怎么也不说声儿？"余堂东转身，望向楚归，他看起来四十开外，生了一圈络腮胡子，大概是练家子，显得身段矫健。

楚归笑："看余师傅正在练，就先不打扰了。"

余堂东笑道："三爷有心了。"

楚归踱步过来，打量那木人桩："余师傅天天练这个，想必受益匪浅。"

余堂东一笑："这也有个悟性高低，我的悟性是一般的，因此只能算是聊胜于无。"

"哈哈，"楚归一笑，"过谦了，不过……"

余堂东见他深夜过来，就知道一定是无事不登三宝殿，便问道："三爷有事？"

楚归思忖片刻，说道："余师傅，你能不能帮我解惑，看看这是什么……"

余堂东拭目以待，而楚归说完，抬起手腕，回想陈继鸾举手挡枪，抚自己手腕，然后夺枪的一系列动作，然后随之缓缓作出，虽不算完美，但也有六七分相似。

余堂东看着他手上动作，神情一动："三爷，您这是从哪学来的？"

"并非是学来的，怎么，您认得？"

余堂东双眉微蹙，慢慢道："如果我认得不错的话，这是太极……三爷知道这招是因何使出的？"

楚归道："我瞧见她就这么一动，那个使枪的人就莫名地松了手……另外还有一招……"楚归思想着，又比划："是这样擒向那人手腕，谁知道竟被她以极为刁钻的角度避了过去……"

余堂东看着他思忖之态，沉吟道："三爷，恕我直言，跟此人对招的人可是三爷？"

楚归见他猜到，便点头。

余堂东道："我瞧您用的这两招，其实是太极里头极简单不过的推手……只不过能将推手使得这么'玄妙'，那可就……难说，当今太极门的行家的确是有几个前辈，但他们都不在锦城……如果是后辈的话，那就像是我方才所说的打木人桩，除了苦练，还要有绝好的悟性……只是倒是没听说后辈里有什么出类拔萃的。三爷，这跟你对招的人是什么样？"

楚归咳嗽了声："是个年纪不大的……"说到这里，忽地又停住。

余堂东皱着眉："恕我不知，三爷若是想知道，容我再打听打听。"

楚归想了想：“这个就暂时不必了，我只是随口问问。余师傅，时候不早，你就早点歇息罢。”

余堂东见他虎头蛇尾，匆匆而停，却也知道这位三爷心思聪灵，常人不能及，他既然如此，必定有缘由，便也暂时将此事搁下。

次日红日初升，日头过正午，极快地滚滚落山。

黄昏初上，金鸳鸯里里外外已经灯火通明，炫美异常。

戏楼外头，叫卖的小贩，奔跑的孩童，以及打扮得各色各样的摩登人士各自忙碌，扎着红绸的花牌，上面“柳照眉”三个字金碧辉煌，格外醒目。

今天柳照眉唱的是《游龙戏凤》，说的是那梅龙镇上开酒楼的李凤姐，遇上微服私访的正德帝，你一言我一语，暗中调明里戏最终成就好事。

楚归出现的时候，金鸳鸯里倒有一大半的人拿眼看他，一身挺秀长袍华锦背心长发及腰的楚三爷，俊美出彩得令人不敢直视。

而楚归一眼便看到前面戏台下头排坐着一个人，正是杜五奎。

姓杜的听着副官在耳畔回报，便转过头来，看到楚归时候便霍地起身。

“三爷，三爷！”杜五奎扯着粗大的嗓门，像是一枚炮弹似的冲着楚归迎上来，“您可来了！方才兄弟还在这儿思量三爷邀我看戏，自个儿怎么还没到？哈哈哈……”

杜五奎的确是个粗人，嗓门更粗，将满场子的细碎声响尽压了下去，粗噶声音一枝独秀地在空中回荡。

楚归不动声色地抬手，在杜五奎的袖腕上轻轻一握，看来是个亲热的姿态，却是挡住了杜五奎握向他的手且占据了主动。

楚归搭着杜五奎的手，笑成了一只猫：“兄弟来迟了……只不过，答应了请杜帅看戏怎么又敢不到场呢，只是有劳杜帅起身相迎那可真是罪过了！”

两人眉开眼笑，笑里藏刀，执着手你亲我爱似地到了前排，又寒暄了一阵，方才落座。

片刻只听得“锵”地一声，戏楼内嘈杂声响尽退，众人屏息瞪眼，静候好戏开场。

3

台上一出戏，台下也是一出戏。

杜五奎打量着楚归，远看这人美，近看了却更是令人欣喜，杜五奎心里头痒痒地难以自控，只恨没个抓挠从喉咙里伸进去挠挠。

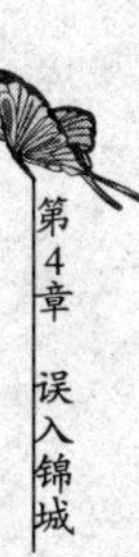

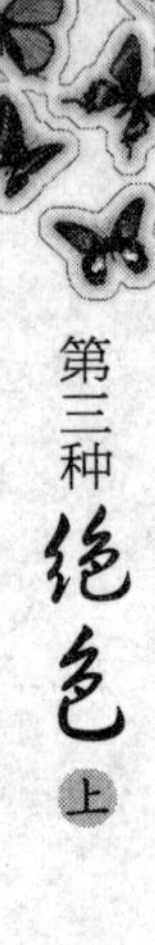

都是锦城里数一数二的人物，楚归知道杜五奎，杜五奎也知道楚归：这位小三爷，因出生的时候早产加难产，好不容易生出来后被算命的又批是早夭相，因此从小就被当女孩儿养，花衣裳布裙子，头发一律不许剪不说，据说还起了个乳名叫小花。

当女孩儿养又加上这样的名字，楚三爷果真是一板一眼有惊无险地长大，也不知那算命的真有远见还是歪打正着。

而杜五奎打听到楚归的乳名后笑得差点钻到床底下，自觉有一块肥美多汁的肉吊在自己跟前，他很想一口吞下，又怕噎了喉咙。

锦城里头说一不二的黑帮老大，提楚归第一没人敢说第二。

这倒也罢了……杜五奎自忖，他好歹也是土匪发家，手下几千号人几千把枪，还奈何不了他?

可是杜五奎还真奈何不了楚归，因为楚归自己本身就是硬茬子之外，他还有个哥哥叫楚去非。

楚母生了楚去非后，一心想要个女儿，却得了楚归，差点儿还害自个儿去了半条命，因此借着算命先生的话取个巧宗，就把楚归当女孩儿养，还给他排名老三，意思是说老二已经没了。

楚归在生母面前懂事乖巧，楚母爱逾性命，撒手人寰之时，还拉着楚去非的手，语重心长地叮嘱他要好好照顾弟弟小花。

楚去非不敢违抗母命，依旧让楚归保持原来模样，只不过楚归渐渐长大，女孩儿衣裳是不能穿了，乳名也不能叫了，倒是一把长发仍旧留了下来。

楚母早逝，楚父早就远渡重洋在海外逍遥自在，长兄如父如母，楚家兄弟间的感情非同一般。

楚去非起初害怕楚归会养成女孩儿似扭扭捏捏的性情，没想到穿着花衣裳长到九岁的楚归，一副娇弱皮相底下藏着的是又黑又狠的心，而且越长越歪，最后一路往黑道龙头这条最黑的道上奔去。

原因之一是楚母的出身。楚家兄弟的生母朱寰性子柔弱，出身却不是好惹的，乃是锦城龙头之一朱继邦的独生女。

朱老大纵横江湖，一世英雄，因没有儿子继承砍杀事业，迫不得已早早金盆洗手。

朱继邦老而寂寞，楚归又伶俐可爱，比略古板的老大楚去非更得他的欢心，几乎把个孙子当成儿子养。

虎死威风在，何况朱继邦并没亡，因为江湖地位又在，经常被各路新旧老大请着出席各类场面、堂会之类。

朱继邦爱孙心切，每次都带着楚归出席，博得四面八方的夸奖称赞，都说这闺女长得俊，朱继邦哈哈大笑揭露楚归是爷们，各路豪杰便也哈哈大笑，不免阿谀奉承如潮水一般纷涌。

而这种江湖人士聚集龙蛇混杂的堂会场面，进行得好便其乐融融大呼小叫声色犬马，一言不合那却是拔刀相向子弹横飞，常常是拳头跟牙齿齐飞，鼻血同唇血一色……在小小年纪的楚归眼里，那些可怖惊人宛若噩梦的场景，却分明显出一种另类的美感来，大抵是数十年后才有的所谓"暴力美学"。

楚归自小场上来场上去，刀光剑影子弹飞一会儿里成长，期间见识了无数的少儿不宜，外表越是漂亮，内里越是凶残，渐渐地养成了个泰山崩于前而面不改色的性情，又格外的胆大包天，性情诡谲莫测。

跟朱寰的出身不同，楚家却是如假包换的书香门第，门槛极高，楚家兄弟的生父楚才天乃是一名才子，好一手诗赋风流，是个颇为清高的人物。

楚才天娶了黑道之女，其中缘由可谓错综复杂，一言难尽。

所以楚才天在朱寰怀上楚归的时候就迫不及待地远渡重洋……原因可推测一二。

楚才天本质上自命清高，虽然做梦也想不到自己的二儿子将来会成长为出类拔萃的黑道龙头，阴差阳错地继承了朱继邦的衣钵且发扬光大，但就在朱寰生了大儿子楚去非后，刚养到八岁，楚才天做主即刻将儿子送到海外留洋接受新派教育，及至楚去非十八岁归国，便又去了当时赫赫有名的黄埔军校。

楚去非跟楚归不同，生得仪表堂堂，少壮气概，但想念故土跟亲弟，便要落叶归根，到底又回到锦城。

当时中央嫡系讨伐军阀，军阀也有些跟嫡系不对付，楚去非身为嫡系派来的干将，名义为一省的督军，但是这省里头掌握大权的，却仍旧是人称"杜帅"的军阀杜五奎。

楚去非觉得杜五奎是只会扎手的豪猪，杜五奎觉得楚去非是只中看不中用的野鹰，两人彼此很不对付，谁也看不惯谁，但谁也不敢先动，因为一不小心就会弄得两败俱伤。

所以锦城的局势暂时维持着微妙的稳定。

此刻杜五奎近便里看楚归，真个儿越看越爱，口水横流，连茶水都省下了。

可是爱归爱极，也只能隔靴搔痒望梅止渴，杜五奎还真不敢动楚归一根手指头。

正当杜五奎想入非非之时，台下众人喝彩声轰然雷动，杜五奎忙转头，才看到原来是柳照眉出场了。

杜五奎跟楚归不同，楚归外表无害内怀凶残，两相反差极大，但杜五奎乃是个容貌跟灵魂高度统一的主儿，内外兼修地都极畜生。

此时杜五奎见了柳照眉李凤姐的扮相，那样娇俏美艳，一举一动且又撩拨人心，顿时便把对楚归的一腔口水转到他身上去了，眼睛直直盯着，恨不得把人生吞活剥了。

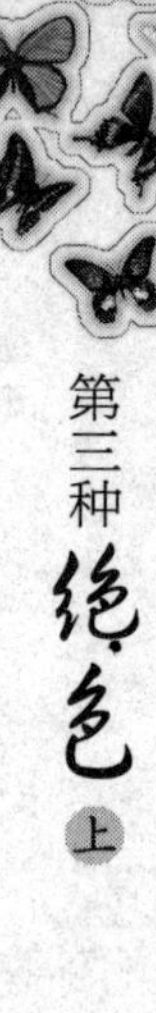

楚归眼睛望着台上，眼角余光往杜五奎方向一扫，心里冷笑半点没露出来。

“月儿弯弯照天下，问起军爷你哪有家？”

台上演得热闹非凡，正是高潮，柳照眉所扮的李凤姐跟正德帝“调情”，声音婉转柔美如黄莺。

楚归瞟着柳照眉，心想怪道连讷言的李管家都肯替他说话，这男子扮的李凤姐，竟比女人更生动三分，莫说是台上的正德帝，底下一大半戏迷都给迷倒了。

那好色皇帝道：“凤姐不必盘问咱，为军的住在这天底下。”

李凤姐抿嘴一笑，上了妆的眼睛闪闪生动鲜活，往台下一瞥。

楚归心头一动，知道这人是在看自己。

柳照眉那光鲜亮丽的扮相底下，似乎有一抹若有若无的幽怨，却随着奏曲欢悦唱起来：“军爷做事理太差，不该调戏我们好人家。”

正德帝不依不饶：“好人家来歹人家，不该斜插这海棠花。扭扭捏捏捏捏扭扭十分俊雅，风流就在这朵海棠花。”

楚归呵呵地便在心底笑：可不是吗？匹夫无罪，怀璧其罪，如今这世道岂非如此？像是柳照眉这般尤物，生得美就是天大的错。

李凤姐一跺脚一扭腰，作势将花儿摘下，扔在地上，唱：“海棠花来海棠花，倒被军爷取笑咱。我这里将花丢地下，从今后不戴这朵海棠花。”

这半真半假的嗔怒中，那正德帝将手中扇子收在颈后，俯身捡起花儿似的：“李凤姐，做事差，不该将花丢在地下，为军的用手忙拾起……”

他瞧着李凤姐，步步逼近：“李凤姐，来来来，我与你插……插……插上这朵海棠花……”

两人在台上一闪一避，你追我赶，欲拒还迎，柳照眉脚步轻盈翩若惊鸿，被个好色皇帝追着，似羞似怕还似欢喜……真真好一个“游龙戏凤”。

台上柳照眉那唇边的笑意已经有些勉强，一双上了妆的眸子光闪闪地，黑白分明的惊人，更为频繁地望向楚归，加之他扮相绝美，就如个可怜兮兮地美人一般，就差当场一拜了。

楚归对着柳照眉那双眼，好歹便开了金口：“杜帅，这戏唱得不错呀！”

杜五奎正在想入非非无法自拔，闻言咽了口口水：“可不是吗？三爷也听出好儿来了？”

“好，是真的好。”楚归点头，一本正经地说，“不是我说，这柳老板的唱腔、扮相，在这锦城里敢说是第二，就没有人敢说第一了。”

杜五奎瞄瞄楚归的脸，又看看台上的柳照眉，咽了嘴口水一拍大腿：“这话哥哥赞同！”

楚归忽然做若有所思状：“听闻近来蒋委员长正在主张‘新生活运动’，也有几个名流大员，也附和提倡保护国宝，我看，这柳老板也算是国宝之一了吧？杜帅怎么看？”

杜五奎意味深长地望着柳照眉：“柳老板当然是宝贝，国宝！难得的国宝啊！哈哈哈……”

楚归道：“既然杜帅也这么说，那么我看，我们是不是也附议一下……把柳老板这样的国宝给好好地保护起来？”

杜五奎刚要表示赞同，忽然间才觉得有点儿不对味儿来，脸上的笑僵了僵，转头看着楚归，道：“三爷的意思是……”

楚归笑得慈眉善目地一脸高尚：“我的意思很简单……杜帅跟我那么投契，怎么可能不明白？”

杜五奎瞪着楚归。楚归微笑如昔，慢悠悠地抬头看戏台上：“这出游龙戏凤好是好的……就是有些太荒唐了，堂堂的一个皇帝，见了个有点姿色的女人就失了魂儿似的，瞧，竟跟着人进了里屋了……荒唐，着实荒唐，怪道这正德帝只当了十几年皇帝，死后连个传位儿的子嗣都没有……”

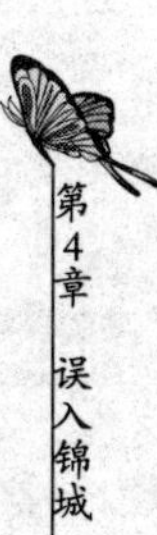

杜五奎挑着眉，看台上皇帝同躲避的李凤姐调弄：“三爷知道的可真多啊……”

楚归道：“我也不过是听说的，幸好咱们现在是文明、民主的新社会，能把这些荒唐事儿当成趣事，又让柳老板这样的人才活灵活现地演出来，果然是社会的一大进步。杜帅觉得，我刚才的那个提议如何？”

台下说着，台上演着，杜五奎眼皮动了几下，见李凤姐惊慌失措地欲跑：“好逃呵好逃！”正德帝追上：“好赶哪好赶！”李凤姐嗔怒：“你这人前庭赶到后院，后院赶到卧房，你是何道理？”正德帝色迷迷道：“要你打发打发。”李凤姐哼：“原来是个化郎，待我取个铜钱与你。”正德帝笑：“你这丫头连打发二字都不晓得？”李凤姐似忐忑似娇羞：“懂倒懂，我怕。”

杜五奎便说道：“三爷，你瞧，这丫头分明也动了春心了，却装得跟什么黄花儿大闺女般，扭扭捏捏说她可真不假呀！三爷你说正德帝荒唐，我瞧她本也是个淫妇……”

楚归望着柳照眉，悠悠然道：“说到淫妇……我倒想起那千古第一淫妇潘金莲，武大郎沾了她，丧了性命，西门庆沾了她也没好下场，至于武松，这还没沾她的身子呢，就是九死一生……真真是祸水得很，看来英雄好汉还是莫碰为妙。”

杜五奎皱眉：“这么说来，我倒庆幸。”

“杜帅庆幸什么？”

“庆幸柳老板不是女人啊！”

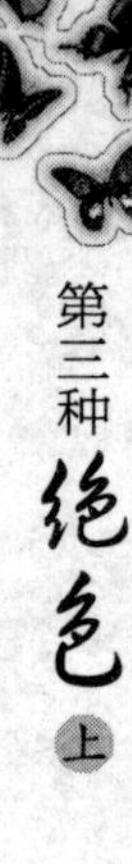

楚归慢慢道："但在我眼里，柳老板可真比女人还女人。"

杜五奎听到这里，便道："三爷的意思我算是明白了，得，咱们明人不说暗话，三爷这是要跟我抢人吗？"

楚归笑："如果是，那杜帅让是不让呢？"

两人面面相觑，一时沉默，杜五奎身后的副官跟几个警卫齐齐起身，手按着腰间枪匣子。楚归身边儿的老九面色阴沉地起身，他身后的几个随从一色儿黑色褂子，默不作声地握紧了拳头。

戏台上柳照眉也发现了不妥，一边仍旧对着白一边紧张地望着下面，刹那间连后台的鼓点儿都似慢了下来。

杜五奎死死地盯着楚归，眼神恶毒像是蛇盯住了青蛙。

楚归笑意浅淡，似乎并未发现眼前一触即发的生死危机。

正在两人似要大干一场之时，杜五奎忽然哈哈大笑："没想到三爷也是同道中人，既然如此，那么兄弟我就只好……把美人让给三爷了。"

楚归一挑眉，终于慢慢说道："谢杜帅给面子。"

杜五奎一抬手，他身后的几个警卫放松下来，台上柳照眉双眸一直盯着此处，见状便知道大事似成，神色才缓缓安定。

正好儿正德帝表明了身份，两人说得妥当，李凤姐便唱："叩罢了头来龙恩重，"正德帝方才被台下的对峙惊得发抖，勉强唱道："用手搀起爱梓童。"李凤姐又唱："低声问万岁，欲往何处从？"正德帝回答："孤王打马奔大同。"李凤姐羞："就在这店中住一晚。"自然正中皇帝心意，当下一拍即合地："一床衾被渡凤龙。"

杜五奎眼睁睁地瞧着台上的人成就了好事，但自己的好事却给人搅和了，腹中火起也没心思再看戏，只是他不敢同楚归翻脸，便只狠狠地瞪了台上的柳照眉一眼："这戏果真有些荒唐！不看了！"霍然起身，带人往外而去。

台上李凤姐正恭敬地："万岁请呐……"望着杜五奎离去的方向，一颗心放进肚子里，双眸含情脉脉，看向前头稳稳坐着的楚归，万千感激。

楚归对上柳照眉那双比女人更媚的眸子，他对这个没兴趣，就转头看杜五奎离开的英姿，谁知这么一回头，倒看到戏楼后面，沿着墙根儿处，有个人正低着头极快地走过。

楚归一看此人身形，微怔之下，心头怦地一跳，便没心思目送杜五奎，只想道："她怎么在这儿？"

第5章

游龙戏凤

1

那人不是别人，自然正是陈继鸾。

陈继鸾跟陈祁凤两个，在锦城里东转西转，终于先找了个简陋的小租房暂时安身，第二天一早，陈继鸾把陈祁凤留在屋里，千叮咛万嘱咐叫他不要出来，自己便出来想办法。

陈继鸾心想，不管怎样都要把黑马给赎出来的，只可惜他们所带的盘缠加上栗少扬送的，总共还不到五十块大洋，这些盘缠都有用不说，就算是他们舍得，那也还是远远不够的。

陈继鸾先前曾经跟着商队来过两次锦城，也认得几个生意人。陈继鸾本想去讨个法子的，那些相识的同继鸾交情泛泛，能答应帮出几个银元的就已经不错，除此之外却一概没有法子。

幸好有个老成的掌柜，便拉着陈继鸾到僻静处，低低说道："姑娘，你这件事棘手，要我看最好就是那马儿不要了，赶紧走人……不过，你要是真舍不得那马儿，倒是可以试着去找一个人……"

陈继鸾忙了大半天，此刻好不容易得了指点，就赶紧往金鸳鸯这边来，原来那掌柜说的，正是这金鸳鸯的柳老板同警察局局长交情不错，倘若柳老板愿意在警察局长面前美言两句，那么那黑马还是有望被还回来的。

陈继鸾去金鸳鸯的时候时辰还早，打听了几个人，却听说柳照眉人还没有到，再问柳老板住在哪，却没有人愿意跟她说了。

陈继鸾无法，只好暂且等着，却见华灯初上，金鸳鸯内外都热闹起来，她觑着人没留意，便悄无声息地摸上楼，将要到后台化妆的地方，却被一人拦住，问她是来做什么的。

陈继鸾便道是来找柳老板的，那人说道："柳老板在上台前是不见外人的。"

陈继鸾等了小半天，又记挂陈祁凤在家不知如何，心急如焚。

正在这功夫，却见有个人越过她进去，在里头一个上妆的美人身边儿低低道："老板，杜帅到了。"

那丽人上妆的手势一顿，有些焦灼问道："三爷呢？"

那传信的就摇头，柳照眉手微微发抖，却不作声。

拦下陈继鸾的那人便要推她出去，继鸾见机不可失，便道："柳老板，我有事相求……拜托请帮个忙……"

柳照眉望着镜子里自己的样儿，凄然一笑，也不回头，只轻轻地说道："如今我已是自身难保，却还有人来求我帮忙？我若真如此能耐，又何必去低声下气求别人？"竟不理会。

陈继鸾听着他的话里头几分凉薄，几分幽怨，加之拦阻那人一再阻挠，陈继鸾无法，便先退了出来，却也不离开，只安静站在角落里，拦她那人见状，便只骂了几句便离开。

陈继鸾站了不足一刻钟，就见先头报信那人又喜气洋洋地回来了。

陈继鸾心头一动，探身看去，却见他进内在柳照眉耳畔说了句什么。

柳照眉一转头："真的？"声音里也带了颤意，更有几分惊喜似的。

陈继鸾惊鸿一瞥，望见那上了妆的半边脸孔，红粉绯绯，果真美得不可言说。

陈继鸾不知发生何事，却听到楼下一阵地吵嚷，怔了怔，走到楼梯处俯身看去，却蓦地吃了一惊，原来竟看到一张熟面孔，赫然正是那晚上欲杀马又暗中指使巡警把马儿拉走的楚三爷。

陈继鸾心中暗暗叫苦，直叫冤家路窄，却也无法，赶紧地后退一步，又紧紧地贴在墙根儿上。

陈继鸾如今是留也不是，走也不是，正在犹豫中，却见那化妆的屋子里一人出来，赫然正是上好了妆的柳照眉，整个光彩照人，比女子更似女子。

陈继鸾急忙点头："柳老板……"

柳照眉抬眼，看陈继鸾站在墙根儿处，他一怔之下，便轻声说道："你这人倒是固执，也好……倘若今晚上我过了这一关，那么我便帮你这个忙也无妨。"

他说完之后，嫣然一笑，翩然离去准备上场。

陈继鸾听了柳照眉这句话，忙活了一天直到现在才觉得眼前明亮了几分，当下熄了退去的意，专心等在此处。

她悄悄看看底下，却见那新进门的楚归已坐到了前排一身军服面目可憎的杜五奎旁边。

陈继鸾望着两人那副"亲热"模样，心中便道："真真蛇鼠一窝。"

陈继鸾打起精神将这出戏听下去，台上柳照眉跟"正德帝"演，台下楚归跟杜五奎演，而陈继鸾旁边，也有两个上妆准备接场子的龙套演。

柳照眉演的是"游龙戏凤"，楚归演的是"俏罗成枪挑李元霸"，而陈继鸾身边这两个龙套演的却是"智收姜维"，好一个——"听山人把情由细说端详"。

两个龙套本着闲杂磨牙八卦的心思，断断续续三言两语地把柳照眉跟杜五奎，柳照眉跟楚归，楚归跟杜五奎之间的那些儿事说了个明明白白。

陈继鸾这一站倒好，免费地把三幕戏都看了个正着——楚归跟杜五奎对峙那刹那，两个龙套见要闹场，嗖地躲进里屋去了。

陈继鸾藏好身形往下看，一时也捏一把汗，只是望见楚归那淡然的表情，她心中不由得也对这个邪性十足的地头蛇有几分佩服。

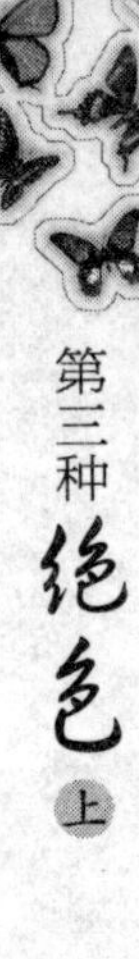

待见杜五奎离开之后，陈继鸾想到方才那两个龙套所说，便觉这戏楼里不能呆了，显然柳照眉所依仗的那救星是楚归，此刻楚归帮他解了围，柳照眉下台后必然要感谢他……她留在这里，是讨不了好的，不如等在外头。

陈继鸾见楚归施施然地看着台上，一副入迷的模样，又看杜五奎往外而去，便也急忙贴着墙根往外溜去，谁知正要神不知鬼不觉出门，楚归却好死不死地转过头来，将这一幕看了个正着。

陈继鸾将要出门，鬼使神差地回眸看了一眼，正对上楚归那双闪闪发光的眼睛，陈继鸾心头咯噔一顿，楚归望着她，脸上却露出一个意味深长的笑。

输人可不能输阵。

陈继鸾勉强一笑，冲楚三爷一点头，才转身出门而去。

柳照眉将脸洗得干干净净，换了一身月白长衫，望着镜子里素净的容颜，想想那人的样儿，兀自有些不自信，心里忐忑恍惚。

“老板，老板！”外间戏班的人跑进来，慌里慌张道，“老板，三爷走了！”

“什么？”柳照眉一惊，“走了？”

“三爷刚起身，往门口去了，老板你看……”

话还没说完，柳照眉急忙转身往外而去，将下楼的时候，果然见楚归正在往外走，身边儿围着一群人，也不知正在说什么，有几个似乎还是当地报社的记者，在手里捧着簿子，写写画画，也有些阿谀奉承的，抑扬顿挫地套近乎。

柳照眉顾不得，叫道：“三爷！”便拔腿下了楼。

柳照眉便跟楚归在戏楼的大堂内碰了面，两个本都是光彩照人的人物，站一处孰高孰低却是一目了然。

柳照眉是中等身量，楚归却比他高出半个头去。

且气质上也自是大不同，柳照眉唱旦角，再怎么也带着股柔婉之气，几分温润。

但看楚归，这人通身的气派却是匪夷所思莫测的紧，冷冷寒寒，似乎是出鞘的雪亮刀锋，又像是令人打心里发颤的初雪。

“柳老板，恭喜恭喜，又是满堂彩！”楚归脸上带笑，双手负在身后，周围这么多人，更似众星捧月，他一人光芒万丈地。

柳照眉急忙拱手，深深道谢：“都是托了三爷的福，今晚真真多谢三爷……”

楚归笑眯眯地：“这倒是不用了，方才我跟杜帅在下面说起来，现在中央政府都倡导文明、民主、新生活，而在我们锦城像是柳老板这样的艺术家更是不可多得的人才，实在该好好地保护才是……杜帅倒是个深明大义的人，经过我一番解释，也表示了赞同。”

他的声音不高不低，周围的人也听了个一清二楚，记者们拼命在簿子上记录。

柳照眉见这么多人在，却不好意思说得更细，就靠近了去，略压低了声音："真不知该怎么感激三爷好，先前我还以为已经没什么希望了……"

楚归道："说哪里话……"说到这里，便也放低了声音，对柳照眉又道："其实我也有所耳闻，杜帅这人……折腾得也够厉害了，哪个落到他手里会有好下场？锦城好不容易出个柳老板，就那么白白地给毁了，我瞧着也不痛快，幸好兄弟能说上句话，没有在柳老板面前丢面子。"说到最后，便眉眼舒展地微笑。

他话说得体面堂皇，柳照眉眼圈儿发红："柳照眉就算是给三爷做牛做马也是心甘情愿，只怕就算如此，也难报答三爷的大恩。"

楚归抬手，在柳照眉肩头轻轻一拍，仍旧放开了声调："柳老板就别跟我说这些见外的了，兄弟我虽没什么文化，但说起支持咱们的国粹艺术，本地的宝贝东西，可是没得说！柳老板以后仍旧好好地唱戏，这锦城的父老乡亲可都指望着您这一把嗓子呢！若再有那些不识相的，只管跟我说，若有能帮上的，义不容辞！"

柳照眉扫见他在肩头拍过的那只手，万分感激："三爷……"

这功夫有个人叫道："三爷，我们是晨报的记者，感谢三爷这么支持新生活运动，三爷能不能跟柳老板合一张影我们登报用？"

楚归就看柳照眉："柳老板觉得如何？"

柳照眉素来被人指挥来去，也鲜少被如此体贴礼遇，当下道："这是我的荣幸。"

当下，楚归便同柳照眉站在一处，"砰"地一声，合了张相片。

两人合影完毕，楚归才又笑道："瞧这时候儿也不早了，柳老板忙碌一天，也是该好好歇歇了，既然这事儿完了，那我就先走……改天再来捧柳老板的场！"

柳照眉听他说的越发是磊落光明，便也垂头恭敬说道："改天我也会亲自登门拜会三爷。"

楚归笑道："都说了不必客套，柳老板留步，留步……"说了这一句，转身便往门口走，柳照眉赶上相送，楚归却又停下步子，低声："对了柳老板，另还有一件事……我先前似乎看到一个陌生的女子从这里离开……"

柳照眉有些惊讶："女子？"

楚归打量他的神情，却见他的样子不似作伪的，便道："不是锦城的人……"

"三爷饶恕，我并没有见过什么女子……"柳照眉诚恳说道。

楚归一笑："那必然是我看错了。"一点头，这会儿是真走了。

柳照眉想了会儿，摸不到头绪，然而好不容易请了楚归这尊神解了围，他心里也自高兴，上楼换了衣裳，便也出门欲回家去，谁知刚出了门，便见门口有个人闪出来，道："柳老板……"

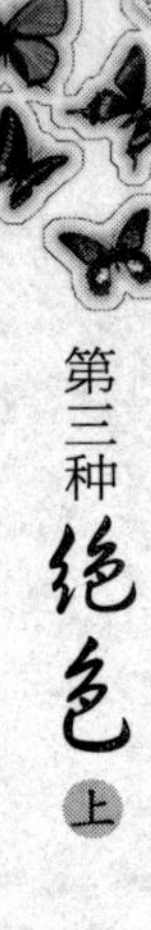

柳照眉一怔，细看，却是先头等在里头的那个人。

柳照眉心情不错，便笑道：“原来是你啊！你还真个等在此处……”说到这里，忽然间心头一个闪念，笑意从脸上隐没，目光在陈继鸾鬓角扫过，“你……”

陈继鸾听他语带轻快，心想幸好没白等，便道：“柳老板，我有一件急事想拜托您……”

柳照眉听着她的声音，目光从她帽檐上往下，掠过那身土气打扮，想到楚归那句没头没脑的话，一时倒吸一口冷气：“你是……女人？”

2

陈继鸾没料想柳照眉会忽然问出这句来，略微一怔之下便道：“乡野之人初来乍到锦城，让柳老板见笑了。”

柳照眉只觉得好像是有个雷在脑子里炸响：“你、你……”想到楚归的那些话，他心里乱成一团，脱口问道：“你认得楚三爷？”

楚归问他有个女子从后台出来，当时他可说绝对没有，然而明明就是陈继鸾此人，那楚归会怎么以为，会不会以为他是有心隐瞒不肯说真相，又或者是以为他跟陈继鸾有什么……

他才好不容易托楚三爷救了一命，难道说这还眨眼不迭地，就又无形之中把人给得罪了吗?

柳照眉头一时都大了。

陈继鸾忽地听柳照眉提起楚归，心中一沉：“楚……三爷？”

继鸾聪明，一听他提到楚归，就有种不好的预感，眼皮子隐隐在跳，刚要假装愚钝含混过去，却听柳照眉又道：“且住！你是为了何事来找我的？”

他说着，便下了台阶，往旁边走开了几步，顺便扫了周围一眼，却见路上人来人往，楚归早就离开了。

继鸾聪明，柳照眉却也不笨，在这红尘滚滚乱世里厮混，反应但凡慢点儿也活不到如今，继鸾听他不再问楚归，便跟着走过来两步，又道：“我们初来乍到锦城，不懂规矩，把一匹马跟马车给警察局的人带了去……有人说柳老板您跟警察局长有些交情。陈继鸾走投无路，只好觍颜前来相求柳老板相助……倘若柳老板肯帮这个忙，以后继鸾绝不敢忘记您的大恩！”

柳照眉望着她：“马车在街上乱闯的话，的确不合规矩，但何至于就带去了？你没有给他们钱疏通吗？”

陈继鸾苦笑道：“咱们是初来的，大概是看着面生……”

“你真个不认得楚三爷？”

陈继鸾原本想把这一节蒙混过去，见状似是瞒不住了，便道：“不瞒您，当时是有位爷在场……只不过我们初来，却不认得。”

柳照眉一听，心下通明，当下一摇头：“对不住了，这事儿我却是帮不上忙。”

他拔腿要走，陈继鸾慌忙拦住：“柳老板？”

柳照眉停下脚：“你不必再说，且莫说在这锦城内无人敢得罪楚三爷……更何况，我这条命才刚是三爷救得，你这事儿倘若不沾着三爷，我倒是还可以帮这个忙，但是同三爷有关的话……请恕我实在是无能为力。”

继鸾目瞪口呆，有心再求，可是看柳照眉这个决然样儿，又想到方才他跟楚归在内的热络劲儿，就知道说破了嘴皮子怕也于事无补。

继鸾无可奈何之下，便站定了脚，并未再去拦着求。

柳照眉转身上了黄包车，极快而去。

陈继鸾站在这热闹渐渐散去的金鸳鸯门前，心中一片寥落，想到方才楚归那回眸一眼，想到自己白忙了一天，又想到陈祁凤在家中指不定如何担忧……陈继鸾只觉得眼睛也有些发涩。

但继鸾性情天生倔强，虽然一再受挫，但站了会儿，却又打起精神，不管怎样，还是得回去……实在不行的话，就只能把大黑马扔下了……

继鸾想到这里，心里略觉得难过，可是这锦城的水如此之深，那位三爷又是个一手遮天的人物，他们一来就把人得罪了，以后还怎么混下去？

罢罢罢……也只有壮士断腕了。

继鸾想好了退路，就在心里盘算回去后陈祁凤会如何问，自己又如何应答，如此想着，便慢慢地往回走去。

继鸾心里想着事情，如此走了约莫十多分钟，忽然之间身子猛地一震，站住脚瞪大眼睛四看。

原来方才她满心盘算，只仗着记性往回走，这一功夫才发现……好似……又迷路了。

继鸾发觉走差了路，心中叫苦不迭，赶紧往回返。

她抓着人又赶紧地问路，幸好她还记得住的地方那地名，那些路人被她拦下，有好心的便指点一二，有人理也不理骂一声走人。

继鸾按照那些好心人指点，东绕西绕，有时候觉得像是走到熟悉的路了，有时候却陌生……她一阵喜又一阵儿讶异，渐渐地眼前的道路越发四通八达，巷子胡同蜘蛛脚般地伸展，高楼屋宇黑影重重……继鸾满眼迷糊，只觉得自己是越发地绕糊涂，连最初那点子清楚也荡然无存了！

继鸾站在那黑乎乎的巷口上，此处人更是少得紧了，连个能问路的人都没有，也不知道她是怎么钻进来的。

继鸾满心冰凉，暗暗责怪自己实在糊涂的紧，为了把大黑马救出来耽搁的这么久，却把自己是个路痴这点儿忘了，倘若她回不去，陈祁凤定会担忧，他一忧心暴躁，指不定又闹出什么事儿来，黑马跟弟弟孰轻孰重？

继鸾想到这里心如油煎，恨不得狠狠地抽自己几个大耳光子。

继鸾正懊悔地无法可想，耳畔却隐隐地听到一些奇异的响动，她是习武之人，耳目皆极出众，听到响动当下便像是飞蛾见了亮光，赶紧地向那动静跑去。

继鸾跑了一阵儿，那动静便更加鲜明了，竟似是拳打脚踢外加有人微弱呼救的声响，继鸾大吃一惊，情知到错了地方，估计不是什么好场面，而随着她一转弯，眼前也看得清楚，前头那巷道里头，借着微弱的灯光，瞧见大概有四五个人围着一个人在拼命地厮打。

继鸾走江湖惯了，为人几分谨慎小心，不再像是初出茅庐什么事儿也不懂的时候习惯"路见不平拔刀相助"，谁知道这番殴斗是为了什么而起？贸然出手更是不妥，多一事不如少一事。

何况她刚进锦城就惹了不能惹的人，此刻便不想再多事，正想要悄悄避开，耳畔却听到一个熟悉的声音："你们……求你们……"

接着有个声音便邪气地笑道："这功夫知道求饶了？早知道乖乖地从了不就行了……"

那被打者声音颤抖微弱："你们……莫非是杜……"

"闭嘴！老子们只是来给你这兔子好看的……"

接着便又是惨叫声，嬉笑声。

继鸾听到这里，双眉一扬，心念如电，瞬间身形不停，反而急急地往那一团乱战里冲了过去。

"住手！"继鸾人未到，先大喝一声。

那些人正调弄厮打得兴起，距离此处不远就是巷子口，外间便是大道，也有些人经过，但是看到这场景都远远避开假装没见的，这年头，等闲地要替人出头，简直跟自送死没什么区别。

这几人见继鸾忽地而来，正在愕然，有人便闷声笑道："有个不怕死的！"

正说着，忽地见眼前那人身形腾空，还没来得及反应，脸颊上一阵剧痛，竟是被人一脚踢中，整个人还没笑完，身子便向后跌了出去。

剩下那三人见状，大惊失色，急忙围了过来，继鸾见他们全无停下之意，便也不啰嗦，不慌不忙挡在那蜷缩在地上的伤者之前。

这一番闹腾，却另有一个人站在墙角的黑暗中，见继鸾出现，他便一怔，心道："怎么是她？"

你道是继鸾本是不想多管闲事惹事上身的，怎么忽然之间又不顾一切冲了上来？这自然跟被打的那人有关，原来，那被打在地上几乎无法动弹的人，居然正是金鸳鸯的柳照眉，柳老板。

柳照眉那一把嗓子极为特殊，继鸾虽只听过一次，却记忆深刻，方才她要走之时，柳照眉求了一声，落在她耳中——这也是柳照眉命不该绝。

柳照眉被打得奄奄一息，从地上睁眼看去，见眼前人影晃动，那几个围殴自己的人正在围攻一人。

柳照眉本没什么所望，谁知道看了一会儿，却见那来救援的"义士"仍旧飒飒英姿地站着，其他三个如狼似虎地，却分明被打得跌了出去，在地上跟病猫儿似的呻吟。

柳照眉咳嗽了声，却说不出话来，只觉满嘴血腥气。依稀见那人上前来，把自己扶住："柳老板你怎样了？"

柳照眉听着这声音熟悉，却想不起究竟是谁，眼睛拼命眨了一眨才看清楚，顿时道："是你？"

这功夫，地上那四个爬起来，本正要继续动手，却听得一声淡淡咳嗽，四人便缓缓地后退，互相搀扶极快地离开了巷子。

陈继鸾原先对付那四人之时就已经发现，还有一个黑衣人站在暗影里没有动手。

陈继鸾本就不想多惹事，那人没有参战的意思，继鸾便不主动去招惹，这功夫见那人示意那帮人撤了，她也自松了口气。

柳照眉扶着陈继鸾的胳膊站起来，原本精致漂亮的一张脸，被打得鼻口出血，眼睛红肿，看人也有些模糊，说话也有些嘶哑："没想到……"

"柳老板，先别说了，我送你去医院吧？"陈继鸾忙道。

柳照眉伤得重，只好应了。

陈继鸾扶着柳照眉出了巷子，来来往往拉黄包车的也有，但看柳照眉这个样子，谁敢过来掺和？

偏柳照眉被打得腿都有些瘸了，踉跄无法行动，陈继鸾一咬牙："柳老板，我背着您。"

柳照眉正咬牙忍痛，闻言一惊，陈继鸾道："我背着您去医院，只是我不知道医院在哪……"

“前头不远就是……”柳照眉心中惨然，“你扶我过去就是了。”

陈继鸾看着他面目全非的样子：“柳老板，我抱不动您，背还是可以的。”

柳照眉呆呆看她，继鸾扶着他手臂，到他身前去：“柳老板您的伤不能耽搁，您比我更清楚吧？”

柳照眉道：“你先前央求我的事……”

话没说完，陈继鸾将他双手一拉：“行了，这功夫来不及说这些！”一躬身，又一挺腰，柳照眉本能地抱住她的脖子，身子便贴在她的背上。

他的脸擦过她的后脑，极快地贴着她鬓角脸颊往她肩头靠去，脸颊相贴，他吓了一跳，头蓦地扬起，额头却把她的帽子给不小心撞落了。

柳照眉回眸，见那帽子落了地，他张了张嘴，想说什么却没说。

这会儿陈继鸾背着他已经小跑起来，那帽子便越来越远。

柳照眉虽是个唱旦角的，却是个不折不扣的男人，身子骨在那，重量也在那，也幸亏继鸾是习武的。

但饶是如此，把人背着进了医院之后，她整个人却也撑不住地贴在墙壁上，上气不接下气地忙着喘起来。

医生护士见来了伤者，急忙过来探看，柳照眉在锦城很有名气，医院里也不乏他的戏迷，来来往往里，有人便认出了他，当下大叫一声：“是柳老板！”引得四方惊动围观，一时人潮如涌。

陈继鸾见有人把柳照眉接应了过去，她便松了口气，又靠在墙上喘了几口，抬手擦擦额头上的汗，转身往外走。

那边柳照眉被院方妥善细密地接过去，一帮子医生护士围着问长问短。

柳照眉浑身痛楚，却抬起头来想看陈继鸾，只见在人群的缝隙之中，那人看他一眼，抬手擦擦汗，转身竟走了。

柳照眉无力地垂头，双眸合上，心中不知是何滋味。

陈继鸾抓了个护士，把回去的路问了个清楚，那护士见她是送柳照眉来的，也十分耐心，幸好他们所住跟此处不远，陈继鸾把她指点的路标牢牢记在心里，便出了医院门口。

继鸾看看眼前马路，默默念叨着护士的叮嘱，转身往左顺着马路而去。

而就在继鸾离开之后，医院门口上，那原先被打的一人捂着脸颊，狠狠不已：“九哥……原来是个娘们儿，哪冒出来的硬点子！让兄弟们去做了她？”

旁边一人，黑衣黑面，赫然竟是楚归身边的那个“老九”！

老九望着陈继鸾离开的身影，又看看医院门口，沉沉说道：“幸好正事儿已经完结了……不然的话对三爷不好交代，都记住！这娘们三爷认得，不要轻举妄动，回去请示三爷再做打算！”

其他四人听是“三爷认得”，虽不知详情，但个个咋舌，便乖乖地不敢造次。

3

继鸾惦记着陈祁凤，急急地往租房回去，这回却是走对了，远远地望见那熟悉的巷口，继鸾心头一喜，正要往那边飞跑，旁边却跑出个矮小影子来，叫道：“姐姐回来啦！”

继鸾一怔，见是个七八岁的孩子，正拉着她的袖子，冲着巷口大叫了声：“快来呀，姐回来啦！”

继鸾不认得这孩子，正要问他是不是认错人了，却见巷口呼啦啦地又跑出一群人来，其中带头的一个，赫然正是陈祁凤。

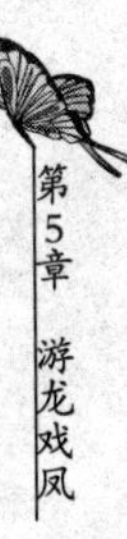

继鸾见忽然跑出十几个娃儿，又见了陈祁凤腿脚利索安然无恙的往这边窜，便放了心。

这功夫几个孩子都跑过来，陈祁凤跑得最快，一把握住继鸾的手腕：“姐你怎么才回来，担心死我了！”

继鸾上下一扫他：“这不是没事吗，就是耽搁了点时候……”见祁凤果真是从头到尾完完整整，吊了一路的心总算好好地回到肚子里。

继鸾说完，又看周围那帮孩子，见十几岁的有，七八岁的也有，都在仰头看她，继鸾忍着笑问：“这又是……”

陈祁凤道：“他们都是住在周围的……我等不回你来，他们路头熟，把周围都找遍了……”

陈祁凤说完，便对这帮孩子道：“我姐回来了，你们也都回去吧！”

这帮半大孩子听了这个，纷纷嚷嚷道：“好的大哥！”此起彼伏叫了一阵，才散了去。

继鸾又惊又笑：“祁凤，他们叫你什么？”

陈祁凤一摸头：“姐，我可没惹事，我就出来等你……然后就认得了这些人，他们倒也不坏。”

继鸾打量着他，他们初来乍到，这帮半大孩子也正是调皮闹腾的时候，怎么会无缘无故就认了陈祁凤为大哥？必然是有缘故的。

只是如今一切太平，继鸾便也没再计较，只道：“没惹事就行，饿了吧？我路上买了两个饼，咱们回去吃。”

两姐弟便又往出租屋回去，陈祁凤这才想起大黑马，便问，继鸾沉默了会儿，道：“明儿我再去探一个人，要还是不行，咱们明儿就走。”

陈祁凤见继鸾在外头一天，也知道事情不好办，肯定为难了继鸾，他也不着急，也不生气，反而安慰道：“姐，你别太着急了，事情要难办，咱们趁早就走。我看着锦城邪气的，刚进城就见到那个人，可见是晦气……”

继鸾听他说起楚归，便笑了笑：“是啊，也是你我的运气忒好！头一遭就撞见他。”

两个回到屋里，说着闲话，就着白开水，把两个饼分着吃了。

继鸾吃着饼：“那帮孩子到底怎么认得的？”

祁凤见她问起，便说了来龙去脉，原来有几个少年见祁凤刚搬来，便来看热闹，言差语错里不免挑衅，陈祁凤那性子那按捺得住，不过这次倒好，祁凤那身手，对付十几个少年都不在话下，这些少年跟半大孩子见他身手着实厉害，立刻服气，拜为大哥，听其号令。

继鸾笑道：“你倒是成了孩子王了，不过仍记得不许惹是生非。”

两人吃了饼后，继鸾从包袱里摸出两个苹果来，扔了一个给祁凤，两人咔嚓咔嚓吃完，各自洗漱，便熄了灯睡了。

次日继鸾起了个大早，出了巷口，便看马路上人来人往，有个报童抱着一叠报纸，一边跑一边叫嚷：“看报了看报了！金鸳鸯的名角柳老板被歹徒袭击！性命垂危！”

继鸾愕然，却见几个行人纷纷掏钱买报，有人也不赶路了，站定了展开报纸就看。

继鸾站在旁边，探头看去，却见报纸的头版，赫然登着两副照片，一副是楚归同柳照眉的合照，两人站在一块，双双微笑，如一对明珠，美不可言。

而旁边一副，却赫然是柳照眉的伤照，遍体鳞伤头脸带血地被人搀扶着，狼狈可怜。

楚归同柳照眉那副，用大幅溢美之词形容柳照眉演出成功，当地知名人士楚三爷大力嘉奖，顺便提出楚归说的那一番“民主，文明，新生活”，报道的三两句里，提出了当时杜帅杜五奎也在场看戏，只是中途退场。

柳照眉受伤那一副，则义愤填膺地谴责了歹徒的残忍，以及柳照眉伤势之厉害，并且督促警察局尽快破案。

继鸾看了一眼，昨晚上她背着柳照眉去医院后，也看到好些医生护士跟医院里的人把柳照眉围了起来，后来她一心想回家，就没再逗留，如今想想，似乎在她转身找路的时候，看到有几个记者打扮的人物捧着相机急冲冲地也进了医院。

继鸾心道：“这锦城的记者竟这么厉害？我前脚把人送进去，后脚他们就赶了去……时候这么准。”

她看了一眼那报纸上楚归那副笑模样，对上那人沉静的眉眼，不知为何心中竟闪过一个古怪的念头。

这一份报纸惹得满城哗然，继鸾往医院的路上几乎都听到行人在议论这个。

继鸾听到有人边看报边说道："这事儿真真蹊跷，昨儿的戏楚三爷跟杜帅都去了，这可都是锦城最大头脸的人物了，是谁这么大胆，一转眼就把柳老板给打了……"

"没听说吗？那位杜帅，可是有名的爱养戏子，听说最近看上了柳老板。"

"可是的……你没看报纸上写？昨天杜帅看到半场就走了！柳老板戏那么出彩，怎么会中途退场？再加上楚三爷在场，你瞧楚三爷这话'要保护本地的艺术工作者'……你们怎么看？"

有的人直言不讳道："这准是姓杜的想强占柳老板不成，故而才下了狠手……"

继鸾一路零零碎碎地听了不少，经过金鸳鸯的时候，见戏班几个人凑在一块儿，继鸾耳力极好，听他们低低道："昨儿三爷跟杜帅都说妥了，怎么竟又下这样的狠手？"

"柳老板这次也不知能不能挺得过去……"

继鸾先前不在锦城，故而不知道锦城的形势，因此一时也瞧不出什么来。

她无心管这些，只进了医院，打听了柳照眉住在哪，谁知还没到病房，就见好些人围在病房门口，有些记者，也有些市民。

继鸾凑在旁边，好不容易看个人出来，把这些前来采访或者探望的人都劝走了，继鸾便才上前："我想……"

那人看她一眼，本来不以为意，又看一眼，忽地问道："你是……"

继鸾道："昨晚上我……"

还没说完，那人眉一挑："是你救了柳老板？"

继鸾忙道："救不敢当，只是碰巧路过。"

那人听了，便换了一张脸，赶紧把继鸾往病房里让："昨晚上多谢你了，不然的话我们老板可就……"

继鸾道："柳老板吉人天相……"眼睛往前一看，后半截便咽回去。

却见柳照眉人在病床上，精精致致一张脸，嘴唇都破了，高高肿起，一边眼窝乌青，一边脸颊紫红，再加上手臂跟腿上的石膏，简直认不出是前日那个在台上活泼生动的柳照眉。

继鸾本是有求而来，见状却不由得心头打了个顿儿：来得似不是时候。

柳照眉一只眼能看，见是继鸾，便道："你来了，坐会儿吧。"

继鸾往前一步，也没客气，果真拉了凳子坐了："柳老板，您觉得怎么样？"

柳照眉苦笑："我现在这样……倒还不如死了痛快。"

旁边那人正给继鸾倒水，闻言便看柳照眉。继鸾道："柳老板别说这丧气话，留得青山在不愁没柴烧。"

那人倒了水给继鸾："就是，大难不死，必有后福。"

柳照眉一笑，也不作声。

继鸾看他神情里有些淡淡地，不像是太悲怆，只是似几分消沉，她心里那点想法有点说不出来，只好低头喝了口水。

柳照眉望着她的神情，却道："你来，是为了昨晚那件事吧？"

继鸾差点被水呛了，看柳照眉一眼："柳老板……"

旁边那人见状，便出了门去。

柳照眉长睫毛动了动，轻声说道："本来这件事儿我是万不能插手的，只不过我这次侥幸得了命，却是多亏了你……等我养一养伤，我去跟局长说声，只不过能不能成，却还不一定。"

继鸾见他主动说起来，还能说什么，便道："不着急，柳老板先安心养伤。"

柳照眉抬眸看着继鸾："其实，有件事我不知该不该说。"

继鸾正琢磨着走，便问："柳老板有什么事？"

柳照眉道："你跟楚三爷……到底有什么过节？"

继鸾迟疑了会："说起来惭愧，我跟楚三爷只见过那一次……大概是我的马冲撞了他。"

柳照眉轻声道："只是这样？那不应该呀……"

继鸾借机说道："不过要是马儿领出来，我们会即刻离开锦城的。"

"你们？"

"我还有个弟弟。"

柳照眉"哦"了声："对了，还没请教姑娘你的大名？"

继鸾微微一笑："陈继鸾，陈平的陈，承继的继，鸾鸟凤凰的鸾。"

柳照眉轻声道："好名字……倒是配得上姑娘你这份英气。"

继鸾抱拳："让柳老板见笑了。"

两人说到这儿，柳照眉若有所思，继鸾便想着告辞，坐在这儿总有些不大安稳，见柳照眉不开声，她便道："柳老板，我就不打扰您了，您多歇息，我改天再来看您。"

柳照眉道："那好，继鸾姑娘慢走。"

继鸾觉得自己的名字给他一念，刹那间温柔如水起来，不由一笑："我走了，柳老板好好休养。"

继鸾出了门口，心里想着柳照眉那一声"继鸾姑娘慢走"，只觉得柳照眉一个男人，说话儿却这么温柔，在他念这一声之前，继鸾从没想到自己的名字有朝一日也会这么“动听”，继鸾想得有趣，便低头一笑。

就在这带上门一低头的瞬间，便听得耳畔乱糟糟地，有人道：“三爷！三爷您怎么看柳老板被打这件事儿？”

又有人道：“三爷您一大早就来探望柳老板？”

继鸾听得一个“三爷”，只觉得浑身都绷紧了，她反应奇快，并不去看声音来的方向，只当什么也没听见，直直地便转过身往相反的方向走去。

就在继鸾迈步而行的瞬间，却听得耳畔那清冷的声音肃然道：“各位，各位！”

他略一停，众人顿时鸦雀无声，于是楚归的声音就越发清晰：“诸位，听到这个消息的时候，我简直不敢相信！此刻，我心中的愤怒简直难以用言语形容！这些歹徒打的不仅仅是柳老板，更打的是我楚归，是整个锦城的广大父老乡亲！……昨晚上在金鸳鸯我还对柳老板说过，像他这样受乡亲们爱戴的著名艺术家需要好好地保护，让他好好地、安心地给父老乡亲们唱戏，可是一转眼居然就……”

继鸾听到他的声音里居然有些哽咽之意，心中不由得一股寒意掠过——楚归这一番话，听起来着实令人动容，若非继鸾知道楚归绝不是动辄就会激愤落泪的“性情中人”，估计也会百分百地信了他。

继鸾心想：他为什么要这样？

那边楚归停了停，似乎在控制自己的情绪，又道：“探望过柳老板后，我会即刻会见警察局张局长，绝对不能放过攻击柳老板的真凶！一定要给广大锦城民众有一个交代！”

楚归说完之后，便抱了抱拳，昂头迈步往前而行。

这功夫继鸾已经转过了走廊，将身子贴在转角的墙壁上。

她心里忐忑，不知自己出门那一刻楚归会不会看到……又会不会对她拜托柳照眉的事儿有影响，但想来想去，也没什么头绪，此刻外面也没什么动静，估摸着楚归已经进了柳照眉的病房。

继鸾叹了口气迈步要走，忽然间眼前探出一根胳膊，将她一挡，而后跳出一人，又急又快地攻了过来。

4

楚归其实一早便看见了陈继鸾。

就在她打开门走出来的瞬间，想着柳照眉那温柔婉转的一声唤面露笑意之时，被簇拥

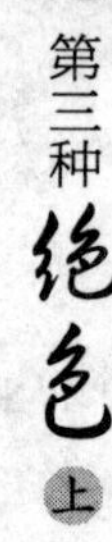

着的楚归一眼看了个准。

及至看见那人脸上笑意收敛，而后头也不抬直接转身往相反的方向去，楚归面上不动声色，心里头灯火通明。

打开病房的门看到柳照眉的瞬间，楚归脸上露出如假包换的震惊悲愤神色：“柳老板……怎么竟……”他叹了一声，欲言又止，走到床边上：“现在觉得怎么样？”

眼神慈祥关爱地打量着柳照眉浑身上下。

柳照眉想起身，楚归抬手扶住他：“别动别动！”柳照眉苦笑：“怎么竟劳动三爷亲自来了？”楚归道：“早上我听到信还不敢相信，以为是有人造谣，后来觉得不对，才即刻过来看看……真真是没想到！”

柳照眉低低道：“都是我的命不好。”

楚归斩钉截铁道：“不许胡说，柳老板大难不死必有后福，这些小事你无须介怀，……柳老板可看清了是谁动的手？”

柳照眉道：“天色太黑，那些人又蒙着面，没看清楚……”

楚归道：“这也无妨，敢动柳老板，就是不给我楚归的面子，谁敢这么下我的面子，我便势必要跟他死磕到底！”

柳照眉望着他，楚归道：“柳老板，你可想到是谁动的手？”

柳照眉叹了声：“三爷……”

楚归琢磨着似的：“昨晚上我才跟杜帅说好了……他总不至于就恼羞成怒……吧？”

柳照眉将头转过去，一只好眼微微泛红，却不言语。

楚归见他如此，把拳一握往床边狠狠捶下：“着！我不管究竟是谁动的手，假如真个就是杜帅，那他就等同在我脸上也掴了一巴掌！柳老板你放心，这件儿事，我一定给你个交代，你就在这儿好好地养伤，别想其他的。”

柳照眉道：“三爷……我只怕连累三爷。”

“我楚归不是个爱惹是生非的人，但是既然别人惹到咱们头上，那咱也不是怕事的！”楚归不由分说地，在柳照眉的手上按了一按，“柳老板，我替你做主。”

柳照眉只觉得手上一阵微凉，原来楚归的手竟这般冷，幸好他按了一按又挪了开去。

柳照眉便道：“在锦城里，我也只能仰仗三爷，最敬佩的也只三爷一个，三爷这么说，我哪能不放心。”

楚归听着他柔柔的声音，便一笑：“你这么想，我也放心了。”

两人说到这里，便停了一停，柳照眉望着床边之人那张脸，便道：“对了三爷，还有件小事，照眉要跟你说说。”

“何事？”

“就是昨天晚上，三爷离去前问是不是有个女子从后台出来，当时照眉说没有见到。”

“哦，是这件事。”

“其实当时的确有人进了后台，是个陌生男子装扮的，当时照眉心乱，没仔细看就叫人轰她出去了，后来才知道原来是个女子，”柳照眉望着楚归的脸，但从这张漂亮的脸蛋上却看不出什么不同寻常来，“昨晚上我被围攻的时候，也是她恰好经过，救了我一命。方才她才来过，我见她是个实诚的人，又对我有救命之恩，就想答应了她拜托我的事儿，不过……”

“是这样啊，不过什么？”

“不过我不大明白，三爷是不是跟她有什么……过节之类的，起初回绝了她，也是怕三爷会不高兴……”

“没什么过节，”楚归一抬手，“就是那晚上她的马儿冲撞了我，被警察局的人拉了去，大概她就以为得罪了我，其实我是全没放在心上。警察局的那些人你也知道，总是想多捞点儿的，正好她也救了柳老板，由你去出面说说替她解个围倒是好的。”

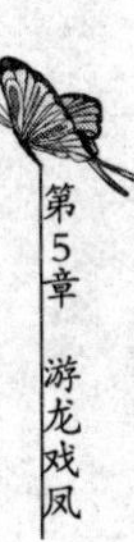

第5章 游龙戏凤

柳照眉听他说的这样慷慨光明：“那却是我多心了，谢谢三爷。”

楚归笑道：“谢个什么？多个朋友多条路……好了，我来了也够久了。柳老板就安心好好歇息，我现下去一趟警察局，总得先督促督促他们……”

柳照眉欠身：“三爷您忙，我送三爷……”

楚归将他一拦：“又跟我客气了？好好躺着休息。”

楚归同柳照眉说完了话，便出了病房的门，出门后左转，走了十几步，便从袖底掏出一条帕子来，在按过柳照眉手的那只手上擦了一阵儿，往旁边一扔，那帕子轻飘飘地便落入旁边的垃圾箱里。

身后有人急急跑上前，却正是老九，楚归扫他一眼，道：“人呢？”

老九面上一阵尴尬：“三爷……人跑了。”

“跑了？”楚归挑眉，“你都拦不住？”

老九的脸竟泛了红，几分落败的赧颜，几分受挫的恼怒：“那人滑溜之极，我一时大意……”

“连个女人都制不住，还找借口，我也替你臊得慌。”

“三爷，现在怎么办？”

“只要她还在锦城，那就是我的人，”楚归哼了声，脚下不停，出了医院，上了黄包车，“派人在这儿看着，她会来见柳照眉。”

柳照眉遇袭的消息早上散出来，到了下午，差不多就有点水落石出的样子。

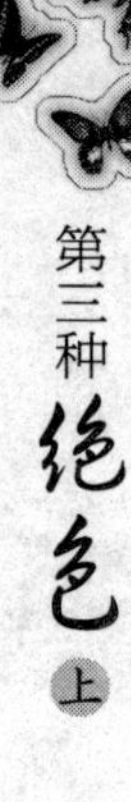

杜五奎的所作所为，本来就人尽皆知，他喜欢糟蹋戏子也不是一个两个一天两天了，又有知情人把他看上柳照眉、柳照眉不从向楚归求解的一系列事儿说了，何况昨晚上在金鸳鸯的戏楼里，也有好些观众都亲眼目睹过杜五奎同楚归两拨人那一刹那的对峙，显然是谈得要翻脸才如此。

这些爆料一出，柳照眉被谁所害基本没什么悬念，多半是楚归拦着杜五奎不让他动柳照眉，杜五奎表面答应背地不服便下了黑手。

次日锦城的报纸，头版上登出来的大标题赫然就是“谁是袭击血案的背后黑手”，用了大幅版面描述了一个欺男霸女无恶不作的有权有势恶霸形象，以及历年来他的那些著名事迹，除了没直呼其名，其他的都齐活了。

报社登出这则消息后，锦城哗然，都知道柳照眉遇袭是杜五奎干的好事，顿时谴责喝骂之声四起，谁知到了下午，一帮蒙头盖脸的人冲进报社，大砸大抢又伤了几个人，临去还嚣张地放了一枪。

这功夫正是“文明、民主”的风头浪尖上，竟然有人敢公然如此伤害民意，刹那间整个锦城的百姓同仇敌忾，没有不憎恨杜五奎的。

第二天报社又刊登了“遇袭案引出新的血案”，这回也不遮掩了，指名道姓地点出杜五奎的大名，强烈谴责军阀横行该当立止。

晨报散发后，当即有许多名流发表声明，表示声援晨报的正义之举，要求彻查伤害柳老板的真凶。这些名流之中，俨然还包括一直跟杜五奎有嫌隙的督军楚去非。

显然楚督军也很不喜欢这位杜帅，声明里毫无偏袒之意反而大加斥责了横行霸道的军阀主义，那义正词严的声明大大地鼓舞人心。

中午，锦城的各个学校也联合起来进行了游行，有人跑到杜帅府，把些菜叶碎砖头远远地扔过去，民愤四起，差点就酿成暴乱。

柳照眉被打的时候，杜五奎还在府里抱着个姨娘翻云覆雨，听了消息后还不知大难临头，只笑柳照眉自己倒霉，跟了自己不就没事儿了？

谁知道事情竟演变得一发不可收拾，到了第三天上，那些请愿的学生跟百姓把大帅府都给团团地围住，杜五奎人在深院内耳朵兀自被震得嗡嗡乱响。

杜五奎是土匪出身，蛮横惯了，哪里会看得起民众的威胁，气急了后便从床上跳下地，提着枪往外就冲，两个副官拦不住，被他冲出去，先放一枪朝天。

学生跟百姓被惊得一阵静默，而后又有人大叫：“打倒军阀！”

叫声于是便更比先前还响亮。

杜五奎气得眼红，几乎想立刻抢起枪杆子打死两个，正在强忍着，人群中飞出一个鸡蛋，准头如此之好，正中他的额头，鸡蛋碎裂，蛋清蛋黄挂了半脸。

杜五奎呆了一呆，瞧见几个前头的人似在笑，大叫一声之下，抡起枪把子便射过去。

刹那间，耳畔响起惨叫声，此起彼伏，学生们见有人负伤倒地，惊慌失措，有人来扶，有人逃跑，有人却气愤地往前挤。

杜五奎杀性起了便拦不住，啪啪又连放了两枪，也不管打中了谁。

“都给我打！这帮刁民！”杜五奎喝令部下，手在额头一抹，“不给你们放放血不知道厉害，日他娘的，哪个王八蛋还敢……”

那些他手下的兵面面相觑，望着现场惨状，一时却动不了手。

“打啊！都给老子打！”杜五奎竖起眼睛，话没说完，只听得“啪”地一声枪响。

杜五奎以为是自己的部下动了手，正要笑，忽然间却觉得肩头火辣，他低头一看，肩上竟是一个血洞，杜五奎目瞪口呆：“日你……”一句话还没说完，忽然之间张大了嘴。

旁边的副官看得明白，人群中不知哪里飞出来的子弹，正正好地没入杜五奎的额头，给他的脑袋开了个洞，血糊住他的脸，杜五奎往后一倒，彻底完蛋。

副官们还想给杜帅报仇，然而现场乱作一团，每个人都在撒腿乱跑，到处都是鬼哭狼嚎，要捉凶手，简直如大海捞针。

而就在这乱得不能再乱的场景之中，有一辆吉普车姗姗来迟，带着一大队人马，披荆斩棘冲上前来，司机把门打开，先探出一只皮靴铮亮的脚，而后有一人略躬身出来。

笔挺的欧式军服，俊朗的脸上架着一副时兴的墨镜，头戴青天白日大檐帽，整个人风度翩翩，卓尔不群，跟杜五奎那等豪猪形象不可同日而语。

副官们一看，并不陌生，这来的人，正是锦城的督军楚去非先生。

楚去非站定了双脚看看周围，忽然看到了地上的杜五奎，便拔腿跑过去：“杜帅！杜帅！……这究竟是谁干的？”

副官们面面相觑。

楚去非看杜五奎已经是死透了，便松开他，悲愤交加地站起身来，似乎在控制自己似的转过身，隔了会儿后才又面对众人。

他抬手慢慢地摘下眼镜，戴着白手套的手指在眼尾轻轻擦过：“怎么会发生这种事？你们是怎么保护杜大帅的，竟然让他遭此不测！”

楚去非似乎对于忽然造成的惨案深表痛心，声情并茂道：“我本是想来登门规劝杜帅的，没想到竟然发生此等事情，要是早来一步就好了……杜兄，实在是天妒英才……唉……”

楚去非跟杜五奎之间交情泛泛，副官们见他忽然而来本有些敌意，正暗自戒备，见楚去非露出了戚戚然的表情，好像还流了几滴男儿泪，便不由得都做了鲁肃，眼睛看着面前这位诸葛亮，心里对于主公的不幸也有了那么一点悲痛，悲痛升起，悲愤便消停了些。

第6章

动了春心

1

楚去非虽然唱了场“卧龙吊孝”，但他的目标远比诸葛亮宏伟，他不是为了脱身，而是为了接手。

杜五奎死了，他手下的这几千号人马群龙无首，楚去非跟杜五奎唱了那么久的反调，总算眼睁睁地看着这块肥肉掉到嘴里了，当然要立即吞下。

楚去非反应快速，当下先命人把杜帅的尸体抬进去，一方面准备后事，另一方面命人去捉捕刺杀杜帅的真凶。

就在杜五奎的手下跟没娘的孩子一般呆怔的时候，楚去非以迅雷不及掩耳之势打入内部，这么久的对峙里头他早就知道哪个是杜五奎的心腹哪个算是中立，神不知鬼不觉地把那些绝对不可能归顺他还可能惹事的心腹派偷偷干掉，并且对中立派许以大好前程……一方面棍棒一方面蜜糖，很快杜五奎的军团内部其乐融融，只不过姓“杜”改成了姓“楚”。

虽然大帅刚离开余悲还在荡漾，但军阀兵团并入中央，吃的粮饷不仅没变还可能更好，装备上也预计会焕然一新，大家找到新的前程，就不大管杜帅是不是在另一空间里吃香喝辣了。

其实杜五奎本不该这么急着就送命的，按照楚归的计划，估摸着他还能有一天半天的活头，之所以加速死亡，是因为一个人，陈继鸾。

话说继鸾怎么会跟此事有关？其实继鸾自己却不大清楚，心里有鬼的是楚三爷。

那晚上他派了人去打柳照眉，却被继鸾撞破，几个人反被揍了一顿，虽然说已经完成了交代，但楚归听了老九的汇报，总觉得心里面刺刺挠挠的，很不舒服。

他做点什么事儿从来都是顺顺溜溜地，这回忽然又蹦出个陈继鸾来，楚归好好地把两人的相遇琢磨了一顿，回想起那人那身手，那眉眼，也不知道她是故意来搅局的呢，还是……

楚归还担心，倘若继鸾认出他的这几个人，再多嘴那么一说，柳照眉就罢了，他是个聪明人，知道如何自处。

万一给那些煽风就着的报馆记者、或者是杜五奎那丘八知道了，那可就……扎手。

虽然老九一再说他并没有出头，动手的四个弟兄也是别地儿找来的，绝对不可能认出来，但楚归终究是意难平的。

尤其是次日在医院看到继鸾从柳照眉病房出来，远远地他就看见那个人笑眯眯的样子，把他惊了一惊，心中说不出是个什么感觉。

所以为了防止迟则生变，楚归不得不恋恋不舍地把杜五奎的生死簿记录给提了前。

楚归坐着黄包车，打量路边上人来人往，锦城说大不大，说小绝对不小，要找个人其实不大容易。

幸好“仁帮”数千子弟，遍布锦城，龙蛇混杂三教九流都有，假以时日，还是会找出来的。

楚归想到那人迟早会被提留着放在跟前，心里略微舒坦了一点，便在黄包车上换了个姿势。

今儿楚归不是回自己的家，却是回老宅，黄包车一会儿的功夫到了楚家老宅，楚归下车，见门口上停着那扎眼的吉普，正好老宅的管家迎出来：“三爷回来了。”

楚归道：“大哥回来了？”

管家点头哈腰：“刚刚进门。”

楚归迈步往内，他手下一批人自也有人接应了去照料。老宅的大门尽是石砌的，两个大石狮子格外威猛，迈步入内，楚归踏着石头甬道往里慢悠悠地走，一边看两边养着的一些植物花草，假山喷泉，正自得其乐，远远地看到大厅内有人影出没。

楚归扫了一眼，心中咯噔一声，本能地要躲，那人却已经看到了他，赶紧一脚出门地招呼：“老三，老三你来了？快点进来。”

楚归抬手摸了摸嘴角，脸上便也露出一副笑容：“嫂子，今儿你怎么有空在家啊？”

这出门的正是楚去非的妻子林紫芝，穿着一身极为合体的缎子旗袍，脖子上戴着手指头粗的珍珠项链，头发烫得弯成几道楚归不懂的弯儿，却偏服帖地贴在鬓角，还缀着一朵珠花在发侧。

林紫芝是个不折不扣的美人，且很精致的那种。楚归瞧着她，不知为何想到陈继鸾，心底掠过那个粗粗拉拉的形象，就忍不住“嗤”地笑了一声，觉得那人真像是个刚从土里刨出来的文物。

林紫芝热情招呼这楚归进门：“你跟你哥真是心灵相通，他前脚进门，你后脚就来了……老三啊，平日里也不见你多来转转。”

一边招呼一边叫下人准备茶水果子。

楚归进了大厅，老宅外头是古色古香，里头也是，可大厅里却偏摆着几张洋派的沙发。

楚归一下坐进去，整个人几乎就陷到里头，很不舒服，还是觉得不如坐檀木椅子。

楚归瞧着林紫芝眉开眼笑地，便也笑道：“大嫂整天忙呢，我也有些瞎忙的活儿，就没敢来。”

“什么没敢，当你大嫂是外人！”林紫芝一甩手，“我还以为是上回介绍的那个史老板家的闺女不好，把你得罪了呢！你大哥就好一阵说我，说你眼光高，看不上那种俗不可耐的，不过我瞧着不错呀，人家白白胖胖，一看就知道是能生养的，你要是娶了去……”

楚归一阵儿头大：“大嫂大嫂……那个好是好，不过性子太文弱了些，我怕我太粗鲁了人家受不了，大哥怎么还不出来呢？”

“原来是这样，”林紫芝眼珠一转，把最后一个问题视而不见，十分执著地说道，“老三，那么你看密斯李怎么样？”

楚归听了这个，像是被针扎了一下似的：“哦……那个什么啊，她不是回北平去了吗？”

林紫芝本来坐在他对面，这功夫就转过来：“什么那个什么！叫得这么生疏，密斯李性格可不文弱吧？人家会拿枪……还会骑马……当初她在锦城的时候，我看她跟你玩得极好的，前阵儿她家里催得急，她只好回去了，不过最近又回来了！大嫂偷偷告诉你，我瞧着她是惦记上你啦！”

楚归转过头，一阵龇牙咧嘴，回过头来却又苦笑：“人家那身份，怎么会看上咱？再说……大嫂你也知道我的脾气，我不爱那些洋玩意儿。”

“什么洋玩意，人家密斯李不过是留过洋，可是土生土长的北平城的贵族小姐，听说人家祖上还是皇室呢……”林紫芝神秘兮兮地说。

“哈哈……皇室，不会是李莲英那派吧？”楚归忍不住笑。

“别瞎说！”林紫芝忍不住打了他一下。

两个正在说着，却见楚去非从二楼现身，一边摆弄着领带一边看楼下：“你们两个说什么呢？”

林紫芝闻言便站起身来：“你别站着啦，快下来说说老三，他的眼光可不是一般的高呢！这样下去，难道只有七仙女能入他的眼？”

楚去非慢悠悠地自楼梯上晃下来：“你就别替他操这个心了，叫我看也不是眼光高，就是没遇见他喜欢的那人。”

林紫芝目瞪口呆：“喜欢的那人？他喜欢……什么样儿的？老三，你不会是心里有人了吧？”

楚归一抬手一闭眼，向这位嫂子投降。

楚去非笑着推她：“行了，他好不容易回来趟，你就别唧唧喳喳地了，荣宝斋送了两套新首饰，你去看看可心不，不喜欢就退了再换。”

林紫芝一听，喜上眉梢：“那我去了，你们兄弟两个好好聊聊！”

林紫芝听了有首饰，二话不说便撤了。

楚归见她上了楼，才抬手揉住太阳穴：“哎哟，这一会儿的功夫我的头要炸了似的……你怎么不早点儿下来啊？”

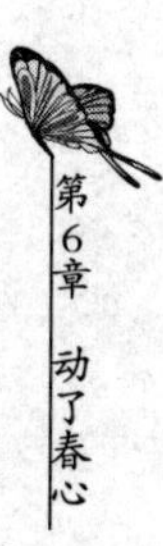

楚去非哈哈一笑，走到他旁边，抬手替他揉着脑袋：“我早点下来她岂不是没机会说，这些日子可把她憋坏了，给你张罗了七八个人家的小姐呢。”

楚归正在享受大哥的按摩，听了后面一句，毛骨悚然，一转头避开楚去非的手：“你们夫妻俩是想折腾死我啊？我是不是哪得罪了你们啊？”

楚去非从沙发后转过来，便坐在对面，喷笑道：“什么折腾死你，你大嫂有句话说得对，你是老大不小了，也该成家了。”

楚归举起双手：“我服了成吗？有没有别的话说啊，没有的话我可走了。”

楚去非笑道：“行行，不说这个……”

他笑了一笑，便跷起二郎腿，有几分悠闲地：“你猜下午你哥做什么了？”

“什么？又认识了个新欢？”

“去！”楚去非冲楚归一挤眼，看看楼上。

楚归哼道：“瞧你又纵容大嫂又买珠宝的，我就知道……”

楚去非道：“行了行了，这回真不是那个，是正经事，是关于那姓杜的……”

楚归这才恍然明白：“是他啊，怎么样，还顺利吗？”

“顺利之极，”楚去非眉眼里都掩不住笑，“没想到竟能这么爽地把这块肥肉一口吞了。老三，这全靠你，把那杜王八引进圈子里，让他跑也没处跑去，死得顺应民心，又不费一枪一卒。”

楚归懒洋洋道：“我瞧他也不顺眼很久了，早就想干掉他……”

楚去非谨慎：“只是别太得意了，其他地方做得都干净利索吗？柳照眉那边没露行迹吧？”

楚归听他提起这个，就又想到陈继鸾：“没有，我办事你尽管放心吧。”

楚去非笑道：“那这锦城以后就是我们兄弟俩的天下了，哈哈……”

楚归见他笑得开心，便也笑道：“哥你笑得这样，弄得我们像是两个奸角儿。”

楚归在老宅吃了晚饭，林紫芝难免又唠叨了一番。楚归忍受着耳朵被折磨的痛苦，草草地吃了点，饭后林紫芝刚端出水果来，楚归抄了个苹果便逃之夭夭。

楚归出了门，黄包车早就等着，老九把盖车的褥子揭了，楚归上了黄包车，头一件事便问：“找到那人了吗？”

老九道：“这回没辜负三爷，原来她如今住在……”

楚归琢磨了会儿：“现在去吧。”

老九一震：“现在？三爷亲自去？”

楚归答应了声，懒懒又道：“嗯，现在就去……夜长梦多，我也想再亲自见见她。”

2

楚归这人做事向来极有章法，鲜少心血来潮行事，这一番趁着夜色去见陈继鸾，便属于这“鲜少”之中的一件。

黄包车七拐八拐，在岛城内穿行，一会儿上坡一会儿下滚，楚归算是锦城的土著，瞧着这一片房屋林立，黑暗里嗅得到有些海风的气息，料必前头隔着海不远，而这里正是锦城南端，最繁杂的一片居民区。

楚归出行的时候一般三辆黄包车，前头一辆开道，后面一辆尾随，还有十几个属下骑着自行车跟随左右，只不过这次因为他先回老宅，估摸着事儿不多，带的人便少，除了老九，就只有其他三四个手下。

楚去非曾跟楚归说过，让他置一辆轿车，但就像是楚归自己说的，他并不喜欢那些洋玩意儿，机械车这种东西对他来说自然也是洋玩意其中之一，楚归还是喜欢更贴近地气儿的、他觉得熟悉的东西。

黄包车转进了一个小巷道，只容一辆车通过，倘若对面来了，怕要相撞，幸好这块地方住着的都是贫苦人，没有人闲的乘黄包车。

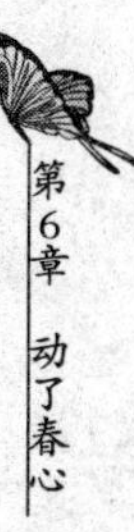

楚归在车上，懒懒散散冷冷静静地望着胡同里头那若明若暗的灯光，心中升起一股奇异的感觉，就好像他曾经来过这个破烂地方，就好像……今儿这一趟他是注定了必来的，究竟为了什么，却不可知。

楚归那一行人浩浩荡荡出现的时候，陈继鸾正在送一位中学老师。

原来陈祁凤虽然只在此地呆了两天，却认识了一大帮半大娃儿，人人都知道新搬来一对姐弟，尤其是弟弟，生得极为出色。

这位郑老师，说起来也算是邻居，曾见过陈祁凤领着一帮孩子玩耍，见他年纪不大却处处透着机灵，郑老师爱才心切，先拉住陈祁凤问了阵儿为何他不去上学，继而不舍弃，便又来跟“家长”谈。

继鸾便将他们只是在锦城暂住之事说了一遍，郑老师很是惋惜，但却无法。

继鸾知道他是一片好心，便寒暄着送了出来，正在挥别之际，就看见楚归那三辆车浩浩荡荡地像是从地里钻出来一般出现在面前。

这地方极少有黄包车来，一帮孩子见状便要围上去，陈祁凤眼神好，登时就瞧见正中间的楚归，当下心头一震便叫道：“不要过去！”

奈何有个五六岁的小孩儿不懂事，已经跑到旁边，这功夫楚归已经下了车，见那小孩吮着一根手指头眼巴巴地望着自己，他呵呵一笑，抬手摸向小孩头顶：“乖，一边儿玩去。”

旁边的老九正在想这位爷怎么如此亲民了，目光一转，却看见楚归手底下按着一块儿白色帕子，隔着帕子轻轻地把小孩的头摸了摸，便袖手往前走。

那小孩觉得头上有东西，抬手扯下来一看，却是块儿极好的手帕，顿时欢喜雀跃，扯着跑了。

继鸾正送完了郑老师，见状便几步过来，把陈祁凤一拦："让孩子们都回家去吧，你也回去。"

陈祁凤盯着楚归："姐！"

继鸾低低说道："我能应付。"

这时候楚归已经不紧不慢走了过来，借着幽暗灯光打量继鸾，手一抬指着继鸾，似笑非笑道："你这一身是那什么来着，对了……男扮女装啊……"

老九在一边差点笑出声来，幸好陈祁凤已经走了。

楚归还在沉吟："不对不对，是女扮男装，女扮男装才对。"

继鸾充耳不闻那些，这会儿只一抱拳，道："见过三爷。"这时候也知道楚归是冲她来的，便也不躲闪了。

楚归一点头："你知道我是谁？"

继鸾道："在锦城谁人不知道楚三爷？"略一停顿，又道："前些日子初来乍到，有些无心冲撞之处，还请三爷见谅。"

楚归啧啧一笑："说的什么话，都是无心冲撞了，我怎么还会生气呢，说生气岂不是显得三爷小气？对了……你知道我是谁，我却不知道你是谁呢？"

继鸾有心不说自己名字，免得留下后患，但只要他有心，又怎会不知道？无奈只好道："陈继鸾。"

楚归慢慢道："陈继鸾……啊。"

这两天来，他是第二个念她名字的人，继鸾心头一动，暗想："真正奇怪，这分明是同一个名字，被不同的人念出来，竟有这样不同的感觉，听柳老板念，一股子的温柔，听他……却变得……也说不出是什么滋味来。"

楚归打量着继鸾，见她帽檐遮着额头，更是有些看不清脸色如何，他沉吟了会儿，便道："好好的一个大姑娘，怎么这般打扮呢？"

继鸾道："不过是为了行走方便。"

楚归做了然状："也是，这兵荒马乱的，一个女孩子家四处走动，的确是不大安全，不过……继鸾姑娘，你这一身儿武功不错啊，哪里学的？"

继鸾道："都是些粗浅把式，上不得台面，是家里传的。"

楚归道："这就是……太极？"

继鸾同他相见，只是为了救黑马的时候仓促间动了一招，见他居然竟认得，便不动声色道：“小把式，瞒不过三爷眼。”

楚归哈哈一笑：“这可不是小把式，头一次见面你就把我的枪夺下了，再一次……你竟然把我的人给打了……”说到这里的时候，一双眼睛死死地便盯向继鸾。

继鸾愕然道：“三爷这话从何说起？我承认曾情急之下夺过三爷的枪，不过……继鸾就算是吃了熊心豹子胆也不敢动三爷的人啊？”

楚归道：“你真没有？”

继鸾道：“绝对没有！”

楚归盯着她的眼睛，眼前看见的却只是一张极为平静的脸，无喜，无怒，无惊，无惧。

片刻，楚归的嘴角略泛起一丝笑意，嘴里唤道：“老九。”

身后老九上前，楚归问继鸾：“那么，你可认得他？”

继鸾抬眸看向老九，四目相对，老九一抬手：“继鸾姑娘，可还记得我吗？”

继鸾露出震惊恍然之色：“你是……啊，原来你是三爷的手下？”

楚归道：“你不知道？那晚上在大街上夺枪，他可也是在旁边儿的。”

继鸾脸上露出愧疚之色：“当时一心冲着三爷去了，哪顾得上周遭的人……这位爷，是在医院里曾交过手的，当时还以为不知得罪了那路神，故而只想要脱身而已……若有冒犯之处，还请九爷原谅。”

老九见她说得自在，不由心中一愣，便看楚归，却见楚归面上笑眯眯的。老九见了楚归这个神情，心中不由地一颤，他是常跟着楚归身边儿的，自知道这个笑是什么意思。

楚归望着继鸾，道：“那么说，继鸾姑娘在医院跟老九动手的时候，还不知道他是我的人？”

继鸾诚意十足又愧疚十足地：“的确不知，方才经三爷指点才明白过来，是继鸾莽撞了，还请三爷跟九爷见谅。”

楚归看了继鸾一会儿，忽然笑了开来：“陈继鸾……你真是个人才。”

继鸾面露茫然之色。

楚归抬手，手指虚虚点着她，笑着说道：“可惜了可惜了，你若不是个女人……我就……”

正说到这里，忽然之间继鸾面色一变，抬手便攥住楚归那只手。

楚归愣住，还没反应过来，继鸾在他腰间一拥，竟将他压在了身后不远处的墙壁上。

这电光火石之间，只有数秒而已。

这墙年久失修，上面不知多少的污垢尘渍，楚归又被猛地撞了过来，一时七荤八素气

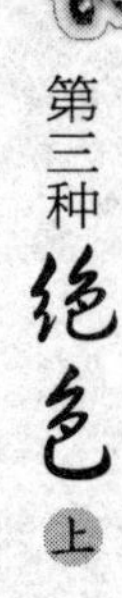

往上撞："你干……"

正说着，就听得"啪"地一声清脆响亮，旋即是一声惨叫。

楚归心头悸动，来不及计较更多："什么事儿？"

继鸾压着他，转头看向黑暗处的楼洞里："三爷，这人怕是跟着你来的。"

这功夫老九也随着窜了过来，拔出腰间的枪戒备，跟随楚归来的人中有一人中了枪，跌在地上，有一人将他拖开，其他人各自找掩蔽。

那枪声又响了两声，便消失无踪，枪声停了，却响起更多嘈杂的声音，原来是百姓们被惊动了，有不怕死的便探头探脑，谁家有孩子的，却开始哇哇大哭。

老九道："人在哪里？"这片居民区，灯光有限，面前的楼栋皆都是黑压压地，黑暗中要藏个人简直易如反掌。

继鸾不回答，盯着看了会儿，道："说不准，也许换了地方……九爷，劳烦您护着三爷离开吧？这人若是冲着三爷来的的话，你们四个人，把三爷围在中央或许……"

继鸾这边话还没说完，就听得楚归怒道："放手！"

继鸾一怔，这才发现自己仍压在楚归身上，她呆了呆，脸上发热，急忙松开手："抱歉。"

楚归咬牙切齿站直了身子，狠狠地瞪了继鸾一眼，又看自己头发，肩头上都落着灰尘，一时皱眉咧嘴。

继鸾正站着，却听得身后有人叫："姐！"继鸾回头，却见是陈祁凤跑了出来："姐我听到……"继鸾见他出来了，便奋不顾身地跑过去，将他挡住了："叫你别出来的！"

"我听到枪声，姐你没事吧？"陈祁凤上上下下打量她。

"没事。"陈继鸾护着他，一边歪头去看楼道的某处。

楚归看见她的眼神，便对老九道："分两个兄弟，上去看看！"

老九答应了，他的两个属下提着枪便奔了过去，继鸾看了看楚归，道："三爷，人多半已经走了，不过此地不宜久留，三爷还是……"

楚归望着她护着陈祁凤的样子，蓦地就想起方才她扑在自己身上的时候……他抬手摸摸颈窝处，感觉方才她就贴在这处。

楚归深吸一口气："陈继鸾，你行……连天也要助你……"

老九见他不要人护着就站在明处，便道："三爷，还是……"

楚归略有几分怒意："没听继鸾姑娘说吗，那些鼠辈多半已经走了，他们没那个胆留下。"

老九急忙噤声，这时候那两个找人的手下回来，皆报没有。

楚归望着继鸾，有些若有所思的意思，却又什么也没说，转身慢慢地迈步上了黄包车。

老九看了继鸾一眼，也不上车，剩下这几人护着他便要离去。

车子转头的瞬间，楚归望着地上的继鸾同祁凤，终于又慢慢地开了口：“你这人有点儿意思，三爷……挺喜欢……”

继鸾心头一震。

黄包车转过弯去，也将他的容颜给掩了去，只听到淡淡地一声：“陈继鸾，好好地在锦城呆着吧……”

陈祁凤在继鸾身后道：“姐，这人是什么意思？”

继鸾想了想，道：“我想他的意思是不会再找我们麻烦了吧？”

“那黑马岂不是就能拿回来了？”

“估计是。”

3

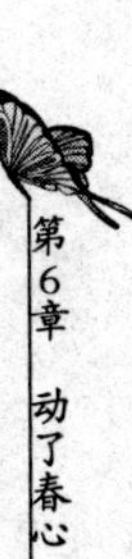

晚上吃饭的当儿，继鸾道：“祁凤，今儿那个郑老师来，说要你去上学呢，我瞧他挺实诚的一人，说的都是些好的道理。”

陈祁凤咬了口饼：“姐你跟我说这个做什么，我们把大黑马带回来横竖就要走了，难道要我去上一天学校啊。”

继鸾沉思说：“这两天我奔走的时候，听人家说莱县挺乱的，我看，只要是这位三爷不敌对咱了，留在锦城倒也是行的。”

“你信他？”陈祁凤横了继鸾一眼，“姐，不是我说，这人古怪着呢……还特意地跑来这儿找你，我看他八成是不怀好意。”

继鸾皱着眉：“今儿我好歹也救了他一次，他总该承这个情吧？且我听他的话里的意思，似乎缓和了好些，再说我们其实也跟他没什么深仇大恨，经过这一番，该过去的应该都过去了吧，堂堂一个大男人，不至于那么小气吧。”

陈祁凤听到这里，越发生气：“姐你还说呢，管他男人女人，你说你救他做什么？救人不救人是小事儿，那枪子可不长眼，要是你为了救他伤了你……甚至更那啥的，这可咋办？”

继鸾听了，便偷偷一笑，说道：“放心吧，我有数的，而且这人枪法不怎地，就算我不出手，他顶多也只是受点儿伤，不如拼一拼，好借机把前事都了了。”

陈祁凤嚼了两口饼，才又说：“唉，我可真不爱看你费心思谋这些……不过也实在没法子，对了，姐，你要是因为听了那郑老师的话想给我谋个好地方读书，那倒是不必的，我也不是非到学校里才能读得了书，再说了，莱县也该有学校啊。”

继鸾想了想：“那我看看再说。”

第二天继鸾便又去看柳照眉，陈祁凤在家里呆着无聊，就央着跟她一块儿。

两姐弟在胡同口买了三张葱花油饼，一人一张卷着吃。

继鸾吃着饼，心想就这么甩着手去找柳照眉怕是不妥，太过赤眉白眼了，继鸾便东看西看，看到路边上有卖糕点的，就去买了一包点心，提着往前走。

两个走了一阵，饼都吃上了，祁凤吃得满嘴油光，继鸾抬手给他擦擦：“还有一张，你吃不吃？”祁凤摇头：“饱了。”继鸾道：“那留着中午头再吃。”

如此提着一张油饼一包点心去了医院，进门后，见柳照眉头转开看向窗户旁，一副郁郁寡欢的模样。

听了人进门，柳照眉也不动，继鸾轻声道：“柳老板？”

柳照眉听了这声才转过头来，先是讶异地看了继鸾一眼，又瞧见她身后的祁凤：“是继鸾姑娘……”

继鸾把点心放在桌上，道：“柳老板身子好些了吗？”

柳照眉望着她，又看祁凤：“不碍事的，这是？”

继鸾道：“这是我弟弟，祁凤，见过柳老板。”

陈祁凤上前：“柳老板。”

柳照眉笑了笑：“生得一表人才。”

他夸了一句，看看桌子头上的点心，目光一扫而过，却又看看继鸾手中的油饼，继鸾见他盯着饼看，心里讶异，试探着说道：“柳老板你……没吃早饭吗？”

柳照眉眼上的淤青消退不少，却仍旧还留着阴影，如此更显得极为可怜：“他们毛手毛脚的，我不喜欢。”

继鸾听他声音极轻，不由地说：“柳老板不嫌弃，就尝尝这个吧……若还要吃什么，我让祁凤去买。”

陈祁凤此刻正在屋里转，柳照眉这屋里什么都有，各界人士送的慰问花篮，果篮，各种点心，尽是贵价货，相比较而言，继鸾提来的那一包实在是无足挂齿，怪道柳照眉只瞅了一眼。

陈祁凤正在咋舌，闻言道：“姐，他这儿什么都有，都还没动呢……哪吃得惯那些粗食，那饼你不是留着给我中午吃的吗？”

继鸾用力咳嗽了声，讪讪道：“柳老板，对不住……”

“我倒是想尝尝，”不等继鸾说完，柳照眉便开口，声音依旧是温和的，“不知道能不能劳烦继鸾姑娘……我手上不方便……”

继鸾怔了怔便反应过来：“不麻烦不麻烦！”当下便把那张油饼翻出来，这油饼还温热的，继鸾便用手撕成一条一条地，喂给柳照眉。

柳照眉张口吃了，细嚼慢咽的样子，可是面上却毫无嫌弃的意思。

陈祁凤见他把自己的午饭给吃了，却敢怒不敢言，只是盯着满屋子的吃食，心想：“放着这么多好吃的不吃，却跟我抢，啥意思呢。”

见继鸾喂了会儿，又去倒了水，一勺一勺耐心喂给柳照眉，他越发不忿，只好假装没看见。

柳照眉吃了大半张饼，喝了半杯水，才道：“我吃饱了。”

继鸾停了手，陈祁凤一看只剩下一小块了，心里打定主意不会吃柳照眉吃剩的，继鸾把油饼包起来：“柳老板再喝口水吧？”

柳照眉的脸色有些古怪：“喝了不少了，喝太多的话也不方便。”

继鸾呆了会儿，却也反应过来，只好含混过去。

柳照眉见她脸色异样，自己却一笑，转头看陈祁凤在一边赌气，便道：“那些篮子里有水果，陈小弟喜欢什么便洗了吃吧？”

陈祁凤回头。继鸾道：“这怎么好意思……”

柳照眉道：“我吃继鸾姑娘的饼都没客气，这些东西留在这里不吃也只是扔了，才是可惜呢。”

陈祁凤一听，果真好生可惜，赶紧拿了两个方才盯了半天不知道是什么东西的红红的大果子说：“那我可吃啦。”

柳照眉见他少年心性，便一笑，道：“那个果子是南方来的，要剥皮儿吃，不用洗，你尝尝看好不好吃？”

陈祁凤果真如他所说，一心一意对付起水果来。

柳照眉见他有得忙，才对继鸾说道：“继鸾姑娘，我知道你的来意……不过，我也……有个不情之请……”

继鸾道：“柳老板何事？”

柳照眉道：“继鸾姑娘，我落得如今这般，来龙去脉你是最清楚不过的，有些事儿我们能尽量躲得过，有些事儿却是躲不过总要挨一挨的。这次幸好继鸾姑娘，才让我少受了好些罪，可是以后，我不知道是不是还会遇上这些事情。”

继鸾心头一动，柳照眉望着她，道：“所以我想……请继鸾姑娘留下……继鸾姑娘身手出众，能不能当我的私人保镖？”

继鸾其实有些料到他要说什么了，只不过这事儿来得突然，她却没想到该怎么回，只

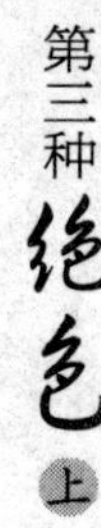

好道："柳老板，我的功夫也是粗浅的……"

柳照眉道："我是信得过继鸾姑娘的，却不知道在您的心里，瞧不瞧得起我这样的人……愿不愿意……倘若愿意，我绝不会亏待继鸾姑娘的，若是不愿，我也不强求……我答应姑娘的事儿，也一定会做到……我决不食言。"

继鸾犹豫着，旁边祁凤本想给她尝尝那果子，见状便不打扰，只默默无声地在一边吃。

柳照眉见继鸾不语，又道："我知道继鸾姑娘是想去莱县的，只不过听说莱县如今正起暴乱，本城的楚督军也正派兵去剿灭，这本就是个兵荒马乱的世道……锦城相对而言倒还是好一些，继鸾姑娘，你不必着急答应我，就先想想，我等你的回话儿。"

柳照眉说完了，继鸾便也好告辞了，临去之前，柳照眉又让祁凤提了个水果篮子走，陈祁凤想到留下也是被扔了，便毫不客气地提了一个。

两人出了医院，继鸾一低头："你捡了个最大的？"

陈祁凤道："不是，我捡了个最大又最好吃的。"

继鸾道："你可真不客气啊。"

陈祁凤笑："反正留下了都是扔掉，给我吃，能顶几顿饭呢。"

继鸾道："说得我好像克扣你的饭了似的。"

陈祁凤道："可不是？你就把我的饼给了那柳老板了不是，还那么细心伺候他，姐，你都没这样对过我，拎他一篮子果子，是轻的。"

继鸾便笑，陈祁凤拿了个橘子扒皮："姐，方才他说的我可听见了，你怎么打算的？"

继鸾也正头疼："我还没想好呢！"

陈祁凤把橘子塞给她，继鸾便慢慢地扒，扒好了便塞一个瓣给他嘴里，陈祁凤吃着橘子，含含糊糊道："昨晚上你跟我说的，倒跟这个差不多，看样子莱县真个在打仗，姐，那不如我们就在这儿落脚得了。"

继鸾叹了口气："让我再想想。"

按理说锦城千般好，万般妙，要是以前定然是立刻就留下的，可是继鸾心头总有点不踏实的地方，扑扑腾腾地莫名地有点儿慌，细想想是哪里，却又有点说不上来。

且说楚归那天晚上回到家，先赶紧地把那身衣裳脱下来，冲进浴室足足洗刷了一个多钟头才出来，他本就生得白皙，可着劲儿洗了一番，倒腾得肤色白里泛着绯绯粉色，几乎有点儿透明似的。

楚归觉得利索了，才换上绢丝的白色绸子衣，喘了口气回卧房去。

把半干的长发撩到旁边，将身子往极大的檀木床上一躺，楚归深深舒一口气，眼睛望着屋顶，把白天发生的事儿在脑子里过了一遍。

这是他的习惯，类似于一日三省吾身，看看做过的事儿哪些差劲，哪些值得称道。

他的脑子又格外好使，白天的那些事一幕幕行云流水似的从眼前掠过，而后便像是电影卡壳一样，停在了某一幕上。

楚归眼睛睁开，脑子里兀自在不停地，那一幕停下，开始，回放，停下，开始，回放……如是不停地反复循环。

——场景便是那黑暗破落的巷道里，就在他笑眯眯望着继鸾说："你若是个男人……"那时候，她握住他的手腕，扑上来，将他撞着压在墙上。

楚归皱着眉，不由自主地哆嗦了一下，心里生出一份别扭来，那别扭鼓鼓涌涌，越来越大。

他翻了个身蹙着眉哼哼："这不知分寸的土包子……"

便想把这无足轻重的一幕从脑中抹去，然而越是想如此，越是不能，她跟故意逗弄他似的，在他脑海里反反复复地跑过来、跑过去，手舞足蹈不停。

楚归瞪着眼鼓着一口气，想得细致，感觉也格外引人入胜，他似乎能感觉继鸾扑在身上之时，那散发着热气的身子，并不似看起来那样生硬，反而似乎有些诱人的弹性，只不过手劲太大了些，捏得他的腕子有些疼，他方才洗澡的时候，发现手腕上有些发青……

另外就是，她的脸似乎擦过他的脖子，那一阵热气咻咻地扫过……

楚归想得有点儿心烦意乱，更觉得身子没来由地有些发热，抬手把衣扣解开一点。

这一夜睡得香甜安稳，楚三爷清晨睁眼的瞬间，依稀还记得曾做了个极为美好的梦，他心满意足地咂了咂嘴，很是愉快地翻身起床。

双脚将要落地瞬间，楚归觉得身体某处有些异样，搁在大腿上的手好像碰到什么……楚归疑惑地垂眸，目光往下扫至腰下某处，简直不敢相信。

4

楚归望着胯下，里头那个东西精神地挺立着，楚归伸手去摸了一下，觉得震惊，这位兄弟安安静静地乖巧了二十二年从没给他惹过半点麻烦，如今却跟好战的公鸡似的昂首挺胸耀武扬威起来，楚归大叫一声爬起身来。

外面李管家正要敲门，听到如此惨绝人寰的叫声吓了一跳，慌忙喊道："三爷？三爷您怎么了？"

楚归跳到地上，低头看到胯间那厮不甘示弱似的也跟着抖了一下，他忽然发现绸裤实

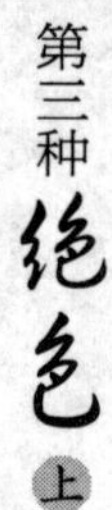

在令人伤神，被那厮指挥的像是一面闪亮的旗帜，让他不忍正视。

楚归咬牙切齿皱眉瞪眼片刻，没好气道："没事！"转身进了浴室。

楚归又倒腾了半个时辰，也不知他用的什么法子，总算是让那位兄弟偃旗息鼓下去，望着风平浪静的底下，楚归总算松了口气，只不过一只脚迈出浴室的瞬间，脑中忽然过了一个闪念。

就在那个闪念像是蝴蝶翅膀一样扇过楚归脑中的时候，楚三爷整个人就像是电影胶片一样被定格在了那一幕上。

楚归目瞪口呆，若说是他清清静静了二十年后头一遭发现早上会遭遇到身体非意识性的自发挑衅是一件令他极度震惊的事，那么此刻他脑中所想到的那件事，则更是让他惊得魂儿都在飘飘荡荡不肯附体。

楚归忽然后知后觉地想起了自己曾做的是什么梦。

那一两个旖旎缠绵的片段里头，他清楚地记得那一张平淡无奇的脸，那个被他暗自腹诽的人。

想到自己的二弟是因为那张脸那个人而背叛了他的意志，楚归觉得世事实在是奇妙而无常的，他决定把那个梦彻底销毁，封存到心底最深处，无人能窥知一二。

李管家在门口忐忑等了许久，才见三爷衣冠楚楚地出来，李管家忙伏身："少爷，早餐准备好了，另外……"

楚归正在竭力同心魔作斗争，一时也没留心，只听李管家道："密斯李跟大少奶奶一早就来了，小人没有办法，就只好让她进来等。"

楚归正要下楼，闻言头大了一寸："大嫂跟迷死李？"

李管家脸上带着一丝笑："正是，先头回过说三爷还没睡醒，少奶奶说不见到三爷不肯走呢，三爷您看……"

楚归叹了口气："我都说不喜欢洋玩意儿了，偏要给我弄这些来，忒麻烦，不见吧，回头又唠叨我。"

楚归下了楼，正听见林紫芝在唧唧喳喳："今儿就让老三陪你去逛街，算是给你接风的，要什么好吃的好玩的，尽管开口别跟他客气。"

在她旁边坐着的，是个身着洋装的妙龄女郎，坐得端直，脸上带笑地倾听着，姿态很是优雅，自然正是密斯李。

林紫芝本就是难得的精致美人，但密斯李在她面前却丝毫都无失色之意，反比林紫芝更多一份摩登洋气，声音清脆，活泛地说："正好有空，嫂子跟我们一起去吧！"

林紫芝笑起来："瞧你说的，我可不去当这个电灯泡，说起来我们老三，那模样，人物都是没得挑的，就是为人太过保守内向了些，平常都不肯同女孩子接触的，不然你看这公馆里，哪会是现在这么冷清？”

密斯李笑道：“我却是很欣赏三爷的性子，也正是这点吸引了我……”

楚归在楼梯口听了这句，猛地就打了个哆嗦，不光是他，连林紫芝也愣了愣，而后便呱呱笑道：“那太好了呀，我们家去非常常说，老三是因为没遇到个合适他的人，这下可有着落了。”

两个女人面面相觑，便都笑得色迷迷的。

楚归听得面目扭曲，见状实在看不下去听不下去，便扬声道：“大嫂，这知道的还明白您是在做好事儿，不知道的还以为您在诱骗良家妇女呢。”

虽然这是不是“良家妇女”，还有待商榷。

两个女人听到正主出场，林紫芝便站起身来，招呼着：“老三，你怎么才下来，快快，人家密斯李等了半天了。”

楚归缓缓地下楼：“大嫂，你怎么这么一大早儿就来了，我哥能乐意吗？”一边说着，一边好整以暇地下了楼，对面见了密斯李，才道：“李小姐，你好！”

密斯李见他过来，便笑面如花：“三爷好。”说着便伸出手来，探向楚归，手高高擎起，却不像是个要握手的模样。

楚归瞅着她那只手，瞧着也不错，细腻白嫩，保养得极妙，淡黄蕾丝的洋装袖口，显得那手更是格外好看了。

楚归眨了眨眼，林紫芝一拍手，道：“这是洋人的礼节，叫……亲手礼来着？”

密斯李眼睛看着楚归，笑吟吟地说：“嫂子说的也没错，叫吻手礼。”

楚归看她戳着那只手，心道：“有本事你一直擎着，看谁去亲呢。”

冷不防林紫芝过来，推搡了他一把：“老三你这可不对了啊，别把人家晾着，显得不礼貌。”

楚归被推着上前，皱着眉：“对不住，李小姐，我不太习惯也不是很喜欢这种洋人的礼节。”

“明白，”密斯李款款站起身来，往楚归身边走了两步，声音极温柔地说道，“不过一回生，二回熟嘛，你说呢，三爷？”

她的手始终都没有放下，渐渐地反而要戳到楚归胸前来了。楚归望着她的一双很有神的大眼睛及望着自己那笑，心中吸一口冷气：“这个婆娘……”

面对面如此站着也不是法子，楚三爷终于道：“说的也是……”

林紫芝正松了口气，却见楚归的手在袖子里一摸，居然掏出一块帕子，往密斯李的手上一搭，密斯李的纤纤玉手就成了衣架。

楚归望着她微微一笑，这才派头十足地垂头，隔着那帕子还未碰到，做亲吻状。

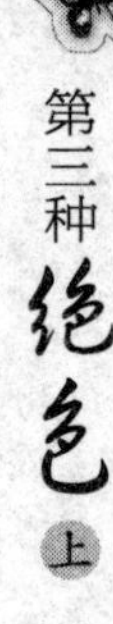

他这动作做得娴熟，显然不是没见过这种礼节的。

林紫芝抬手捂住双眼不忍看，心道："我的妈呀，老三真敢乱来……"

那边密斯李脸上的肌肉抽了抽，迎着楚归那双锐利挑衅的眼睛，终于微笑着柔声问道："三爷，我的手很脏吗？"

"不脏，就是香得熏人。"楚归淡淡地说道，回头打了个喷嚏。

林紫芝冲过来，跟个媒婆似的甩着手帕道："老三从小就这一个毛病，不大喜欢接触人，对谁都这样儿，就算是他哥都不准。"

说着，就赶紧示意楚归把那条碍眼的手帕拿掉。

楚归漫不经心看她一眼，伸手将帕子掀了，扔到桌上。

密斯李这才缩回手来，林紫芝见他们两人这样，有点忐忑，正好管家来说道："三爷，您要不要去用饭？"

林紫芝听了，便道："老三，今儿就别在家吃了，陪着密斯李去德兴楼吃吧？"说着，又一拉楚归，低低威胁道："你哥可说了，叫你有分寸点，若是胡闹，回家就揭你的皮。"

楚去非自然是不会揭楚归的皮的，不过楚归于情于理还是要买大哥大嫂这个面子。

一整天楚归都陪着密斯李，密斯李原名唤作李庆楠，因为刚从海外回来，时下洋风四起，因此只用洋文miss来称呼。

密斯李家在北平，出身高贵，她的一个远亲嫁在了原家堡，正是大公子的原配，上回来探亲，顺便进锦城观光，没想到就和楚归"一见钟情"。

楚归这边儿倒没什么感觉，但密斯李回了原家堡，朝思暮想地，过了回京期限也不肯走，百般找借口。

她家中本有一门亲事，听闻也算是系出名门不俗的人物，但自见了楚归，便把未婚夫扔到九霄云外，久而久之，心事被人知晓，北平的催书一封接一封地，逼得她不得不回去了一趟，不过仍旧舍不得楚归，便又巴巴地回来。

楚归陪了她两天，有时候故意躲开，总也会被找到，密斯李倒是有些过人之处，任凭楚归对她多么冷淡甚至冷嘲热讽都不在意，贴得忒紧。

楚归头一次接触女人，就遇到这样生猛的货色，自觉有些吃不消。

第二天傍晚，楚归应酬完几个商会老板，正欲打道回府，却见老九进来，道："三爷，听闻柳照眉明后天就能出院了。"

楚归道："这么快？"

老九道："三爷要不要再去探探他？"

楚归想到柳照眉那副柔婉模样，便摇头："算了，不去了吧，反正也快要出院了，我去得勤了，反被人疑心。”

“三爷说得是，”老九答应了声，沉吟着又道，“三爷，另外还有件事……”也不知道值不值当说，正在犹豫，就听得外头有人道：“三爷！”

楚归一听这个声音，赫然头大，说话间外面那人便进来，果真正是密斯李。密斯李今儿一身淡粉色洋装，显得甜美可爱，在楚归眼里却是不折不扣的可恨。

密斯李热情道：“三爷，今晚上我们去看戏吧？我听说金鸳鸯的戏是最好的。”

她费心才打听到楚归喜欢老式的东西，也常常去金鸳鸯，便来投其所好。

楚归斜眼看她：“你能听懂？”

密斯李道：“其实我对中国的传统文化也是很感兴趣的。”

楚归望着她一身洋气：“这我倒没看出来。”

密斯李过来要缠他的胳膊撒娇：“三爷，去吧？”

楚归急忙起身，义正词严道：“去就去，别动手动脚。”

这地儿距离金鸳鸯倒也不远，楚归便不乘黄包车，只同密斯李两个往戏院去，两人边走，楚归心想：“这样也不是个事儿。”

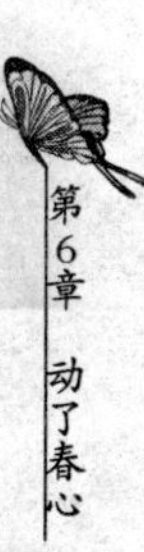

楚归悠然便道：“迷死李，我听说，你在北平城似乎有个未婚夫了？”

密斯李一惊：“三爷？”

楚归有些得意，密斯李又道：“三爷，你是在吃醋吗？原来你这两天对我不理不睬，是因为他？”

楚归大为意外：“没这回事！”

这回换了密斯李得意：“我就知道你一定是有原因的，三爷。”她的声音甜腻娇嗔，叫得楚归起了一身的鸡皮疙瘩。

按理说密斯李人长得俏丽，声音也甜，十个人会有九个喜欢，可楚归却偏偏喜欢不上来，看着她的身段，脸蛋儿，十足十一个女人，还是不难看甚至称得上很美的，可是……

楚归望着密斯李，恍惚里想到那个梦，这一想，又害自己打了个颤。

密斯李扭着手：“我对他是没有感情的，三爷，我对你才是……”

楚归板着脸，看着她一脸春情荡漾：“正月里的萝卜，冻（动）了心儿了？”

密斯李呵呵地笑：“三爷你可真幽默。”

楚归一脸的血：“哪幽默了，你给我指出来我改还不行吗？”

旁边车水马龙，人来人往地，夜幕之下，楚归忽然又想起自己初次见到那人时候的情形，就好像黑暗中随时都会跑出一匹马来，然后那个人腾空而起，就落在他的车上……

“我其实没想跟你结婚……”耳畔忽然传来这样一个声音。

“什么？”楚归起初没在意，反应过来后才大吃一惊，“你说什么？”他转头看向密

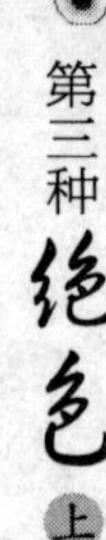

斯李。

密斯李天真无邪地望着他："我就是很喜欢你，想跟你开始一段恋情。三爷，你当我情人吧……"

楚归觉得自己聪明的脑袋居然有些不够用的，反应了一会儿才艰难地说道："我也不知我想的对不对，你的意思是……你是想……跟我……"

密斯李眨巴着眼："你是说上床吗？"

楚归觉得自己要窒息。

密斯李道："那也不是不可以啊，反正我这么喜欢你……在国外，许多艺术家大师啊，都有很多情人的。"

楚归觉得她要把自己的脑袋给搅乱了："情人？原来你是这么个喜欢我啊……等等，你喜欢我哪呢？"

密斯李看他："哪都喜欢，你的脸，你的身材，你穿衣的样子，你的头发，我特别喜欢你身上的气质，还有你的眼睛，这样的嘴唇，看了让人有种想要kiss下去的冲动……"

楚归笑着翻白眼："别恶心巴拉的，你不就是想找个漂亮的小白脸儿上床吗？"

密斯李只觉得他一举一动都极为迷人，连那个白眼也格外有气质："当然不是！那个不一样的。"

楚归揣起了手望天："可我怎么听着就是呢。"

两人说着，将到金鸳鸯的时候，楚归忽地望见有道熟悉的影子进了前面的医院，他只是轻轻地瞟了一眼，就笃定地认出那是谁，因为就在看见她的瞬间，他脑中那个本该被毁尸灭迹的梦忽然间又无比清晰地闪现。

眼睁睁地看着她的身影消失在医院门口，楚归忽地觉得身体有种熟悉而奇异的发热，心里也几分躁动。

密斯李见他不语，伸手便挽住他的手臂："三爷？"

"唉唉，别拉拉扯扯的啊，"楚归低头看她，目光一沉，不声不响地把手臂拉出来，"密斯李，我忽然有点急事，不能陪你看戏了……你要喜欢的话，让老九陪你吧。"

身后的老九一惊，却见楚归已经迈步往前而去，瞧那方向，却是向医院似的。

老九无奈，只好让几个手下跟着楚归，他看看旁边的密斯李："李小姐……"

密斯李瞪他一眼，看着楚归就那么走了，撅嘴皱眉，跺脚咬牙："哼！我就不信我睡不了你！"

老九在旁隐隐听见，只觉得头皮一阵发麻。

第7章

怀中醋意

1

楚归其实并未去医院，只是走到半道就又折回来了。

他实在想不通自己为何要去医院，本来想找个借口譬如是探望柳照眉之类，可是才跟老九说过，去的勤快反而露了行迹，何况他颇为不喜欢柳照眉此人。

那为何要去？难道就是为了那个土包子？

楚归被自己吓了一跳，联想到那个让他心神不宁羞愧无比的梦境，终于一咬牙：“回府！”

接下来的数日，楚归一直忙于处理帮中事务，“仁帮”在锦城弟子有四千余近五千，三教九流中各有厮混，大大小小事务自然不在话下，而这几日楚归主要处理的便是那天晚上他见继鸾时候遭遇黑枪之事。

经过查明，原来那行刺之人乃是杜五奎的心腹，知道杜五奎死得蹊跷，便想为他报仇，怎奈学艺不精，又遇上个陈继鸾，无功不说反而打草惊蛇。

楚归将此事料理了之后，又过两日，便是锦城首富朱治毫的大寿，朱某人喜欢看戏，特意请了金鸳鸯的柳照眉到府内过堂。

按理说柳照眉虽然出院了，但伤筋动骨一百天，短时间内是无法登台的，怎奈在这乱世之中，自有些身不由己的地方，莫说是伤正养着，就算是新带的伤，有权有势的逼着你，你爬也要爬上那台子去。

楚归作为锦城名流之一，自也去贺寿了，前排就坐，众位大佬济济一堂，听得一声拍响，果真是柳照眉出场了。

脸上的伤已经养得差不多了，加上粉黛装饰，全然看不出异样来，大概是顾念身上的伤，故而没演什么动作角色，只是一场《贵妃醉酒》。

楚归在下面望着那扮相绝美之人，不知为何，越看越觉得有些不顺眼，总觉得柳照眉似乎跟先前有些不大一样，但到底哪儿不一样，还真说不上来。

楚归想来想去，便把这“不一样”归结为他被打了一顿的缘故，想到这里，腹里偷笑。

楚归看了一场戏，柳照眉转回台后，楚归又寒暄几句，便先告辞了。

这几日他有些睡得不安稳，又不耐烦这些应酬场合，便想趁机回去补觉。

如此将出了朱府大门，朱治毫亲自相送，楚归便拦着，两人正在厅门处寒暄，却望见从旁侧角门处正转出一人，却正是下了妆的柳照眉，身后跟着好些戏班的人。

这庭院宽阔之极，中间隔着十数丈，柳照眉便没看到两人，只是匆匆地往外走去，瞧着他走动的身形，腿上的确有些不利落，但方才在台上，却全然看不出。

楚归无心问了句：“柳老板完事儿了？”

朱治毫道：“正是，瞧那腿上还有些不大方便，就只唱一场罢了，本来订了三场的。”

楚归道：“朱老板倒是好心呀！”

朱治毫笑道：“那也是响应三爷的号召，保护咱们锦城的艺术家啊！”

两人心照不宣，哈哈笑了几声。

朱治毫到底不敢怠慢，又往外送了楚归一段儿，将到大门口才住脚。楚归同老九出门，一干手下也迎过来，楚归正要上黄包车，一迈脚的功夫忽然又停住了。

他抬眸看向旁边不远处，站着两人。

一人自然正是出来的柳照眉，但另一人，却是他没想到的陈继鸾。

此刻柳照眉正抬手，替陈继鸾将外裳扯了扯，轻声道：“你该进里头等的，以后别这么见外啦，虽然开春，风却大，把脸都吹糙了。”

楚归眼睁睁看着这幕，瞪着眼不知发生何事，看了会儿才憋出一句来：“这是什么东西？”有些分不清状况呢。

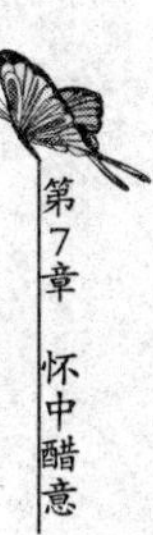

旁边老九道：“三爷，大概您还不知道呢，这柳老板，聘了姓陈的妞儿当保镖呢。”

楚归张大了嘴，不知自己要给个什么反应。

那边上继鸾笑着：“没事儿的，我身体好着呢，柳老板您快上车罢，这带着伤还上场，辛苦您了。”

她望着柳照眉，看到他鬓角那细细的汗意，方才出门的时候他已经竭力控制，不过腿还是瘸了一下。

腿伤本就没痊愈，又强撑着出来堂会，一场戏下来，里面的衫子全湿透了。

继鸾看得又心惊又是替他疼。

继鸾不动声色地伸手扶住柳照眉的胳膊，动作尽量温柔些：“柳老板，上车吧。”

柳照眉若无其事地一笑，手在她手腕上一搭：“放心，都是没办法的事儿呢。”

两人你瞧着我我看着你，旁若无人地说着，只在柳照眉一转身的功夫看见楚归，这才露出惊诧之色，一怔之下，急忙遥遥地见礼：“三爷！”

楚归见他们总算看到自己，索性也走了过去：“哟，怎么是你们二位……这在一起的……”端详打量着，只装作不知道。

继鸾一看他，就垂了眸子。

柳照眉笑着道：“三爷您不知，我请了继鸾姑娘做我的保镖呢。”

楚归看向继鸾：“继鸾姑娘……是保镖……啊……说的也是，这不大太平地，若又出了上回的事儿可不成，这倒是保险些。”

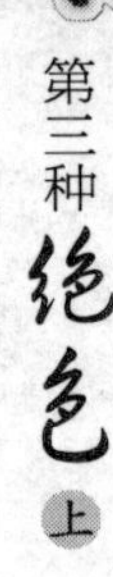

继鸾这才行了个礼："见过三爷。"

楚归慢悠悠地瞥她一眼："继鸾姑娘你一身好武功，总算是找到识货的人了。柳老板，恭喜呀。"

继鸾只是略一笑表示三爷过奖，反是柳照眉喜洋洋地，道："谢三爷。"

楚归瞧着一个敛着眉眼儿一个舒展神情的，怎么看怎么别扭："那那……你们忙，我也还有事。"

"不打扰三爷。"柳照眉是极为有眼色的，柔声相送。

楚归扫一眼继鸾，见那人仍有些木头呆脑似的，他便转过身，径直上了黄包车。

黄包车慢慢行着，楚归想着想着，忍不住回头一瞧，正好看到继鸾扶着柳照眉进了车内坐下，又小心地把车棚子顶扶起来，大概是替那人遮风。

楚归看着这一幕，转回头来，不由地冒出一句："倒是下手快。"也不知说谁。

因车行得慢，老九怕有事儿吩咐，便跟在旁边，闻言道："三爷说什么？"

楚归道："没什么……"顿了顿，却又看向老九，主动说道，"你说可奇怪吧？那柳照眉……跟那陈继鸾……这两个人……"

黄跑车旁边跟着的另一人，是近来因表现得好而提拔上来跟着楚归的，乃是个爱多嘴的货色，听楚归这般沉吟着说，他便不经脑子，张口说道："可不是呢三爷，早听说了，那个姓陈的妞儿，是个惯常走江湖的，我听闻可是个风流的主儿，跟不少男人都有一腿，至于柳老板，那更是不消说，他们两个在一块儿，倒是绝配的！哈哈哈……"

老九他们私下里本也说些荤笑话，楚归自己也经常满嘴乱跑，听了这话老九本想一笑，但他是跟惯了楚归的，知道他的性子莫测，当下只看主子。

却见黄包车上，楚归一张脸冷若冰霜地："是吗？"

那人咧开大嘴："当然啦……私下里还不知道睡过多少次了呢……"

楚归仍然沉默，两只眼睛黑得像墨。

老九越看越是不对，刚要使个眼色过去，却听楚归慢慢说道："听说石头岛那个地方缺个人管，你去吧。"

那人一听，呆住："三、三爷？"

老九无声地在手心里捏了一把汗，石头岛荒凉，几乎是离开市中心的海边了，叫这人去，就宛如发配一样，摆明是他说的不对，才让他去吹海风的。

楚归回到府内，却见密斯李已经又等在厅内，楚归心情不佳，一看到她，真想叫一声关门放狗，只不过刹那间便又换了个念头。

楚归落了座，望着密斯李看自己那发光的双眼，慢悠悠又道："别看了，再看我的脸上也生不出花儿来。"

“但你就像是花儿一样，对了，我听说三爷你的小名叫小花……真是个可爱的名字！”密斯李兴趣盎然。

楚归差点喷一口茶出来，不消说，这个消息定然是林紫芝泄露出去的，楚归只好假作淡然：“小时候叫的，现在都大了，不这么叫了。”

密斯李见左右无人，便站起身来，慢慢走到楚归身边。楚归警惕地扫视她：“李小姐，切记非礼勿动。”

密斯李反而笑嘻嘻凑上来：“三爷，让我抱一下吧。”

楚归袖口一抖：“不要胡说。”

“我知道你要说男女授受不亲，”密斯李盯着他的眼睛，“不过我又不会要你负责的……三爷、三哥……好哥哥……”

楚归浑身发寒：“得得……我服了你……离我远点成吗？”

冷眼看密斯李蠢蠢欲动一副把持不住的德性，楚归赶紧起身，抬手做拒人千里状：“天晚了，你一个姑娘家太晚了回去对名声不好……”

“我不怕！”

“我怕！”楚归吐出一句，然而望着密斯李不屈不挠的样子，心念一转，便道，“今儿实在太晚了不方便，你先回去，明儿我请你去金鸳鸯看戏，怎么样？”

密斯李意外：“真的？”

“比针尖儿还真呢。”

楚归好不容易把密斯李弄走，这边儿电话就响了，他厌烦这种东西，就只在客厅里装了一部，李管家接了，便道：“三爷，是大少爷的。”

楚归这才过去，拎了话筒没好气道：“喂？”

电话里楚去非的声音传来，带几分笑意：“怎么了，听语气心情不佳啊。”

楚归恼道：“我求你了哥，让嫂子赶紧把那位神给我请走吧。这一天几次的来折腾，我活活地要给她弄死了。”

“不至于吧，”楚去非的声音里笑吟吟地，“她再生猛，能强把你给睡了啊？你可别告诉我你真的跟她……”

“我呸！”楚归毫不犹豫呸了声，当即怨念滔滔，“我这是造的什么孽哟，我跟我嫂子上辈子有仇吧，这得多大仇啊……这辈子她还拉着个同伙来讨债了……”

楚去非的笑声响遏行云绕梁三日，笑罢又声明：“别身在福中不知福啊，人家留过洋的大家闺秀，换谁谁不赶紧叼嘴里吃个稀哩哗啦干干净净啊，你少在那嫌三嫌四的。”

楚归冷笑：“是啊，我听说她还有个未婚夫，还是个什么帅，你小心我给他戴顶绿帽子，他杀过来，你可要替我顶上。”

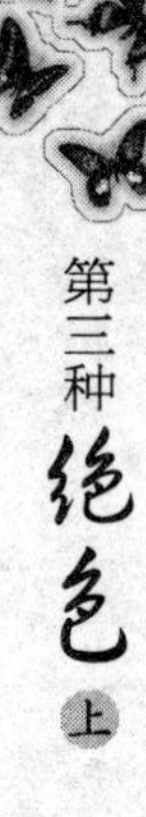

“那是没话说，”楚去非笑，“只要你能睡了她，哥哥我给你善后！”

“得得，我懒得跟你们说。”楚归咬牙。

楚去非敛了笑声，道：“花儿啊，你也实在不小了，但从小到大我就没见你有过哪个人儿……这可很不正常，我瞧你最近火气也大了些，别是真憋坏了，还是趁早……”

话还没说完，只听得“啪”地一声，电话那头已经毫无声响。

楚去非对着话筒喂喂了两声，终究无可奈何地把听筒放下，笑着摇头：“这臭小子，我还没说完呢……”

与此同时，楚归也恨恨说道：“我算是明白过来了，我上辈子分明是得罪了你们三呢！大仇，一定是大仇！”甩着手上楼去了。

2

这些天楚归没去想别的，今儿没遇到柳照眉同继鸾之前，过的本算平静，另一方面对于继鸾而来，亦是同样。

这平静安好的几天里，继鸾甚至觉得，她做了一个无比正确的选择：留在锦城。

她答应来当柳照眉的保镖，把陈祁凤送到了学校里，祁凤懂事不少，很少惹事，白天他在学校里接受教育，继鸾也极放心的。

另一方面在戏院里，继鸾也是大开眼界。

起初她以为演戏不过是件枯燥无味的事，几个生旦净末丑在戏台上来来回回，反反复复，——她以前鲜少能有耐心看完一部戏，也没这个闲心思跟时间。

但是现在，她有一整天的时间看台上的戏。

不仅仅是看戏，而且是看人。

显而易见，柳照眉对他的这个保镖也很是关照。

先是张罗着给继鸾换了衣衫，把平县的土布衫子换成了锦城流行的棉衫，还是时下的款式，只不过继鸾不肯穿女装，柳照眉只好给她置办了套中性点的衣裳，穿起来倒是三分妩媚，七分英气。

习武之人身上本就自有一股精神气儿，稍微一打扮就见七分人才。

柳照眉望着继鸾，从最初的面目模糊到如今的近距离接触，他知道自己眼中看到了什么，且慢慢地习惯，喜欢。

戏台上柳照眉演出的时候，一个回眸，一个移步，水袖挽起或者轻抹鬓角的时候，偶尔总会向着她的方向看来一两眼，那样水潋滟的眼神，惊心动魄。

继鸾自然会看到。

也只有她自己知道，只有她接到他的眼神，确确切切地。

有点朦胧的小惊愕，也有点朦胧的小喜悦。

对继鸾而言，柳照眉极为温柔，这种温柔继鸾头一次在一个男人身上见到。

继鸾觉得柳照眉就像是他扮演的那些角色一样，令人惊艳，又有点儿琢磨不透。

楚归跟密斯李来到金鸳鸯的时候，后台正刚开始热场，戏楼里还没有多少人。

密斯李抬头打量着戏楼周围，被那些红灯笼跟古色古香的大桌子、戏台给弄得目眩神迷，大概是红色容易激发人兴奋的感觉，密斯李神采奕奕道："三爷，这里瞧起来不错。"

楚归正也四处看，只不过只是为了找一个人，闻言意味深长地说道："是不错，不过这地方倒是在其次。"

"地方其次？"

"是啊，你大概是没听说过，金鸳鸯全仗一个人才能在锦城的戏曲界坐第一把交椅。"

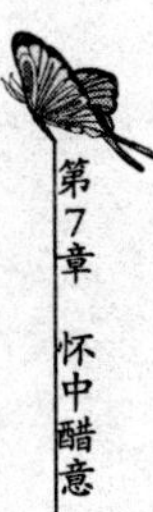

密斯李想了想："你说的难道是那个柳老板？"

楚归做惊奇状："你也知道啊？"

密斯李道："那当然了，我在原家堡的时候就经常听人提起这个名字，听说是长得很美，简直比女人还好看……我是想象不出。"

楚归望着她打量自己的眼神，敌方真真贼心不死，楚归恨不得把她痛打一顿，偏笑道："那你想不想见他？"

密斯李笑道："既然来了，当然要见一见这位著名人物了。"

楚归便领着密斯李往后台去，戏楼的老板亲自来领路，楚归目不斜视，假装没看见那道匆匆闪避的身影。

这功夫楚归也明白了。

在朱治毫寿辰的时候，这人怕就是在躲着他的。故而才没有进朱家的门，只在门外等候柳照眉。

她仍旧是对他有心结呢，还是说她怕着他？

楚归思忖着，有些事儿与其假装什么也没有让自己难受，不如就直接面对更好些。

单单是躲避，是避不开的。

柳照眉今日本是没有戏的，见楚归领着个洋装美人进来，便急忙迎出来，楚归见他行动果真不灵活，便假惺惺道："柳老板，别动，多休息……"

密斯李望着柳照眉，见人果真生得极美，又有种别样气质，顿时也看直了眼。

楚归趁机道：“这位是李姑娘，密斯李，久仰柳老板的大名，故而一再央求我来看看。”

柳照眉柔声道：“照眉真不敢当。”

楚归这边费心搭线，见两人说上话儿了，便无心逗留，自门口便退出来。

他在戏楼里一打量，老九抬起手指一点，楚归望着那空空如也的茶水间，便信步踱了过去，果不其然，便看见那人斜靠在门板上，似乎在出神。

楚归轻轻地咳嗽了声，然后望见她的肩头有些僵硬。

继鸾站直身子，缓缓地转过身来，当看清面前人的时候，心中没来由地叹了声，却仍面不改色规规矩矩地行礼：“三爷！没见到三爷过来……”

“你当然是没见到了，”楚归淡淡地，开门见山道，“躲来这里不就是不想见到我吗？”

继鸾心头一震：“三爷？”

楚归一笑，旁边那些忙碌的小伙计见阵仗都退了出去。

这边楚归打量着继鸾，见她垂着乌亮的发辫，一身月白衫子，不似原先那样土里土气的打扮，整个人终于显得有几分气质来了，眉眼里更见几分清水出芙蓉的明丽。

柳照眉的品味素来是不错的，可真会打扮人。

楚归唇角一挑，道：“你觉得，我很可怕吗？”

“没有。”她低了头。

楚归心中忽地有些儿火气升起，他捏了捏手指，终于又问道：“那你躲什么呢？”

继鸾语塞，继而明白过来，眼前这人极聪明，眼里是揉不进一粒沙子的，与其搪塞，不如直接大方承认。

继鸾道：“只因先前得罪了三爷，因此处处畏惧，想要躲开三爷，免得三爷见了不喜，反而惹事。”

“三爷是这么小气的人吗？”

继鸾诚心地道：“是陈继鸾无知，请三爷见谅！”

楚归沉吟笑道：“怪不得孔子说什么，唯女子与小人难养也，你看看你……”

继鸾听他声音带笑，却不敢怠慢，果真，楚归话锋一转，却又问道：“你为什么会留在锦城？”

继鸾顿了顿，道：“三爷当时……说让我好好留在锦城，于是我……”

楚归的声音更带了三分笑意：“真听话，那么……要是……”他故意拉长语调，却终于露出真容，“要是三爷说……让你离开柳照眉呢？”

调侃似的问。

继鸾一惊抬头："三爷？"

楚归瞧见她眼底真真切切地震惊之色："怎么，你不愿意？你离开柳照眉，跟着我，你可答应？"忽然之间，身不由己冒出这句。

继鸾眼睛越发瞪大："三爷……"

楚归只觉得自己没来由地跳上风头浪尖，只好随波逐流，口中极为流利地说道："柳照眉给你多少钱，我出两倍。"

继鸾沉默。

楚归步步紧逼："两倍不行，三倍……五倍……"

继鸾终于道："三爷！"

楚归停下话头，继鸾抬头看向他，目光清正，声音也很清晰："三爷，柳老板身边儿需要一个陈继鸾，可是您不需要。"

楚归胸口一堵："什么？"

继鸾声音略微放低了些，如同辩解："三爷……三爷您是锦城数一数二的人物，身边高手如云……不需要继鸾去锦上添花，可是柳老板不成，柳老板身边儿……没其他人了，故而三爷……"

平平常常的一句话，可是楚归却从中听出了异样。

她是在真真正正地关心柳照眉啊。

楚归的笑忽地有些冷意了："是吗？可是……那天晚上，分明却是你救了我啊。"

继鸾忽地哑然。

那天晚上祁凤说得对，她不该就挺身去救他的……如今，搬起石头砸了自己的脚。

"怎么，你还有什么话说？"

继鸾望着他那张如画的脸，心怦怦地跳。

楚归笑得很静："你要是怕柳照眉不答应，我去说。"

"三爷！不必去问柳老板，"继鸾忙拦住他，无奈之下，几分相求地，"三爷，请你容我再想想好吗？"

楚归盯着她的脸，像是能轻而易举地看穿她心里想什么："你怕我为难柳照眉吗？"

继鸾心头陡然掠过一丝寒意，他当真能看穿她心里想什么：她就是怕他直接去跟柳照眉说，以他的能耐，柳照眉如果强留她，势必会遭池鱼之殃，但……

"还是说，你怕他会轻而易举地答应把你给我？"楚归的眼中带了几分冷峭地笑意。

继鸾彻底无言。

沉默中，楚归上前一步，他比她高出许多，此刻便附耳过来似的："三爷看上的，不管天上鹰隼地上虎豹水里蛟龙都得到手，何况是你。"

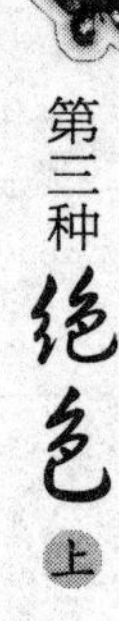

他的声音里似乎都带着一股寒意，继鸾只觉得毛骨悚然。

诚然，只有他想要的跟不想要的，没有他想要而得不到的。

楚归说完之后后退一步，缓缓地转过身想走似的，继鸾忽地问道："三爷，为何是我？"

楚归背着她一挑眉，目光里有几分茫然，似乎也没想到这个问题，不过只是片刻，他便说道："大概……是因为我特别的讨厌你吧。"

然后，他觉得这个理由似乎还不错，于是便出门去了。

讨厌她，为何还要让她去他身边？

继鸾却是明白的。

大概楚归知道，她呆在金鸳鸯里头，看着柳照眉，她心里是快活的，可是她不愿意见他楚归，甚至见了他就要躲开，于是，楚归偏偏要把她留在身边，这样她才会难受。

继鸾从茶水间出来，楼上柳照眉正在跟一个身着洋装的美人儿说话，两人站在一块儿，竟有种说不出的和谐。

继鸾看了会儿，又瞧见楚归正坐在不远处的座位上，遥遥地看着她面上带笑。

继鸾冲他一点头，也略微笑了笑，又看一眼楼上的柳照眉，便转过身往门外而去。

继鸾大步出了金鸳鸯，春风掀起她的月白衫子。继鸾低头望着那翩然舞动的衣角，眼底忽然有些湿润。

她深吸一口气，抬头看看尚好的天色，便往回而去。

大黑马经过柳照眉的照应，给留在骑马场里，这家马场是德国人开的，养的马专门给那些贵族们学骑马之用，因此待遇非常之好，柳照眉带着继鸾亲自看过，继鸾十分放心。

这两天听说莱县的局势已经稳定下来，也有很多莱县来的人都陆续返回。

离开也好，继鸾心想，就算是离开，也不能留下来去给那个人做事，那才叫伴君如伴虎。

那个人她是惹不得，始终招惹不得。

就在这时候继鸾也才恍然明白，当时她跟祁凤探望过柳照眉回来的路上，祁凤说留在锦城的时候，她心中那一抹迟疑不安是什么，现在她极为确定：就是楚归。

如果可以，继鸾觉得最好一辈子都不要跟那个男人有任何交集。

她从来不曾对任何人说过的是，当时她跟祁凤两个刚进锦城，大黑马惊了之时，她遥遥地望着那坐在黄包车冷如霜月面不改色的男人，心中那股寒意冷得几乎让她无法动作。

同他交手夺枪的时候看似行云流水，但只有她自己知道她也是极怕的。那种揣摩不到对方想什么也不知他会怎么做的恐惧无边无际，他随时都可能一枪毙了她，但他终于没有，而她已经侥幸过一次了，这样的运气绝对不会再有第二次。继鸾深知，更也不想再赌。

剩下的只有一条路，离开锦城。

继鸾只是叹：转来转去，终究是要跟他撞上，早知今日，当初就算在锦城外的山上转个三天三夜，就算是跟原家堡对上……她也不要再进锦城。

只不过以某人的心性，一旦认定了的，就绝对难以松手。

楚去非最是知道，楚归从小就护食护得厉害，一旦被他划归到碗里的肉，他绝对会死死咬住分毫不让。

3

柳照眉先前正跟密斯李在“相谈甚欢”，见继鸾出来的时候还没察觉不妥，只是冲她笑了笑，直到看她出门，柳照眉心里忽地觉得有那么一丝异样。

他正盯着继鸾离去的背影看，却察觉一道冷冷的目光自下而来，柳照眉略微转头，正对上坐在椅子上跷着二郎腿的楚归。此人笑吟吟地冲他一点头，一双眼中却全无笑意。

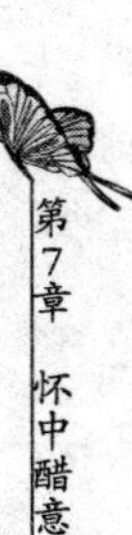

柳照眉同密斯李道：“抱歉，我先失陪一下。”

密斯李正也看到楚归在下头那般招摇的派头，便道：“柳先生要下楼吗，我跟你一块儿下去。”

两人便自楼上下来，柳照眉腿脚不便，走得极慢，好不容易下来，也来不及跟楚归打招呼，径直就出了门。

柳照眉出了金鸳鸯，扭头一看，见继鸾正走开了十几步，柳照眉心头一宽：“继鸾！”

继鸾听到他的叫声之时，脚步蓦地顿了顿，犹豫着要不要回头，却最终仍旧转了身。

眼前柳照眉正拖着不甚灵便的腿脚往这边来，继鸾惊了一惊，急忙上前扶住：“柳老板！你这是……出来做什么？”

柳照眉顺势握住她的手，这才觉得心里安稳了几分：“你要去哪，怎么一声不吭就出门了？”

继鸾望着他的一双眼，心里那句话总也说不出，然而长痛不如短痛，继鸾垂了双眸，声音极低：“柳老板，我……我想去莱县了。”

柳照眉的身子猛地一抖：“你说什么？”

继鸾心里为难，却仍道：“柳老板，对不住……”

柳照眉呆了一刻：“是我哪里做错了什么？”

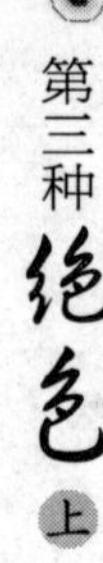

“不是！”

“那么……是你嫌弃了我……”

“柳老板，更不是的，都不是，与你无关……”继鸾忙忙地说，又怕露了相，便道，“是我莱县有个亲戚，见世道安稳了，这几日一直催……让我带着祁凤过去。”

柳照眉到底也是世面上摸爬滚打混过来的，哪里就会轻信这个？他望着继鸾的脸，想到方才在金鸳鸯的那一幕，及那个人的眼神，不由倒吸一口冷气。

柳照眉放低了声音：“是……三爷？”声音都有几分颤。

继鸾听他唤这个名字，那手就猛地一缩，柳照眉看得明白，这下更也不用她回答了。

“可是……可是为什么？”柳照眉不明白。

他不明白，继鸾也不明白，不明白为何她的运气如此之差遇上了那人，更不明白为何那人就盯上她了。

继鸾不想认，正想再遮掩两句，却见柳照眉身后的金鸳鸯门口，一男一女走了出来，男的俊秀漂亮，女的貌美如花，简直堪称一对璧人。

但继鸾却瞅见那位爷一出来，那双厉害眼睛就直看向了此处。

楚归身旁的密斯李张望着，却见大街上柳照眉跟继鸾站在一处，柳照眉挡着继鸾，她一时看不清楚，就问道：“三爷，柳老板身边儿那个是谁？怎么看起来……”

“是个无关紧要的。”楚归鼻子里哼了声。

“无关紧要？怎么我看柳老板跟他挺亲密似的。”密斯李踮起脚尖，想看个明白。

楚归听了这句，愈发气闷，又看密斯李在一边做个鸭子的模样拼命伸长脖子，便道：“想看就直接过去看是了，那脖子再伸长三尺，人家要躲，你也是看不到的。”

密斯李听了，便转而攻击楚归的胳膊，想要将他牢牢握住：“三爷我们一块儿过去吧？”

楚归抬手：“要过去就过去，别碰我，你那身上的香味忒厉害了，我闻了过敏。”

密斯李抬起袖子，嘻嘻地笑：“香吗？这可是法兰西的香水儿……”

两人说了会儿，便齐刷刷地往这边来，楚归人未到，声先至：“哟，这大街上，两位这是……演的哪处儿啊？”

笑眯眯的模样，仿佛事情全跟他无关，罪魁祸首亦并非是他。

继鸾探出手指悄无声息地在柳照眉的手心一划，便缩回了手。

柳照眉回身，脸上的笑容恰到好处：“三爷……这……继鸾说今儿不舒服，要回家去呢，我正问着……”

继鸾听他果然领会了自己意思，心里松了口气。

楚归闻言却看她，仍笑着：“继鸾姑娘不舒服？哪不舒服……哪都可以不舒服，只别这里就行……”说着，就抬起手指一点自己胸口。

继鸾微微一笑：“谢三爷关怀，不过是有些微头疼，想回去歇会儿。”

他们说话的当儿，密斯李盯着继鸾，瞪大眼睛道：“你是个女的？……你这身儿打扮可真帅！好摩登！”

继鸾哑然，楚归斜视，柳照眉暗怀心事。

密斯李已经凑过来问衣裳料子，恋恋不舍似的。

楚归冷眼旁观：“趁早儿别兴这心思，就你这气质，穿上了也跟偷来似的。”

密斯李便撅嘴：“三爷你总打击我，不过打是亲骂是爱，我是知道的。”

柳照眉见多这般稀奇古怪，倒也平常，只继鸾猛地打了个寒战，心底对于密斯李是十万分的佩服。

继鸾正用敬佩的眼神看向密斯李，却又迎来楚归炯炯地目光：“继鸾姑娘你在想什么？”

继鸾见他果真揪着自己不放了，便道：“回三爷，我想回去歇会儿。”

楚归便“嘶”了声，不再开口。

柳照眉情知无法，便强笑着打圆场：“继鸾，真个不舒服，就快些回去吧……好好休息，我等你回来呢。”

这话说得，暗地里滋味万千，百转千回。

有楚归在旁虎视眈眈，继鸾嘴角一动，生生把个温情了然的笑按捺下来：“多谢柳老板。”

说完了，又向楚归行了礼：“三爷，那继鸾就先告退了。”

没想到楚归道：“等会儿。”

继鸾一怔，楚归回头对密斯李道：“迷死李，你看柳老板行动不便，你就助人为善一把，扶着他先回楼里，我有件事儿要跟继鸾姑娘说。”

柳照眉心头沉沉地，却不好说什么，只勉强看了继鸾一眼，便同密斯李转了身。

眼见两人越走越远，继鸾恭恭敬敬道：“三爷，您还有什么训示？”

楚归瞅着她，揣了手儿：“训示不敢当，就只想到一句话，想跟你说说。”

“三爷请讲。”

“嗯……”楚归望着她，她明明是一副低眉顺眼的模样，可是他却总觉得哪里碍眼的紧，可又瞅不出什么来。

按理说继鸾不丑，自不是因为这个原因看她不顺眼。

楚归琢磨不透，沉吟了会儿，便道：“继鸾姑娘，上回我去那破巷子，加上这次我来金鸳鸯，算起来，我一共是拜访了你两次了吧？”

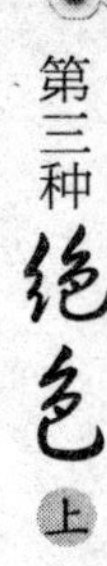

他竟用“拜访”这个词儿，继鸾摸不着头脑，苦笑道：“三爷说是便是。”

楚归点点头，慢条斯理地亮了牌：“你看，刘备三顾茅庐才请的诸葛亮，那也不过是三次，但是，三爷性子不好，何况你不是诸葛亮，我更也不是刘玄德，故而三爷我觉得，这拜访两次已经够了，不须再多了，你说呢？”

继鸾身子一震：“三爷……”

楚归慈眉善目地笑：“你也不用在我面前装样儿，我知道你是什么人，你聪明着呢，自然也懂我的意思，不过聪明人有时候会做些自以为是的事儿，三爷不想你走冤枉路，你可懂？”

继鸾垂眸，双手垂着，却已经捏成了拳。

楚归跺跺脚，看看天，慢慢又道：“行了，该说的我都说了，啊对……差点儿还忘了一件事，你那匹马……那匹高头黑马对吧？”

继鸾一惊，蓦地抬头看他。

楚归轻笑：“那是匹好马，其实我瞧着也挺喜欢，就从劳伦斯哪里买了来，如今算是我的，寄养在马场里……那畜生不解人事，过得倒挺快活滋润……好啦，随口跟你说说，时候不早，我也该回了。”

他撤出手，略一挥衣袖，便转过身子。

继鸾浑身发凉，盯着他转身，心中一口气激荡来去，无法按捺，目光几度闪烁，咬牙叫道：“三爷！”

楚归停步，回头看她。

四目相对，于这锦城车水马龙的街头上，他问：“怎么？”

继鸾的手捏得紧了又松开，心里那股火盘旋来去，拳也微微颤抖，停了会儿，终于却只说道：“没事，三爷您走好。”

楚归先是面无表情，继而望着她，露出笑意，不得不说他笑的样子极好看，跟不笑时候的冷清阴郁判若两人，似阳光普照明眸皓齿般的错觉。

继鸾别了楚归，先马不停蹄地去了陈祁凤的学校，门卫进内通传，陈祁凤极快地便窜了出来，又高兴又惊讶：“姐，你怎么这时候来了？”

继鸾心情复杂，吞吞吐吐道：“祁凤……我……我想去莱县。”

陈祁凤静了片刻，便道：“好！”

继鸾意外：“你不问问我为什么？”

陈祁凤一摇头，痛痛快快道：“姐你惯会拿主意的，你说去莱县，必然是因为这锦城呆不得了，那我们走吧！”

他居然说走就走，比继鸾更决然百倍。

继鸾全没想到祁凤的反应如此利落，愕然了会儿：“那……你……你的东西呢？”

陈祁凤拉住她：“不过是个书包而已，没什么要紧的，不要了，走吧。”

就在十几分钟后，在仁帮总会的公馆内，老九垂着手禀告：“她离开金鸳鸯后，先去了初实中学，然后就跟陈祁凤一起回了租房。”

听了汇报，楚归的脸上浮现一丝凉凉的笑意，那玉色的手指在桌上一敲：“可真是个不识相的聪明人呢，看样子非得让她吃点苦头才好。”

老九目光一亮问道：“三爷，您打算怎么做？让我带兄弟们把他们……”

“这事儿我们出面，那得多难看，你就不用点儿脑子！”楚归瞥了他一眼，又把身子往太师椅上一倚，优哉游哉道，“不用忙，这功夫，已经有人替我们去了。”

老九讪笑，明知道不大该问的，不过仍旧有些忍不住好奇：“三爷安排的是……”

楚归忽然却又换了一副严肃面孔，打着官腔道：“怎么能说安排呢？那叫公事公办，跟我们可一点儿关系都没有。”

老九瞧着这位反复无常的主子，内心啼笑皆非。

几乎是与此同时，在租房之内，继鸾同祁凤简单收拾了东西，正要出门，继鸾忽地一皱眉，把祁凤一把拉在身后。

刹那间房门被猛地撞开，几个人站在门口，有人大声叫道：“有个叫陈祁凤的住在这儿吗？”

继鸾定睛一看，居然是好几个警察，手中还都拿着家伙，如临大敌似的将他二人围住。

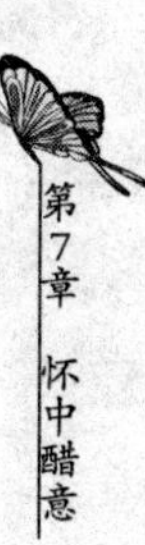

第8章

无处可逃

1

警察像是歹徒一样十分凶猛地将门踢开，张口就要陈祁凤。

刹那间，向来冷静绝不会冲动的继鸾脑中一阵轰鸣，暗中握拳，眼睛极快地将几个人的方位扫了一遍。

继鸾心想：拼一拼的话，只要动作够快，就算警察开枪，应该也不会伤到祁凤……

继鸾心念闪烁眼神变幻，脚下不为人知地往前一滑——

关键时刻，陈祁凤从后面攥住了她的手。

继鸾一怔，脚下动作停了，便失了先机，几个警察陡然分散开，纷纷吆喝："都别动！"

继鸾心头焦急，回眸看祁凤。

祁凤捉住了她紧握成拳的手，望着她的脸色，在她耳畔轻声说道："姐，没事的……不就是去一趟吗，你只管放心。"

继鸾怔着。

而他看着她，语气像是个兄长："我其实不小了，我会见机行事照顾自己，姐。"

他不动声色地安抚着，把继鸾捏成拳的手给重新放松，十指舒展开，又极温暖地握了一握。

陈祁凤素来是个一点就着的炮仗脾气，从小到大更是给继鸾惹出了无数麻烦。

可是，就在这关键时刻，他同继鸾的角色却赫然掉了个个儿。

他把继鸾安抚住，令她不许冲动。

陈祁凤心里明白得很：他这个姐姐，什么都能做，什么也能忍，但是就是绝对不能看着他吃苦，哪怕是一点苦。

何况如今是一大帮子如狼似虎的警察围着，手中是黑洞洞地枪口对准。

——让她眼睁睁地望着他被带走，怕比死还难过。

有那么一瞬间继鸾曾想拼了，祁凤察觉得到，她脚尖一动衣裳摆角轻轻一摇，他的心也跟着陡然揪起。

其实祁凤跟继鸾完全是一样的，倘若今日警察来找的是继鸾，恐怕他会不顾一切地跳出来，但是正因为角色的不同，祁凤竟神奇地从炮仗变成了水，顺其自然，随遇而安。

"姐，没事的！"被警察生生拖出去，绑了双手。

陈祁凤全然不挣扎，更一脸的不在意，就好像并没有人围着他绑住他似的，他只是紧紧地盯着继鸾，凝视着她同样是红红的眼睛，他生怕她动手，生怕她冲动："姐，你得替我想办法呢。"

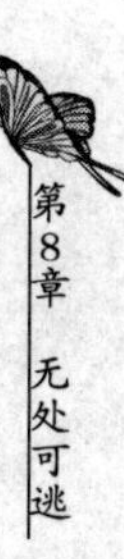

他竟笑着，如此说。

先前被他抄在怀里的狗儿小黑跌在地上，找不到主人，便不安地叫，大概是嗅到陈祁凤的味道，便靠过来。

祁凤扫一眼："姐，替我好好地看着它啊，我回来再自己喂。"

一个警察不耐烦地，抬脚就要把小黑狗踢开。

继鸾探手在他肩头一按一推，警察趔趄一闪，便踢了个空。

警察是嚣张惯了，挥舞着枪冲着继鸾骂骂咧咧，还似要动手，不妨旁边那领头的狠狠使了个眼色，警察悻悻地便偃旗息鼓。

继鸾看到了这极微妙的一幕，也正是因此，她心中一片雪亮，一片通明。

原家堡的人不至于就追到锦城还咬着他们不放，在平县他们还能呼风唤雨，锦城是什么地方？

更何况他们怎么会这么快就知道继鸾姐弟在锦城？

偏今日楚归还警告她不要使小聪明，她并没听，只想拼一拼逃开锦城。

很明显是他动了手脚。

她实在不该怀疑他的能耐，或许在金鸳鸯他跟自己说那一番话的时候，已经做足了准备，就等她动作起来，他便徐徐应对。

继鸾从楼上匆匆下来，却在楼道口遇到了柳照眉，两人差点撞了个正着。

"继鸾？"柳照眉好一顿打听才知道继鸾住在这儿，试试探探走到这儿，忽然看到她出来，不由得喜出望外，当下一把抓住她，"太好了，你还没走。"

继鸾停了步子，道："柳老板……"也不问柳照眉为何在这，只道，"柳老板，楚三爷现在人在哪里，你可知道？"

柳照眉一怔："你问这个做什么？"

继鸾沉默了会儿："柳老板，回头我再跟你说，我找他……有件要事。"

柳照眉望见继鸾双眉一扬，他看到她那英气的眉梢竟掠过一丝杀气，他心里一颤，忙道："继鸾你别冲动……三爷不是好惹的。"

"他们把祁凤抓走了。"继鸾终究忍不住，脱口道，"我不去惹他，我只是……有些话想当面跟他说。"

他逼得她没地方退了。

柳照眉吃了一惊："什么？"

他震惊且意外，看着继鸾的脸，抬手便攥住继鸾的手腕："不行，你不能去……继鸾，小不忍则乱大谋，你现在去找三爷于事无补。三爷、三爷那种人，如果打定主意要做这件事，肯定早就备好了后招，你一去，就是自投罗网。"

“我不知道……”继鸾当真是关心则乱，在平县，陈祁凤惹了好些事，可是有她跟栗少扬保驾，从来都是大事化小小事化了，没有闹到进局子的，何况要在那里呆着，继鸾实实地熬不下去，“我不知道我究竟怎么他了，我已经够避让了……不管他有什么招儿，我得当面问问他，他要怎么就冲我来，我得把祁凤弄出来……”

她不管不顾地说，头一遭对柳照眉说这么多话。

那警察局是什么地方，祁凤呆在那里，继鸾一想到就觉得有人把自己的心扔在地上可劲儿地踩。

她一刻也忍不了。

柳照眉望见继鸾的眼中泛着水光，手上不敢放松地握着她的手腕：“我明白，继鸾……但是你就算去……不管怎么，他绝不会立刻就把祁凤放出来的，如果一言不合，反而会更糟，吃亏的是你跟祁凤，你是个最聪明不过的，冷静些，好好想想。”

继鸾恨不得立刻就去找楚归，然而听着柳照眉温柔的声音，心却一点点软了下来，眼中的泪泫然欲滴。

柳照眉见她不再似方才那般杀气腾腾，才稍微放了心，柔和道：“继鸾，咱们先上楼。”

继鸾任凭他牵着手，脚步有些沉重地缓慢上楼，破旧阴暗的楼道，二楼上的房门虚虚带着，柳照眉推开门，看到里头一只小狗被拴在桌子角上，正低着头咬那绳子，见他进来后，便转来转去，低低地叫。

柳照眉掩了门，想了会儿，终于把心一横：“继鸾，你别担心……我试试看能不能从中疏通一下。”

继鸾一震：“这不行！柳老板……你别掺和这件事，我不想连累你。”

柳照眉冲她一笑：“不算连累，你也知道我认得警察局长的，我去说一说，兴许是可以的，总是一条路，不试试怎么知道？”

继鸾摇头：“柳老板，你别冒险！楚三爷那个人……不择手段的……”想到上回柳照眉被打之事，却终究不敢说出来。

柳照眉看她一眼，慢慢垂眸：“继鸾你也知道了……上回的事……”

继鸾一怔：“柳老板……”

柳照眉微笑着：“其实有些事我是知道的……不过知道了又怎么样？依旧要咽下的，何况，被打了一顿未尝也不是好事，起码没丢了命……而且把姓杜的给送了进去。楚三爷的手段是狠毒了些，但我却不算怨他，打我一顿换姓杜的一条命，还是值得的……”

继鸾没想到柳照眉心里竟这么清楚，刹那心中又是震惊又是滋味莫名：原来他也知道。

其实柳照眉起初的确是以为杜五奎动的手，但都是混场面的，此后杜五奎忽然在群众反对的呼声中殒命，统兵大权落入了楚去非手里，柳照眉心里看得透透地。

却不说，不能说。

一直到此刻，对着这个人。

柳照眉道："我是怕三爷的，那个人……叫人猜不透他想什么，只不过我瞧着，我大概也是脱不了干系了，今儿在金鸳鸯，三爷那双眼睛，把什么都看得清清楚楚的……继鸾，就像你说的，你已经尽量闪避了，仍旧躲不开，其实对我也是一样，我不去招惹三爷，三爷怕是……也放不过我。"

继鸾心里头凉凉地，又酸酸地。

柳照眉望着她，目光极为温柔，慢慢走到她身边："其实我这么做，也是存着私心的……上回你求我办事儿，我为了避嫌，没肯答应，结果却是这样……你不计前嫌答应来我身边儿，我心里愧疚着呢，如今，倒不如我主动为你做点事儿，不管成不成，你心里……得有我……对不对？"

继鸾身子微微发抖，柳照眉眼睛盯着她，便握住了她的手。

柳照眉的手很软，继鸾甚至觉得他的手比自己更软和温暖，她心里头感动，又有些发呆，任凭柳照眉握着她的手——他竟把她的手捧到唇边上。

继鸾反应过来，手缩了缩，柳照眉却加大手劲握着不放，硬是低头，在上头亲了口。

继鸾只觉得浑身腾地热起来，她自然不知道自己的样子是前所未有地动人，脸上亦如染了一层胭脂，那份小小的难言的羞涩……

柳照眉看在眼里，心头一荡，握着继鸾的手，便向着她的脸上凑近过来。

他忽然很想试试看，嘴唇在她脸颊上吻落的感觉……

屋子里没有打灯，最后一缕夕照浅浅地染进来，暗影错乱，暧昧流动，继鸾甚至能感觉他炙热的气息，浅浅的呼吸声，越来越近……

正在这时，屋内响起一声清脆地叫声，却是小黑"汪"地叫了一声。

继鸾猛地反应过来，脸上滚烫："柳老板！"急忙把手抽回去，退了一步微微侧身，身子却仍不停地发抖。

柳照眉手中脱了空，心里略有些失望，又有些窘然："继鸾，我一时……你别见怪……"

继鸾低着头，竟不敢回头看他："没……没……"

柳照眉看着她在暮色中的身影，叹了声："继鸾，那……我先走了，你别去找三爷……祁凤的事我会想办法……"

他也不知要说什么，最后只重复道："行了，我先走了。"

继鸾看外头天色已黑，屋里又空荡荡地没有祁凤，她心里又是一阵难受，抬手摸摸滚烫的脸，低声道：“这儿不太平，我送你出去。”

华灯初上，继鸾站在路边上，目送柳照眉坐着车离开，正在怅然相看，却忽地觉得身上一阵恶寒。

继鸾蓦地回头，就在她身后，人来人往的马路上，灯光闪烁纸醉金迷里，有个人站在那里，夜风里微笑得像是一幅画。

只不过他一开口，那幅画就好像被粗暴地一把撕掉了般。

楚归挑了挑眉，直直地看着继鸾，语带三分无奈似的说：“怎么我到哪儿都能遇见你啊，继鸾姑娘？”

2

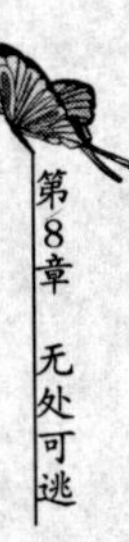

继鸾一看楚归，眼神就有些不对，那边楚归倒是笑吟吟地，上下一扫继鸾：“哎呀，我瞧继鸾姑娘这脸色不对……果真是不舒服啊，怎么不在家里头歇着，跑出来有什么要事吗？”

祁凤被捉去之后，继鸾气怒之下本想去找他，却被柳照眉拦住，被柳照眉宽言细语地，那火气焰头才稍微地消磨了下去，如今不期然地见了楚归，心中滋味真真怪异，虽然不至于即刻翻脸，但脸色却已是不同，手也握成了拳。

楚归便似不曾察觉似的，踱步便凑过来。

先前继鸾见了他，便只是一个垂眸状，此刻却只是冷冷地觑着他：“三爷又怎么会出现在这儿，莫非是有什么要紧事吗？”

楚归闻言，点头道：“还真有件事儿……不过，我瞧着是不可能的……”

继鸾心里头小火慢熬，生怕跟他说下去便按捺不住，尤其是看着他一脸假惺惺地，继鸾心烦之极，便道：“那么我便不打扰三爷办正事儿了。”

楚归道：“慢着……”

继鸾皱着眉停下步子，楚归沉吟着道：“方才我在前头会宾楼上跟个朋友聊天儿，他说起一件事来，我本来以为是跟继鸾姑娘有关系的，有点儿担心，不过看继鸾姑娘好端端地，我也就放心了，大抵是同名同姓的吧……”

继鸾见他说得蹊跷，似有勾人心之意，忍了忍，问道：“什么同名同姓，什么事？”

楚归笑道：“让继鸾姑娘见笑了，我不过是听他说……今儿看到警察局的人把个少年捉了去，他似乎还瞅见继鸾姑娘也在场，我就以为跟你有关，见笑见笑，怕是我多心

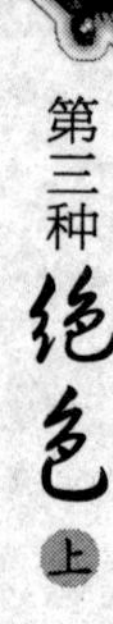

了。”说着，便不好意思似的摆手。

继鸾听他居然主动说起这个来，心里头的火顿时又被点了起来，冷冷说道：“下午时候我弟弟的确是被警察带走了，怎么，三爷是听谁说的？警察局的人吗？”语气里头已经带了冷嘲之意。

谁知楚归脸比城墙厚，面露惊诧之色地道：“啊，原来真有这事儿？”

继鸾双眸一垂，缓缓地吐了口气，唤道：“三爷。”

楚归便看她，继鸾抬眸望着他，静静说道：“三爷，真人面前不说假话，我弟弟被警察带走这件事，是不是你指使的？”

楚归挑眉：“这是什么话？”

继鸾上前一步，楚归后面的老九同两个手下齐齐往前，楚归一抬手，他们便齐齐停了步子。

继鸾迈步到了楚归身前几乎只有半步之遥，她的个头比楚归要低，然而面对面站着，气势上却丝毫不输给他。

楚归素来不习惯跟人亲近，见她靠近，本能地有些嫌烦，然而却神奇地不曾动作也不曾言语，瞧着她清亮决然的眼神，他的面上缓缓地竟泛起一丝笑意：“你想干什么，嗯？”

继鸾微微昂头看着这个人：“今日三爷才跟我说让我不要轻举妄动，我虽然不知道哪里得罪了三爷让您这般盯着我，但我却不愿意招惹三爷，只想安静离开锦城而已，谁知就这么巧警察局的人就上了门。三爷您是锦城的第一号人物，这等呼风唤雨的能力对您来说应该不算什么——三爷，今日我陈继鸾跟你把话说明白，我弟弟祁凤的事，是不是你背后操纵的？”

楚归唇角的笑意越来越浓：“你这是……在质问我吗？”

继鸾道：“我只是想把话说明白，我敢问，三爷敢不敢认？”

楚归望着她的眼睛：“那……如果我说是，你会如何？”

继鸾双拳一紧，望着楚归那好整以暇地笑，慢慢地便也在脸上露出一个不屑的笑来：“如果是在平县，我会要您……躺在地上。”

楚归“啊”了一声，又问道：“你让我躺下干什么啊？”

继鸾冷笑了声：“三爷，话不投机半句多，我跟您没什么好说的，大路朝天各走一边，请。”

继鸾迈步便走，楚归忽然唤道：“陈继鸾，方才离开的那人，我怎么瞧着有点像是柳老板？”

继鸾哼了声，仍要走，楚归盯着她的背影，眼底一片暗沉：“你不是说要把话说明白吗？这话还没明白了你就要走？”

继鸾气得回身：“三爷还想说什么？三爷指使人把祁凤关了，还要怎么明白？”

“我等了你一下午啊，”楚归忽然冒出一句来，“你倒是给我说说你怎么就没去呢？”

继鸾知道这人有些不能捉摸，却没想到他居然忽然之间就说出这样的话来，一刹那想到柳照眉曾劝自己的，心里阵阵发凉。果真柳照眉猜得对，他早就算到她会冲去找他，却没想到被柳照眉拦下了。

许是惊于楚归的突然的“坦白”，继鸾一时不能作声。

楚归却又说道：“那让我猜猜，是因为柳照眉？”

继鸾浑身绷紧，脚尖微微转了个方向，目光往楚归身边儿的老九等人身上淡淡扫过。

楚归叹道：“柳老板还真是个人物，想来是我小看了他……只不过，继鸾姑娘你可知道强出头的下场是什么？”

继鸾听到这里，再也无法容忍，身形一闪冲着楚归冲过来。

老九见状，急忙纵身过来护卫，继鸾一侧身，脚下移动，背贴着老九的背，电光火石间像是转了个个儿似的竟滑了过去，直奔楚归。

老九惊地回头，却见继鸾竟闪到了楚归身边，她一抬手，便掐向了楚归的颈间。

楚归倒是一点儿没动，任凭继鸾制住自己，目光垂下望着她：“你这是做什么，我不过是说了句实话，你就想要……玉石俱焚吗？连你在牢里的弟弟都不顾了？”

继鸾控制着手上力道，道：“三爷，我初来贵地不知深浅，得罪了您，可是该做的我都做了，自诩没什么大对不住你的地方，你何必咄咄逼人不休？我陈继鸾也走过几年江湖，道儿上的规矩多少懂一些，俗话说斩竹莫伤笋，我有什么惹恼了您的地方你只管冲着我来，为何要牵连我身边的人，您是非要逼我……”

楚归垂眸看她一眼，便又抬眸：“别动！”

继鸾目光一变，听到身后细微地咔嚓声响，虽然不曾回头，却也猜得到，大抵是老九拿了枪出来，只不过楚归这一声是何意思？

楚归说完了后便又低头看继鸾：“牵连你身边的人？你身边儿的人是谁？”

继鸾欲张口，楚归冷笑又道：“柳照眉也是你身边儿的人？你跟他才认得多久就为了他关心则乱了？——我只是说了句强出头的下场是什么，你就以为我要对付他吗？”

继鸾听到这里，双眉一皱：“难道不是？上回……”

继鸾欲言又止，楚归却笑道：“上回……你果然是知道了上回的事了吧？”

继鸾仓促之间说出来，要改口已经晚了，便咬牙道：“那你是什么意思？”

楚归抬手，慢悠悠地握上继鸾的手腕：“我知道你武功高强，我也很喜欢，不过有些

事儿用拳脚是解决不了的……你说你也算是走过江湖的人物了，怎么能不懂这个道理，又怎么能不懂我的意思？我的意思是，柳照眉那个身份……要去求警察局长的话，是要怎么个求法儿？你好好地想想就是。”

继鸾一惊，顿时变了脸色，她心里一时乱，就没有留意楚归握着她的腕子将她的手从颈间移开。

楚归扫一眼自己手中握着的那只手，只觉得这手虽然不怎么嫩，不过温暖的感觉正正好儿，竟不觉得讨厌……可这么握着也不是个事儿，便慢慢放开。

楚归的声音不高，却足够清楚：“一匹黑马的话，倒也好说，三言两语讨个交情……再者那事儿我也不管了，是以人家给他这个面子也行。但是这回，继鸾姑娘你也是知道的，是我从中作梗，你也说我是锦城的头一号人物，那谁还敢不给我这个面子？柳照眉不知死活地凑上去，除了给人白白地操上一顿，还能讨什么好？赔了夫人又折兵啊。”

继鸾听他说的赤裸粗俗，脸上顿时一阵红一阵白地。

“三爷早跟你说过，越是聪明人，越喜欢自作聪明，”楚归看着继鸾，“我知道你很是疼爱你的那个弟弟，他不见了你必然会想法儿，没想到你全然没有动作，那必然是柳照眉给你出主意了，只不过我得跟你说实话，你求他，他求谁……都没有用，除非是你……”

那个“你求我”还没有说完，继鸾忽然转过身拔腿就跑，她动作敏捷，身形极快地消失在人群之中。

老九上前：“三爷，就让她这么走了？”

楚归看着继鸾的身影消失在人群里，从嘴角到心底忽然没来由地痒痒起来，微微地舔了舔嘴唇：“没事儿，她会回来的。”

继鸾飞快地到了金鸳鸯，戏楼老板说柳照眉自下午就没有回来过，继鸾急急地又去了柳照眉住处，却也不见人。

她心急如焚，费了点曲折功夫，终于找到警察局长的住处，正要想法儿闯进去，却见一辆黑色轿车缓缓驶来，轿车停下，出来一人，是个肥胖的矮个子，正是锦城警察局长欧箴。

欧局长站住脚，抬手扶了一人下来，却居然是一身锦白长衫的柳照眉。

灯光下，柳照眉修长的身段细致的眉眼，美得柔和而令人心动。

继鸾一眼看到，心头狂跳，见欧箴笑道：“柳老板，请吧？这还是你头一次来我的住处呢。”声音里有种说不出的意味，让人极为不舒服。

继鸾清楚地望见柳照眉脸上掠过一丝勉强的笑意，她心中顿时想到楚归的那句话，双拳微微地发抖，一咬牙一跺脚，正要冲出去，忽然之间那黑色的轿车后面响起一阵喇叭声。

继鸾急忙站住脚，这瞬间就看到轿车后面居然又驶来一辆吉普车，车停下，车上便跳出一个身着军装的副官，大步地竟冲着那两人走了过去。

欧箴一看，脸上露出惊讶神色，又热情道：“是季副官，这是哪阵风儿把您给吹来了？”

那季副官站住了，身板儿笔直，笑道：“欧局长，不好意思……我是奉命而来的……”

欧箴道：“不知是什么事儿？”

“是这样的，”季副官看向他身边儿的柳照眉，“柳老板果真在这儿，真真让我好找！我们督军今晚请人在金鸳鸯看戏，专门等柳老板呢，戏楼的人说柳老板跟人出来了……督军就命我赶紧出来找……”

柳照眉深觉意外，那边欧箴也是一惊：“楚督军去了看戏？”

季副官道：“可不是嘛，好不容易我们督军起了这个兴致……总不能乘兴而来败兴而归吧？故而我满城地找人呢，听说柳老板跟您走了就来看看，这没想到……欧局长您看……”

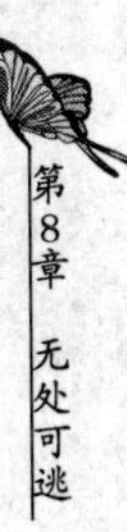

欧箴虽然是警察局长，但是手底下不过是百来条枪，哪里能跟一省的督军比谁硬？听了副官这么说，当下笑成一朵菊花：“当然不能扫了督军的兴了，我本来要跟柳老板说点儿事，这改天说也是一样的，督军的事当然更加重要。柳老板，你就快回去吧！”

季副官听了，大悦：“欧局长真够意思，我替我们督军谢谢您了！柳老板，咱们上车罢？可别让督军久等了……”

柳照眉有些糊涂，看一眼欧箴，到底是胳膊拧不过大腿……可他心里惦记着事儿，便犹豫着道：“欧局长……”

欧箴生怕他说出什么来，忙道：“改天说改天说……”完全不由分说地就让着他走。

季副官便笑道：“柳老板，走吧。”在他胳膊上轻轻地一拍。

柳照眉叹了口气，终于转身往吉普车边儿去了。

旁侧继鸾看到这里，心道：“这个督军就是楚归的哥哥……那个叫做什么楚去非的大人物，怎么会这么巧地就来叫柳老板去唱戏？难道说，又是楚归搞的鬼？”

继鸾想到这里，万丈雄心化作满地冰凉，眼睁睁地望着吉普车载着柳照眉离开，她心里略觉得放心，又有些说不出的难过。

继鸾呆呆站了会儿，忽然觉得头上有点湿湿地，她抬手摸了摸头，才发现原来是天下雨了。

继鸾自打出生以来就没遇到过这种复杂的情形，委实是因为楚归那个人太奇怪了些，

他想事情好像总会先她一步，完全不给她机会似的。

继鸾心里一片茫然不知所措，这个时候就格外地想念祁凤，继鸾淋着雨想来想去，心道："柳老板没事了，也好，我得去趟警察局……碰碰运气，看能不能见一见祁凤吧。"

3

继鸾在平县的时候从来都是独当一面的主儿，虽然知道这个世道不太平，什么飞禽走兽都有，自也见识过无数极品，但是从来没想到世上居然还有楚归这等神鬼莫测令人头疼的奇葩货色，更想不到有朝一日自己会招惹上这样的货色，甚至于怎么逃都逃不掉。

这算是继鸾自打出生以来所遇到的头一件令她束手无措的麻烦事。

雨不大，濛濛细细从天空洒落，街上的行人形迹匆匆，继鸾本来六神无主不知要往哪里去，想到得去试试见见祁凤，心里好像安稳了那么一点，脚步快快地往警察局而去。

警察局所处的地脚有些偏，门口偌大一片空地，显得那栋高楼越发有些阴森，门口的灯光昏暗，隐约看来有几分鬼影憧憧。

这时候有点儿晚，里头有几个值班的警察在打牌，有人手气差，便骂骂咧咧不休，赢的那一方却得意地大声取笑，继鸾在门口略一站，就走了进去。

几个警察见有人进来，不由地都抬头来看，乍看之下，却都有些直了眼。

今儿继鸾仍穿着那身月白的衫子，也没戴帽子，辫子就垂在胸前，因为忙了一天，没工夫整理头发，发便有些乱，因外头落雨，濛濛地雨丝将她的头发打湿了，纠缠的发丝有的便贴在额头，脸颊边上。

她自雨中而来，一张脸也被雨水浸润的格外苍白，加之本就不难看的眉眼，此刻里头多了一份牵念张皇，竟没有往日那般气势，清丽之余，反透出几分楚楚可人来。

警察们正在穷极无聊，忽然看了这么一个人儿，当下一个个亮起眼睛，那手气差的一个趁机把牌一扔，先站了起来："哟，这位姑娘，大晚上的怎么跑来我们这儿了？可是有什么事儿吗？"那双眼睛就花溜溜地上下打量继鸾。

其他几个对看一眼，互相使了个眼色，有人就道："总不会是被人非礼了吧？——我说老余，你那眼神儿收敛着些，别把人家给吓走了。"

继鸾见几个人都语气轻薄地，此刻自然也顾不上，何况她也不是那种见不得场面的羞怯女子，当下就急忙先陪了个笑，道："老总，我是想来探望人的。"

那老余被她的笑一晃，一时想入非非："探望人？什么人？"

旁边的警察又笑道："不会是大姑娘的情人吧？"

继鸾道：“有劳各位老总了，我是来探望我弟弟的，他是今儿下午被抓进来的，叫陈祁凤。”

几个人一听，各自面带诧异之色，面面相觑了一番：“你来探望陈祁凤的？是个长得挺好看的少年？”

继鸾忙点头：“您知道？那么……能不能通融一番……”

警察局内便一片沉默，那老余望着继鸾，脑袋纹儿皱成几道，道：“那个人啊，倒是有些难的。”

继鸾心头一紧，将声音放得柔和，道：“他不过是个半大孩子……从来也没有离过家，就跟我相依为命，麻烦各位老总行个方便吧？”

那老余皱着脑袋，样子显得十分为难。

周围的警察围在一起，一边打量继鸾一边窃窃私语，有个人就叫道：“上头有令是不能给见的，我们这些下面的也不敢随便做主啊，姑娘你还是回去吧。”

老余回头看着，又看看继鸾，也不能作声。

继鸾心里发凉，可是她此刻心里乱而慌张，极想要见祁凤一面，又哪里肯就走，看老余似乎有些松动的意思，就只看着他：“老总，我只是见他一眼……只一眼就行，绝不做别的……”

有个警察不耐烦地叫道：“别啰嗦啦，上头若怪罪下来我们可是撑不起。”

老余对上继鸾的眼睛，被雨水浸润过的双眸显得格外清亮乌润，此刻又因为情急几乎冒出泪花来，老余心头扑通跳了两下，回头道：“话不能这么说，现在这儿都没别人……咱们不说出去就行了，人家大姑娘冒着雨过来，又是姐弟两个相依为命多可怜，咱们总得通融一下……”

有个道：“老余，我看你是为了色不要命了！你可知道这个人得罪的是……”忽然间看了继鸾一眼，欲言又止。

老余咬了咬唇，把心一横道：“只让他们看上一眼，又没别的……能有什么事儿？”

几个人便笑：“这老余赌场失意，就想要情场得意起来了。”

老余便回头，对继鸾道：“我这可是担着天大的干系，姑娘，我领你过去看一眼，你可千万别对任何人说。”

继鸾见他松口，千恩万谢地感激着：“知道知道，多谢您。”

老余领着继鸾往内，几个警察在背后说什么的都有，老余铁了心，只当听不见。

一路往牢房去，里头便越来越阴冷，隐隐地还听到有人呻吟的声儿，在幽暗里头令人毛骨悚然，继鸾越走心越是油煎似的，那老余道：“这儿关了几个囚犯，每到晚上就不安生，你那个弟弟我有印象，倒是个安静的孩子，可怎么就得罪了……”

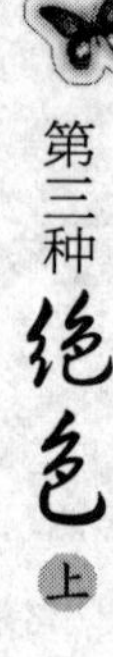

到底是不敢说那个名字的。

继鸾自然也不能说是因为自己的缘故，就只故作镇定道："这只是个小误会，很快就过去了……"

老余瞅她一眼，道："我看也是的……最好这样儿，不管怎么样，去服个软，不然的话这事可是难办。"

说话间，便到了一间牢房外，老余道："这钥匙不在我这儿，我也不敢跟他们要，让你们这样隔着门见一面儿已经是不易了。"

继鸾道："知道，已经极为感激的，真不敢再多求什么。"

老余见她答应得很是温顺，就点了点头，抬手敲那牢房的门："陈祁凤，有人看你来了！"

这牢房的门十分结实，上面倒是有个通风的口儿，大概有一个人头的高低大小，几个栏杆竖着挡着。

老余说完，就听见里头有人道："是谁，是姐吗？"急着就扑过来。

继鸾听到祁凤的声音，那眼中的泪刷地就涌了上来，赶紧抬起袖子擦去，也扑到门上，却见祁凤的脸在那铁栏杆后面出现，继鸾看一眼，便伸出手去，隔着栏杆，只能容几个手指头探进去，那边祁凤也探出手指来，跟继鸾手指相握，惊喜交加："姐，真是你！"

继鸾望着祁凤的眼睛，恨不得大哭一顿，却又死死地忍住："祁凤，你怎么样？有没有受苦？"

陈祁凤用力握着继鸾的手指，感觉她的手指冰凉，又看她头发丝湿湿地，却问道："姐你怎么冒雨来了？手这么凉的，你要多照顾着自己身子，别着凉了……我没事。"

继鸾用力一摇头："我也没事，是姐没用……"终于忍不住，那泪不听话地就滚了出来。

里头陈祁凤顿了顿，却一笑："姐，瞧你说什么胡话呢！这不都是我自己惹出来的事儿吗？跟你有什么关系，你从小到大打我也不少，我就是改不了，着！这是老天爷让我长记性呢！"

继鸾一个字也说不出来，只是苦忍着喉头那悲酸之声。

却听陈祁凤又道："姐你别为了我苦着自己，该怎么过还得怎么过，我瞅着原家堡的人不至于就不依不饶吧？隔一阵儿兴许气消了就把我放出来了。"

继鸾听了，心里更是难过，祁凤还不知道这背后弄事的不是原家堡，却是这锦城的那个人。

身边儿不远处老余见状，就悄悄提醒："大姑娘，差不多了啊……"

继鸾深吸两口气，抬头看着祁凤道：“祁凤，你说得对，这不是大不了的事儿，别忘了姐还跟原二少认识呢，姐向你保证，最迟明儿，明儿你就给放出来了……”

“姐……”祁凤略有些迷惑，但是对他来说，继鸾说的话就像是圣旨一样，因为继鸾有那个能耐，祁凤心里一怔瞬间，就点头，“我知道的姐，不过不管怎么，你好好地保重自己，我可半点儿不想你出事，不然的话我宁肯就死……”

“住口！”继鸾竖起眼睛，及时把祁凤喝骂住。

旁边的老余本正看着，忽然听了这一声，整个人就打了个哆嗦，恍惚间觉得这姑娘同先前的柔弱不同，有些气势惊人的。

继鸾将祁凤的手一握，斩钉截铁地：“你听我的！明儿我就来接你出去，姐说过的话算话……你记住了吗？”

祁凤不敢再说些有的没的，只乖乖点头：“姐，我知道了。我等你好吗？”

继鸾这才冲他笑了笑：“这才像话，那……姐这就走了。”

祁凤闻言，那手指用力一勾继鸾的，似乎不舍得放，然而最终却又松开：“好的姐，你回去避着点雨，找把伞……”

继鸾一点头，把手一松，就撤了回来。

她转过头，不敢再看祁凤，迈步往外就走。

老余慌忙跟上，一直出了囚房，继鸾回过神来，在身上掏了掏，掏出两个大洋：“老总，这一点小意思，您别嫌弃，我弟弟从小没吃过苦，他在这儿，我求您照料着点儿。”

老余一怔，继鸾将他的手拉住，把钱放在他手心：“您放心，这件事牵连不到您。我这就去解决了，明儿我弟弟就会出来，他只劳烦您这晚上，成吗？”

老余倒吸一口冷气，然而不知为何，竟觉得这女子没头没脑这几句话令人十分相信，他迟疑地看了继鸾一会儿，便点头说道：“行，我会看着点儿……晚上冷，我找床被子给他去……”

继鸾一笑：“谢谢您了！”将老余的手一握，松开后迈步就走。

老余呆了那么一呆，看继鸾大步走过局子，径直往外走去，耳畔便听到窗外那雨声哗啦啦地，老余叫道：“唉……大姑娘，我给你找把伞……”

继鸾一挥手，声音清朗：“谢谢您，我不用！”

她应得干脆，走得利落，身形潇洒之极，局子里的几个警察见他们两个从里头出来，本挤眉弄眼地想说什么，此刻见状却个个觉得异样，那些污言秽语竟无法出口。

老余走到门口，往外一看，却见那姑娘的身影渐渐消失雨中，他摸了摸手心两块银元，只觉得有些滚烫，旁边一个警察凑过来也张望，喃喃地道：“这姑娘……什么来头儿呢这是？”

无人知晓。

继鸾被雨水浇了个透心凉，雨越来越大，却阻不住她的脚步，穿过长街，夜深了，雨又大，街头上人迹寥落。

继鸾走了许久，才停下步子，她抬头，望着面前那古色古香的宅邸——先前同柳照眉在一块儿的时候，说起过楚三爷的住处，有几次甚至远远地经过。

继鸾张口，冰凉的雨水从嘴角滑落，她缓缓地深吸一口气，又慢慢吐出来，双拳一握，却又放开，迈步往门口台阶上走去。

手握住那冰凉的铜狮口门环，继鸾用力敲下，连敲了数下，只听里头有人道："谁呀？"

继鸾双眸垂着，雨水从长睫毛上落下来，她沉默片刻，张口应道："平县陈继鸾，求见楚三爷！"

第9章

雨中惊艳

1

里头那人咳嗽了声，说道：“这么晚了，天儿也不好，改日再来吧。”

继鸾一急，凑近了门：“劳烦您通传一声，我是有急事……”

“多大的急事呢，三爷这会儿都歇下了。”门里头的人唧唧咕咕地，似很不乐意。

继鸾道：“我、我是跟三爷约好了的，劳烦您……”

那门里头的一听，这才道：“那你等着，我进去说声儿，哎哟，可别被骂一顿。”

继鸾站在门洞子里，浑身湿透，风一吹遍体都凉，继鸾握着双手，看看天儿，不由一笑：真真是天不从人愿。

雨湿了身子，又被风扑，忍不住会有些颤抖，继鸾竭力忍住，心里希望楚归别睡的这么早。

过了会儿，隔着门扇便听到里头噗嗒噗嗒的声响，先前那人道：“你看我说吧，三爷睡了，说有什么事儿明天再来！”

继鸾心头也一阵发凉，呆了有那么一会儿，便又扑上前去，用力一拍门道：“不行，我现在就要见三爷，我有急事，等不得！”

继鸾正慌张中，却听里面门闩作响，继而门扇被打开，继鸾怔了怔，后退一步，定睛一瞧才看清楚，原来现身的居然是楚归身边儿的老九。

老九扫了继鸾一眼：“哟！原来是大姑娘，您来这儿做什么？”

继鸾也顾不得了：“想求见三爷一面。”

老九笑道：“这可稀罕，我们三爷跟三顾茅庐似的去找您，您都爱答不理的，这会儿却又是怎么了？”

继鸾低声下气道：“我别无所求，只想见三爷一面而已。”

老九望着她：“想见三爷，也成，只不过三爷不是那么好见的……”说到这里，继鸾忽地目光一动，发现从老九身后慢慢走出一人来。

继鸾一看，浑身顿时警觉起来，习武之人自有一股气场，而面对同道中人亦会感觉得到。

继鸾望着那悄无声息露面之人，一看此人走路的姿势就知道乃是高手。

那露面的，却正是楚归府里头的拳师余堂东余师傅，余堂东乃是通背拳的高手，两年前被楚归招揽了来，专门教导楚归拳法，奈何楚归斗心机是一流的，却绝非是练武奇才，于是学来学去，也都是那样儿。

余堂东跟继鸾一照面，心头咯噔一声，便道：“就是你，会使太极？”

继鸾戒备着：“您是？”

余堂东疑惑道："可是据我所知，太极门的规矩是传男不传女……你是哪一派的？"

继鸾道："无名无派。"

余堂东面上露出几分怒意："无名无派？无名无派你哪里学的武功，究竟是偷师，还是私相授受？不管是哪一种，都是大忌！你究竟是哪里出身，如何学来太极？"

继鸾皱眉道："我今夜前来不是要跟谁探讨武功的。"

余堂东哼道："我同太极门的几位前辈也素有交情，今日既然遇上了，就不能不管。"

继鸾道："你想如何？"

余堂东迈步下了台阶，站在门口那片空地上，一抬手道："请！让我先见识见识你究竟有多大能耐。"

继鸾道："我说过了，我没心思跟人……"

正说到这，便听老九在旁边慢悠悠道："继鸾姑娘，要想见三爷，就先过余师傅这一关吧。"

继鸾闻言，站在原地定了数秒，终于道："好！"

余堂东站在雨中盯着继鸾，听了继鸾答应一声后，忽然精神一振，他见面前的这女子忽然似换了个人般，迈步自台阶上下来，便在他的对面站定。

继鸾双手抱拳："余师傅，我实属逼于无奈，若有得罪，还请见谅。"

余堂东见她竟如男子般抱拳行礼，便冷哼道："一介女流而已……若非是三爷面儿上，我也不屑同你动手。"

继鸾并不恼，只道："余师傅，请！"

余堂东双眼一眯："你先吧，免得传出去，人家笑我欺负女人。"

继鸾淡淡道："既然如此，也罢……"继鸾说罢，脚下一滑，脚尖点地，往左出了个半圆，此刻水流遍地，地上的雨水被她脚尖一挑，刷地便跌了出去，激出极好看的飞溅跟涌动。

余堂东扫了一眼，略觉愕然，继鸾右脚又出，看似动作极慢，不知为何身形却极快地，余堂东正在诧异，感觉劲风扑面，耳畔是继鸾说道："余师傅，小心！"

余堂东恼恨，提拳纵身，大吼一声，"身似弓，手似箭，腰似螺旋，脚似钻"，果真大家之风，令人惊啧。

通背拳本非以刚猛著称，但余堂东多年浸淫自成一派，再加上他身形魁梧面目威风，若是寻常人早被这架势吓趴，然而继鸾是谁？

继鸾凝眉抬手一挡，竟是要以手臂碰他手臂。

余堂东浸润这拳法十数年，向来以拳法稳劲，拳无虚发闻名，常年练木人桩，双臂极

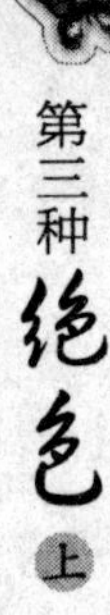

为有力，只要他发力，木人桩都能尽碎，此刻见继鸾抬手一挡，他心中冷笑：真真无知女子，不知死活。

余堂东心中想：一个女流之辈能有多大气力，只要他稍微用力，怕就会当场格断她的胳膊。

只不过如此做是不是会太过残忍，传出去的话……

余堂东正在斟酌，忽然间却觉得胳膊向着难以预知的方向歪了过去，那拳自然也便不准，余堂东大惊，定睛看向继鸾，却见她抿着唇，手从他的臂上撤开，转而攻向他的肩头。

余堂东心头一凉，急忙回身自保，匆忙跃开后一脚踢出。

脚上的雨水随之洒落，泼向继鸾身上，继鸾一转头，湿了的头发贴在脸上，身子随之往后倒下去，堪堪避开了余堂东的扫堂腿，然而她的背却已经将要贴地，那条大辫子自脑后垂落，也浸在水里。

余堂东得理不饶人，身子一旋腾空而起，双臂一振，双腿蜷缩，继而一蹬，竟往继鸾身上踩去，这一招委实狠辣，继鸾的身子几乎贴地，自然全无招架之力，若被踢中了，怕是不死也剩半口气。

连老九都吓了一跳，几乎就出声高叫一声停手，心怦然乱跳。

间不容发之时，继鸾那几乎贴地的身子竟以一种匪夷所思的角度向旁边移开，余堂东双脚踩下，却踏踏实实地落在了地上！余堂东大惊，老九忍不住按住胸口，而那边，继鸾的身子贴地一晃，竟似有根弹簧撑着一样，猛地就从地上挺身而起。

这还罢了，就在余堂东大惊转身要继续后招攻击之时，继鸾脚踩八卦，身子在雨水中一旋，无数的雨点四散开去，有一滴没入余堂东眼中，像是一颗冰入了眼似的难受！

余堂东一皱眉，勉强睁开眼睛，却已经来不及，面前劲风闪开，有一道东西“啪”地打在他的脸上，顿时之间整张脸都火辣辣地疼！

余堂东魂飞魄散，不知道自己中了什么狠招，正要再看，继鸾已经转到他身前，脚下马步一踩，肩头对着肩头，轻轻撞来……

余堂东脚下离地，整个人斜着跌出去，身体坠在雨水之中，摔得实则不重，但是颜面无存。

继鸾站稳身形，把那条跌在胸前的辫子往后一甩，站直了身子：“余师傅……承让……”

余堂东从地上一挺而起，怒意勃发喝道：“混账！”他素来没吃过这样的亏，更没有败得这样惨烈，心中自然气怒难平，正要再动手，却听老九道：“余师傅且慢！”

余堂东站住脚，老九说道：“劳烦您了，请进内歇着吧。”

余堂东定了定神，终于又看向继鸾，却没再动手："你叫什么？"

继鸾沉默了会儿："陈继鸾。"

余堂东又惊又疑："陈家的？可是我没听说陈家有你这号人。"

继鸾道："我本就说过，我无门无派，只是靠一点武艺走江湖搏口饭吃。"

余堂东哼了声："你这叫做一点武艺？谁是你师父？"

继鸾默然："我师父已经去世了。"

余堂东咬牙，奈何却问不出什么来，看一眼老九，只好咬牙回身进了宅子。

老九目送他离开，方才那一场他看得惊心动魄，本是要讥笑余堂东几句的，此刻却也笑不出来，若是换了他，恐怕还熬不到这么多招。

上回在医院的时候继鸾只是跟他浅浅过了几招就溜走，老九只以为是她害怕自己所致，对楚归说起来还面带不屑，如今看来，对方只是有意躲避不起冲突而已，若真的动手，恐怕几个自己也不够人家打的。

这边继鸾见余堂东去了，便道："九爷……"

老九道："别，不敢当，尤其是在三爷面前，你万别这么称呼我。"

继鸾道："我……"

老九本想羞辱她一番，但见识她方才之能，却无论如何说不出口，徐徐出一口气，道："我知道你想说什么，你想见三爷救你的弟弟是不是？算是我私下跟你说句，你早干什么去了？在这锦城里三爷要个人，没这么费事的，偏偏他请了你三回你都不答应，现在……你自己……好好想想吧。"

他说着，转身之时便有意无意扫了一眼身后宅子，继鸾看得明白心头一动，总觉得这是个"眼色"。

老九极快便进了门，那两扇门在继鸾面前缓缓关上。

继鸾站在雨里，整个人呆呆怔怔，心里想着老九的话，站了大概有一刻钟，她直着眼睛，双膝一屈，慢慢地竟跪在了地上。

继鸾垂着头，任凭雨水从头顶落下来，她看着地上雨点打落溅起一个个涟漪，眼中似乎也有什么随着落下来，幸好雨水不停，倒是看不出来。

继鸾跪了大概有一个时辰，天空轰隆隆地，居然响起了雷声，春雷，春雨，寒风飒飒。

饶是继鸾身子骨好，跪了这么久，整个人却忍不住发起抖来，面前那扇大门却还是紧紧地关着。

有那么一瞬，继鸾想干脆起身走人。

可是想到关在牢房里的祁凤，她的双膝像是钉在了地上一般。

如此又过了半个时辰，面前的大门终于“吱呀”一声开了。

继鸾想抬头，可惜身子都冻僵了，手指按在膝盖上，被雨水浇得苍白惊人。

有脚步声缓慢而来，继鸾抬起双眸，长睫上的雨水滚滚落下。她看到面前站着一个人，穿着精致的避水的水鞋，往上是白色的绸料裤子，一尘不染地，继鸾竭力抬头，再往上就是那个人精致的眉眼，背后是黑色的伞跟黑色的天，他站在那里，像是个鬼魅，也像是个仙人。

楚归望着地上跪着的继鸾，轻轻薄薄地吹了声哨：“继鸾姑娘，你可真让我好一个等啊。”

继鸾咽了口气，声音有些颤抖：“三爷，我求您放了我家弟弟。”

楚归打量着她，她的脸儿极白，竟显得几分眉目如画，清秀弱质似的，又因一身湿了，头发缠绵地贴在肌肤上，衣裳熨帖地贴在身子上，身子还有些丝丝颤抖。

楚归忽地有瞬间地窒息。

他顿了顿，忽地咳嗽了声：“看你，跪在这里成什么事儿？起来吧，跟我进去说。”

继鸾听了，双眸看着楚归，缓缓笑了。

她一笑，眉眼越发鲜活生动，楚归觉得心也跟着摇了一下，然而刹那间他发现这不是错觉，而是因为……陈继鸾竟以极快的速度从地上跃起，饿虎扑食般地擒住了他。

于是楚归不仅心摇了一下身子也摇起来，感觉自己被她压着，被毫不留情地扑在地上。

浑身冰凉，雨水浸湿身子，还不知夹着多少污秽，但怎么也比不过眼前人给的意外惊怒，楚归心里震怒：“我日！”

2

楚归也不知自己是怎么了，自来也没有一个人让他这么“上心”。所谓“上心”，可不是嘘寒问暖，但只一个煞费苦心，乃是煞费苦心地想着怎么对付人家，怎么把人家弄到手里。

在大街上继鸾急着去找柳照眉之后，楚归望着她离开的背影，心里那点儿事越发说不清道不明，旁边老九迈步过来，上下把主子一打量，暗暗稀罕：哪里很是不对。

一直到楚归要打道回府的时候，老九扫见楚归两只搭在一起的手，那两只手洁净无瑕，很是妥帖安然地放在身侧，没有任何要不安躁动的迹象。

老九频频打量，这厢楚归却也发觉，便问：“你老是打量三爷作甚，从迷死李那学来的坏毛病不成？”

老九悄悄出了一头汗，忙道：“三爷您真会玩笑，我只是觉得……有点奇怪。”

“哪奇怪了？”

老九吞吞吐吐：“三爷您是不是忘了件事儿？”

“什么事？”楚归转头看他。

老九迟疑着看他，又看他那手，再看他那脖子，最终把心一横：“三爷，您别怪小人多嘴，那陈继鸾她可是碰过您了……”

楚归一惊，眼前没来由浮现那场荒唐梦境，双颊顿时有些发红：“你……胡说什么！那个怎么能算！”

忽然又觉得有点不对，脱口道：“你又怎么知道……”

老九呆了呆：“这……这个小人看到了啊……”

刚才在那条街上，有眼睛的人不都看到了吗？

楚归张口结舌，心中一转，杀人的心都有了，恼羞成怒地问：“你是说……方才在街上？”

“是啊三爷，”老九哭笑不得，不然是在哪里，“她可是握过您的手腕了，也……还有您的脖子……”

楚归翻着白眼看天：该死！这家伙说话不说清楚，害得他误以为他是说那一场梦，实在可恨，差点害他把那一幕说出来，真想杀人灭口。

楚归便问：“那又怎么样？”

老九道：“按理说……您不是该擦擦手……”

楚归心头一怔：对了，怎么竟忘了这事儿？平常被人碰一下，那碰到的地方都好像要烂掉一般，忙不迭地要清理干净，如今……却神奇地没感觉特别难受。

楚归皱着眉，扫一眼老九，心中又想：这个家伙实在多事。面上却不动声色地说道：“擦什么手，三爷我要回去沐浴！”

“哦……”老九松了口气，三爷还算是正常的。忽然间心头又一怔：那方才那个“那个怎么能算”又是什么事儿呢？

但就算心里好奇得痒痒，嘴上却是无论如何不敢再问的。

楚归走到半道，心里琢磨着事儿，有件事总觉得就这么放着不太妥当，他细细推了阵，心里沉了沉，总算知道哪里不妥，正想吩咐车夫转个头，忽然间迎面来了一辆吉普车赶来，车鸣了两下喇叭便停下，车上有人跳下来：“三爷，您怎么在这儿？”

楚归一看，原来是认得的，乃是楚去非身边的一名副官，为人十分活泛聪明，楚归倒是挺待见他的，楚归当下略微欠身：“哟，是您！这是要去哪？”

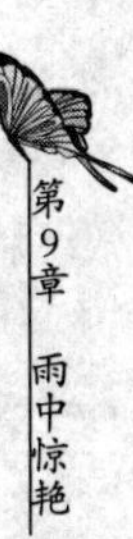

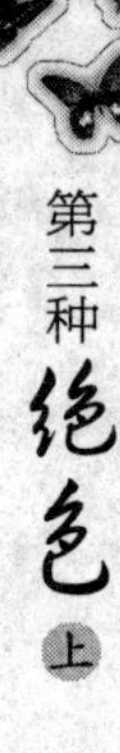

季副官腰身笔直站在黄包车旁，脸上却满是笑，略微欠身道：“方才办了点儿事，正要回去复命，三爷这是要去哪？”

楚归见了他，心里头就打了个转，当下笑道：“本来要去处理件有点儿为难的事儿，这见了季副官……哈哈……”

这季副官是有名的机警，当下道：“三爷可有什么事儿，这功夫阴天，等会儿别再下雨，要是我能替三爷办了就再好不过了。”

楚归一听他果然是极为善解人意，当下贴心地笑说：“这可真是……有点儿不好意思，季副官，不耽误你回去复命吧？”

季副官笑道：“瞧三爷说的，要我现在回去，大爷知道我没替三爷办事就跑回去，怕要打我的板子了，三爷您万万别跟我客气……寻常我们这些人想给三爷半点事都找不到机会呢。”

楚归见他这么说，当下也真没客气，便一招手，季副官忙向前，楚归低低地同他交代几句，季副官便点头：“三爷您只管放心，我即刻就去。”

楚归别了季副官，回了宅子，果真就沐浴了一番，换了新衣裳出来坐了会儿，便打发老九去嘱咐门房，听着点儿外头。

此刻雨已经开始下，且有越下越大之势头。

老九站在门口张望了一番，见路上人迹罕至，只有雨点哗啦啦下得十分热闹，他心里想：“果真这陈继鸾会来么？三爷又叫季副官去干什么事儿呢？”想来想去也想不透，只好回来。

楚归沐浴过后，喝了两口参茶，翻了几页书，听着外头雨声不停，略觉得凉意沁人，有心回去早早安睡。这心中却仍惦记着那件事儿，正等得有些坐立不安之时，外头门房进来报，外头有人来拜见三爷，名字是“平县陈继鸾”。

楚归正在昏昏欲睡又加气恼，听了这消息，直接便同椅子上跳起来：“我说她会来吧……”兴冲冲地往外就走，将走到厅门口却又停下，手扶在门边儿上沉吟了会儿，却又慢悠悠地退了回来。

把老九唤来，如此这般吩咐了一番，楚归不出门，反而上了楼去。这宅子的堂屋便有三层高，楚归上到二楼，在窗扇边儿上一站，把那半扇窗户推开，淅淅沥沥的雨从眼前跌落，像是一道水晶帘子。楚归清楚地看到前方大门外的情形，他站了会儿，就见老九领着余堂东越过院子，往门口而行。

只一刻的功夫，楚归的眼睛一亮，便看见余堂东的人出现在门外空地上，又一会儿，便是那个人。

楚归望着继鸾熟悉的身影便笑：“让三爷等了你这么久，现在想见三爷可不是那么容易的，哼。”他得意洋洋地看着，瞧着两个人动起手来。

及至望见余堂东发难，从他的角度看来，继鸾竟像是被打得跌在地上一般，楚归吓了一跳，手捏着窗棂几乎探身出去，脱口道：“下什么狠手啊！”

头顶屋檐上的雨水纷纷打在他的头颈之处，楚归龇牙咧嘴退回来，双眼焦急地望着那处，却见继鸾纵身又起，他一时不知道是该喜还是该惊，该放心地笑还是该悚然震动。

他定睛瞧着她在雨中一个旋身，那些雨点纷纷扬扬撒出去，他似乎能听到她清叱一声，那乌黑的辫子带着水，湿淋淋地甩在余堂东的脸上，楚归自己也觉得疼。

接着她便旋身撞了过来，那样苗条修长的身子，竟把余堂东那样门神般粗壮的一个人物撞得跌了出去，而她收势，吐气，眉眼平静如昔。

楚归的眼睛却亮得像是点了两团火。

先前他大概只是好玩，不知道自己惹到了一个什么样的人物，如今他把继鸾跟余堂东两人的比武看了个清楚，他的心忽然前所未有地震撼起来。

就好像……先前他以为自己要捉弄一只少见的铁翅雀儿，可如今才发现，那或许只是一只敛了翅翼跟光华的……

可楚归不觉得怕，只是觉得更兴奋。

他想自己或许是坏了……怎么竟然对一个人产生如此浓烈的兴趣，在把她的光华看得清清楚楚之后，他似乎听到心里的一个声音：一定要得到她，把她紧紧地缚在他的手心里。

他了解继鸾的性子，虽然并未跟她长年累月地相处过，而且在有限地会面里，这个女子都是把她自己隐藏得好好地，尽量在他面前做出一副平凡，无害，甚至于卑微的样貌来，可是他却很明白她是个什么样儿的人，见了她打败余堂东之后他越发笃定。

她这么倔强的人，既然肯来，就必然会不达目的誓不罢休，而他要像熬鹰一样，把她的锐气跟傲气磨去，让她心甘情愿地臣服于他，拜在他的脚下。

当楚归生生地熬了继鸾一个多钟头，终于盼到了令他喜闻乐见心花怒放的场景。

在瞅见她跪在雨里湿淋淋地，浑身还有些发抖，他心中居然掠过一丝不忍跟……极淡的一点难受。

故而才把声调放柔和了些。

谁知他却全然想错了。

本以为收养了一只无害的家猫，却忽然被像是猛虎扑食一样压倒在水泥横流的地面上，楚归心中的怒火可想而知。

“你！”楚归气极，几乎忘了如何喝骂，谁知道一声未了，只听得“啪”地一声清脆，楚归觉得脑中嗡地响了一声，半边脸颊火辣辣地疼了起来。

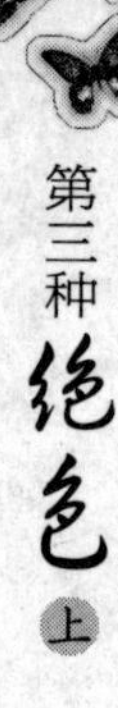

他无法置信地望着眼前的人："你……敢……"从小到大，谁敢在他的脸上碰上一下？

"我敢，"继鸾不等他说完，便从他身上跃下，用力将他从地上扯起来，动作利落而粗暴，"三爷怕是没想到吧，兔子急了也会咬人。"

楚归咬了咬唇，气得要发疯："你不想要你弟弟的命了？"

继鸾盯着他，毫不畏惧地，两人目光相对，楚归听她说道："要！怎么能不要，可是我咽不下这口气，所以对不住了三爷，得按我的法子来。"

"你想干什么？"楚归又怒，又带一丝不屑，"别忘了我曾经告诉过你，不要逞拳脚之能！"

继鸾道："若不是被三爷逼得没有法子，我也不会出此下策。"

正说到这里，便听到背后门一声响，有人唤道："三爷？"正是老九跟看门人站着。

继鸾将楚归一推，脚下使了个绊子，楚归身不由己地转了个圈，两人刹那换了方位。

楚归昏头昏脑，心道："她当三爷是木偶傀儡吗！这个……"

继鸾背靠着墙，一手扯着楚归的胸襟，一手握着他的手，两人几乎是身子贴着身子，继鸾低声威胁："三爷，说没事儿！"

楚归"嗤"了声："你当我是傻子吗？"

继鸾哼了声，抬手在背后的墙上一抓："我似乎知道三爷是个爱洁之人，倘若不想要把这东西咽下去，那就按我说的做。"

手擎起在他唇边，手里是墙上的青苔带着泥，合着水，看起来一塌糊涂。

楚归瞧着那团儿东西，几乎要吐出来，瞪着眼睛看了会儿，只觉得匪夷所思："陈继鸾，真看不出你居然……"还挺"卑鄙"的啊……

此刻老九似乎发现不妥，便往这边走来："三爷，怎么了？"

楚归看看继鸾，又看看她手上那物，嘴唇抿了抿，终于说道："没事……要跟继鸾姑娘私下说说，你进去吧。"

从老九的方位来看，楚归站在继鸾的身前，把继鸾挡了个大概，偏偏继鸾人靠在墙上，楚归跟她贴得极近，看似就像是楚归把人推挤到墙上。

老九想到自家主子白日那番反常，心中一震："三爷素来不肯亲近人……难道竟然爱好这一口儿？"

想到方才继鸾打败余堂东那姿态，打了个哆嗦，脑中顿时浮现许多稀奇古怪场景来……不敢打扰楚归"好事"，赶紧答应一声，退了回去。

继鸾松了口气，楚归怒视着她："如今你要如何？带我去警察局把你弟弟弄出来？你想也别想。"

继鸾奇怪地看他一眼：“三爷，你方才不是想让我进屋吗？那我们就进屋吧。”

楚归皱眉：“你想搞什么鬼？”

继鸾道：“从这儿去警察局路远，变数且多，三爷若是不配合的话，随便一搞鬼，祁凤有个什么我可是后悔莫及。”

“你倒是考虑的挺周全，那你进屋想干什么？”

继鸾道：“三爷家里该有电话吧？”

楚归挑眉，继而一笑，慢慢道：“有啊……那我们……就进去慢慢聊吧。”

继鸾将那把伞捡起来，替楚归撑好了，楚归哼道：“把那手先洗干净了……假惺惺地，我这一身儿都给你弄脏了。”

继鸾接着雨水把青苔甩干净了，又替他把袖子上沾着的一点泥草摘下：“委屈三爷了。”

楚归瞥她一眼：“你不怕我中途叫嚷起来？”

继鸾道：“我总觉得三爷会有更高的招儿才是，这等拙劣法子，三爷大概不屑用吧。”

“我哪敢啊，我已经被你吓得魂不附体了。”

继鸾伸手挽住他的胳膊：“三爷太自谦了，三爷是经历过大风大浪的大人物，我这点儿在三爷眼里怕是不够看的。”

楚归低头瞅着她插在自己臂弯里的胳膊，总算没把手臂抽回去：“我瞧你才是在自谦。”

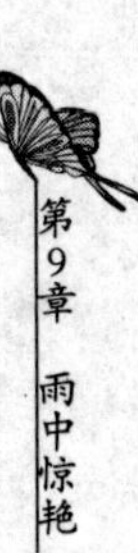

两人进了大门，顺着甬道往厅里去，老九站在门内，见他两个进来，惊讶看了一眼后便低了头。

楚归道：“这儿没事了，你们都歇着去吧。”

继鸾转头看他，楚归若无其事地对上她的眼：“我想……鸾鸾你大概不喜欢办事儿的时候有人打扰吧？”

继鸾怔了怔，而后不动声色道：“三爷真体贴，令人感动。”

老九正在退后，闻言起了一身鸡皮疙瘩。

3

若说楚归这人，性子是有些古怪的，连楚去非有时候都无法掌握他这位胞弟的性情。

被继鸾制住后，若是别人，恐怕即刻就要叫人，然而楚归从意外惊怒到极快镇定……

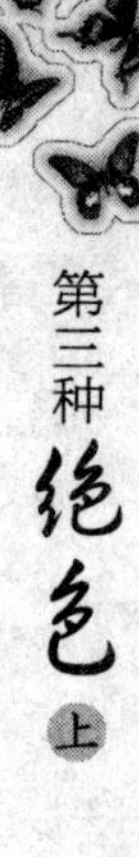

甚至若无其事地同继鸾一并进了家门，也只有楚归自己心里知道，就在这一刻起，他心中有个没来由的念头，无比笃定而肯定地：他跟身边的这个女人，没完！而且她……一定会是他的！

似乎到手的难度跟一定能到手的信心度是成正比的。

挥退了老九等众人，楚归同继鸾两个进了客厅，一入客厅，继鸾便将他的手放开："把门关上！"

楚归看她一眼，乖乖听话将门掩上："这天儿怪冷的，身上都湿透了，鸾鸾，我们先洗个澡吧。"

继鸾皱眉："三爷，我没工夫跟您玩这些花招。"

楚归笑道："这怎么能是花招呢，你看咱们两都是一身泥，很是不卫生啊……"

继鸾看他唧唧歪歪，便走过来，一把攥住他的手腕："三爷，只要你往警察局打个电话，让他们把祁凤放出来，您就算跳进那前海弯子里洗个痛快，我都没意见。"

"那可不行，海水多凉啊。"楚归正色地，"何况我们不洗热水澡的话，会着凉的。"

继鸾在身上摸摸，摸出一块大洋："若是着凉了，就去买副草药熬着喝，不用找了，打电话吧三爷。"

楚归摸着那块大洋："真够大方的，这能买好几副草药吧？……柳照眉给你多少钱啊？"

"三爷您出现得太早了，还没来得及给钱。"继鸾板着脸，"三爷，还需要我说吗？"她把电话筒拎起来，"跟他们说，把祁凤放了，不要玩其他花样，不然的话……"

"我最喜欢你这个不然了！"楚归瞅着继鸾，"我就是不打，你想干啥？"

继鸾双眉微蹙："三爷该知道，就算不是在平县，我也一样能叫三爷你躺下……三爷别逼我了。"

楚归道："你看看你，又想让我躺下，你总惦记着这个干啥？如果真要干，那也让三爷洗个澡换身衣裳。"

继鸾望着他，脸色渐渐有些冷，手上略微用力，楚归"啊"地叫了声，只觉得手腕像是断了一样，一阵剧痛，楚归垂眸："你……"

继鸾冷冷道："这一招是错骨手……三爷您的骨头不会真的断，只不过这疼却是实打实的疼，三爷还想尝尝吗？"

楚归倒吸一口冷气："这招折磨人不错，你教教我，改天三爷爷也去对付别人。"

继鸾见他死性不改，手上一提一转，楚归又叫一声，整个人疼得身子微微发抖，额头上更出了一层汗。

继鸾见他脸色都变了，却不肯求饶，心里也有几分诧异，便道：“三爷，我劝你不要硬撑，这才是刚开始。”

楚归疼得看她一眼，四目相对，忽地便想到方才她跪在外头雨中的情形，楚归想到那一幕，不由地笑了出来。

继鸾一惊，以为他疼得傻了，楚归却道：“行行，三爷怕了你……你停手，我打电话。”

继鸾听了，将他的手腕一握，把腕子一抖，那错开的骨头便接起来，楚归摸摸手腕：“怪不得人家说最毒妇人心呢。”

继鸾不动声色：“在三爷面前，不过小巫见大巫。”

楚归一笑，身上各处湿淋淋地，额头上也见了汗，他从来没有这么狼狈的时候，却还得忍着。

将电话筒拎起来，楚归看看刚才被折磨的那只手，便一下一下拨起号来。

继鸾在旁紧张看着，眼看要通了，便道：“三爷，记得说什么。”

“放了陈祁凤嘛。”楚归哼了声，“不然我得给你折磨死，好汉不吃眼前亏，三爷也不傻。”

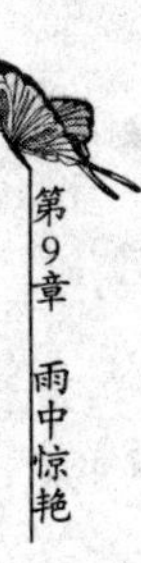

继鸾咬了咬唇，却不敢放松，只是在旁盯着，却听电话那头有人道：“是谁？”

楚归道：“是我，我是楚三爷。”

那边呜里哇啦一声惊叫，楚归皱着眉忙把听筒往旁边歪开，继鸾听得那边在叫：“三爷，原来是您！请三爷……”之类聒噪不停。

楚归听着消停了些，才把话筒又移回来：“嗯，是我……”

继鸾紧盯着他，却见楚归说道：“下午捉了那个，叫陈祁凤的……放了吧……”

继鸾心头一跳，不由地欢喜了一阵，便在这功夫，楚归极快地又道：“十五分钟后若我不打电话回去就毙了。”

继鸾才一高兴，忘了防备，听楚归又开口，还以为他是想要给警察们限定时间，一直听到“若我不打电话”的时候才觉得不对，急忙出手抢那话筒，楚归已经说完了。

那边警察显然也吃了一惊，莫名其妙，正拼命叫：“三爷，三爷您说什么？能再说一遍吗？”

继鸾的心扑腾乱跳，仿佛要气炸了，楚归却偏跷起腿来，好整以暇地看她。继鸾把电话塞回去：“说！再说一遍！”

楚归笑：“说什么？毙了他？”

继鸾气急，挥手一个巴掌又扇过去，楚归抬手，竟握住了她的手腕。

继鸾吃了一惊，素来交手中这人都是处于下风的，她也知道他虽会几招，但功夫底子

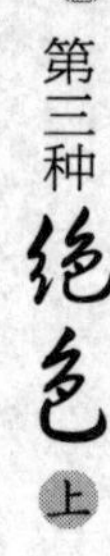

不行，不过是个庸手，谁知在这时候竟忽然发难。

继鸾刚要使出功夫将他反制住，楚归却忽然间起身张开手臂将她一把抱住。

继鸾浑身一僵：“你干什么！”这却不是功夫了，这是小儿耍无赖。

但是这无赖的招数偏生对继鸾这种高手有效，楚归不管不顾，抱着继鸾往后一推，继鸾身子撞在椅子上，哗啦啦把椅子撞翻，连带着她也倒了回去。

本来继鸾是能站稳的，可惜身上还多了个累赘，别看楚归高高挑挑，却到底是个男人，牢牢地贴在身上，继鸾身不由己地摔倒了，幸好地上铺着地毯，才没摔坏。

这回换了楚归压在她身上，楚归气喘一声：“这回怎么样？不给你点厉害看看你还当三爷是只病猫……”

“我看你就是！”继鸾被压在身下，却是不惊，双手一震。

楚归吓了一跳，眼看要抱不住她，便越发用力，这样一来身子便更压过去，脸竟擦过继鸾的脸，他吓了一跳，往下一缩，却更加不好，脸前觉得软绵绵地，楚归瞪大眼睛：“我碰到了什么？”

继鸾察觉他在自己胸前乱动，一瞬气红了脸：“混账！”

双腿将他的长腿一绞，楚归痛叫了声，继鸾双手用力，竟给她挣脱开来，继鸾顺势揪住他的手腕往旁边甩开，翻身而起，两人的位置顿时又颠倒过来。

“没有那个能耐就别逞能。”继鸾一腿跪在楚归胸前，咬牙道。

楚归拼命斗了一阵儿，末了还是这个命，气喘着道：“不试试怎么知道……行了这回知道了，三爷认输。”

继鸾道：“闭上你的鸟嘴！给我打电话过去，这回你敢耍花招，我把你大卸八块！”

楚归望着在上头的继鸾，她身上的衣裳半干着，因为气恼，胸前起伏不定，楚归的眼睛滑过那里，忽然想到方才自己好似贴在上头。

继鸾却没留意，翻身起来顺手把楚归也拉起来：“快点！”推搡囚犯一样把他推到电话机旁边，差点就把他的头按到电话机上。

楚归回头看她：“这一半儿的时间差不多过去了啊，如果我说我不打呢？”

继鸾把他揪过来，凶狠道：“三爷，你想跟我扛上吗？”

楚归同她四目相对：“如果我说我就是想跟你扛上，还想看你跪在我跟前，除此之外不接受任何其他条件……呢？”

继鸾恨不得再打他一个耳光，或者直接把他打死：“祁凤若是有个不测，我要你后悔你现在的所作所为。”

“他若有个不测，你做什么也是白搭，”楚归并不怕，忽道，“对了，我忽然想起来，那些警察局的蠢材……似乎有些耳背的，你说倘若他们听错了，听成了立刻把陈祁凤枪毙……”

继鸾听到这里，浑身一阵冷寒，手竟都有些无力，楚归趁机想将她推开，继鸾反应过来，死死地拽着他的衣领：“打电话，立刻！”

楚归竟凛然不屈起来：“你还有什么折磨人的招儿？好让你知道，不仅仅你陈继鸾有傲骨的，三爷我也不是软骨头。”

继鸾只觉得自己的手都忍不住在发抖，又是气，又是怕：“楚归……”本来可以慢慢地折磨他，总会想出法子让他屈服，可是没想到他如此奸猾，居然……

楚归却又凄然叹道：“继鸾，我倒是挺佩服你的，肯拿你亲生弟弟的性命来开玩笑，倘若是我，就算是那人让我跪下舔他的脚我也认了……好过现在他可能被推出去挨枪子儿。”

继鸾眼前一花，便想起祁凤在监狱里那副模样，她曾答应过他，会救他出来的。

继鸾心里发酸，手抖着，却无论如何放不开楚归的衣襟，楚归不动声色地看着她，手按上她的手：“时间不多了。”

继鸾手一抖，楚归把她的手推开。

继鸾木怔怔地，闭上眼睛，灵魂出窍：“你想怎么样？我都答应你，打电话……不然……”

楚归道：“真个答应我了？”

继鸾睁开眼睛，深吸一口气：“不错。”

楚归道：“跪下。”

继鸾双手握拳，后撤一步，果真跪在地上。

楚归道：“道歉……说……不该这么对我。”他摸摸脸，又看看手，再抚一下腰，感觉整个人像是散架似的，无处不疼。

继鸾道：“我冒犯了三爷我该死，任凭三爷处置，求三爷大人大量，把我弟弟放出来，求你了。”说着，竟磕了个头。

楚归本还想再说几句的，见状心头一怔，忽地瞧见继鸾垂着头，眼中似乎跌落两滴泪。

楚归定定看着，缓缓地咽了几口气，便慢悠悠地说道：“行了，我也没要你这样儿，其实……我就想你……”他顿了顿，“立个誓。”

继鸾定定道：“请三爷吩咐。”

楚归瞧着她这副样子，心里略有酸酸地，竟不觉得特别高兴，沉吟着说道：“嗯……你就起誓，以后你就……只跟在我身边，当我的保镖，凡事儿都听我的，不许忤逆，当然更不许跟我动手……”

他算是领教了，拳脚功夫的确不是他擅长的。

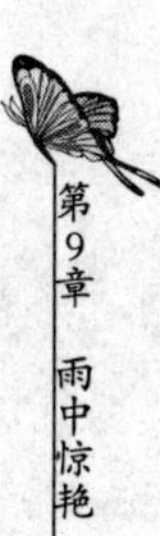

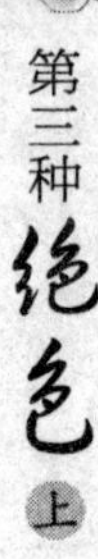

继鸾怔了怔，便道：“我陈继鸾向天起誓，以后便是楚三爷的保镖，凡事绝不忤逆，更不会向三爷动手，若有违背，天打雷劈……”

说到这里，楚归忽地道：“等等！”

继鸾抬头焦急道：“三爷，时间……”

楚归望着她，慢慢说道：“我有数儿，还有点儿时间赶得及，只你把那个若有违背改一改……你改成——‘若有违背，就让陈祁凤不得好死’。”

继鸾倒吸一口冷气，瞪大双眸，几乎按捺不住就跳起来，楚归微微一笑，道：“你再迟疑一点儿，恐怕他就真应了誓了。”

继鸾沉默片刻，声音发抖，说道：“我……我若有违背以上，就让祁凤……不得、不得、不得好死！”

楚归又琢磨了会儿，这才点点头：“嗯，这样就行了，起来吧。”

继鸾起身，腾地把电话拿过来递给楚归。楚归看她一眼，伸手去拨号，蓦地瞥见那手腕上青紫一片，委实惊心，白色的绸裤跟衣裳也各处灰尘，空前狼狈。

楚归瞧着，心里就叹，忍不住说：“你就知足吧，若是其他人把三爷打成这样儿，三爷要他十倍奉还不止。”

第10章

臣服征服

1

继鸾不肯作声，那边楚归打通了电话，警察局里的人被他那一个电话弄得不知所以，正忐忑不安地围着电话等消息，见他打来，喜出望外。

楚归慢悠悠道："嗯，是我……刚才只是开个玩笑，其实那个姓陈的少年，是我的一个亲戚，不过他太顽皮了，我就把他送去教训教训……对，明儿就放他出来……我会亲自去接……不错，别亏待了他……饿瘦了的话，我可不答应。"

继鸾在旁边听着，一直到此刻，那颗心才算真正放了下来。

楚归放下听筒，又看继鸾："放心了吧？"

继鸾瞅他一眼，也不知该说什么，但幸喜祁凤无事了，便只道："谢三爷。"

楚归哼了声，看着她那副落汤鸡的模样，又瞧瞧自己，窗外已经是哗啦啦地雨声在响，楚归便说："这雨是越下越大了，今晚你就别走了留在这儿，明儿一块去接你那宝贝弟弟，先去洗个澡吧。"

继鸾一听，脸色有些古怪，楚归道："我楼上楼下都有浴室，你去楼上那个吧，我在这儿洗。"

继鸾看着他，楚归道："瞧着我做什么？你可是发过誓了，赶紧去！困着呢。"他说着，便又扯着嗓子叫两声："张婶李婶！"不一会儿，厅外进来两个中年女人，见里头一片狼狈，都吃一惊，却赶紧来行礼。

楚归道："你们两个领继鸾姑娘去上楼洗澡，一应用的东西给她准备妥当。"

两个女人急忙答应，便来领继鸾，继鸾回头看一眼楚归，把心一横，跟着人上楼去了。

楚归扫她一眼："那是什么眼神儿……真是，三爷见过的女人多了，头一遭见这样的，像是三爷能把她吃了似的。"他说着，又"哎哟"一声，原来身上疼得厉害，乃是方才打斗所致。

楚归看看手腕，又摸摸脖子，再摸摸腰，这会儿厅外老九窜进来，见椅子倒了几个，楚归又是这模样，惊了一跳："三爷这是……"

楚归老大不耐烦，挥手道："去去去……我要洗澡了，你别杵着这儿了赶紧去睡吧。"

老九见他通身狼狈非凡，可神情却还坦然，又在那微微痛苦之外有那么一丝舒爽似的……他心里便震动，想到方才两人进门时候那句话，赶紧答应了声，滚了出去。

楚归入内洗了个澡，浑身该疼得地方越发是疼，龇牙咧嘴地出来。

客厅内的桌椅板凳已经重新被布置妥当，因为楚归好洁，因此也都细心体贴重新擦拭了一番，也换了新的垫子。

楚归坐了上去，用毛巾把自己那一头长发裹住，略微收拾了一番，便扔了毛巾，看伺候的人是李婶，便问道："继鸾姑娘呢，还没收拾妥当？"

李婶忙道："少爷，我上去看看。"

楚归也没拦着，李婶又给他把泡好的参茶捧过来，便上了楼。

楚归在下面慢慢地喝着茶，便端详自己的手腕，见那种伤痕累累，真是百般怜惜，正啧啧之中，听到楼上动静，楚归一抬头，整个人便愣住了。

继鸾一身雪色绸子衣裳，从楼上往下走，四目相对瞬间她便垂了眸子，有些许心慌，脚下竟没来由地一顿，差点踩空了阶梯。

她的头发在脑后盘了个发髻，如此一抖，便散了开来，如泼墨般地当空一晃，继鸾慌了慌，抬手去撩那头发，从楚归这位置，便清清楚楚地看到……

继鸾加快步子下楼，便站在楚归面前："三爷。"

这极短的功夫她的头发还没怎么挽好，松松地窝在肩窝里，前头还垂着几缕松散发丝，大概是被热水蒸的，脸色亦略见绯红。

雪色绸衣，白里透红的脸色，竟带几分娇艳欲滴。

楚归打量着她，左看右看，像是头一遭见到人。

继鸾皱眉："三爷。"

楚归才道："人靠衣装马靠鞍，鸾鸾，这身衣裳可比柳照眉给你整治的那套好多了。"

继鸾心里一叹，硬着头皮道："三爷，你还有什么吩咐？"

楚归望着她，想了会儿，说道："暂时没有，你先去睡吧，明儿再说。"

说着就把李婶唤来："领继鸾姑娘去客房，好好照顾。"

继鸾意外之余却松了口气，李婶道："姑娘请。"继鸾迈步刚要走，忽然之间又停下来，一转头，正对上楚归望着她的沉沉目光。

楚归似是没想到她会忽然转身，瞬间一怔，继鸾瞧着他那端详的眼神，心头同样一震，两人面面相觑瞬间，继鸾暗地一咬牙，道："三爷，我还有件事想跟您说。"

"什么事？"楚归又露出那副漫不经心的表情来。

继鸾道："三爷，我当您的保镖听您的吩咐都行，只是，有一件事……我……"

"你什么？"

"有一件事不成。"

"哦？"楚归有些惊奇，"什么事？"

继鸾踌躇片刻，脸色越发地红，望了楚归一眼，终于闭着眼睛似地冲口说道："三爷，我就算是归了您管，那也是、江湖上的话叫'卖艺不卖身'的……就是说……我、我

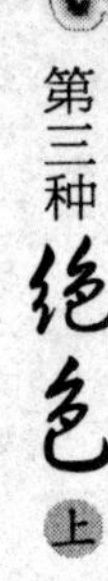

不能陪三爷……”

楚归怔住，定定地看着继鸾。

继鸾说到这里，脸色已经通红，却还强自镇定。

楚归缓缓起身，走到继鸾面前。继鸾清楚地瞧见他手腕上那青紫痕迹，想到方才两人在此处扭打，不知是何滋味。

他靠得太近了些，让她忍不住要后退一步。

楚归却抬手，手指头点着她：“你、你……”一副气急了或者是不可置信的语气。

继鸾不知道他要说什么，便抬眸看向他，目光相对，她的心中也不由地也略觉窒息，这人生得委实太好，若非早知道他的性子绝非善类，恐怕也一早被他迷住。

“三爷……”

继鸾以为他另有想法，正要决然地再说一说，却听楚归道：“陈继鸾，真看不出……你对自己还挺有自信的啊。”

继鸾呆住，一时不知是何意思，便“啊”了一声，只看楚归。

楚归的手在她面前虚虚地划拉了两下，便又垂下，盯着她道：“我不过是瞧着你是个出类拔萃与众不同的，所以才想你留在我身边儿……要找那想上三爷床的女人，这锦城从北门关一直排到南边的海水弯子……那还轮不到你呢！你究竟在想什么？”

继鸾眼睛略微瞪大了会儿，继而忍不住露出一抹笑来，却又急忙低头：“是我……一时想岔了。”

“闭嘴，”楚归愤愤不平，“平日里一副男人的模样儿，这会儿还不如男人呢，我要看上你……不如去找男人。”

继鸾本不想搭腔，听了这话，却悠悠然道：“那倒是可以的。”

楚归闻言，一气之下，却又似笑非笑地：“是吗？那么我去找柳照眉也是可以的了？”

继鸾一听，早知道自己不该多嘴的，急忙正色行礼：“我一时多嘴了，三爷见谅，勿要当真。”

“呸……”楚归不耐烦，“滚去睡吧。”

当天晚上楚归睡得格外安心，虽然身上各处疼得要命，然而心里却是舒坦的，拥着暖暖地被子听着窗外的雨声，想到那个人也就在自己这宅子里，真是做梦也要笑出声。

以至于清晨楚归醒来的时候先掀起被子看看自己的兄弟——昨晚上那种愉悦的情绪太浓烈，他生怕自己又做了什么不该做的梦，看到兄弟还乖乖地伏着，又细细回味了一番，好像并没有做那些荒唐梦，才算安心。

相比较楚归的惬意，继鸾一夜却是睡得辗转反侧，窗外的雨声听在耳畔也觉得嘈杂不堪，一会儿惦记着祁凤，一会儿又想想柳照眉，再又想到在平县的少扬也不知如何……一直想到自己的现在。

跟着这位性情极为古怪的三爷，未来究竟如何，要怎么了局？可喜的是，这人虽然叫人无法捉摸不好接触，可……却不像是个太穷凶极恶的人。

但就算如此，也不能掉以轻心，她是习惯了在世面上跑来跑去不假，但这个人，身份委实太特殊了些，更再加上这样的性情，以后难办的事儿，必然更多着呢。

继鸾想到半夜，才昏昏沉沉睡去。

早上两人在厅内见了，都有些表情异样，继鸾的衣裳昨晚上已经被李婶张婶洗净烘干，于是又换了上去。楚归看在眼里，十万分扎眼，却先不说。

吃过了早餐，继鸾便拿祈盼的眼神相看，楚归哼道："行了，这就去，三爷答应你的事儿，一定能办到，着什么急？把那个豆包拿过来。"

继鸾道："是三爷，多谢三爷。"百依百顺地十分恭敬，果真好好地把那个豆包递了过去。

老九在门口看着这一幕，心道："莫非三爷晚上果真跟这个……成了好事？不然的话两个人怎么会……"

伺候着楚归吃了早饭，一行人便往警察局去。

那边警察局长早把陈祁凤放出来了，好茶好菜地请着，陈祁凤摸不着头脑，还以为是继鸾疏通了人手。

八点多功夫，楚归便到了，继鸾先忍不住前行一步，警察局长瞧见楚归，便迎出来，两下相见一顿寒暄。

那边继鸾进了里头，祁凤一个箭步冲出来："姐！"继鸾见他用力一抱，心里满满地欣慰，什么话也不说了。

祁凤正高兴，忽然扫见外头楚归在跟警察局长说话，顿时惊讶道："他怎么也在这儿？"

继鸾回头看一眼，心想有些事慢慢地跟祁凤再说，就道："这回多亏了楚三爷，原先是咱们误解了他，原来他还不算是个……特别坏的人。"

陈祁凤望着晨光中笑微微地楚归，心里颇不舒服，半信半疑道："真的？"

2

楚归那边跟警察局长寒暄完了，便向着祁凤跟继鸾过来，瞅一眼继鸾，又看祁凤，对

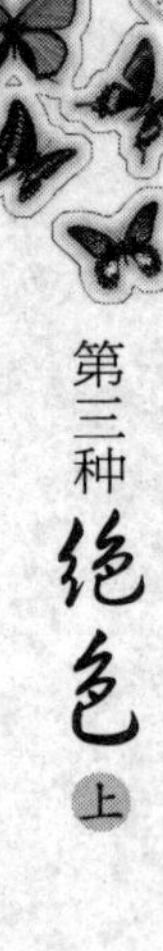

上他乌溜溜略带一丝警惕的眼神，便道：“祁凤小弟，以后切记得不要任性了，不然的话，你姐姐得多担心啊，我看着都于心不忍。”

祁凤仍然狐疑看他，总觉得哪里有点可疑。

楚归说完了，便道：“继鸾，我送你们姐弟回去吧？”

祁凤听他叫继鸾叫得亲热，情不自禁打了个寒战，继鸾咳嗽了声，抓着祁凤道：“这就不劳烦三爷了，我自己带祁凤回去就成。”

楚归道：“哪能这样儿呢，俗话说送佛送到西，帮人帮到底，何况继鸾你现在已经是我的……”

继鸾听得暗自皱眉不已，碍于祁凤在侧，只好硬着头皮截断他的话：“既然如此就烦扰三爷了。”

楚归在前头一辆黄包车，继鸾同祁凤两人在后面的车上，祁凤就问继鸾：“姐，他怎么那样儿叫你？弄得我鸡皮疙瘩都冒出来了。”

继鸾心里也有同感，却仍然假作无事道：“三爷那人就是那样吧，自来熟。”

“哦……”祁凤歪了歪嘴，“当初头一次看他……还真看不出他是这样儿的人。”

继鸾心道：“谁说不是呢？”

祁凤道：“姐，可他怎么就这么热情了？……无事献殷勤非奸即盗……他跟我们非亲非故的，难道他……”

继鸾心头一跳，咳嗽了声道：“小孩子家的胡说什么？”

祁凤仍旧用怀疑的眼神看她，继鸾无法，只好又道：“你想想，三爷这样的人物，在锦城里要什么没有？他大概就是一时兴起想要帮我们……你就别说得那么难听了，哦对了，还有件事跟你说。”

祁凤道：“啥事？”

继鸾道：“以后我就跟着三爷了……就不能再当柳老板的保镖了。”说出这句话，没来由地难过了一下。

祁凤眼睛陡然瞪大：“啊？”

继鸾心里虽然一百个不愿，面上却不敢给祁凤知晓，就只淡淡道：“俗话说人往高处走水往低处流……在锦城，三爷算是头一号的人物了，跟着他我不亏，他能看上我，也是我的福气。”

这几句话说得真真违心，然而不这么说，给祁凤知道自己是被逼着从了楚归的，祁凤保准能一下从这黄包车上跳下去。

虽然得了继鸾这几句话，祁凤却还是有些不安的：“姐你说真的？可是……”他琢磨着，继鸾却道：“而且三爷答应给我的钱还多，没必要跟钱过不去是不是？行了，总之这件事咱们就这么揭过去了，以后你仍旧去上学，安安分分地，可知道？”

祁凤见她转开话题，只好答一声：“好，知道了”。

黄包车到了地方，楚归缓缓下来，那边继鸾领着祁凤下来，继鸾道：“三爷，真是多谢您了，我们到了，三爷您慢走。”

楚归慢悠悠晃她一眼：“正好儿累了，进去喝口水。”

继鸾心中大寒，祁凤道：“楚三爷，我们这可是小地方，肮脏着呢。”

楚归一听“肮脏”，眼睛便眨了一下，却又道：“过门儿不入总是不好的，何况，继鸾姑娘，我还仰仗着你护着呢，就这么走我还真有点儿怕。”

继鸾见他又来了，想了想上头那个蜗居，心想楚归葫芦里卖的什么药？不过既然他要去那就让他去好了，以他这么好洁的人，到了那个小屋中，能不能立足还是个问题，她倒是挺乐意看他窘迫之态的。

因此继鸾反而坦然道：“三爷不嫌弃就好，三爷请。”

一行人走过破旧的楼道，楚归果然不知从哪里掏出一块帕子来先捂着嘴，继鸾同祁凤走在前头，回头看到此情境，嘴角不由一挑。

如此将到了门口，继鸾一看那门扇有些虚掩着，心头一沉，把祁凤往身后一扒拉，正要去推门，却听里头有人欢悦道：“继鸾你回来了？”

门扇打开，有个人满脸欢容地出现，却正是柳照眉。

继鸾倒吸一口冷气：“柳……老板？”

祁凤也吃了一惊，望着眼前那男子婉约的眉眼，一低头发现他怀中抱着自己的小黑狗，祁凤便高兴：“小黑！”伸手把小狗接过来。

柳照眉正高兴着同继鸾打了个照面，猛然间见了祁凤，再猛然间，又见了继鸾同祁凤身后慢腾腾上来那锦绣玉质之人，那脸陡然就变得毫无血色。

继鸾心中乱跳，正也是因为后面的楚归，心中一时大悔，不曾在楼下坚持让楚归离开……这一错愕的瞬间，楚归已经慢悠悠晃了过来：“哟！柳老板也在！真巧真巧。”

柳照眉好不容易在脸上堆出一个笑：“三爷……三爷您怎么……”

看看楚归，又看看继鸾，再看看旁边的祁凤，脸上仍旧白得似雪，渐渐地有些明白了什么。

楚归笑着道：“柳老板您在这儿就再好不过了，正好儿我也想跑一趟金鸳鸯……”

柳照眉道：“三爷……是有事儿找我吗？”

楚归道：“可不是吗？来来，咱们进去说……”

他竟果真是“自来熟”似的！一手拍拍柳照眉的肩膀，一边抬手在继鸾的胳膊亲昵一握：“继鸾啊，这可是你家，怎么呆站着不进去呢？”

柳照眉望见他的动作，心中更是寒意凛然。

继鸾反应过来："柳老板……您……还是先进去说吧。"

柳照眉木讷转身，只觉得整个屋子如同冰窖一样。

楚归却也迈步进来，一扫这斗室，便"哎哟"了声儿："继鸾你就住这儿啊，委屈了委屈了。"

继鸾不理他，只看着柳照眉，有心想问他为何在此，可是却又问不出来，柳照眉那双眼睛水浸浸地，不知是泪还是天生动人，想看她又不敢看似的，他的脸色……透着几分伤，令她几乎也不敢看。

柳照眉深吸一口气："三爷方才要跟我说什么来？"

楚归这才想起来似的，笑着："哦对了！是这样儿的，柳老板啊，我是想跟你要个人。"

"三爷……是什么意思？"柳照眉艰难开口，心中却似已经想到了事情的真相，从楚归那一声刻意的"继鸾"开始。

"我啊，瞧着继鸾的身手着实地好，我很是欣赏她，就想让她跟着我，柳老板，舍得割爱吗？"楚归笑眯眯地，一脸温和无害。

柳照眉的样子，几乎是想要落泪了，却偏生没有，反也掐着一丝笑："三爷这话说的，三爷看上了继鸾姑娘，乃是她的福气……我又怎么敢不割爱呢。"的的确确，他又怎么敢呢？跟老虎嘴里抢食吃，不是嫌死的慢吗？

楚归显得十分欣慰："柳老板你真是……大气！有你这句话，我可放心了。"

继鸾在旁边实在看不下去，便道："柳老板……您什么时候来的？大概也要走了吧？我……我送您？"

柳照眉道："是了，正要走，劳烦继鸾姑娘……三爷，我这就先告辞了。"

继鸾也看楚归："三爷，我送柳老板，您先坐会儿。"

楚归皱眉，旁边陈祁凤看到这里，便道："三爷，你看我们这屋子怎么样？"

楚归转头看他："哦……这屋子啊……我说过不怎么样啊……"

这一错愕，那边柳照眉跟继鸾已经一前一后地出了门，楚归心头一动就看祁凤，祁凤笑嘻嘻道："三爷，那您坐会儿？"

楚归扫了扫周围，找不到坐的地方。

祁凤用腿挑了张凳子："三爷不嫌弃吧？"

楚归把捂鼻子那帕子打开，在凳子上一放："倒是……不嫌弃的……"

祁凤道："三爷才是个大气的人呢！"

楚归伸手抖了抖袖子："嗯……还成……"

几个手下都在门口，祁凤慢腾腾地抱着小黑狗凑过来，在他旁边坐了，笑嘻嘻问道："三爷，说起来，我姐怎么就成了您的保镖了呢？"

"这个啊，说来话长……"楚归瞧着继鸾跟柳照眉两个出去了，不知怎的有点儿心不在焉，可是对上祁凤乌亮的眼睛，便仍打起精神，"昨儿下雨你知道吧？半夜我都要睡了，就听到外头有人叫门，我以为谁呢，本不想见，后来才知道是你姐……原来是为了你的事儿，按理说我真是不想管别人的事儿，可是你姐实在很不容易，一个女孩子家，为了自己的弟弟……兵荒马乱地半夜在雨里头奔波，真是……很感人啊，我这人就是心软，当时你姐浑身都湿透了，看起来那个可怜哟……"

祁凤自然不知道这些，顿时皱眉紧张起来："是吗？"有几分真切地关怀来。

楚归正色，显得先天下之忧而忧："那是当然了，我吧，就把你姐让了进来，你姐求我救你，我自然就答应了，看她淋雨成那样儿，生怕她再去奔波就生病了，便又留她在我家里睡了一夜。"

"什么？"祁凤目瞪口呆，一脸不可思议，"我姐在你家睡了一夜？"

"是啊，"楚归慢悠悠地，心里才觉几分舒坦，"我说过我这人就是心软，送佛送到西，帮人帮到底吗……祁凤啊，你以后可不能再给你姐惹事了，她一个姑娘家，再能耐，也是不容易呀，不过你放心，以后你姐跟了我，保管……"

两个人说着，不防备祁凤怀中的小黑狗探头探脑，似乎嗅到楚归身上味道独特令人喜爱，趁着祁凤走神儿的当儿，它便猛地窜出来，直接从祁凤的怀中跳到楚归的身上去。

楚归正在得意，忽然间觉得手上热烘烘地，低头一看，整个人便愣了，张大了嘴呆了会儿竟没反应过来。

这功夫那小黑狗在他身上嗅来嗅去，支撑起后腿前腿趴在楚归胸前，仰头伸出舌头就向着他脸上舔了过去。

3

楚归对上那小黑狗乌亮的双眼，也扫见它亲热地伸出的舌头，热乎乎地舔在自己下巴上。

楚归张口，发出惨绝人寰一声大叫。

门外的保镖们听到楚三爷如此一声，顿时纷纷破门而入，绝对是真的"破"门而入，这租住房的薄板子门，被几只脚踢得裂成数片四散开来，眼见连重新为门都不可得。

老九在进门之时心里惊骇欲死，又有点狐疑：就算是生死一刹那，三爷都不曾如此失

声地大叫，难道是遇到了什么令他也失去主张的棘手难事？

门里头，陈祁凤眼疾手快，把那只被楚归从身上掀翻的小黑狗抱入怀中，一扭头看自家的门壮烈成仁，楚归的人杀气腾腾地涌进来，他一手抱着黑狗起身：“干什么这是……怎么把门都踢坏了啊！”

大家伙儿哪听他的，老九先喝问：“三爷怎么了？”

却见楚归正抬着袖子擦那下巴，擦了会儿又去擦那胸前，可却是通身完好无损，屋内也再没别的威胁。

几个人目瞪口呆不知发生何事，楚归道：“帕子……帕子！”

老九急忙掏出一方手帕递过去，楚归拿在手里，用力地把那下巴擦了擦，可怜那块儿地方已经红通通一片，再擦就破了皮儿了，顺带连嘴唇都被抹得红艳艳地。

楚归擦了会儿，将手帕一扔，便把外马甲脱了下来扔在桌上，幸好他里头还穿着一件锦褂子，倒也无妨。

老九这会儿才大着胆子又问：“三爷？”

楚归惊魂未定，指着祁凤怀中的小黑道：“把这个东西给我拿出去扔了！”

祁凤一听，又笑又惊：“干吗，为什么要扔我的宝贝！”

楚归哼道：“你的宝贝？你的宝贝刚才做什么扑过来……阿嚏……”话没说完，便打了个喷嚏。

祁凤不以为然：“小狗嘛，当然亲热人了，你何必跟它一般见识？”

楚归本有一副伶牙俐齿，只可惜现在来不及说话，左一个喷嚏右一个喷嚏，打得此起彼伏，极为热闹。

老九本想喝骂祁凤无礼的，怎奈主子正在打喷嚏，这般开口似乎有无视主子的嫌疑，因此一时也不敢出声打扰。

如此僵持了片刻，楚归终于消停了点儿，然而整个人脸色发红，眼中也泪汪汪地，透着几分凄惨。

祁凤瞧着他这模样，算是明白过来，笑道：“三爷，您不能亲近这些长毛儿的东西啊？”

楚归鼻子发痒，似乎随时都能再打喷嚏，难受之极，鼻端又像是仍旧闻到小狗身上那股味，便恨道：“是啊，连你在内。”

祁凤笑哈哈道：“我可是不敢亲近三爷你的，这个你不必担心啦。”说着，极为宠溺地抚摸着怀中的小黑，又意犹未尽地在它身上亲了口，喃喃道：“乖小黑，做什么去舔人家，难道我没喂你吗？对了……我还真没有喂你……你忍一忍，等姐回来，让姐带我们出去吃好的。”

楚归正在皱眉看着祁凤宠爱那狗儿，只觉得匪夷所思，挠心之极，一听到此，断然打住："不行，陈继鸾不能去！"

祁凤看向他："我们去吃饭，关你什么事儿啊？"

楚归揉揉鼻子："总之不成，若是她也抱了那狗儿……我不答应。"

祁凤笑嘻嘻地，抱着小黑往前凑了凑："我姐以前也经常抱小黑，你不答应是不是晚了点儿？"

楚归张口，却又打了个喷嚏，他瞪了祁凤一眼，道："以前是以前……现在是现在，我不跟你说了，人怎么还不回来？"

祁凤道："回来了我们也得吃饭……对了三爷，你们把我家的门弄坏了，怎么办？"

楚归哼了声，老九从怀中掏出几个大洋来，放在桌上，祁凤嘀咕："这还差不多。"

楚归片刻也不想再待下去，回头看了老九一眼，老九心领神会，便退了出来。

且不说楚归跟祁凤互相瞪眼，只说柳照眉同继鸾怎么出去半晌还不见回来？柳照眉又怎会在继鸾家中？

后面这话，却也是继鸾问柳照眉的。

两人出了房子后，便下了楼，起初无言，等出了楼道，继鸾便问："柳老板，您几时来的？"

柳照眉张张嘴，却只问道："昨晚上……你去找了三爷吗？"

继鸾一听这话，心头一动便问："你莫非昨晚上就……"

柳照眉见她知晓了，便苦苦一笑，静了片刻，才又开口："这么说来，那楚督军的副官及时赶了去，估计也是三爷的手笔吧。"昨晚他跟着那副官到了金鸳鸯，季副官对他笑了笑，也没说什么，放了人后开车又走了。

柳照眉进了楼内，打听楚督军并未露过面，就知道不对。

楚去非从来也不喜听戏，跟他更无交情，唯一的交情，却是因为他认得楚归，而楚归却是楚去非的弟弟——如此曲里拐弯的关系。

柳照眉心里一合计，估摸着大概是跟楚归有些干系的，只不过却不能落实，他心里不放心继鸾，想来想去，便去找她。

谁知道屋内空空如也，仍旧只有小黑守门，柳照眉起初还怀着希望等着，等到大半夜，听到外头雨声淅淅沥沥，然后哗哗啦啦，寒气袭人，他的心也跟着寒了起来。

一直到现在。

方才当看到继鸾、祁凤跟楚归一块儿出现的时候，柳照眉就知道，昨晚上自己那个半梦半醒里的合计，的确是可以成真的。

柳照眉说了楚去非的副官一事，这个继鸾也是亲眼见到的，只不过却不便说自己也在场，此情此景……只会让柳照眉更觉难过。

柳照眉抬眸看她，慢慢说道：“三爷考虑事儿可真周全呢……周全得叫人觉得心里害怕……”

继鸾何尝不是这么认为？楚归本来不必叫季副官帮忙把柳照眉从郑局长手里拉出来的，只不过若不这样儿做，柳照眉亏是吃了，跟他虽没半点干系，对继鸾来说，却难免是承了柳照眉的情了。

楚归既然要让继鸾全心地归了自己，自然不想再留个瓜葛，当下便才行了那一招。

这个，柳照眉跟继鸾都是心里明白的。

继鸾不去说破，只说道：“昨晚上我在路上遇到三爷……后来他说要帮忙，倒是没有为难我更多……”她斟酌着，如何才能把话说得平和、不露痕迹……柳照眉如何听了才会不觉得难受：“柳老板……您……别怪我。”

可是想来想去，却不知能口灿莲花些什么，只没头没脑地冒出了这一句。

柳照眉双眉微皱：“继鸾……”

继鸾只想着如何让他不难过，却不防自己的心先难过起来：“我……没有法子，幸好楚三爷……暂时对我没什么恶意，我就只好……当他的……柳老板，您别怪我忽然之间就……”

“我怎么会怪你。”柳照眉的声音依旧温柔如昔，唱惯了旦角，说话的语气都带着一股安抚人心的柔顺，“我本来就知道，有些事儿是我们改变不了的……继鸾，你听我说，倘若三爷真的对你好，我反而……替你高兴，是真的。”

继鸾望着他，柳照眉冲她缓缓一笑，望着她身上那身衣裳：“你穿这身儿是很好看的……只不过不知还能穿多久……但那不打紧，继鸾，你跟着三爷，横竖也是在锦城，以后有空……记得去金鸳鸯看我就成。”

继鸾应着：“我知道，我记住了。”

柳照眉这才一点头：“时候不早了，三爷等着你呢，我就先走了，你也快回去吧。”转身的功夫，那脸上的笑缓缓收了起来，取而代之的是一片茫然若失之色。

继鸾见他独走两步，到底不放心，便又追上来送他出了巷子、上了车才回来。

刚走到半路，就遇到老九快步走了出来，见了她才说道：“继鸾姑娘，你怎么才回来，三爷等得不耐烦了。”

继鸾道：“劳烦……不知道三爷是等我回去做什么？还有什么交代吗？”

老九看她一眼：“你真想知道？”

继鸾一点头：“请赐教。”

老九笑道：“我瞧三爷对你格外的好，这一整天怕是不会放你了。”

继鸾一皱眉，老九又道："不过你那个弟弟倒是有些难办，我瞧他快要跟三爷吵起来了。"

继鸾一听，吓了一跳，急忙快步往前飞奔而去。

两人上了楼，继鸾看房门已经不复存在，先吓得心头一沉，生怕祁凤又跟楚归动了手，一个箭步冲了进去，才发现两人各据一方，井水不犯河水，祁凤正在逗小黑，楚归却正在冷眼紧盯，神态中似乎有些防备。

两人见了继鸾回来，祁凤便跳起来："姐！"那小黑狗从他手里落地，迫不及待地冲向楚归，似乎喜欢上了他。

楚归早有防备，当下喝道："还想要这狗命就把它拿开！"

继鸾吃了一惊，赶紧上前抬脚把小黑狗轻轻拨开，楚归这才又记起来："你别碰它！"

继鸾奇怪地看向他："三爷，它还小，不咬人……就咬人也不会疼。"至于把他吓成那样吗？

楚归脸色发黑："我哪里是怕它咬人，我……我……我……阿嚏！"猛地又打了个喷嚏，惊天动地。

祁凤把小黑狗拦住，急忙告状："姐，他还说让你以后不许抱小黑呢。"

楚归指指他，迈步往外挪步，且问着："柳照眉走了？"继鸾道："是。"楚归道："送得够久的，我以为送他家去了。"继鸾默然。

楚归走到门口，又道："走啊，愣着干吗？"

继鸾为难："三爷，祁凤刚回来，我想带他去洗个澡去去晦气，然后再吃顿饭。"

楚归皱着眉，觉得陈祁凤这人实在是太累赘了，更累赘的还有他怀中的小狗，楚归想了想，道："他已经是个大人了，你虽然是他姐，到底也是女人，难道能带他去澡堂子里洗澡？这样吧……我让人带着他去，保管照料得妥妥帖帖地，行不行？你只管放心跟着我。"

祁凤一听却不干了："凭什么呀，是我姐可不是你姐。"

楚归哼了声："小子，你还记得她是姐不是你娘，你几岁了，还想吃奶吗？"

祁凤大怒，脸都红了："你再说一句？"

楚归道："你这是恼羞成怒还是怎么着？难道真被我说中了？"

祁凤瞪着眼，大有要开练的势头。

继鸾头疼，忙道："三爷，您能不能到外头等会儿？"

楚归老大不乐意，然而看一眼继鸾，倒还是答应了："快着点儿，别又像是送柳照眉似的。"

候这位爷出去了，继鸾才拉住祁凤，一直避到窗户边上，低声道：“他是楚三爷，你怎么跟他那么说话？万一他恼了怎么办？”

祁凤才要表示不屑，但到底不敢在继鸾跟前放肆，便低声道：“什么三爷，还怕小黑呢……”

继鸾叹了口气，心想祁凤到底不知楚归的厉害之处，便皱眉喝道：“你还听我的话不？”

祁凤赶紧点头：“一万个听。”

继鸾便叮嘱：“那以后不许跟他那么顶嘴……还有，就听三爷的，他让人带着你去……你就去，只不过依旧不许惹是生非，洗澡过后吃了饭，时间还早的话就去学校看看，晚了的话就仍旧先回来。”

祁凤全都答应。

两人说妥当了，便出来，楚归道：“摆平这小子了吗？”

祁凤一听，便开始瞪眼，想想继鸾的话，就顺势只翻了个白眼。

继鸾淡淡行礼道：“还要劳烦三爷派人了。”

楚归微微一笑：“识相……我就喜欢你这样。”果真让老九叫了个可靠稳妥的下属，让带着祁凤去了，楚归在锦城能呼风唤雨，谁不认得他身边儿的人，自然会照料得妥帖。

继鸾便跟着楚归下楼，老九问道：“三爷，这回去哪？”

楚归望了一眼在旁边站着的继鸾，一扫她修长的身段儿，目光在那身衣裳上停留片刻：“去严裁缝那吧。”

4

楚归一行去了老庆祥，让裁缝给继鸾量了尺寸，他竟亲自挑拣了料子，定了样式，约了取的时候，也不问继鸾喜欢不喜欢，耐心弄完这些，浩浩荡荡地才又出来。

他的衣裳从小都是在这儿定做的，现如今世道动荡，洋风盛行，本国男子多半流行西装革履，像是楚去非，闲暇时候便还笔挺地衬衣领结，偏楚归不喜欢那套。

现如今穿长袍锦褂的，多半是些守旧耆老之类，可说来也怪，偏生楚归穿着，从头到脚都透出说不出的好看漂亮，随随便便往那一站，就像一幅花团锦簇迷人的画——只要他不开口。

继鸾任凭这位爷摆布，横竖他不做什么出格儿的事，何况继鸾从来不挑剔穿什么。

而且做两套衣裳是他的意思，继鸾想了想：以后要跟在他身边儿，他喜欢看她穿什么样儿，倒也是他的权利。

不过想到柳照眉那句话“这身儿衣裳以后不能再穿了”，这回才明白过来。

楚归订好了衣裳，显得很是开心，先去了一趟商会公馆，顺便把继鸾“亮了相”，有些伙计、手下不认得，老九便一一介绍，说明以后都是自己人。大家伙儿惊奇三爷身边总算是破天荒地见了个女人，虽然看起来像是有点儿不好惹气息的女人……但碍于楚归厉害，谁也不敢多嘴。

楚归坐了一个钟头，打量了一番见没什么事，才又呼呼喝喝地带着人回家。

楚归一进门，管家就迎出来：“三爷您总算回来了，差一步就要打电话……”

楚归一怔：“是有人来了？不会是迷死李吧……”自顾自说着，扭头看继鸾，“要是她，你不用客气，二话不说直接给我把她扔出去。”

继鸾咳嗽了声，往前一示意。

楚归还没转过头来，就听到有个声音笑微微道：“你要把谁扔出去啊？”

楚归回头，才见厅门口一人身着军装，笔挺制服地站着，不是楚去非又是何人。

楚归松了口气：“哥，你怎么来了。”

楚去非哼道：“我来不得？”目光在继鸾身上扫过，双眸之中略露出几分诧异之色。

两兄弟进了厅内落座，楚归道：“怎么，你今儿不忙？”

楚去非笑：“再忙也是有空来看看你的。”说着转头向着门口一扫，“方才那个……是什么人？”

楚归情知他说的是继鸾，便装糊涂：“什么那个，我的人你不是都认得？”

楚去非笑骂：“别给我扯，我是说那个女人，你的人我是都认得，但从来没见过你身边有女人的。”

“那你当迷死李是男人啊？”楚归撇嘴。

楚去非虚点他一下：“你给我省省，今儿若不是我拦着，你大嫂就带着她杀过来了。”

楚归啧啧赞叹：“哎哟，你可真是我的好大哥，知冷知热啊！”

“少贫嘴，”楚去非瞪他一眼，“昨儿你跟警察局欧局长是怎么回事？怎么他一见到我就说什么金鸳鸯的柳老板如何，弄得我一头雾水。”

楚归嘿嘿便笑。

楚去非道：“幸好小季把他听你的话去接那柳老板的事儿又跟我说了，我才略明白些……只不过倒是把你哥我吓了一跳，还以为你真的开了窍，就是这窍开得歪了些，喜欢上包养戏子了啊。”

楚归一听这个，便嗤了声：“瞧你们那一众龌龊心思。”

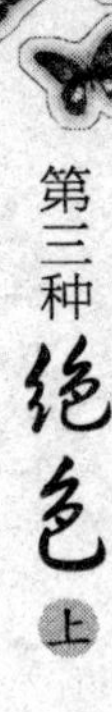

楚去非笑着看他："那你倒是说啊，你那究竟是什么光明正大心思……对了，让我猜猜，难道跟门口的……那个有关？"

楚归见他心知肚明地，便也不瞒，笑道："你别这个那个，还是留洋回来的呢，真是不礼貌，人家有名字，叫陈继鸾。"

"陈继鸾，"楚去非重复了遍，略微换了个姿势，俯身向楚归的方向，压低了点声道，"你特意使了个人情给柳老板，又叫警察局捉了个少年，敢情都是为了她？"

楚归看一眼门口，悠然道："谁叫我爱才若渴呢。"

"噗……"楚去非笑了出来，"爱才？她有什么才？你别是看上人家这个人了吧？"

"胡说什么呢！"楚归脸色忽地有些异样，却做不耐烦状，"你懂什么……平日只知道那些什么西洋拳洋玩意……哪里知道继鸾的厉害。"

楚去非眯起眼睛看他，楚归被他那种眼神看得越发不自在，便咳嗽了声，扬声叫："继鸾，你进来。"

门外有人缓步而入，楚去非见继鸾进来，便重坐直身子，转头看过去，但见那人通身一片光风霁月，毫无女子的羞涩扭捏，不由地心中越发诧异。

继鸾行了礼，楚归便笑眯眯道："继鸾啊，楚督军不信你的本事，你演一套拳法给他开开眼界。"

继鸾听了，淡淡道："三爷，我习武不是为了演习给人看的。"

楚去非见她竟当面顶撞楚归，越发瞪大了眼睛。偏偏他这个脾气暴躁的宝贝弟弟竟也不恼，点点头道："那么……我让老九进来跟你过招。"

"不必了，"继鸾仍旧淡淡地，"三爷，我也不跟自己人动手。"

门口的老九听了这句，总算松了口气。

楚去非在旁边看了个蹊跷，虽然惊诧于楚归的"转了性"，看着继鸾的时候却又很是狐疑，总觉得眼前的女子似在吹大气……不知用什么法子迷住了楚归而已。

他也见过些习武的女人，但不过是会几招花拳绣腿，打得好看而已，瞧着继鸾如此，他心里便有几分不舒服，慢慢道："别是怕当场出丑吧。"

继鸾垂着眸，置若罔闻。

楚归看了楚去非一眼，心道："要让大哥看看继鸾跟余堂东打的那场，他也不敢说这话。"想到这里，忽然促狭心起："继鸾，那我大哥不算是咱们宅子里的人，你要不要跟他打？"

楚去非一听："胡闹，我怎么能跟女人动手？"他留洋的时候学的是西洋拳术，出拳刚猛，再加上他身体强健正当壮年，先前在黄埔军校的时候就颇负盛名，打败过不少无知之徒，虽然如今久不用他自己动手，但他心里还是颇有一份自负的。

继鸾双眉微蹙，看了楚归一眼：“三爷，没事的话我先出去了。”虽然不说，但这反应，显然也觉得楚归在胡闹。

楚归拿她没办法：“行了行了，你这脾气。”

继鸾又向楚去非行了礼，果真就又退了出去。

楚去非坐在椅子上，觉得楚归极为反常，简直有些如坐针毡：“你这是招揽的什么人？我瞧着虽然有几分姿色，但……也无非就这样儿，更没什么女人味儿。小花，你别说你爱的是她这份脾气啊？早知道这样我就让你嫂子多给你找两个暴脾气的，跟你对着干这不是省事儿了吗？”

“你敢，”楚归淡淡地说道，“来一个我掐死一个，来两个死一双。”

“那你就是喜欢上她了？”楚去非觉得很是不可思议，“真是王八看绿豆啊……”

楚归忍着笑，跷着二郎腿，喝了口茶：“去去！堂堂一个督军说话忒也难听，什么喜欢上她，什么王八……烦人，我说过，我是爱才若渴求贤若渴，你啊，不懂。”

楚去非看着楚归笑吟吟一副极心满意足的样儿，叹道：“我啊，还真不懂。”

这几日，警察局长欧箴往金鸳鸯跑得挺勤快，隔三差五便来一趟。继鸾陪着楚归出行的时候，就撞见过几次在金鸳鸯门口上，一堆人围着他寒暄。

继鸾这几日也是早出晚归，白天跟着楚归，晚上回家，忙得分身乏术，她最担心的是祁凤，幸好祁凤一路只是乖乖地，连在学校里都是一片风平浪静，住处的小孩儿都也跟他玩得极好，祁凤也自说是大人了，让继鸾不必担忧。

继鸾很是欣慰，她心里想着得空儿便去探望柳照眉，怎奈她每天清早出门，那时候金鸳鸯还没开门儿呢，晚上又时常要过了九点才回，往回走的时候总是想着早点回去找祁凤，因此就算是经过金鸳鸯，也是搁不住脚的。

只是偶尔有些时候从外头过去，会听到里头传出熟悉的唱戏的声音，婉转撩人地拨弄着心尖。

继鸾很想进去看一眼，只看一眼就出来，怎奈她却也怕，生怕自己往门口一站就不自觉地看了下去，把回家都给忘了。

这一天，继鸾陪着楚归跟一个堂会的大佬相商事情，从酒楼出来，正瞧见欧箴站在金鸳鸯门口，旁边的男子一身长衫，正是柳照眉，继鸾一看，整个人就定住脚。

楚归在那边应付走了人，正要迈步上车，回头一看继鸾那神情，又再看金鸳鸯那边，他心里了然，正要唤人，忽然间继鸾匆匆道：“九哥护着三爷！”

老九一惊，赶忙上前护住了楚归，楚归还以为有什么事儿，但就算是有事，她陈继鸾怎么不留下来，反而跑了？

一堆人把楚归护得水泄不通，楚归探头往后看，却见继鸾将跑到金鸳鸯门口的时候，忽然不知从哪里钻出一个人来，手中持着一把枪，直直地指向欧箴。

顿时之间现场如炸了锅似的，各种惊呼声哭叫声此起彼伏。

这功夫继鸾还差几步过去，嘈杂的人声中楚归清楚地听她叫道：“柳老板快闪开！”

楚归心头一震，却见电光火石间，柳照眉看向继鸾的方向，惊慌的脸色上显出一抹喜色，迈步要躲避。

没想到欧箴倒是个人才，被用枪指着的生死一瞬，他猛地往旁边一抓，竟牢牢地抓住了柳照眉，柳照眉身不由己，竟被他推在自己身前当了肉盾！

柳照眉跟那黑洞洞的枪杆打了个照面，刹那间脑中一片空白，耳朵里也嗡嗡地一片乱响，眼睁睁地看到那枪杆里冒出一溜火光来，柳照眉听到自己迟缓地呼吸声：“莫非要命丧于此吗？”

第11章

出手救美

1

继鸾本是看柳照眉的，怎奈一眼成灾。

她一来是习武之人，二来先前做的也是替人保镖的活计，因此天生便有种警觉能力，往彼处一扫，先见到柳照眉，而后便是欧箴……旋即却是那围在周遭的乱哄哄的人群。

继鸾的一双眼睛何其厉害，只是看一眼，便将当场的情形看了个八九不离十，哪些人站在哪里做着什么是何身份……她一扫过后本仍旧想去看柳照眉的，怎奈眼底所及，心中陡然紧了紧，便有些不舒服。

继鸾明白这种直觉从何而来，多半是因为危险，当下她顾不上看柳照眉，紧着把方才所见又扫了一遍，这一看果真看出不妥，在一群熙熙攘攘的人群外，人来人往的大街上，有一个人正逼近。

低檐帽几乎遮住那双带杀气的眉眼，手搁在腰间，那人略低着头一步步逼近。

继鸾看看他，又看他视线所及方向，却正是警察局长欧箴所站之处。

若是此事仅仅事关欧箴，继鸾是绝对不会插手的，要紧的是欧箴正在满面春风地跟柳照眉说话，两人几乎是面对面站着的，欧箴遭殃柳照眉自然也跟着倒霉，这真真是“城门失火殃及池鱼”。

继鸾不敢打草惊蛇，因此急着想先一步过去把柳照眉拉开，谁知道到底晚了一步。

欧箴伸手把柳照眉拉到胸前，继鸾又急又怒，见那枪手手指勾动，她来不及多想，纵身跃起，脚尖在身边一人肩头一点，顺势往前跃出，人未到，长腿一踢正中那刺客上臂。

那刺客只觉手臂如被刀砍中了般一阵剧痛，手臂身不由己地斜往上震出，枪口的火焰一闪，耳畔一声枪响。

现场情形越发混乱，那刺客咬牙忍痛，又欲举枪，继鸾身形落地瞬间，一个回旋踢，那刺客大叫一声，手腕传出骨裂声响，那把枪脱手飞出。

继鸾见他已经没了武器，便往后一退，此刻欧箴还躲在柳照眉身后，她双眉一敛，便把柳照眉用力拉了出来：“怎么样？”

柳照眉眼睛发红，惊骇得已经说不出话来，刺客那头一枪往上射出，几乎是擦着他额头出去的，枪声震得他双耳嗡嗡地，情形委实危险得无法言说，只要继鸾迟上一毫，这会儿躺在地上的便是他了。

欧箴见失了柳照眉，幸好那刺客也不成威胁，便挺身大叫道：“还不快点捉拿刺客！”他的司机跟两个警察这会儿才反应过来，争先恐后地扑上来。

那刺客吃了亏，狠狠瞪了一眼继鸾，从地上爬起来便冲入人群。

继鸾不去管这个，见柳照眉不言语，只是上下打量他，看他浑身毫发无损，才缓缓地松了口气，又情知他吓呆了，便安抚道：“柳老板，没事了……”见戏楼里的几个伙计探头探脑，便叫道：“劳驾扶柳老板入内压惊！”

这才过来几个人，把柳照眉扶住，继鸾正要走，柳照眉才反应过来，一把握住她的手臂：“继鸾……”声音兀自有些发抖。

这会儿欧箴也已经走了过来：“柳老板你如何？没有被伤到吧？”关怀之情溢于言表，仿佛先前把柳照眉捉过去当肉盾的卑鄙之事从无发生。

柳照眉定了定神：“多谢欧局长关怀，照眉没事。”

“没事就好没事就好，”欧箴连连点头，又看继鸾，打量着她道，“这位……姑娘是……”

继鸾本是个顺遂的性子，但想到他先前所为，心头很有几分恼意，便只冷冷道：“乡下人，不值一提。”又转头看向柳照眉道：“柳老板，您还是入内多歇息会儿压压惊吧。”

柳照眉回过神来，情知是继鸾救了自己一命，他心中滋味难当，几乎不舍得放手，奈何欧箴在侧令人不喜，正在犹豫瞬间，却听得一个声音响道：“是啊，大难不死必有后福，柳老板，瞧你脸色不大对，可别站在这儿吹风了。”

继鸾一听这个声音，急忙后退一步：“三爷！”

原来来的人竟然是本该离开的楚归，楚归走过继鸾身边儿，上下扫了她一眼：“哟，你还认得我呐？”

继鸾心头一紧，却只低着头不敢多话。

那边柳照眉见礼，欧箴举手道：“三爷！三爷您怎么也在这儿，方才没受惊吧？”

楚归道：“谁说的，方才差点没把我吓死！”

继鸾站在旁边，心里明白得很，楚归是有些恼了。

欧箴道：“这……这……”

楚归道：“那刺客光天化日下居然敢行凶，还意图对欧局长不轨，兄弟我在旁边看着，那魂儿都差点吓没了……幸好欧局长身手敏捷……”

欧箴一听，几分尴尬，却呵呵地笑起来：“不敢当不敢当，三爷取笑了。”

“哪啊，我可是说真的。”楚归说到这里，又转头看向继鸾，“本来欧局长很快就能把那刺客制服，恨只恨我的这个人不识相，非要多余地插上一脚，才让欧局长没了大展神威的机会……”

欧箴奇道：“这位……女侠是三爷您的……”

楚归道：“是我新收的保镖，笨手笨脚、笨头笨脑……通身都是笨不可言，欧局长你可别介意呀？”

欧箴赶紧道："三爷说哪里话，多亏了这位女侠从旁相助，哎呀……我以为这锦城哪里横空出现这么一位不凡的女侠啊，原来是三爷您的人，这可真是……强将手下无弱兵啊。"

"什么强将……我都嫌她丢我的脸，"楚归那张嘴像是刀子一样，说着还瞪了继鸾一眼，也幸亏继鸾不是那等小性的人，只默默地低着头当没听到的。

楚归哼了声，又看柳照眉："我说柳老板，没事儿吧？"

柳照眉道："托三爷的福。"

"还真是，"楚归凉凉地道，"不过以后柳老板就得多多地自求多福了，毕竟她可只有一个主子呢。"

柳照眉心里难受，低着头道："三爷说的是。"

欧箴在旁边看了个稀罕，这会儿两个警察回来："局长您受惊了！"

欧箴急忙道："捉到人了吗？"

"兄弟们还在缉捕！"

"废物，赶紧去……"欧箴骂道。

楚归道："欧局长，先忙捉人，咱们就别站在这个打眼儿的地方了，先各自回避吧？"

欧箴忙道："正是正是，三爷请。"

楚归道："别客气……欧局长先请。"

欧箴瞧他跟柳照眉言语里头有些蹊跷，便也不再客套，何况刚遭了刺客，此地也的确不宜久留，告辞后果真先钻进汽车，一溜烟儿地跑了。

剩下楚归笑哈哈道："柳老板，那我可也不留了。"

柳照眉道："三爷请。"

楚归迈步就走，继鸾不敢怠慢，转头看了柳照眉一眼，一声不吭地便跟上楚归。

黄包车在府宅门口停下，楚归下车后，板着脸迈步入内。继鸾站在门口，不由地叹了口气，才要入内，旁边老九道："三爷不高兴了。"

继鸾无精打采点了点头，是人都看得出来。

老九瞅着她："不过……今儿我倒是开了眼界。"

继鸾哭笑不得："九哥，你也挤兑我？"

老九笑着摇头，一举拇指："私下里说……我是真的觉得你那招帅——但可别给三爷知道了，不然我也得倒霉。"

继鸾又叹了一声："三爷不是已经离开了吗，怎么又跑回去了？"

老九笑道："我怎么知道，本来已经护着快转过街角了，忽然气得什么似的喝令我们调头，下车的时候你正跟柳老板说话，三爷下得那个急，差点儿摔了，我急着去扶，还被骂了一句呢……气冲冲地就过去了，先前可从没见三爷这样儿失态。”

继鸾目瞪口呆：“这……这样？”可是怎么出现到她面前的时候，却只是那样板着脸，没见什么大怒之色呀？

老九道：“说半点谎我不是人。”

继鸾悻悻道：“三爷变脸变得真厉害……”

两人正说到这里，就听到屋里头一声喝传出来：“人都死了不成？有还喘气儿的就给我滚进来！”顺便还有一声茶盏碎裂的声响。

老九打了个哆嗦：“赶紧的吧？”

继鸾垂了头，两人迈步入门。

楚归坐在太师椅上，手捏紧了又松开，深呼吸几口冷静下来，望见继鸾同老九一前一后进了门，楚归喝道：“没你的事儿！”

老九一抬头，心领神会，赶紧又立刻转身麻溜地出去了。

继鸾咬了咬唇，上前抱拳道：“三爷……”

楚归双眉皱着，就那么冷冷地看着她，也不作声。厅内沉默了片刻，继鸾又道：“先前是我一时冒失了，请三爷恕罪。”

“你怎么冒失了？”楚归这才开口。

继鸾道：“我……见柳老板有危险，一时情急才……请三爷勿要动气。”

“那要是当时我也被人拿枪指着，你又怎么办？”楚归咬牙切齿地，眼中似要冒出火来。

继鸾默然：这倒的确是个问题，不过当时她已经吩咐老九他们护着他……且刺客不是冲他去的，因此这个几率可谓小之又小，只不过他如此提出来，摆明了就是要为难人，跟他强辩只能徒增他恼火。

继鸾便只道：“是我有失考虑，请三爷恕罪。”

“要是三爷现在躺在地上，也没有人能够治你的罪了！”楚归声音渐大，竟站了起来，走到继鸾跟前，“那个柳照眉……就那么重要比三爷更要紧？你、你……陈继鸾我问你：你人虽然在这儿，心却还是在他那，是不是？”

继鸾只觉得这句话似乎听来有些奇怪，但还是仔细想了想：“我是三爷的保镖，以后会全心全意护着三爷的。”

楚归喝道：“别跟我说以后以后地打马虎眼……就说今儿这事！你想过我没有？”

继鸾心中又奇怪了那么一下儿，却仍道：“我一直都是先想着三爷的，所以才叫九哥……”

楚归听到“一直都是先想着三爷”，且不管真假，心里舒服了那么一阵儿，继而又不依不饶道：“我请了你在我身边儿，就得你留着！不是请你去护着别人的！”

继鸾道：“是我错了，请三爷饶恕。”横竖他怎么搅缠地狂怒，她只是认错罢了。

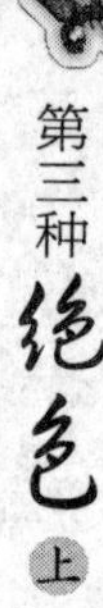

楚归见她的态度倒是乖觉，心里稍微气消了些："你这话是当真？那以后要是还遇上这事儿……"

继鸾心道："柳老板的运气不会总是这么差的……遇上这种事大概很难……"

于是便道："我自然要留下来先护着三爷。"

但当真又那么不走运让柳照眉性命攸关，继鸾可是怎么也无法坐视的，但现在要是跟楚归说这个，他还不知会做出什么来。

果然，继鸾说完后，楚归便才出了口气："今儿说的话，你给我记着！"

继鸾道："是，三爷。"

楚归这顿火本来要烧个高高地，却都被继鸾一一地"化解"，难得他心里虽然觉得还有点不舒服，却也找不到借口再吵闹下去。

2

礼拜天的时候，继鸾向楚归请了个假，说是要陪陪祁凤。对此楚归自然有诸般不满，对继鸾没好气地啰嗦："慈母多败儿，慈姐也是一样的，那个小子要被你惯坏了，小心成了站不起的软脚蟹，以后都得靠你一辈子。"虽然百般地不高兴，却到底也准了继鸾一天的假。

楚归这边不高兴，祁凤也不见得多欢喜，时常念叨继鸾已经不是他的姐姐，也不是楚归的保镖，竟成了楚归的保姆了。

两个人私底下逮到机会就互相诋毁，总之是谁也看不顺眼谁。

继鸾遭受两个人的"彼此攻击"，却都只是笑笑而已，面对楚归并不忙辩解，对祁凤却还得说两句："三爷那个人不好惹，记得上回我跟你说的，别当面儿跟他起争执。"

祁凤毒舌了会儿楚归，见继鸾也没特意为他说话，他的心情变得好了些，此刻便乖乖答应。

一早上，继鸾换了家常衣裳，同祁凤两个出去吃早饭，祁凤看着她中衫长裤简单利落的装扮，才有几分顺眼，忍不住又道："姐，还是看你穿这身儿好看，先前那是什么……我瞧着现在男人都少穿了，也是楚三爷的眼神儿？瞧着他年纪也不大，光看这衣裳，还以为是哪爬出来的古董呢。"

继鸾便忍着笑，原来楚归先前在老庆祥给她订的，是几套男式的长衫，并配套的里衫，衬裤鞋袜一应俱全，幸好继鸾习武出身，身段儿极好，穿上后反更显得英姿飒爽，利落之极。

又因为楚归选的是极好的料子面儿，给继鸾这样的人物一带，那通身又多几分飘逸清秀的贵气。

继鸾为了方便，习惯把头发盘在脑后用簪子定住，便更显出那清秀的五官来，冷眼一看，便是一个清丽脱俗的美人。

楚归显然对自己的眼神及审美有着十万分的自信，浑然不觉也不管外头的人已经把他及他新收的那位“雌雄莫辨”的议论得漫天风雨。

先前继鸾头一遭穿了那身素白的长衫回家，把祁凤吓了一跳，还以为是柳照眉或者别的陌生男人走错了门……知道是楚归整出来的，自然又说了一堆的话，幸好继鸾是个好脾气的，任凭祁凤暴跳如雷，最后也还只能乖乖地听长姐的。

姐弟两个经过巷子口的油饼摊子，祁凤自然而然地站住了，刚要要两套，继鸾将他一拉，道：“好不容易一块儿出来趟，姐带你去吃顿好的。”

祁凤一听不解：“啥好的？在饼上加个鸡蛋……那就挺不错了啊。”

继鸾笑道：“以后每天都能吃饼，今天咱们一块儿吃馆子去。”

祁凤道：“姐，你这样是不是太浪费了些？”

继鸾拽着他：“走吧你，有得吃还这么挑。”

两个人走过车水马龙的大街，一路上汽车鸣笛声，自行车摇铃声，黄包车吆喝声，此起彼伏。

小黑趴在祁凤怀中，瞪着眼睛看热闹的周遭，继鸾同祁凤走了会儿，便进了一家饭馆，挑了个座坐了。

继鸾顺着祁凤的口味，点了几个菠菜粥，醋白菜，糖醋排骨，油炸里脊……祁凤正在长身体的时候，平常里却吃不到这么些好吃的，听了继鸾点了肉菜，口水也都涌出来。

继鸾本以为两个人吃这么些菜大概会剩下，没想到菜端上来后，两个人风卷残云地，边说边吃，酣畅淋漓地，很快竟吃得差不多了——期间祁凤还吃了两个馒头。

继鸾暗暗吃惊，几乎怕祁凤被撑坏了，可是看他有些若无其事似的表情，她心里一沉，就想：祁凤若吃这么些还好端端地，那他以前是少了多少饭呢。

以前在平县的时候，是陈叔做饭给祁凤吃，继鸾多半不陪着他，也不大留心他的饭量，等来了锦城，除了开始几天她会带饭回去，以后祁凤上了学，继鸾跟了楚归，则都是祁凤自己买饭。

继鸾有心想问问他以前有没有吃饱是不是挨饿，却又问不出来，只心里想：“以后抽空要多跟他一块儿出来。”

祁凤吃得饱饱地，又把剩下的一角馒头喂给小黑，还跟小二要了块油纸，把饭桌上的骨头收拾了包了起来。

继鸾问：“带这个干什么？”

祁凤道："回去给小黑啃着玩儿……我看它要长牙啦，这几天总是啃东西。"继鸾这才明白，不由暗笑祁凤竟有这份细心。

两个吃了饭，又喝了几口茶，算了饭钱便出来，祁凤吃得很是满足，一手抱着小黑一手摸着肚子，才打了个饱嗝道："姐，今天吃撑了。"

继鸾不舍得说他，只笑道："这回就算了，下次留神些，撑坏了怎么办？"

祁凤道："嗯啊，我知道啦。"继鸾见他一身衣裳也是在平县带来的，便领着祁凤，拐到一家裁缝铺子，挑了一匹料子，让掌柜的给他量了身，约定了来取的时间。

祁凤有些不好意思："姐，我上学有校服，用不着新衣裳。"

继鸾好不容易得了空儿跟他一块出来逛，恨不得把亏他的都补齐了，便道："你总也要添一两件新的才好，你想想在学校里还缺什么？一块儿买了……反正咱们现在有钱。"

祁凤摇头，两姐弟站在街头正说，祁凤望向继鸾身后，忽然咳嗽了声道："姐，我们别在这儿……"匆匆地拉着继鸾转身就走。

继鸾莫名其妙，回头看一眼，依稀看到在后面的宾馆门口，站着个衣着入时的美貌少女，似乎正在往这边打量。

继鸾没顾上仔细看，就被祁凤拉着拐了弯，继鸾笑道："怎么了啊，你见了鬼了？"

祁凤扁嘴："什么见鬼，这世道有人比鬼可怕多了。"

继鸾忍不住："你是在躲那个小姑娘？我瞧着生得模样不错……怎么你就这么怕她？"

祁凤见她居然眼尖看到了，便抓了抓头，道："那个是我的同学，不知怎么，总是来烦我……又多话，我倒不是怕，只是懒得跟她碰面。"

继鸾哈哈大笑："别是人家小姑娘看上你了吧。"

祁凤啐了口："少整这些有的没的烦我了！"又道："我们别站这儿，忒危险。"

继鸾笑："难道人家还会追来？"

祁凤吓了一跳："这还真说不定，那丫头那个脾气……赶紧走。"拽着继鸾又是一阵乱跑。

两人又拐了一条小巷子，祁凤才松了口气，继鸾瞧着天不怕地不怕的他头一遭这样惊慌，心中猜测那女孩子到底是怎么做到的……忽然一抬头，看到前头露出的一则招牌，便笑道："不知不觉走到这里来了。"

祁凤顺着她的目光看去，便道："呀，是金鸳鸯的戏楼啊。"

继鸾点点头，若有所思道："也不知道柳老板在不在。"

祁凤看着她的神情，笑眯眯道："去看看不就知道了？"

继鸾一笑，其实她心中也正有此意，当下两人便往金鸳鸯去。

继鸾在金鸳鸯门口一出现，便引发一阵小小轰动，虽然继鸾在这儿只呆了短短数天，但金鸳鸯上上下下却都认得了她，再加上前日继鸾从枪口下救了柳照眉……可是有不少人当场看到的。

看场子的熟脸儿伙计亲热迎上来便笑道："继鸾姐，今儿没跟着三爷吗？"

继鸾道："今儿跟三爷告了假了。"

伙计道："这可太好了……我们都念叨继鸾姐好些天了，就盼着您回来看一看呢……您是来找柳老板的？这位是？"便看祁凤。

继鸾道："这是我弟弟。"

伙计赞道："真是一表人才……继鸾姐，您先进来坐，我给您找个好位子……柳老板这会儿大概正要上台了，我去告诉一声，等他唱好了，再来见您。"

继鸾忙道："还是先别跟柳老板说了，免得扰了他。"

"别人那是真扰了，"伙计极为伶俐地，意味深长道，"是继鸾姐的话，柳老板高兴还高兴不过来呢，我这就去……小崔，快来带继鸾姐去坐。"

继鸾同祁凤两个人内，小伙计领着两人在第三排边儿上坐了，周遭都尽满座了，祁凤是头一回来看戏，顿时只觉得眼睛都不够用的，四处打量。

继鸾抓了一把瓜子塞给他，祁凤单手嗑着瓜子，正等着开场，却见那看场伙计又匆匆回来，因为看客都坐定了，不敢直起腰来，只俯身在继鸾面前低低说道："继鸾姐，方才我跟柳老板说了，柳老板急了，现在就要见您呢。"

继鸾怔住，她好歹也混了几天戏楼，懂得规矩，见这架势是很快开戏的当儿，便道："可是……"

伙计道："柳老板说非得见了您再上场呢。"

继鸾听了这个，也知道柳照眉那性子，不敢耽误，便一拍祁凤肩膀："留在这儿，哪也别动，更别惹事，知道吗？"

祁凤吐了个瓜子壳，道："当我是小孩儿呐。"

继鸾这才跟着那伙计，匆匆地从旁边楼梯上了楼，那伙计不便跟着，只领继鸾上了楼，便自退了。

继鸾熟门熟路，便掀起帘子入了上妆的地方，才一进门，就看到上了妆穿好了戏服的柳照眉正绞着手站在跟前，听见有人进来，便猛地抬头，一双眼睛明如秋水。

继鸾一怔："柳老板……"今儿他演的是《天门阵》，上的是穆桂英的行头，威武里头带着妩媚，着实好看得紧。

继鸾才一开口，柳照眉便上来，一把握住了她的手，想要说话，却又说不出来似的，只有一双眼睛，会说话似的骨碌碌、乌溜溜地紧盯着她，似乎有万语千言。

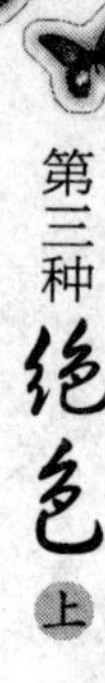

继鸾只觉得自己的心也跳起来，脸也有些红，两人这才一照面，外头有人便来催："柳老板，真个要上场了。"

继鸾反应过来，刚要说话，却觉柳照眉用力地将她的手一握："不许走……留在这儿，等我下了场子……"声音压得低低地，有几分颤，眼神也极急切地看着她，甚至还带几分乞求似的。

继鸾没来由地就觉得眼有些异样，心头一热道："我……我知道了，柳老板……"

柳照眉听她答应，才嫣然一笑，他一笑，明媚灿烂，艳光四射地，又把继鸾的手握着一摇，才依依不舍地松开："我去了……等我！"他看一眼继鸾，带笑带羞带欣喜似的，扭头转身而去。

继鸾下楼的功夫，台上鼓点已经一阵紧似一阵，她还没完全下楼，柳照眉已经登了场，那样精神妩媚，英武动人的一个亮相，顿时先惹了满堂彩，但只有继鸾知道，那一双秋水似的眼睛，那样含情脉脉地扫向她，一次又一次地。

继鸾回到座位上，几乎有些不敢看台上。祁凤见她回来，便随口问道："啥事儿这么急啊姐？"

继鸾咳嗽了声："没啥事。"

祁凤"啊"了声，不以为意地扫了她一眼，忽然道："姐，你这脸怎么这么红啊？"

继鸾一惊，赶紧把脸转向旁边去："楼里太热了。"

祁凤鼓了鼓嘴："是吗，没觉得啊……"幸好祁凤只是随便问问，很快就被场上那出戏把注意力给引了过去。

继鸾坐在底下，心一阵阵地跳，忽然之间有些后悔：似乎不该来金鸳鸯……方才更不该答应柳照眉留下的，心里总觉得哪里似乎有些不大对头，可是听着他那甜润动听的声音，看着他在戏台上那一举一动：柳照眉显然也是高兴的，这一出戏唱得格外出色，底下喝彩的声浪一阵高过一阵儿，连祁凤这外行人都也忍不住高声叫好儿。

继鸾心里缓缓地又动摇了起来，模模糊糊觉得……其实，也没什么不好的。

3

候得柳照眉唱完了一场，已经是一个多钟头后了，祁凤兴致颇高："姐，这唱得可真好，嗓子又清又美，扮相也好得很，要不是先前见过柳老板，谁要跟说我这穆桂英是男人演的，我死也是不信的。"

继鸾听他夸奖柳照眉，便抬头一摸他的额头："你还说，我差点忘了你把小黑也带了进来，害我捏了一把汗，生怕中途小黑叫起来，搅了柳老板的场那可怎么办？”

祁凤得意，嘎嘎地笑起来：“才不会呢，小黑跟我一样，都喜欢听戏，哪里敢搅场呢！”忽然间又感叹：“那回在医院看到他，真不敢相信……幸好恢复得好好的了。”

两个在这儿说了会儿，继鸾一抬头，见柳照眉已经上了楼，临回眸便冲她眨了眨眼。

继鸾心头略微踌躇，便同祁凤道：“你想不想再见见柳老板？”

祁凤道：“想啊，怎么不想，我还是想看看男装的柳老板呢，不然心里就真把他当穆桂英了。”

继鸾哈哈一笑，她曾经跟过柳照眉一段，知道他的习惯，下台后得用半个钟头卸妆，当下便又跟祁凤在下头说了会儿话，眼睛却不时地留神着上头，扫了几番，终于看那处帘子一动，柳照眉探身出来往下看，双眉微蹙着，似乎担心什么，直到看到继鸾才露出喜色。

继鸾见状，便拉了拉祁凤的袖子，两人便往楼上走去。

继鸾同祁凤到了后台，偌大的化妆间也没别人，只柳照眉握着手站着，见继鸾进来，便兴高采烈极快迎上，猛地望见祁凤也钻进来，才站住脚。

继鸾见他脸上笑意怔然，她心中这才觉得带祁凤上来似乎有些……便咳嗽了声：“柳老板，我……”

柳照眉何其聪明的人，当下反应过来，便道：“我等了好久了，你们怎么才上来？”依旧笑意盈盈地，祁凤竟全没发现那表情的细微变化。

继鸾一句话未曾说完，柳照眉便招呼祁凤：“我没记错的话……是叫祁凤吧？”

祁凤见他只穿一身白色的长衫，脸上的油彩尽去，露出一张素净的脸容，更带了几分温润如玉的气质，祁凤想到方才他在台上那精彩绝伦的演出，此刻看人的眼神便更不同，又见柳照眉态度如此温和，便喜道：“是啊，柳老板，您还记得我的名儿啊？”

“你是继鸾的弟弟，怎么会不记得呢？”柳照眉笑得恰到好处，“你坐会儿，我这儿有些点心糖果，你尝尝看喜不喜欢。”

祁凤听到吃的，自然而然想到上回在医院拎了他一个大果篮，那些水果可是让他美滋滋地吃了好些天，当下喜笑颜开：“好啊。”便被柳照眉引了开去。

也不知道柳照眉是有意还是无意，把祁凤引到旁边的一个小隔间处，找了好些吃食摆着，又让他随便吃，便出来了。

继鸾瞧他弄的那些精致点心跟水果，足够祁凤呆上半个到一个钟头了，看柳照眉出来，才赧颜道：“柳老板，我是不是有些唐突了？”

“哪里话！”柳照眉眉眼带着喜气，“不过是我没想到祁凤也来……实际上他来我也是很高兴地，我也想多跟他相处相处，毕竟是你弟弟。”

继鸾便又咳嗽了声，隐隐有些不好意思，柳照眉拉了她过来坐下，道：“你能来，我

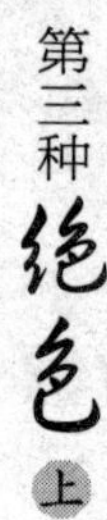

真的……很高兴，上回你就那么走了，我心里一直都记挂着。”

说到这里，两人目光相对，大概是继鸾的不好意思会传染，忽然间柳照眉也有些不好意思地脸色微红，两个人谁也没有开口说话，甚至能听到里间祁凤咔嚓咔嚓吃东西的声音。

片刻，继鸾笑着说道：“因为之前都跟着三爷……极忙，没有时间，以后我会……有空就来看看，只怕柳老板会嫌我烦。”

柳照眉道：“怎么会，我巴不得你来呢……先前若不是三爷……”有些话，适可而止，只不过柳照眉却又想起另外一件事来。

柳照眉脸上的绯红渐渐退却，重看向继鸾，期期艾艾道：“继鸾，我……我有些话……不知道可不可以问。”

继鸾道：“什么事儿，您说？”

柳照眉也低低地咳嗽了声，才说道：“先前三爷……三爷执意要你当他的保镖，我也没往别的地方想去……可是三爷、说起来，我没见过三爷这么想……”素来是能言会道的人物，此刻却有些词不达意，几分艰难地试图同继鸾说明白，“我从没见过三爷这么上心一个人，就说上次你来救我……我瞧着三爷是极不高兴的，继鸾，所以我想……三爷他……他……他是不是对你……”

柳照眉对继鸾上了心，原先没往别处去想的心思自然也冒了出来。

先前继鸾初来锦城，一副其貌不扬的土气样儿，柳照眉起初还看她不上，渐渐地相处了才知道她是什么样儿的可爱可敬人物。

想他那时候没把继鸾放在眼里，而楚归更是个眼高于顶的人物，他起初也还以为楚归只是同继鸾有仇，后来才发现楚归是想要人，要人则也罢了，继鸾能干，楚归恃强惜才或许也有……

但自从他眼里有了继鸾，自然就觉出她的百般好百般可贵来，他想到楚归种种行事，才慢慢担心上：楚归会不会也看上了继鸾？

继鸾一直听他说到这会儿，才完全明白过来，一怔之下顿时笑道：“你是说……三爷对我有意思吗？”

柳照眉的脸色发白，几分惊恐地看着她，放在膝上的手也随之握紧。

继鸾见他紧张起来显然是当了真，才忙道：“柳老板，你多心啦，三爷是什么样儿的人物，怎么会把我这样的人放在眼中？我同他不过只是雇主跟保镖而已，我觉得三爷甚至……没把我当女人。”

继鸾说到最后，想到楚归说那句“陈继鸾你对自己相当有自信啊”，便又微微一笑。

柳照眉听了这个，脸色才缓和过来，露出松了口气的表情：“这样我就放心了。”

“啊？”继鸾疑惑地看着他。

柳照眉又有几分脸热："继鸾，其实我觉得你很好、我……"好看的眼睛望着她，心忽然怦怦跳了起来，手在膝头上抓了两下，目光往下瞧见继鸾的手，正要抬手去握住，却听得里头祁凤忽然道："小黑，打住，不许吃了！"

柳照眉一惊，那边继鸾歪头看祁凤："怎么啦？"

里头祁凤歪头出来："没事啦姐，小黑跟我抢东西吃呢。"

两人一打岔，柳照眉也站起身来，想了想，道："继鸾，中午头你们就别回去了，若是没有其他事的话，我请你跟祁凤吃饭好吗？"

街头上，楚归瞅着旁边的密斯李："我说你到底够了没，逛了这么久了什么东西也没买，你到底出来干吗了？"

密斯李手中撑着一把洋伞，气派十足地："三爷，这你可就不懂了，女人逛街不一定要买东西了，重要的是那个氛围，是看跟谁出来逛……这啊，就叫做罗曼蒂克。"

楚归皱着眉："落……满地壳？"

密斯李咯咯一笑，擎着洋伞就在楚归面前转了个圈儿："罗曼蒂克，不是落满地，我的三爷。"这样娇俏的动作，加上她摩登入时的衣着，顿时引来旁边许多男男女女的羡慕眼神。

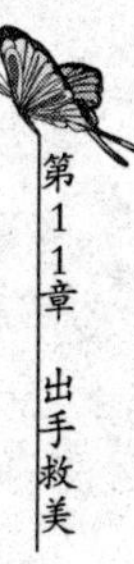

楚归却嗤之以鼻，只觉得看一眼都是多余，瞧着密斯李那前凸后翘的身材，甚至皱了皱眉，这洋装的确是奇妙的很，也不知道是用了什么法子，把胸勒得格外高耸醒目，后面却又往后翘着，走在路上，不知把多少登徒浪子勾引得春心荡漾，那种色迷迷的眼神实在是令人……

楚归心道："真真不堪入目。"

瞬间忽然竟想到那道利落干净如清风般的身影，就算是想想都让人觉得舒服，跟眼前这个妖精似的不可同日而语。

大概是心有所想，眼前便有所见，楚归忽地扫见前头不远处有一个人影一闪而过，看来几分眼熟。

楚归怔了怔，然后发现那不是自己的错觉，而是真的继鸾，不光是继鸾，还有陈祁凤，还有一个熟悉得不能再熟悉的人，柳照眉。

楚归起初觉得惊喜：真是有缘啊……正兴冲冲地想上去打个招呼，却在看到柳照眉的时候蓦地就站住了脚步。

继鸾三人显然没看到他，楚归却看得极为清楚，继鸾正在认真跟柳照眉说话，那样三分含蓄却仍春风满面地带着笑。

楚归觉得讶异而又有几分恍惚，原来她竟能这么笑。

继鸾她从来不曾在他跟前那么笑过，平日里她总是一副谨小慎微且又正经端庄的表

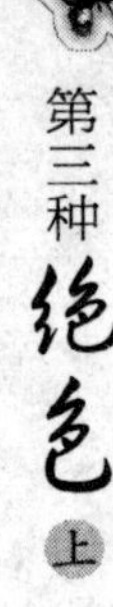

情，最多是在他或恼或无理取闹的时候露出几分无奈的样儿来。

楚归记得她更没有这般笑着跟自己讲话，甚至在他跟她说话的时候，她多半都是垂着眼皮，带着几分恭顺似的。

当时楚归不觉得怎么样，现在才觉得异样，也知道这异样从何而来——陈继鸾一向都是跟他淡淡地疏离着的，那样以下待上似的。

她说什么“心里都是三爷”，什么狗屁，只怕都是有口无心。

若非是看到这一幕，楚归觉得自己大概仍旧会被蒙在鼓里，现如今跟柳照眉说话的这个继鸾，这幅表情，那个笑，让他嫉妒甚至嫉恨，但她说话的对象是柳照眉，则更让他浑身难受。

他难受，那样亲切地毫无隔阂的神情是对着柳照眉的，她对待他跟对待柳照眉全然不同。

他难受，浑然也忘了陈继鸾也只是他的一个保镖而已，而且她之所以会“臣服”他，也不过是因为他用了祁凤来要挟而已。

他难受，更忽略了她对他那种端正不苟言笑的态度其实是理所当然也是无可挑剔的……

——或许……正也是知道了这所有，才让楚归更觉得难受，心里慢慢地窝着什么。

那边上，祁凤站在两人中间，不知说了句什么，继鸾便跟柳照眉一块儿笑了起来，她的手打在祁凤肩头，祁凤往前一步敏捷跳开，继鸾还想打，便落了空，可是又没有全然落空，因为柳照眉抬手，便握住了她的手。

楚归看到继鸾怔了怔，她看向柳照眉，似乎缩了缩手，可是柳照眉没松手，反而笑吟吟地看她。

楚归心都害怕地团了起来，又妒又恨地想：“把他甩开！狠狠地甩远点！”

他知道以继鸾的武功，若是不想让柳照眉近身，大概有不下百种法子。

可是让楚归失望的是，继鸾只是略微一动，便没再抗拒。

于是楚归眼睁睁地望着柳照眉握住了她的手，那个男人低头冲着陈继鸾低低说了句什么，眉眼里都是温柔，继鸾的表情似乎有几分慌张的……楚归是看得出来的，她很震惊。

一直到前面祁凤转身时候，她才将手又抽了回来，极快地作出若无其事的表情。

这瞬间，楚归忽然想起先前去金鸳鸯的时候也看见过相似的一幕：柳照眉在台上，陈继鸾在台下，她站在那里，静静地望着台上的那个男人，双眸凝视着他，带着几分不动声色地……爱慕吗？

“三爷？三爷！”耳畔传来密斯李的声音，“你在看什么？”

楚归再看，前面那街上已经没了三个人的影子，楚归低头，望着密斯李天真妩媚的表情，心中那股邪火忽地又席卷而起，几乎是咬牙切齿地说：“你先头说，你想跟我上床是不是？”

第12章

妒火欲火

1

楚归的忽然提议让密斯李一阵狂喜，她垂涎了楚归这块鲜肉许久，一直只是围着他嗅来嗅去，连碰一碰都难得，忽然听到这样一句话，密斯李的反应可谓神速，她瞪着眼睛盯了楚归一会儿，便尖叫一声，张开双手扑上来就要抱住他。

密斯李人还没到，身上那来自法兰西的香水味儿却先一步袭击了楚归的鼻子，楚归嗅到那股浓烈的味道，脑中一昏，整个人在瞬间清醒过来，当机立断地往旁边一闪。

楚归虽然并非习武的良才，但到底也是半吊子的“练家子”，身手可谓敏捷，密斯李踉跄往前扑了个空，愣愣地转身，却见楚归正快步往回走，皱眉说道：“派人把她给送回去。”

老九挺身将密斯李挡下，密斯李无法承受狂喜之下的失落，像只弹跳力强悍的跳蚤一样在原地蹦跶，试图突破老九的防线把楚归叼回来。

可惜老九身为楚三爷身边头号忠犬护卫，是绝对不会容许密斯李再有机会“侵犯”自家主子的，只好委屈地豁出一身健壮肌肉承受密斯李的不屈不挠地阵阵撞击——一直到两个跟班及时赶来把密斯李架走为止。

楚归上了黄包车，心头一阵狂跳，竟然不敢回头看，隐隐地居然有些慌张：“我刚才是怎么了？”那一瞬间简直像是着了魔中了邪。

想到方才自己说的那句话，当时的心境，楚归一阵呕心，不敢相信是自己做出的事儿。

楚归知道一切有些不大对头，……不，不是不大对头，是绝对很不对头，黄包车上，他细细地把事情的来龙去脉想了一遍，然后总结出了引得自己不对头的原因是什么。

——陈继鸾。

正是那个在他面前谨小慎微在柳照眉面前自在露出笑容的陈继鸾，引得他心头大乱。

楚归想完这个，忽然又想起那个被他深藏的梦境，一瞬间惊恼交加，恼羞成怒。

接下来几天，继鸾总觉得楚归哪里有些不对，继鸾的直觉向来准确，但是面对楚归的时候却有些……

先前楚归对她通常是客客气气，除了有时候脾气上来会口不择言两句，可是最近，楚归时不时地会发脾气，发作得很是频繁。

发脾气也并非是因为正常理由，往往是因为一些鸡毛蒜皮让人忽略的小事，渐渐地那已经超出了普通发脾气的限度，而是吹毛求疵般地挑剔。

继鸾觉得楚归好似在针对自己，她也知道这位三爷的性情有些让人捉摸不定，便自然如以前一样，能忍则忍。

奇怪的是，以前她退让几句，楚归都也会极快地偃旗息鼓，但是这些日子不大一样，楚归发作之后，并没有释然的表情，反而更生气了似的。

可这并不是继鸾最担心的，相比较楚归令人难以忍受的挑剔，让继鸾最担心的，是这位主子有时候一言不发地坐在那里，等她发觉哪里不对然后看过去的时候，赫然会发现他正在一眨不眨地盯着自己。

于是两人的视线就会在那一刹那直直地对撞。

这种感觉有些惊悚，就好像你正好端端地平静行走着，拨开眼前的树丛却忽然看到里头有一只巨大的狮子不声不响地蹲在那里盯着你看……而且默默地看了挺漫长的时间……

继鸾有些不寒而栗，可偏偏楚归被“逮了个现行”之后都会不动声色地又转开目光去，让继鸾想问无从问起，低头看看自己身上没沾什么脏东西，伸手摸摸脸上似乎也正常……便只好也装作若无其事的模样。

而且除了这些反常之外，楚归忽然提出改一改继鸾的“保护”时间，早上依旧是那个点儿没改，晚上却又要多延长了一个钟头才放她回去。

继鸾担心祁凤，便很是迟疑：现在祁凤都不停怨念继鸾成了楚归的保姆，若是再多一个钟头，祁凤怕要造反。

因此继鸾就想着要“据理力争”，谁知楚归见她面露犹豫之色，不知为何蓦地大怒，指着继鸾叫嚣了好一阵儿。

继鸾只觉得他不可理喻，谁知楚归发作了会儿后，又极快地消停下来，只道：“你若是不放心陈祁凤，我叫老九派人过去跟他做伴就是了，最近城里有些人想着变天，你也不想我出事吧？”

继鸾心想：“那我也不能每日每夜地守在你身边儿啊。”她虽然嘴里不说，但刚被楚归狗血淋头地骂了一顿，心里也不好过，她再好脾气，也有些受不了，脸色自然也好不到哪里去。

继鸾便道：“三爷这里有九哥还有好些兄弟……晚上三爷又不出门，该不会有人这么不长眼上门来挑衅的。”

楚归叫道：“谁说的！昨晚上……不就有人来……闹事？”说着便给旁边的老九使了个眼色：“要不是老九见机行事，我现在还会好端端地站在这里跟你说话？”

继鸾没想到真有这事儿，甚是意外地看向老九，老九反应倒也极快：“继鸾姑娘，三爷说的是真的……情形的确危险。为了三爷的安危着想，你还是答应三爷吧，横竖只多一个钟头而已，回去的时候我也叫弟兄们陪着你。”

楚归听到这里，便道：“不然这样……我看你们那屋子住的也不甚舒服，不如你就住在这儿吧！也横竖来去的麻烦。”

继鸾跟老九双双大惊，继鸾忙道："三爷，这可万万使不得！"

楚归顺嘴说出这句，说完之后心中却一动，就好像这是个好法子，把他方才的浮躁也慢慢地压了下来，便道："怎么使不得？一举两得……那个……反正这宅子够大，老九不就也在？你跟你弟弟都住在这里也无妨。"

继鸾只觉得此事大为不妥："三爷，真的不用……那个，我答应三爷多留一个钟头就是了。"

楚归忽然间想出那样的解决法子，哪里肯轻易放弃，便道："继鸾你想一想，这对你我都好，何况住在我这里，比你那破烂暗巷子楼舒服多了。"

继鸾嘴角一抽——房子自然是舒服的，怎奈这个人却是个不好相处的，何况她到底是个女子，拖着弟弟住在楚归宅子里，怎么也不像回事。

是以继鸾绝对不肯答应这提议，楚归很不高兴，幸好她虽不肯答应住在他家里，却也同意多留一个小时，便暂时悻悻地不再强求她。

继鸾迫于无奈地答应了楚归，其实她也知道锦城里的确有些不大太平，原先锦城的黑道龙头们几乎都以楚归马首是瞻，但不知为何，最近竟有些人暗地里蠢蠢欲动。

只不过这件事是真的……但楚归说的有人晚上上门来袭击，却是有些出入的……

等继鸾知道楚归和老九所说的那"危险之极"的一次袭击不过是密斯李喝醉了冲上门闹腾……已经是数天后了。

而在继鸾家中，果真祁凤听说这件事很是不高兴，在家中也大叫了阵，骂楚归是胆小鬼，继鸾自知道亏待了他，便也随口附和着小小地骂了楚归几句。

祁凤发作了一阵，便开始动脑子，问道："姐，你看他把你留得这么晚，他是不是有什么不可告人的心思啊？"

继鸾怔道："说什么呢？"

祁凤道："他身边儿不是有很多保镖吗，用得着把你看得这么紧？姐，我看他大概对你有些不怀好意……"

继鸾听了这话，却笑了出来："胡说什么呢，这绝对不可能。"

"怎么不可能？"祁凤望着继鸾，在他眼里，继鸾算是天底下最好的女人，但祁凤年纪小点，故而才往这方面想，一想到这个念头就越想越觉得很有可能，当下紧张起来，"姐，你可不能跟他……那个啥啊……他不是什么好东西。"

继鸾对此嗤之以鼻，祁凤见她不以为意，便拉住她胳膊一摇："姐，你可听我的，……我看，你要真的选姐夫，那个柳老板也比他强。"

继鸾听他忽然说起柳照眉，顿时有些脸热："越说越不像话了啊。"

祁凤道："怎么不像话，我看柳老板对你可是真上心，人挺好的……上回还请我们吃饭，我可不是瞎子，他老给你夹菜。”

继鸾忍不住捏住祁凤的脸：“他没给你夹菜？我看倒是比对我还殷勤。”

祁凤被扯着脸颊肉，吐字有些不清，却仍然锲而不舍地笑着：“那是因为我是姐唯一的弟弟，他当然要讨好我啦，哈哈哈……”

开始的时候还霹雳火似的，最后却是欢喜结局，继鸾见祁凤不再纠结楚归那件事，倒也是松了口气，末了祁凤抱着小黑睡去了，继鸾望着窗外射进来的闪烁光芒，想到祁凤方才说的话，心里模模糊糊地欢喜着，不知不觉便也睡着了。

日子便在楚归的时而反常之中又过了两天，这一日，楚归正在商会坐镇，老九从外头匆匆进来，道：“三爷，不好了，出事儿了，黑水堂的兄弟跟铁拳帮的人打起来了……”

楚归没事儿的时候，继鸾就在旁边坐着，此刻便看过来，却听楚归慢悠悠道：“黑水堂不是汤博看着吗，他怎么不管？”

老九皱眉苦道：“三爷，要不怎么叫出事儿呢，领头去的人就是汤博。”

楚归一听，这才有些色变。

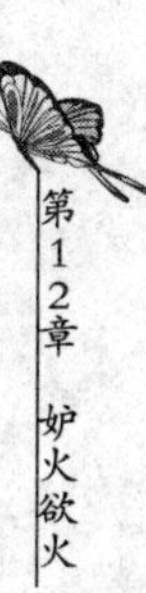

2

汤博是仁帮黑水堂的堂主，是楚归亲自选的人，为人谨慎稳重，是个保守老成不肯惹事的性子，所以楚归第一反应才是汤博为何没去理事，怎么也想不到领头的就是他本人。

老九道：“三爷，你别生气，先听我说，这件事应该不是汤博的错。我听黑水堂来报信的兄弟说，是铁拳帮的人先犯界的，他们……把汤博的婆娘给……”

楚归变了声调：“什么？”

旁边继鸾也站起身来，老九放低了声音道：“听说是糟蹋了……”

楚归深吸一口气。

从会馆赶到市北最快也要半个钟头，楚归到的时候，帮会血战却毫无停歇的势头，反而越闹越大。

铁拳帮的人听闻消息都纷纷赶来相助，很快黑水堂就有些无法抵挡，距离黑水堂最近的是赤火堂，先前得知这个消息还不敢轻举妄动，只想等楚归的命令，谁知道铁拳帮援军赶到，黑水堂眼看越来越吃亏，赤火堂的堂主廖泽本就不是个好脾气的，当下一拍桌子：“兄弟们都给我上！”

就像是惹了马蜂窝，数百人缠斗在一块儿，把周遭几条街都吓得人影无踪，警察们也都不敢靠前，只有喊杀声冲天，地上脚踩处都是斑斑血迹。

楚归到了之后，见现场混乱之极，老九当机立断踏前一步，几个兄弟同时抬臂冲天放枪，枪声把人声压了下去，现场才逐渐地平静下来。

还有几个不依不饶的，老九直接举枪毙了，有人回头要拼命，忽然看到黄包车上的主儿是谁，登时就没了气焰。

极快之间，现场已经鸦雀无声，只有受了伤的人还会发出忍不住的一两声呻吟。

对面看着场子的，是铁拳帮杨茴峰之子杨于紊，见状便起了身，越过众人来到楚归身前数丈之处，一举手道："三爷，您来了！"眉眼里带着戒备跟冷意。

楚归正从黄包车上下来，一抬头见了他，便笑道："哟，杨少帮主，原来您也在这儿……这是怎么回事儿啊？"笑得一脸阳光灿烂。

杨于紊一怔，继而也笑道："三爷，我也正纳闷呢，好端端地，贵帮的两位堂主就冲了来，二话不说就开打……三爷，平日里咱们的交情怎么样？这两个人这么过来闹腾，真是一点面子也不给。"

楚归笑道："那可真是。"

在场的一干人等静默无声，楚归说完，便淡淡道："让汤博跟廖泽过来见我。"

此刻汤博跟廖泽其实都已经过来了，汤博人受了伤，半条腿满是血，头上被谁打了似的，也流着血，拐到楚归面前，哑声道："三爷……"

楚归道："汤博啊，素日你可是个稳沉的性子，今儿这是怎么回事儿？"很是和颜悦色。

汤博垂着头，忍着泪，凡是跟着楚归身边儿的，都是深知他性子的，听了楚归这声音，便道："三爷，我给你惹事了，你杀了我吧。"

旁边廖泽叫道："三爷，不是这个事儿！是这个畜生把他的老婆给糟蹋了……大妹子烈性，就寻了短见！这事儿是他们理亏！"

汤博低着头，血一滴一滴跌在地上，伴着泪，咬着唇死也不肯啜泣出声。

楚归面色却依旧如常，听了廖泽的话，便去看杨于紊："杨少帮主，你瞧他说的，可真有这个事儿？"

杨于紊干笑两声："三爷，我也不知道那是汤堂主的婆娘……那个女人先前是万花楼里的婊子，我的老相好儿了……本来想再快活快活，谁知道她居然想不开……"

汤博死死地握着拳头，他帮中的一个副堂主吼道："嫂子早就嫁给我大哥了，正正经经地下聘行礼八抬大轿进门的，你这个畜生敢说不知道？"

杨于紊道："我知道汤堂主娶亲了，但却不知道是娶了个婊子啊……"跟着他的一干铁拳帮众人哈哈大笑。

楚归也淡淡一笑，转头看向汤博："汤博，你怎么不说话？"

汤博道：“三爷，我知道我做错了，可是我不后悔……我非要宰了这个畜生不可。”

楚归听到这里，便上前来，一脚踹在汤博胸前。汤博往后一倒，楚归跟着过去，用力在他身上踢了数脚：“混账东西！你还知道错！”

众人大惊，唯独杨于紊跟一干铁拳帮的人面露得意之色。

老九不知道要不要去拦，继鸾在旁边站着，虽然眼前一片惨烈，而汤博跟杨于紊的纠葛也叫人震惊，但对她来说最要紧的是照料好楚归的安危……

可是另一方面，继鸾心中却也暗暗地在想：面对如此场景，楚归会如何料理？

没想到楚归竟出手打汤博，继鸾大吃一惊，继而不由地皱了眉，心中很是不舒服，可也不能出手干涉。

楚归踢了汤博几脚，汤博不敢躲，廖泽却忍不住，叫道：“三爷，您不能这样！”

楚归气咻咻地停了手，伸出手指一点廖泽，廖泽对上他的双眼，急忙又低下头不敢再出声。

楚归这才又看向汤博：“知道我为什么打你吗？”

汤博忍着：“因为我做错了事。”

“你知道个屁，”楚归咬牙骂道，“你连自己的女人都护不住，你算什么男人！”

在场的所有人忍不住都惊呆了，汤博本来一直都低着头不语，闻言猛地抬起头来，楚归指着他骂道：“混账糊涂东西，我仁帮的脸面都给你丢尽了！”

汤博听到这里，一直强忍着的泪哗啦啦地冲了出来，往前一扑抱住楚归的腿：“三爷……我不是人，我不是男人……我们原本是同村的，她命苦……但她真的是个好女人，一直想跟着我好好过日子，她已经有了两个月的身孕了！三爷……却都给这个畜生，她觉得对不住我才……”

堂堂七尺男儿，素日里谨慎稳重的一个人，居然哇哇大哭起来。

在场的众人听到这个，有人便红了眼眶。

继鸾正意外于楚归的反应，听到这里，心中便又一沉，看向杨于紊的眼神里尽是嫌恶鄙夷。

旁边的杨于紊一惊，这才回味过来事情不对，变了脸色道：“三爷，您这是什么意思？”

“什么意思？”楚归回头看他，脸上带了一丝笑意，“杨少帮主，你大概是没听说过吧，我这个人格外的护短，谁要是敢动我帮里的弟兄，我要他吃不了兜着走。”

杨于紊皱眉道：“三爷，您是不想善了吗？为了个婊子货？”

廖泽听了楚归的话，心里已经明白过来，又是感激又是大有底气，当下喝道：“闭上你的鸟嘴！”

楚归不去理会杨于豢，抬手在汤博的头上一按："汤博。"

他的声音并不大，汤博却神奇地打住了，只是满脸的血泪："三爷。"

楚归望着他，道："你要是还有点血性，就过去，把那畜生宰了给你女人报仇。"

杨于豢大惊失色，往后一退。

汤博身子一震，二话不说支撑着伤腿起身，转头瞪向杨于豢，两只眼睛都被血染得通红，显得狰狞之极。

杨于豢心头发颤："三爷，你这样可就撕破脸面了！"

楚归仰头一笑："跟我讲脸面，你还不配！婊子还能有情有义，你他妈算个什么鸟东西！"

杨于豢道："姓楚的，你行！你真当锦城就是你一个人的？来人……"杨于豢一声唤，他身边的铁拳帮的人蠢蠢欲动便要上前。

楚归冷冷一笑，道："谁敢为了这个畜生给我动上一动，就是跟我整个仁帮为敌，哪个不要命的，只管出来试试看。"

一双极漂亮的眼睛往前一扫，杨于豢身边儿的那群人双脚如钉在地上，一步也不能动。

杨于豢大怒："干什么？别都给他吓住了！给我上……"揪住一个人，便扔在地上，那人踉跄起身双腿发抖。

有两个杨于豢贴身的帮众不顾一切上前，还要动手，老九亲自出面，还不等众人反应过来，干净利落地将人制服，手在两人颈间一拍一转，那两人颈骨错位，哼也不哼地倒地而亡。

"没听见我们三爷的话吗？"老九轻蔑地往地上的尸体上啐了口。

杨于豢见这势头，浑身发抖，他身边的铁拳帮的人尽数吓住了，竟没有人听他呼喝。

此刻汤博已经一步一步走了过来，杨于豢望着他浑身带伤的惨状，咬牙道："你当我会怕了你？"从旁边夺过一把砍刀便冲了过来。

汤博竟并不避让，杨于豢一刀劈中他肩膀，心中一阵狂喜，想道："我把这混蛋杀死那楚三就不会……"

颈间一阵剧痛，竟然是汤博伸手将他的脖子掐住，杨于豢一惊，想要拔刀再砍，刀却似乎卡在了汤博肩膀的骨头里，汤博手上一扯，把杨于豢扯过来，双手掐住他的脖子，用力之下，手臂青筋爆出，竟然把杨于豢掐得双脚渐渐离地，眼珠几乎都凸出来，气息渐渐微弱。

在场的人都悄无声息地看着这幕，也不知是谁先喊了声："杀了他……"继而第二个，第三个，所有人都齐齐地在叫："杀！杀！杀！"声音雄浑连成一片，连地面都在震动似的。

铁拳帮众人魂飞魄散，纷纷跪倒在地。

汤博却没有直接将杨于紊掐死，在他将死没死之时松手。

杨于紊跌在地上，好不容易喘了几口气反应过来，便往后退："有话……好好说……"

汤博回手，握住自己肩头上卡着的那把刀，用力拔了出来，鲜血横飞，溅了杨于紊一脸。

杨于紊惨叫一声，魂不附体："别这样……放过我……汤堂主……三爷……饶命！来人，救命！"

汤博的泪从脸颊边滑下来，咬着牙说："她当时也这么求过你，你饶了她了吗？"

杨于紊心神俱震，汤博挥刀，用力砍下，一刀一刀凌迟似的，杨于紊的惨叫声起初极高，后来便慢慢地嘶哑无声。

继鸾自始至终都在旁看着，她虽然走惯江湖，但如此残忍的场面却从未见过……可是这场面却……但这件事并非是她能插嘴的，于是便竭力不去看，不去听，目光原本盯着地上，不知不觉地望见那一角沾血的华丽袍摆，继鸾知道，那是楚归的，于是目光忍不住往上，一直落在那张神情淡漠的脸上。

虽然身在修罗场，执导着这场杀戮，他的表情，却似所有事情都跟自己无关似的冷清淡漠。

也忽然在这个时候，继鸾才又记起，当初跟他照面，黄包车上的那个人……亦是如此，那时候他身上散发着一种令她望而生畏的气息，一直到今日此刻，继鸾当日的预感，终于被一一验明，但虽然明知道这个人不可靠近，却还是阴差阳错地到了他身边……如此不可捉摸的命运，以后还会发生什么？

楚归回眸，便对上继鸾的双眼，继鸾望着那双黑白分明带着寒意的眸子，心竟悄然一颤。

3

杨于紊是铁拳帮杨茴峰的独生子，从小娇生惯养，平日几乎要横着走，在锦城也算是兴风作浪的头一号人物。他不似楚归，楚归应酬交际，都是公事，私生活倒是清简干净得令人发指。但杨于紊不同，嫖娼宿赌欺男霸女无一不全，但因为杨茴峰背后撑腰之故，从小到大的恶行不断，却也没有人敢动他。

却不想天道轮回，今日一遭，终于碰到煞星，把昔日所有的恶行所背负的种种血债尽都用命偿了。

刚回了会馆，楚归便道：“从现在起，叫五堂的人都戒备起来，这段日子行事多长几个心眼。”

老九二话不说就去传达，室内一时只剩下了继鸾跟楚归。继鸾只觉得这时候自己不好就坐，便只站在门边上，默默地让自己假作不存在似的。

楚归在桌子后面坐着，他似乎是在想事情，双眸专注地望着桌面，长睫毛似乎都一动不动，这个动作让继鸾觉得安心。

继鸾不作声，甚至呼吸都极低，静静地打量着他。

帽子在进门的时候除掉了，楚归的长发有一缕略微散开，滑在鬓角顺着脸颊垂在胸前。

这一瞬间从继鸾的角度看过去，美人华服，古色古香，静谧安然，真真是一幅极精美的图画，然而在之前领教了楚归“破坏”画面的能力，继鸾对这幅画的保存时限有极不乐观的预计。

出乎意料地，楚归大概想了小半个钟头才抬起头来，在此之前继鸾早就不动声色地将目光移开，看起来就像是从没有打量过他一样。

楚归望着她漠然的神情，嘴角却一挑，道：“你怎么不坐？”

继鸾这才低头道：“三爷，我站着就成。”

“不是因为方才，吓着你了吧？”

继鸾轻轻一笑：“不至于。”

楚归哈哈一笑，仰头靠在椅背上：“我瞧着也是……你不是那种等闲就会被吓破胆的女人。”

继鸾对此只好淡淡地说声：“谢三爷夸奖。”

楚归扫了她一眼，继鸾见他仰着头靠在椅背上，露出微微凸出的喉结，双眸却闭起来……又是一幅不同的画。继鸾看他这模样像是个又要闭眸沉思的，便暗暗地希望他沉思得久一些。

没想到楚归保持着这个沉思到睡着的动作，却开口说道：“最近有些人……私底下在生事，不怎么太平。”

继鸾没想到他会出口，便“啊”了声，这些帮会的事儿，其实跟她无关，她只负责楚归而已。

楚归道：“我本来应该想到的……当初汤博跟那个女人结婚的时候，我就觉得哪里有点不对，现在才知道，那是感觉要出事儿……”

继鸾更是想不到他会说这句，皱着眉想了会儿，道："三爷……人毕竟不是神……"

楚归隐隐地笑了声："人的确不是神，但是只要再多想想……大概就会想通了，只不过……大概我当时……就像是那个畜生说的，到底是对那个女人有点儿嫌弃的，觉得配不上汤博……所以就算觉得哪里不对，却也没用心去想……若是能早点多用心想想……那估摸着……"

继鸾听他的声音竟似有几分愧疚，心中一震。

楚归叹了口气："今儿看到汤博那样……唉，我这头怎么这么疼。"

继鸾想安抚他几句，可是以他的身份，还真轮不到她来安抚，更何况她也不知该怎么说，便道："三爷，我叫人给您沏壶茶吧？"

楚归道："不要……"

继鸾没了法子，楚归便不再开口，只是仍旧半仰着头靠在椅背上，室内又开始沉默。

只不过沉默了一会儿，楚归道："你是我身边的人，这几日你晚上不必那么晚回去，还依照以前吧……只不过回去的时候叫两个弟兄陪着。"

继鸾一怔：他这是……在担忧她的安危吗？

继鸾还没反应过来，楚归却又轻咳一声，道："你过来……给我揉揉头。"

继鸾又惊："三爷……"她哪里会这个？就算是会，这……毕竟该有点儿避嫌吧，这个动作似是有些太过亲密了吧。

继鸾站着不动，楚归唤道："继鸾……"

继鸾呆了呆，听他又说道："我真那么可怕……会吃了你吗？"

他说话的时候仍旧是半仰着头的姿势，声音便显得有些低沉，继鸾想了想，无奈垂眸，先转身去洗了手，拿毛巾擦干净了，双手搓在一块儿稍微弄热了些，挽好袖子，才走到楚归身后。

继鸾望着近在眼前的这幅画，头发从太师椅的空隙间滑出来，他的脸是极白皙无瑕的，双眉像是修过，因闭着眼睛，那长睫毛齐齐地翘着，眼尾略微往上挑……

继鸾不安地吞了口唾沫，双手抬起，却有些难以下手，正在迟疑着该从哪里开始，手在楚归的太阳穴跟额头处移来移去地找地方，楚归却忽然睁开了眼。

继鸾吓了一跳，整个人没来由地便僵住了。

四目相对，这人美得近妖似的，眼神更加明亮而奇异地："在干什么？你是在掂量怎么弄死三爷不成？"

他的声音里带着一丝笑意，继鸾忍不住便也露出笑容，那笑一闪即逝，又极快地恢复面无表情："我只是怕冒犯了三爷。"

"来吧你，啰嗦。"楚归望着她，将那一抹乍现的笑印入眼底，心里先前那一丝地酸涩，便在她那个一闪即逝的笑里头被安抚下去。

继鸾深吸口气，终于抬手按了下去，手指按在他的太阳穴处，轻轻用力揉捏，虽然从来没干过这活儿，但她是练太极出身，手上的功夫正是上乘的，只要细心地去做，倒也不难。

楚归感觉那手软而温暖，只是哪里有些粗糙地，幸好力道刚刚好……太阳穴处暖洋洋地，额头被那纤长而有力道的手指照料着，原先那阴阴冷冷地一股痛也散开了去。

他很想睁开眼睛看一看此刻的继鸾，他能察觉她是极用心地在替自己“按摩”，虽然她从来没有做过，但是他能断言她比任何人做的都好——虽然除了楚去非，还从没有人曾这么亲近地“照料”过他，而楚去非偶尔的爱心发现却又只落得被他嫌弃而已。

楚归极贪恋此刻这种美好的感觉，虽然想看看那人，却又生怕一个动作便打断了，于是苦苦忍着。

如此，他的脸上表情就有些古怪，又是舒服，又是有些艰难似的，睫毛也不停地微微发抖，像是要睁眼，又像是不敢睁。

继鸾察觉了，便赶紧放轻放慢了动作，问道：“三爷……是不是哪里弄疼了你？”

楚归“嗯”了一声，声音懒懒地，似乎有些撒娇之意，又带着一股不自觉的性感。

继鸾心头一跳，楚归反应过来，急忙道：“没有，挺好的……你……继续。”

他终于睁开眼睛看了继鸾一眼。

目光相对，继鸾有些不安：“三爷，我毕竟不会这个……”

她细看看他的额头，脸颊处，原本白皙如玉，此刻居然红了起来，继鸾自己心虚，难得地小声问：“会不会弄伤三爷？”

“扯！”楚归不耐烦，没有了那种恰到好处的力道碰触，让他很是烦躁，急着要继续，“当我是豆腐呐？只管按……”

继鸾哭笑不得，看看自己的手……练武的手，能好到哪里去，总是粗糙的，而他的脸，虽然不是豆腐，却也细腻得让她心惊，刚才按上去的那瞬间，那股触手嫩滑的感觉让身为女子的继鸾好生地羞愧，真个儿怕一不留心就像是豆腐一样会弄坏了。

但就是这样一个人……方才在那修罗场上，面不改色地指挥着那样一场屠戮……

杀了杨于萘后，楚归又命老九把跟着杨于萘曾去为恶的几个亲信拉出来当场杀了，那股毫不留情的狠劲儿……铁拳帮在场的帮众没有一个敢吱声的。

但是他站在那里，又美又煞地，简直令人想匍匐下来吻他的脚。

简直跟现在这位爷……判若两人。

继鸾尽量将手劲放得更轻，简直比动手打人还要艰难，自己只觉得浑身都出汗了，楚归却还不肯叫停。

继鸾偷偷瞧着太阳穴跟额头都被自己蹂躏得差不多了，偏生楚归还是一脸陶醉。这功夫似乎是不能打断他的陶醉的，会出事儿……继鸾无奈，可万一把楚归的脸弄花了，改天这位爷回想过来，遭殃的可还是自己。

她瞅着这张脸，想到曾经看过的书籍里头记载，隐约记得说是揉耳朵也会帮人缓解头疼……继鸾犹豫了会儿，终于将手往下滑，轻轻地捏住了楚归的耳廓。

继鸾还没有动作，楚归的身子猛地一震，继鸾反应极快，急忙松手："三爷……"果真是太冒犯了吗？

楚归满脸通红，直起身子来，竟然不作声。

继鸾的心怦怦地跳："三爷……我只是想……"

继鸾心头大乱：按照这位爷素日的吹毛求疵……他不会以为自己是在……怎么他吧？接下来会怎么样？一阵虎吼？

楚归咳嗽了数声，却只道："没、没事儿！我只是忽然、想到一件事……嗯……你先出去吧。"他抬手拢着嘴，说话含含糊糊地，也不抬头看她。

继鸾一怔：没怪她？可见不是件坏事，也顾不上细看楚归的脸色，急忙低头道："是，三爷！"赶紧地二话不说就往外走，手心还捏着一把汗，生怕这位反复无常的爷又把人叫回去一顿臭骂。

继鸾忙着出门，这边楚归却望着继鸾的身影消失门口，才长长地松了口气，一下儿瘫倒在太师椅上，半晌又抬手，试探着摸到耳朵上去，喃喃自语道："我……这是怎么了……怎么……"

当继鸾的手摸上他的耳朵的时候，就好像浑身都通过了一阵暖流，那股极为异样而强烈的感觉让他无法自控地发了抖。

"可是不难受，甚至……"楚归回味着，琢磨着，手指捻着耳垂，心里想着该继续的……或许，该找个时间继续的……想到这里，那张脸上才又露出了笑意，浑然不觉自己整张脸都已经是红通通地。

且说铁拳帮帮主杨茴峰听说独子被当场砍杀，整个人便昏死过去，醒来之后，便四处游走，毕竟他也算是锦城龙头里面老资格的，有些人自也会给几分面子，更何况虽然大部分的龙头听闻是楚归下的手不敢冒犯，可也有些人早就不满楚归年纪轻轻就能在锦城一手遮天……听闻此事，便要替杨茴峰出头。

经过杨茴峰一番游说，龙头会的帖子，在杨少帮主挺尸两天后终于送到了楚归的手中。

老九道："三爷，这个怎么料理？"

楚归望着桌上那烫金的帖子，哼道："怎么料理……他们想摆鸿门宴，老子可不是只

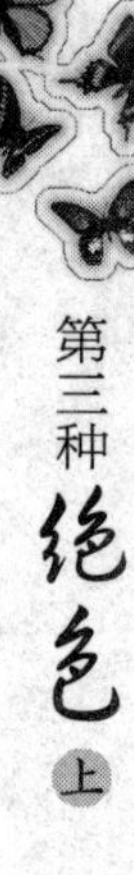

会跑的刘邦。”

老九道：“三爷，这段日子大爷不在家，他们是不是想趁机……”

楚归笑道：“他们要是以为我是靠大哥的，那可真是活该去死了。”说着便看一眼旁边的继鸾：“有没有胆跟我去鸿门宴？”

继鸾不动声色道：“三爷去哪我自然也去哪。”

楚归望着她就笑：“真不愧是我看中的人啊。”

老九在旁看着他笑得那春风荡漾眼波闪动的模样，只觉得自己脸都大了一圈儿。

4

这两日继鸾都没有去金鸳鸯，一来是太忙，二来是有些不便。

楚归特意叮嘱过她近来锦城有些不安定，宽限了她晚上回家的时间不说，还专门叫人护送，继鸾虽然觉得应该不至于这么快就波及到自己头上来，但却也知道让楚归如此郑重相待的必然不能小视。

因此继鸾特意不去找柳照眉，免得在这种非常时期连累他惹祸上身。

只是继鸾没想到，她不去找柳照眉，柳照眉竟来找她了。

这晚上回家，继鸾并未叫人相送，她对自己的警觉以及自保能力还是颇有几分自信的，一路上回到住处，才要进门，就听到里头有人说道：“时候不早，我该走了。”

接着是祁凤说道：“柳老板，你再等会儿，我姐眼看快回来了，这么晚一个人走路危险，还是再等等。”

继鸾早听出是柳照眉的声音，听两人说到这儿，便推门进内：“我回来啦。”

里头两个人各自喜出望外，祁凤先跳起来：“姐，你可算回来了。”

继鸾匆匆看他一眼，便又看向柳照眉，昏黄的灯光下他一袭浅白色衫子，发丝纹丝不乱，一张脸可喜耐看，像是从古书画里走出来的翩翩温润书生。

“柳老板……”四目相对，继鸾便有些拙言。

柳照眉正站着：“回来啦。”

祁凤看看继鸾，又看看柳照眉，低头把正在蹭继鸾裤腿的小黑抱起来：“别把姐的衣裳弄坏了……你这家伙……”非常鬼精灵地，抱着小黑顺势进了里屋。

继鸾这才咳嗽了声：“柳老板怎么来了？”

柳照眉道：“我瞧你这几天都忙……就来看看，近来可还好吗？”

继鸾拉了两张凳子，两人都在桌边坐了，继鸾忽地看到桌上还有几包点心，水果，自然是柳照眉带来的，便道：“就是略忙了些，还好……你怎么还带东西来？”

“想着给祁凤闲着没事儿的时候吃，”柳照眉轻声道，“我听说，三爷前日跟铁拳帮的人结了梁子？”

继鸾抬手取了个苹果，起身去旁边抽屉里取了把小刀，坐在桌边上慢慢地削着皮儿：“你也听说了？三爷正在处理这件事，应该还没完。”

柳照眉看着她垂眸安静地动作，锋利的刀片稳稳地在苹果上划过，果皮渐渐地变得很长，却丝毫不断。

柳照眉看了会儿，低声道：“是啊……我还听说，杨老帮主暗地里放话……要给他儿子报仇，我想，继鸾你在三爷身边儿……”要她离开楚归自然是不可能的，柳照眉只道，“你要多留神些。”

继鸾听到这里，手势才一停，抬眸看向柳照眉：“柳老板你……是为了这件事儿来的？”

柳照眉被她清澈如水的眸子一瞧，脸上有些发热，垂了眼皮，略有些自嘲地说道：“我……知道自己帮不上什么忙，不过是听了这些消息，心里头就有些发慌，虽然知道也没有用，不过还是想亲口跟你说说……求个心安。”

继鸾静静地望着他，灯影下他的表情略有几分惶然似的，继鸾看了会儿，才又垂了眸子，将那苹果削完，果皮落地的瞬间，抬手一抄便抄在了手中，放在桌子上。

柳照眉正垂着眼睛，眼前忽地多了枚干净的苹果，他听到继鸾的声音说道：“给你。”

柳照眉抬头，对上继鸾的眼睛，继鸾微笑：“我知道啦，我一定会多注意的，只不过……柳老板你也该多留意些，我这两天不肯去金鸳鸯，就怕会城门失火殃及池鱼……你倒是自己跑来啦。”

柳照眉身子一抖，额头垂了一缕发丝下来：“你是说……你不去是因为……”

继鸾笑道：“不用担心，三爷不是好惹的，跟着他绝对不会吃亏……吃吗？”

她将手中的苹果往前一擎，柳照眉看她一眼，抬手想要接过来，手擎起，却又缓缓落下。

继鸾一怔，柳照眉却又低头，就着继鸾的手，便在那苹果上轻轻地咬了口。

继鸾瞧着他这个动作，没来由地便有些口干舌燥地，隐隐不安，便转开头去，只不过手上那只苹果，也不知是该给他，还是……

柳照眉吃了口，道：“好吃，你也尝尝。”

继鸾的手真个儿抖了下，望望手中的苹果，又看看柳照眉，苹果多汁，汁水沾在他的唇上，显得双唇又水又粉，柳照眉见她不动，便略微倾身过来：“是嫌弃我吗？”

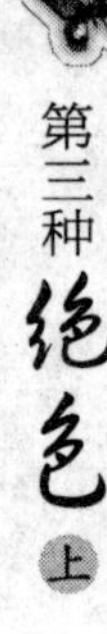

继鸾望着他略有些戏弄似的眼神，忍不住咳嗽了数声，手腕一回咬了口，只觉得一股甘甜入了心里，便也笑道："果真好吃。"

柳照眉望着她，他的心里头痒痒地，这些日子，心里想的念的都是她，只可惜想要亲近却宛如登天。他望着她吃苹果的样子，抬手扯了扯自己的袖子："继鸾……我有件事想跟你说。"

继鸾道："什么事？"

柳照眉迟疑着，终于问道："你……会不会嫌弃我……"

继鸾皱眉："怎么说这样的话？"

柳照眉踌躇着："继鸾，你知道我的出身……都叫我们戏子，身不由己地，本来我也没什么指望的。这样的世道，横竖能混一日便混一日，哪一天冷不丁地去了，也是有的……"

继鸾心头一揪："柳老板，怎么说这些！"

柳照眉苦笑："不是说假，就像是上回你救了我那件事儿……还有更多的呢，这几年浑浑噩噩地也就这么过来了，方才我说我没什么指望……一直到我……认得了你。"

继鸾猛地怔住，依稀有些明白柳照眉要说什么，心忍不住又跳起来："柳老板……其实我……"

柳照眉道："我也不知道为什么，就、就特别地……喜欢……"

继鸾脸红心跳，几乎想找个地方躲起来，耳畔模模糊糊地似听到些什么，却因为心神恍惚没有细想，耳畔柳照眉似乎还在说，继鸾却只觉得自个儿飘飘忽忽地，一直到里间传来小黑的仓促叫声。

继鸾扭头，看到小黑从里间冲出来，跑过自己跟柳照眉，冲着门口大叫，祁凤跟着出来："你这只不听话的……"

继鸾目光闪动瞬间，心头倒吸一口冷气，忙喝道："快带小黑回屋躲好！"

祁凤打了个寒战，来不及多想，飞身抄起小黑，扭身往屋内冲去。继鸾把柳照眉一把揪过来："快进去……"话还没说完，门已经被踢开，继鸾一错眼，见几个人抬着手臂，几杆黑洞洞的枪杆子冲着里面，火花闪动。

继鸾心都绷紧了，赶紧地把柳照眉往身后一拉，同时抬脚提起坐着的那张凳子，脚一挑一踢，那凳子嗖地便往门口冲去，虽然挡不住子弹，却暂时挡住了枪手们的视线。

眼前火光四射，继鸾心惊，只觉得手臂上似乎有一阵火辣辣地，她来不及看，扬声道："祁凤别出来！"又挑了另一个凳子过去。

继鸾知道祁凤是个急性子，听了枪响若是怕她出事便会冲出来，因此先喝止了他，果真祁凤听她一声，便乖乖地先同小黑一起伏地藏好。

电光火石间，继鸾顾不得再叮嘱柳照眉，见凳子扰乱了枪手，机不可失，万一等枪手们回过神来看准了后，他们就只是待宰羔羊任人处置了。

继鸾纵身便跃过去，这会儿那凳子正好落地，枪手们对准继鸾要开枪，却被她一脚冲天，干净利落地先踢飞了一支，出掌如电，将两人的手腕握住，只听喀喇一声，便断了两只手。

两个枪手大叫，先前那个挥拳迎上，继鸾不习惯开枪，三支枪落在地上，继鸾拿腿一扫，便同那人斗在一处。

身后柳照眉自知不该在这时候拖累她，便只贴在墙角站住。

谁知继鸾边同那人打斗，心中极为懊悔不安：不管这来袭的是谁，他们见到了柳照眉……以后万一对他不利的话……

继鸾想到这里，便下了狠手，决定速战速决，鏖战中那人一拳袭来，继鸾握住他的手腕，顺势往后一跃，引着他的身子直冲那窗口。

那人大惊，身不由己地撞向窗户，得了一头脸的玻璃木渣子，“嗖”地便从窗户穿了出去，抢向外头地面，这股势头冲下二楼，怕也是凶多吉少，只听一声惨叫过后便再无声响。

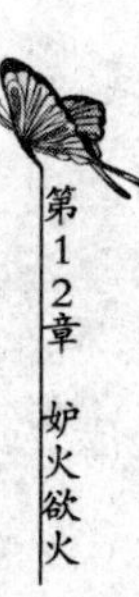

此刻剩余那两人各自动作，一人缠住继鸾，另一人便去抢那枪，幸而这地方不大，继鸾身法又快，她虽然动了杀机，可是却从来没有真的杀过人，便将其中一人拍晕过去，抬脚勾起地上的枪，先行点住最后那人额头，冷冷喝道：“谁派你们来的？”

那人来时本以为是极为轻易的差事，三个带枪的男人，处理一个女人一个孩子一只狗……那不是一个人出手就能摆平的事儿？却没有想到才一个照面反而被人家给摆平了。

被枪口顶着额头，那枪口上还带着浓烈的硝烟气息，那人双腿都软了：“是杨帮主派我们来的。”

继鸾并不觉得意外：“为什么对付我？”

那人道：“因为……”

继鸾将枪口一顶：“敢说半句谎话，毙了你！”她虽然不曾亲手杀人，但那股锐利决绝却是实实在在令人心生畏惧的。

那人发着抖道：“我说……就是！我们是……分头、分头行动……还有其他人对付……仁帮三爷……身边的人……”

继鸾听到这里，心中倒吸一口冷气，那人兀自相求：“女、女侠，是我有眼无珠，求你放、放了我……”

继鸾扫一眼地上那个，又看看旁边的柳照眉，心中着实为难：放了他，那么柳照眉势必也是铁拳帮的眼中钉了，不放他，杀人的事……

继鸾握着枪，犹豫不决，柳照眉从旁看着，望着她的神情，她一个蹙眉，眼神中的纠

结，他慢慢地懂了。

然后他看到她手臂上那一抹殷红。

柳照眉抬手，按上继鸾的手，他望着她，缓缓说道：“你别干这事儿。”

继鸾一怔，柳照眉道：“你去看看祁凤怎么不作声了？”祁凤是继鸾的死穴，她本能地转头看向里屋。

正一转头的瞬间，耳畔响起一声枪响，伴随戛然而止的惨叫。

继鸾一惊，才要回头，却听柳照眉道：“你别看。”声音依旧是有些温温柔柔的。

继鸾身子一僵，耳畔又响起另一声枪响，这回却没有惨叫声。

枪声散罢，柳照眉的声音在身后轻轻说道：“我不想你脏了手，而我……早就不干净了，所以可以做这些。”

继鸾回过头来，望见柳照眉朦胧的笑意。

昏黄的灯光里，地上两具尸体，他站在她的面前，刚刚杀了人沾了血，却兀自从容，仍旧是那个翩翩温润的人儿，只是眉眼里带一丝淡淡倦意，跟楚归不同，他就像是一幅怎么也毁不了的画儿。

第13章

喜怒无常

1

继鸾打量着柳照眉，心头滋味很是异样，正想说话，却听得外面一阵响动，她生怕又有杀手来，便赶紧把柳照眉推往里屋。

里头祁凤刚要出来，便又被继鸾推进去，这边柳照眉刚入内，门口有人探头道："这、这发生什么事儿了啊？"

原来屋内这一番闹腾，惊动了周遭的居民，房主起初听得声响不对，便缩着头在屋里不敢出来，后来听得没了声儿，才慢慢地出现，忽地看到地上死了人，顿时惊叫起来。

继鸾咬牙，看看手臂上的血迹，便找了块帕子，先扎了起来。

房主在屋内转了一圈，叫苦连天："陈姑娘，这可不得了了，非要报警不可……你们在这儿住就好好地住，怎么惹出这种事儿来？你这还叫我怎么放心租给你们，这儿死了人，以后也没人敢来住了啊！"

继鸾知道这些小老百姓图的便是个安稳，见了这模样吓坏是当然的，便道："您放心，这事儿跟您无关……我会处置的。"

房主先前也风闻继鸾跟楚归的帮派有关，虽然心里战战兢兢，但这些日子来却一直不敢为难她，但如今看窗门皆损，又死了人，一时胆战心惊也顾不得了："陈姑娘，你可别怨我，这地儿你可不能再留了，你若是再住下去，不知还会出什么事儿……我宁肯退些钱，你还是另迁别的地方吧。"

继鸾心头一惊，那房主求道："我真个不想再惹事儿了，陈姑娘，您就体谅体谅我吧。"

继鸾看着他哀求神色，哑然："那好吧，不过仓促间我不知要去哪，你还得容我找一找房子。"

房主道："这行，这行……"看着地上的尸体，一阵心惊肉跳，不敢再逗留，便出了门。

那房主出去后，邻居们不愿惹事，都也不敢靠前，听得没了声响，柳照眉才跟陈祁凤出来。

方才那房主的话柳照眉也听得明白，便只对继鸾说道："继鸾，这儿横着两具尸体，的确也不好住了……何况我也得回去，就先去我那里凑合一晚上好吗？"

陈祁凤抱着狗在旁边瞧着，也不作声。

继鸾垂眸片刻，终于发话："柳老板，不成的。"

柳照眉道："为什么？"

继鸾苦笑："本来不想牵连你的，这回差点却又害了你，若是再搬去你那里，若是出什么事儿……”

柳照眉冲口道：“我不怕的。”

继鸾又垂了眸子，静静说道：“我怕。”

柳照眉张了张口，喉咙里像是堵了什么似的，又苦，又甜。

继鸾想了想，这个地方的确也不能再住了，而且不能再留在这里，万一一拨杀手不成，又派别的人呢？何况若是给人看到柳照眉则更不好。

当下继鸾便叫祁凤收拾东西，幸好两人的行李并不多，简单收拾了两个包袱，各自背着一个，把门一带，护着柳照眉往外去。

楼道里一片漆黑，继鸾怕柳照眉不小心跌了，又怕有危险，便挽着他的手臂，柳照眉抬手，轻轻握着她的臂膀，忽然想到她的伤，便道：“继鸾你的伤怎么样了？”

继鸾道：“小伤而已，不碍事的。”

祁凤听见了，急道：“姐你伤着了？伤哪里了？”

继鸾道：“手臂上一点擦伤罢了，别听风就是雨的。”

祁凤黑暗中不言语，只伸手把继鸾的手也握住了，继鸾微微一笑，将声音放得柔和：“真不碍事，不然我还能在这儿跟你们说话？”

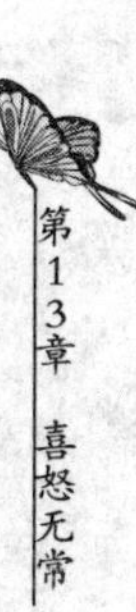

从楼道里出来，继鸾略一打量周遭，望见地上果真还躺着一具尸体，就是那从窗口撞出来的人，继鸾浑身绷紧，暗暗警觉。

此刻夜已经深了，万籁俱寂，三个人脚步匆匆地走过幽暗的巷子，只听到脚步声嚓嚓地在响。

三人各自提着心，屏息静气地，一直到出了巷口，外头的大道上才又见了三三两两地人影，继鸾却仍不敢放松。

柳照眉望向继鸾：“继鸾，这么晚了，就先去我那里过一晚吧？”

继鸾打量着路上没什么异样，把心一横道：“不行的……柳老板，我先送你回金鸳鸯，那里人多，他们针对的不是你，应该没有问题。”

柳照眉道：“那你们去哪？”

继鸾道：“我先找个旅馆住着……另外，我还有点事。”

柳照眉望着她的眼睛，忽然间心头一震：“你要去做什么？”

继鸾见他隐约有些窥破之意，便不瞒着了：“那人说他们对三爷的人动手了，我得去看看三爷是否安好。”

柳照眉只觉得自己的心沉了沉，半晌竟无法作声，旁边祁凤一直看到这里，便道：“姐，你要去楚三那？”

继鸾道：“我毕竟是他雇佣的人……不能知道他有危险却不去看看。”

陈祁凤知道她是个极有原则的人，便道：“姐，既然你要去，那现在就去吧，不要再耽搁时间，不过你要小心些，保护他固然要紧，但你自己却更不能出一点事。”说到这里，就拉起她的手臂，瞧了瞧那伤：“算啦，我知道你的脾气，你就去吧……至于我，也不去什么旅店，反正认得我的人不多，我就先跟柳老板一起回金鸳鸯，你看行不行？”

祁凤这番话却是说得极为有理，继鸾略一思谋：“那好，从这儿去三爷家经过金鸳鸯，我送你们过去。”

祁凤便笑：“姐，我好歹也是个练家子，再说他们针对的不是我们呐。”

继鸾道：“这夜深人静的……好吧，你们先走。”

祁凤知道拗不过她，便拉住柳照眉：“柳老板，我们走吧。”

柳照眉仍看着继鸾，继鸾望着他的眼睛，叮嘱道：“多小心。”

柳照眉冲她一笑：“好……你也是。”如此，便被祁凤拉着飞快地往前走了。

继鸾等他们走开了一段，才慢慢跟上，一边走一边端详周遭，一直目送他们两个到了金鸳鸯，看他们敲开门入内，她才放了心，开始往楚归的宅子飞奔而去。

继鸾一路飞快，远远地瞧见楚归门前两盏灯静静燃着，她略微呼出一口气，上前敲门，里头有人道：“谁啊？”继鸾已经跟门房认得，便道：“江叔，是我。”

看门的江老头听到是继鸾的声音，忙把门打开：“陈姑娘，这么晚了你怎么又来了，有什么急事儿吗？”

继鸾道：“三爷睡下了吗？”

江老头道：“方才有个人来过……才走不多久，这会儿怕是没睡吧……我去看看？”

继鸾心头一动，将他拉下：“先别惊动三爷，三爷没事就好，江叔，你帮我去找九哥吧？”

江老头痛快道：“好嘞，不过在这里站着不好，你怎么不直接进去呢？”

继鸾笑笑：“若是没事就不想惊扰三爷。”

江老头答应了声：“那你在这儿坐坐，我去找九爷。”

江老头提着灯便入内去了，继鸾站在廊下，张望内宅，瞧着一片安静，心想楚归大概是睡下了。

继鸾等了会儿，便听到脚步声，她只以为是江老头带了老九来了，便迎上一步道：“九哥……”

蓦地声音戛然而止，却见江老头提着灯，后面跟着的一个人，眉目如画，居然是楚归。

继鸾大为意外，怔然：“三爷？”楚归道：“你怎么这时候来了？”才一问，目光一动之间，变了脸色：“受伤了？”

继鸾没想到他只一眼就看到自己伤着，不由地把手臂往后一侧："不是什么大碍，三爷你还没……"

那一个"睡"还没说出声，就被楚归上前一把握住手腕，一声不吭地拉着往内就走。

继鸾吃了一惊："三爷？"楚归越走越快，一直拉着继鸾入了厅内，借着灯光先看一眼她的脸，又细细地看向她的手臂上。

继鸾道："三爷，真没事，我来是想跟您说……"

她这会儿心急如焚，那边楚归却只低头看着她的手臂，继鸾不经意转头扫了一眼，也惊了惊，原来整条帕子不知什么时候已经被血染透了。

想来也是，这是枪伤，她又没空儿处理，一路上又走得飞快，气血上涌，血自然奔流的快。

楚归高声叫道："快把我的药箱拿来！"声音里居然带有一丝怒意。

继鸾皱了皱眉，心头只念着得赶快把知道的事儿说了，便不管他，只道："三爷，方才有几个杀手去找我……我听说他们是分头行事，似是想要对您的亲信下手，三爷您要多加防范。"

楚归正解开那条帕子，血淋淋地扔在桌上，动作有些慢，一张脸更煞白如纸。

帕子去了，继鸾这才觉得疼，然而她说的这个消息十分要紧，楚归却好似没听见似的，继鸾心焦，便道："三爷，我怕你出事才来一看……顺便将这消息说给您知道，这伤我自己料理就是了。"

"你给我闭嘴！"楚归忽然暴喝一声，变了脸色瞪向继鸾。

继鸾吓了一跳，目光相对，她发现楚归的双眼发红，看起来就好像是"哭"过似的……可是他却是满脸暴怒神情，于是又有些不确切。

继鸾发呆瞬间，已经有佣人把药箱子拿来。楚归握着她的手臂，继鸾不知他到底怎么了，觉得整条手臂有些发麻，低头的瞬间，才看到他握着自己的手臂的那手正在发抖。

楚归去开那药箱，然而手抖得不成，几次都没打开，气得他手臂一扫，把旁边一套青瓷杯盘给扫落地上，哗啦啦碎成一片。

继鸾倒吸一口冷气，顾不得了，推开他的手便退后一步："三爷你怎么了？"

楚归盯着自己那双发抖的手，蓦地转过身去，背对着继鸾深吸几口气。

继鸾从背后疑惑地打量他，却见楚归很快地又回过身来，面色略见缓和："你说的我已经知道了……没事儿……"双手背在腰后用力互相狠狠搓捏了两下。

"既然没事，那我就放心了，打扰三爷休息了。"继鸾松了口气，低头道，"我该回去了，三爷也睡吧，明儿还有事。"

楚归抬手一挡："你别走。"

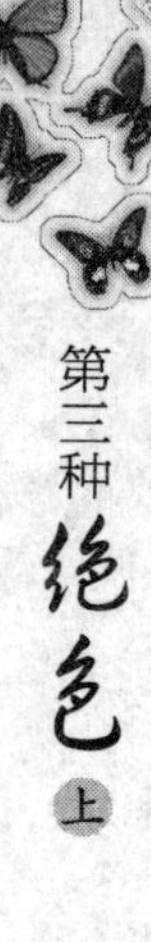

继鸾道："三爷，可还有事？"

楚归迈步上前，一步一步走到继鸾跟前，继鸾觉得他靠得有些太近了，正想要不要后退一步，楚归却伸出手臂，毫无预兆地将她抱了个正着。

刹那间，继鸾觉得自己好像变成了一根木桩子，浑身僵硬，目瞪口呆，不知道是不是因为流血的原因，头还有些晕晕地。

2

继鸾被楚归一抱，觉得自己彻头彻尾地变成了一捆柴。

继鸾有些僵硬地动了一下："三爷？您怎么了？"心里飞快地开始估量如果把他震开的后果会如何，然而楚归这么反复无常，难道是发生了什么事儿？

震惊太甚，不停猜测，继鸾竟有些忽略了这是自己头一遭被个男人如此紧紧地抱着贴着，正当她有些反省的时候，楚归却又松开手。

三爷的脸上带着一抹"恍惚"似的，眼神飘忽掠过她："没、真没事……我说你啰嗦什么……"

他说着说着，果真不负所望地有些恼怒起来，一把攥住继鸾的手腕："还愣着！上药啊！"

继鸾眨眨眼：刚才那个拥抱是怎么回事？

然而没有任何解释，楚归含糊那两句后便一把将她拉到桌边儿上，这瞬间又恢复了几分底气："我真怀疑你是不是女人……怎么能这么不把自己的身子当回事儿呢。"

继鸾想阻止他的动作，却又被他的言语弄糊涂了，她一时简直不知该怎么问他才是，便只好竭力镇静。

楚归将她的袖子掀起来，便又吸了口冷气，袖子底下的手臂上，正在手肘处，被子弹擦得豁出一道口子来，血汪汪地，惨不忍睹。

继鸾转头一看，也觉得意外，来之前还没有这么严重，事实上她也没有检查过，仓促间又怕祁凤看了大惊小怪，便只用帕子勒紧了了事，没有合理地救治又加一路急赶，这伤势恶化是必然的了。

但继鸾虽意外却不怎么惊愕，先前她也遇到些凶险情形，甚至比这个更有过之无不及，便只当小事一桩而已，看看楚归紧紧地盯着那处伤，两只眼睛瞪得空前绝后地大，平日里很难从他脸上看到疑似惊慌害怕的表情，这会儿倒是满足了继鸾的欲望。

继鸾心头苦笑，心里琢磨他这究竟是害怕见血呢还是为她担心呢，继鸾便尽量慢慢问道："三爷，真的不用为我……三爷，您真没事吗？"

继鸾被楚归弄糊涂了，楚归却也被继鸾气晕头了，手指头发着抖，几乎就想一指头戳死她了事。

然而望着那血呼呼的伤口，却也温和笑道："好好，你没事儿，我也没事儿，当然没事啦。"

他如此地笑，却更叫人不安，继鸾打了个哆嗦，心想这副笑面虎的模样也忒吓人，还不如先前龇牙咧嘴的样儿呢。

楚归暂时沉默，揪了个酒精棉球，在她的伤处轻轻擦过，酒精渗入伤口，继鸾到底忍不住，手臂一抽。

楚归瞟她一眼，冷冷凉凉地说："不是没事儿吗？瞧你那口气，我以为你不是陈继鸾，你乃是关云长再世啊。"

继鸾听他有些嘲笑似的口吻，无奈只好垂眸不去招惹，默默忍受便是了。

楚归用了十几个酒精棉球才将继鸾的伤口处理干净，然而他脸上的笑也渐渐地没了，仍旧板着一张脸，伤口弄好之后，便下了些上好的白药，才又仔细包扎妥当。

一番忙活，灯影下两人彼此相看，都发现对方面上有些亮晶晶地，继鸾是疼得出了汗，楚归是忙得出了汗。

"哼，哼哼。"楚归望着继鸾额头那汗珠，莫名其妙冷哼了几声。

正当继鸾想起身告辞，他却忽地一探手："给。"

继鸾怔住，却发现递过来的居然是一方帕子，继鸾看着那雪色的帕子汗颜："三爷，我不用这个。"不由分说抬起袖子把脸上一擦："三爷，我该走了。"

楚归呆着，生平头一次对人示好，却碰在了钉子上，便只瞪着继鸾："黑灯瞎火地，去哪？"

继鸾道："我只是来跟三爷报信儿的，祁凤……还在等我，我得回去。"

她一起身，楚归双眼中便透出怒色，继鸾将走，却又停下步子："对了，三爷，还有这个。"

楚归正以为她变了主意要留下，谁知转眼间就看她抬手往腰间一摸，手中竟多了一柄锃亮乌黑的枪。

"这个是今晚上那几个杀手留下的。"跌在地上的有两支枪，柳照眉带了一支，继鸾也拿了一支。

楚归本欲开口，见状却皱了眉，将手枪接过来，目光一扫，面上便风云变幻。

继鸾见他这个表情就知道他在想事情，便暂时不开口打扰，果真，楚归端详了会儿后，眼神一变似想到什么，扬声叫道："老九，老九！"

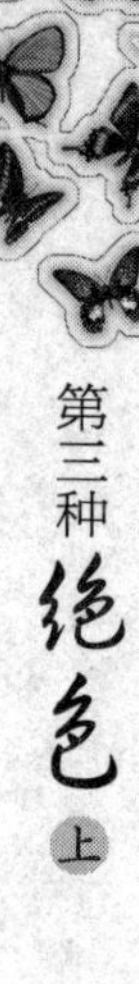

老九早就起身伺候着，不过只在外头，此刻听了动静才急忙进来：“三爷何事？”

楚归道：“计划有点变化，你过来……”老九上前，楚归低低说了几句：“事不宜迟，现在就去！”老九答应了声，飞快出了门。

继鸾见他如此，反倒心安：“三爷，我也一块儿走了。”

楚归道：“你别走。”

继鸾道：“祁凤……”

楚归说道：“祁凤还在家里？我叫人去接来。”

“不是！”继鸾忙道。

楚归怔了怔：“不是？”若有所思地看向继鸾。

继鸾本不想跟楚归透露祁凤跟柳照眉去了之事，此刻也不愿意透露，便只说道：“三爷，我真得……”

“老九出去了，这儿没人护着我，你去哪？”楚归不由分说地抛出这句，双目如电望着继鸾又道，“是了，有杀手去捣乱，自然不能再呆在那里了，那么，是在酒店里？”

继鸾见他居然自顾自地推测起来，心头大跳，知道楚归聪明，恐怕一时半刻联想到什么也说不定，忙道：“三爷……横竖他没事就是了。”

她如此一力退让似的，楚归心头疑云重重，将她上下一打量，忽然间没来由地打了个哆嗦，目光更是阴沉了几分，缓缓说道：“祁凤不在酒店……”

继鸾咽了口唾沫，明明此事她没什么可心虚的，但是……隐约觉得若是透露了真相，怕是会对柳照眉不利。

可是面对的这人是谁？楚归的手用力一握，道：“今晚上杀手去的时候，只你跟祁凤在屋里吗？”

继鸾听了这话，心头知道他多半好死不死地已经猜到了，她也无谓隐瞒，再支支吾吾下去便更显得有什么似的。

因此继鸾反而神色平静下来：“回三爷，不是，杀手去的时候，柳老板也在。”

话音刚落，就听得“哈，哈，哈”三声古怪的笑。

继鸾皱眉看向楚归，却见楚归没头没脑笑了三声，便斜睨她：“这深更半夜的，柳照眉腿儿跑得倒是挺勤啊。”

继鸾不知该怎么对答，便只沉默，楚归一步一步走到她跟前：“可我不大明白，他是去干什么呢？”

继鸾听他低低地问，想到同柳照眉相处的那些情形，便觉得脸上发热，可是这话不回却不行：“回三爷，柳老板古道热肠，知道我们在锦城没什么认得的人，故而去探望而已。”

"好个古道热肠……"楚归说罢，喃喃地低骂了句什么，饶是继鸾耳目过人，却仍没听清到底是什么。

楚归眯起眼："那现在，祁凤也跟他在一起了？"

继鸾道："是……因为我急着来探三爷，顾不得把祁凤安置在旅馆里，就劳烦柳老板带他一块儿去了金鸳鸯。"

楚归道："那你怎么不带他一块儿来呢。"

继鸾道："夜深人静地，不敢擅自打扰三爷。"

楚归道："那你这可是当我是外人，当柳照眉是……熟人了啊。"

继鸾抬头看他一眼，见他双眸沉沉望着自己。

继鸾不想跟他纠缠这个，便道："三爷，如今事情完结，我……"

继鸾还没说完，楚归就说道："我说了老九不在，再说祁凤跟柳照眉在一块儿该没事吧？你急什么？急着去金鸳鸯见'他'？"

这个"他"是谁，意义自然不言自明。

继鸾默默地，心里有些后悔自己来这一趟，然而事实上若是时间倒回，她还是会走这一遭的。

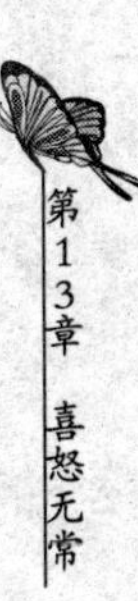

倒像是羊入虎口自找麻烦，继鸾暗中苦笑：既来之则安之罢了，楚归虽是老虎，她却不是待宰羔羊而已。

继鸾便道："既然如此，那我便留下来就是了。"

楚归道："还以为你是个痛快的人，没想到也还得让我费这劲儿……又不是没在这睡过。"

继鸾便又装没听见的，楚归却仍道："还有，上回我说让你跟祁凤搬来住，若是早应了我，岂不是没这回事儿了？"

继鸾见他说个不停，无奈低头，随口应付道："三爷说的是。"

"现在知道我说的是了？"楚归的声音里却也带着一丝无奈般，顺势就爬了上去，"不过既然你悔改了，那亡羊补牢，为时未晚，明儿我就叫人把祁凤接来。"

继鸾大惊失色，没想到他爬杆爬得这么顺溜，或许装模作样训斥她的时候已经就给她下了套了，就等她那敷衍一句呢。

继鸾苦道："三爷？这可使不得……"

"什么使不得？"楚归望着她，皱眉道，"难道你想让陈祁凤留在金鸳鸯？那是个什么地方你不是不知道，怎么，你瞧着那戏子好，想让自己的亲弟弟也耳闻目染地学那些个玩意儿？"

继鸾的脸腾地一下便红了，却又有几分恼："三爷，我没有这个意思，我自会找住

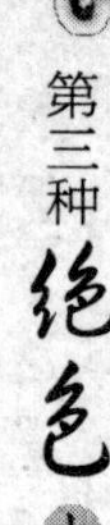

处……”

楚归见她面上多了几分愠怒，然而这脸红的模样却是前所未见，当下便看得目不转睛，又将语声放得柔和：“行了行了，我怎么会不知道你？我是故意说说气你的。”

继鸾哑然，几分气闷地看楚归，这人到底想干什么？一会儿戳她一下，一会儿又抚摸一下？

楚归望着她，推心置腹似地说：“你若是在外头找一万个地方，我的对头知道了，也必然不依不饶地找了去。这枪子可不长眼，你总不想祁凤跟着你再受这惊险吧？住在我这儿好歹有个保全，何况你跟我一块儿，就也不用再半夜三更来回奔波了……”说到最后，却又看向继鸾包扎着的手臂，眼中透出几分真切的温柔来。

继鸾折腾了大半夜，本来白天一整天就绷着，晚上那么晚回去，又遇到杀手，护送了人出来又飞似的赶来报信，还得耗神应付这位爷……整个儿风车似的没一刻消停的。

就算她自幼习武身体精神气儿都极强悍，但此刻也已是身心极倦了，撑到现在，实在不想再跟楚归对上，便只求他赶紧放她“退下”。

楚归啰嗦说了半天，见继鸾不吭声，便道：“答应了吗？那就去睡吧。”左右张望了会儿见没佣人，也不叫，只道：“还知道睡房在哪？我带你去。”不由分说地便又握住继鸾的手腕。

继鸾被他折腾得无计可施，若是反抗又得一阵耗，便只乖乖任由他拖着。

楚归领着她走到那门口，将门推开：“今晚上洗澡吗？……你有伤，就先不要洗了吧。”自问自答似的。

继鸾真真啼笑皆非，楚归领她进了房，继鸾本以为他转身自去，楚归却道：“伤口还疼吗？”

继鸾便垂眸：“不疼了。”

耳畔一声叹息，继鸾心想不如敷衍他几句：“三爷……”刚一开口，唇上竟忽然多了根手指，热热地，异样地压在唇瓣上。

继鸾正有些困倦，双眸一垂看清楚是什么，当即一下儿就精神起来，极快退后一步，几分警惕看向楚归：“三爷？”

楚归望着她，噗地一笑：“瞧你这样儿，不过是不想你再啰嗦罢了，行了，赶紧睡吧。”他说着便自转了身，伸手一挥，拉开门自去了。

继鸾怔怔地盯着那扇门片刻，见楚归并未去而复返，才松了口气，后退一步，衣裳也不顾脱便倒在床上，长长地又出了口气。

继鸾不知的是，就在她房间的门口上，楚归靠在旁边的墙壁上，死死地握着那根从她唇上滑过的手指，浑身不可遏抑地轻轻颤抖。

3

这晚上继鸾也累了，身子放松睡得沉酣，但同一宅子内，楚归在自己的房间内，坐在靠窗户边儿的躺椅上，时不时地晃一下。

他微微眯起眼睛望着自玻璃窗上透进来的淡淡月光，极美的脸笼在朦胧月色里，时而微笑，时而蹙眉，时而闭了眸子宛如熟睡，时而却又睁开眼睛若有所思。

继鸾睡足一夜，便恢复了精神，依旧早早地起身，正下了楼，就见楚归也缓缓地现身，才走两步，便打了个喷嚏。

佣人道："少爷，是不是晚上睡觉的时候着了凉？要不要给您熬一碗姜汤？"

楚归一摆手："不必了。"掏出帕子擦了擦，便也下了楼。

继鸾心里牵挂着祁凤跟柳照眉，却不知该怎么向楚归开口，两人一照面，楚归道："昨晚上我派了两个可靠的去照料着了，你就别牵挂着了，先吃点东西。"

继鸾知道他办事妥帖，比她想得更周全三分，便也不提回去之事。两人在一张桌上吃了饭，楚归擦了擦唇角："你的手臂如何了？"

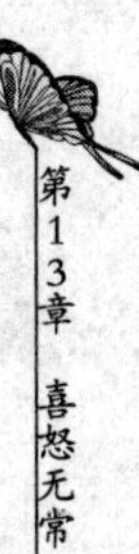

继鸾一抬手："无碍。"

楚归瞟她一眼："别大意，过来我看看。"

继鸾心想他那么爱洁，昨晚上却亲力亲为替自己料理伤口，那伤口狰狞，她自己个儿都看得皱眉不已，他倒是不嫌了？稀罕得很。

继鸾便道："三爷，真个不用，好多了。"

楚归叹了口气："不听话。"

继鸾心头咯噔一声，楚归却又皱着眉道："今儿去见那几个老不休的，我这心里担忧啊。"

继鸾忙问道："三爷有什么打算？"

楚归慢慢道："他们是应下招儿要对付我了，本来不该跟他们废话，派几个人尽数干掉。"

继鸾听他匪气十足地，便一笑，楚归却又叹道："只不过，还有几个跟我外公交情尚可，总要卖个面子给他们……你说是不是？"

继鸾道："三爷说的是。"

"说的是说的是，你还得真把我的话听进心里去。"楚归忍不住又叽歪了句，才道，"若是拼人的话，还真不在话下，我仁帮能把他们七帮八派的都灭了，只是今儿若是要三爷带一大堆人去，未免给他们小瞧了，说三爷先怕了他们。"

继鸾心头一动："三爷有何吩咐吗？"

楚归见她机灵，便笑了笑："我啊，琢磨着，只带你跟几个亲随去就行……可你偏偏伤着了，真让我不放心。"

他叹了声，不免又东拉西扯："早叫你搬过来住不就没事了？"

继鸾也不知他是真担忧还是只拿这件儿出来说事而已，想了想，便只说："我听三爷的吩咐，也请三爷放心，这点伤对我来说绝非大事，三爷只当跟平日一样便是。"

楚归望着她："你可真是投错了胎，应该是个男人的……"说到这里，忽然心头戛然一顿，又有个声音在心底窃喜似地悄悄滑过："可幸好……不是男人。"这念头掠过之时，心里头刹那就像是喝了蜜糖般地舒畅甘美。

两人吃过早饭，喝了杯茶，正欲出门，却又有个不速之客登门，竟然是密斯李。

密斯李像是一阵风，疯狂地刮进楚家大门，把看门的江老头撞得在原地像是陀螺般转了个圈儿，待站稳脚步，密斯李已经吹进客厅门口了。

楚归一看她来到，心中便想到一件不太光彩的事，于是更有心病，很不愿意跟她照面，然而却没有法子。

继鸾本被楚归逼着坐在对面，听人来便起身仍旧站在楚归身侧。

密斯李眼尖，却将这一幕看个正着，心里虽惊诧，但她的全部注意力都在楚归身上，便仍直扑楚归："三爷，你还在太好了。"

楚归哼了声，白眼看天："什么叫三爷还在？三爷好端端地好吗？"

密斯李笑嘻嘻地便要过来摇他的胳膊，楚归道："继鸾！给我把她叉出去！"

密斯李一听，急忙收手，反而跳后一步："行行，我不上前还不行吗？……哼，前些天还说要跟人家上……"

楚归一听，头大。真真哪壶不开提哪壶，正中他的心病。

原来自从那天他看到继鸾同柳照眉的光景后，邪火交加对密斯李说了那一句丢死人的话后，密斯李就变成了唐三藏，但凡是见了楚归必唠叨着提此事，上回更是喝醉了酒杀上门来，嚷着喊着要跟楚归睡，把江老头差点儿吓死，差点儿当她是邪魔附体了。

此刻楚归听了这句，当下喝道："住口住口！敢再说一个字就让你以后再也说不了话你信不信？"

尤其是当着继鸾的面儿，楚归忽然想也许早该杀人灭口。

密斯李被他冷冷地眼神一瞪，当下撅起了嘴："又不让人家碰，也不让人家说……哼，亏得我这么担心三爷，还特意来看你好不好……"

楚归像是赶苍蝇："你不来我就很好了……行了现在你看到了，赶紧走。"

继鸾在旁边看两人斗嘴，面上不动声色，心里倒是觉得颇为有趣，莫名想到一句话：一物降一物。

什么也不怕的楚三爷居然跟这样的小丫头对上……继鸾像是看一出戏。

只不过，看着看着，心里头却又有种异样而古怪的感觉，继鸾心里转了几转，便只看密斯李。

密斯李被楚归连番呵斥，换了别的女子早就败退，但她的脸皮却是令人叹为观止的厚，跺跺脚道："我是听说三爷你今天要去参加什么龙头会，我听人说……有人要对你不利，你千万不要去啊三爷。"

楚归却有点惊讶："你听谁说的？"

密斯李道："总归我有门路，三爷，今儿你别去，陪我逛街吧？"

楚归见她不提正事，便道："答应了再不去，当三爷是缩头乌龟了。行了，你的心意我收到了，我也要出门了，你走吧。"

密斯李见他去意已决，便叹了口气，有些无奈，叹气之时便看到继鸾，当下道："你是上次见过的那个……跟柳老板在一起的？"

继鸾不知如何称呼她，便只一笑抱拳。

谁知密斯李眼睛发亮："好帅气啊……比上次更好看了……你叫什么来着？"就要来拉扯继鸾。

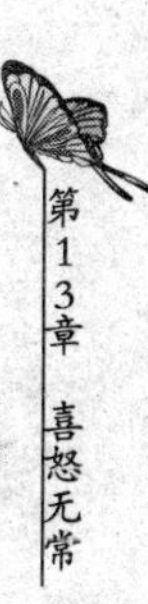

楚归忌讳她跟继鸾搭讪，见状道："行了！停！我们得出门了！"先一步起身，把继鸾拉到身边，止住密斯李。

密斯李脚步一顿："三爷……"目光落在楚归握着继鸾手腕的那手上："你、你……"

继鸾手臂一动，楚归却握着不放，继鸾便垂了眸。

密斯李很是震惊，她是知道楚归的性子的，不许别人碰一指头，然而此番却主动去碰一个女子……

密斯李看着两人，伸出手指在两个之间点来点去："难道……你们……"

她忽然倒吸一口冷气："三爷！难道你跟她……昨晚你是不是睡在这儿了？"起初是跟楚归说，后面一句却冲向了继鸾，貌似有点儿兴师问罪的意思。

继鸾怔了会儿，才反应过来密斯李是什么意思，她有心解释，却不知该怎么称呼密斯李，便道："不是如你所想……"

楚归却打断她的话，对密斯李道："关你什么事儿？她是睡在这又如何？"声音慢悠悠地，面上甚至带着一抹笑。

密斯李愁眉苦脸，看看楚归又看看继鸾，跺脚道："三爷你……好可恶！"她来去如风，表达完自己的强烈不满后便转身拔腿往外跑去。

继鸾忍不住将手抽回来："三爷，这样她会误会的，何况就这么让她走了，会不会有

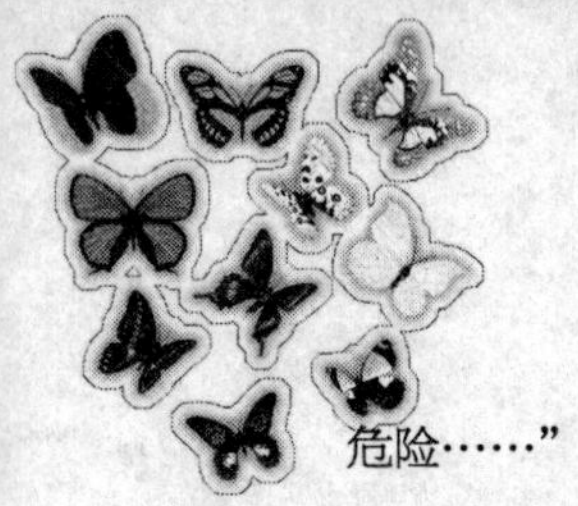

危险……”

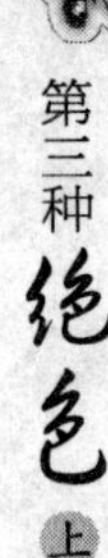

“谁要对她动手就赶紧地，我巴不得呢，省了我自己动手了，”楚归哼哼了声，又道，“她多半是去找我嫂子哭了，谁管她。”

继鸾总觉得他的声音里带着一股别样的轻快之意，倒像是心情不错。

继鸾却是心情复杂，看了楚归一眼，望着那脸上的一抹倨傲，默默地想道：“罢了，多半是我多心吧。”

打发了密斯李，楚归便跟继鸾出了门，带了四五个亲随，直奔龙头总堂，老九却不在旁边。

因为知道事态非同一般，再加上密斯李都特意上门警告，继鸾一路上极为警觉，丝毫不敢松懈，几个亲随也都腰中带着枪，虎视眈眈地。

这会儿，继鸾心中便觉得，楚归还是乘坐吉普车好些，毕竟那些车是铁皮的，能挡着一部分子弹，万一这会儿动起手来，黄包车却是不够看的。

相比较他们的紧张，楚归却仍旧一脸平静，丝毫不见任何的异样。

从楚宅到总堂不过是小半个钟头的路，走得却是步步惊心，终于有惊无险地到了总堂，楚归下了车，里头便迎出两个人来，热情洋溢地：“三爷，三爷您终于来了！”

继鸾站在楚归身边，眼睁睁地就看楚归一反方才的冷清静默，乍然地便露出了晴空万里似的笑：“久等久等，兄弟我来晚了！对不住对不住啊！”

第14章

绝战龙头

1

龙头会的地点是座极大的老宅，比楚归那座宅邸的年纪都大，据说极古早的时候是个大官儿之类的私邸，没想到后来时光流转，落到一帮混黑道的龙头手上，成为聚会之所。

宅子极为气派，有宽阔的院落，楚归常来常往，一路谈笑风生地跟人往内而行，继鸾头一遭来，却是看了个新鲜。

进了大门后，竟是从下往上的台阶，上了台阶，进了个小洞门，才见眼前豁然开朗，居然是座极大的院场似的，足足能容数百人在内。

这片园地乃是圆形，以坚硬的青石铺地，就在场地中央，却有一枚圆柱，足有三人合抱般粗细，耸然而立，大约有十几米高。

令继鸾震惊的并不只是这院子的布局，而是在这矗立的圆柱之上，更有一只威武狰狞的长龙盘旋其上，龙尾离地足有一人高，向旁边斜出似摆尾之态，龙的长身上鳞片宛然，一路往上，在距离地面足有十几米的高度上，龙首自柱体的顶端昂扬而出，带着一股蓄势待发的势头。

继鸾心中暗赞，也不知当初的工匠是如何的巧夺天工，整条偌大的巨龙雕刻得栩栩如生，冷眼抬头，就仿佛当真看到有一条巨龙盘在这石柱上，随时都要自这柱子上腾飞而去一般。

这院子之后，又过一道门，才见前头的联排屋宇，正中的厅堂敞开着门，可见里头人影憧憧，人声鼎沸。

楚归一露面，便有人扬声道："楚三爷到！"刹那间，所有声音便消失无踪。

楚归进门，那声音才重又轰然热闹起来，一群人团团围上来，有人行礼，有人寒暄，热闹得很。

继鸾站在楚归身边，望着他唇红齿白眉开眼笑地应付众人，那种面面俱到举重若轻挥洒自如地，难得他能口齿伶俐思维清晰到这份儿上，继鸾只顾着看周遭那些形形色色的脸容就已够了，那些或细或粗或忠或奸的声音此起彼伏，争先恐后地钻到耳朵里来。

寒暄了许久，还没有落座，就听到在一片欢声笑语里有个声音冷冷地说道："莫非大家都忘了今日的龙头会是做什么的吗？"

所有人的目光都看向一个身影，就在距离楚归十几步之远的地方，从椅子上缓缓地站起一个人来，身着一袭黑袍，瘦干脸，有一双阴鸷的眸子，正是杨于紊的爹，铁拳帮的杨茴峰杨老帮主。

那些乱七八糟的声音宛如潮水一般又退了下去，几个帮主很是识相地也都从楚归身边儿退了开去……

寒暄热场过后，大家伙儿心知肚明，都知道接下来正戏该上了。

只剩下楚归同杨茴峰四目相对，楚归瞧见杨老帮主的双眼里闪着刀光，雪亮而仇恨地向着他。

相对于杨茴峰的铁面寒眸，楚归却仍笑笑地，甚至有种“好久不见”的惊咋：“哟，杨老帮主您也在……方才没看见，失礼失礼！”对于在场的几位长辈，他从来都是这种面貌，让人挑不出什么错来。

先前杨茴峰也是这么觉得，他心里有些鄙夷楚归这小子太年轻、手段有些狠辣、仁帮势力越来越大之类，但他们这些老一辈的龙头，表面上却挑不出楚归的错儿也说不到什么。

不过他们一个个暗地里却觉得这个小子不过是运气好，有个外公替他撑腰打出名头才让他有了今天的“成就”……虽然有时候觉得楚归的手段挺“过”，可在他们眼里却始终还只是乳臭未干差一级的毛头小子而已……

一直到杨于亲被当众活生生砍死，杨茴峰才从楚归那张叫人挑剔不出什么来的笑脸上体会到深深的寒意，他发现自己一直都太小看了这个人，或者根本都是一直看错了……

杨于亲是杨茴峰的独生子，故而从小才娇惯得不可一世，锦城哪个龙头不给三分颜面？就算是把锦城的天捅破了也是寻常，做梦也想不到，竟一头栽在楚归手里，栽得如此彻底，万劫不复无法收拾。

杨茴峰想楚归血债血偿，想得铭心刻骨，短短两天内头发都白了一半，一方面是因为一定要报仇，另外却是因为这个仇居然很难报。

“小三爷，你不用跟我虚言假套了，”杨茴峰盯着楚归，像是要用目光把对方钉死了去，“你都把我的儿子给杀了，你跟我之间，还有什么‘礼’留下了吗？”

厅内鸦雀无声，杨茴峰的声音像是一把刀在磨刀石上蹭，发出冷冷飕飕令人牙酸齿冷的声音。

满满当当一厅的人，看杨茴峰，又看楚归。

楚归一笑，那表情竟像是有点儿不好意思似的：“对了，我差点儿把这件事给忘了。”

杨茴峰只觉得自己着了火，从头到脚，烧得难受。

楚归笑了笑，道：“怎么，瞧老帮主这个意思，是在记恨我呐？”

他的表情如此无辜，似乎潜台词是在说“你记恨我是很不应该的”又或者“无非是砍了个菜瓜葫芦罢了有什么大不了的”。

杨茴峰盯着他，声音都变了：“怎么，你把我儿子杀了，我不记恨你，要记恨谁去？我不记恨你，难道要感谢你？”

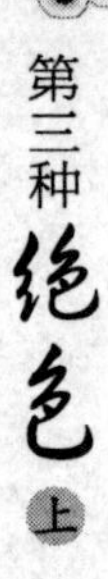

楚归露出沉思之色，旋即认真道：“那也不用感谢我……只是杨老帮主，你年纪也不小了，就别为了这些儿事弄得不快了，人走了就走了，要节哀顺变才对啊，”

杨茴峰只觉得匪夷所思，凄厉地干笑了数声，浑身有些发抖，按捺着道：“大伙儿都听到了，他这话是什么意思？他杀了我的亲生儿子，却在这儿毫无愧疚之意，反倒一股得意洋洋……还要老夫感谢他！列位前辈，兄弟，你们也都是有儿有子的人……劳烦请评评这个理，我是不是该谢谢小三爷杀了我的儿子？”

在座的除了几个是后辈的新起之秀，多半都是老辈的龙头，当下也觉得有些刺心，便有几个人站出来，道：“三爷，这是不是有些过了？都是拜过关二爷入了道的兄弟，你杀了杨老帮主的独生子，怎么也要道个不是？怎么能……”

杨茴峰厉声道：“赔不是？我怕是受不起！”

楚归却若无其事似的揣了手：“受不起受得起那就不用说了，我本也没打算赔礼。”

杨茴峰同那说情之人顿时色变，有几个资格老的也忍不住有些不悦。

楚归又道：“方才洪帮主也说过，都是拜过关二爷入了道的兄弟，那么我想问问，这兄弟妻，可不可以说逼奸至死，就逼奸至死？”

洪帮主摇头道：“这是什么话！自是万万不行！咱们道儿上的什么都可以干，却不能碰自家兄弟的女人。”

楚归道：“那么杨少帮主明知道他动的那个是我们黑水堂汤堂主的婆娘，还不肯放人，以至于把人逼死，这种行径，他该不该死？”

众人一时哑然，杨茴峰喝道：“那不过是个婊子！”

“就算是婊子，她进了汤家的门就是汤家的人，”楚归慢悠悠地说道，“在座的各位前辈、兄弟，收了青楼出身的可不在少数，那些女人难道活该都要给杨少帮主当婊子弄死？”

混黑道的男人多半都生冷不忌，甚至大多数人同青楼女子交往甚密，尤其是在座的几位资深龙头，更是连纳几房的青楼妾室，更有的爱逾性命，听了楚归这话便不免想到自身，顿时有数位变了脸色。

杨茴峰道：“你、你这畜生……你强词夺理！”

楚归冷笑，冷冷淡淡说道：“是不是强词夺理，在座各位听得明白。我倒是觉得，子不教父之过。杨老帮主，你养出了那么一个禽兽不如的东西，也辛苦了你……他死了倒好，也不用替他活操心了。对了，你心疼他被汤博砍了不是？跟你说明白了！汤博的婆娘怀了身孕，那孩子还来不及出生就被你那畜生害死了，连同汤博的婆娘两条人命，你那个畜生儿子一人偿命已经是极便宜他了。我不来跟你提这件事儿是看在道上兄弟和气的面子上，你倒是巴巴地跟我说起来没完了，你真当我楚归是好欺负的，那可是打错了主意！”

他原先总是笑嘻嘻地，此刻冷了脸说这番话，整个儿不怒自威，令先前那些被他笑脸迷惑的人忍不住猛打寒战。

楚归说到最后，便慢悠悠地落了座，一双眼睛盯着杨茴峰，几分不屑鄙夷，几分淡漠无情。

杨茴峰浑身发抖，竟似站不住般地，双手撑着桌面抖了会儿，喝道："我要你这畜生给我儿子偿命！"

杨茴峰大喝一声，将桌子一拍之后，周围几个人影迅速而动，竟将楚归围在中央，几个人手中都握着枪，指着楚归。

而与此同时，楚归身边那几个亲随也纵身而起，将楚归挡在中间，枪口对外，一瞬竟对峙起来。

继鸾自始至终都站在楚归边儿上，见状极快将场中情形扫了一眼，又看向楚归。

而几乎是与此同时，便有人站起来："杨帮主，不要冲动行事！"一人开口，数人也都齐齐地开始劝，然而杨茴峰那几个手下人并不为所动，杨茴峰道："这畜生害死了我儿子，还如此嚣张，我是无论如何也咽不下这口气。你们不敢得罪他，我无所谓，就算是豁出这一身，也要替豪儿报仇！"

有些被杨茴峰说动了的，便站在他一边，半劝半是要挟地让楚归表态。

另有几个龙头苦劝杨茴峰，场面分成两派。

继鸾看楚归一脸淡然，她便也不动，只看着周遭，以防有人趁乱行事。

一片对峙之中，楚归缓缓起身，无事人似的淡淡道："把枪放下，放下，子弹不长眼，若是飞乱了，伤了大伙儿就不好了。"

跟随楚归而来的几个亲信便把枪收了起来，这一会儿，杨茴峰还在叫嚣，却听得一个声音喝道："茴峰，你多大年纪了，怎么行事还这么毛躁，竟连小花这个后辈的气量都比不上？"

说话间，众人退了开去让出一条路来，就见一个身着褐色袍服的老者走了出来，一头的发竟然雪白，却纹丝不乱地抿往后面，脸上皆是皱纹，连那眉毛都有些雪色。

楚归一看，便躬身行了礼："晋爷。"

这位晋爷，算起来是锦城的龙头前辈，连楚归的外公见了他都要行礼，昔日对楚归也多有照料，锦城里敢叫楚归小花的人不超过三个，他却也是其中一个。

晋爷一发话自然举重若轻，杨茴峰虽然怒愤难平，却也不敢忤逆，当下围着楚归那些人便退了下去。

晋爷看看杨茴峰，又看楚归，道："这件事儿的来龙去脉大家伙儿怕是都清楚了，但这是龙头会，怎么能说打就打说杀就杀，毫无气度！"

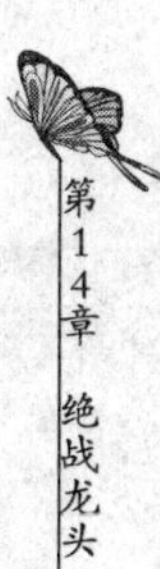

众人唯唯诺诺，晋爷看向杨茴峰：“你养的那儿子确实是有些不像话，闹来闹去到底是出事了吧，也跟你脱不了干系。”

杨茴峰敢怒不敢言：“晋爷，可也不能说杀就把人杀了……”

晋爷不理他，只又看向楚归：“你也是，就算是犯了错，看在都是道上兄弟的分上，好生教训就是了，怎么就利落杀了？”

楚归不言语。

晋爷一人打了一棍子，语重心长便道：“今日大家伙儿是来解决事儿的，不是来闹事儿的，现在这世道本就不太平……这锦城才没几天安静日子，都消停消停，别再闹腾到台面上去。”

杨茴峰哭道：“晋爷，紊儿可不能白死，那孩子你也是看见过的……”

晋爷叹了声：“人死不能复生……”

杨茴峰道：“我要楚归偿命！”

晋爷道：“茴峰，你是不听我的话了？”

杨茴峰眼泪鼻涕都流出来，竟跪了下去，哭道：“晋爷的话我不敢不听，但是这口气我实在咽不下去，杀子之痛……我无论如何不能当没事儿发生！”

晋爷看看他，又看楚归，双眉一皱，若有所思道：“那我的话你不听，天的话你可听不听？”

杨茴峰抬头看他：“晋爷？”

晋爷道：“既然连我的话也不好使，就得看龙头的意思，看老天的意思了。”

杨茴峰惊道：“晋爷你是说……”

人群中已经有些窃窃私语，洪帮主道：“晋爷，你的意思莫非是……占龙头？”

楚归眉头一皱，脸色阴沉。

继鸾在旁边听着，却是莫名。

这锦城龙头会的聚会之所设在此处不是无端的，在数十年前，锦城里头帮派林立，极不太平，今日你砍杀我，明日我砍杀你……时常便闹得血流成河，人人自危。

后来几大帮会的龙头们见如此内斗不是个法子，经过聚首详谈，便决定用一个法子解决。

帮派之争古来便有之，有许多事情争执不下委实无法解决的时候，便交付天意。

而在锦城，一决胜负的关键便是占龙头。

“占龙头”也叫“战龙头”，由起了争执的帮派们推出一名高手来，高手对决，谁若是能在最后站上院中那柱体的龙头之上，谁便是顺天命，其他的人便一定要无条件地拜服听从，不然便天诛地灭人人唾弃。

但是一直到今时今日，这个法子已经十数年未曾试过，上一回起争端的时候，楚归还未曾上位。

晋爷说完之后，众人的目光都看向厅外那几乎高耸入云的龙柱，有人暗中倒吸一口冷气。

晋爷道：“小花，你觉得如何？”

楚归看着晋爷，又看看他身后众人，慢慢道：“这个法子，可凶险的紧呢。”

旁边一位帮主道：“但这是最顺天命的法儿了，不是吗？大家伙儿觉得呢？”

有人便道：“说的也是……没其他好法子了。”

晋爷便看杨茴峰：“茴峰，你可愿意？”

杨茴峰擦泪：“晋爷，我倒是愿意的，只是……如果是老天爷让我要给紊儿报仇，我是不是就可以血债血偿？”

晋爷皱眉：“这话说的……都是自家兄弟，什么解不开的……若是小花输了，就让他向你赔礼道歉就是了……”

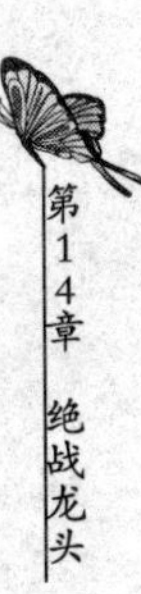

杨茴峰哭道：“晋爷，这可不成……”

有人便道：“各自退一步，那就让三爷披麻戴孝，向杨少帮主行大礼如何？”

杨茴峰闻言，便看向楚归。

楚归听着他们一唱一和，对上杨茴峰的眼神，便只一笑。

杨茴峰却道：“小三爷，你敢吗？”

楚归冷笑沉吟，他心里明白：恐怕这设计他们是早就想好了的。

楚归便道：“我楚归还真没什么不敢的……不过，这赌注是不是小了些？”

众人一怔，楚归看向杨茴峰道：“杨帮主，昨晚上你的人四处出动，可是伤了我不少的兄弟，今天我来赴会，还想跟你说这事儿呢，但晋爷提出占龙头，那么不如就顺便把这事儿解决了如何？”

杨茴峰冷笑道：“你想怎么样？”

楚归道：“我看杨帮主你伤心过甚，怕是也领不好铁拳帮了，若是兄弟我侥幸赢了，你就把铁拳帮给我，我给你领好了人，如何？对了，还有林帮主，许帮主……”

他一口气点了数人，被他点到的人脸色发白，他们都是跟杨茴峰关系不错的，也都看不惯楚归良久，很想趁着这个机会将楚归打压下去，此刻被楚归点了出来，一时都有些惊恐。

杨茴峰差点晕厥过去：“你……”

楚归揣着手，望天道：“我瞧几位帮主这个意思是不肯了……那么就没意思了，总不能占一个龙头，就让我披麻戴孝，别人连个意思都没意思一下吧？合着不论输赢都是在整

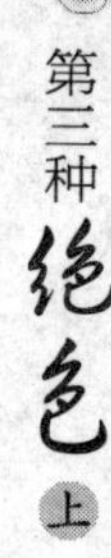

我呢，晋爷……你觉得呢？”

晋爷有些僵，那边杨茴峰站稳了，跟那几个同鼻孔出气的帮主对视了几眼，终于道：“若是我们肯答应，三爷也会答应占龙头了？”

楚归“啊”了声：“怎么，几位真的肯把身家性命交给我？”

几个人看他似笑非笑地那高深莫测模样，当下便有人不肯干了，龟缩着要退出，杨茴峰对上楚归一双眼，看看他周遭，把心一横便道：“不错！我们答应，但是——若你输了，你给紊儿披麻戴孝送他的终！但你的仁帮也要交出来！”

在场众人一听，都震动起来，一阵骚乱。

继鸾听到这里双眉一皱，心想这可有些过分了，她虽然不知道“占龙头”到底是什么意思，但从头到尾看到这里，却也隐隐地知道这是他们设的一个套，楚归若是答应，便是钻到这套里了。

继鸾便担忧地看向楚归，却见楚归笑道：“哟，看你们是很胸有成竹得很，莫非是笃定会赢？”

杨茴峰眼中得意之色一闪而过，楚归看得分明，却不动声色地叹道：“试试看倒也……可兄弟我全没准备这可如何是好，余师傅前日子回乡下了，我身边儿唯一能打的老九也没跟来……不知道你们的高手是谁呢？”

继鸾听到这里，心头没来由地一沉。

虽然同楚归认识没多久，正常的“交流”也很少，可是奇怪的是，继鸾总会莫名其妙地感觉到……或者说猜到有些时候他的“意愿”。

瞧楚归露出那个三分狠的笑，继鸾就听到自己脑中嗡地一声：这人又似要疯了。

杨茴峰一咬牙，道：“魏先生，请了。”

话音刚落，就看到从旁边的内堂里悄无声息地走出来一个人，继鸾转头也看过去，目光相对一瞬，便也把那人的行走举止看了个分明。

满堂之人包括继鸾在内都在打量这出来的魏先生，继鸾却没有想到，近在咫尺的楚归，赫然正在看她。

2

继鸾紧盯这刚出来的魏先生，却见他一身白衫，从容利落，双眸精光内敛，步伐稳健又不乏轻灵。

魏先生一露面，双眸便将厅内众人扫了一遍，眸光似有若无地在继鸾面上扫了一眼。

这极短的一个对视在普通人眼里不免就被自然而然地忽略了过去，然而继鸾却忍不住双拳一握，眼睛略微眯了起来。

有那么一句俗话：一山不能容二虎。

两只老虎若是碰了面，便会打得不可开交，你死我活。

别的野兽嗅到老虎的气息都会退避三舍，但同是老虎，却更能嗅到对方身上散发出来的气息。

继鸾自然不是猛虎，但是继鸾从魏先生的身上感觉到了一种危险的信号，一股无形的、来自于高手的气息。

走马江湖一路至今，继鸾见过的人也不少，但是面对魏先生，她却忽然之间感觉就像是站在一座深渊面前，眼前都是云气缭绕，不知深浅，不知若是纵身一跃，是安然落地抑或者粉身碎骨。

情不自禁地，连呼吸都变得缓慢。

就在这瞬间，继鸾几乎就想跟楚归说："不要比，不要赌。"

然而还没有来得及回头，就听到耳畔有个声音低低地说道："很厉害？"

继鸾怔了怔，克制住自己回头的冲动，望着魏先生，略一点头。

耳畔那个声音可恼地笑了声，道："怕不怕？"

继鸾心头缩紧，终于没忍住，还是转过头来："三爷……"她压低了声音，双眸严肃地盯紧了楚归。

若是在寻常时候，遇到魏先生这般的高手，继鸾倒是有兴趣切磋切磋。

又或者这一场赌赛的赌注不是那么惊世骇俗，继鸾也想要试上一试。

但是她极理智，这不是小孩子过家家或者闲暇时候练练手。

若是她失了手，那楚归便会在锦城这些龙头面前颜面扫地，甚至万劫不复。

楚归可以疯，她却不能疯。

楚归嘴角挑着一抹笑，直视继鸾的双眸，继鸾发现他的唇极红，眼睛却很亮，像是燃烧着什么似的，几乎有些刺目。

她忽然有些惊心，像是预知到了什么。

"怕？不怕？"他略微垂着头，低低地以唇形相问。

继鸾手握紧又松开："不是……三爷……"

这会儿的功夫魏先生已经走了过来，杨茴峰望着他，目光之中透出报仇的嗜血跟志在必得的得意："这位是魏先生。"

魏先生微微一笑："见过各位。"团团地抱拳行了个礼。

杨茴峰道："三爷，你不会是怕了吧？"

楚归转头看他："瞧你这高兴劲儿，还没打呢就像是赢了似的，是欺负我现在身边儿没人是吧？"

魏先生的目光从楚归面上移开，悄无声息地落在了继鸾面上："三爷是吗？谁说三爷身边儿没有高手？"

楚归一挑眉："哦？"

魏先生微笑："这位姑娘……怎么称呼？在下魏云外。"

继鸾垂着眸子，抬臂举手，端正地抱拳行了个礼："魏先生客气，陈继鸾。"

魏云外微笑依旧："听闻你打败了通背拳的高手余堂东？"

继鸾抬眸："魏先生如何知道？"

魏先生笑得轻缓："我也是偶然得知，听闻是个女子，还不太相信，恰好此番经过锦城，能够在此相见就再好不过了。"一双眸子盯着继鸾的眼睛："听闻陈姑娘是太极出身？"

继鸾倒吸一口冷气，原本她以为这祸事是楚归招惹来的，这样看来，倒还跟她有三分牵连。

杨茴峰等人的确是想借"占龙头"借题发挥，可是这魏先生的气度，修为，却并不像是肯被人招揽被人使唤的主儿，看样子他也是有几分"借题发挥"之意。

继鸾忍不住看向楚归。

楚归却笑吟吟地，像是这场豪赌跟他毫无干系："哟，魏先生居然对我们继鸾知根知底，那不知道魏先生是什么出身？"

继鸾心中正绷得紧紧地，听了这句话，没来由地居然想笑。

魏云外听楚归开口，这才看向他："三爷，我不过是个不出名的武林中人，不然的话陈姑娘早就听说我的名字了。"

楚归不以为然地笑："魏先生你不实在，是在欺负我是外行人……若魏先生你只是个不出名的武林中人，杨帮主跟这几位怎么会肯为了你跟我赌上全部家当呐。"

这些帮会纠葛，魏云外在里间的时候已经听了个明白，闻言面色丝毫不变："在下只是来比武的，至于结果如何，全跟我没有关系，我也不会放在心上，至于为何选我，大概是众位看得起吧。"

楚归望着继鸾便笑："鸾鸾，你瞧人家魏先生这份气度，这份胸怀……你也跟人家学学，别把那些个结果啊什么的放在心上……魏先生要跟你比，那可是瞧得起你，你说是不是？就是你手上那伤碍事……"

魏先生一怔："陈姑娘受伤了？"

楚归将继鸾的手腕一握，不由分说将袖子一撩："枪伤。"

继鸾虽是江湖儿女，但当着这么多男人的面儿撸起袖子来给人看，却仍是有些面红，幸好楚归放手得快，旁边眼神差些的都看不到他的动作，只有近在咫尺的魏云外看了个分明。

魏云外若有所思地望着楚归，又看继鸾。杨茴峰见楚归这样那样，便疑心他要赖账，就道："三爷，您这是在示弱吗？"

楚归道："有什么弱可示的，我这不过是有一说一。魏先生高手，就算我不说等会儿交手起来也会看得到。我们鸾鸾是女人，又受了伤，这说起来可不大好听。"

杨茴峰越发焦躁："那你是什么意思？"

楚归不回答，只看向继鸾道："鸾鸾，你是什么意思？"

继鸾对上他的眸子，好歹跟了他这些日子，别人不明白三爷心里想什么，继鸾却是明白，他口口声声说她是女子，又受了伤，若是他真心想退出不比，绝对不会如此拐弯抹角，他有更妥当的法子，但他先说明这个，这意思……便是想魏云外忌惮。

想让魏云外忌惮她的伤，就算是动起手来，魏云外不敢往她的伤臂上招呼！

楚归是想要比的，继鸾知道，他都想到要魏云外忌惮她伤口这一层上了……但楚归凭什么要相信她？她明明要劝他罢手的。

楚归说的都是实话，她是女子，又受了伤，楚归也明白得很。杨茴峰他们敢信任魏云外，自然因为他有过人的能为，但楚归就是要放手一搏。

他把他的所有都放在她身上。

他方才还说让她像是魏云外一样，不要计较后果。

箭在弦上，他的手拉着那张弓，继鸾就是那箭，既然他要如此，那她索性就成那他双手，放手一搏。

望着那双好看又有些疯狂似的眸子，他的疯狂是极度冷静的那种，冷静里头燃烧着簇簇地火苗，继鸾想自己大概是近墨者黑，也感染了他的一丝疯狂。

继鸾道："我全听三爷的意思。"

楚归乍然便笑了，跟他对周遭各位龙头的笑不同，这笑是温柔的，欣慰的，还有一丝宠溺在里头荡漾。

"你就是这样儿，爱逞强，"楚归反而无奈似的，"真是让我没法子……"

继鸾心头一梗，若非知道他变幻莫测的脾气，几乎就以为自己答错了：她没说什么啊……只是暗地里表示了自己的心意而已……他这不甘不愿似的，当了那啥还要立牌坊吗？明明是他暗示她要比的。

楚归"无奈"地摇头，叹息，惺惺作态，惹得杨茴峰一干人等窃喜。

楚归又揣着手，看着魏云外："魏先生啊，你看我们鸾鸾，大概是见了高手就想被指

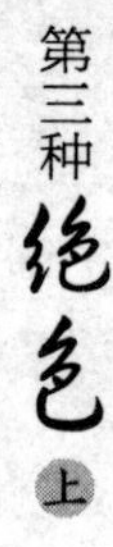

点指点……那就劳烦您点拨点拨她，不过要点到为止啊……她可已经都受伤了。”

这般热络的口吻，竟像是跟魏云外认识了八辈子，又像是继鸾不过是他翅翼下的一只小鸡，被他爱溺地护着。

继鸾一阵脸热，忽然后悔自己太顺着他的意思了……

幸好魏云外不是个没见过世面的，望着这贵公子似的人，道：“三爷放心，比武过招并非是生死之争，自然点到为止，不需无谓伤亡。”

这一番说定了，众人顿时涌出了厅堂，来到了外间的场院上。

由晋爷亲自把规则说明白了：两人之间，谁能第一个攀上龙头，便是获胜一方。比武之中严禁用枪械等物，若有违背，自动归为落败一方。

倒是极简单的。

围观众人都站在场外，魏云外迈步入场，继鸾正要走，却被楚归拉住。

继鸾回头，楚归攥着她的手腕，嘴唇动了动，似乎想说话，又似乎想做点什么。

继鸾莫名地等着，正要问楚归是不是担心，楚归却又放开她的手，只道：“鸾鸾，别给三爷丢脸。”

继鸾意外：憋了半天，就为说这句?

但想想却也是楚归的风格，只不过继鸾恨他“发疯”还拖自己下水，便只道：“三爷说让我不计结局的，胜负于我已经是烟云而已。”

她倒是想吓一吓楚归，然而楚三爷的胆子是铁打的钢做的，闻言反笑：“好好，真个儿听话！三爷很欣慰啊……”别有用意似的又盯着她。

继鸾却没多想，只是忍不住也淡淡一笑，这才转身入了场。

这一瞬间，天有些阴沉，头顶一片阴云飘过，那龙头高高昂起，被阴云笼罩，仿佛真个儿随时都能入九天云端而去。

不知哪里起来的风，卷入场中，吹动魏云外的衣摆，也吹动继鸾的长衫。

继鸾拱手又行了个礼：“请魏先生赐教。”

魏云外见她礼数周全，动作磊落，便也一抬手：“请。”

继鸾行礼过后，便扫了一眼两人中间的龙柱，放手一刻，脚下一划，便向着龙柱方向跃来。

魏云外似是料到她会如此，几乎是跟继鸾同时，两人齐齐地往龙柱旁边疾行。

这一争，两人的高低便有些初见端倪，两人距离龙柱本都是同样的距离，身形也似一样的快，然而先到龙柱边儿上的，却赫然是魏云外。

场外杨茴峰几个一看，均都面露笑容，楚归坐在太师椅上，一张脸又恢复了昔日的冷清，只有双眸仍旧紧紧地盯着场中那人身影。

魏云外先一步到了龙柱边儿上，这一刻，一夫当关，万夫莫开。

继鸾见他行动，那道心弦便又绷得紧紧地，知道果真是遇到了高手中的高手。

两人一言不发，便过上了招。

一个守，一个攻，一个有意试探，一个倾尽全力。

继鸾越战越是心惊，魏云外的招数，竟也有些似是太极，然而却比太极更加灵活巧妙，继鸾本是想“攻”，逼开魏云外后便可上龙柱，因此招数极快，然而魏云外竟能将她的招式一一挡下，且再挡下之余，还能出招进攻！

有好几次继鸾被逼得竟又后退回来，然而魏云外却并不步步紧逼，他的用意似乎只是想将继鸾挡下。

行家出招，高低立见，越过招，继鸾心头那份后悔便越深：不该一时冲动应下这场比试，若是败了，那在楚归面前当真……

想到那人，心便有些乱。

魏云外道：“陈姑娘，能练到这种地步，还无法收敛心神吗？还是说，魏某不是个值得你全心相对之人？”这一刻双臂相碰，魏云外手肘一撤，避开继鸾伤了的胳膊。

继鸾心头一震：“对不住！”蓦地后退了一步。

魏云外目光沉沉看向她，继鸾想要凝神，然而她头一遭遇到魏云外这样的高手，又想到这赌赛的后果，顷刻间竟无法静心。

魏云外望着继鸾，他自然知道继鸾此刻心不宁，若是交手时候她依旧如此，那她便是必败无疑。

继鸾咬牙再上，然而就如魏云外所料一般，先前两人还拆了十数招，此一番只过了六七招，继鸾便又退了一步。

继鸾暗中握拳，双手都有些麻木无力，她试图深深呼吸，然而或许是魏云外身上的气场太过强大，竟压得她喘不过气来，满脑都是“要输了”！

狂风烈烈，继鸾似乎听到有人说：“到底不过是个女流之辈，难得魏先生肯跟她过招……”似乎是杨苗峰之流的声音。

又有人道：“大概是替三爷暖床的罢了，还出来抛头露面地丢丑……”

继鸾若是败了，楚归一言九鼎，仁帮归了别人，这些难听的话不过是个开头而已。

继鸾身子微微地有些发抖，耳畔似乎有轻微地嘶鸣，又像是响在脑中。

对面魏云外望着她，双眉皱紧：就这么……结束了吗，这可真是……

在一片地嘶鸣之中，继鸾忽地又听到一声懒懒散散的说话：“都给我闭嘴。”

是楚归。

的确是楚归，坐在太师椅上，三爷转了转手上的翡翠戒指：“我的人在比武，谁要再唧唧歪歪地害她一个不留神落败了，三爷二话不说先干掉你们这帮乌龟王八，信不信？”

继鸾愕然，继而忍不住便笑了起来。

阴云底下，她一笑就宛如晴空万里。

魏云外眼神微变。

继鸾听着楚归那清清冷冷的话，忽然明白。

楚归是什么人，就算他疯，他冲动，他也是算计好了，有把握而为。

就算她陈继鸾败了又如何，继鸾不信，这个人会乖乖地把自己的仁帮交出来。

可是他选择了让继鸾下场，继鸾若赢了，自然正合他意，可就算输了，他也有扭转乾坤的把握。

而楚归说完那句之后，果真没有人敢再发一声。

继鸾索性闭了双眸。

心极快地安稳下来，而在一片宁静之中，她却牢牢地记得下场之前楚归那一声叮嘱：别给三爷丢脸。

当时他的眼神……

不知是不是错觉，继鸾觉得：纵然是做好了两手准备，但他是有把握的。

一种疯狂的近乎于迷信似的把握，从他的眼神中灼灼地透出来，他相信，她一定能赢。

像是一种天生的野性的直觉，继鸾的直觉同楚归的直觉重叠在一起。

的确不是十万分了解他，但是继鸾也是近乎迷信地相信她此刻感觉到的楚归的心思。

楚归那种人，觉得她会赢。

一阵风吹过，烈烈地把满怀的忧虑，担负……尽数吹散无踪。

继鸾缓缓地睁开了双眼，抬手做了个起手式：“魏先生，请。”她的声音已经平静下来，目光恬然自在。

魏云外双眸一眯，继而双眼一亮：他感觉到继鸾身上的“气”已经变了。

先前似乱流奔泻，杂乱无章，然而此刻，她站在那里，渊渟岳峙，又似云霭亭亭。

浑身竟然有一阵的热血涌动——这才是他想要的对手。

3

继鸾也算是有几分眼力，却瞧不出魏云外究竟是属于哪门哪派。

这个男人所行的招数似是而非，有几分似八卦掌，又像是太极的招数，然而其行云流水挥洒自如却令继鸾这正宗太极出身的都自叹弗如。

更令继鸾讶异的是，他似乎并不急着取胜，有好几次他本可以将她击退然后上龙柱的，然而他故意慢了那么一招半式，等她再追上来。

继鸾极快地明白过来，魏云外果真如他所说，他不在意比赛的结果，相对于那个结果，或许他更注重这个过程。

他像是在试探继鸾的武功究竟如何，或者说……他是想要试探她究竟能做到何种地步。

窥破了魏云外的意图，继鸾反而越发镇静下来，尽量提足所有精神同他对招拆招，一过了最初的畏战心理，反而越打越顺了。

魏云外接二连三地频出险招，继鸾虽然吃惊，却也临危不乱，堪堪应付了过去。

如此竟过了半个钟头，魏云外自觉已将继鸾的身手探了个十有八九，当下一改先前不紧不慢的势头，陡然加紧了攻势。

继鸾被他一阵狂风骤雨般的进攻逼得后退回来，魏云外长笑一声，看继鸾一眼，扭身极快地往龙柱边儿跃去。

继鸾心头一紧，身体比头脑反应更快，脚尖一点，便也奔龙柱而去。

魏云外几个起落，身子腾空而起，脚尖虚点着地面，身形如风，便落在龙尾之上，他住脚转身，正好继鸾飞扑而来，魏云外又是一声长笑，就在继鸾要跃上龙尾之时，一掌拍出。

继鸾人在空中，急忙抬掌相对，魏云外掌气外吐，震的继鸾身形倒飞出去，魏云外扬眉，转身往龙身上跃过去。

围观众人先前虽被楚归警告了声，但是看到此刻，瞧着继鸾被拍飞出去，竟似有直摔向地面的势头，忍不住都惊叫起来。

楚归虽不曾出声，但放在腿上的手却紧紧地一抓袍子，双眉拧紧。

电光火石间，只听得“啊”地，又是一波意味含混不清的惊叫，魏云外正欲往上，听得这些声音竟似是惊叹多些，不似是全然受惊的样子，他心知不对，回头一看，忍不住也惊了惊。

却见继鸾的脚勾着龙尾处，身子当空一晃，竟借着脚尖那一勾之力，整个人硬生生地又翻身跳上龙尾，这一招有些类似“铁板桥”，但并非在平地上却使得这般炉火纯青，却已经远不止“铁板桥”的修为了。

魏云外一看，很是意外，却又忍不住露出笑意，这厢继鸾并不怠慢，看魏云外几乎是站在自己头顶的龙身之上，她断喝一声，沿着龙身往前一步，脚底用力一震，身子凌空而起，手探出，往头顶龙身侧边上的龙鳍处勾去。

魏云外哼了声，长腿一扫，便想将继鸾的手踹开，忽然之间去势略顿了顿——原来继鸾抬手往上，袖子滑下，正露出裹着纱布的伤处！

魏云外本能将她扫落龙尾，见状脚尖便只在龙身上虚点，继鸾人在底下，咬紧牙关，间不容发之时提一口气，竟然给她跃了上来！

这会儿两人都在龙柱的龙身二层上，底下是龙尾，头顶最高处是高昂的龙头，继鸾凝神提气，看向魏云外，高手过招一切话都是多余的，方才魏云外本有机会将她踢落龙尾的，继鸾扫一眼自己的手臂：“谢了！”

魏云外望着她，眼中透过一丝笑意：“不谢！”

两人惜字如金，话音未落便又交上手。

这龙柱虽然足有三人合抱粗细，但龙身再怎么也不能太笨拙，只一人腰粗，普通人连站在上头都是勉强，除非紧紧地贴着龙柱才能站稳身形，然而这两个人却在上头心无旁骛地交手过招，虽然不算是殊死之争，但这情形之下，若是失手跌落，恐怕非死也要重伤！何况这不过是龙身二层，要到达龙头处，起码还有七八层之多，越是高，自然越是凶险！

这会儿场中围观的龙头老大们连风凉话都不敢说了，人人都看出这一场争斗非同小可。

除了风声，继鸾同魏云外过招的声响，其他的尽是寂静一片，就仿佛整个场中只他两人一般！

楚归手微微拢起，放在唇角边上，双眸死死地盯着龙身上的那道身影。

继鸾同魏云外且战且行，这功夫才见了高手本色，一方面要顾及手上高低，一方面要顾及脚下落足之处，不知不觉竟上了龙身三层。

继鸾已经察觉魏云外武功造诣匪浅，乃是前所未有的劲敌，就算是在平地上赌赛，恐怕她也难以真正地赢过他，何况如今在龙柱之上。

继鸾同他缠斗这许久，也看出几分魏云外拳脚上的来路，不似先前那般束手束脚，交手之中，便自在心中盘算获胜之机，拼实力是绝拼不过的，便要多些心思跟狠绝一搏的机会。

两人在龙身三层上，地方狭窄，有时候不免有些贴身缠斗，魏云外瞧见她额角的汗意，双臂交错间，低低道：“越是往上，越是凶险，现在放弃可来得及。”

继鸾望着他带着三分笑意的眸子：“这句话，我借花献佛，也送给前辈。”

魏云外“哈”地一笑：“楚三哪里将你请来的……”

听他一声“楚三”，倒叫继鸾心头一动，谁知魏云外却又道：“留神！”双臂一挣，变拳为掌，在继鸾肩头一拍。

继鸾踉跄后退，脚下踏空，身子在龙柱边沿一晃，几乎出一身冷汗……也又听到场外数声惊叫。

魏云外却不理不睬，径自跃身上了龙柱四层，趁着继鸾稳住身形的功夫，直追五层，等继鸾奋起直追上了五层，他已经是在第六层上，再往上两层，便是龙首！

此刻两人身处已经极高，从下面看，只见龙柱边沿两个身影变得小了许多，此刻，场中连掉根针在地上都听得一清二楚。

继鸾仰头，见魏云外人在龙柱六层上，身子略贴在龙柱上，一抬手，竟冲她掌心摊开，做了个“来啊”的手势，高手风范，好整以暇地。

杨茴峰等人也看出了魏云外抢占先机，此刻才松动下来，有人叫：“魏先生上啊！赢了那小娘们儿！”才叫了一声，就“啊”地一声惨叫，已经被打晕在地。

那动手的自然是楚归的人，旁边有人欲要理论，但是谁敢跟这冷面霸王对上？于是暂时忍一口气，只等赌胜之后再一并讨回便是。

继鸾对上他漆黑的双眸，越是往上，风越是大，魏云外的衫子烈烈狂摆，额前的短发在风中簌簌而动。

忽然之间“叮”地一声，继鸾觉得脑后一松，原来是盘发的簪子因为剧烈活动松动了，此刻镇不住一头乌发，竟跌落下去，在龙身上一撞，直直地坠了地。

那一头青丝陡然地便在狂风中荡漾开来，像是倾泻了一处黑色的瀑布。

青丝如墨，风中招展，更显得她的脸色玉白，一袭月白色长衫罩不住那修长身形，到底不是男子，在风中似纤柳摇摆，却偏又如此坚韧。

这副场景如此醒目且惊悚……却更是令人窒息的惊艳！

如此一幕场景，像是做梦也想象不出的画。

连先前蠢蠢欲动想要叫嚣的帮众们也都被震撼住，高一层的魏云外，跟低一层的继鸾，场景赫然有些不真实，而这似高耸入云的龙柱就宛如真的高耸入云……是在九重天上，狂风，云霭，以及两个如梦似幻正狠狠拼斗的尘世外的神人。

且不说底下众人的满心震撼，就在同魏云外目光对峙这瞬间，继鸾一咬牙，转头看向旁边，龙身蜿蜒盘在龙柱上，就仿佛是一圈一圈往上的楼梯般地倾斜着。

寻常人若要上去，便要从龙身上踏过，而且此处距离地面太高，风又大，绝对不宜冒险，因此就算魏云外也是老老实实地从龙身上踏往了第六层。

魏云外忽地有种不祥预感，但就在这预感于心中落实之前，他看见继鸾动了！

那曼妙的身形风中一闪，她极快地冲着龙身而去，去势太急了，魏云外的双眸瞳仁在刹那间有些畏惧地收缩。

就好像是行车在盘山公路上，前头正是极狭窄的转弯，但这人却赫然不放慢速度平稳转过，而是加速而行，在如此狭窄的龙身上，这简直如送死一般！

魏云外倒吸一口冷气，眼睁睁地看继鸾像是触柱的鸟儿一般，她大喝一声，纵身而起，那身影如一只自由自在的白鹰，长发在空中一荡如决然的旗帜。她抬腿出去，长腿一踢，脚尖点在前头的龙身之上，顺着这一点的势头，继鸾的身形急速往上跃出！

魏云外双手握拳，几乎不肯相信自己的眼睛跟判断，见那道矫健的影子腾空，却贴着龙柱，她探手在龙鳍上一握，身形荡起，停也不停地翻身上了六层。

魏云外以为她要跟自己对上，收敛心神正要迎敌，继鸾却看也不看他，只是仰头往上看。

“不识庐山真面目，只缘身在此山中”，但对魏云外来说，此刻却再也清楚不过地明白同为局中人的继鸾的想法，那一声“不可”尚未说出，就见那人双眉一扬，往前跃出一步，故技重施，纵身跃起！

这一瞬间，魏云外心中那份云淡风轻不翼而飞，取而代之的是一缕冒出的火苗。

——太冒险了。

这种行为，近似于疯狂。

他看着继鸾向着第七层而去，顶风而上，那纤细的身形在空中一晃，手往上探出，仅仅能勾住龙身上的鳞片，整个人像是暂时地悬挂在龙柱上。

底下一片倒吸冷气的声音。

魏云外跟继鸾不知道的是，原本安然坐在太师椅上的楚归，霍地站起身来。

风很冷，额头上的汗却源源不断地冒出来，继鸾死死地勾住鳞片，双腿在空中动了两下，力气将要耗尽之际，底下脚尖在龙柱上一踢，借着这一股力，右手臂抬起，死死地扒住龙身一角，深吸一口气，连爬带窜略见狼狈地终于翻身上来。

而这会儿，旁边魏云外也上了第七层。

继鸾在龙身上暂暂一坐，便爬起身来，此刻她的力气几乎已经耗尽，喘息都不稳起来，背上的汗把衫子都湿透了，有些凉凉地。

她的身子紧紧地贴在龙柱上，双腿都有些发抖，若是一个不留神，一阵风也能将她吹得跌下去！

魏云外缓缓靠近，双眸望着她，整个人宛如一只老虎似的。他眼中原先的笑意荡然无存，取而代之的是一股浓重的……类似杀意的东西。

继鸾深吸一口气，双手握拳，手麻木了，手指却酥酥地发抖。

继鸾暗暗松开双手，又握紧，企图聚拢一些力气。

魏云外看向她的手臂，那只伤了的手臂，重又渗出血来，血滑过手腕，湿了她的手背，渗入她的手心，但继鸾没有功夫去看，她还以为那湿嗒嗒地不过是汗。

她得全力以赴对付魏云外。

而就在这该当全心相对的瞬间，继鸾的心忽然奇异地动了动，她鬼使神差地转眸，看向龙柱底下。

在如此的高度，底下的群人已经变得极小了起来，但是继鸾还是一眼就看到了楚归。

楚归不知何时已经站起身来，他仰头眼都不眨似地望着她。

继鸾瞧着他的脸，连汗从眉睫上跌落都不知道。

这一瞬间的目光相对，是一件极为不可思议的事。因为在看到楚归双眸的时候，继鸾觉得，假如自己真的从龙柱上跌下去了，底下的楚归，一定会……

一定会……如何？

继鸾还没有来得及深思那股奇异的感觉，魏云外已经欺身攻来。

掌风抑或者狂风，将她胸前缠绕的青丝震得向旁边飞了出去。

——在很多年之后，当某人说起平生最为悔恨的事迹之一，便毫无疑问先把此事抛了出来，然而却被当事人笑他不过猫替耗子着急假惺惺地而已，某人大怒并且立刻恨恨不已地扑了过去，以温柔而暴烈的实际行动表示绝不可以怀疑他的“忠心诚实”跟“深深爱意”。

对龙柱上的继鸾而言，那自然更是做梦也想象不到的。

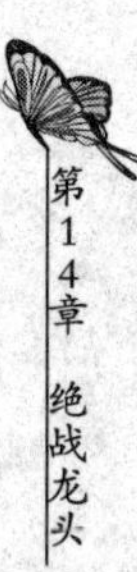

此刻在龙柱上说话，底下的人已经全听不清，魏云外手抚在龙柱上，捕见继鸾看向楚归那个眼神，轻声道：“为了他？……值得？”

继鸾一笑：“不是为他。”

她微微一笑，目光从楚归面上移开，看向更高远的天空，依旧是阴云密布，只不过在云层背后，似有一线光芒，若隐若现。

继鸾转头对上魏云外双眸：“大概是先生激起了我好胜之心。”

魏云外无声一笑。

两人身在高处，就如身在云端一般，魏云外道：“我没想到会见到你这样的女子……”声音宛若叹息，又似带几分笑意。

继鸾还不曾分辨出魏云外这一句究竟是何意思，对方已经攻了过来。

继鸾往后一退，竭力稳住身形，暂不肯还手。

男女体力本就相差许多，何况经过如此一番激战，方才继鸾为了赶在魏云外前头是不惜连上两层龙柱，更是有些气竭力尽，因此不敢同魏云外硬碰硬。

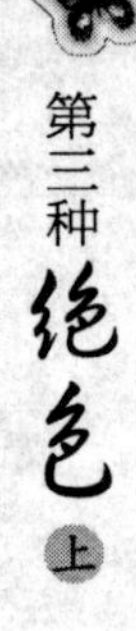

魏云外却仿佛不肯放过她一般，直扑过来，双臂一剪，欺身靠近.

继鸾无法，咬牙抬臂欲将他挡下，谁知魏云外手势如电，便将继鸾双腕捉住。

继鸾浑身一震，心道不好！刚一碰之时，她已经感觉魏云外手劲极大，显然他所剩内力远胜过自己，如此对上，若是魏云外有意置她于死地，只需要把她往外一摔便是。

继鸾心神巨震，不顾立足不稳，正欲一脚踢出防御，却觉得魏云外的手不知为何悄然一松！

高手对决，胜负全在一瞬之间，一个极小的细节便能决定成败。

继鸾心头狂跳，不知魏云外究竟是气力不够还是一时疏忽……然而身体本能地便起了反应，手上一抖，便自魏云外的手心脱出，同时一掌便拍在他的胸前。

继鸾自知体力不够，这一掌其实恐吓多过于实际效力，对魏云外起不了太大作用。

谁知魏云外吃了这掌，整个人往后一趔趄，竟似站不住脚似的，一时摇摇摆摆，险象环生。

继鸾见状，想也不想贴着柱子便绕回来，正欲伸手抢救，却听有个声音极轻喝道："速上！"

继鸾身子一震蓦地停步，手贴在龙柱上，冰凉一片，留下个模糊的血手印。

魏云外露出险状之时底下众人一阵惊叫，本以为他已经必胜无疑，却给继鸾以险招抢先一步，如今更是落入如此窘境，见他身形于顶层龙柱上被风吹得摇摆，杨茴峰等人更是忍不住齐齐站起来拼命仰望。

相比较杨茴峰众人失色，楚归却是面色如常，丝毫不见放松之意，也不见什么意外表情，自始至终只紧紧地盯着继鸾看。

楚归看得极清楚，魏云外遇险，继鸾似乎想救，然而脚步阻了阻，却又回身往龙首顶层冲去！

楚归捏着手，忍不住往前走了一步，杨茴峰等人已经连嘶吼吵嚷都忘了，一个个无比紧张地看着上面两人。

魏云外稳住身形，见继鸾已经将上了顶层，越是往上，越是凶险，底下踏足的龙身狭窄且又滑溜，因又到了顶端，那往上缠绕之势便越发陡峭，并不像是先前那样勉强能够走动了，从龙颈到龙首这一段距离，竟需要攀爬才能够抵达。

故而才说这"占龙头"不是等闲之人能够的，就算是高手中的高手也要望而却步，两人相争，本来就极为耗神费力，又何况是在龙柱上，步步惊险，好不容易拼个你死我活，接近成功顶巅之时，却仍旧丝毫也不能懈怠，反而更需要提一口气，纵身而上！

不然的话，那便是先前所有的努力恐怕皆都是白费，注定于此功亏一篑，魏云外看着那段距离，若是以他的能耐，勉强而为……有六七分的胜算，但是陈继鸾的话……

继鸾站在龙颈窝处，仰头看那近在咫尺的昂扬龙首，龙首跟盘绕在龙柱上为依附的龙身不同，直直地探出龙柱顶端往空中挺去，斜伸出有半个多人的距离，若是要攀上龙头，这当真是需要有非常的胆量跟身手才成。

神龙似乎感知，竭力扬头向天，大风中带着呼啸之声，似乎想要挣脱羁绊。

魏云外同她只有一步之遥，两人之间却几乎差了一个人的距离，可见越上越陡的势头。

魏云外仰头同看龙首，望着阴云之下那威严不可侵犯的神龙之象，不由笑道："神威莫犯……陈继鸾，若要攀龙首，一不留神怕要付出粉身碎骨的代价。"

他叹了口气："先前你耗力过度，若非如此，你还可以试着一跃，但此刻你的力气已经不足以攀上龙首，放弃吧。"

继鸾看看那威严尊贵的龙首，缓缓吐气："魏先生，事在人为。"

魏云外一扬眉，她的衣襟在风中发出哗啦啦地声响，听起来像是烈火燃烧。

继鸾道："既然走到这一步，我总要尽人事才能听天命的。"她说完之后，竟冲着魏云外一笑。

魏云外望着她这个笑意，感觉仿佛有什么东西在面前陡然烧着，刺目耀眼之极！一晃神间，那月白色的身影已经腾空而起。

魏云外心中长叹一声，说不出是什么滋味，震撼？惊动？还有……生死刹那间，他断喝一声，同样腾身而起。

两人几乎是同时起身，刹那间魏云外跃上原先继鸾所站之处，只不过双足还未落地，就已经探手袭了出去，就仿佛要把继鸾捉回来般。

继鸾却全然不知，只是奋力往上，然而气力却到底不够，她死死地盯着那龙首，光影变幻，她清楚地看到龙首上那刻画的栩栩如生的龙眼。

底下，魏云外也望见自己的手掌抚过继鸾的袍摆，他本来可以拽住，将她拉下来的……只是一须臾的事，魏云外变掌为拳，就在继鸾极快抽离的脚心上用力一拍，无声无息地气劲蓬勃而出！

继鸾只觉得一股大力袭来，奇怪的是她并不惊悸，而那股力量来得极好，就仿佛是天神脚下的星云，继鸾望着面前的龙眼，深吸一口气，踏着那股气劲凌空而上！

魏云外双足才落下，踉跄后退一步靠在龙颈窝处，他手撑着背后冰冷的岩石，目光扫过龙柱上的血手印，然后追逐那在空中若龙翔九天般的身影！

继鸾大喝一声，飞身往龙首攀去，双掌在龙柱顶端一按一拍，身形一旋，便冲着那斜飞向外的龙首跃去。

双足踏到龙首处之时，继鸾只觉得浑身战栗不休，耳畔隐隐地像是听到底下或鼓噪或震惊的声音，又好像什么也没有，一阵风吹过，风里有种说不出的味道，她细细地嗅了嗅，好像是海的味道，又好像不是。

一切如梦似幻，却是一步踏错就毁灭的真实！

手心的血按在龙首上，像是印下了一个鲜明的印记！继鸾望着那个印记，再往前，是两支龙角……继鸾急促地出了一口气，眼中也有什么坠落下来。

她一仰头，遮在眼前的乱发飞向身后。

继鸾张开手，缓缓地自龙首上站起身来。

这是锦城龙堂历史上的最后一次“占龙头”。

当时身为锦城第一大帮派“仁帮”帮主楚归贴身保镖的陈继鸾，对战“自然门”的高手魏云外。

两人之争，惊世骇俗！这一场绝世对战在很久很久以后，都在人们的嘴里津津乐道地被流传。

就连那些在这场对战中充当反派的帮会，也不敢对这一场战有任何不敬之词。

甚至许多人都鲜明地记得……在那场战中那女子的身影，她最后那惊世一跃，多少人以为她会自高高地龙柱顶端跌落下来粉身碎骨，但她最终还是成功了，那一道月白的身影，飞起的那瞬间，宛若腾龙行空。

而就在她自龙首巅峰站起身来的那一瞬间，阴沉了一个上午的天空忽然放晴。

金光万道，她的身影沐浴在金色的阳光之中，连同那高高在上高不可攀的神龙，一个衣衫烈烈，一个岿然静默，但却同样地都是那么的高傲，勇敢，自由。

那是一种超出了黑或者白，善或者恶的感觉，只是极为强大，强大到令人震撼……就好像看到了神祇，便自然而然地想要下拜一样。

继鸾同魏云外同龙柱上下来那一刻，现场的龙头老大们兀自静默无言。

只有楚归，在继鸾跃下龙尾那一瞬，他神奇地张开双臂，将人不由分说地搂入怀中。

换作平时，继鸾会将他推开，然而此刻她浑身气力已经耗尽，方才下来的时候若非魏云外多加照应，恐怕……

继鸾无奈，便并未挣扎，只是任由楚归抱着自己，她能感觉到他的身子也在微微地发抖。

继鸾心中想：“三爷怕还是担心着的……现在他该放心了吗？只不过……当着这么多人的面儿这样……”

她竟有些觉得想笑：“怪不得他以前说若我是个男人就好了……若是男人，这样相抱便不算什么吧……”

只不过，他身上有种奇特的好闻的味道。

像是香气，又不是什么俗不可耐地香水或者花香，闻起来很是舒服，令人安心。

继鸾靠在他颈间，感觉他的胸膛其实还是挺宽阔的，似乎也有些靠得住的样子。

继鸾实在太累了，只顾着喘息，跟倚靠。

“等会儿他愿意放开的时候再……也不迟……”继鸾模模糊糊地想，方才那一场，耗神耗力，她现在没晕过去，已经是奇迹。

楚归紧紧地抱着继鸾的身子，两人若是分开来站，倒是看不出什么更大的差距。

皆因为继鸾是习武出身，往那一战，自成一派，精神气儿十足地，醒目之极，令人不敢小觑。

有时候甚至觉得她比楚归更为“带劲儿”。

但是此刻两人紧紧靠在一起，才见了端倪。

楚归到底是男子，比继鸾高出恁么多，她原本小觑的三爷的胸膛也足够撑得住她，不是她意料中的单薄瘦弱。

方才的强悍暴烈皆都不见了，甚至有点儿欣慰：幸好他来这么一抱，不然她还不一定能站住脚。

在场的龙头们不知该怎么开口说，门口处，却响起一阵嘈杂声响。

大家伙儿回头，却见乃是“仁帮”的人，头前一个面熟的很，是楚归身边儿的老九，竟带着十几个人浩浩荡荡地冲进来。

才有龙头要喝止，这龙头会只有龙头们才有资格进入，非是跟着龙头前来的，不许擅入。

谁知老九一眼见了楚归，立刻惊慌失措般地叫道：“三爷，大事不好，方才铁拳帮跟力帮联合着几个帮会的人冲进我们三个堂里闹事！”

杨茴峰等人一听，似乎才从方才占龙头的意外中惊醒过来，彼此对看一眼，面上隐隐露出几分得意神情。

继鸾听了，知道事情有变，即刻一挣，便想挣开他，谁知道楚归竟若无其事地，将她抱得更紧。

楚归垂头，低低地以只有她才能听到的声音道：“没事儿……”

继鸾怔住，他热热的气息在耳畔回荡，让她心里觉得又欣慰，又有些异样的不安。

这边儿楚归望见老九搭在大腿上的手，五指伸展开，像是一把直插的利刃。

楚归抱着继鸾，却又“唉”了声，皱眉道：“这是怎么回事？这是怎么回事！杨帮主，洪帮主，你们在搞什么？晋爷您瞧！你可得替我做主啊！”

杨茴峰装模作样地咳嗽了声：“竟然有这种事？我竟全不知道！”

旁边几个一伙儿的暗乐：占龙头赢了又如何，还不是给他们暗中摆了一道儿？

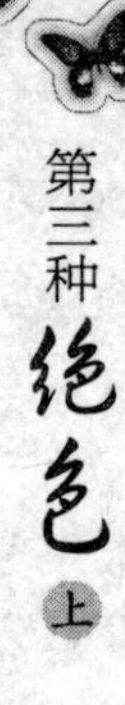

大家很是喜闻乐见地看着楚三爷咋呼叫嚣的样子，极为赏心悦目……而且，他就在大庭广众下紧紧地抱着那个娘们儿……啧啧，这两个人果真是暗中有一腿，一大腿。

晋爷坐在原地，并无任何张皇失措，只道：“到底是怎么回事儿啊？”

楚归又道：“晋爷，我这不也奇怪着吗？”他转过头，一本正经地看着杨茴峰：“难道杨帮主原来不知道啊，洪帮主你们大概也都不知道吧？莫非都是底下人胡作非为？”

几个帮主立刻表示无辜，顺便胡乱点头附和：反正已经得手，至于是怎么得手的，当然乐得撇清。

楚归笑道：“原来是这样，那就好办了。”

有熟络的人望见他这个笑，心头就发寒。

楚归怀中的继鸾听见他这个声音，没来由地笑了笑：他是谁，是楚三爷！这个口吻……分明是猫看老鼠入彀的自在戏谑！

老九心领神会，恭恭敬敬地又道：“三爷，属下等实在有罪，但兄弟们见对方来势汹汹地，便奋起反抗，谁知道这些人不经打，于是……”

楚归慢条斯理地：“于是如何？”

老九道：“兄弟们追着这些人打了回去，将来犯的几个帮给压下去了。”

“啊？”楚归做意外状。杨茴峰等众人更是不可置信：“你说什么？”

老九依旧恭恭敬敬地：“三爷常教导我们，人不犯我我不犯人，人若犯我我必犯人。我们不反击，当仁帮的人都是吃干饭的呢，因此大家伙儿一鼓作气，现在五个堂的兄弟把来犯的数帮的总堂都控制住了，也就是说，谁来侵犯仁帮，现在谁就是仁帮的地盘了。”说到最后，虽低着头，脸上却忍不住露出一抹笑意。

同杨茴峰一伙儿的几个，有人按捺不住，便叫嚷起来，杨茴峰道：“不，这绝不可能！稍安毋躁……”

正说着，外头有几个人连滚带爬地冲进来，声音凄厉：“帮主，大事不好，仁帮的人……”忽然见仁帮的龙头跟凶神恶煞般的老九等人就在跟前，一时吓得几乎不敢出声。

进门的喽啰带来的自然是噩耗，证实了老九所说的话，杨茴峰跟几人一个个目瞪口呆。

杨茴峰反应过来后，便要冲晋爷喊冤求作主，谁知刚一开口，便听得楚归大声道：“天意啊！”把所有声音都压下去。

众人一惊，楚归做深思状：“众位！原来先前我的人占了龙头，就是预示着此刻这个局面，我还以为呢，明明让我们占龙头赢了，怎么又让我仁帮被人袭击了呢……原来是天意让我赶紧把诸位的帮会接管了——晋爷，您看呢？”

旁边的晋爷这才起身，慢慢说道：“占龙头的结局已定，一言九鼎愿赌服输绝不反悔，不然的话，兄弟们共唾弃，天打雷劈！”

没有人有异议。

说罢之后，这位锦城的头一号黑道前辈经过楚归跟前，斜睨着他：“三爷？”

楚归低头，揣着手极为有礼而恭敬地，带着笑的声音低低回答：“晋爷，可别这么叫我，折煞小辈了。”

晋爷瞧着他带笑的脸，也微微一笑，用半低不低的声音说道：“你，高……你的人……高！后生可畏，后生可畏啊。”

睿智的一双眼看看楚归，又看看旁边的继鸾，昂首阔步，带人先行离去。

晋爷去后，杨茴峰大怒：“这究竟是怎么回事？我们的人不是有……”

手下狼狈道：“兄弟们也不知怎么回事……他们、他们好像早有准备一样……”

楚归笑得人牙痒痒：“有什么也不管用，杨帮主，我替天行道吧你还不依不饶，非要逆天而行！今儿的占龙头便足以说明一切了，不要说我楚归不给诸位面子……好自为之吧！”

说罢之后，楚归拥着继鸾要走，才走出一步，忽然又停下来，一手揽着她腰往上，一手在她腿弯处一抱，在继鸾还没反应过来之前，竟把人打横抱了起来！

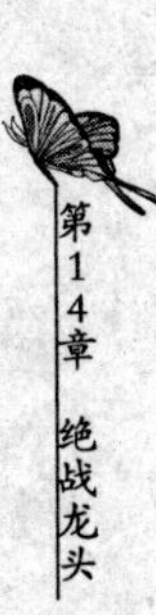

第15章

繁花似锦

1

这场拼斗，凶险万分危机四伏，就算继鸾胆大心气儿足身手过硬，堪堪拼完却似去了大半条命，身子如柳絮般轻飘飘地。

陡然被楚归抱起，继鸾吃了一惊，便要挣扎下地：先前抱着就已经够了，这委实有些太过。

继鸾才一动，楚归手上用力，把人往怀中搂得越紧了些，望着她的眼睛声音温柔而执著：“乖乖地别动。”

继鸾对上这双漂亮的凤眸，半疲倦半无奈，由他去吧。

浑浑噩噩被抱着出门，渐渐地便半昏半睡了过去，连如何回到了楚宅的都不知道。

继鸾醒来的时候，却见拉着的窗帘上泛着淡黄色的光芒，光线浅浅地映在床上，显得十分柔和。

继鸾看了会儿，才惊觉此刻自己居然是躺在床上，一惊之下便要起身，谁知手才一动，又觉异样。

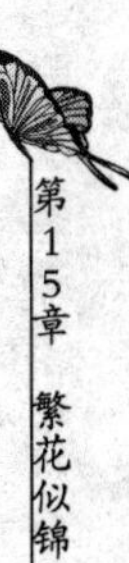

继鸾转头看去，却见自己的手搁在床边上，另有一只手牢牢地扣着她的五指，五指修长，也不知是天生还是保养得极好，宛若玉石无瑕。

目光上移，果不其然便看到这手的主人。

楚归坐在椅子上，靠在床边儿的位置，靠着椅背懒懒地，闭着眼睛仿佛悠闲睡着，但是手却握牢着继鸾的手。

窗外的淡黄色夕照中，三爷这闭眸假寐的模样是前所未见的，原本叱咤风云的或狡黠或杀伐的神采尽都敛了，一缕长发搭在肩上，他这般静静的模样透出几分人畜无害的和暖气质来。

继鸾怔了怔，继而便想把手抽回来。

手上却蓦地一紧，是被人重又握紧了，继鸾抬眸，对上了楚归光芒流转的晶亮双眸，在夕照的暖色里却仍令她有些心悸。

“三爷……”继鸾张口，声音却有些沙哑，挣扎着半坐起身，身子犹自有些发软。

楚归定定地看着她，那眼神懵懂着，好像是不认得她……令继鸾的心跳了数下，楚归却才似反应过来般：“啊……醒了？”

继鸾垂眸：“是啊三爷，我……”她抬手在额角抚过，先前发生了什么怎么都忘记了？

楚归俯身过来，细看她的脸：“哪里不舒服吗？”

继鸾忙道：“没有……我很好……只是……劳烦三爷了。”

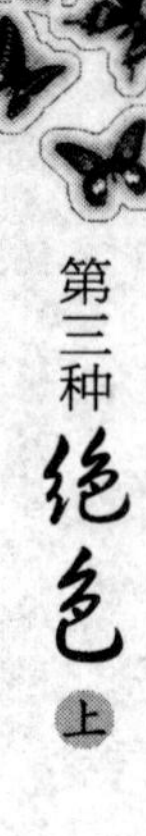

“说哪里话。”楚归摇头。

继鸾垂眸看着自己的手，忍不住又往后撤了撤。

楚归随着她的动作低头，然后脸色便有些不自然了。

继鸾却没见到，她只觉得这回那只扣着她的手后知后觉似的，僵了一僵后忽然像是受惊的鸟儿，蓦地便离了开去。

继鸾松了口气，不动声色地把手缩进被子里头：“三爷怎么在这？外头的事儿……都忙完了吗？”

楚归看向别处，手拢在膝上，另一只手挡着，仿佛先前握着继鸾的那手做了什么见不得人的事儿：“啊，都忙完了。”

他随口跟着附和，有些神不守舍似的。

继鸾觉得楚归有些奇怪，可是看他没有离开的意思，便道：“三爷没别的事儿？”

楚归道：“嗯？”

继鸾拉起袖子看看自己的伤处，果真也已经做了极好的处理，继鸾咳嗽了声，试着委婉地：“我也没事了，给三爷添麻烦了。”

楚归这才品出几分滋味来：她是说让他自忙自的去。

可是他却不搭腔，只是望着继鸾。

继鸾见他沉默，便转头相看，两人的目光便对在一处。

这一刹那，继鸾觉得楚归似乎是想说什么，可是他却什么也没说，但是那目光却极为奇怪地，有几分恍惚似地打量着她。

继鸾心里有些不放心，试探着问：“三爷，真的没事？”她也不知自己昏睡了多久，别是外面又生了什么事端吧。

楚归道：“嗯……能有什么事儿。”

继鸾道：“三爷你……是不是累了？”

楚归奇怪地望着她：“什么？”

继鸾迟疑道：“三爷的……脸色不是很好。”

岂止是脸色不是很好，神情也不对，哪里有半点在龙头会上那种生龙活虎气焰嚣张力压群雄的精神？却好像是魂不附体。

楚归双眉微蹙：“哦……”

继鸾不敢再说，望着盖在自己身上的被子，忽然想就这么躺在床上跟楚归说话是不是有些太……怎么说呢？逾矩？过分？两个人没熟络到那种地步吧。

龙头会上他那一搂一抱，可以解释为他担心，担心她这个保镖，或许也是欣慰她替他赢了……当时她跟魏云外相拼，起初是因为他，渐渐地就想要真的证实一番自己，没想到头脑一热就冲了拼了，果然是近墨者黑，被他传染了一股“疯劲儿”。

现在想想才觉得后怕，那时候的确不能那么豁出一切似的……万一她有个三长两短，祁凤怎么办？

继鸾后悔。

继鸾转头看看天色：“啊，祁凤快要放学了。”

楚归淡淡道：“我安排人去接他了，你不必担心。”

继鸾一笑：“多谢三爷。”楚三爷总是这样心思缜密，什么都替她想到了。

楚归在旁边看着她那个淡淡的笑容，慢慢地站起身来：“继、继鸾……”声音低而有些哑然，他挪了一步，盯着她，微微俯身靠前了一点儿。

继鸾一愣，转头看楚归，疑心自己听错了什么，先前他总是几分轻佻地叫她“鸾鸾”来着啊。

楚归被她双眸一看，忍不住直起身子来，脚下又后退了一步，像是说错了或者做错了什么似的，眼中夹杂着震惊跟茫然的神情。

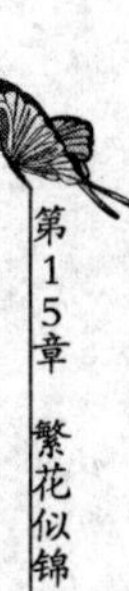

继鸾心里发懵，但面对这样反常的楚归忍不住又有些忐忑：“三爷，您……刚才叫我吗？有、有事吗？”

楚归的脸一阵红一阵白地，嘴巴张了张，像是要说话，可是却一声也没发出来，最终转过身，一言不发地匆匆出门去了。

“三爷？”继鸾震惊。

楚归理也不理，走得忒急，以至于被半拉开的门扇撞了一下，但是他一声没吭也没停步地冲了出去……倒有几分像是“夺门而逃”的姿态。

继鸾目瞪口呆，望着那敞开的门扇，抬手摸摸额头，忧心忡忡：“我……是不是做错了什么事儿惹得他不高兴了……”

楚归奔出继鸾的卧室，往旁边急急走开几步才停下，身子有些微微地战栗，目光游弋不定。

“我这是怎么了？”楚归抬手，在胸口一按，“怎么连好好地一句话也说不明白，心也跳得好像要炸开似的，为什么不敢看她的眼……可是却又很想要……很想要、忍不住地想看着她甚至……”

楚归直直站在原地，他回想着继鸾的脸，她的眉毛，眼睛，鼻子，嘴巴……他的心跳得越发厉害，身体却有一种压抑不住的渴望。这种渴望越来越明显，越来越强烈，就好像是小溪流汇聚起来，渐渐地成了大海，势若破竹，无法阻挡。

楚归呆站在原地，甚至连管家匆匆地走了进来都没有发觉。

李管家见他在，刚要出声唤，楚归却猛地转过身，往回疾走。

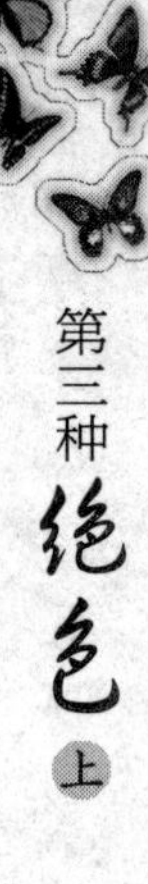

继鸾在卧室内想了一会儿，只觉得莫名其妙想不通，正要将被子掀开，起身出去看一看究竟情形如何了，却听“砰”地一声，半掩的门竟又被推开，楚归急匆匆地去而复返。

继鸾见他表情有几分肃然，心头一凛，心想：“果真出事了吗……”

正要问楚归发生何事，却见楚归来势不停，一直奔到床边。

意外中继鸾瞧见他肩头的长发往后飘了一飘，心头有一刹那的茫然之际，便觉得脸被人捧住，她被迫抬起头来，而后……

楚归压下来，双唇生涩而仓促却准确地贴在继鸾的唇上。

继鸾大惊失色，就算明知道发生了什么，却反应不过来为什么会发生什么……

她愕然而震惊地瞪大了眼睛，却赫然看到近在咫尺的楚归的脸，他双眸紧闭，长睫毛微抖，几乎要戳到她脸上来似的。

继鸾木呆呆地望着，整个人如被雷打过，不知所措，如梦似幻。

一直到身后嘈杂的声音道：“三爷正忙……真个不行……”

又有人道：“他忙什么？连我都不能见？”

这些声音似远在天涯，又似近在门口，继鸾被楚归挡得严严实实的，什么都看不清楚，神智却有些回归。

继鸾张手欲挣扎，然而她人在床上，气力又才恢复不久，正在仓皇乱动，却感觉楚归的手擒住她的双肩，将她往后一压，他的唇张开，无师自通地含住她的，那种暖暖的软软地……还有些湿润的感觉……

继鸾几乎窒息。

一直听到有人“啊”地惊叫了声。——果真就在门口。

可楚归没有听到，也看不到，鼻端嗅到熟悉不过也渴慕不过的气息。他压着她，紧紧地擒着她，双唇相接的瞬间，所有的猜疑、不解、顾虑都被抛到九霄云外，似乎眼前就只这一个人，能救他命的只有这双唇。

本来什么也不懂，却本能地渴望着，渴望之中又渴望更多，简单的一个动作，平淡的唇瓣相接，却将他整个人点燃起来。

他含着这双唇，说不清上面有什么魔力，可是却让他无法开释，不能离开分毫，他想要，包括这所有的一切。

他的手颤抖着却极稳地按在继鸾的肩上，想把人抱入怀中，唇死死地贪婪地含住她的唇，想要把人吃进肚里。

就好像是他曾经渴慕已久的东西，或许是他三魂七魄本就不全，如今那另一半才又契合了回来。

先前他进进退退，思前想后，难以解释，无法释怀，但随着这个吻尘埃落定，楚归终于明白、也终于找到他心里真正想要的。

他一旦抓住，绝不放手。

2

继鸾走江湖的经验是极为丰富的，但涉及男女之间的那点事，却正好相反，从头到脚从里到外都是没萌芽的种子，散发着一股青涩气息。

先前在平县的时候，有个栗少扬对她极有好感，但对继鸾来说，栗少扬是从小到大跟她一块儿长的……两人之间的交情是没得说，可称兄道弟的情谊却以毁灭性的强大气场把本该是“青梅竹马”的男女之情压制得死死的。

而对继鸾而言栗少扬也属于“太熟了不好下手”的类型，因为太熟，也因为栗少扬对她的那种意思曾表露过几次，继鸾“颇为深思熟虑”地想得更多，甚至想到能不能为人妇，能不能伺候好婆母，能不能过好日子……但属于男跟女之间的那种“爱”，对她来说却几乎从没考虑过。

之后误打误撞来到了锦城，虽然第一个遇到的是楚归，但在继鸾眼里，三爷是个可远观而不可亵玩的、高高在上令人心生畏惧的主儿，完全没往那方面儿想，倒是对柳照眉……

柳照眉是个异数。

继鸾本身是个聪明沉稳的人，所以才能以一个女人的身份在外头行走江湖，养家照顾陈祁凤，但另一方面，却极为迟钝，又因为总是考虑着如何好好地养家，也实在没心思去想。

但柳照眉是什么人？八面玲珑心思细腻的女人都自叹弗如，柳照眉在锦城的红尘中摸爬滚打，着实见惯了无数风月，可是对他来说，一份真的“情”，却也的确是天上月，可望而不可即，一直到遇到了陈继鸾这个人。

从最初的不怎么瞧得起到渐渐地喜欢上她，柳照眉就像是真的见到了那轮他够不到只能望着的皎白的月，他想要抓住，抱入怀中。

方寸戏台上他是主角，演的也有不少情情爱爱生死纠葛，戏台下他长袖善舞，依旧光彩照人地跟各方神通打交道，他每天似是活在别人的戏码里木讷养着自己的心，一直到遇到继鸾，他的心动了一下。

柳照眉对继鸾留了心也留了情，他也知道，陈继鸾对他……也是怀有一份“好感”的，他不会放过这个机会。

就隔着一层了，虚虚地一层。

继鸾对柳照眉的心思，只需要再稍微加点火候，便是木已成舟，成就一段俗世姻缘。

继鸾确实是动了心思。

柳照眉算是这么多年来让继鸾第一个动了点心思的男人，虽然在大多数人的眼里，那个男人……有点不像是男人，他太温柔，戏台上的角色太出彩，令人疯魔了着迷了，几乎不去在意他的性别。

可是继鸾喜欢他，虽然从来没有说出口，但继鸾心里真的很喜欢柳照眉，那段短暂地在他身边保镖的日子，她见识他的温柔，他的风采，若有若无地情愫在萌生，偶尔目光相对，都有恰到好处地暧暧昧昧在勾缠。

继鸾没见过柳照眉这样的男人，这般地风情。

陈祁凤对她半开玩笑说的那些话，继鸾心里也不是没想过的……其实，如果能真的跟柳照眉在一块儿过日子……

那好像，也不是什么坏事。

继鸾一来对此毫无经验，一点儿刚萌的情愫都在柳照眉身上，因此对于楚归的种种举止，在她看来一概莫名，或者用别的说法解释，甚至他去而复返，吻了下来……

那刹那继鸾觉得自己变成了石块，心头本能地在思考：楚三爷如此举止，又是在做什么？出了事？还是什么计策？

乱七八糟地想法在脑中心中飞旋，就是没有“楚归对自己动了情”这则选项。

继鸾的脑中乱了空，空了又乱，几乎窒息，又找回神智。

唇上传来的异样感觉令她大不安，但这并非最坏的，楚归的手紧握着她的肩膀，整个人几乎要压过来，把她压在床上。

继鸾开始害怕。

楚归的唇开始热，整个人散发着热烈的气息，相对于男女之间那点事儿，三爷这反常的举止却先让继鸾感觉到一件事……先前继鸾视楚归如洪水猛兽，而此刻楚归的举止，就好像在捕食。

那种迫切地想要吞灭似的气息……

继鸾身子一震，手自被子底下挣扎出来，在楚归的胳膊上一握一扭，耳畔听到一声痛呼，楚归松了手。

继鸾手不停，抬起往前一挥，只听得“啊”地一声惨叫，跟门口的尖锐惊叫一唱一和，此起彼伏。

楚归被从床上打落地上，手捂着眼睛，蒙头蒙脑地反应不过来。

而继鸾望着自己的拳头，也有些发呆……怎么就一下子打出去了呢？

然后她转头，望见门口上高高矮矮地站着的几个人。

——李管家，楚归的大嫂林紫芝，以及密斯李。

面色各异，好生热闹。

林紫芝跟密斯李都变了脸色，两个女人的眼睛齐齐地都瞪得圆溜溜，嘴也是圆的……她们已经尖叫了有一阵儿了吗？继鸾的耳朵都在嗡嗡响。

李管家到底是男人，略微镇定一些，急忙冲进来："三爷您怎么样？"赶紧地把人从地上扶起来。

楚归捂着一只眼，这会儿魂魄才缓缓归位，脸上红红地，眼睛疼疼地，心里满满地……又是喜悦，又是有一点惊慌，一点害臊："没、没事儿……"

楚归说没事儿，李管家却吓坏了惊死了，从小到大没人敢动三爷一根手指头，若不是继鸾是楚归命令好生看待的人，李管家即刻就要破口大骂，饶是如此，却提心吊胆地按捺着："三爷，这……这真没事儿吗，还好吗？"上下打量他，最后目光落在楚归捂着眼睛的手上。

楚归咳嗽了声，感觉眼睛不算太疼了，便将手撤开："说没事就没事！"

李管家一看，整个人从脸黑到了脚趾头。——三爷那张完美无瑕的脸上，那么漂亮的眼睛，一只白，一只乌青，看起来怎么这么像是……

李管家直直地站着，愣愣地看着，忍不住又回头瞪向继鸾：这可真下得了手去啊！

楚归背对着继鸾，继鸾自然看不清，但却也知道自己闯祸了，虽然这闯祸的原因……不在她。

继鸾即刻把被子掀了，下了地来，试着往前一步："三爷……对不住。"

楚归听了身后这个声音，没来由地居然笑了一下，心里就那么自然而然欢欢喜喜地："呃……"他转过身来。

楚归一回身，继鸾便看到他眼窝上发青发紫，顿时心里像是塞了个鸭蛋，哑然失色：这……这……

这会儿门口两个女人终于从惊呆状态苏醒过来，一前一后跑了进来。

林紫芝抓住楚归的手臂，尖叫不已："老三……这究竟是怎么回事？啊！你、你的眼睛！"满脸痛心疾首的震惊，继而转头看向继鸾，提高声音叫道："你是谁！你好大的胆子！你怎么敢……"

密斯李痛苦地抓着两腮站在旁边，崩溃似地跟着叫："天啊，我简直不敢相信我的眼睛！你居然去……去……吻……"

林紫芝奋力摇晃楚归的手臂："老三你说啊，她是谁？你们刚才……"

她同样也不敢相信自己的眼睛，眼前这个看起来普通得跟一杆竹或者一副卷轴的人

……勉强看出是个女人，楚归方才在亲她？

李管家反而被挤在了旁边，但却也默默地用谴责的眼神斜视继鸾。

被这么多人围攻的场面不是没有过，但这事情的起因却如此离奇，让向来泰山崩于前而面不改色的继鸾也有些不淡定，她又不能出面解释发生了什么，于是便闭口不语，只是脸有些发红。

楚归扫着继鸾，那目光在她脸上来来回回地逡巡，望着她有些微红的唇，身体里没来由地又发热。

楚归不由自主地抬手，想要摸一摸自己的嘴唇，碍于旁边三个灯泡在场还是及时地悬崖勒马，只咳嗽了声："没……没事啊。"

向来伶牙俐齿的楚三爷，此刻仿佛只剩下了这一句话，反复利用不停重复。

两个人之间只有一步之遥，继鸾还能垂眸装死，楚归却不能，眼睛打量一会儿她便又闪烁躲开，脸却越来越红，真是越来越有几分欲语还羞的风采。

林紫芝本来想要等楚归出言解释，譬如是继鸾不自量力扑上来"强吻"他——这也不是不可能的，楚三生得绝好，锦城十二岁以上八十岁以下的女人都知道，不知多少人暗地垂涎，何况她身边儿就有一个恨不得一口把楚归吞了的。

林紫芝已经准备好大声呵斥继鸾了，没想到楚归却竟是这个表现，向来冷淡的老三这幅样儿，简直在无声地向人说明：他跟这个看似其貌不扬的女人是有一腿的。

这幅"我们之间有奸情"的气场，让林紫芝一口气噎在喉咙里，差点儿晕过去。

相比较林紫芝的震惊，密斯李也好不到哪里去。

先前她来找楚归，却见继鸾在楚宅过夜，楚归更是表示自己跟继鸾十分亲昵，密斯李"痛苦得要死掉了"，便去找林紫芝哭诉。

林紫芝安慰了她一番，又听说楚归跟个奇异的女子"不清不楚"地，便要亲自来看一眼。

谁知道这一看，便目睹如此惊爆的场景。

密斯李只是想来胡搅蛮缠一番，最主要是见楚归，做梦也想不到拉着林紫芝来反而会真的见到这么一场。

楚归是她一眼就看中了的，她心心念念惦记了这么久，口水流了无数，忽然间这块肉落到了别人嘴里，密斯李只觉得自己的芳心碎成了一片一片，哗啦啦地落满地。

起居室里众人心思各异，继鸾很无奈，正要找个由头先出去，却听得外头有人说道："我姐真的答应住在这儿？你可别骗我！"

然后是老九的声音："骗你干什么？是三爷亲自吩咐的，看到了吗，前面那个房间，就是鸾姐住的，你的另外安排。"

“鸾姐……哈哈……那我是不是该叫二爷啊！”

“您多包涵，这可不行，不然我们三爷怎么称呼啊？”

“哼……他……”

你一言我一语地，渐渐靠近了过来。

继鸾听到是祁凤的声音，心头一动，便要往外走，楚归却活络起来，一把握住她的手腕：“你得好好休息，别乱跑。”

继鸾却一阵惊怕，想也不想就把楚归的手抖开：“三爷！”他发疯了吗？哪根筋儿不对了吗？但是当着这么多人的面儿，真不好意思说。

旁边林紫芝的眼睛瞪得要掉出来，幸好门口多了一个人，竟是个俊俏的少年，望内一看，见这么多人在吓了一跳，一直看到继鸾后才一阵欢喜：“姐，你果然在这儿！”

继鸾见祁凤要进门，急忙迈步往门口走去，含含糊糊道：“是啊……你回来啦……”不由分说地捉住祁凤，拉着他离开门边：“我有事跟你说。”

祁凤来不及跟其他人仔细照面就被继鸾半拉半拖地离开了门口，心里头一阵纳闷，他转头看继鸾，却见继鸾的脸色红红白白地，有些不自在似的。

祁凤机灵，当下一皱眉：“姐，刚是怎么啦，那么多人……他们别是在欺负你吧？”

继鸾猛地一咳嗽：“胡说，谁敢欺负我？”

两人走到客厅，继鸾四处看看，觉得这个地方也不保险，便拉着祁凤出门去。

那边儿上留下几人在起居室，林紫芝还要问：“老三，你说……”

继鸾走了，楚归也“醒”了似的：“啊……大嫂，你怎么来了？”竟好像才认出了林紫芝。

林紫芝倒吸一口冷气，本能地想要摸摸楚归的额头。

楚归看她抬手，一股香风扑面，急忙后退一步，笑道：“大嫂，别别……我又不是三岁小孩儿。”

林紫芝呆滞。

楚归说着又看密斯李：“哟，迷死李，你也在啊……你能不能少往这儿跑，当这儿是你家啊？”果真醒过来了，重又伶牙俐齿地褒贬人。

李管家在一边有点发呆，楚归却转过身往外走：“这是继鸾的房间，别在这儿呆着了，咱们出来客厅坐吧。”他若无其事地，顶着一个黑眼圈施施然出去了。

密斯李眼泪汪汪：“嫂子，你看看他……”像是随时要痛哭一场。

林紫芝也有些发毛，喃喃道：“别急别急，我看老三怎么迷迷瞪瞪似的，别是中邪了吧？”

密斯李扁着嘴道：“是中邪了！前些日子还说跟人家上床，这会儿倒是爬到别人床上

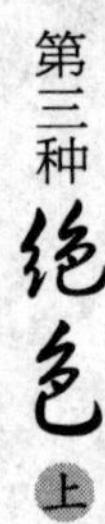

去了！”

林紫芝打了个哆嗦，李管家忙装作什么也没听见的样子疾步出门，站在门口才道：“大奶奶……李小姐，请……”

林紫芝用力拉拉密斯李：“行了行了，别急……我看啊，那个女人有些奇怪，也许老三是一时鬼迷心窍了……咱们出去探听探听。”

密斯李抽抽鼻子，挺了挺胸：“嫂子，三爷得是我的……我可不能白白地把他让给别人。”

“是是是。”林紫芝只觉得额头汗淋淋地，那个女人是有些古怪，可是这密斯李看起来也不算太正常啊……她忽然有些儿头疼。

楚归没被“情”魇住，整个人就又生龙活虎起来，打起精神同林紫芝密斯李两人周旋了会儿，便不动声色地送客了。

送人出花厅的功夫，楚归站在门口的青瓷大花盆处，一转头，看到旁边庭院里若隐若现的人影。

“三爷，陈姑娘跟她的弟弟在那边说话，说了有一会儿了。”李管家有些不情不愿地回答，他还记恨着继鸾那一拳，想着，就看看楚归的脸，那一边儿的眼圈越发黑了，幸亏他忠心耿耿才没笑出来。

“哦……”楚归漫不经心似地答应了声，背着手迈步往那边走去，将有几步之遥，却听到祁凤道：“那我听姐的……可是姐，柳老板那边儿呢？”

楚归一听，两只耳朵顿时就竖得直直地。

3

楚归往这边儿走的时候，继鸾已经留心到了，她已忙着把话说完了，却没想到祁凤会问出这句来，当下在他臂上轻轻一拍。

祁凤立刻明白，果真噤声，这会儿楚归见两人不再说话，他自也知道继鸾多半是发现了他的身影，他也不躲躲藏藏，反而一径走了出去，笑哈哈道：“你们两个躲在这儿说什么呢？”

经过方才之事继鸾有些不大肯面对楚归了，然而仍旧忍不住瞥了一眼，谁知一看之下，心中越发哑然。

祁凤本是背对着的，闻声就转过身来，等看清楚了楚归的脸，祁凤愣怔片刻，旋即哈哈大笑起来，一笑便不可收拾，笑一会儿又看楚归一眼，重新捂住肚子笑得弯了腰，几乎要滚到地上。

继鸾连连咳嗽数声都没有拦下祁凤，无奈之下便抬起脚轻轻地在他腿上一踢，祁凤反应过来，勉强忍住笑：“三爷……”眼角都沁出泪来。

楚归正在莫名，见状便淡定道：“哦……”

祁凤看他，“噗”地一声，又忍住，道：“呃……我先走啦，你们说。”他不敢再看楚归，生怕笑个不休，便急急地走了。

楚归望着祁凤离开的身影，假惺惺道：“这孩子……真是活泼可爱。”

继鸾望着楚归，心中隐隐地有几分忧郁，看样子楚三爷自己还不知道……如今他的造型究竟是如何的。

继鸾那一拳，说实在不算太狠，因为知道对方并非是致命危险的人，只是下意识地防御而已，但继鸾自小习武，自然也不是那种只好看不中用的花拳绣腿，这一拳过去，把楚归从床上打到地上，呆呆地半天没有反应过来。

也就是楚三爷如今的心境不同以往，若是以往，早就暴跳如雷了。

可是他大概是心情太好了些，竟把肉体的痛苦淡化得近似于无，更不知道自己现在是个什么模样。

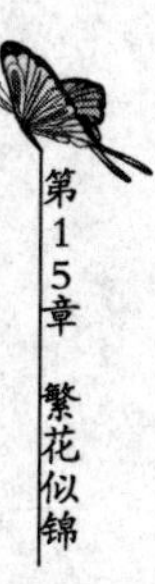

左边的眼睛，整个儿乌黑起来，他人生得白皙如玉，这一团的乌黑便更加打眼，就好像用墨汁调和了抹匀了似的……像是半面熊猫。

可惜继鸾又实在不好说。

楚归仍旧是那副自在的模样：“在跟祁凤说什么？”

继鸾心情复杂，不敢看他：“随便说些事儿……李小姐两位走了吗？”

“嗯，刚走……”楚归随口应道，“我大嫂就是多事儿。”

继鸾扫一眼他，咳嗽了声：“三爷……”他就以这幅模样跟那两个女人说话的吗？想了想，为了自己的人身安全，继鸾还是只问道：“三爷……没事儿吗？”抬手略微指了指自己的眼睛示意。

楚归笑得自在而得意：“你还记着啊，没事儿，三爷不是吃不起的人，小意思。”

继鸾认定他大概是没照过镜子不知道残忍真相的，心里叹了声，道：“说起来，我有件事要跟三爷说。”

楚归道：“嗯，什么，你说。”他往前一步，低头望着继鸾，只是靠近了一步，心忽然又噗噗乱跳起来。

把楚归吓了一跳，悄悄地抬手在胸口一按，心道：“嚯……这是怎么啦，有这么厉害么，还是说我是病了？”

继鸾却不知道楚归此刻的心情，继鸾想了想，便道：“三爷，你可还记得当初在这里

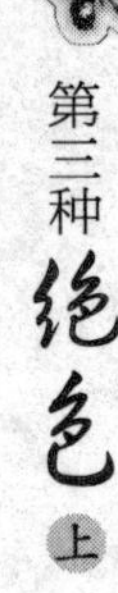

三爷跟我说过的话吗？”

楚归抬眸看她：“嗯？什么？”

继鸾把心一横：“就是那晚上……下雨的那晚上我来求三爷的时候……我对三爷说……我说、卖艺不卖身的时候……”

楚归心头一紧，原本放松的脸色也变了，显然也是想了起来：“……如何？”

继鸾道：“三爷当时对我说了什么，三爷可还记得吗？”

楚归的眼睛打量着继鸾，莫测高深地：“怎么了？”

继鸾见他始终不回答，便道：“三爷不记得了的话也没关系，我是记得的，当时我说了这句话后，三爷嘲笑我……说我是极有自信的，我才知道原来在三爷的眼里我像是个男人一般，三爷还说……如果三爷愿意，锦城的女人从楚府门口一直能排队排到浅海湾……”

“行了，”楚归淡淡地开口，“你想说什么？”

继鸾抬头对上他的眼睛：“我是想说，当时听了三爷这话，虽然有些不自在，不过还是极放心的，先前我走江湖的时候，也都把自己当成是个男人行事，这样儿容易些，也少些麻烦，而当初虽然是被迫答应跟着三爷左右，不过自从那晚上应了誓，便只是一心一意地为了三爷鞍前马后，从来没有什么私心，与此同时，我也希望三爷也是这么看待继鸾的。”

楚归的心头发冷，忍不住又一沉：“陈继鸾……”

继鸾把这些话说得差不多了，也没什么退路了，总归要跟他说清楚，总比不明不白地纠缠着好，何况他也不是能跟她纠缠着的那种人。

继鸾便道：“三爷跟我本就不是一类人，三爷的心智，身份……皆跟陈继鸾是天壤之别，我待三爷如何，只是分内之事，三爷不必放在心上……就如三爷所说，三爷若想要女人，那……”

“住口。”楚归开口，声音极冷。

继鸾打住，楚归望着她，不知为何心里那股寒意竟无法遏制，就仿佛数九寒天冰天雪地，几乎把他冻僵了，连一句话也说不出来。

两人面面相对，沉默了片刻，继鸾勉强又道：“是我自不量力，有冒犯三爷的地方，还请三爷多多见谅……还有一件事，继鸾说完就不再说了，前日三爷让我带着祁凤住在这宅子里，当时事情紧急也顾不上跟三爷多说，现在事态已经稳定下来，外头也不会有什么凶险，因此我想……”

“你休想！”什么也想不到，也不知要说什么，但是这三个字却是毫不犹豫地跳出来，斩钉截铁。

继鸾愕然，犹豫了会儿，却又道：“我知道三爷原先是为了我们着想，但是委实不便，祁凤还养着小黑，三爷是最怕那个的……还请三爷……”

楚归咬牙，声音阴沉却不由分说：“够了，我不准，就是不准！”

继鸾双眉一蹙，似乎觉得楚归太过……独断不讲理，可是三爷本就不是个能讲理的人，继鸾忍不住轻轻叹了口气。

继鸾这一颦一叹，楚归都看在眼里，他心里发凉，是再也明白不过的：她不喜欢他，先划清了界限，然后急切地想离开他，这种认知让他心急如焚，隐隐地还有些愤怒。

似乎是意识到了这样下去不行，楚归迅速地镇定下来：“你说的我都听明白了，只不过现在局势不稳……你不明白，这不过是暂时的安定下来，你得留在这里，哪也不许去，知道吗？”劝说似的语气，却绝不许人质疑或者反对。

继鸾望着他的眼睛，只好暂退一步：“三爷若是明白我说的，那我便听三爷的，没别的事的话我先回去啦。”

“去哪？”

“祁凤把小黑留在柳老板那……”

“我派人去拿来，你不许去！”

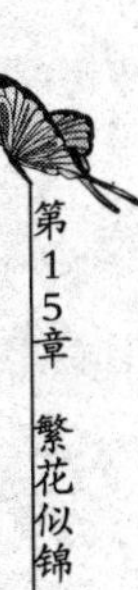
第15章 繁花似锦

继鸾又皱了眉，楚归顿了顿：“我是说你身子才恢复几分，不要乱走动了，回去歇着吧！”

继鸾叹了口气，迈步要走又道：“对了三爷……您的眼睛……还是给医生看看好……涂个药膏什么的。”

楚归听了这个，精神又是一振，似笑非笑看着继鸾道：“你这是关心三爷啊。”

继鸾闭了口，一言不发地转身走了。

楚归哼了声，回到厅内，想了想，晃到屋里拿了镜子打量了一番……

于是刹那间，宅子里又响起一声惨绝人寰的惊叫……

继鸾正找到祁凤，听了这声儿，也知道是发生了什么，忍不住便露出笑意。

祁凤却也笑道：“姐，三爷那眼睛是怎么回事儿？”

继鸾不大好意思说是自己所为，就道：“他……他不小心撞伤了。”是啊，不小心撞到她的拳头上。

忽然想到那个突如其来袭击似的吻，一阵恍惚。

祁凤哈哈大笑：“他多大了，还能撞到眼？”忽然瞥见继鸾的神情，顿时道：“不是吧……姐，你是不是有什么瞒着我？对了，你方才说要搬出去，说妥了吗？”

继鸾听到这个，一时又有些心乱，便道：“三爷说最近会不太平，那就暂时不要搬了，柳老板那……我抽空去说一声，让他别担心。”

祁凤挠头：“总觉得有些古怪，姐，真的没事儿吗？”

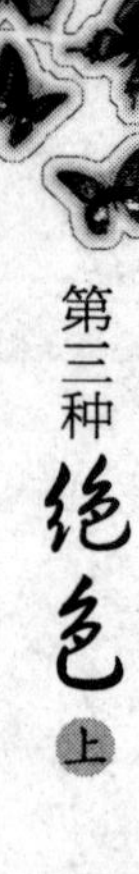

继鸾道：“瞧你，刨根问底儿的做什么？你在学校里安分吗，别给我惹事就行。”

祁凤一听这个，神情就有些异样，却道：“我最近不知道多安分呢，你就放心吧。”

继鸾心思在别处，因此也没留意这个。

继鸾安置了祁凤，便觉有些空闲，信步从后面出来，正沿着走廊走，忽然间望见前方花厅外有一道熟悉的人影。

继鸾定睛看了会儿，果真无误，顿时叫道：“魏先生！”

那人闻声回头，一张光风霁月的脸，一看是继鸾，脸上也露出几分惊喜表情，一笑迈步往这儿走来。

继鸾惊喜交加，也往前几步，两人走到一块儿，魏云外上下一打量继鸾：“大好了吗？”

继鸾一怔，想到自己离开龙堂的时候是被楚归抱走的，便觉有些窘然，手指在脸颊上一挠，低头道：“没什么大碍，多谢先生记挂。”

魏云外看她有几分不好意思，便了然一笑，看看周遭，道：“我有点儿事来找三爷，眼见就要走了，遇上了你也是缘分……你是住在这儿了吗？”

继鸾先前正为这个心烦，闻言便道：“先前并不是……是三爷觉得在这儿方便，才定下来的。”

“哦……”

“对了，我还没有相谢先生。”

魏云外微笑：“谢我什么？”

继鸾道：“若是没有先生在龙柱上的一臂之力，恐怕继鸾现在已经……”

“哈哈……”魏云外笑而不言，只是微微摇头。

两人说了这几句话，却见有个人直直走过来，竟是李管家，道：“魏先生，三爷现下有点儿事，让先生暂且等候，还请先生不要见怪，不如进偏院稍坐片刻，吃一杯茶？”说着，便一抬手，往旁边的院落处略微示意。

魏云外点头：“不劳介怀，我等三爷。”

李管家便又道：“陈姑娘，替三爷照料先生……一同去坐坐吧。”

继鸾正想同魏云外多说会儿，见状道：“这是自然。”

李管家便离开了去，片刻有两个丫头捧了茶水跟点心果子出来，进了偏院，显然是想请两人在彼处稍候。

继鸾一抬手：“先生请。”

魏云外笑笑，两人迈步入了偏厅，见是座三面有楼的院落，建的古色古香，院子中一株花树，像是樱树，一树的花朵烂漫。

魏先生啧啧赞叹：“这地方倒是颇佳。”见那樱花树下石凳石桌，点心果子跟茶水都在上头，又笑：“楚三爷真是周到。”

继鸾虽然美其名曰住在这儿，此处却没来过，见状也有些喜欢，两人对面坐了。继鸾起手倒了茶，魏云外道：“多谢。”继鸾一笑：“先生别客气，这是应该的。”

魏云外笑看着她，问道：“继鸾，你多大了？”

继鸾一怔：“二十了。”

魏云外道：“哦……那么我年长你十三岁。”

继鸾看了看他，道：“啊，不像！”

魏云外气质淡然出众，让人也忽略了他的年纪，细看才觉得那股气质是经过岁月沉淀的，然而单看面庞，却显得极为年轻。

魏云外道：“果真是后生可畏，听余堂东说起来的时候，我还不信呢……”

继鸾笑了笑，魏云外道：“你的招式是太极一脉的，你又姓陈，人人都说当初太极是自陈家沟而起……但太极是传男不传女，你的修为却比陈家正宗传人都要强上许多，我很是好奇你的出身。”

继鸾道：“其实我也不算清楚，武功是家父传授，家父也没有对我多说什么，只让我有一技之长，安身立命则可。”

“好啊，”魏云外点头，“有些人习武是为了扬名，沉迷太甚，便易起争斗之心。你的脾气我倒是极喜欢的……何况，英雄不问出处……”

继鸾松了口气：“多谢先生！”

魏云外喝了口茶，又道：“那么，你可知道我的出身吧？”

继鸾也不隐瞒：“本来不知道，同先生切磋了一番后……我心里有些猜测，先生的招数有些古怪，却浑然天成，我瞧着像是‘自然门’的路数。”

魏云外笑：“真是个聪明的孩子。”

继鸾从没被人用这么宠溺的口吻说过，不由有些脸红：“我只是胡乱猜的。”

当今乱世，出了几位名震天下的武林高手前辈，譬如形意拳的郭云深，太极北斗陈发科，自然门的杜心武，天下第一手孙禄堂……都是极有名气极有人望名声赫赫的高手。继鸾对于太极，形意，八卦都颇有一番研究，同魏云外斗了许久，不免便猜到了他的出身。

魏云外沉吟了会儿，道：“你先前谢我，在龙柱上相助一事……”

继鸾见他忽然又提起这个，便看向他，魏云外道：“其实这番我来锦城，并非是被那几位龙头相邀，一来是因为余堂东所言让我对你有些好奇，二来……是有一件正事。被杨茴峰等人所邀……是这件正事之余的意外。”

继鸾见他细细说来，便道：“不知是何正事？”

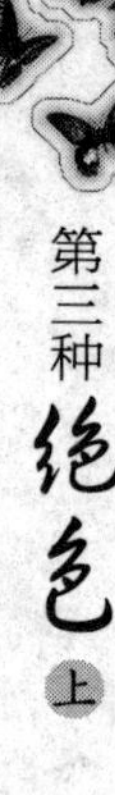

魏云外道："你既然猜到了我出身自然门，那便该也听说关于自然门的传说吧？"

继鸾见他直接便说这个，不由得怔了怔：自然门的掌门杜心武，是个耿直性烈的豪侠，对国民政府甚是不待见，传说里还是个积极偏共的人……只不过继鸾不好政治，自然也不甚关心哪些，现在听魏云外说起来，不由得暗暗惊讶："先生的意思是……"

魏云外笑道："看你的样子，多半是听说了……"

一阵风吹过，头顶的花瓣忽悠悠飘落，宛若一阵花雨。

魏云外瞧着繁花乱舞，缓缓道："杨茴峰等人，不过尔尔，我本不欲理会，只不过因他们是想对付楚三，于是便想做个顺水人情的……然而对手正好儿是你，本来我想试一试你的高低，没想到你竟如此出乎我的意料，我在龙柱上的举止你不必放在心上，一则是我的私心爱才，二则，就算那不是你，我也会承让的，其中原因……你该明白吧？"

继鸾震惊，似懂非懂："先生的意思……难道说……"

魏云外说他是想做个顺水人情给楚归，这就是说他是楚归这边儿的？但他是自然门的人，又偏共，难道说楚归……

这种事情对继鸾而言本来极为遥远，没想到她所敬佩的魏云外居然是个置身其中的人，而且楚归，好像也有些……继鸾一时有些震惊。

魏云外道："如今之乱世，我四处行走，也见过许许多多不出世的豪杰……只不过楚三，他是个奇特之极的人……你不要惊怕，他跟我不同，我跟师父一样，已经立志投身革命事业了，但楚三……你也知道他的兄长楚去非是什么身份，他不会参与其中，只不过……他暗中会资助我们革命的经费。"

继鸾的心怦怦乱跳，声音都有些发抖："为……什么？"

"也许，他有他自己的考量……也许他的眼光够远，知道他在做什么吧……"魏云外缓慢而谨慎地说，说到这里，又道，"继鸾，我之所以对你开诚布公地说这些，是因为我喜欢你这孩子，知道你的心性光明，所以不怕告诉你真相……二来，是因为楚归。"

继鸾越发不解，内心紧张，却按捺着。

魏云外慢慢说道："楚三……他对你有些不同……"

一片轻粉花瓣自空中旋落，竟然落在继鸾面前的杯中，茶水颤动，小小地涟漪漾开。

4

那一恍惚继鸾又想到先前楚归的那番举止，这种奇异的感觉让她觉得很不舒服，甚至有些坐立不安，若非对面的人是她尊敬的"前辈"，恐怕早就拂袖不理。

魏云外望着她的眼睛，沉声道："楚三这个人，若为奸雄，必会让世道水火生灵涂炭，若为骄雄，却可能成为救世的烈焰，他的心性亦正亦邪，我……曾试过说服他……但他的心思，等闲不会为人所动，继鸾，我觉得你可以成为……"

继鸾再也坐不住，站起身来道："先生！"

魏云外一抬手制止了她继续说下去："继鸾，你且先听我说，让他为善，总比纵他作恶要好，如今的世道，群魔乱舞……国民政府腐败，外头的日寇还在虎视眈眈，锦城表面繁华，但这繁华随时都可能化作灰堆……据我所知，日寇已经派了内奸潜伏在锦城进行各方面的渗透，而三爷，恐怕更是他们的主要目标……"

继鸾听了这些，心头越发一紧："先生，我对这些全然不懂，何况我跟三爷非亲非故，我只是他的保镖，负责他的安全……如此而已。"

魏云外微笑着淡淡道："你听与不听，我只说了便罢，我不会强逼你做任何事，只不过……这些话我很想跟你说出来，如果不是你换作别人，我也是断然不肯透露分毫的。"

继鸾对上他诚恳明澈的双眼，叹了声，便也直接说道："先生……我不过是个身不由己之人，本来我也并没想来锦城，只是阴差阳错，对三爷……先生，就让我冒昧说一句，三爷或许是这一棵树，树大根深，又开得繁盛好看，但是我……"继鸾眯起眼睛，仰头看天，隐隐地看到一点鸟雀的影子："我不过是过路的燕雀罢了，跟三爷仅仅是萍水相逢，转眼便会各奔东西……所以有些事我不想参与其中，也跟我没有干系……很对不住，先生。"

魏云外沉默了片刻，才微微一笑，也站起身来，负手看着面前那开得绚烂夺目的树："我在像你这个年纪的时候，对有些事也很不理解，有时候会认定自己不会去做什么……但是世事无常，有些机缘造化，常常在你我想象之外，继鸾，我无意勉强你，就像我无法勉强三爷一样……你自小历练，养顾幼弟，行走江湖，似什么都懂，但有些事情却在你的意料之外……"

风吹花舞，魏云外摆手当空一划，气劲波动，引得花瓣阵起了奇异的波动："你为人无可挑剔，武功上的造诣也令人欣喜，所以我才格外地欣赏你，喜欢你，但你的脾气，却是外柔而内烈的……我只是想提醒你，你练的是太极，但太极的真意，你需要继续参悟。"

魏云外将手摊开，掌心里静静地贴着一朵坠落的花，虽然离开枝头，但并不萎颓，光影中安静地躺着，散发着极安谧之美。

继鸾一时看怔了。魏云外道："但，就算你不肯应承我什么，我其实也是放心的，只要你在他的身边儿，就胜过一切了。"

继鸾似懂非懂，对上魏云外的眼睛，心里却有些沉甸甸地。

“哟！你们两个正谈着呢。”

身后忽地传来一声带笑的招呼，魏云外扬手，那朵花飘坠出去，同满地的花瓣同色。

魏云外跟继鸾两人回头，望见在院子门口上站着一人，那么鲜明生动的人物，白皙如玉的脸上却架着一副圆圆地墨色眼镜。

魏云外上前行了个礼：“三爷。”

继鸾则看着楚归那戴着黑圆墨镜的脸，这会儿已是黄昏，他却忽然闹出这番新式装扮来……然后心头一动，才醒悟过来：这位爷怕是在遮着她留下的那黑眼圈吧。

楚归笑笑地走过来：“劳您久候了，不过我瞧你们说得倒是挺投契的，怎么，聊什么啦？到底都是习武之人，有话说，平日里继鸾对着我，都说不上两句话的，大概我这人让人看着生厌。”

他一边儿嬉笑似的说着，一边儿有意无意地打量继鸾。

继鸾知道他这话里带着几分真意，却假作没听出来的，垂眸安静道：“三爷跟先生有正经事，那继鸾先退下了。”

楚归叹了口气，歪头看她：“瞧瞧，我说什么来着？”

继鸾不肯作声，多说多错，她知道他的性格，只要他有心，总是能挑出刺儿来挠人的。

魏云外看着两人，素净的面孔上隐隐带笑，却不言语。

楚归看继鸾不搭腔，无奈道：“行了行了，去吧，记得好生歇息……”

当着魏云外的面儿，听着这种话，继鸾又想起方才魏云外那话外之意，便咳嗽了声，转身欲走，楚归却又道：“对了……等等，我叫人熬了汤水给你，补血养气的，瞧着也差不多好了，你回去先喝了啊。”

继鸾有些意外，便咳嗽了声：“多谢三爷。”转身飞快地离开了。

剩下两人面对面站着，楚归叹道：“龙堂那件事儿，虽然险胜，不过伤了胳膊，那血流的……可真吓人。”

魏云外微笑道：“三爷很是体恤继鸾啊。”

“那可不是，只可惜一片心意，人家不领情。”

“哈哈，有道是：此情可待成追忆，只是当时已惘然……”

楚归墨镜后的眼睛瞥向魏云外，道：“什么……文绉绉的，情啊意啊，我是不太懂的，不过还‘惘然’，听起来可有点儿不吉利啊……魏先生竟然爱好这些。”

魏云外一笑，抬头看向旁侧的楼阁：“三爷这院子建得巧妙……若我猜得不错，正厅这楼，通着进门的花厅吧？”

楚归双眉一动，忽地露出笑容：“聪明！你果然是个聪明人……这么想想，你每次都来啃三爷一大笔钱的那份儿心疼也缓了许多。”

两人相视而笑。

继鸾回到厅里，果真看佣人送了煲好的汤上来，继鸾捧进卧房，看着眼熟的床铺，一时又有点儿心烦。

静静地坐了会儿，觉得汤冷了些，便捧起来喝了口，一股浓浓的中药味。继鸾想到楚归说的，勉强喝了口，便放了下来。

“怎么不喝了？要趁热喝才有效。”门口有人说道。

继鸾回头，却见是楚归，仍旧戴着那副眼镜，墨镜挡着他的眼睛，让她看不清他究竟是什么表情。

“三爷，待会儿……再喝……”继鸾含糊地搪塞一句，见他进来，本能地也站起身来。

楚归走了进来，一直走到继鸾跟前，看她一眼：“不会已经冷了吧？”手往前一探，手指擦过继鸾的手指滑到碗上：“哟，还是热的。”

继鸾一皱眉，略觉脸热，却又不好说：“三爷不必为我费心。”

“这是应该的。”楚归看看左右，自顾自往床边儿一坐：“你还不知道，若不是你晚上跑的那一趟，三爷可要吃大亏的。”

继鸾不解，楚归道：“还记得你给我的那支枪吗？从暗杀你的人手里夺来的？”

“记得。”

楚归道：“那支枪是新造的，锦城的军火我最熟悉，有进出的多半也经过我的手，我怎么会不认得……那盒子枪面生得很，我一看便知道不知是谁吃了豹子胆偷偷地运军火进来……多半还是大批的，再加上龙堂会那件事，他们就是想对付我。”

继鸾这才明白过来：“原来三爷那晚上唤九哥来，是为了这件事。”

楚归点头：“是啊，所以说多亏了你。”

继鸾垂眸道：“我也只是无心的。”

楚归望着她：“无心……好一个无心啊，我可真怕你真个无……”

就算面前是墨镜遮着，继鸾却仍能感觉楚归炽热的目光，透过镜片看到她面上来，继鸾咳嗽了声，假作不在意地捧起碗来喝了口汤。

楚归安然坐在床边：“跟魏先生说了什么吗？”

继鸾喉头一梗，差点儿被噎着：“没……也就随便说说话。”

楚归嗯了声：“大概也知道他是什么人了？”

继鸾见他问的直白：“我知道魏先生出身自然门……”楚归静静地看着她，也不言语。沉默中，继鸾忍了会儿，终于按捺不住好奇问道：“三爷……很待见魏先生？”

楚归蓦地一笑，墨镜底下，虽看不见明眸，却瞧见光洁如玉的皓齿："连这个也知道了，魏云外果然对你够大方。"

继鸾不理他话外之意，低声道："三爷……为什么会……"她想问楚归怎么会跟魏云外有所牵连，毕竟楚归的出身，以及楚去非的身份……都有些敏感。

楚归挑眉道："这个……三爷觉得这些人很有意思，所以……就想看看他们能闹腾到什么地步。"

继鸾哑然："啊？是这样？"只是好玩？亏得魏云外说他什么"有远见"。

楚归慢腾腾道："嗯……就是这样儿，我这人喜欢看热闹。"他又冲着继鸾开始笑，幸亏是戴着墨镜，不然的话……

委实太荡漾了些。

继鸾只觉得口干舌燥，一抬手把剩下的汤药全都喝了。

晚上管家忽然接了个电话，居然是找祁凤的，李管家将这事告诉了楚归，楚归问道："什么人？"

李管家说道："是个女孩子，说是叫林瑶。"

"林瑶？"楚归沉吟了会儿，露出看好戏的表情，"我记得林市长的千金好像……你去吧，告诉陈祁凤，接不接由他自己。"

李管家果真便去了，不一会儿祁凤慌里慌张地出来，接过电话，压抑着声音怒道："林瑶！你疯了吗！谁让你往这里打电话……不对，你怎么知道我住在这里？"

祁凤一边说，一边有些鬼鬼祟祟地，不住回头瞥楚归。

楚归瞧他一眼，哼了声后便慢慢起身出外，步出花厅，往旁边走开数步。

他在院门口望着院内，月光下那一地的繁花似锦。

楚归怔了会儿，不知不觉迈步往里，夜风徐徐，不时地有三两花瓣从天降落，楚归呆呆地看着这月光下的静美花树，喃喃自语："我……是树吗？"

月色温柔，花树绝美，楚归站在其中，月白身影更如谪仙，清冷的发丝在背后随风微微摆动，有花瓣亲吻其上。

他独立良久，心底浮现那道影子之时，整个人才从冰冷里头又觉出些暖意来。

今夜继鸾早早地睡下，大概的确太累，又喝了汤药，昏昏沉沉地吃了晚饭便回了房。

厅内祁凤还在对着电话小声咆哮，楚归一笑，悄无声息地绕过花厅，深吸一口气推开客房的门。

床帘半掩，月光一线透进来，床上继鸾睡得沉稳，浑然不曾知晓有人进门。

楚归几乎屏住呼吸，蹑手蹑脚来到床边上，低头看向继鸾，目光细细地描绘过她的眉眼，口鼻……情难自已。

第16章

为情所困

1

继鸾早上起来的时候，觉得浑身有点儿说不出的别扭，下地后掀起袖子看了看臂上的伤，却见好好地没再渗血，继鸾试着动了动胳膊踢了踢腿，又觉得没什么大碍。

继鸾摸着头思忖了会儿，记得昨晚上吃了晚饭喝了汤药后，困倦非常，然而睡得沉酣香甜，自觉也没什么不妥……想这点儿别扭必定是那场比试太激烈留下了点儿后遗症，过几天便好，于是也没放在心上。

继鸾洗漱完毕，出了内堂，才出门，就遇到楚府的佣人，毕恭毕敬道："姑娘您醒了啊，三爷正在厅里等着您吃早饭。"

继鸾答应了声，心道楚归等她吃什么早饭？本来想去看看祁凤的，瞧瞧走廊尽头射进来的那一地阳光，心想时候不早了，祁凤莫非已经上学去了？便也来到厅里。

果真见楚归正坐在太师椅上，很是安静地一动不动。

这个人，这个姿势，若不看那张脸，单看这个华丽的打扮跟周遭古雅的摆设，十足十地一个耆老、古董，但一看那张脸便"妖异"起来。

但继鸾是领教过三爷一瞬间从斯文儒雅到狂暴黑化的本事的，因此便只将这份很具欺骗性的华美视而不见。

楚归似乎正在出神，连继鸾出来了都没察觉，眼皮儿不带抬一下的，那神色却依稀有些古怪，似乎带着快活笑意，又像是装模作样地忍着那份活泼泼地笑，整个人似笑非笑，似颦非颦。

继鸾看得稀罕，她落足本来极轻，此刻见楚归发呆，生怕惊吓到三爷，到时他必定又要如一只炸毛的狗儿般乱咬，于是继鸾便有意弄出点儿响动，果真三爷才从梦里醒来似的，茫茫然一抬眼。

这一抬眸，把继鸾看得心头一阵乱蹦，眼前这双眸子水汪汪地，波光潋滟，美得令人心悸……

继鸾自诩定力十足早就免疫，却也是看了一眼便暗自皱眉，赶紧低了头见礼："三爷！"

楚归身子挺直了些，那双眼睛上上下下地打量继鸾，目光在她肩头跟腰间略作停顿，白皙的脸颊上飞快晕了一层薄红。

"起……来了啊，咳，"楚归终于开口，声音有一丝压住了的微颤，"睡得……如何啊？"

继鸾道："睡得极好，三爷也好？"

楚归的眼睛连眨数下，慢慢道："啊……好……好得很。"

继鸾略低着头，心里越发不以为意，总觉得他有些古里古怪地，却不好说，只好顾左右而言他："三爷，祁凤呢？"

"咳，"楚归见她抬头，便一低头，手指在下颌处揉了揉，道，"他已经上学去了，嗯……临出门让我给你捎句话。"

"什么话？"继鸾一听，这才又看向楚归。

楚归被她一看，双眸急忙便垂而下看："嗯……没什么大事，就说他吃了饭了，也会好好地在学校里，就这些。"

继鸾听这都是些家常闲话，便一笑："是我睡过头了，可真不好意思，还要让三爷替他带话。"

楚归低低咳嗽了数声："那也是有的，你昨儿……劳累太过了，该好好歇歇是真。"说着，便又瞥继鸾。

继鸾又笑："已经大好了，三爷不必挂碍，对了，三爷没吃饭吗？"

楚归听到一个"饭"，便起身："是了，等你呢。一块儿吃吧。"

继鸾忙道："三爷，我这怎么敢跟三爷同桌，以后三爷就自请吃好了，不用等我。我不过就是三爷的一个保镖。"话昨儿已经一鼓作气挑明了，不过是个保镖而已，就像是老九一般，几曾见过老九也上桌儿的？

楚归一听，就皱了眉："你哪来的这么多些废话，怎么，跟三爷一桌儿吃辱没了你不成？"

继鸾见他似乎带了恼意，却淡然不惊，回道："三爷知道我不是这个意思。"

楚归哼道："那就别跟我阳奉阴违地，三爷让你做什么你就做什么是了，快点做，等了半天……饿死了……"他在这厅内枯等半天，佣人来问要不要先开饭，他都说不用，这会儿才觉出饿来。

继鸾没法子，便只好跟楚归同桌儿坐了。但继鸾不似那些羞手羞脚的大家闺秀，既然礼让不过，那就泰然处之，捧了饭碗后便捡着爱吃的吃了一番，一直到有六七分饱了才停手。

相比较继鸾的率性，楚归倒是没吃多少，多半时间都在盯着人家看，被继鸾一瞅，就装模作样地夹点菜给她。继鸾也没办法，横竖不能在饭桌上吃气，便只埋头聚精会神地吃而已。

如此便过了两三日，楚归把几个想要黑他的帮派尽数黑了个一干二净，且又缴获了一批新式军火，事情做得干净而漂亮，让参与其中的人哑口无言心服口服，让不知内情的人倍加崇敬越发敬仰。

表面上看似大获全胜一派安静祥和，但私底下楚归却并没什么喜色，常年刀光剑影的

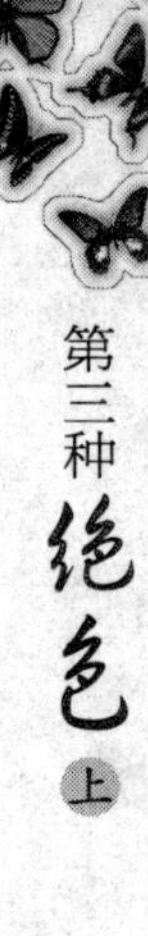

度日，他似乎有一种本能地感觉，在锦城暂时的寂静无事里头，有一场更大的山雨酝酿着，指不定什么时候会狂飙而起。

但就算心里压着事儿，面上却依旧如无事人般，该说便说，该笑便笑，在对着继鸾的时候，更多了一宗……

继鸾这两日很想找个机会去看柳照眉，奈何楚归看她看得甚紧，几乎片刻也不放人，继鸾心里着急，却也没法子。

这一天，继鸾陪同楚归在商会馆里，楚归嚷嚷说自己头疼，要继鸾来给他按摩，若是没有上回那件突兀羞人的事，继鸾也不会往别处想，但经过那个贸贸然的亲吻，继鸾心下有了隔阂，便道："三爷，我对这些不大通晓，手法也不对，您还是找专业的按摩师吧……"

楚归不屑一顾地嗤道："那些脏兮兮的，三爷干吗找罪受？"

继鸾觉得楚归对待"脏兮兮"的判定界限似乎有些古怪，忍不住看了一眼自己的双手："三爷，我粗手粗脚的，再说上回还把三爷弄疼了……"

楚归像是被人戳了一枪似的，猛地直起腰来："胡说，什么时候把我弄疼了？"

继鸾哑然："就是……上回……"

楚归回想先前，又笑又恼，没好气地翻了个白眼："那哪是弄疼？得！别瞎说，快过来！"

继鸾百般不愿，慢吞吞往前蹭了一步，正好儿老九从外进来："三爷！"

楚归正在眼巴巴地看继鸾走过来，眼看心愿成真乍然被打断，顿时便目光犀利地瞪向老九。

老九吓了一跳，怕自己打断了什么"好事"，然而看楚归衣冠楚楚，继鸾也是隔开七八步……不像是个有什么内情的样儿，便只低了头："三爷……大爷那边派人来，说大爷已经回来了，要三爷晚上家去吃饭呢。"

楚归很是没好气地说："就这么点儿破事，你就急吼吼地进来？"

老九哑然：这位爷统共就那一个亲哥哥，这都叫破事，那不晓得什么才不叫破事儿。尽管心里唱戏，却不敢吐一个字出来。

楚归咬了咬牙："我知道了，你出去吧！"

老九大胆问道："那我出去跟他们说晚上三爷准时过去？"

"行了行了！"楚归摆手，跟赶苍蝇似的。

老九低头转身，临去前哀怨地看了继鸾一眼，暗中把嘴一扁，露出个委屈哀怨的模样，倒是把继鸾逗得差点儿笑出来。

老九出去后，又有人来定楚归中午头的饭局，原来本市商务局局长的儿子喜得贵子，锦城这帮有头脸的人物自是要去庆贺，继鸾见楚归的时间安排得密不透风，心中气闷：如此也不晓得什么时候能见到柳照眉，她也就只能在经过金鸳鸯的时候将脖子伸得长一些……着实可怜。

谁知楚归打发了来人，望着继鸾若有所思的神情，忽地发狠道："别以为三爷不知道你心里想什么！"

继鸾一怔："啊？"

楚归恨恨地，也不作声："早晚我要……"却欲言又止。

继鸾见他咬牙发作，却不像是十足十地凶神恶煞样，定然是小性子又犯了，她对付这套已经有了经验，当下便淡定地看向别处，充耳不闻。

楚归见她如此，果真磨着牙不再作声。

如此快到正午，楚归便带着继鸾出门，一路上仁帮的上下见了两人，口称："三爷！"继鸾晚了一步，帮众们迎了她，便也躬身口称："鸾姐！"十分恭敬。

自从那场"占龙头"，在场的仁帮帮众都是楚归亲信，把当时的场面看了个十足清晰，在场的都是锦城黑道上的精英，一个个自然也大开眼界，事后无数人便将继鸾同魏云外相斗那一场传了出去，流言总是跟丰富的想象力脱不开干系的，在唾沫横飞添油加醋里，一直到传得越发神乎其神，惊世骇俗。

当初楚归把继鸾带入仁帮，只说是保镖，然而因继鸾是个女人，因此仁帮上下人众总是戴着有色眼镜看继鸾，以为不过是楚归的暖床人而已……谁知道竟如此能耐，占龙头那一场旷古绝今的精彩大战一传出去，众人看继鸾的眼神都凛然不同，先前提起继鸾都"那个女人"，此刻，却统一口径，都用"鸾姐"来称呼。

继鸾对此很是不习惯，楚归却仍旧一脸欣欣然地出了门。

一直到了商务局长府上，楚归依旧挥洒自如八面玲珑地，同一干人等寒暄入内，彼此落了座。继鸾在楚归身后也坐了，酒宴未开，先听了一声鼓响。

继鸾一惊，扭头看向楼下，这才发现楼下得宴席之外，前方一处方寸戏台，人影若隐若现。

继鸾听着那鼓声，心头乱跳，脸色也变了，心想："难道、难道柳老板也在吗？"全神贯注看向戏台，几乎倾身到栏杆边，浑然没发现旁边楚归正在盯着她看。

果然继鸾所念成真，戏台上，人未见，声先至，一声甜润清脆的唱腔扬出，继鸾一阵头晕，而与此同时，耳畔却又有人低低地说道："这幕戏叫'思凡'……讲的是月里嫦娥恋上人间男子，春情勃发私自下凡化作小尼姑……鸾鸾，我瞧你的脸色不大对啊？"

思凡，好一场思凡，地上的人儿仰望明月，明月里的嫦娥却想着另外的凡人。

继鸾回头，对上楚归双眸："三爷……"

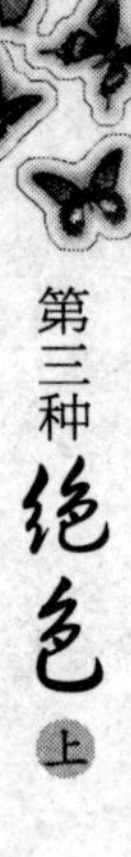

“嘘……”楚归低低一声，靠得她极近，说话的热度扑在脸上，有些烫人，“别作声，柳老板出来了。”

他笑了笑，往戏台上使了个眼色，继鸾身不由己地转头，望见那一抹窈窕影子，素衣如雪，冷若寒霜，月里仙子的惊艳扮相，他缓步而出，乍然抬眸。

虚空里，目光对上。

2

继鸾顾不上去理会楚归，只是望着柳照眉，似乎他身上有种奇异的吸引力，紧紧地引着她的目光，然而就在双目相对的那瞬间，继鸾忽地明白了一件事。

——她不应该在这。

那极快地一瞥，或许在满堂宾客的眼中都留意不到，但继鸾看得分明，柳照眉的双眸望见她的时候，既惊且喜。

然后他看到了楚归。

也看到了楚归耳语时候那股格外明显的亲热劲儿。

就在那刹那，柳照眉的眼神变了，那是一种类似于恐惧的神情，在那双美艳的眸子里一闪而过。

而那一瞬间，继鸾甚至能体会到柳照眉那刻的感觉，有点震惊，有些麻木，他的动作甚至都在那一秒间有些停顿，然后……恢复如初。

就好像那一须臾的变色从不存在，就好像那一眨眼的心乱从未存在。

继鸾心中乱糟糟地，望着台上的柳照眉，她忽地站起身来。

楚归却好像预知了她会如此，就在继鸾将起未起的那刻，楚归抬手攥住她的手腕：“你不是很想去金鸳鸯看戏吗？这会儿人就在那里……要去做什么？”

继鸾感觉他的手握的很紧，她垂眸看一眼：“三爷，我有些不舒服，想出去一会儿。”

“哪里不舒服？别是……这儿吧？”他笑吟吟地看着她，眼底锋芒不露，手却在自己胸口上一指。

继鸾望着楚归的双眸，对视间两人谁也不曾开口。

楚归依然是笑模样，继鸾却一点笑意都没有，这一刻，周遭的热闹全都隔开，跟他们毫无干系，只有柳照眉那熟悉的声音，委委婉婉地唱着：“他把眼儿瞧着咱，咱把眼儿觑着他。他与咱，咱共他，两下里多牵挂。冤家，怎能够成就了姻缘，死在阎王殿前由他。”

继鸾问道：“三爷，你想干什么？”

楚归说道：“没干什么……看戏啊。”

继鸾皱眉：“真的是看戏？”

楚归肯定地回答：“真的是看戏，当然是看戏，不然又看什么？”

继鸾暗暗吸一口气：“那我不打扰三爷看戏，还请三爷容我暂时告退。”

楚归微笑：“鸾鸾，这会儿正精彩着你又去哪里？你不是也喜欢看吗，先前看得目不转睛的。”

应景似的，果真听到一声声地“好”四起。

继鸾身不由己地将目光从楚归的脸上移开，看向台上。

柳照眉缓缓转了个身，他的眼睛本是看向别处的，不知为何却目光游弋，极快地看了他们这方向一眼。

继鸾心底抽了抽，手下不动声色地一甩，便将楚归的手震开。

楚归手颤了颤，抬左手在右手腕上揉了揉，笑着也不作声。

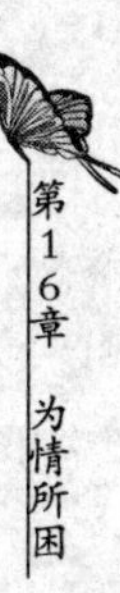

柳照眉垂眸敛眉，唱道：“佛前灯，做不得洞房花烛。香积厨，做不得玳筵东阁。钟鼓楼，做不得望夫台。草蒲团，做不得芙蓉，芙蓉软褥。奴……”

旁边桌上一个士绅看得入迷，手在膝盖上打着拍子跟着低声吟唱：“奴本是女娇娥，又不是男儿郎……这柳老板的戏唱得可真是绝了，扮得更是好！若不是知道他是个男子，当真以为是个绝色的女娇娥了。”

楚归笑道：“这可不是？”看一眼柳照眉，又看看继鸾，望着继鸾盯着柳照眉的样儿，当真是个心无旁骛，理也不理楚归。

楚归看着看着，望着她那淡然的神情，目光在她的唇上盘旋了个周遭，手在腿上暗中揉搓了两下，忽地唤道：“鸾鸾。”

继鸾略皱了眉，不准备答应楚归，谁知脸颊上忽然多了一只手。

继鸾一怔，本能地抬手去将那手打落，不料眼前一黑，便多了张脸。

继鸾心头几乎窒息，这种感觉似曾相识！心中极快地涌起淡淡的恐惧感，手足都有些僵了。

而楚归更快，他阴暗地觊觎着她的唇，一下子亲上去，狠狠咬住不放。

全不管是在大庭广众众目睽睽底下！

周遭的众人多半是在看戏，只有极少数宾客留意到楚三爷这惊世骇俗的举止，但，却有一人也看了个分明。

继鸾只觉得眼前一片漆黑，连同她整个人都似跌入深渊，第二次了！可恨！心中一股

怒火在急速升腾。

然而继鸾还没来得及发作，就听到耳旁一声哑然，是柳照眉的声音，依旧唱着：“见……人家夫妻们……”可已没有了原先的甜润清扬，竟是有些……沙哑凄然！

顿时之间满堂皆惊，有人倒吸冷气：“这这、柳老板他……嗓子怎么……”

继鸾用力将楚归推开，嘴唇上火辣辣地疼。

继鸾浑身发抖，气得看楚归。

楚归望着她，意犹未尽地抬起手指，轻轻地在唇角一抹。

这片刻间，已经是乱了。

“唱啊，怎么了这是？”

“怎么了，这是在砸场子吗？”

四周已经起了鼓噪的声响，宾客们不依了，纷纷叫嚣。

继鸾心头一惊，霍地起身看向台上，柳照眉站在台中央，依旧是角儿的姿势，然而他唱不出来。

他提起，张口，却发出微弱地沙哑声响。

——“见人家夫妻们，一对对着锦穿罗，不由人心热如火”。

心热如火？还是心凉如水？

鼓噪声里，不知是谁大怒：“他妈的，这是在干什么！不会唱就滚下去！”

不知是什么从楼上飞下去，砸在戏台上，就在柳照眉的脚边上碎裂，发出沉闷声响。

楚归冷笑，并不作声。

柳照眉后退一步，却不知是谁又叫了声，同样扔了个东西下去，这回却扔在柳照眉的肩头。

有人道：“稍安毋躁稍安毋躁。”

又有人道：“不对啊，柳老板这是怎么了？”

楚归抬手端了一杯茶，慢悠悠道：“人有失手……”

轻描淡写又幸灾乐祸地说到这里，忽然心头一凉，那下半句怎么也说不下去了。

只听得一连声地惊呼，二楼上白影一闪，竟是继鸾手按在栏杆上，飞身跃下！

楚归大惊，大怒！几乎不敢置信，手上一松，那盏茶落地，楚归喝道：“陈继鸾！”

继鸾充耳不闻，她的身影轻灵，姿势曼妙，落在地上脚尖一点，动作不停地往戏台上飞身跃去。

柳照眉还在呆站着，耳旁声音嘈杂，无数的东西迎面掷来，有的打在身上，有的跌在脚下，乱糟糟，一片狼藉。

戏班的人做梦也想不到柳照眉会“失误”，好不容易反应过来后想来拦，又被喝骂下去，又怕被东西砸到了，不敢上前抢救，只是拼命地喊着让他下台避避风头。

仓皇中有一个碟子直直地冲着他的头脸砸来，柳照眉茫然地看着，浑然不晓得躲闪。

一直到有一道人影如白鹤似的急掠过来，人未到，长腿连踢，将几样奔向他身上的家什连连踢飞。

继鸾双足落地，手在柳照眉肩头一揽，抱着他一转身，背上接了一个扔下来的茶盏。

柳照眉木然地望着她，双眼中一片地泪湿，油彩也有些花。

继鸾看着他这模样，千言万语都说不出来，只轻声道："没事、没事的。"

她用力抱着他，半拉半抱地带着人下了台。

身后楚归双手攥住栏杆，双目喷火地看着这一幕："混账东西！混账东西！"他抬起腿来，像是要翻过栏杆跳下去。

旁边几个相识的如梦初醒，见状一窝蜂上来拦住："哟！三爷！这可使不得使不得！"

众人七手八脚地把楚归拉回去，却见三爷脸白白地，眼直直地，浑身发抖……显然是被气魔怔了。

3

继鸾乍从二楼一跃而下之时，在场的众人还未曾反应过来，等她飞身上了台，把柳照眉抱住，一探臂挡下几件飞来的物事，出手干净利落。

继鸾这一登台，当下大半的人都认出来：这不是楚三爷身边儿的那位吗？

楚归这人，在锦城算是家喻户晓，而继鸾身为她身边儿的亲近要人，虽不能说是人尽皆知，但对这些乡绅或者显贵们来说却是"如雷贯耳"了。

人人都知道三爷身边跟着个清丽的男装美人，却是个极为不可小觑的主儿，虽然不知道她跟三爷之间究竟是什么关系，仅仅是限于保镖跟雇主还是另有玄机，则不是外人能揣测的了。

也只有少数方才有幸看到楚归吻继鸾的人才能确定，原来楚三爷跟这女子之间果真有着超乎寻常的关系。

但是这一幕又是怎么回事？

且不说一干人等劝止楚归，且说继鸾拥着柳照眉下了台，戏班子的人都给吓呆了，见状慌忙围过来，柳照眉一言不发，穿过人群，入了暂供化妆的房间。

柳照眉似丢了魂儿般，自始至终一语不发。

继鸾看着他无措的模样，心中又悔又痛，手自他的肩头滑落，自然而然握紧他的手：“柳老板，你说句话……”

柳照眉抬眸望着继鸾，这会儿才缓缓回魂，然而想到先头的遭遇，茫然道：“我、我方才……”

继鸾知他是惊坏了，在戏台上出错儿，这叫塌台，是所有梨园中人的大忌，柳照眉熬得今时今日的这片风光，着实不易，怎能容得下出这样的错漏？对他来说，却如天塌了一般。

然而去思量这让他出错的缘由，却更让人无所适从。

柳照眉看明白继鸾的眉眼，便想到他在戏台上那一眼。

至今他还有些不大相信那是真的。

可那若不是真的，他又为什么忽然哑了嗓子？自己平白想出来那样的一幕吗？

柳照眉心里有震惊，有疑问，有悔恨，有害怕……就像是苦胆加黄连又调了酸，滋味比毒药更难尝。

那一切发生得太快太猛，让素来伶俐的他居然也懵了。

问一问？他不想。

说什么？也不知道。

他麻麻木木地坐着，不知道自己的身子在细细地发抖。

继鸾将他的手握紧了，柔声道：“柳老板，你别担心，先别去想，这只是件小事儿，别去想好不好，先缓口气。”她劝柳照眉坐着，自己却半蹲下来，仰头望着他轻声地劝慰。

继鸾说罢，看他兀自发抖，便想要让人送一口热水过来让他缓缓，谁知刚想回头招呼，便看到身后门口处站着一人。

那自是楚归。

先前楚归宛如疯虎下山，不由分说地下楼，把挡在前头看热闹的人尽数粗暴拨开，有些有眼色的早看见三爷气急败坏，则早早地退避三舍让开一条路。

戏班子的人本来围在门口上，见楚三爷忽然来到，吓得立刻作鸟兽散不敢靠前。

楚归一步迈进来，本来要不依不饶地先喝骂一顿，谁知道望着眼前情形，那一嗓子却憋在了嘴里头。

那边继鸾一回头对上楚归的眼睛，心中微惊之下脸色便有些冷意。

楚归望着她微冷的神情，又看看她紧握着柳照眉的手，怒火冲天之余，悲愤莫名。

自从对继鸾动了别样心思之后，在楚归眼里，陈继鸾便已是他的人了。

是啊，又有什么不成的？他楚三爷要才有才，要貌有貌，要钱有钱，要势有势……总之要什么有什么，想要亲近他的女人从楚府门口一直排到浅海湾子里去。

——陈继鸾得他喜欢，应该是三生有幸赶紧跪谢隆恩啊。

他眼里有了一个人，其他的就怎么也看不下去。

其实先前也是什么都看不下去的……

楚归隐约知晓继鸾对柳照眉是有那么一点意思的，可是他却也懂继鸾的性子，这貌似谦恭做事叫人放心的陈姑娘，在儿女之情上恐怕也不过是个生手，所以楚归笃定她不会跟柳照眉好到哪里去。

之所以会在大庭广众下亲吻继鸾，一来是他真心喜欢，二来，却是断了柳照眉那点儿心思。

如果继鸾能够娇羞从之就更好了。

楚归只想到人家在感情之上是个生手，却没想到他自个儿也大大地高估了自个儿的段数。

没想到，继鸾会二话不说地把他甩掉，还直接跃下楼去救场，只为了区区柳照眉。

精明如斯的楚三爷什么时候算计错过？

这回就是。

看着继鸾那么温柔地对待柳照眉，楚归感觉有人在捏自己的心，他整个人恨不得掏出一把枪来把这对奸夫淫妇……想到这里，楚三爷却又鬼使神差地生生刹住："不对，不能这么想……什么奸夫淫妇，老子不是武大郎，这厮也不是西门庆……呸呸，想到哪里去了。"

继鸾在那边冷而又冷地看他一眼。

楚归顿时便更怒了。

继鸾起身去提墙角的暖水瓶，楚归迈步上前，一把攥住她的手腕。

继鸾抬手一挡，手腕轻抖，轻松地便挣脱了去："三爷，请自重。"

楚归倒吸一口冷气，看出她眼角一丝冷冷地愠怒。

楚归压着怒火问道："我倒要问你，你在干什么？"

继鸾道："三爷不是看得很明白吗？"

楚归忍不住一笑，撕开那道面具，直接问道："陈继鸾，你这是为了这个人跟我翻脸吗？"

继鸾双手垂在腰间，不停地握紧了又松开，竭力按捺："三爷，我跟你说过，有些事儿，你不该做。"

楚归带着三分笑意，却冷冷地问道："哦，那你说，我做什么了？"

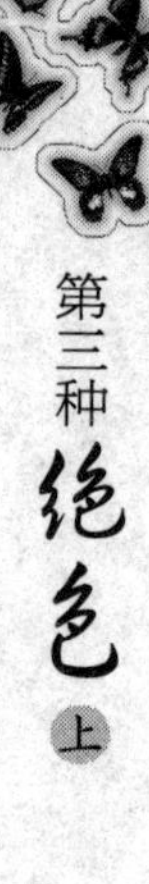

他亲了她一口，还是第二回，当第一次发生的时候她已经说得很明白，他不该这样。

但是此刻他明知故问。

他有这个脸皮，继鸾却不想奉陪。

两人四目相对，竟有些针锋相对的意思。

寂静里，听到柳照眉的声音，道："三爷……您大人有大量，这件事，是我……的错。"

楚归下巴微扬，仍旧看着继鸾："你？"

继鸾忍不住竟咬了咬牙："柳老板，你不必……"

柳照眉起身，脚步仍有些飘忽，走到两人旁边，半垂着眸子，扮相本就我见犹怜，此刻更是如被风吹雨打过一朵花似的，带着一种想让人呵护的凋颓之美。

他轻声道："是我学艺不精，才闹出了笑话，继鸾是为了维护我……才来救助。我很感激，这只是一件……小事，请三爷不要在意。"

那样卑微的姿态。

其实柳照眉从来便是如此，他从来都明白"忍"字怎么写，不然的话，先前又怎会明知道是楚归设计打得他半死却硬是一声不吭。

要在这残忍的世道活着，他就得这样。

能忍下别人不能忍的，能咽下别人不能咽的。

卑卑微微地，谦谦恭恭地，温温顺顺地。

仿佛这才是他的本分。

柳照眉这模样，看得继鸾揪心。

看得楚归生气，好个得了便宜还卖乖。

楚归面对继鸾还能忍，但见柳照眉当着她的面儿如此，一口火再压不住，听到"一件小事"，一抬手，"啪"地一巴掌过去，狠狠打在柳照眉脸上。

柳照眉本就站不稳，当下身子往后一晃，赫然竟跌在地上。

继鸾简直不敢相信，瞪着楚归怒道："你！"却来不及跟楚归理论，急忙上前要将柳照眉扶起来。

楚归眼疾手快，便拽住她的手。

谁知继鸾见他先动了手，心中又本就有气，当下用了三分力道，手腕一抖，不往后退，反而往前拍出。

楚归只觉得肩头被她轻轻一拍，整个人顿时往后倒去。

继鸾俯身去扶起柳照眉："你怎么样？"又急又担忧，关怀情切。

那边上楚归眼睁睁地望着这一幕，自己却身不由己地往后踉跄两步，然后推金山倒玉柱似地跌了下去。

哗啦啦……

身后一排琳琅满目地华丽戏服，随着他一退尽数委地，锦绣华缎，精致繁复，重重叠叠地落了一地。

楚归跌在这许多的戏服里头，一时爬不起来……或许是根本都不想动。

他只是望着继鸾跟柳照眉，或许只是看着继鸾。

一双极好看的凤眼里头，水火交煎。

这会儿，门口上老九等几个亲信闻风而至，老九见状心中咯噔一声，唤了声“三爷”，整个人抢过来救助。

老九扶着楚归的手臂，将他扶了起身：“三爷……”本想问他可还好，但望着楚归的神情，却戛然而停。

身上倒是好的，没有受伤，但是里头就不一定了。

老九惊心：跟随三爷这么多年，从没见过他这样儿。

老九暗暗叫苦，扶着楚归，便冲那边的继鸾使眼色。

楚归觉得心肝脾肺肾都在一寸寸地疼，望着面前的两个人，垂在腰侧的颤抖的手指忽地碰到一件硬硬地东西，楚归记得，那是自己放在腰间的枪。

他心里的火烧着，舞着，化作咆哮蠢动的杀意：没有人敢这么对他，从没有。

“你大概忘了你的身份。”楚归开口，声音有些沙哑。

继鸾气他对柳照眉出手，一时冲动才拍了他一掌，却没想到竟会将他推倒，继鸾也看到老九拼命使的眼色，她叹了声，垂眸道：“对不住，三爷。”

楚归看着她，道：“你过来。”

继鸾心头一颤，看看柳照眉，很是犹豫。楚归道：“怎么？”

他的手捏紧了那冰冷的铁东西。

一念天堂，一念地狱。

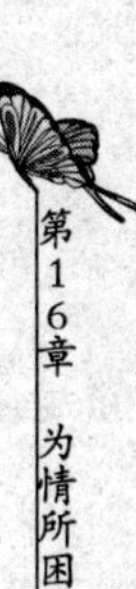

4

有那么一瞬间，在继鸾看来，楚归会拔枪。

因为就在跟他对视的瞬间，继鸾仿佛又看到了她跟祁凤初进锦城的那晚上……那个坐在黄包车里，不动声色抬臂持枪对着她的那看似冷清却周身散发着杀机的人。

继鸾握住柳照眉的手腕，脚尖斜指，只是她分不清自己在这一刻，究竟是想挡在柳照

眉身前保全他无恙，还是抢上前去制止住楚归？

的确，楚归的细微动作逃不出她的眼，她甚至也猜到他会做什么，假如她此刻出手，楚归没有机会。

但是不知为何，继鸾不想那样做，也并没有那样做，她说不清究竟是什么原因，大概只是一种奇妙的……九曲十八弯的细微直觉。

她只是紧张地戒备着警惕着，因此楚归出枪的话，她所做的唯一的动作就是舍身向前把柳照眉护住！

对峙中，楚归的手按在腰间，他看着继鸾，相处的这些日子里，他把她从头到脚看了无数遍也想了无数遍，他并没有错过继鸾脚尖换了方向那个容易被人忽略的动作。

在他的心底，天人交战。

干净利落不顾一切地嗜杀跟那……初初萌芽却生长得极为疯狂的……东西。

最终，却是那“东西”力挽狂澜。

楚归哼了声：“好，很好。”

三爷说完，转身往外而去。

老九皱着眉，瞪着继鸾使了个眼神，二话不说地跟上。

继鸾一直望着楚归走出了门口，才松开了手，手心里满是冷汗。

且说楚归冷着一张脸，也无心再应酬，带着老九头也不回地出了门，上车往回而行。

老九有心劝慰两句，却不知从哪里说起是好，便一路只是跟着，回到楚府，楚归下了车，将要往内迈步的时候停了下来。

老九看他半垂着头回身，沉吟似的，就知道这是个吩咐做事的姿势，当下大气也不敢喘，努力站直了屏住呼吸等待吩咐。

果真，楚三爷慢慢地，低声说道：“派人去学校……跟……盯着陈祁凤和柳照眉，如果陈继鸾不去接陈祁凤就算了，如果去……”

他的眼神变幻着……却不再说下去。

老九的心怦怦乱跳，终于鼓起勇气说道：“三爷，那柳照眉算什么……鸾姐绝不会因为他……”

楚归双眸一抬，老九差点儿把自己的舌头咬掉：“三爷，您当我什么都没说！”

楚归若有所思地看着他：“怕什么，我想你说下去。”

老九有些意外，咳嗽了声才又道：“鸾姐是个明白人，三爷放心，她知道该怎么做的。”

楚归也有些意外，没想到这个时候老九的脑袋竟更清楚些。

楚归看着老九，漂亮的眼睛在他脸上逡巡，看得老九心惊肉跳，终于，楚归道：“那你觉得，她今天这么做是什么意思？”

老九绷紧了心弦：“三爷，这个……我觉得，鸾姐是个……侠义心肠的人，柳照眉又曾照顾过她，所以鸾姐才……”

楚归听了这个解释，虽然稍微觉得牵强，但意外地竟觉得心里好过了些。

老九瞅着他的脸色，吞吞吐吐说到这里，委实不敢再往下说，侥幸说对了一句，倘若下一句不对主子心意，那可是吃不了兜着走。

幸好楚归没有跟他促膝长谈的心思，只是自顾自点点头，沉吟说：“行了，为防万一，去盯着吧。”

老九长舒一口气：“好的，三爷。”

楚归打发了老九，便进了宅子，入了客厅坐了，把今儿发生的事一幕一幕在心底又过了一遍。

方才在黄包车上回来的时候，他已经想了一会。他怎么也没料到事情会演变到这个地步，竟像是跟继鸾翻脸了似的。

他不得不防，以继鸾的性子，他生怕她会故伎重施，就如同上回一样，表面上不声不响地，仿佛要来跟着他了，暗地里却带着陈祁凤要离开锦城。

不肯说也不能说的是——他舍不得。

楚归思前想后，想到自己亲吻到她的唇的那刻，心里比饮了蜜糖水还甜，但想到她不顾一切去护着柳照眉的时候，心里却苦得像是黄连，而后他跟他们对峙起来……想到她那双坚定的眸子，她握着柳照眉的手，她是想要命也不顾地护着柳照眉的……

于是楚归心里便把无数坛上好山西老陈醋打翻了，酸酸地铺天盖地，翻江倒海，熏人欲醉。

楚归越想越是烦恼，把那杯佣人奉上的茶取来喝了口，却已经凉了，急忙叫了人来换了一碗新的，却无心再喝。

楚归只觉气闷，抬手将颈间的扣子一解，才要起身去门口透口气，门外却来了一人。

密斯李探头探脑地进来，一看楚归正在客厅里站着，便喜出望外地打招呼：“三爷！”

楚归心中正阴云密布，没好气道：“你来做什么？”

密斯李看着他的脸，又瞧着他颈间的扣子开了一颗，难得地露出一丝玉白的颈间肌肤，那目光飘忽了一下，就咳嗽了声：“三爷，我呢……其实是来跟你告别的。”

“告别？”楚归这却疑惑了，“你是说你要走吗？”

哟，以后不必受她聒噪了吗，这惊喜来得太快……但因为继鸾之事，这惊喜便不免减半。

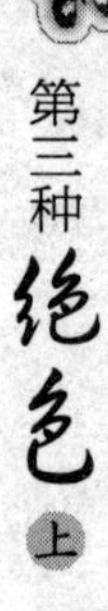

密斯李很是惆怅："是啊，家里一直催我回去，还派人来了，说是绑也要把我绑回去，我实在没有办法。"

楚归笑了两声："那恭喜啊。"

密斯李道："讨厌，人家舍不得三爷，你却对人家这么冷酷无情。"

楚归听到"冷酷无情"四个字，眼神顿时有些发直：是啊，冷酷无情……想起那双眼睛，那个决绝的表情，他似乎也知道这四个字是什么意思了。

可笑的是，在此之前，多半都是人家说他"冷酷无情"来着！

密斯李见他不作声，便大着胆子上前一步："三爷，你怎么啦，怎么看起来有些不高兴？是谁惹你生气了吗？"

楚归吃了一肚子的气回来，一直默默在心里，方才又枯坐半天，忐忑不安，忽然有个人关心慰问，虽然是个素来讨厌的人……但因为她要离开了，所以竟觉得不那么讨厌了。

楚归便道："谁敢惹我生气……再说了，就算有人惹了，你能怎么着？"

密斯李一听，握着拳头道："是谁？三爷你告诉我，我替你出气！"

楚归见她一本正经的模样，忍不住"噗"地一笑。

这一笑，春花也该被这艳色羞得面红耳赤忙忙地凋了匿了。

密斯李心头一阵恍惚，手在口袋里捏了捏，转到楚归身边，悄声问道："三爷，我就要走了，以后……你会不会想我？"

楚归见她靠近，便又往旁边移开一步，负手看向门口处："有什么可想的。"

密斯李凑过来："真的一点儿也不想吗？"

楚归道："啰嗦，你别过来了啊！"

密斯李很是伤心，却果真退后了一步："那算啦，就算是我白费心思吧……"她叹了口气，忽然道："有些口渴了，三爷，请我喝杯茶？"

楚归回身，对上她眨巴着的大眼睛，觉得这人也有些可怜的……原先他才懒得理会她死活，横竖是她自己要厮缠着他，但是现在，竟稍微有点儿"物伤其类"似的。

楚归便唤了佣人来，给密斯李也备了一盏茶："喝吧，喝完了就回去吧，找个喜欢你的……好好跟着人家，别整天在外面胡混。"

楚归默默地说了这几句，便踱步回到座位边上，黯然坐了下去。

密斯李听了这两句话，眼中的神色有些异样，看了楚归一会儿，想问什么，却只是捧起茶杯："那我多谢三爷啦！三爷，你就以茶代酒，送送我呗！"

楚归见她笑嘻嘻地，不由也无奈一笑，转头看自己那杯茶还在，正好儿是刚换的，温热，便也举起来，道："那请啦！"

两人当空将茶杯一举，密斯李笑眯眯地喝了口，楚归也喝了口，入口这茶竟有点儿苦苦涩涩的。

楚归心想："唉，我是不是给气坏了，上好的雨前龙井都能尝着苦了。"

那边密斯李慢慢地喝着茶，一边喝一边看他。楚归起初没在意，后来就觉得有些异样："你看我做什么？赶紧喝你的吧？"

密斯李抿嘴一笑，楚归觉得她的笑容里头竟带几分妩媚之意，心头没来由地居然动了动。

这一动，便不可收拾，很快身子也跟着微微发起热来。

楚归咳嗽了声，还以为自己又闷着了，手在颈间一摸，扣子已经开了，而密斯李的目光看向自己有些灼热，楚归脑中一昏，觉得再解扣子不是那么回事儿，便重站起身："你坐着，我出去走走。"

楚归起身，双腿居然一阵发软，身子也跟着晃了晃，他正惊异不定觉得不对，那边密斯李已将茶杯放下，竟走到他的身边，楚归本来想叫她走开，然而舌头却有些发硬，眼前一阵模糊，脚更是挪不动！

楚归心中震惊，密斯李却已经抬手，竟拦腰将楚归抱住，喃喃道："三爷……三爷，我终于抱到你了……我想你想了这么久，你快把我折磨疯了，怎么就这么走了？现在你终于是我的了！"她嘴里说着，见楚归无力垂着头的样子，那白皙如玉的脸上浮现着桃花般的晕红，密斯李仰头，先在上面亲了口。

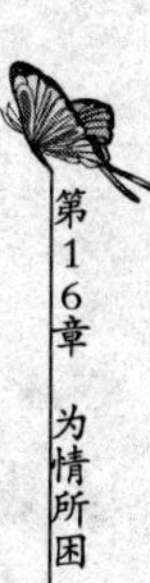

第17章

明媒正娶

1

且说继鸾自楚归离开后，戏班的人总算恢复几分正常，请戏的东家本是极不乐意，想要来训喝一场，然而因先前楚归先来了那么一遭儿，又看楚归最得心的那位也在场，他们便一时摸不着头脑，不知道楚归究竟是个什么意思，万一拔出萝卜带出泥就大不好，因此谨慎想了一会，还是先把人放了。

继鸾陪着柳照眉回到家里，柳照眉已回过神来，不再似先前木木怔怔。柳照眉的宅子继鸾也曾来过，虽不比楚家气派且大，不过胜在雅致清净，青石板路，雕花门窗，院内一株白玉兰将谢未谢，洁白秀美，屋里头八角木几上捧着吊兰，青翠雅趣。

柳照眉不是个喜好排场的，家里只有两个仆人，行走戏班跟家之间另还有个跟随，如此而已，那随从知道事情非同寻常，就只跟到门口，没敢随着进门。

家里的仆人见主人脸色不对，便捧了热水来——柳照眉为了养嗓子，并不喝茶，只喝白水，仆人不敢多留就也散了。

继鸾道："柳老板，喝口水吧。"

柳照眉望着她，不知从哪开始说好，但总是沉默也不是个法子，他便道："继鸾，你这样跟我回来，三爷那边，怎么交代？"嗓子虽然仍旧轻沉了些，可已经褪了沙哑。

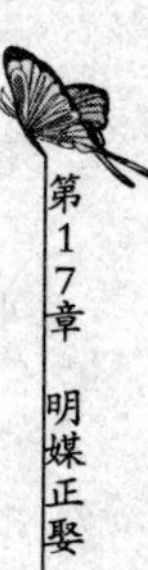

继鸾把水往他跟前送了送，柳照眉果真轻轻喝了口。继鸾才道："走一步算一步吧，柳老板你不用担心这个。"

柳照眉道："毕竟是我连累的。"

"哪是你连累的，"继鸾苦笑，"这回算是我连累你的。"

柳照眉见她说了出来，略一沉默，便道："三爷……"

他想问，又着实难于开口，继鸾却明白他的意思，继鸾本也有几分心烦，然而有些事，却不得不说，继鸾想了想，就道："我弄不明白这个人到底在打什么主意，他的心眼儿实在太多了……先前本同我说得干干净净，明明白白。你也知道，他是个眼高于顶的人，怎么会跟我有什么纠葛？"

继鸾说到这里，就顿了顿，看了柳照眉一眼。

柳照眉问道："先前三爷说过……不会跟你……？"

继鸾叹了声："还记得我同柳老板说起，或许在他眼里根本没当我是个女人的事吗？我不知道他怎么竟变成这样地，不知是不是又起了什么心思在耍弄人。"

柳照眉看着继鸾，瞧出她眉宇间的几分真切苦恼之意，他心想："三爷若是要戏耍人，总有许多法子，可是据我所知，他从不曾亲近什么人，且是个好洁过甚的，怎么会在大庭广众下……照我看，竟不似是有心戏耍，而是动了……"

想到这里，那心便像是在冰水里洗过一样，生冷地疼。

“三爷……没对别人这样过，”纵然艰难，还是说出了口，柳照眉看着继鸾，“或许他是……对你真的有意。”

“不会！”继鸾吓了一跳，急忙地便否认。

柳照眉道：“我原本也……不敢想象，当初三爷不择手段也要得到你，我还以为他只拿你当保镖看。我、我……不敢想其他的，可是我心里也明白，还有些怕，或许我早就知道……会这样……”

“柳老板，你在说什么？”继鸾拧了眉。

柳照眉忽然问道：“继鸾你喜欢三爷吗？”

继鸾耳旁嗡地一声：“什么？”

柳照眉道：“你明白的……”

继鸾呆了会儿，便摇头：“不！我没那种心思。”

柳照眉望着她：“当真？”

继鸾恼道：“做什么问我这个？我从来没对他起过别样的心思。”

柳照眉道：“那如果三爷真的喜欢了你，你会不会对他动心思？”

继鸾摇摇头：“别说他的心意令人难以捉摸，就算真如你所说，我同他不是一样的人，这是绝无可能的。”

柳照眉慢慢地把那一杯水都喝完了，垂着眸子似乎在想事情。

继鸾被他方才几个问题搅得有几分心烦，暗自调息了会儿，才问道：“柳老板，今儿的事……对你……”

柳照眉从怔忪里醒悟过来：“这个……不妨事的，或许……”

他慢慢说着，眼神变化不定，过了会儿，似下定决心般道：“继鸾，你愿不愿意跟我一块儿离开这里？”

继鸾一惊，简直比柳照眉问她喜不喜欢楚归还要惊动：“柳老板？”

柳照眉将手中的茶杯放下，看着继鸾：“我想离开锦城，继鸾，我们一块儿逃走，离开这里吧？”他像是横了心，向来温和的眼睛里头闪着火焰似的光。

继鸾震惊地望着柳照眉，向来反应那么迅速的人，这会却像是被什么定住了，一个字也说不出来。

柳照眉站起身来，一直走到继鸾身前，他看着她，像是用目光把她定住了，他伸出手来，抚向继鸾的脸，腿往前迈出一步，从继鸾的双膝之间横入。

继鸾略微反应过来，身子往后一仰，僵硬地靠在椅背上，柳照眉复往前一步，一手按在继鸾肩头，一手扶着她的脸颊，一寸一寸逼近下来。

继鸾眼前一片混乱，柳照眉漂亮的眉眼忽地跟楚归的眉眼重合在一起，无比绚烂，仿佛能摄人魂魄，继鸾眼睁睁地看着，一直到他炽热而颤抖的唇贴上她的唇。

双唇相接的瞬间，继鸾本能地转过头，背紧紧贴着椅背："柳……"

柳照眉望着她："你不肯？"

继鸾张了张口，发现自己不知道他问的究竟是什么，是不肯跟他一块儿离开还是不肯接受他的……

继鸾的目光慌张地掠过柳照眉脸上，她看过无数次的脸，这会儿却才看得更清楚，他跟楚归都有着极为出色的眉眼，只不过一个温润，一个冷清，但他的唇跟楚归的不同，楚归唇薄，抿起来的话更见几分冷酷无情，但眼前的唇像是花瓣似的微微嘟着，仿佛天生适合亲吻。

"既然不喜欢他……那么就跟我在一起吧？"

柳照眉轻声地说着，双眸一直都望着继鸾的眼睛，尽管她不时躲闪："我知道继鸾心里也是有我的，我们一块儿离开这，以后一起过日子，好吗？"

他以半带侵略性的姿势对着她，却用温柔到令人心动的口吻同她说话，继鸾听到自己的心狂乱地跳着，身子像是被绑在了椅子上，丝毫也不能动。

柳照眉俯首，在继鸾的脸颊上轻吻，感觉她颤抖着，他的唇一点一点贴近她的："继鸾，你知道我喜欢你……是不是？"

继鸾像是被麻醉了，任凭他吻住自己的唇，柳照眉极至温柔地吻着她，按着她肩膀的手缓缓下滑。

继鸾感觉到他在抚摸自己，感觉十分异样，浑身麻酥酥地，却并不是十分难受。

继鸾觉得无法喘息，胸口闷得厉害，整个人浑浑噩噩，双眼不知道在什么时候闭了起来，却又恍恍惚惚地睁开，望见眼前那双如描似画的眉眼，瞬间脑中竟出现那样一双含笑顽劣的眸子。

楚宅。

楚归做梦也想不到，竟着了一个小丫头的道儿，他心中还有一丝理智，自然十分震怒，想喝骂，想叫人，然而手指头却更动不了分毫。

密斯李紧紧地抱着他，就好像是牛皮糖似的粘在他身上，心头烈火熊熊地，恨不得就在客厅里将他推倒罢了，到底还有些分寸——她来楚府也有几趟了，自然知道哪里是卧房，便抱扶着楚归，往房间里走去。

楚归身不由己地，试着抬手要扶住椅子，手指掠过椅背，只将椅子拉的摇晃了一下，密斯李贴在他胸口，笑道："三爷放心……这会儿你没什么力气，等等我们上了床就好了。"

她所念的所有终于成真，忍不住又得意地低低说了句：“这可是最新研制的药物……别人拿不到……”

楚归只觉得连呼吸都不能，浑身的力气都似被抽走，密斯李将最近的房门踢开，把他抱着拖了进去。

将人推在床上，楚归像是人偶似地躺了下去，双眸似睁非睁，密斯李手脚并用地爬上来，肆意地压在他的身上，手摸过他的脸、脖子、胸口，将他的衣扣解开，手探进去。

“嘻，”她笑了声，露骨地咽了一口口水，“三爷，你可真美，我从没见过像你这样儿的人。”

她其实见识过许多美人，形形色色地，但却没见过这样一个亦正亦邪叫人无法掌握的人物，很难用什么言语来形容，但对密斯李来说，这个人，天上地下，绝无仅有。

她一定要征服他，可是却不得其门而入。

但不管用什么法子都好，她想要他是她的。

哪怕是……

楚归喘了口气，似乎说了句什么，密斯李探身：“三爷你说什么？”

楚归的唇抖了抖，终于极为微弱地吐出一个含糊不清的字：“……滚！”

密斯李笑，继而毫不留情地将他的衣裳解开，用力褪下，姿势就像是饿极了的人要吃什么东西，正迫不及待地撕开外头的包装。

她将他的衣衫解了一半，一手摸着他的胸一手往下探，隔着那质地极佳的绸缎，底下有物已经渐渐坚硬隆起。

密斯李手探过去，忽然一怔，她的脸上露出一种古怪神色，有些不敢相信又有些意外惊喜似的：“三爷，看样子我‘小看’了你……”

她欢喜而渴望地往下看了一眼，身子慢慢下滑。

楚归任凭她动作，他的身体里正有一股奇怪的东西在抬头，隐隐地在叫嚣着渴望着什么。

楚归模糊地想到方才密斯李的话，同时发现他的双手有些不受控制地摸向伏在身上这个人的腰。

“对，就是这样。”密斯李呻吟了声，声音更像是催动了什么。

楚归身子发抖，知道这样是不对的，但是偏偏无法停止。

体力好像恢复了过来，楚归的手摸过对方的肩头，迟疑而颤抖地。

密斯李的手在他的腿间轻轻划过，她望着意乱情迷的男人，低低道：“三爷，我来伺候你……”

正要俯首的瞬间，颈间忽然一紧。

密斯李一怔，然后察觉楚归竟是捏住了自己的脖子，且用力极大，像是要把她掐死一般！

密斯李大惊，急忙抬手去掰楚归的手，楚归拼了一口气，却抵不过猛烈的药性，又给密斯李一阵剧烈挣扎，竟给她逃了开去。

“你……”她有些惊慌且意外地往后一退，手抚摸颈间伤处，咳嗽了数声。

眼睛望着楚归，看着他满脸酡红双眸春水荡漾的模样，密斯李的脸上忽地又露出一种妖媚而邪恶的表情，咬牙道：“很好，不愧是我看中的男人……”

她抬手把自己身上衣衫撕开，俯身道：“我就不信！”

楚归无声地叹了口气，整个人像是陷入了无底深渊，眼前亦是一片漆黑，正在叫天不应叫地不灵的这时候，门忽地被打开，有人唤道：“三爷！”

像是在一团漆黑里看到了一线光。

楚归费力地扭头，依稀看到了门口有一道月白色的影子。

2

继鸾出了柳府往回走的时候，天开始下起濛濛细雨。继鸾放慢了步子，忽然想起上回祁凤出事，她去找柳照眉的那夜也是像这样飘着小雨。

她躲在暗处，眼睁睁地看他同那面目可憎的警察局长下车，他明明是厌恶那些的，可是为了她，他可以不在乎。

脚步渐渐地沉重起来，就像是雨丝飘入头发，渗入衣裳，拖住她的双脚。

继鸾回想方才在柳府里，他眼睛发亮地看着她：“继鸾，我们一块儿走吧。”说出那句话，不容易。

细细地雨丝落在脸上，打在唇上，嘴唇仍旧有些麻酥酥地，继鸾心跳漏了一拍，嘴唇上似乎还有那人陌生又熟悉的气息。

她本该一口应承的，从小到大她没有考虑过自己将来会有的所谓“归宿”，也没有什么人曾让她心里泛起那样细致的涟漪，但是当他真的来临的时候，她居然逃了。

雨渐渐地大起来，继鸾往前一步，又停下，想要转身，却又未曾。

一直到身后一把伞撑过来，继鸾抬头看，伞把阴霾的天空遮了，继鸾眨了眨眼，目光下移，望见柳照眉的脸。

“怎么走得这么慢？”他叹了口气，仍旧有些温柔地看着她，“如果想要回来，就回来啊，起码不会淋雨。”

继鸾定定地望着这男人，他嫣然一笑："其实我心里是高兴的，因为你不是全然对我无心，你这会儿的迟疑是为了我，所以我高兴，我这样的人，也会让你觉得不舍……"

继鸾的手一抖，柳照眉替她擦擦额头上的雨滴："别难过，我早就知道会这样，假如你答应了我……那才是不正常的，老天绝不会对我那么好，而现在才是真的，也应该是这样的。"

"不是。"继鸾摇头，她的手握紧了又松开，最后终于张开双臂，将柳照眉抱住。

柳照眉的身子跟着一晃："继鸾？"这是她第一次主动抱他，刹那间竟让他恍惚起来。

"对不住，我方才……我方才慌了，"继鸾低低地，艰难地说，"可是我……就像是你说的，也是真的喜、喜欢你……"

柳照眉唇角微张，似是怔了。

继鸾说道："可是我不能担风险，我答应了楚三爷，除非他开口，不然我就得一直跟着他，因为我拿祁凤的安危起过誓，我也不能跟你逃走，这法子太冒险了……我不能让祁凤出事，也不会让你出事。"

柳照眉心头一阵狠狠地抖：对陈继鸾而言，她心目中最重要的人就是陈祁凤，但是现在，她愿意把他也摆了上去，在她心里，他跟陈祁凤一样重了。

何德何能，但这是真的。

他居然不知该说什么，心很重，喉咙哑了，唇也僵了。

继鸾将他用力地抱了抱："你等我，我回去找三爷……三爷脾气是任性了些，但他不算彻头彻尾的坏，我同三爷直说、好好地说，三爷或许会答应我……"

答应她什么，继鸾声音发抖，说不出口，但是柳照眉明白。

就算眼前浮云蔽日，就算是面前艰难重重，就算是结局尚未论定，但此刻他心头明霞万里，欢喜无限。

柳照眉一手撑伞，一手慢慢拢上她的腰："不管怎么样，有你今日这番话，我柳照眉死而无怨了。"

继鸾松开他，后退一步，深深看他一眼，然后拔腿就跑。

必须要跑，否则的话她怕自己不愿意走，不愿意离开他，也没有方才那番勇气了。

继鸾跑得极快，身形很快地消失在雨雾之中。

而在她身后，柳照眉始终都站在轻濛的细语之中，撑着那把伞静静地望着看着，就像是能够等上一辈子那么久长。

继鸾一口气跑回了楚府，只问了看门人一句"三爷可在"，得到肯定回答后就一阵风似的跑进了客厅。

客厅内无人，桌上放着两盏茶，继鸾看了会儿，叫道：“三爷？”本想上楼的，然而耳畔却听到奇异的响动。

继鸾循声而去，迟疑地推开那扇门，然后她几乎疑心自己眼前出现了幻觉。

楚归衣衫不整地躺在床上，继鸾从没有看过他这幅模样，颓然无力而风情万种。

但更令人惊悚的是，那位“李小姐”还是谁的却是半裸，且正趴在楚归身上。

两人赫然一副恋奸情热颠鸾倒凤的姿态。

那瞬间，继鸾觉得自己的眼睛像是被针狠狠地扎了两下。

继鸾震惊，第一反应就是赶紧离开这尴尬地方，眼睛却身不由己似地，兀自在两人身上逡巡了数秒钟。

继鸾后退一步，猛地扭头，哑然道：“对不住！”

床上的楚归在如潮水般的欲望摧蚀之下，还顽强地残存着最后一丝神智，但听到这句后却几乎完全丧失理智。

密斯李惊叫了声，然后叫道：“出去出去！”

继鸾脸热之极，皱了皱眉转身欲走，脚步一动瞬间，心中忽地升起一股极为怪异的感觉。

继鸾很想再看一眼，但是却又鼓不起那个勇气，密斯李见她不动，便叫道：“你怎么还不走……难道你想看我跟三爷……”她故意不说下去，却低头在楚归的胸前亲了口。

楚归身子猛地一抖，克制不住地颤起来，手在她腰间用力，身体像是随时都会脱离控制一样，赤裸裸地欲望之声越来越大，逼得他整个人要疯了。

他几乎就想放弃所有的抵抗，翻身而上把面前这个人压下，不管她究竟是谁，也不管自己究竟是在何等处境之下。

只是听从强大而难耐的欲望而已。

继鸾的心怦怦跳：“三爷！”她担着干系，颤着声音，“三爷，您……”楚归向来是极不喜密斯李的，怎么忽然之间一反常态？继鸾想到昔日那清冷的人……难道是因为今日的争吵所以受了刺激才如此？

继鸾一咬牙，扭头看过去，却见楚归的脸上带着浓烈地晕红，那双好看的眼睛却灼热的怕人，他的身子在发抖，露出的胸前肌肤也是红色。

目光相对，楚归呻吟了声，眉头皱起：“救……”

已是极限。

继鸾僵在门口，密斯李咬了咬唇：“滚出去！”

继鸾皱眉看着她，握紧了拳。

密斯李索性翻身下地，想要将门撞上，继鸾抬臂挡住：“李小姐！”

床上的楚归身子绷紧，手抓在床单上，抖个不停，他难耐地皱着眉，不敢再说什么，药性像是毒药一样，即将瓦解他最后一丝清醒。

不知道是一种什么样的坚持才让他并没有崩溃。

密斯李不顾自己赤身露体，抬手打向继鸾脸上，继鸾握住她的手腕，厉声喝道："你对三爷做了什么？"

密斯李一个踉跄："用你多问！"她回头看一眼楚归："他现在想要我，你最好快点放手！"

继鸾见她显然已经承认，抬手给了她一个耳光："无耻！"

密斯李头一歪，情知今天的事已经无法再成了，不由露出一丝恼羞成怒的狞笑："又关你什么事，贱人！"

继鸾喝道："你到底对三爷做了什么，快说！"

密斯李咯咯笑道："你怎么不过去看看，一看就知道了。"

继鸾忍住再打她一巴掌的冲动，将她往旁边一扔，掠到床边："三爷？"

这一声，就好像一个信号。

对楚归而言，极为可贵的信号，他熟悉这个声音，也渴望这个声音。

有这个声音在，有这个人在，这意味着他可以放松下来了。

脑中轰然一响。

继鸾正盯着楚归看，看他的脸颊显然是不正常地红着，就好像是喝醉了的人一样，双眸似睁非睁，继鸾抬手在他额头上一按："三爷你……"

话还没有说完，楚归忽然张手，猛地将她抱住，继鸾还不知发生何事，楚归动作异常地迅速，极快地就将她按压在了身下。

继鸾懵道："三爷你怎么了！"

那边上，却响起一声笑，继鸾扭头，却见密斯李起身，手拉起衣裳把胸前一掩，冲她露出怨毒的笑容："好好享受吧！"

门"砰"地一声被拉上，继鸾倒吸一口冷气，有种极为不妙的感觉。

继鸾重看向楚归，却见他双眼隐隐发红，那是因为忍了太久，药性催逼的欲望得不到宣泄，他握住继鸾的衣领，用力往下一撕，只听得"嗤"地一声，继鸾胸前一凉，衣裳居然给他撕开大片。

继鸾吃了一惊，急忙擒住他的手腕："三爷！"本来想问你疯了吗，但是看这模样，显然真像是要疯了，继鸾想到密斯李所说的……心中飞快地想："难道她给三爷吃了什么？不然没理由变得这样奇怪！"

然而此时此刻的情况却没有机会让继鸾细想了，楚归真个儿如发疯了似的，俯身在她身上乱吻，一手往下，便握住她的腿。

继鸾魂飞九天，近来楚归虽然偶尔有些过分举动，但最多不过是亲她一下而已，哪里会像是现在这样？继鸾慌忙又去制止他的另一只手。

楚归喘息着，他的衣裳本就被密斯李除去大半，加上自己这样一动，竟露出大片赤裸的上身，衣衫一侧落在臂弯里，坠在腰部，露出极为精壮的腰身。

继鸾刚握住他对自己大腿不轨的手，楚归便俯身下来，竟然不顾一切地亲起她来。

继鸾被压在下面，双手又分别攥住他的手腕，一时无法制止，楚归吻住她的唇，长腿同她的腿纠缠着，腰部难耐地不停耸动。

饶是继鸾见多识广，却从不曾见识过这个，整个人叫苦连天，只好暂时放开他的手，推向他的胸："三爷，您清醒些！"

楚归哪里听她的，就只乱乱地在继鸾的身上乱撞。

继鸾应付他的手脚已经焦头烂额，这么短的功夫身上居然出了汗！无意中忽然看见那等物事，顿时之间整个人像是被雷劈了似的，手足都僵硬了。

楚归乱撞乱闯，无意中撞到继鸾的腿侧，像是寻到了什么，手握住她的双腿一抬，直直地便撞上来。

继鸾闷哼了声，想哭，想骂，恼火又羞怒："楚归！"

继鸾额头上一片热汗，简直比那场"占龙头"更加让她难以招架，望着这人迫不及待的样，继鸾顾不得羞怯，重握住他的手腕，无视他那羞煞人气煞人的顶撞，腿绞住他的一条腿，奋力一扳便翻了个身。

这一下子，变成楚归在下，继鸾在上，她气喘吁吁地，擒着楚归的双手死死地往上按住，腿也不敢松动，一条腿压着他的腰，一条腿压着他兀自乱动的腿！这才暂时性地将此人控制住。

但继鸾很快就又发现不妥，被她压着的楚归，还是很不屈服地在挣扎动着。

继鸾只觉得脸上的汗把眼睛都要模糊了，头发也散乱着，有的贴在脸颊上，有的贴在露出的胸前，正在羞愤欲死的时候，门忽然被推开："我听说……"

继鸾一转头，顿时呆若木鸡，却见门口上齐刷刷地站着三个人，分别是李管家，老九，以及祁凤。

继鸾脑中空白了数秒，然后就在她醒悟过来自己该呼救的时候，耳畔听到老九说了声："我们什么也没看见！"

然后门"砰"地一声，重新在面前被关上了。

继鸾觉得自己该昏死过去。

3

继鸾还未张口，那门已经在面前关上了。她震惊且怒之际，底下的楚归却越发地不安分，双手挣扎着几乎让继鸾按不住，身子更是剧烈地颤动，腹部的肌肉绷紧，显出极为分明的线条来。先前他总是衣冠整齐包裹得严严实实的，冷眼一看似乎还显得挺瘦，谁知道脱掉了衣裳居然是这个模样，非但不瘦弱，反而有几分精健劲硕，尤其是一把的腰，因为正情难自已地激烈动着，在继鸾的眼底，不想看也看得分明，若隐若现的几块腹肌，很有视觉冲击力。

继鸾能应付所有突发状况，但这一类的显然除外，先前被突然打开的门惊了一跳后，又经受那帮人乍然出现又嗖地离去的心理落差，再加上身下这人的"活色生香"跟不停动作……继鸾几乎有些招架不住，手足无措。

她察觉底下的不妥，便红着脸往下退了退，压坐在楚归的腿上。

继鸾尽量弓起身子不让他撞到，盯着双颊通红的楚归，在怔忪中飞快地想到底该有个什么样儿的好法子，却见楚三爷腰部抽动着，那喘息声越发大了，几乎超出了喘息的范围，已经是完全失控地叫起来，且叫得无比销魂。

继鸾隐隐地觉得大不妙，却不知道到底是哪里不妙，正在脑中略觉空白一刻，楚归动作加快，低叫数声后，浊白之物喷射而出，有的竟沾落继鸾身上。

继鸾脑中轰地炸响，抬手啪啪地在楚归脸上扇了几个耳光。

楚归双眼发直，嘴唇微张，失神地在那极美妙的余韵中微微喘息着。

巴掌落下来，楚归忽然间吃了痛，人倒是有了几分清醒，那双眸子亮了一下，望着继鸾，继而看看自己。

谁知一看之下便又是一震，原来底下那家伙又不老实起来，半伏着蠢蠢而起。

继鸾见他神色异样，低头一看，也惊了一跳，继而大怒。

仗着楚归此刻不再乱来，继鸾手握成拳，正想要不要把人狠狠地打上一顿或者直接打昏过去，楚归忽然道："带我去浴室！"

在客厅里头，老九搓搓手，又揉揉头，回头看看那紧闭的房门，心有余悸又有些神游太空："方才你们都看见了吗？"

李管家站在旁边，像是一个雕塑，板着脸摇头：他宁肯什么也没看见，只是心里很是悲愤不平，三爷有了暖床人是好，但是、但是怎么能让女人在上面……

可惜有些话怎么也说不出来也不能说，于是只能当哑巴跟瞎子。

祁凤坐在椅子上，手摸着脸，听了老九的声音，猛地便起身："我说！你还说呢，你怎么就把门关上了？还……还说什么没看见……害得我都没插上话，这会儿又来问我们？”

他暴躁地叫了两声，迈步往那客房处走去，一边嘀咕着：“不行……这不对……”

老九见状，急忙上前一拦：“别去！”

祁凤道：“干什么？别挡道！那可是我姐！我不能让她吃亏……”虽然备不住该吃的都已经吃了。

老九嘎地笑了一声出来，又忍住了，尽量严肃地望着祁凤，道：“我说凤二爷，你觉得鸾姐像是个会吃亏的人吗？嗯……就你方才看到的那一场，你觉得鸾姐像是个在吃亏的样儿吗？”

“你什么意思？”祁凤气哼哼地。

老九唉声叹气：“你还小，不懂也是正常的。”

祁凤啐道：“有话就说有屁快放，吞吞吐吐地算什么！”

老九瞅他一眼，看走廊间没人，便小声道：“可别怪我没提醒你，以你姐那一身的功夫，若是她不愿意，三爷难道还能霸王硬上弓？何况见方才那情形，那可是你姐姐在上头把我们三爷硬上弓的样儿呢！说起来奇了怪了，鸾姐怎么忽然就想把三爷给办了呢？高深，高深，平常里藏得滴水不漏，我可是真看不透她……”

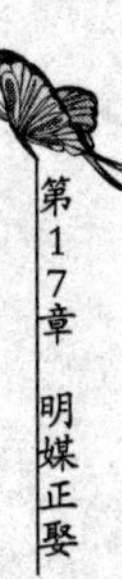

祁凤望着老九，怒道：“你在胡说八道什么呢，我姐像是那种人吗？”嘴虽然还硬，但却不得不承认，老九说的还真有道理，以继鸾的能耐，若她不乐意，又怎么会……

且两个人都衣不蔽体的，祁凤记得自己看得清清楚楚，继鸾是按着楚归的手趴在他身上的……

祁凤想到那幕，脑中鬼使神差地掠过一句话：“姐果然厉害啊……”

祁凤想到这里，不由得又一阵羞愧：“我怎么能想那些，还不知究竟是怎样呢……”

祁凤使劲跺脚，抬手捂住耳朵，碎碎念道：“我什么也没看到什么也没看到什么也没想……”

老九却在一旁说道：“啧啧，瞧方才那个架势，三爷那身板，也不知受得了受不了……”

祁凤面红耳赤，放手吼道：“少说一句你会死啊！”

老九看着他那窘样，便凑过来，低低说道：“担心了吧？”

祁凤恨不得把他的嘴堵上：“我懒得理你！告诉你，不许胡乱编排，也不能把这件事给别人透露，等我问明白了再说！”

老九哼道：“这不是秃头上的虱子明摆着的？我们可都看得一清二楚，剩下的就是谁负责的问题了。”想到这里又是一阵忧虑，以三爷那性子，反复无常、匪夷所思的……后续还不知怎样呢。

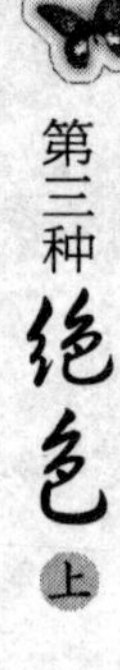

偏偏他认识的陈继鸾也不是个好摆布的！这两个人物竟然能缠到一块儿去！

老九一阵头皮发麻，总之不管如何，他们爱怎么闹腾都好，只别连累到他们这些无辜的手下便是了。

李管家在旁边干站了会儿，见那房门没有要开的迹象，便默默地转身走了。

很快地一个小时过去，中午饭早就准备好了，祁凤虽然担心，但是有些饿，跟老九两个草草地吃了些，他下午还要上学去，但这个情况，他哪里肯走？

老九本是受了楚归命令去盯着他的，如今看这样情形，恐怕是不需要再盯着了，看祁凤那个热锅上蚂蚁的模样，便道："没事儿，虽然这时间的确是长了点儿……但是有那一句什么话来着？春宵一刻值千金？喜欢腻在一块儿扯不开是正常的。"

祁凤白眼看他道："我说九哥，你要是再瞎说八道地，我可就对你不客气了。"

老九道："别介，这是喜事，咱们犯不上为了喜事动手……话说回来，你再不去上课可就迟到了，会算旷课处理吧。"

祁凤哼道："换了你你能放心去上什么课吗？那可是我姐！"从小到大相依为命的姐！

老九抓抓头："倒也是……"忽然间忍不住又想叹：虽说那两人都是初识得滋味的人，可这折腾的时间是不是也忒长了点？究竟是继鸾太过生猛还是三爷太过生猛还是两个都极生猛呢？

老九跟祁凤两个坐立不安地等着，眼看那落地钟一下一下地摇摆着，指针一点一点地爬行着，眼看外头天色缓缓地西斜，细雨渐渐歇了……

祁凤实在忍不住，老九也开始担心了，心想那两位主儿不会搞出事来吧？

正当两人心有灵犀想冲去砸门的时候，房门却吱地一声开了，祁凤瞪大眼睛，看见继鸾从门口走了出来，原本整整齐齐地长衫被撕破了，而且湿了大半，头发也湿淋淋地贴在身上，神情似是有些疲倦的。

老九一看这样儿，顿时直了眼，心怦怦跳，赶紧问道："三、三爷呢？"

继鸾瞪他一眼，勉强镇定："九哥，去找医生来给三爷瞧瞧吧。"

老九一听，整个儿差点跌倒：医生！已经到了要找医生的地步了！果然！看样子他的猜测结果已经水落石出了，到底还是继鸾比较生猛一些，人家还能站着，三爷却已经要找医生了。

刚进门的李管家听了，反应迅速，赶紧去摇医生的电话。

祁凤扶住继鸾："姐？"想问又着实不大好意思。

继鸾看着他，心里明白，便咳嗽了声："我们回去说。"便同祁凤两个回了房间。

这会儿老九试试探探在门口往里头看，却见三爷依稀躺在那张床上，身上还盖着被子，只露出头脸。

李管家打完了电话，也冲进来，见楚归脸白白地躺着，很是心焦，唉声叹气：“怎么不知道收敛着点儿！伤了身子可怎么好！”

且不说楚归怎么摆平这剩下的烂摊子，只说继鸾跟祁凤回了房，继鸾兀自有些走神，缓缓坐了，祁凤看她一会儿，机灵地拿了毛巾来，继鸾把头脸擦了擦，才定了神儿，道：“你等下，我换件衣裳。”

顷刻间继鸾换了新衣裳，把打湿了的头发重新擦了擦梳起来，祁凤才期期艾艾地问道：“姐，你跟三爷……”

继鸾摇摇头：“不是你们想的那样，他中了药。”

祁凤大惊：“啊？”

当下继鸾便把密斯李下药的事儿跟祁凤一五一十说了一遍，祁凤听了个明白，大大松了口气：“我想呢……姐怎么会……”

继鸾笑了笑，忽然手势一顿想起来：该跟楚归说的事儿一点也没说！

继鸾皱着眉想了想，现在的确不是个能说事的好时机，想到方才在浴室那一番折腾，脸上一阵红一阵白，又想到柳照眉，眼中便透出几分惆怅来。

继鸾估摸着楚归该没什么大碍，到天黑前大概也会好的，她同祁凤说完事后便出来，正好看医生也要告辞，李管家在送。

继鸾便问老九：“三爷如何？”

老九咳嗽了声：“医生说没什么大碍了，但是还要补一补。”

继鸾一阵尴尬，祁凤却嗤了声，他记得继鸾教训他的话，嘴上不说，心里却想：“看他长得那样儿就知道，虚得很呢。”

老九悄声又道：“不去看看三爷吗？他已经醒了，头一句就是问你呢。”

继鸾微微皱了皱眉：她的确是要见楚归的，但恐怕不是他们所想的那样……继鸾便看祁凤一眼，道：“祁凤你好好呆在这儿，我去看看三爷。”祁凤自然一口答应。

继鸾便去看楚归，老九见她走的方向不对，便道：“三爷回了自己房了！”

继鸾才转身上楼。

在楚归房门外，继鸾缓缓吸了口气，抬手一敲门，听里头无声，便问：“三爷？”

里头道：“进来吧。”

继鸾这才推门进去，拐进里头，见楚归靠在床头上，他已经换了一套新衣裳，头发也已经擦得半干，又恢复了那种极漂亮干净的模样，不像是先前那般癫狂似的意乱情迷了。

继鸾见了他这张脸，对上那双极亮的眼，不免又想到些不该想的，面上便只当没事儿似的，道：“三爷好了吗？”

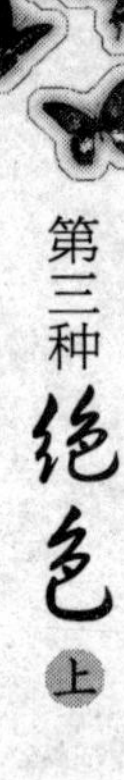

走到床边上，近了看，忽然心头一窒，却见楚归的脸上，明明白白有两个没有褪去的巴掌印儿，红红的掌印贴在这般漂亮的脸上，显得突兀而可怜。

继鸾目瞪口呆，楚归不动声色地瞅着她：“怎么了？”

继鸾疑心他不知道，便道：“没事没事。”

楚归哼道：“不用糊弄我，你看吧。”说着，就把手伸出来。

继鸾垂眸一看，重又哑然，却见他的双手腕上，各自有一圈儿的淤青，显然也是出自她的手笔。

继鸾无声地看了会儿，终于闷声道：“三爷见谅，当时是……实属无奈。”

楚归叹了口气，忽然问道：“能像你这样下狠手的……我也服你，只不过，你就那么不愿意跟我……”

他说到半道儿就停下来，继鸾眨了眨眼，不明白，四目相对，过了会儿才懂他的意思，顿时有些脸热，却皱眉道：“三爷，你是中了药，神志不清……”

“是因为中了药你才不愿意？”

继鸾张口结舌：“啊？”

楚归道：“那若是我好端端地，你愿意吗？”

继鸾心里打了个顿儿，脱口道：“三爷你说什么呢！这个……怎么可以开玩笑！而且我跟三爷不是那种关系……”

楚归却依旧平静地看着她，道：“那么，若是我想跟你是那种关系呢？”

继鸾听了这句，心头一震，脚下不由自主地就后退了步。

4

继鸾真被吓到，看着一脸平静甚至太过平静的楚归像是见了鬼。

这幅表情让三爷略有几分内伤。

但三爷是什么人，早在开口之前，心里便有几分数了。

楚归望着继鸾，心中合计着，横竖得有这一遭的，索性便一做到底：“前日子跟今儿那件事，也不是拿来耍的，我心里头有你，才肯对你那样。”

继鸾费了点劲儿才醒悟他说的是他亲她那件事。

楚归道：“你说我们不是那种关系，不妨，慢慢地来就是了……”他脸上忽然浮现一点淡淡地忧郁之色：“当初你说同我只是保镖同雇主的关系，三爷当时也没想到，会对你这样的女人动心……”

继鸾听到这里，耳畔那雷声轰轰然，一阵接一阵地：“对我这样的女人？”

楚归叹道：“三爷可没胡说，想巴上爷的，的确从府里到浅海湾子都排不完，可是没办法，三爷不喜欢那些，就只喜欢你。”

他说完了，便抬眼看向继鸾，眼神里带着那么一点笃定，一缕柔情，一丝期盼，似乎……想看到她欢喜雀跃感激涕零似的表情。

继鸾抬手摸摸头，看看楚归，又低下头想了会儿。

方才她是受了惊吓，但这会儿，听过楚归这些奇妙的话，继鸾极快地镇定下来。

她想了想，先小心地问：“三爷，你现在仍是在说玩笑话吗？”

楚归身子微微绷紧，显然是没想到继鸾是这个反应：“谁跟你玩笑了！”

继鸾心头一沉，重又说道：“三爷，这种玩笑开不得。”

“我说没跟你玩笑！”楚归怒起来，“你听明白了，三爷看上你了！”

继鸾一阵头大，握紧双拳才让自己镇定下来没跑出去，继鸾深吸一口气：“三爷，医生说药性已经退了吗？还是说那种药会对你有什么不大好的影响？”

“你是什么意思？”楚归狐疑看她，忽然反应过来，“你以为我是因为那种药而神志不清在胡言乱语？”

继鸾静静地看着他，眼中写着两个字：是的。

楚归浑身有些发抖，他的身子的确是有些虚弱的，但整个人却是极清醒的，这点他可以确认，可是此刻被继鸾绕得却有点不大确定了。

“陈继鸾，”他想把她抓过来，可惜鞭长莫及，继鸾站在床边，在他所能碰到的范围之外，楚归怒道，“你那是什么反应！”他头一遭喜欢个人，也头一遭对人表白，怎么居然得到这个反应？

继鸾看着楚归，心里想这是不是个机会，这一瞬间，眼前顿时又出现在雨中柳照眉撑着伞的那幕，继鸾叹了口气道：“三爷，事实上，我来找三爷也是有事的。”

楚归正在震惊：“什么事！”

继鸾道：“其实我心里已经……”

楚归正竖着耳朵听，继鸾正把心一横要说，外头一声门响，有人走了进来，道：“三爷……”

两人一起转头看，却见是李管家，楚归不悦：“怎么了？”

李管家双手垂在身侧，略微垂着眼睑道：“三爷，外头……是林市长的千金来了，不知道为什么，竟跟……陈少爷吵起来了。”

继鸾一听，也顾不上跟楚归说话，赶紧三两步出了外头。

楚归见她去了，自己也跟着下地，李管家忙来扶：“三爷，您还是多歇息歇息。”

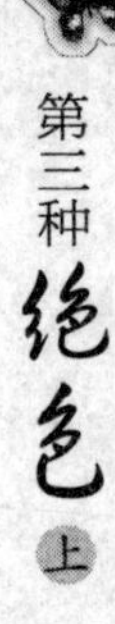

楚归道："又不是病了，歇息什么？到底怎么回事儿？"

李管家道："他们说的不清不楚地，似乎是陈少爷不愿意见林小姐来……"

楚归琢磨着："上回那丫头把电话打到家里来，这会儿又亲自跑来，难道是看上了陈祁凤？"

李管家不作声，心里却想："这可真是的……怎么说呢，一个陈继鸾把三爷迷得颠三倒四，现在连弟弟也这么拈花惹草，这陈家的姐弟两个可都不是省油的灯啊。"

且说继鸾出门后，还没下楼，就听到底下吵吵嚷嚷，是陈祁凤的声音，似乎是压低了音量，说道："你看也看到了，也没别的事儿，是不是也该走了？"

却有个女孩子的声音，道："祁凤同学，不要担心，我又不吃人，就是看你没去上课所以才冒昧过来看看的，总也是一片好意，起码留我喝杯茶嘛。"

继鸾听着这个声音极为甜美，说话不疾不徐，显得很有教养，继鸾便往下一瞧，却见大厅内站着个身着白衣的少女，身后还站着个陌生的男子和一个打扮得体的中年妇人，想是她带来的随从之类。

继鸾心中暗觉惊奇，此刻祁凤咬牙道："你到底想干什么？别以为我不知道。"

女孩子抿嘴一笑："那你说说看，让我听听，才知道对不对呀。"

祁凤一咬唇，看着她娇俏的模样，便扭头不理。

继鸾心想："这个女孩子倒是聪明，祁凤对她竟然没办法。"不由一笑，正好祁凤转头看过来，那脸色便有些不太自在，咳嗽了声唤道："姐……你怎么出来了？"

那女孩子听了，便也转过身来，两人一对面儿，继鸾见她大约十五六岁，鹅蛋脸，大眼睛，皮肤白皙，额前的一缕头发微微卷着，其他的梳成两个发辫，柔顺地垂在肩头，身着粉白的旗袍外罩一件时兴的薄开衫，领口绣着精致小花，说话的时候双手搭在腰腹之间，显得很娴静，是个不折不扣的小美人儿。

这女孩子自然正是市长千金，名唤林瑶的。且不说继鸾打量林瑶，林瑶一见继鸾，双眸顿时一亮，唇角上扬，她的脸上原本就带着三分笑意，如此一来，便有五分，更显得甜美可人。

继鸾还未招呼，林瑶却已经主动开口："这位就是姐姐了吧？"

继鸾一怔，祁凤白了眼，道："什么姐姐，这是我姐姐。"

林瑶含笑看了祁凤一眼，仍旧温温柔柔地说道："是我失言了，现在应该叫鸾姐姐才是。"

祁凤皱眉："你！"跑到继鸾身前迎了她，小声道："姐！"

继鸾在他的手上一搭，道："祁凤，是你的朋友？"

祁凤不情不愿地撅了嘴："哦……是同学。"

继鸾才看向林瑶，见林瑶手一搭，向着继鸾微微欠身：“鸾姐姐您好，我叫林瑶，是祁凤的同学。今天看他没去上课，所以来探望看看。”

继鸾早看到旁边桌子上放着一篮子的水果，想必是这位林小姐带来的，便道：“林小姐客气了，你对祁凤如此关心，我代他多谢你。”

林瑶道：“这是我应该做的，祁凤才来学校不久，对于新同学自然要多多照应。”

继鸾一笑，看向祁凤：“怎么也没跟我说有这么好的同学呢？”

祁凤苦恼地抓抓头，林瑶又笑道：“这个不关祁凤的事儿，他就是口是心非的……其实我也早想来看看姐姐，因为一直听说姐姐大名，心里仰慕得很……”

祁凤脸红耳赤：“行了啊，你不要再乱说。”

正说到这里，就听到楼上有人说：“她有什么大名啊，值得林小姐你仰慕的？”

众人闻言齐齐转头，却见二楼上明珠美玉般的一人，自然正是楚三爷驾到。

继鸾便不言语，林瑶却仍旧笑吟吟地：“林瑶见过楚三爷，冒昧来打扰，还请见谅。”

楚归扶着李管家的手，慢慢地往下走：“说什么打扰，市长千金驾临寒舍，我高兴还来不及呢。”

林瑶慢慢地抿嘴一笑：“等闲之人也进不了三爷的门，我进门来的时候心里还忐忑的紧呢。”

楚归下了楼：“说的我跟什么似的……哦，你是来找祁凤的吧？我倒是不知道，你跟祁凤挺要好的啊，他这才来锦城不久吧？”

林瑶笑道：“这怕就是缘分吧，有些人就是格外投缘的，所以才有‘一见如故’这回事儿。”

楚归心想：“好个直白的小妞儿。”不由对林瑶另眼相看。

祁凤一听，脸上却更红，心想这人竟这么厚脸皮的。

继鸾在一边儿看着林瑶跟楚归两个说话儿，却隐隐觉得两人身上有点儿什么相似的气息。

祁凤看楚归跟林瑶说话儿，便拉着继鸾，低声说道：“姐，他脸上那是怎么回事？”

继鸾扫了一眼楚归，瞧着他脸上那未曾消退的巴掌印，心头一窘：“没事……”

祁凤瞥着她，悄悄问：“你又打他啦？”

继鸾低低咳嗽了声：“别胡说八道的，什么‘又’！”

祁凤忍着笑：“上回那个眼……这回又是这样，总不会是他自己打自己的吧？”

继鸾心里叹了口气，有些忧愁，看着祁凤满脸好奇的模样，便道：“你不要东拉西扯，你这个女同学是怎么回事？”

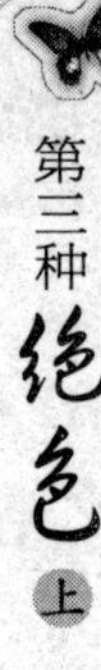

祁凤皱眉："就是上回路上咱们避开那个……"

继鸾看着林瑶跟楚归说话的样儿，若有所思道："三爷说是市长的千金，你不会又在学校里惹事了吧？"

祁凤慌忙摇手："我可老实了。"又期期艾艾，嘀嘀咕咕道，"就是她有些……唉，太缠人了。"

这会儿林瑶同楚归互相虚与委蛇完了，便看想两人，林瑶笑道："姐姐在跟祁凤说什么？"

继鸾见她果真是自来熟得很，可是做得落落大方，丝毫地不羞怯畏缩，便微微一笑："没什么，在问祁凤是怎么认得林小姐的。"

楚归这会儿便踱步过来："林小姐既然是来找祁凤的，他们备不住会有什么话说，继鸾，我们暂且就不打扰他们吧？"

祁凤忙道："我没什么别的话。"

林瑶咳嗽了声："学校里倒是有一点事……"

继鸾看看两人，见没什么大事，又加上她跟楚归的话还没说完，就道："那祁凤你同林小姐先说着，好好招待人家。"

林瑶微笑："谢谢姐姐。"

祁凤一阵头疼。

楚归道："继鸾，我们到院子里走走吧，先前你还有话跟我说不是？"

继鸾见他还记得那件事，便一点头，两人一前一后往外走去。

两个人刚出了客厅，林瑶做了个手势，她身后的随从跟女仆便也退了出去。

林瑶便凑到了祁凤身旁，口吻里带了三分亲密："祁凤，姐姐跟楚三爷看起来好像……"

祁凤扭头："什么？"见她靠得近，不由面上一红，想要后退一步，林瑶抬手不由分说抓住了他的胳膊，含羞带怯却坚定地："不许躲我……"

祁凤想去掰开她的胳膊，但触手下去，不免碰到少女娇软的身子，祁凤唉声叹气："我跟你说过，楚三爷的家又不是我的家，你怎么说来就来了？让楚三爷怎么想，我姐怎么想？"

林瑶道："可我迟早都是要见见姐姐的呀。"

祁凤脸更红："什么迟早？为什么要见？你收敛些，这人来人往的看到，你是市长千金，会被人笑的。"

林瑶道："我都不怕了，你怕什么？"

祁凤叹了口气："你怎么这样儿呢？简直像块牛皮糖。"

“我知道你喜欢牛皮糖的，”林瑶笑着扭了扭身子，似乎知道祁凤会对她没有办法，但她极为聪明，知道点到为止，便又说道，“先前你总是说鸾姐姐如何厉害，我都不信，今天一看，果然是很出色的女中豪杰。”

祁凤听她说得一本正经，便笑：“什么女中豪杰，我可没有对你说这个。”

林瑶道：“但是看姐姐的那份气质就很令人倾倒了，其实我不用看姐姐，看你就知道了……”

“什么？”

林瑶笑看祁凤：“人家都说虎父无犬子，那肯定是虎姐无犬弟啊。”

祁凤忍不住噗地一笑：“怎么就你这么鬼精灵的。”

林瑶看他露出笑容，便道：“三爷对鸾姐姐好像也很……”

“很什么？”

林瑶想到楚归脸上那依稀可见的伤痕，心想以楚三爷的名头，谁敢动他一指头，何况他身边那么多护卫，除非是……

林瑶便不点破，只是甜甜一笑：“我就是觉得，三爷跟鸾姐姐，是不是有点像是我们两啊？”

祁凤抖了抖：“又胡说八道的，我们是什么关系？”

林瑶嗤嗤地笑了两声：“算啦，就不逗你了……下午怎么没上课去，真的没事吗？”

祁凤哪能说发生了什么，只道：“没事，就是懒得去。”

林瑶瞄着他：“不是有心躲我就行了。”

祁凤扭头看向别处：“林瑶，你说完了没有，说完了可以走了。”

林瑶叹了口气：“你怎么老是这样儿，总是这样对人家我也会伤心的……”

祁凤扫她一眼，有些戏谑般地：“真的吗？你知道什么叫伤心啊？”

林瑶点点头，倒有几分楚楚可怜的模样：“祁凤……”声音温柔绵软地，无比亲昵。

祁凤哆嗦了一下：“有话好好说，别出这种声。”

林瑶微微一笑，目不转睛地看着他：“上回我跟你说的事……你想过没有？”

祁凤皱眉：“什么事儿？”

林瑶道：“你别装不知道的……就是……就是咱们一块儿出国留洋的事啊。”

祁凤终于抬手，在林瑶肩头上一按，便将她推了开去。

林瑶一愣，祁凤双眉深锁：“这是不可能的，你提也别提，我在这儿呆得好好地，干吗要跑到洋鬼子那里去？”

林瑶默然无声，祁凤见她不作声，便转过头来看她，见她低着头的样子，有些于心不忍，就说道：“我说的是正经真心的，没来由你跟我说这个做什么？你是大官儿家的女儿，你爹要怎么打算是他的事，你要去哪是你的事，不管怎么样，万别扯我进去。”

林瑶眼睫一动：“你以为我是随便跟人就说的吗？我怎么不对其他人这么说？我就不信你不懂我的心意。”

祁凤心头一梗：“行了……别说那些没影子的……”

“怎么就没影子呢？”林瑶抬起头来，重新平平静静地语调。

祁凤有些烦躁：“就是你异想天开……好吗，我跟你……根本就不行的。”

“哪里不行？你看不上我？”林瑶上前一步。

祁凤吓了一跳，往后一退：“你、你别说了！”

林瑶幽幽说道：“这些日子你应该已经都明白我的心意了，我也知道你其实不讨厌我的……你要是真讨厌我，我也不会这么不知廉耻地总是缠着你……你大概也听到学校里那些风言风语了，可是我不在乎那些。”

祁凤心头颤了颤：“行了……”

林瑶叹道：“我是真心真意想跟你在一起的，爹让我出国留洋，是两年前就决定的事儿，最近我只是跟他拖着，他执意要我走，可我是想你跟我一块儿去啊，最近我爹催得越来越急，局势好像越来越不妙了，再拖延下去，恐怕连走也走不成了。”

祁凤心乱如麻，终于道：“那你就走啊！跟我啰嗦什么？我是绝对不会答应你的，我姐在这，你让我去哪？这本就是你自己异想天开，现在就干脆绝了这个念头吧！”

门外左侧的窗棂旁，继鸾呆若木鸡，楚归在她袖口一拉，继鸾回头看他，楚归对她比了个口型：“走吧。”

继鸾跟着楚归离开，不再听下去，楚归见她有些神不守舍，便索性握住她的手腕，手心里暖暖地，十分受用，楚归暂时便得意了一会儿。

进了旁边的院落，楚归笑着叹道：“你瞧，现在的小年轻，一个比一个的开化，像他们这个年纪，三爷正忙着计划要对付哪个帮砍杀哪个人呢。”

继鸾心不在焉，听了这句不由得一笑，楚归见她露出笑容，心里更觉舒服，忍不住又道：“继鸾，你看……连他们都……我们是不是也……”

继鸾听到这里，便回过神来：“三爷。”

楚归转头看她，对上她明澈的眸子，心里不由有些抖：“怎……么了？”

继鸾目光掠过他如画的脸，蓦地看到旁边那棵树……曾跟魏云外在这树下喝茶“聊天”，当时繁花盛开，此刻，却只剩下一地的残花，被雨水打湿，零落成泥碾作尘。

继鸾道：“三爷……当初你对我说，要我到你身边儿做你的人，我没言语，但心里却只想要离开你，离开锦城……你知不知道是为什么？”

楚归见她忽然说起往事，想了想，便道：“那时候我们刚认识，你不了解我……也是有的。”

继鸾复又一笑：“不了解吗？大概是不了解，可是从那时候到现在，我对三爷……已经略有些了解是真的，可是，那种感觉……还是没有变。”

“什么感觉？”

“就像是当初刚见三爷第一面时候的那种感觉。”

“啊？”

“就是那种让人想要退避三舍似的感觉。”

“啊！”

楚归意外，这会儿忽然品出些味道来了，便看向继鸾，继鸾将目光从那棵树上转开，望着楚归：“说实话，我跟三爷不是一路人，三爷知道，我也知道，从来都是这样。所以那时候三爷才说，没把我当女人看待，三爷也觉得，能配得上三爷的，不是我这样的人。这话虽然有些伤人，但我也承认这是真的。”

楚归忽然觉得自己的心泛起一阵酸痛来，像是有人手持棒槌，砰砰地打了数下。

继鸾道：“三爷若是龙是虎，那我就是燕雀，是永不会有好的交际的，三爷你说什么喜欢……我之类的话，大概只是一时之间的意乱，等三爷镇定下来清醒过来，就会知道那喜欢也不是真的……”

楚归定定地看着继鸾，居然没有说话。

继鸾见他沉默，便深吸口气，又道：“先前不曾跟着三爷，我也听说了好些奇奇怪怪的话，但是自跟了你，才知道，那些话有的差不多，有的却差很多，但不管在别人眼里三爷是什么样儿的，在我心里，我觉得三爷是个人物，而我对三爷……谈不上什么喜欢，但是我服你。”

楚归只觉得身上的血一阵阵地热，热乎乎地涌动上来，引得他起了一阵轻轻战栗，但却忽地又一阵阵地冷，像是退潮一样滚滚而去。

楚归望着地上的花残狼藉，人明明就在自己跟前，触手可得，他却忽然惘然了。

继鸾这一番话说得再明白不过，楚归却不知道自己究竟改高兴还是该失望。

或者有更严重的其他情绪在作祟。

楚归木然站了一会儿，脚下一动，走近那棵树下，他抬手按在树身上，仰头往上看，眯起双眸似是想找寻有无燕雀的踪迹。

此刻雨已经停了，但树枝上集着的水珠仍旧不时地三三两两坠下来，滴滴答答，打在头上身上地上。

继鸾见他不作声，便又说道：“所以，三爷先前说的那番话，我会当没有听到……三爷该有更好的人相衬，而我……”

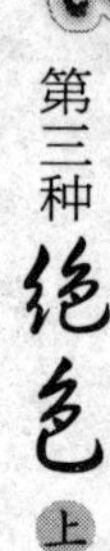

楚归忽然找到了自己的舌头："而你怎么样？"

继鸾怔了怔，而后眼中透出几分柔情来，她又想到了雨中擎着伞等候的那个人，以及他温柔的声音。

继鸾垂眸，双手交握轻轻地揉了揉，放低了声音："而我……我本来也正想跟三爷说的……"

楚归手按着树身转头看，清清楚楚看到她嘴角露出了一抹笑意，她这样垂眸的姿态，甚至有一抹难得的羞怯，他哪曾见过？

继鸾还没有开口，他心里却忽然充满了无边无际的恐惧。

似乎已经预料到会有什么。

楚归的声音忽然有些冷："三爷已经不是树了，如今又变成龙变成虎了吗？"

继鸾怔住："啊？"

楚归望着她冷冷一笑，笑便是笑，但这个笑里头有一种发狠的意思："你还想说什么？"

继鸾忽地有种预感，似乎这件事没有自己想象中的容易，甚至……会异常的困难，她在跟柳照眉说那句要回来劝服楚归的时候，虽然也知道不容易，但却并不像是现在这种感觉。

她毫无把握而且觉得有些危险。

箭在弦上。继鸾对上楚归双眸："我想跟三爷说，我心里有了人了，我想……"

话还没有说完，手腕便猛地被擒住了，被握得紧紧地甚至有些疼，继鸾皱眉道："三爷！"

楚归浑身发抖，脸色惨白毫无血色，只有那残留的巴掌印还在，丝丝泛红，就好像传说中云南的一种山茶花，"抓破美人脸"，那种奇奇怪怪的绮美。

楚归身子抖着，身不由己的冒出一句："你敢再说一句，我就杀了他！"

继鸾心头一震："你说什么？"她还没有说完，他知道她在说什么？

楚归凝视着继鸾，眼睛里流露出杀气来："你要是再敢说一句，我让柳照眉今晚就横尸街头，不，不用等到晚上，现在就可以！"

继鸾无法作声，只是瞪着楚归：他果然知道！但是他怎么会这么肯定这么准确地就知道……

四目相对，继鸾震惊，楚归震怒，顷刻，继鸾深吸一口气，缓缓说道："三爷，你这未免也太不讲理了。"

楚归道："我本就不是个讲理的人。"

继鸾垂眸看着他擒着自己的那手，仍旧慢慢地说道："三爷，这我就不懂了。"

楚归道："真可惜，你本来可以懂的。"

继鸾心道："我答应了柳老板，会好好地跟他说……不能动怒，不管怎么样……不能同他翻脸，不然的话，万一激怒了他，真的对柳老板动手，那可真就追悔莫及。"

继鸾咬了咬唇，暂不作声，只是抬手想要推开楚归的手，他却硬是握着不放，眼看要被推开了，他便又加了另一只手，耍赖一样地握紧了她。

继鸾皱了皱眉，楚归一直都望着她："就像是我现在所说的，我怎么也不会放手的，你想要跑到别人身边去，三爷明着跟你说，没门，你要我放手，除非是我乐意，我不乐意的话，你只有砍断我的双手，或者把我打倒，陈继鸾，你敢出手吗？"

继鸾心中本来也又怒又气，气他莫名其妙而蛮不讲理，怒他窥破她心事而且拿柳照眉来要挟，但听到这一句话，继鸾却不由得笑了出来。

无奈之极，还带着一种说不清楚的情绪。

"三爷……"继鸾带着笑，摇头，"不至于吧？"

"你觉得不至于，我觉得很至于，而且我说到做到。"

"三爷，"继鸾用力想了会儿，"你把我弄糊涂了，你这么做，是因为喜欢我？所以还不许我喜欢别人，可是这个意思？"

继鸾心里仍旧无奈地笑：陈继鸾自打懂事以来就没想到有朝一日居然会面临这种窘境——为了男女之情而伤脑筋，事实果然无常之极。

楚归仍旧盯着她的眼睛："你解释得很直接，当然也可以这么说。"

继鸾道："那三爷你喜欢我什么？"

楚归想了想，树上一滴雨珠坠下来，从两人之间滑下，楚归看着继鸾，说道："是啊，我喜欢你什么？你长得不算太美，脾气也不够好，出身也是一般，我起初还当你是个男人，但是现在就是喜欢你，三爷说不上来为什么，就是很喜欢你，不想放开你，从来没有对别人有这种感觉，就只有对你！所以不想放手，也绝对不会放开。"

很荒唐，却很执著而坚定的话，继鸾本是无奈笑着，此刻心中却也忍不住震了一下。

楚归道："你也不要想逃走，更别想跟别的男人……如何，就像是上回我能让你自己回来一样，你跑不了的，而且你发了誓，你不要忘了。"

"我是发了誓不错，我发誓留在三爷身边帮你做事，但是三爷也答应了不会跟我有那种关系，三爷你没说要干涉我去喜欢谁吧？"

楚归似乎被噎住，顿了会儿后才慢慢地说道："我没记错的话，你当时说的是'卖艺不卖身'，那三爷我明媒正娶地迎你过门，应该不算是'卖身'吧？"

继鸾感觉自己好像被一道闪电击中，整个人都麻了。

楚归道："说话啊，怎么不说了？还是觉得我说得很有道理所以哑口无言了，你不说，我就当你默认了。”他的眼神炽热，像是燃着火苗，坚定地逼视着人，似乎什么也不能让他改变主意。

继鸾忙道：“三爷！”

楚归道：“你还有什么话？”

继鸾整个头都大了：“你、你不要赌气行吗……又不是小孩儿！”

楚归说道：“我哪里让你觉得是小孩儿赌气了？我哪里说得不明白，我可以再向你解释。”

继鸾觉得不能再听他解释，她都要被他绕晕了，闭上眼睛镇定了会儿，终于说道：“我不要三爷娶我，更没想你喜欢我，因为我对三爷没那种……男女之情，所以……”

楚归淡淡道：“这个没什么，早先都是媒妁之言父母之命的，没现在这种自由恋爱的坏风气。”

继鸾看着他那一脸的理所当然：这条用到她身上来了，他怎么不用到他自己身上去呢？

继鸾道：“那我瞧三爷的大嫂对李小姐很是另眼相看，长兄为父，三爷要不要听‘父母之命’，娶了李小姐呢？”

楚归哼道：“不要拿那种女人来侮辱我，而且她现在已经不在锦城了，不然早就被人先奸后杀。”

继鸾吃了一惊，忍不住出了身鸡皮疙瘩：“三爷……您对李小姐……”

楚归道：“她做了那种无耻下流的事，三爷当然要加倍还给她。”

“但她是个女孩子啊……”

“是只狗也不行。”楚归啐了声，忽然又想起来，“胡扯什么？那你是答应了对吗？”

第18章

欲罢不能

1

继鸾只觉无言以对，楚归这个人，不管跟他说什么，不管多有理，他都有法子绕回到他自己的主张，继鸾看看他自以为是的样儿，又看看他握紧着自己手腕的双手，心想她果然是小觑了三爷，早知如此，就不该同柳照眉说要回来跟他“劝服”他的话。

继鸾此刻也才明白，柳照眉听了她的话之后为什么会是那种表情，几分欣慰，几分无奈，他大概早就预知了后果，但是继鸾想要做，那就让她试试看，所以他才说：不管结果如何，他都……

继鸾想到那句话那个词，想到柳照眉说那句话时候的表情，是一种欢喜同忧愁交织的表情，她的心也跟着揪痛了一下。

“三爷，”像是斗败的公鸡，继鸾叹息，“三爷……”

楚归望着她有些恍惚的表情，不知怎的心里就涌出几分温柔怜惜来：“怎么啦？放心吧，三爷会对你好的。”

继鸾打了个冷战，急忙甩脱他的手，楚归正松懈了些，顿时便被甩脱了，一时有些发愣，继鸾道：“三爷，我不是那个意思。”

楚归道：“怎么啦？”

继鸾往旁边走开一步：现在还怎么说，就像是走到了死胡同，所有的路都给他堵死了，不能说她喜欢柳照眉，因为他会发作，不能跟他辩论她不喜欢他，因为他有无限歪理。

“算、算了……”继鸾无奈，轻轻地摆了摆手，语声低微。

楚归在旁看着她，心头一宽，便走过来，看着她额角上沾着一滴雨珠，便抬手轻轻拭去：“瞧你这幅模样……你问我喜欢你什么，要三爷一条一条地数还真不可能，大概就像是现在这样。现在这样，我心里头明白我是喜欢……”

继鸾不明白，更不理解他那种温柔呵护的语气究竟是怎么回事。但是在楚归眼里，此刻的继鸾，跟平日里的意气风发沉着冷静判若两人，一低头一蹙眉，透着几分女性的妩媚动人，惹得他心里又是怜惜，又是痒痒地，就像是花树上的露水滴落下来，跌进了碧湖里，从而荡开一圈儿一圈儿的涟漪，恐怕这极细微的难写难描的心潮微动，就是心动，也是那欢喜之初。

他想要抱一抱面前这个人，虽然他知道她大概是不乐意的。但这种渴望如此激烈，因此楚归便张开手，轻轻地将继鸾拥住：“三爷是真喜欢你……”

这一瞬间，二十年来不曾动过的心动，二十年不曾萌生的情潮宛如春水般漾漾而出，将他温柔地淹没在内，他只觉幸福欢喜得无法呼吸。

继鸾身子一抖，本能地双臂一振，楚归猝不及防，张开双臂后退一步，背便撞在那棵树上。

大树被猛力一撞，树身震动，刹那间一树的残花跟雨珠一块儿纷纷扬扬，落了楚归满头满身。

继鸾张皇地看他一眼，乍然看到楚归现在的那种脸色……她竟然无法忍心看下去，狠了狠心转过身，逃也似的离开这院落。

继鸾心头极乱，匆忙进了客厅，正好跟祁凤撞了个正着，两人都把对方吓了一跳，李管家在旁边看着，冷飕飕留下一句："真是好了。"转身昂着下巴离开。

继鸾站稳身形："你……那位林小姐离开了？"

祁凤看起来有些颓然："是啊，已经走了。"见继鸾肩头被雨打湿了，便道："姐你去哪了？"抬手在她肩头上扫了扫。

继鸾看着雨点被拂开，心中忽然想起楚归被树上的雨点淋个正着的情形，便没回答祁凤的话，祁凤见她有些神不守舍，便问："姐你还好吗？"

继鸾打起精神来："我没事……"对上祁凤的双眼，便想起祁凤跟林瑶的对话，于是问道："那位林小姐来找你一定有事吧，你有没有话跟我说？"

祁凤脸色微变，继而道："没、她就是来看看而已。"

继鸾望着祁凤，顿了顿，终于说道："好吧，如果有什么要紧的事，一定要跟姐姐说。"

祁凤答应了声："姐你真的没事吗？对了，三爷不是跟你一块儿出去的吗，他人呢？"

继鸾掩饰说道："我们分开走了，不知道他去了哪……行了，我、我有点事要出去……"

"姐你要去哪？"

"我去见个人。"

"啊……"祁凤脸上露出狡黠的笑，"我知道了，你一定是去见柳老板。"

"嘘。"继鸾看看左右无人，才放心，"你回你的房间去，倘若有人问起我，你就说我有事出去一趟。"

继鸾出了楚府，沿着街角慢慢走，心里头想着该怎么对柳照眉说，但是想着想着，却又不由自主地想到楚归，那个人实在是越来越可恨了，用胡搅蛮缠的手段乱了她的心，她原本并不是如此的。

不知不觉地就到了柳照眉的住所，继鸾站在熟悉的门口，深吸一口气，才鼓起勇气推开门入内。

宅子里头静静地，继鸾身不由己往里走了几步，将到门口的时候，忽然察觉有点不对。

当继鸾回过神来的时候，耳畔听到一声脆响，似乎是什么东西被扔在地上跌碎了，然后有人道："我跟你没有什么好说的了……请你离开这儿！"

继鸾听出这是柳照眉的声音，心中暗觉讶异：柳照眉对人素来客套有礼，极少跟人翻脸的，但这口吻却极为不客气。

而随之，却有另一个男子的声音响起："何必动怒呢，我听闻前日你伤了嗓子，可别再伤一次了，怪叫人心疼的。"

继鸾倒吸一口冷气，却听柳照眉道："不劳操心，原大爷还是请回吧。"

继鸾听到"原大爷"三字，心中惊道："难道是他？"

原大爷的声音仍带几分戏谑似地："是了，柳老板你当然看不上我，我们这种在乡下打滚的粗人土包子，当然攀不上你这种金玉般的人物……"

不等他说完，柳照眉急急地说道："够了！你走！"

继鸾听声音不对，急要入内，忽然之间听到有人道："别动！"

继鸾心中一凉，转头便看见身边不远处竟多了个人，手中握着一支枪，枪口正对准了她。

继鸾一时意外且慌乱，竟然没留心旁边无声无息藏着个人，当下皱了皱眉暗自懊悔，面上却纹丝不乱，平静道："你们是什么人？竟敢在锦城闹事？"

那人上前，枪口在她的太阳穴上一推："少废话！"

继鸾冷冷一笑，两人一对话的功夫，里头柳照眉快步出来，见状喝道："你干什么！放下！"上前来便推那人的手。

那人一怔，似乎不敢轻举妄动，继鸾觑得机会，当机立断在那人腕上一拂，干净利落地便把枪夺了过来。

一时情形竟然倒转，那人面露怒色，才要说话，里头却又走出一个人来。

继鸾回眸，见那人长身玉立，一身灰布长衫，双手负在身后，神情自在，倒是有几分不凡派头，自然就是那位"原大爷"了。

原大爷随意一扫现场情形，目光落在继鸾面上："陈继鸾？"

继鸾没想到他一个照面就猜到自己身份，当下便也不遮掩，反问道："原大爷？"

原大爷一笑："早听说楚三爷身边儿有个出色的女保镖，我想来想去，想不出咱们这锦城莱县地界上还有什么第二人，一打听果真便是——陈姑娘，当初咱们可是错失了缘分啊。"

继鸾听他后面一句若有所指，必然是说她带着祁凤逃离之事了，此时此刻他忽然出现在锦城，又跟柳照眉似乎有些牵连，这“新仇旧恨”……且不知他是什么意思。

继鸾便只平平淡淡道：“原大爷客气了。”

原家堡的两位少爷，大少名唤原绍磊，二少唤作原振业，当初祁凤惹了原家堡两位管事，却幸好继鸾先请了原二少来解围。

但继鸾也料到原大少不肯放过这个机会，便仍带着祁凤背井离乡，才来到锦城。

没想到不是冤家不聚头，仍旧在这里碰了面。

柳照眉口中的“原大爷”，自然就是大少原绍磊了。

原绍磊看看柳照眉，又看看继鸾，似笑非笑道：“听闻陈姑娘跟锦城的龙头老大楚三爷厮混在一块儿……风生水起的，怎么，看这架势，陈姑娘跟柳老板也……”

柳照眉听他语气有些不像话，便道：“原大爷，你说够了没，我已经送客了，你还留在这里做什么？”

原绍磊眯起眼睛看他，忽地一笑：“照眉，别说我没提醒你，楚三看中的人，没有谁敢染指的，你这可是老虎嘴里抢食儿啊……”

柳照眉竟被他生生地说红了脸：“住口，不要胡言乱语的！”

原绍磊调笑道：“我劝你还是乖乖地从了我好些，省得许多麻烦……”

柳照眉见他当着继鸾便说的这么不堪，一时气得浑身发抖：“你、你……不要脸！”

继鸾抬手，轻轻地握了握柳照眉的手，柳照眉转头看她，眼睛都红了一圈。继鸾望着原绍磊，淡淡道：“原大爷，不知道你为何忽然来到锦城？”

原绍磊道：“锦城花花世界，美人勾魂呐……陈姑娘不也是这样儿吗？”眼睛一瞄两人相握的手，笑得不怀好意。

柳照眉见他针对继鸾，正要说话，继鸾暗暗用力，在柳照眉手上一握，柳照眉知道她的心意，当下就忍着，不再跟原绍磊搭腔。

继鸾便道：“原来原大少是为了风流而来，单单只为了这个就好了。”

原绍磊笑道：“哟，那么我不为了这个，还为了什么？”

继鸾道：“我只是随意一问，大少倒像是当了真。”

原绍磊嘿嘿笑了几声：“陈姑娘，这回咱们的缘分看来是没跑儿了，啧啧，你也怪叫人艳羡的，听闻楚三爷是个绝色的人物，现在还有照眉……锦城这两个顶尖儿的好人儿可都在你手中了……”

继鸾淡淡地道：“大少是一堡之主，这话可忒没品了些吧。三爷是我的主人，柳老板是我的朋友，继鸾只是个江湖人，懂得的东西少，但明白对主人要尽忠，对朋友要两肋插刀，大少，你不会不明白我的意思吧。”

原绍磊双眉一挑，又看向柳照眉：“你的意思是，让我放过柳老板吗……啧，两肋插

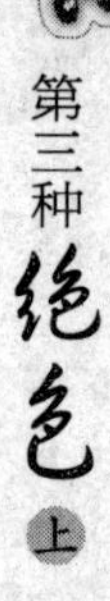

刀，你这可是在威胁我啊……”

这回继鸾却也不搭腔，只是淡淡然地望着他，这种不卑不亢的态度，显然等同默认。

原绍磊身边儿的那人上前一步：“你好大的胆子！”

继鸾泰然自若，丝毫不为所动，只是把柳照眉往自己身旁拉了拉，要动手，纵然以一敌二，继鸾也是不怕的。

四目相对，原绍磊笑了笑，移开目光转向柳照眉身上定住：“是啊，美人儿虽然销魂，可也同样能勾命，但是照眉，先前我说的话你可要好好记着……好吧，你且先自求多福吧。”

原绍磊说完，带笑看了继鸾一眼：“陈姑娘，我可还期待咱们的缘分再续呢。”他哈哈一笑，迈步便往外而行。

他的属下狠狠地瞪了继鸾一眼，迈步跟上。

原绍磊带人去后，柳照眉握紧继鸾的手，几分局促不安。

继鸾安抚一笑：“到底又碰上他，先前可跟他有些纠葛呢……”她是说自己，柳照眉却心里忐忑地，忙道：“我只跟他见过几次，也没有什么交情，没想到这回居然找上门来。”

继鸾愕然，旋即笑道：“有些人便是如此，喜欢来自讨没趣，不用同他们动真怒，没事就好。”

柳照眉望着她的笑容，才也放心：“继鸾。”刚要将她抱上一抱，继鸾却又皱眉，低低道：“难道又回来了？”警觉地便转过身去。

原来继鸾耳力好，听到轻微的脚步声，心中还以为原绍磊去而复返，谁知道刚一回身的功夫，便见一道熟悉的人影从门口处一跃而出，四目相对，继鸾同那人各自惊喜莫名，继鸾更是脱口叫道：“少扬？”原来这忽然冒出来的人，竟是在平县的旧相识栗少扬！

2

柳照眉自然不认得栗少扬，但栗少扬却也一眼只盯住了继鸾，三两步冲上前，两人站在一处，继鸾抬手就在他肩头轻轻擂了一拳：“怎么是你？你怎么会来这儿？”

栗少扬喜不自禁：“我也不晓得竟在这儿遇到你……继鸾你可还好？”乍然相遇，两人各自喜欢的不知说什么好，只你看看我，我看看你，你问我，我问你，傻乐起来。

还是柳照眉伶俐，便道：“继鸾，屋里头说罢？”

继鸾这才反应过来，拉住栗少扬的手：“是了，傻了吧唧，干在外头站着！”

两人入了屋内，柳照眉吩咐人烧了热水，亲自泡了茶，看时候不早，又吩咐厨下准备晚饭。

继鸾一时高兴，也没留心些琐事，只是问栗少扬如何来到之类。

栗少扬便一五一十将缘由说了。原来自继鸾离开平县之后，果真原家堡的人前来找她的麻烦，怎奈继鸾早一步离开了，那些人不肯撒手，就找到栗少扬。

幸亏栗少扬曾经在原老爷子面前有点儿情分，因此自然大事化小小事化了，谁知栗少扬的娘亲受了此番惊吓，便病倒了，还是原老爷子派了名医相助，才救回来。

原老爷子趁机便请栗少扬到原家堡帮忙，老爷子知英雄识英雄，知道以栗少扬的才干，当个区区巡警实在是屈才，原家堡又正是用人之际。

栗少扬欠了老爷子情分，便也答应前去了原家堡，只归在二少手底下，很快便成了二少的心腹之人。

栗少扬也隐约听闻锦城有个“陈继鸾”，一直想来探望详细却不得时间，此番原大少前来锦城，二少便叫栗少扬悄悄跟着，看看大少究竟想干什么，栗少扬自然巴不得，于是便有了这一行。

继鸾听到这里，便笑道：“知道了，今日原大少来此，你便自然跟着来看看，谁知道就见到我啦。”

栗少扬也跟着笑：“我也不知道他来干什么，阴差阳错地就遇到你，真是皇天不负苦心人。”

“苦心什么你！”继鸾笑，“瞧你比之前倒是更精神了些，果然在原家堡比当个巡警要好得多呢。”

栗少扬咳嗽了声：“你呢？我看倒是比之前瘦了……”

继鸾听他说到自己，想到此刻的处境，不由沉默，栗少扬道：“其实，我也听说了好些有关你的话……譬如之前大少说的……”

继鸾眉头一动：“是吗？”

栗少扬笑道：“瞧你那样，我跟你说，除非是陈继鸾亲口同我说，不然，别人爱传什么五花八门，我只当他们放屁。”

继鸾这才噗地一笑。

两人正说着，外头柳照眉进门：“晚饭准备好了，这一顿就在这儿吃吧？”

栗少扬不言语，继鸾忙道：“怎么好麻烦你……”

柳照眉道：“别说这些，你们愿意在这儿吃，我是求之不得的。”

栗少扬旁观两人举止，也不作声，继鸾看看天色，叹道：“不知不觉天黑了……”一时有些忧愁楚府里的情形。

柳照眉巴不得她留在这里，便劝道："草草地吃一顿，不消多少时间。"说话间，酒菜便都送上来，栗少扬看桌面上鸡鸭鱼肉皆都齐全，还有两瓶好酒，心道："这人好细心，看他跟继鸾的情形，难道继鸾真的对他……"

栗少扬心中存疑，此刻却不能问。

继鸾见时间已经耽误了，又跟栗少扬重逢格外高兴，且柳照眉也准备了吃食，便安心下来先吃了这顿饭再说。

且不说继鸾在柳家遭遇，只说在楚府，自继鸾出门之后，祁凤百般无聊，回自己院落后，发觉小黑不见了，便出来寻，找来找去，却撞见李管家，气急败坏地，见了他也没有好脸色，嘀咕了一句："真是……"便气气地离开了。

祁凤不知如何，便仍旧只找小黑，谁知刚走到前头院门处，一转头却见到里头楚三爷正呆呆地蹲在一棵树下，浑身都湿了，自己却一动不动。

祁凤吓了一跳，这会儿小黑恰巧摇头摆尾地冲他跑了来，祁凤生怕小黑跑到楚归身旁，便将小家伙抱住。

祁凤抱着小黑，便唤楚归："三爷？三爷？"连唤了几声，那边楚归才转头看来，眼神有些迷迷蒙蒙地，看了会儿祁凤，才道："你何不把那小畜生放开，让它咬死三爷罢了。"

祁凤见他搭腔，才放了心，又笑："三爷，小黑才多大，咬不死人的。"

楚归冷哼一声，重新把头埋下，祁凤见他跟平日那趾高气扬大相径庭，便试探着走过来，问道："三爷，你怎么啦？"

楚归说道："跟你有何相干？趁早滚开。"

祁凤倒退一步："咦你这人，我好心当了驴肝肺，我只关心你才问你一声的。"

楚归哼道："不用假惺惺地，你们姐弟都是这样。"

祁凤是个聪明的，见楚归这幅模样很是反常，又想到继鸾离开时候那份慌张，便道："三爷，你……是因为我姐？"

楚归听到这个，浑身都扎得慌："因为她？笑话……她……"本来要撂两句狠话，但身上湿湿地，心里也难受，便说不出来，反而差点把自己噎着。

祁凤虽然不是很喜欢他，但看他此刻这模样，却真心有几分同情："三爷，还是先回屋吧，留神着凉。"

楚归不搭腔，过了会儿，才默默地说道："她呢？"

祁凤道："姐出去有点事。"

楚归冷冷道："去找姓柳的戏子了？"

祁凤咳嗽了声。楚归道："她是鬼迷心窍了。"

祁凤听着这醋意十足的话，忍不住问道：“三爷，你……你喜欢我姐啊？”

楚归咬牙：“轮到你这小鬼多话？”

祁凤挑眉，忍不住几分得意：“那可不是？倘若有人想当我的姐夫，可还得先过我这一关。”

楚归侧目，见他鼻孔朝天的样儿，便很不爽，他现在难受之极，怎容得了别人自在，楚归便耻笑道：“你？你自身难保，还得意起来了。”

“什么自身难保？”

“你在学校……以及学校外做的那些事儿，能瞒得过你姐，你能瞒得过我吗？”楚归冷然说道。

祁凤吓得不轻：“你你你都知道？”

楚归望着祁凤色变的模样，忽地心头一动：“我当然都知道，若不是我让人遮掩着，你以为凭你的本事，现在还能在这儿蹦跶？你姐也早就知道了。”

祁凤半信半疑：“真、真的？”心里信了七八分，毕竟在锦城是楚归的地头，他还真有那个能耐。

楚归见祁凤呆了，便森森然地开口问道：“小鬼，现在你说，你想谁做你的姐夫？”

祁凤倒吸一口冷气。

楚归眯起眼睛：“是我，还是那个戏子？”

祁凤咽了口唾沫，讪笑：“这、这……三爷，我答应没用啊，还不是得我姐做主？”

楚归露出几分狞笑：“行，你信不信我让你登上明天的报纸？”

祁凤窒息，但好汉不吃眼前亏，横竖叫一声掉不了一块肉，而且他只是叫一叫罢了，又不是这一声后继鸾就真的归这人了。

祁凤便立刻乖乖道：“姐夫。”

楚归听了这一声，灵魂出窍，眯起眼睛道：“再叫一声。”

祁凤垂头丧气，摸着小黑，心道：“姐，我对不住你。”又叫道：“姐夫，我服了你啦。”

楚归眼前本来阴霾连绵，此刻却拨云见日，便站起身来，在祁凤头顶一摸：“乖，真乖，以后要帮着你姐夫点，这样姐夫才好罩着你。”

祁凤一脸谄媚：“是，姐夫……”

楚归忍不住笑了数声，深深地出了口气，又发狠道：“哼，迟早晚她是我的人，等过了门……看我以后怎么治她，要把今儿受得这些苦都变本加厉讨回来……”

祁凤听着他自言自语，说的虽是狠话，但口吻却很是异样，脸上还带着一种少儿不宜的笑。

祁凤不由地起了一身的鸡皮疙瘩，连小黑也低低地叫了声，把头藏进了祁凤怀中。

楚归见天色不早，就想叫人去找继鸾回来，刚踱步出了院子，就见老九匆匆而来，附耳说了几句话。

楚归一听，便挑眉："原家堡的原绍磊？……这可是原家堡的当家，得好好招呼，他现在在哪？"

老九道："传来消息说，他进了小翠容的院子。"

"小翠容"是锦城里有名的妓女，以冷艳著称，没想到竟跟原绍磊有一腿，楚归一听便笑："哟，还是个风流人物，得，横竖闲着，三爷也去瞧瞧热闹。"

楚归换了衣裳，便也出来，没想到祁凤听见了一二，便赶着问道："三爷，是原家堡的人啊？他们怎么来这儿，想干什么？"

楚归道："管他们干什么，爷还有账没跟他们算呢。"

祁凤便跃跃欲试："上回家里头我打过他们的人，这回莫不是冲我来的吧，让我也掺和一脚。"

楚归横他一眼："瞧你这皮子痒得厉害，等让你姐揍你一顿就知道厉害了。"

祁凤才又吐舌卖乖地："得得，我听您的。"

"什么？"

"我听姐夫的！"

"这才像话……那你跟着吧，只是要牢记站在我身边，没我的命令，不得乱动。"

祁凤听说有热闹瞧，自然欢天喜地，把小黑放回自己房里，又吩咐个佣人喂着它，便忙跳出来，得意洋洋地跟着楚归出了门。

夜色降临，在柳府里，继鸾醉眼朦胧地，望着栗少扬，抬手在他肩头一按："说实话，这么久了，还真的挺想你的。"

栗少扬脸儿红红，把继鸾的手无情拨开，呸道："说的比唱的还好听，你要真对我有半点儿心，当初就不会走得那么绝，你他娘的……哼，哼！"

继鸾哈哈笑了声："我知道你是嘴硬心软，咱们两个谁跟谁，你说是吧？"说着，竟试图来捏栗少扬的脸。

栗少扬胡乱拦了两下，到底被她捏个正着，栗少扬哇哇叫疼："你这酒品可真不怎么地！放手！"

旁边柳照眉看着两人打闹，他也从未见过这样放开的继鸾，在此之前也全然想不到！他又是愕然，又是惊喜，见继鸾同栗少扬的举止，显见是一种自小到大的默契跟毫无顾忌，一时又有些羡慕。

栗少扬跟继鸾瞎闹之际，见柳照眉在一边儿静默不语，便道：“喂，别给她喝酒了，喝醉了后就她那功夫，咱们可谁也拦不住。”

继鸾听了，回头便看柳照眉，望着灯影下美人如玉，一时双眸有些朦胧：“柳……老板才不会听你的，他对我可好了……我还要喝，跟柳老板喝……”

栗少扬人只是微醉而已，听了这话，心头不免一动。

柳照眉只喝了一杯意思意思，却是丝毫未醉，闻言也惊了一下，所谓“酒后吐真言”，且又听继鸾口吻里似带一点亲昵，柳照眉心里那甜蜜四处流溢，却不敢再给继鸾喝，只忍着欢喜，温声道：“喝醉了伤身，继鸾，喝杯茶吧。”

继鸾定定看了他一会儿，却道：“好吧。”把栗少扬看得目瞪口呆。她竟这么轻易就听了？

柳照眉轻笑，倒了两杯茶，双手奉上一杯给栗少扬，栗少扬急忙接过来：“有劳。”

柳照眉道：“应该的。”又亲自端了一杯给继鸾：“来，喝一口。”

继鸾抬手来拿，柳照眉看她摇摇晃晃地，便握住她的手：“继鸾，我来帮你……”竟无比体贴地一手照应着她肩头，一手拢着她的手，扶着她把那杯茶喝了。

栗少扬在旁边，如看了什么天方夜谭的场面儿，正在发呆之中，却听得外头有人一声怒喝：“陈继鸾！”

栗少扬吓了一跳，不知来人是谁，转头一看，却瞧见外头气冲冲地进来了一位爷，那等漂亮模样就不必说了，让少扬觉得惊喜的是，他身边跟着一人，居然正是祁凤！

3

你道楚归本是去捉拿原绍磊的，怎么会来到柳照眉家里？

楚归下了黄包车之时，天色已经暗下来，小翠容那院落门口上挂着两个红灯笼，在风里摇摇摆摆。

几个帮众站在门口，老九来报：“三爷，刚把人给揪了出来，在院子里呢。”

楚归道：“怎么能用‘揪’呢，没有礼貌，对原大少，自然要用‘请’。”

老九笑：“是是是。”忽然一眼瞧见祁凤，有些惊讶：“这怎么……”

祁凤正在笑：“我是来看热闹的。”

楚归迈步进了院子，正看到有个人在抖身上的衣裳，似乎在系扣子，抬起头来一看楚归，顿时双眼发亮：“楚三爷，久仰久仰！”

楚归忍不住笑：“原大少，你可真是英雄本色啊。”

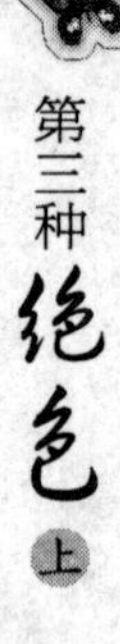

进了锦城就歇在红姑娘这里的原大少，此时衣裳才整好，额前的发丝有些凌乱，本来是往后抿着似的，现在便有几缕垂下来，带着几分荒唐不羁。

原绍磊目不转睛地看着楚归："三爷过奖了，没想到三爷会亲自前来，真是荣幸之至。"

楚归道："见贵客当然不能怠慢了，大少就在这儿多住两天，让我一尽地主之谊吧。"

原绍磊嘻嘻笑道："倒也好，锦城里我还真有几个舍不得的人物，就像是小翠容，范了了，对了……还有那个红透半边天的柳老板，那可是个难得的。"

他前面所举的两个都是锦城有名的红姑娘，忽然却又说起柳照眉，话语又如此不堪，楚归虽然不喜柳照眉，却更也不喜原绍磊这口吻、做派，心内便有点嫌恶。

正要讥讽他几句，忽然想到祁凤还在，心想别把小孩子带坏了，楚归正想叫老九把祁凤带离，却听原绍磊又道："啊！对了，还有个了不得的人物……"

楚归转头看他，原绍磊笑道："听说三爷身边儿有个了不起的女保镖，身手过人不说，更是生得清丽，怎么这会儿不在呢？"

楚归转念一想，不由动了怒。

祁凤在旁边听着，正在消化前面那句——小翠容是谁他是知道了，正也皱眉他提起柳照眉，忽然间又听到他说继鸾，顿时喝道："姓原的，你嘴里没安把门儿的，小爷给你安上，你再满口喷粪，爷们对你不客气！"

原绍磊不惊不怒，笑着看祁凤："三爷，敢情你腻歪了女人，又哪找了这么个绝色的孩子？"

祁凤一听，越发双眼喷火："你他娘的！"就要冲上去，老九眼疾手快，便一把将他拉住，却不妨祁凤一脚飞出，那边原绍磊后退一步仿佛避开，正在这小小混乱里头，外头竟响起一声枪响！

老九一听，别的且不顾了，赶紧松开祁凤去护楚归。

但原绍磊却已经向着楚归扑了过来，他的动作极快，先前仿佛是要避开祁凤那一腿，谁知道居然是明里躲、暗中上。

楚归站着不动，也不知是没反应过来还是如何。

原绍磊大喜，眼见老九要救护已经来不及了，淡淡地灯光下那人就在眼前，一张脸冷如霜清如月，看得人心动。

原绍磊张手便要去抓，备不住还要顺势一抱略施轻薄，但就在这将要贴身的一瞬间，猛然看清楚归那个眼神，就如刀锋一样。

原绍磊心头竟忽地打了个冷颤，脊梁上爬过一抹寒意。

楚归自始至终都没动过，似乎任由他来捉。——眼看要将人拥住，原绍磊却忽地放手，反向着旁边跃了开去。

说时迟那时快，只听得“啪”地一声响，震得人脑中嗡地一声。

原绍磊只觉得肋下一阵火辣辣地疼，枪子儿也不知是穿过皮肉骨头了还是擦了过去。

原绍磊惊魂未定，抬手在肋下一按，飞快一瞧：肋下那一副衣裳被射穿了个洞，手心黏黏地，果然伤着了。

幸喜血不算多，可见伤得不重，也是他见机的快躲闪得快，才从鬼门关绕了一圈儿回来。

原大少心里安稳了些，却又多了几分惊惧内敛，心道楚三爷果真不是浪得虚名，令人防不胜防，只差一点儿可就牡丹花下死了。

原绍磊凝眸看向楚归，却见三爷似笑非笑地，若无其事般：“哟，我以为原大少胆子忒大，没想到也是临到头就退缩的怂货啊！”

他的手自在地握在腰间，一柄小小的手枪，枪口上一缕硝烟未退，发散烟气袅袅，十分诗意。

外头呼啦啦地冲进来一堆仁帮的人，墙外却有人叫：“大少！风紧！”

原绍磊望着楚归笑：“我再胆大，比不了三爷的好胆色，在下佩服，佩服……只是三爷，你那女人这会儿正跟她相好的在一块儿厮混，你不去捉奸，却在这儿咬着我不放是个什么意思？”

楚归本是神情淡然地，闻言却变了脸色：“你说什么！”

原绍磊笑道：“我记挂着柳老板所以特意去瞧瞧他，没想到竟看到陈姑娘跟他正……嘿嘿……”他说到这里，便停了停，声调却十分的不堪。

祁凤气得不成，奋力摆脱拉着他的两人：“我日！有种的别跑，非要让你死在我手里！”

原绍磊趁机后退几步，转过身向着那不高的院墙跃去，手掌在墙头一按，身形如鱼跃龙门，刷地便跳了过去，老九赶紧叫人把祁凤拉了回来。

楚归站在原地，脸色阴晴不定。

老九心中暗暗叫苦：“三爷……”有心开解两句，但这哪里是别人能插嘴的？只怕越抹越黑。

楚归抬头看他一眼，又看看祁凤，终于冷然地吩咐道：“派人去追姓原的，就算追不回来，也要让他带点东西走！”

老九精神一振，急忙答应。

楚归又看向祁凤：“你别闹！玩心眼你玩不过姓原的，就算给你追上去也讨不了好，

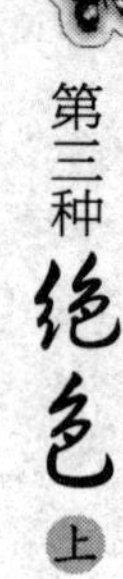

跟我走！”

祁凤气道：“那混账东西胡说我姐，我饶不了他！”

楚归哼道：“当我是死的？这个还轮不到你！”转身往外就走。

祁凤也不知他要去哪，渐渐走了一段才认出是去柳照眉家里的路。

祁凤想到方才原绍磊胡吣的那几句，虽然绝对不信继鸾是个胡来的人，但……心里还是稍微有些七上八下。

祁凤偷眼看旁边的楚归，却见他冷着一张脸，瞧不出他心里究竟在想什么。

祁凤看了会儿，心中竟想：“天神菩萨，看样子他真的是喜欢上我姐了……方才那姓原的故意说姐的事来让他分心，竟也成了！唉，只不知道以后究竟会怎样，菩萨保佑，别出什么大娄子。”

一路上祁凤提心吊胆地，进了柳家，看门的见是个煞神，不敢吱声，飞快躲了。

楚归不管不顾地直接进了里头，定睛一看里面情形，一个惊，一个喜。

继鸾眼见是喝醉了，自从离开平县，她从来不曾如此放松过，一则是心中忧愁，二则见了少扬心里高兴，两相水火熬煎，不知不觉竟喝多了些。

祁凤同楚归入内的时候，正看到继鸾半靠在柳照眉怀中，却探手去捉弄旁边的栗少扬。

楚归是不认得栗少扬是谁，单是看这幅场景就有些“气冲牛斗”，打翻醋缸。

祁凤当然认得，在栗少扬惊喜交加之时，祁凤也忍不住惊唤了声：“栗少扬？”

栗少扬不认得楚归，正好继鸾抬手来揪他，栗少扬便呼救：“祁凤，来拉着你姐，这人喝多了，发酒疯了！受不了，把我的头发都要揪没了！”

祁凤又惊又笑，赶紧上前帮手，捉住了继鸾的手，百忙中还问：“栗少扬，你怎么在这儿啊？”这人可真能掺和。

继鸾则挣扎着：“放手放手……让我摸摸他，是不是真的？备不住是……嗝，假的吧！”她含糊地说着，还打了个酒嗝，想把祁凤推开。

祁凤哭笑不得。

而柳照眉见楚归忽然来到，心头不免一凉，可是看继鸾如此慵懒撒娇的模样，那份不安却又去了大半，只是忍着笑，却不敢离开——若非他在背后扶着她，恐怕她就摇摇晃晃跌到地上去。

楚归在门口，看看这个，看看那个……眼睛都有些不够使的，但是这帮人各忙各的，竟没一个看他的。

楚归听到自己磨牙的声音，又看柳照眉站在继鸾身后手扶着继鸾肩头。继鸾靠在他身上，还试图去“摸”另一个男人，楚归奔上来，把柳照眉推开，握住继鸾手腕将她一拉。

继鸾喝醉了，身软无力，竟被他拉入怀中。楚归见如此轻易得手，喜出望外，赶紧张开双臂死死抱住。

这会儿栗少扬歪头便看过来，祁凤本正跟少扬说话，见状也回过头来。

栗少扬蹙着眉："祁凤，他是谁啊？"

看着楚归护食儿似的抱住了继鸾，只觉得恼笑皆非。

"这、这是三爷……"祁凤赶紧说。

楚归闻到继鸾身上浓浓地酒气，恨恨道："柳老板，你好啊……"便把罪都归到柳照眉身上去。

柳照眉苦笑，继鸾在楚归怀中打了个酒嗝，便又开始挣扎："闷……柳老板？"

楚归身子一颤："闭嘴！"

栗少扬听到这里，大怒，抬手往桌上一拍，酒杯菜盘纷纷跳了一跳："我管你什么三爷，你凶什么凶！把继鸾放开！"

祁凤一惊，刚想说话，楚归已经冷笑道："你又是什么东西？"

栗少扬盯着他："我是陈继鸾青梅竹马一块儿长大的，你这小白脸竖起耳朵听好了，我叫栗少扬！"

楚归一听，眼神更冷了三分："你再说一句？"

祁凤出了一头汗，柳照眉也没想到情形会是这样，想打个圆场，但以楚归现在这状态，恐怕只会惹火上身。

正在楚归跟栗少扬对眼儿似的互相瞪着，祁凤跟柳照眉看戏似的在旁边揪心着，却听到楚归怀中继鸾忽地大喝了一声："吵什么吵？都给我闭嘴！"

4

继鸾冷不丁叫了声，其他人倒还镇定，只把楚归气了个半死，然而他又明白继鸾醉醺醺地，怕是不会听他的，正觉无计可施，便听到继鸾又哼了哼，含糊道："祁凤……少扬来啦，去、劝他喝两杯……"

一边说着，一边还在楚归胸前轻轻撞了两下。

栗少扬便忍不住笑得东倒西歪："我说陈继鸾，他哪是祁凤，真正的祁凤在这儿了！"说着，还抬手在祁凤肩上拍了拍，又把他搂过去，做亲热状。

陈祁凤一看，这栗少扬也没清醒到哪里去，便拨开他的手："你说归说啊，爷哪里跟你那么熟了。"

栗少扬哈哈笑："小屁孩子，敢说我跟你不熟？我差点儿就成你姐夫了！"

楚归见继鸾认错了人，本正欣慰地暗自窃喜，忽然听到这句话，顿时又变了脸色："你这混账东西在胡说什么……"

栗少扬得意，越发笑地前仰后合："小白脸，你想打继鸾的主意？就瞧你这模样就没门儿！"

楚归震怒："你知道个屁！祁凤你跟他说，你叫谁姐夫？！"

祁凤感觉自己被乱箭射中，赶紧把头转向别处假装什么也没听到的。

楚归看着这个小滑头，怒喝："陈祁凤！"

三爷这边儿正要威逼利诱，却听栗少扬眨巴了会儿眼，哼道："少整那些没用的，继鸾才不会看上你这种的，我日……"原来他正说着，却被祁凤拉着衣领扯了回去。

祁凤见两人越发杠上，生怕他们一言不合真的打起来，便抓住栗少扬："别吵吵，我姐不喜欢人家吵吵，安静点。"

祁凤说着，还捂住了栗少扬的嘴，又冲楚归使了个眼色。

栗少扬挣扎着，发出唔唔的声音。

楚归瞧着祁凤"示弱"的眼神，却牢记栗少扬那句话，很是气恨："哪里来的野厮！"恨不得一枪把栗少扬给崩了，他这一趟带的手下可不少，若真个儿冲进来，把人解决了倒是不在话下，但又知道栗少扬跟继鸾交情匪浅，他当然不会冲动行事。

楚归气归气，却自有分寸，见祁凤拦住了栗少扬，身边儿只有柳照眉，他心念急转，不得已只得暂时把这什么栗少扬跟柳照眉两个的纠葛放一放……以后怕没有时间整治他们吗？关键的是现在怎么把怀中的人摆平了。

正好继鸾动了动，似乎要离开，楚归忙抱住她，动作倒是温柔的："别动，别动……你喝醉啦。"

他的声音温柔，继鸾醉中，分不清是谁人，便"哦"了声，舌头有些麻似的，含混道："我就是心里高兴了点儿……柳……"茫然中还记得大概是在柳照眉家，正要问，楚归道："时候不早了，咱们该回去了，别留在这里让柳老板不便。"

继鸾只当是祁凤在跟自己说话："也……也是！"

楚归和颜悦色地说了这几句，与其是"说话"，不如是"哄骗"，那边上栗少扬看得眼珠儿都快跳出来，抬手指着楚归，待要说话，却被祁凤按着嘴，恨得栗少扬在祁凤手上咬了一口，只是力气不够。

把祁凤恶心的："你舔我的手干什么？"

轮到楚归得意洋洋了，又道："祁凤，你好好地看着这个又土又野的货色，别让他捣乱，惹毛了三爷，管他是什么栗树杨树的……砍了当柴烧！"他虽然是说狠话，却怕惊扰到继鸾，声音刻意放得低低地。

栗少扬趁着祁凤发愣，抄起一个茶杯先扔过来："敢嘴硬！"

楚归武功虽然不怎么出色，到底也是练过三两招的，抬手把那茶杯干净利落地接了个正着，只是栗少扬力气大，茶杯撞得楚归的手心发疼，楚归心中叫疼："这混蛋力气还不小！"表面却若无其事，冷笑着把茶杯丢回桌上。

栗少扬跟跄着正要扑上，祁凤把他拦住，祁凤的武功却在栗少扬之上，栗少扬竟甩脱不了。

此刻栗少扬虽然气愤，但却也多少有点儿酒意上涌，有些分不清主次，只顾跟楚归制气了。只有柳照眉心中明白楚归打的什么主意，但虽然知道，又能如何？

眼见栗少扬跟祁凤两个纠缠，没有人来理会这边，柳照眉看着楚归忽嗔忽喜的那样儿，心里一沉，顾不上左思右想了："三爷……既然来了，不如先坐会儿，喝口茶……继鸾也好醒醒酒。"

楚归巴不得继鸾醉着，听了这话便知道对方的用心，当下便瞪柳照眉，字儿一个一个地从牙缝里挤出来："柳老板，就不劳费心了，我的人，我会照料。"

继鸾听到"柳老板"三字，便要转头看，楚归吓了一跳，唯恐节外生枝，赶紧把她的头往怀中一搂："乖啊，带你回家了。"

继鸾只觉得被他拥着十分舒服，声调儿也喜欢，此刻她身子沉重得很，便顺势靠在楚归胸前。

柳照眉心焦之极，望着继鸾温顺靠在楚归怀中之态，冷不防探手便握住继鸾的手臂，道："继鸾……你醉了！"

他是有意的，声音颇大，继鸾正迷糊里，被震了震，顿时便"清醒"过来，猛地睁开双眼，看不清身边是谁，却循声转头，一下就看到了柳照眉："柳老板？"当下推开楚归。

柳照眉心头一喜，那边楚归却恼了，握住继鸾手腕将人扯回来："陈继鸾！"

柳照眉见继鸾身子被他拉扯得歪了歪，又怕她摔倒又不愿放手，便握住继鸾手臂，两下一扯，继鸾站在中间，顿时有些僵持。

楚归没把人拉扯回来，万想不到柳照眉竟敢跟他抢人，顿时怒道："放手！"

柳照眉见情形已经如此，又知道楚归怕早就当自己是眼中钉了，索性豁出去："三爷，她已经醉了，你不能乘人之危。"

楚归见他竟点破自己心意，脸颊红了半边，却更是恼怒："你算什么东西，也敢跟我这么说话？"

柳照眉已然豁出一切，更是半步不让："我自然不能跟三爷相比，只不过幸好继鸾瞧

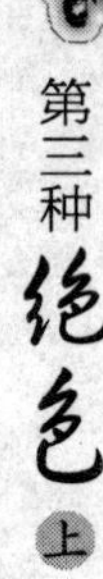

得起我。”

楚归哈地一笑：“何止是她瞧得起你，那位原大少不也是很瞧得起你？”

柳照眉身子一颤，楚归趁机将继鸾抱回去：“你最好还是别沾着她，不然的话，莫非你是想让她替你挡住原绍磊？”说罢冷笑了声。

柳照眉心头难过之极，栗少扬跟祁凤在旁边看了个热闹。栗少扬同柳照眉相处小半夜，虽不怎么待见他，但俗话说人比人气死人，忽然间出现一个楚归，这一做比，柳照眉顿时便显得万分可人起来，栗少扬见他言语里很有些欺负人的意思，当下道：“我呸，你这小白脸还不一样要靠继鸾护着？”

楚归忍无可忍：“来人！”

门外的一干帮众顿时一拥而入，楚归一指栗少扬，道：“把这个粗厮给我拿下！除了别要他的命！”

祁凤大声叫苦：“喂，不要动手啊！”

栗少扬一拍胸口：“放马过来！”脚下一滑，便坐回椅子上，脑中不由地昏了昏，有些使不上劲儿。

继鸾本正也昏沉，听到这里，忽地双臂一振，竟把楚归震了开去：“谁敢动手？”

楚归怔住，继鸾双目如电：“什么原大少，敢动他一根手指，先问问我！”

那边柳照眉听着这颠三倒四的话，差点落下泪来。

原来楚归方才跟柳照眉说那些话，继鸾听了个三三两两，这会儿又听到要动手——她是天生负责护卫的人，当下便逼着自己清醒几分，却错乱地以为是原绍磊要来找柳照眉的麻烦。

正在室内乱糟糟的当儿，外头却又跑进一人来，也还是楚归的手下，见现场情形如此复杂，惊了一惊，继而从容对楚归禀报道：“三爷……家里来人送信，说是大爷正派人四处找您呢。”

楚归正也烦恼不堪：“找我做什么？”

那人道：“听闻是大爷今晚上请三爷过去……结果没等到人。”

楚归一听这个，头皮一紧，这才想起来曾经答应过楚去非今晚上过去吃饭的……只是他这一天过得跌宕起伏的，哪里还记得这档子事。

楚归一时头大，赶紧说道：“派个人去送信，就说今儿去不成了，改天……就明天吧。”

那人才答应一声，转身出外。

被来人一搅，继鸾才留心到楚归，那人前脚走，继鸾便转头看向楚归：“三爷？您怎么在这儿？”

楚归见她忽地极度清醒，心中多个心眼，便故意道："你不护着三爷，自顾自在这儿喝酒？原家堡的人来找我麻烦啦！"

继鸾惊道："是原大少？"

楚归道："可不是吗！我差点儿吃亏，不信你问祁凤！"

继鸾转头便看祁凤，祁凤见继鸾忽地清醒，正觉得莫名，楚归转头看他："祁凤你说……今晚上遇到原绍磊是不是很惊险？"

祁凤想想，果真是的，想到原绍磊，他也是一肚子气，不由得跟着说道："那姓原的真不是个好东西！"

楚归哼道："那可不是，狡诈之极，我疑心他伏在暗处伺机报复。"

继鸾瞪着眼睛听着，听到这里，忽然道："是了，他对柳老板也不怀好意。"

楚归一听，顾不上吃干醋，急忙道："那不打紧，我已经派了人在这儿保护柳老板，保管姓原的无法动手……但是继鸾，我们该回去了吧？"

继鸾放眼看去，果真看屋内全是人，便痛快道："那也行！"

祁凤跟粟少扬大为意外，只有柳照眉站在旁边，听到这里，便轻轻一笑："三爷，您真是想得周到。"

楚归不去理会他话语之中的嘲讽之意，自顾自握住继鸾的手："既然这样，快些护送我回去。"他竟拉着继鸾迈步往外走，祁凤跟粟少扬一起叫出声来，楚归又道："祁凤，你好好照顾你这位青梅竹马……这个人……让他留下罢，你姐明儿再跟他叙旧。"

继鸾脑中一昏，还想回头看，楚归却又温声道："继鸾，你会护着我吧？"

继鸾顿时精神一振："三爷放心。"

两人出了门口，粟少扬半醉，有些反应不过来，祁凤却道："咦，这是怎么回事？"

柳照眉心知肚明，却说不出来，但他担忧继鸾吃亏，便道："祁凤，你回去……"说到这里，心头一动，话头便又停下。

祁凤却道："是了，我得回去……"

柳照眉一摇头："没什么……你不必回去，今晚上就歇在这里吧，也好照料一下粟先生。"

此刻粟少扬趴在桌上昏昏欲睡，时不时还骂一声"小白脸"。

祁凤看看粟少扬，有些迟疑道："我有点担心我姐。"

柳照眉想到楚归那神情，把心一横："你回去也无济于事，三爷有的是法子……你自管放心，看继鸾离开的时候是清醒的，三爷奈何不了她。"

"可是前一会儿还糊涂着，怎么忽地就清醒了？"祁凤疑惑不解，有心回去看看，但听柳照眉开解，又想到继鸾离开时候的确是妥当的，便想："算了，总之没事儿就好。"

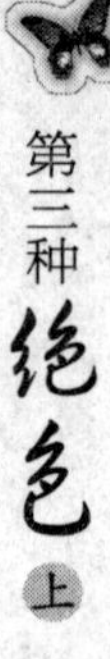

柳照眉只是一笑，叫人进来把一桌子的饭菜收拾下去，院子里人影闪动，楚归的确是留了几个帮众，只不过柳照眉也知道，那不是为了保护着他，而是为了看着他。

柳照眉望着眼前那沉沉暮色，缓缓地垂了眼皮儿，长睫毛遮住眼色。

柳照眉心想："三爷，你最好是别……不然的话……"

他冷冷地一笑，心中似有一杆秤，一会儿高，一会儿低，又像是赌大小，可是柳照眉却不是很明白，自己究竟想要哪一头赢。

继鸾跟着楚归出了门，夜风吹了一阵又一阵，大约是吹了三阵风儿过去之后，两人正出了宅子要上黄包车，楚归一直留心看着继鸾，见她脚步放慢，双眸缓缓地似开似闭就留了心，果真，刚要上车那当儿，继鸾双腿一软，整个人便歪了下来。

楚归不慌不忙，抬臂将人抱个满怀，顺势迈步便进了车里。

楚归自小见惯了些应酬场景，帮众聚会，每次都有人酩酊大醉，但醉态却各有不同。

有人喝醉了，喜欢大吵大嚷，夸天怒地，不得安生；有人喝醉了，喜欢闷声不响，倒头便睡；有本性安静地人，喝醉了后会变成话唠，对着花瓶也能絮叨半天；有那平日里豪情万丈的人，喝醉了却极有可能儿女情长，对个月亮也能流下泪来。

总而言之，众生百态，各有不同。

而继鸾这种，楚归也是见过的。

本极糊涂，但在那糊涂里头，却因为某种关心情切的事而忽然极清醒过来……就像是继鸾，本来什么也不知道，但涉及到柳照眉，便陡然关了心。

只是本就喝醉了的人，仗着那几分过人的理智而有的清醒，却保持不了多长久，尤其是他们心中以为的那"危机"过了后，便会人事不省。

继鸾忽然为了柳照眉而"清醒"过来那一刻，楚归已经瞧出不妥，同样瞧出不妥的，大概还有柳照眉。

楚归像是猫叼幼崽一般谨慎妥帖地把继鸾抱回家，他向来清高懒惰，从来不肯自己做"重活"，手里基本就没拿过超过一斤的东西，现在却不怕苦不怕累，更不需要别人帮一根指头，紧紧地抱着继鸾，极为精神抖擞地从下车到进门，从进门到上楼……全都一手包办。

一直到把人放在床上，才算是松了口气，觉得大概不会有什么柳照眉栗少扬之类的来插手了，转身先把门关得紧紧地，连佣人来送的临睡参茶也挡在外头。

楚归回身，望着躺在床上的继鸾，心"怦怦，怦怦"地跳动，有些失常。

他伸手摸摸胸口，手心贴在那里，似乎能听到心里发出的声音：欣喜地，慌张地，有些无措，又有些渴望。

"不行不行，这样不成。"楚归深吸一口气，"让我想想该怎么做……"

抬手在领口上抹了一抹，莫名地有些燥热，手指头停在颈间，无意识地摸了摸，鬼使神差地便解开一粒扣子，于是先把外褂脱了。

楚归手按在颈间，眼睛望着床上的继鸾，目光像是粘在上头，身不由己地一步一步走到床边，手放下，松开又握紧，最后终于抬手过去，轻轻地从继鸾脸颊上擦过。

继鸾静静地睡着，酒力发作，她只觉得身子轻飘飘地如在云端，渐渐地仿佛身子也不存在了，楚归的动作又轻，她竟丝毫未曾察觉。

楚归将袍子一撩，抬腿便跪到床边，俯身下去细看她，望着她脸儿红红，头发松松，半睡半醉之间，神情也极为可喜，似乎带着浅浅微笑。

楚归仔细瞧着，终究忍不住，做贼似的俯身下去，越靠越近，最终在继鸾的脸上“啵”地亲了口。

这声音本不大，奈何室内极静，楚归亲了口，自己反倒是通红了脸，然而就像是干渴的人只喝了一口水，反而更勾起无限渴求之意，他盯着继鸾看了会儿，终于又抱住她，将她往床内挪了挪，自己才也爬上去。

楚归躺倒下去，抬手搂住继鸾的腰，身子往她的身上贴了贴，只觉得快活之极。

这一会儿，没有柳照眉，也没有栗少扬，没有什么乱七八糟的其他人，只有他跟她两个人，静静地相对。

楚归高兴地竟笑出了声音，笑声在室内格外突兀，身边继鸾似被惊动，手足跟着抖了一下。

楚归吓了一跳，赶紧不动，幸好继鸾并没有要醒来的意思。

楚归悄然等了会儿，终于安下心来，他侧面看不够，又慢慢地支起身子，从上往下看继鸾。

“真是奇怪……”楚归打量着继鸾，心想，“当初第一次见，明明觉得她丑得可以，又土里土气地……就是身手出色点儿……可是怎么现在看却完全不一样了，竟这么好看……”

楚归有些痴迷地瞅着继鸾，眼神爱溺地描绘她的容颜：“对了，话说是近朱者赤近墨者黑，难道是因为跟着三爷所以才越来越好看了？啧啧，瞧鸾鸾这眉毛，生得多出色，这眼睛，每当对上的时候，心里都有些发慌，怎么能这么好看呢，还有这嘴唇……”

他忍不住伸出手指，在继鸾的唇上轻轻地触了一下，那样温软的感觉让他的心也醉了。

明明看这张脸就已经满足了，然而目光却忍不住地往下，悄悄地落在她的胸前，楚归忍不住咽了口唾沫，喉结跟着一动。

“平日里没怎么注意……这里居然……”他心猿意马起来，眼睛像是给一条线牵着，直直地落在那并不怎么明显的胸前，“让三爷看一眼该没有问题吧？”

他在心里自问自答着，手却颤抖着，反应过来之前，竟已经落在了继鸾颈间，楚归的

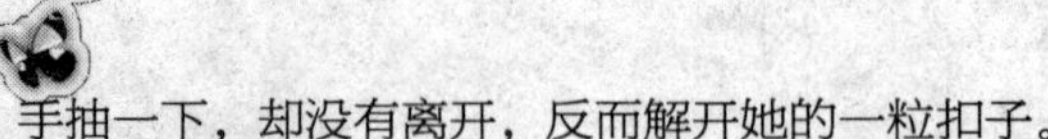

手抽一下，却没有离开，反而解开她的一粒扣子。

继鸾穿的是中式的长衫，系的是盘扣，楚归捏着那粒扣子，手顺着往下，缓缓地又解开另一粒。

从来没有对女人的身体有过任何的好奇跟喜欢，但是现在不一样，就好像是小孩子在拆什么梦寐以求的礼物，楚归听到自己的心跳声剧烈，眼睛却不舍的移开分毫，手将她的衫子解开大半，露出里头白色的里衣。

只透过那里衣的扣子，觑见她胸前一片雪白，楚归的脸便刷地热起来。

口干舌燥，浑身也燥热，他不安地停了手，飞快地把自己的外袍子也脱了，随意扔在一边，便又伏身下来。

明明想要尽快地一探究竟，事到临头却又不敢，楚归盯着那春光乍泄的所在，抖抖地探了手进去，手指头触到那一小块温热的肌肤，如玉一样细腻微滑的触感。

然而手再往下，却僵了僵，楚归双眉一蹙，赶紧将继鸾的里衣解开，眼前出现的光景让他在惊讶之余哑然失笑："陈继鸾你这家伙，还怪三爷当初把你看成男人，你瞧你自己是怎么对待自己的！"

原来他的手下，摸到的不是暖玉温香，而是一团地裹胸的布，严严实实地把他梦寐以求的所在遮住。

继鸾有些不安似的动了动，天已经热起来，难为她竟然还如此，怪不得平时他没有看到更好的风景……原来都给她藏起来了。

楚归看着她抬手在颈间挠了挠，又探到胸前，自己把那布抓了两下，便又摊手睡去。

楚归望着那被布束缚住的地方，一筹莫展而又不肯死心，她就在自己眼前，露出修长完美的脖子跟光滑玉洁的手臂，却绑着这些啰嗦的东西，挡住了他想看的。

楚归咚咚心跳一会儿，计上心来，俯身过去，在继鸾耳畔轻声唤道："鸾鸾，鸾鸾……你热不热？"

继鸾嗯了声，楚归道："我帮你把衣裳脱了好不好？"

继鸾嘴唇动了动，楚归凑上前，忍不住先亲了口："好不好？"

"唔……"继鸾轻轻一声。

楚归只当她答应了。

极尽温柔地将人搂入怀里，楚归把她的外衫解了，摸到那束胸的系带，又紧张又小心地解开，像是剥笋一般地一圈儿一圈儿给她绕下来。

当最后一层要褪下的时候，楚归定定地看着面前的美景，脑中一昏，有什么黏黏地东西便从鼻端流出来，从嘴唇上滑过，然后滴下来，落在他一尘不染的雪白衣衫上。

楚归抬手，无意识地在鼻端一抹，竟是一手的红。

Disanzhongjuese
第三种绝色 下

八月薇妮 著

重慶出版集团 重慶出版社

Disanzhongjuese 第三种绝色

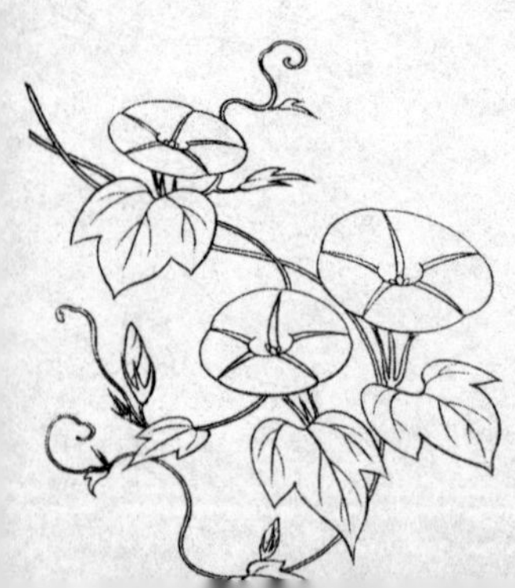

第1章

意乱情迷

1

不知道什么时候开始，淅淅沥沥的春雨趁着夜色从天而降，楚归卧室的窗户正对着一枝子玉兰，昏黄的室内灯光洒在上头，已快要凋谢的玉兰显出几分柔美来，一阵风吹过，几滴雨洒落，花枝子在窗口上摇摇摆摆，像是荡漾着无限地欢悦。

楚归手忙脚乱地翻出一方帕子，把那忽然涌出的鼻血擦干净，有些羞愧，又暗自庆幸继鸾没看到这幕。

雨点随风拍在窗户上，发出轻微的“嗒嗒”声响。

楚归听着那响动，静静地拥着继鸾，感觉这具身体温软而柔韧，跟他所知道的大为不同。

在楚归的眼里，继鸾素来是“端正”的，她站着的时候总是身段儿挺直地，坐着的时候腰也总是端直的，在楚归的印象里继鸾有点儿“无所不能”，他从来没见过她萎靡不振颓废松懈的时候，就算是曾经被他逼得走投无路她在雨里那一跪腰都是直的……

他曾说把她当成男人，现在想想并不是随口乱说，而是在他心里，她的确比许多男人更强很多，那种凛凛然的风度，类似有点“君子”之风，光风霁月，令人倾倒。

但是现在不一样，她是个最柔软香暖的女人，甜美安静地躺在他的怀中，而能见识她这一面的人只有他，也只有他能拥有像她这样的一个人。

楚归搂着继鸾，手有些颤抖，蠢蠢欲动的手想要探过去，摸一摸，他神魂颠倒，无法遏制，碰到那娇软的所在，整颗心也都“咻”地一声酥了。

怎么能这么软……这是头一个念头，这真是世上最好的东西了……第二个念头，永远也不要放手……第三个……

楚归忘了呼吸，手捏着那处，稍微用力，看到她在自己手上变了模样，那雪似的白，棉似的柔，娇娇的软，以及顶端的一抹嫣红……忽然觉得手有些不够用了，想要一寸一寸地探过她的全部。

浑然天成地，他俯身，吻住继鸾的唇，舌尖轻轻地碰到她的，无师自通地便缠住了她。

正在神魂颠倒之时，继鸾忽地动了一动，楚归恋恋不舍地松开她，望着她唇上沾着的唾液，手缓缓探向她的腰间。

他握着那抹腰，那起伏的腰线撩得他魂儿都飞了。

继鸾双眉蹙起，含混地叫了一声。

楚归的动作一停，有些疑惑地看她，继鸾双臂动了动，皱着眉又叫了声：“柳……”

刹那间，楚归浑身的汗毛都竖了起来，低头望着继鸾，心里一千万个想要自己听错了，却不料继鸾手指一动——她的手正垂在他的腿上，指头一点：“柳老板……”

就像是一盆冰雪水倾了下来，楚归呆若木鸡，本来轻抚在她腰间的手蓦地一紧！

继鸾隐隐地觉得不舒服，试着想翻个身，却动不了。

楚归深吸两口气，将她往怀中抱了抱，声音寒寒地：“陈继鸾，你叫谁？”

继鸾睁不开眼，神智不属，浑浑噩噩，哪里能回答他？楚归捏住她的下巴，冲动之下几乎就想把她干脆摇醒了。

前一刻还如在天堂，这一刻却宛如地狱。

楚归怔了怔，像是被雷惊坏了的孩子，一股悲愤交加的火无处发泄，他索性把继鸾往床上一放，双手按住她的肩头，往那唇上便吻落下去，几分狂乱。

他压着狂怒，肆意亲吻了会儿，不免用了力道，继鸾的唇几乎都给他半亲半咬地弄破了，楚归心头那股火却越烧越旺，意犹未尽地顺着往下，一路吻到胸口。

继鸾微微动了动。

在楚归之前，继鸾从未跟人如此亲近，虽在醉中，却觉察出几分不妥，挣扎了会儿，到底动不了，勉强睁开双眼，模模糊糊中看到身上有个人影晃动。

继鸾心里头乱，皱眉道：“柳老板……”

手抬起想推开他，又无力地跌下。

楚归本正悲愤交加，闻言更是怒不可遏，牙关用力，便

继鸾呻吟了声，竭力道：“别……”

楚归怔了怔，抬眸看向继鸾，却见她醉中无力，双颊酡红，

归咽了口唾沫：“鸾鸾……你说什么？”

继鸾脑中只存一丝清醒：“别、别这样……”

楚归停了动作，仔细看她，手轻轻握住她的脸：“我是谁？”

继鸾想看，自然是看不清的：“柳……”

楚归暗恨，索性道：“好……你还认得我是柳照眉，那还‘别’什么？你不是喜欢跟我……”有心想狠狠地折辱她两句，但心里头醋意翻涌，到底说不下去。

继鸾喘了口气：“这样儿不……不好……”她又困又醉，几乎说不下去。

“怎么不好？”楚归的心缓缓地自冰天雪地里复苏过来，心思也又活络了，怀着侥幸道，“那……跟谁好呢？”

“嗯……”继鸾分辨不清他的用意，自然想不到答案，便歪了头欲睡。

楚归凑近了，在她脸上细细密密地吻，又轻轻吮着她的唇：“可是我喜欢跟鸾鸾这样子……”

“楚……”继鸾忽地又说了声。

楚归魂魄飘荡，僵硬地看着她：“什么？”

继鸾闭着眼睛，勉勉强强地说出一句话来：“等……跟楚、三爷、说……好……”

楚归心头乍惊乍喜，望着继鸾，竟无法再继续动作：“你想跟三爷说？那、那三爷不答应呢？三爷……”

后面一句话他咽在心里：三爷也喜欢你啊。

继鸾皱着眉，没有回答。

楚归心里头忽地涌出一股酸楚，可又热热地，他望着她的脸，缓缓地俯身将继鸾抱住，轻轻地叹了声：“鸾鸾……鸾鸾啊……”

雨点敲窗，扑啦啦响，花枝摇曳，光影闪烁。

楚归抱着继鸾，怀中暖洋洋地，他看着微光中她的眉眼，舍不得移开目光。

她的长发已经被他弄散开，楚归的手缓缓抚过那缎子般的头发，摸过她光裸温暖的背，摸到她的腰间，不敢再动。

这一刻，对他来说，只要抱住她，那就已经是全部，他的心，奇异地很满足。

次日天蒙蒙亮，楚府门外一声车响，车门打开，楚去非干净利落地从吉普车上跳下地来，副官已经上前敲门。

楚去非的马靴踩在地上，发出沉闷的声响，他直接进了客厅：“三爷在哪？”得了佣人回答，便又上楼。

轻车熟路地来到楚归卧房门口，楚去非伸手把门推开：“你这臭小子越来越长脸，你哥居然请不动你——了——啊……”

本来气势如虹地一声喝骂，到了后面，却断断续续地，像是卡了壳的留声机。

楚去非目瞪口呆地望着面前一个被窝裹着、相亲相爱似的两个人，喉结一动，咽下一口惊愕的唾沫。

楚归其实早就醒了，正在琢磨外头是哪个混蛋脚步声这么响……分明很熟悉却一时想不起来是谁，大清早走这么急，吵醒了继鸾怎么办。

他柔情蜜意地望着怀中的人，她熟睡的样子真是分外可爱。

而就在楚去非推开门的时候，继鸾几乎是与此同时也睁开了眼睛。

四目相对，继鸾呆住。——这便是楚去非看到的一幕。

楚归来不及去招呼不请自来的大哥，只是看着继鸾。继鸾呆呆地望了他一会儿，嘴巴张开，又闭上，然后看向楚归脖子以下，然后又看向自己脖子以下。

然后继鸾就也大大地咽了一口唾沫。

她的第一反应居然是闭上眼睛……如果这是一场梦就好了，然后才又睁开。

楚归仍旧还在对面，甚至对她露出一个可称之为“甜蜜”或者“温柔”似的笑。

不是梦！继鸾一瞬间只觉得透心凉，手握成拳要打出去，却发现手臂光裸……皱眉一咬牙，底下一腿踹了出去。

楚归痛呼一声，整个人被踢得跌出床外。

与此同时楚去非已经眼疾手快地把门带上，他站在门口，尴尬，震惊，窃喜，气愤，最终竭力严肃地吼道："整理好就快点给我滚下来！"

楚去非的情绪比楚归的要复杂得多，种种滋味，分辨不清。

幸好地面铺着厚厚的地毯，楚归昏头昏脑地从地上爬起来："你……"

又打他，他成了陈继鸾的个人沙包了。

继鸾用被子把自己裹成了一个蚕蛹："三爷……"想义正词严地喝问他，仿佛不对，想义愤填膺地怒斥他，似乎也差点什么，继鸾欲哭无泪，最后咬了咬唇，却觉得嘴唇生疼。

"三爷，"继鸾望着他，发现他居然穿着睡衣，但为什么她什么也没穿？"请你先出去！"不管如何，先穿上衣裳再说，就算是算账也是。

楚归委屈又气愤地看她，摸了摸肚子："你知不知道这样很疼？踢坏了我怎么办？"

继鸾眼神带了几分凌厉："三爷最好给我个合适的解释，不然的话下一脚就很可能会踢坏了。"

楚归恨道："什么解释？不就是你喝醉了，然后……然后就缠着三爷不放？"

继鸾大为吃惊："什么？"

楚归望着她裹着被子，双眼瞪大，头发凌乱的样子……只觉得这样的继鸾略带几分懵懂无措，看来更为可爱："什么什么？你借着醉了，还想把三爷给……"他目光下移，看了自己一眼，带几分羞涩："三爷差点儿就挡不住你……"

继鸾只觉得自己一张脸像是被放在炉子上烤，火烧火燎地："这不可能！"

"不可能吗？"楚归哼着笑，"酒后乱性……可不是随口说说的。"

继鸾抬手抱头："这、这不可能……不可能……"口吻却已经有了几分弱。

楚归见火候差不多，便又没好气地："本来我也觉得不可能，才放心地把你扶上床的，谁知道你忽然间就扑上来……"他的手在领口上捏了捏，欲言又止。

继鸾心惊胆战，害怕他下一句要说"你得对我负责"，幸好三爷还有几分自觉，哼哼又道："你自己想想吧！我出去见大哥了。"

他说完后，迈步往外就走，忽然想到自己还没穿鞋子，便赶紧回来，穿了拖鞋，又拽了件外袍，才出去了。

楚归出门之后，继鸾茫茫然坐了会儿，便爬起来，她怎么也想不起昨晚上到底发生什么，只记得是在柳照眉家里跟栗少扬喝酒，后来……似乎有人来了，现在想来大概就是三爷了，再后来……

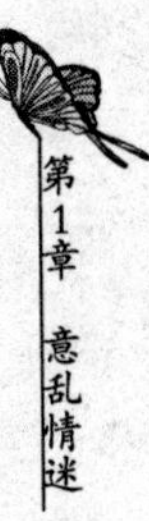

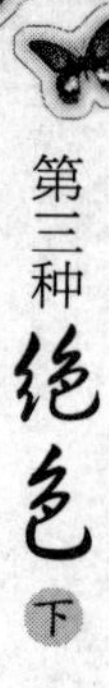

继鸾忽然想到一些奇怪的场景，只不过，在她的印象里，那个人，似乎是柳照眉！

难道记错了？是三爷？

继鸾猛地打了个哆嗦：“难道我把三爷当成柳老板，所以才……”——所以才抑制不住地扑上去？难道她喝醉了真的会变得那样彪悍？

继鸾心里打鼓，战战兢兢爬起来，想找自己的衣裳，谁知道一俯身的功夫，却见床边儿的地面上撇着一块儿帕子，雪白的帕子上几点鲜艳的梅红！

继鸾瞪大眼睛看着那帕子，只觉得浑身发软。

且说楚归下了楼，楚去非正站在楼下客厅里，楚去非连坐都没法儿坐，只是站着，回头看楚归下楼来——仍旧是那副刚刚醒来的打扮，边走边整理衣裳。

楚去非想到方才那惊鸿一瞥，忍不住长长一叹。

“原来，你真个儿喜欢那样的啊。”

楚去非很惆怅，惆怅自己这个奇葩弟弟“独善其身”地清白了二十年，忽然间开了窍，居然是花开别枝，让他动了心的，竟是那样一个人。

楚归没头没脑听了这句，居然也懂：“怎么，不用太嫉妒我……哥你这么早来，有事吗？”

楚去非呸了声：“我嫉妒你眼睛有毛病？那么多漂亮女人你看不上，居然真看上那个……听你大嫂说的时候我还不相信，只笑她胡说八道，现在……”一边说一边摇头，“算了，反正女人有的是，横竖你现在对她有兴趣，那就玩玩儿罢了，以后再说以后的。”

楚归听着这话有些别扭：“什么玩玩罢了？当我是什么啊？”他看上个人容易吗？怎么说得跟吃口饭似的。

楚去非瞅他一眼，心想这个弟弟的固执古怪劲儿又犯了，便不跟他争执这个，左右他如今开了窍，知道了女人的好……以后万紫千红千娇百媚地在眼前，有他意乱情迷的时候。

楚去非便道：“算了算了，说正经的……那昨晚上你没去家里头，是为了什么事儿？”

楚归含糊道：“哦，昨晚上……原家堡的原绍磊来找茬，我招呼了他一阵儿。”

楚去非皱了眉：“只要他没有公开跟你对着干，就别去招惹他。”

楚归哼道：“怕他？对了，大哥你这大清早地来，难道真是有什么要紧事儿吗？”

楚去非点头：“你昨晚上若是去，自然不光是我的事了，你大嫂得唠叨那什么密斯李……可我真的有正经事要跟你说，你也知道前几天我去开会了吧？”

楚归带了几分笑意：“又有什么新的指示不成？”

"的确是有，"楚去非神色凝重，缓缓坐了，"小花，这件事儿你给我好好听着……"

楚归见他如此，心头一凛，便也坐了："到底是什么？"

楚去非道："最近的局势不好，估计你也清楚……小日本咄咄逼人，估计不多久就有一场大的干起来，上头的意思是……"他忽然放低了声音，凑近了楚归耳畔说了句。

楚归脸色一变："什么？"

楚去非道："上面的意图大概是想要再观察观察……可真的一旦开战，那是迅雷不及掩耳的，锦城可是会首当其冲，所以为了安全起见我想，安排你跟你大嫂先离开锦城。"

楚归听到这里，一挑眉："离开？"

2

跟楚归相比，楚去非显然是个更"新派"的人，早年留学海外，接受洋派教育，回国后又在国内顶尖儿的军校进修，举手投足一派的绅士风度。他出身佳，一表人才，风流多情，年少有为，像是个锦绣天生富贵命的人物，但楚去非自己知道，当初他选择了成为一个军人开始，就已经为选择这条路做好了所有准备。

先前再怎么骄奢淫逸都无所谓，他有自己的底线跟坚持。

有些话楚去非并没有敢跟楚归说，楚去非懂自己这脾气古怪的弟弟，有些话他绝不能说。

虽然两人自小分开，长大后又似是截然不同的两种人，就像是水与火一样无法交际，但不管怎样都改不了血浓于水的亲情，就算是表面上再怎么不对付，楚去非心里头最疼的还是自己这唯一的弟弟。

楚去非很想让楚归乖乖地听话离开锦城，但开口之前跟开口之后却同样都没有完全的把握。

楚去非极少会有这样的感觉，不管是在官场上还是女人堆里，他从来都是游刃有余从容不迫，但唯一拿捏不定的却是楚归。

虽然在此之前，楚归表现得都极好，楚去非要回锦城，楚归表现得冷冷淡淡，但楚去非回到锦城后，主张要"文明"、"法制"，还要向着锦城的黑道们开刀，头一个支持他的却也是楚归，在他的压制之下，锦城嚣张的黑道头头们也尽量"低调"，给楚去非上任烧出一团儿锦绣的头一把火。

楚去非虽然操着中央令箭，但强龙不压地头蛇，当地的一些官员们明里暗里为难，楚归察觉了，乘着黄包车在几个政府要员的府里走一走，很快炸毛的人都乖乖地把毛顺了下去。

到楚去非要除掉杜五奎，楚归不动声色地把这件事儿也包揽下来，还做得天衣无缝顺理成章。

楚归聪明，能干，且聪明能干得让楚去非安心。

两个人相处，并没有甜言蜜语，甚至经常会生些不着边的口角，但楚去非心里最疼楚归，楚归也把他当大哥看，是绝无二心十足十的那种。

楚去非唯一的心愿就是让楚归“安安稳稳”，可他却知道楚归也没那么容易被说服。

“离开啊，”楚归哼哼着，长衫褂子底下压着睡衣，还穿着拖鞋，“我从小就在这儿长大，你让我去哪？”

楚去非微微一笑，表现的情况还不那么严重似的：“你还说，现在什么年代了，像你这样年纪的男人，谁不是满世界地乱跑？你却一直都呆在这小小的锦城，你就听哥哥的，趁着这个机会，出去转一转，见见世面，等这儿的事都安稳了，你再回来。”

楚归斜睨着他：“我跟大嫂都走了，你自己留下来撒欢儿啊？”

楚去非本头大，听了这句却忍不住笑出声来，看楚归一把头发还没梳理，恨不得按住了揉一揉：“是啊，省得一个在我耳畔叨叨一个又用这种眼神儿看我……我也好跟我那几个相好的好好地相处相处。”

“去你的，”楚归嗤地一笑，“别跟我整这些有的没的，当我真信啊？行了，我知道了……你回去吧。”

楚去非挑眉：“小花，那你这是答应了？”

事情没这么简单吧？真有这么简单吗？他来之前可没烧过香。

果不其然，那人脸上露出冷冷的表情：“真当我是三岁小孩儿啊，我三岁的时候也没这么好骗，你要送大嫂走，随你的便，让我走，没门儿。”

楚去非双眉深锁：“你不听我的？我什么时候要求过你什么事来？我就开口向你说这一件……”

楚归哼道：“我走了，我的那一大帮子怎么办？何况让我走，你呢？”

楚去非道：“你的帮众我会帮你料理……”将来战火一起，谁还能理谁：“我是军人。”

楚归白眼看他：“你是军人了不起？我还是家属呢，别说现在还没那么糟，就算真的来了……那也是兵来将挡水来土掩，怕他个鸟。”

他缓缓地伸了个懒腰，神情懒懒散散。

楚去非很不高兴，正要再说，楚归忽然间捂着肚子：“哎哟！”

楚去非吓了一跳："怎么了？"赶紧起来去看他。

楚归摸着肚子，用手抚两下："疼……"

楚去非看着他面带苦色，他是个惯走花丛的人，当下笑道："腰疼？是昨晚上太累了吧？你说你才开荤，用得着吗？"

楚归闻言，脸忽忽发热，想要反驳，却又觉得这个说法也不错，只是还得澄清一下："什么叫太累，我的身体好着呢。"

楚去非噗嗤一笑，忽然间想到自己还在说正事呢，怎么就扯到这些。正要言归正传，忽然间楚归抬头往上看着，面色有些奇异……似乎带一点羞涩，一点不安。

楚去非随着抬头，却惊见在楼上栏杆边上站着一个人，自然正是那个楚归身边的女保镖。楚去非有些记不清她的名字了，只隐隐记得姓"陈"，不过此刻她也散着头发，披着一件长衫，隐隐地勾勒出一抹腰身，整个儿看起来倒是有几分女性的气息了。

只是脸色委实有些太过雪白，显得双目如同寒星，透出一抹冷意。

不知为何，楚去非感觉她像是随时都会从楼上跳下来似的。关于楚归和他身边儿的这个女人的传说，楚去非耳朵里花花样样地塞了不少，就连他的那些相好们，闲着磨牙时候也总会提起，说什么"三爷喜欢上的那个女人很厉害"或者"三爷的那个保镖到底有多美才会迷住三爷"甚至"听说那个女人先前跟柳老板有一腿怎么忽然又……"乱七八糟层出不穷。楚去非跟听神话似的……甚至在林紫芝说起来的时候他还是一脸不信，但今天亲眼见到，好像神话成了真，不由得他不信。

楚去非皱着眉，很为自家弟弟不值当的，在他想象里能配得上楚归的，起码得是极好的大家闺秀，仙女儿似的人，却怎么也想不到，楚归的品味如此奇葩。

楚去非本还想苦口婆心的，但见继鸾出现，这话题似乎有点难以为继。他转头看向楚归，却见他脸上的表情似是欢喜又似是羞赧。

楚去非心头一凉，忽然有些后悔先前太过大意，没有教教楚归男女间相处的法子，论起这些来楚去非可是身经百战经验丰富，可惜楚归是个雏儿，瞧这时候的模样就知道，怕被人家吃死了去。

楚去非委实看不过眼，便走过去，用力扯了一下楚归，楚归回了神："干吗？"

楚去非冲着楼上使了个眼色，冷冷道："我们还没说完，让人先避一下行吗？"

楚归咳嗽了声："又不是外人。"

楚去非觉得喉咙里被噎了一个鸡蛋，恨铁不成钢地看他一眼："我看你是鬼迷心窍了！"

楚归哼道："你有经验啊？"

楚去非见他对自己居然还挺嘴硬，便道："住口！你听不听话？"

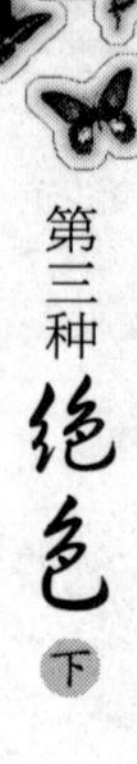

楚归只觉得楼上继鸾两道目光冷冷地扫着自己，扫得他心里忐忑不安地，只当楚去非是个大型灯泡，恨不得把他扔出去，便含糊道：“以后再说……”

楚去非看他神不守舍的样儿，又恨恨地看一眼继鸾，忽道：“陈姑娘，可以呀！”

楚归怔了怔，继鸾目光转向楚去非，却不做声。

楚去非负手看着她：“也不知道陈姑娘有什么过人之处，竟把我这弟弟弄得服服帖帖的？”

楚归一听，几分尴尬，便咳嗽：“大哥！”做贼心虚地看继鸾一眼，见她并未说话，才转头推楚去非：“大哥你先走吧，改天再跟你说。”

楚去非见继鸾冷冷地，楚归反倒露怯，他心里一时着恼：“小花，这女人有什么好？你瞧瞧，是不是给你惯得？这没大没小的！”

楚归见楚去非果真发怒，就赶紧打圆场：“行行行，我惯得我惯得……好不容易有这么个人你还不许我惯惯啦？你这一大早地就跑来，估计是没睡足，所以才这么暴躁，不如先回去补个觉吧？走啦走啦。”

楚归连说带拉，推搡拉扯着楚去非往门口走去。楚去非被他好言好语劝着，又手脚并用地簇拥着，心里稍微觉得平衡了些：“你啊……哼！”

楚归把楚去非拉出大门口。楚去非站住脚，又道：“别怪哥哥没提醒你，女人是要宠的，但不能让她爬到你头上去……”

“知道啦知道啦，”楚归这才放开楚去非，抖抖衣裳，“你别操心这些，只管操心正经事儿也顾不过来呢。”

“我还不是想跟你说正经事？”楚去非嚷，趁机叫苦，“你能听进去？”

楚归做认真状：“我跟你说我在想啦。”

楚去非唉声叹气，副官笑笑地把车门拉开。楚归推搡着他进车内：“别光顾着说别人，自己也多留心些，真要像是你说的那么严重了，我瞧着以小日本那操性，肯定少不了阴招……锦城这片儿属你最大，你自个儿留心着些吧！”

楚归跟魏云外有些交情，魏云外曾经说过，日寇在锦城有做渗透，这“渗透”的法子自然有很多种。

楚去非似笑非笑：“你心里还惦记着大哥啊，我还以为你有了女人就……”

“少扯，”楚归揣着手道，“你洋墨水喝多了，大概也不记得‘打虎亲兄弟，上阵父子兵’这句话，我可是很明白呐。”

楚去非心头一动，望着楚归沉默。

楚归笑了笑，忽然又道：“可是哥，你别小看鸾鸾，她比很多男人都强，还有……我是真……喜欢她。”

后面三个字，到底是不习惯说这些，声音放得小小地，却也带着发自内心的那股子甜。

楚去非叹了声，无奈，手在额头上摸了把：“算了，就由得你高兴吧。”

兄弟两个门口话别，楚归瞧着楚去非的吉普车一溜烟走了，才回到屋里。正撞上继鸾要往外走，两下打了个照面，继鸾便把头转开去。

楚归见她换了一件衣裳，且挽起了头发，便问道：“你去哪？”

继鸾站住了，却不回答，楚归凑过去：“怎么了？”

继鸾后退一步，警惕地看他，楚归眨巴了一下眼。继鸾咬了咬嘴唇，终于说道：“三爷……你能不能跟我说实话……”

楚归目不转睛地看着她：“嗯？”

继鸾道：“昨晚上……到底怎么回事？我跟你有没有……”

楚归又眨了眨眼：“你的意思是说……”

继鸾心中焦躁，那块带血的帕子以及听到的楚归跟楚去非之间那三言两语暧昧不清让她极为惊心，整个人都懵了似的，本来没觉得身体如何，可是现在，居然觉得双腿也有些发软浑身不适。

这种感觉让继鸾觉得一颗心哇凉哇凉地，最离谱的是她自己居然什么也不知道，欲哭无泪。

楚归琢磨了会儿，他虽然想把昨晚上的真相颠倒一下，譬如把自己对继鸾上下其手说成是继鸾主动来扑自己的……可是楚归并没有就想真的让继鸾以为两人已经“木已成舟”。

望着继鸾的脸色，楚归心中一阵挣扎，在某一瞬间他几乎就想真的顺水推舟承认下来，这样的话……继鸾会不会就真的别无选择地跟了他？

但是……

楚归哼了声，十万分正经状道：“你当三爷是什么人？怎么能乘人之危呢！虽然是你主动扑上来，但是三爷……”

继鸾瞪大眼睛：“就是说……我跟你之间并没有发生……”有些惊喜，又有些狐疑。

楚归道：“当然！在危急关头，我迫不得已就把你抱着压住了，于是你才没有得逞……但是三爷……”

继鸾没有空听他的“但是”，一鼓作气问道：“那么那块手帕上的血是怎么回事？”

楚归张口结舌：“啊……”他忘了还有块沾了鼻血的帕子，迎着继鸾的目光，楚归咽了口唾沫，“那是因为……”硬着头皮摸摸鼻子，“三爷好歹也是个男人，被你那样折腾着，于是就……大概是最近有些上火……”哼哼叽叽，声音又轻了。

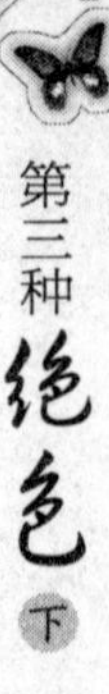

继鸾后退一步，好不容易把事情的来龙去脉消化了一遍，也不知是要笑还是哭。最终看着脸颊泛红的楚归，继鸾心中一声叹息，摇摇头往外就走。

楚归急忙拦着她："大清早的你去哪？"

继鸾想了想，道："我出去走走。"

楚归道："不是去找柳照眉吗？"

继鸾看他一眼："或许会去看看柳老板的。"

楚归悻悻道："鸾鸾，好歹我们是睡过了……你去看他归看他，可不许跟他……"

继鸾听着那句话，忍不住有些脸红："三爷，你不要乱说。"

楚归道："我是说真的！"

继鸾往门口一步："昨晚上我喝醉了，三爷就当什么也没发生吧。"

楚归怔了怔，而后怒道："什么叫没发生，喂……你给我回来我还没说完！"原来趁着他说话的功夫，继鸾已经一个箭步出了门口，飞快出了大门。

楚归咬了咬牙，本正生气，一转念，却又笑道："原来鸾鸾是害羞了啊。"心情复又好了起来。

继鸾一口气跑出了巷口，见后面没有人追来才放心。她放慢了脚步，沿着街边往前慢慢地走，本来是想去找柳照眉的，但想到楚归的话，又想到昨晚上的事。继鸾站住脚看看面前的路，便转了个弯儿。

这是锦城最繁华的一条路了，两边商铺林立，街上来来往往都是衣着摩登的男女，衣香鬓影，偶尔有笑语传来，楚归偶尔会到这儿走，因此继鸾也认得。

继鸾走了会儿，往前前头路边上停着一辆车，瞧着眼熟，细细再看，原来是楚去非的吉普车，车边上站着个身着制服的军人，正是楚去非的副官。

继鸾歪头看了会儿，心想真是冤家路窄，楚去非大概也正在这儿，正想着要转头避开，脚下却又一顿。

前面的马路上，来来往往不下几十人，形形色色地异样打扮，举止……继鸾瞅了一眼，双眉一蹙。

继鸾正看了会儿，却见路边上的一个铺子里走出两个士兵来，看样子大概是楚去非的警卫。继鸾往旁边一避，见两个警卫在前，后面走出的人果真是楚去非，但身边儿多了个人，竟是个妖娆的女子：一身紫红绣花的旗袍，叉儿开得高高地，随着走动露出雪白的大腿，每一步迈出，腰肢扭动，像一条蛇似的，格外诱人。

女子挽着楚去非的手臂，正歪头跟他说话。继鸾瞧见她烫得很入时的波浪头发，挺风情的眼角，以及涂得红红的半边嘴唇。

这女子当然不是楚去非的原配林紫芝。

楚去非一身制服，同这女子走在一块儿，男的俊女的媚，美不胜收，两人一出现，周遭的路人都纷纷地转头看来。

继鸾扫了一眼两人，又看周围，一看之下，心中不由地震了震。

人群中本有几个人，看似路人模样，手却似有若无地按在腰间，有的便把手缩在袖管里，楚去非同那女人刚走出来，有几个人便盯着两人，缓缓靠近。

继鸾不动声色地扫了扫周围，在她身边儿也有几个人，就像是个无形的包围圈，把楚去非围住了。

楚去非搂着那女人的腰，有说有笑，正一步一步往吉普车走去，忽然间车边儿的副官大叫了声，与此同时枪声也响起。

继鸾吃了一惊，扭头一看，才看到茶楼上探出一个人影，开枪的正是这人。

楚去非反应迅速，把那女人搂入怀中，急忙矮身往店内退。几个警卫拔枪回击，伤了茶楼上一人，却被人群中的刺客射中，顿时倒地。

副官拔出枪前来护卫，人群喧哗，一时大乱。副官竟靠近不到店铺边儿上。

人群四处乱窜，尖叫声连连，继鸾双眉一皱，双拳握了握，便往前而行，几个刺客混迹在人群中，目标正是楚去非。正要浑水摸鱼，却不料继鸾无声无息抬手，在那人太阳上一拍，刺客顿时无声无息倒地。

继鸾目光如炬，一边留神着楚去非那边，一边看着人群中的刺客，如此料理了身遭的三个，却见楚去非那边已经险象环生了。

楚去非护着那女人，还没有走到店内，就见斜刺里冲出几个人来。楚去非把那女人往旁边一推，一枪撂倒一个，另一个却已经开了枪。

楚去非瞧见那一簇枪火，不由地打了个冷战，这生死关头竟想到先前临别时候楚归的叮嘱：他只以为自己已经够防备了，又怎么会想到对方下手如此快速?

这一瞬间，却不知从哪里飞来一样东西，正中那刺客的手臂。

那刺客惨叫了声，手臂一垂，子弹便射歪了。

枪子儿从楚去非的身旁擦过，他甚至能嗅到那股夺命的硝烟气息，楚去非心头一寒，手上却仍极稳，立刻给予还击，那刺客正想再补上一枪，却已经被楚去非先撂倒。

身旁又是数声枪响，楚去非看过去，却见副官跟两个警卫提枪冲过来，挡在楚去非身前道：“督军快进里头躲避！”

楚去非不敢松懈，边退边看，见现场的人已经跑得差不多了，地上却躺着好几个人，不知是死了还是其他。

周遭一时寂静无声，连两边店铺里的人都不敢露头。

楚去非回头，瞧见自己带着的那女人抱头蹲在地上，似乎被吓坏了。

副官跟警卫们见楚去非不动，便赶紧挡在他身前。

这会儿现场的人都跑光了，只有几个巡逻的警察急匆匆地赶来。

楚去非深吸一口气，并不进店内，扫了一眼现场情形，却见被自己撂倒的那一个刺客手腕上刺着一件东西，正是撞歪了刺客手腕的那物。楚去非眼神一变，走过去俯身握住，用力一拔才拔出来，原来那竟是一枚沉沉地乌木钗子。

楚去非定神看着那钗子：乌木虽然质地坚硬，但毕竟不似铁器一般沉。当时的情形楚去非看得清楚，那出手的人并非在他视线范围内，显然是隔着一段距离射出乌木救了他一命的，这一份手劲跟准头真真叫人震惊。

第2章

蝴蝶之梦

1

巡逻的警察本来不想掺和枪战的，但挡不住涉案的是本省督军大人。顷刻间，巡警呼啸而至，督军府的士兵们也乘车蜂拥而来，但是楚去非却知道，假如没有他手中这根乌沉沉毫不起眼的钗子，这么多人这会儿来到，也只能瞻仰他的遗体了。

最可怕的是，他居然没有看到出手的人到底是谁，但有一点楚去非可以肯定，这人虽然不在他视线之内，或者说巧妙地避开了他的注意，但那人离得再远，也超不出这周围数十步距离。不然的话，以乌木隔空刺人腕骨，这除非是神仙才有的能耐。

就算如此，已经足够惊人了，但是钗子背后所隐藏的人则更让楚去非心惊：这分明是女人所用的东西，难道说出手的人是个女子？

楚去非并不张扬，只是不动声色地将钗子攥着收进袖底，打量了一番地上躺着的数人。副官扑上去看了会儿，惊叫："督军，这四个人还活着！"

地上躺着的刺客，除去副官打死一个，楚去非打死两个，警卫们打死的那个，剩下的四个人，身上毫无枪伤痕迹。

楚去非心头一阵凉意浸浸地掠过，望着那四个人倒下的方位，又捏了捏掌心那钗子，沉声道："把人押回去！"

副官率人将那几个不省人事的刺客带上车，身后那女人才缓过神来似的："大爷，这、这究竟是怎么回事？"

楚去非回头看她，看到一张虽然花容失色仍旧赏心悦目的脸。他微微一笑："没事儿，不过今儿不能去你那了，我叫人送你回去吧。"

女人惊魂未定，楚楚可人地又挽住楚去非的手臂，莺莺呖呖地说："好不容易盼你回来，又出这档子事儿……那你……什么时候去？"

楚去非心头一动，微笑道："抽空儿会去的，行了，这儿不安全，你快回去吧。"

女人似乎也有些怕，便委委屈屈地答应了，副官叫了几个士兵护送她回家。

楚去非望着那窈窕的身影消失眼前，心中不由地想起一个人来。

难怪楚去非不把继鸾放在眼里，在楚去非的眼中，真正的女人大概就是他的相好这样儿的，腿长腰细胸大，红唇如火，媚眼如丝，瞅一眼，十个男人得有九个失魂。这种女人才算是女人，而不是陈继鸾那样的……

想想那个人，委实善乏可陈，感觉就像是一杯清水，一阵淡淡地风，很容易就叫人忽略过去。

在回去的车上，楚去非感觉手心里乌木的坚硬，心想："不会……那么巧吧……"

继鸾一掌拍倒一个刺客的时候，正瞧见楚去非跟另一人打了个照面，仓促间继鸾无法可想，拔出绾发的钗子便扔了出去。她本是想再顺手取回来的，怎奈这一刻街上的人已经逃得差不多了，而楚去非又距离那倒地的刺客甚近，若是贸然过去，没有来往人群做掩护，正好便给楚去非看个正着。

继鸾略作犹豫，便抽身离开了现场。

其实继鸾并不想出手的，楚去非的生死，跟她其实没什么关系……更何况楚去非也颇为不喜欢她。她就算是受雇，也是在楚归手下，总不能把他的什么亲戚都帮着，而且楚去非身边儿警卫跟着，该不会有事。

本是要无波无澜地走掉的，只是那些刺客有备而来，似乎计划得还很是周详，一动手，继鸾就知道楚去非要全身而退是不可能的。

继鸾也不知道自己为何会出手帮楚去非，或许是因为他……在生死关头还护着身边那个女人？而不是把她推出去挡枪？继鸾还记得当初警察局长欧箴危急时候把柳照眉拉在身前当人肉盾牌时候的情形，委实让她心头嫌恶不已。

又或者，是因为……

继鸾分不清心中所想，只是本能地出手了，但出手归出手，她不想跟楚去非有什么交集，让他领她的情？她不屑，何况楚去非跟她是完全不同的人，跟楚归也是……让他发现是她出手相助，还不知是何反应呢，先头那么瞧不起她，忽然之间发现救命恩人是她，万一再恼羞成怒或者……

救人归救人，继鸾不想要再另生枝节，那钗子收不回来就算了，楚去非不认得那是谁的物件儿，她趁着还有机会，闪了个无影无踪。

继鸾匆匆地走过两条街，隔得这么远，路上的人已经有些惶惶不安。有人开始传楚督军被刺的消息，沸沸扬扬地。

行人之中，有些报童抱着报纸，跑来窜去，有人嚷嚷目前局势危急，开战在即，有人嚷嚷什么神风大盗来去无踪，警察束手无策……楚去非遇刺这件事才发生，想必晚报上必然要登。

继鸾听报童们叫嚷得响亮，那“神风大盗”的名头她也听过几次，仁帮的人偶尔念叨过，方才一路走来，也听到几个路人谈论起，继鸾好奇，便唤住一个买了份报纸慢慢地翻看。

继鸾随便看了会儿，顺便平复自己的心绪。先看了看报纸上交待的关于局势的一篇，便又往下扫，翻到了神风大盗的那一处，就像是继鸾听说的一样，这神风大盗专门盗窃锦城一些出名的富豪人家，然后把劫来的财物发放给贫民百姓。最近似乎又有一名要员家里遭殃，但虽然如此，这通篇稿子的笔墨却并没有表示对神风大盗的谴责……

继鸾看了会儿，瞧着那些夸张之词，心里很不以为然，正在乱想，肩头忽地被人一

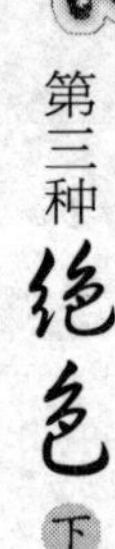

拍。

继鸾一惊，闪身回头，却见背后是张笑吟吟地脸庞，却是栗少扬。

继鸾一看便放了心，失笑道："吓了我一跳！"

栗少扬望着她："看什么呢这么入神？这得亏是我，要是个对你不怀好意的，你不就遭殃了?"

继鸾把报纸一合："闲着无聊看看……你……"往他身后看一眼，见不远处有两个人站着，看样子跟栗少扬是一起的，除此却没有别人。

栗少扬笑道："你也有闲着无聊的时候？昨晚上明明喝得好端端地，却跑来个小白脸，硬是把你扯走了，岂有此理……你现在就跟着他？"

继鸾晓得他说的是楚归，昨晚上的事儿她记得零零碎碎，多半是不清楚的，便有些不好意思："你说的是楚三爷吧……"

栗少扬在她脸上扫了扫："你这嘴是怎么回事？"

继鸾眨了眨眼，伸手一摸，一时哑然："哦……吃东西不留神就咬到了，没事。"

栗少扬便叹了口气："我说……"

他说着"我说"，却偏没有继续"说"下去，继鸾等了会儿，不见他开口，便道："说什么？"

栗少扬有些愁眉苦脸："昨儿见了倒是挺高兴的，你还把我当朋友，那有些话我可就不藏着掖着了啊。"

继鸾失笑："你什么时候这么客套起来了？……要不要找个地方坐着说话儿？"

栗少扬看看左右："算啦，这儿人多眼杂，反倒安稳些，且我没什么时间，立刻就要走了，有几句话，想想还是要跟你说的……"

继鸾正色："嗯？你说。"

栗少扬道："你老实跟我说，你跟那位楚三爷……究竟是什么关系？跟那位柳老板，又是什么关系？"

继鸾见他猛然开口，问的就是两个挠心的问题，一时红了脸："这……"

栗少扬唉声叹气："你看，你看你这样儿，你什么时候这样儿过？真的是腊月里的白菜动了心了？但究竟是对谁？"

继鸾恨不得自己变成个哑巴，那就可以不回答了。栗少扬又咬牙："那两个人，不是我说，都长得……长得那样……我说继鸾，原来你喜欢那种的？喜欢男人长得……跟女人似的？"

"去！"继鸾才蹦出一个字来，"不要胡说八道的，柳老板那是那样，他只是唱旦角，人比较温柔些罢了。"

栗少扬像是看怪物一样看她："哟，先说起柳老板来了，难道喜欢的是他？"

继鸾听他的声调儿怪怪，便咳嗽了声："不是这么说，我的意思是，你别以貌取人……别看柳老板人温柔，关键时候可很靠得住的……"

继鸾想到那晚上柳照眉取了枪替她毙了上门的那两个刺客，不由一笑。谁知这一笑就落在了栗少扬眼里，栗少扬醋意散发："还说不是喜欢他？可是我看那个楚三爷对你那么亲热的，又是怎么回事？哈哈哈，说起来我忍不住想笑，他怎么留那么长一把头发？还穿的那样儿，该不是我昨晚上喝醉看差了吧？"

继鸾抬手捂住额头，痛苦："我说……你能不能少说一句……"

栗少扬道："什么，柳老板不能说，楚三爷也不能说？继鸾，你可别告诉我你喜欢上这两个了啊？"

继鸾刚平复下去的心猛地被他撩乱了，索性不答，只是瞪向栗少扬，栗少扬撞上她的眼神，反倒自己又笑出来："行行，我少说一句好吧？"

继鸾这才叹口气，转头看向别处："别总说我，你呢？要走？"

栗少扬才点头："是啊，我得回原家堡了。"

继鸾道："老堡主退了？"

栗少扬道："放权了，现在基本上大少主事，不过二少也不愿意就坐以待毙。"

继鸾想着说："你跟着二少倒也好，二少虽然有些势弱，但为人还是可以的。大少太邪，最好不要接近他。"

栗少扬听她这么说，便笑道："我听说昨晚上大少在你那位三爷手底下吃了亏，想来大少虽然邪，却仍旧不及你那位三爷。"

继鸾听他一口一个"你那位"，偏不上当，只当没听到似的，趁机就哼道："三爷能够称霸锦城，可不是靠他那副模样的。"

栗少扬哈哈地笑："知道了，不可貌相是不是？其实……我也不管那些，也跟我没关系。继鸾，我就是担心你。"

继鸾心里一动。栗少扬敛了笑："我听祁凤说了，楚三爷对你挺好的，可像他们这种人，心眼儿都是成双儿长的……他们说真的也不一定就是真的。你别想我是存着别的心思，我就是怕你吃亏……你知道不？"

继鸾看着栗少扬，他也看着她，他心里其实有很多话，比如对她的不舍，比如他其实不喜欢柳照眉也不喜欢楚归。因为他看得出他们都对她有别样的心思，他其实还是喜欢她只是属于他一个人的陈继鸾。

就像是在平县，整个平县的男人都觉得陈大姑娘"怪"，不能招惹，不适合当媳妇，但是他喜欢，只有他栗少扬知道她陈继鸾的好，也渴望得到她的好，可是现在……

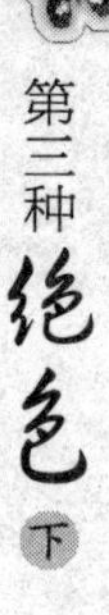

他好像感觉他们之间越来越疏远了，不像是以前那么亲密了，她有了爱慕她的人，将来或许也会爱上别的人，她自己也会变吧……她或许注定已经跟他没有缘分了。

栗少扬有一点心酸，他有太多太多的话要说，但是又说不出口，只是，在目光相对的这一瞬间，栗少扬看着继鸾依旧清清澈澈的眼睛，忽然又觉得，其实他不用说。

因为……陈继鸾会懂。

继鸾笑了笑，抬手在栗少扬的肩头用力按了按："傻样儿。"她笑着说，似乎觉得无奈，似乎觉得好笑，又似乎觉得欣慰和欢喜。

栗少扬望着那只压着自己肩头的手，他忽然也笑了出来。

他什么时候也跟个娘们儿似的瞻前顾后患得患失了，其实他心里头明白得很，这世道再怎么变人心再怎么变，陈继鸾是绝对不会变的，他对她有信心，甚至超过对自己的相信。

他就是有一点点别扭罢了。

栗少扬把那只手握住，暖暖地，牢牢地握在手心："给我好好地看着你自己……顺便看着祁凤。"他已经不需要再多说其他，甩甩头道："行了，我走了。"

将她的手用力握了一把，又放开，栗少扬转身就走。

身后是继鸾的声音："少扬！"

栗少扬回头。继鸾的双手垂在腰间，冲着他笑了笑："你知道……这次见到你，是我来了锦城后最高兴的一件事，知道吧？"

栗少扬的眼睛忽然就涌起一股热热地东西，在那东西要冲出来之前他大咧咧一笑："老子知道的！"他转过身，大步往人群中走去。

继鸾目送栗少扬的身影在人潮中闪闪烁烁，渐渐地他的身影消失无踪，像是被风慢慢地带走了。继鸾站在原地，怅然若失。

2

太阳升起来，地上残存的雨水渐渐地被晒干。柳照眉半坐半躺在庭院里的长椅上，旁边的圆桌上放着一壶茶，两个茶杯。

茶叶在壶里头载浮载沉，柳照眉眯起眼睛，望着空中飞舞的淡尘，阳光下，光影缭乱，他们随风纷纷起舞，又不知随风飘向何处。

暖暖地阳光照在头脸身上，像是暖意也一点一点地渗透进骨子里，柳照眉闲适似地舒展着身子，白皙的脸容在阳光下泛着淡淡的光芒，他微扬着脸，看了会儿头顶明净的天空，又缓缓地闭上双眸，假寐一般，睫毛间明明暗暗。

继鸾看到的就是在阳光下似睡似醒着的柳照眉。

她进门的时候就没叫人进来通报打扰，没想到竟又见到了这一幕，就好像被什么东西击中了一样，整个人站在原地，竟有些挪不动步子，也移不开目光。

继鸾没见过这样的美，先前在她的世界里出现不了也容不下。她站在那里，望着柳照眉，究竟是从什么时候对他有了一份别样心思的？或许是从她头一次为了大黑马跑去找他求他，他盛装之下，眉眼却带一点凉薄，凄然的凉薄。当时继鸾想：他一定有什么不得已的无奈吧。

然后阴差阳错跟了他，越发见到那份令人惊啧的艳光。

就好像是一只蝴蝶，翩翩然地在眼前，而她驻足观赏，不知不觉竟陷入他美丽的梦魇里。

继鸾的脚步极轻，柳照眉又似乎睡得无知无觉。继鸾站着看了会儿，竟不想去打扰这份静美，心念一动正想离开，却听得一声叹息。柳照眉睁开眼睛，一双眸子朦朦胧胧地，竟看向她面上。

继鸾呆站在原地，却见柳照眉眨了眨眼，而后冲她展颜一笑：“你来了啊。”

继鸾疑心是自己惊扰了他：“柳……”

柳照眉抬手，在眼睛上轻轻一揉：“方才做梦，梦见你来了……几乎不舍得醒……唉，没想到竟是真的。”他低低地笑着说，像是自言自语似的，唇角挑着欢喜。

小院内依旧静静地，柳照眉招手：“怎么站在那儿，过来啊？”

继鸾迈步往前，一直走到他的身边儿。柳照眉笑眯眯地看着她：“你是来看谁的？是你的同乡栗先生还是祁凤？恐怕你要失望啦，栗先生早早地就离开啦，祁凤也去上学了……”他仿佛看不见继鸾唇上的伤，也看不到她的欲言又止。

“柳老板……”继鸾忽地轻轻开口。

“嗯？”柳照眉应了声，“怎么了？”

“我以后……大概……”继鸾不敢看他，费劲地将目光移开，只看着旁边一盆兰草，茂茂盛盛地生长着，“以后我大概……”

继鸾语无伦次地说着，却忽然听到柳照眉道：“不会来找我了吗？”

继鸾吃惊地抬眸看向他，却见柳照眉脸上依旧是笑着的：“其实……我大概猜到了。”他像是自嘲似的摇了摇头：“但是还是很怕，很怕你会真的说……可是……”

继鸾握着双手，浑身有些发抖。

柳照眉垂头沉默片刻：“可是你不要为难，我不想你为难，还记得上次我跟你说要一起离开锦城……那时候，你说要护着我不让我冒险，我说的那句话，是真的。”

继鸾身子一震，当初他要跟她一块儿逃走。她说不会让祁凤出事，也不会让他出事，当时他说："不管怎么样，有你今日这番话，我柳照眉死而无怨了。"

一阵风吹过，满院子的花草簌簌抖动。

"你别难过，我早就做好准备了，"柳照眉抚了抚脸颊，轻声道，"我没跟你说过吧……先前，我师父也是名震一方的名角儿，后来年老色衰，演不了李凤姐。他不服老，但是嗓子在，脸皮儿却不行了，那一次被人喝了倒彩下场。师父扛不住，当夜就自尽了。"

眼睛有些直直地望着那一面白色的墙壁，墙根有着青苔的痕迹："从小我看过很多这样儿的事，也渐渐地习以为常了，人情浅淡，更是命比纸薄，说没了就没了，像是先前，若是落在姓杜的手里，恐怕现在我也早就被一卷草席扔出去了……"

继鸾想让他别说了，可是又没有出声制止。

"当初你看破了是三爷使的计策，也知道我心里明白却装糊涂，不装糊涂又能怎么样？我一直都是那样，乖乖地听人摆布……只有这样，才会活得长一点……可是我做梦也想不到，有朝一日我会跟三爷'争'，"柳照眉往躺椅上一靠，笑，"虽然争不过，好歹……也有过这么一回。"

继鸾不记得昨晚上的具体情形，却隐隐地猜到了，但此时此刻，她竟无法做声，安抚？宽慰？还是什么其他……都这样枯燥而苍白。

"我一直觉得我配不上你……"他闭上眼睛，做梦般地说道，"可是在三爷跟我之间，你说喜欢我，给我机会……我已经……已经很满足了，继鸾。"

他睁开眼睛转头看她："所以……不要为难，也不要难过。不管你做什么，我都会永远……"

柳照眉并没有说下去，可是那一双眼睛却替他把话说得明明白白。

继鸾什么也说不出来。

"继鸾，"柳照眉轻声唤她，"你能不能……"他抬手，握住她的手，轻轻把她往身边儿拉。

继鸾身不由己地顺着往前，柳照眉的手顺着她的手臂抚上肩头，继鸾望着那双眼睛，忍不住缓缓地俯身。

目光相对，柳照眉的手慢慢地抚上她的脸颊，细细致致地看过她的眉、眼……他的手滑到她的颈后，往下一拳。

他极尽渴望而温柔地吻住她的唇。

继鸾鬓边的发丝垂下来，落在他的脸颊上，随风微微荡漾……这个吻缠绵许久，像是一个甜美的梦，然后他放开她，眼睛凝视她的眼睛，温柔而坚定地说："现在，走吧。"

3

雨后的阳光有些刺眼，继鸾走在街上，伸手在眼前一挡，光影在指间变幻，看起来更多一丝恍惚。

终于是这样……无疾而终了。

记得先前，从他的家里出来，走在雨中，头顶忽然多了一方遮雨的伞，回头望见柳照眉的时候，心里是惊喜的；跟他说要回去告诉楚归的时候，是踏实的，就像是长久的犹豫落定了，觉得安稳。

但是只是她自己下定了决心是不行的，继鸾算错了的是楚归的心意。

经过这一番起伏，继鸾总算是明白了三爷的心里到底想些什么，不像是先前那么无视她，他是动真的。

这世间的事，最怕较真。

何况是楚归那样的人物。

继鸾宁肯楚归还是跟先前一样对她，与其如此，不如在他眼里就当她是个男人简单。

可是越来越覆水难收。

继鸾不是个愚笨的人，她从小就知道，她这一辈子不适合什么风花雪月，更没有什么闲情逸致去接触那些，从进锦城到现在，对于柳照眉的绮念，以及被楚归的厮缠，皆超出了她的想象。

但是，倘若没有楚三爷从旁作梗，或许继鸾会真的答应柳照眉。她心里喜欢而渴望那个明艳温柔的男子，对她而言那实在是奢侈而难得的好梦。

但现在她处在一个两难的危险境地，那个梦显然已经无法成真。倘若一意孤行，她得面对更多，而原先她所担负的只是赚钱养家，照顾祁凤。至于她自己，则从未想过，更无法容忍因为自己的事而横生枝节。

或许是可以争一争的，为了自己，为了柳照眉，可是对手是楚归，继鸾想到三爷的为人，她并没有任何把握。

现在放手或许是明智之举，免除了那些难以预期的麻烦。

于是那个美梦，仍旧是奢侈而遥不可及的。

她不能奢望，只能罢手。

此一回走出柳家，心情就如上回的不辞而别，但是继鸾知道，她不会再有上回一样峰回路转的温柔乍现了。天不曾下雨，他也不会再出现，就算她千百次地转身回眸，都绝对看不到身后的那个眉眼温柔的人。

继鸾垂眸慢腾腾地走着，像是走得慢一点一切就断得没有这么快，然而心头的痛楚涌

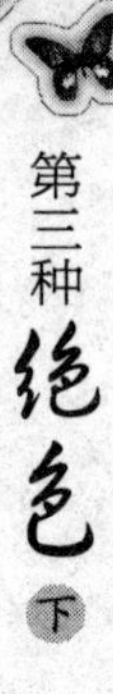

动却越来越激烈，原本她不必经历这些，她本来只是个为着生活而奔走的明快简单的女子，从不沾染这些，但是一旦浅尝那种滋味，要舍弃，却如同上瘾了似的，令人百转千回抓心挠肺。

继鸾垂头走着，走着，然后脚下步子加快，到最后居然是极快地跑了起来，脑中层层叠叠，重重复复，出现的都是他的影子，温柔的，婉转的，坚毅的……都是那么的美！

可她最终也得不到，始终没那种命，那份曾经唾手可及的惊艳，始终要离她远去了！

继鸾回到楚府的时候，刚出现在门口，就被人看到，极快进去通报了，老九先跑出来：“呀……你可算……”

正要说话，忽然看到继鸾的模样，顿时吓了一跳，却见她一身干干净净的长袍上沾泥带血，脸上也似有些伤处，老九吓得不敢说其他，上来攥住继鸾的手：“发生什么？伤到哪里？”

继鸾缓缓地摇了摇头：“没事……”迈步往里就走。

老九上下打量，见她虽然看似狼狈，但衣衫完好，那些血怕不是她的，脸上虽有点小伤，却不打紧，但就算如此，心中仍旧惊诧之极了，以继鸾的身手，这锦城居然还有人伤着她？

老九便拉了拉她：“等会儿再进去，跟你说……找你半天了，柳……柳老板那也找过，都没见人……”

继鸾听到“柳老板”三个字，心头像是被针扎了，面上却仍毫无表情地，只问：“出了什么事？”

老九叹口气：“现在也没事了，三爷给摆平了。”

继鸾漫不经心地：“哦……”

老九看她这模样，心头稀罕，啼笑皆非道：“哦什么哦……你啊，我偷偷跟你说，是祁凤在学校里惹了事。”

“啊？”继鸾头一次遭遇“情伤”，本对什么事都漠不关心，忽然间听到是祁凤出事，顿时才反应过来，急忙道，“发生什么事儿了？”

老九还待要说，忽然又咬住舌头：“你……你快进去吧，三爷等你半天了，找不到人动了怒呢！”又瞧着她这般模样，自己琢磨着，“要不要换身衣裳再去？”

继鸾却已经迈步如风一样往里去了，刚进了厅，就看到楚归靠在太师椅上，目光冷冷地望着厅门口，一脸要找茬的表情。

然而见到继鸾的时候，楚归变了脸色，整个人竟霍地站起身来：“怎么了？你这是……”三两步往前，便要握继鸾的胳膊仔细看，却不妨继鸾脚下一动避开了他。

楚归竟扑了个空，脚步往前，几乎踉跄，转身才又看见她：“你？”

继鸾偏是一脸若无其事，只问：“三爷，祁凤出什么事了？”

楚归见继鸾有意避开自己，心里那股恨复又卷土重来，咬牙问道：“你……又出什么事儿了？”，

继鸾道：“路上不小心，摔了两下。”

楚归见她自出现就有些“反常”，只问起祁凤来才有几分关切，此刻又乱扯这鬼话，三岁小孩儿都不信：“好啊，那你就蒙吧，你问祁凤？我偏不说。”

继鸾双眉一皱：“三爷……”

先前她心里闷着痛，越跑越急，不想往人多的地方去，一阵乱走间，竟然迷了路。

又恰好遇到些不入流的地痞，见继鸾是个女子，便来调戏，继鸾正一腔愤懑无处发泄，当下毫不客气地大打出手，将那几个人撂倒。

却仍旧又转了好久，才找到回来的路，因此才耽搁了时辰。

却不知道在这段时间里，楚归几乎翻遍锦城。

经历的那些继鸾不想跟楚归说，何况她心里也知道，她跟柳照眉的事儿，都是楚归从中作梗。虽然最后放弃是她自愿，但他也脱不了干系。

还是对他……有点恨的。

可是楚三爷显然也不是个好对付的主，继鸾便淡淡道：“迷路了，撞见几个不相干的，动了手，我没吃亏。”

楚归听她这么说，才相信了，却又靠近了来看她：“没吃亏？哼……”牙咬得格格作响，恨不得把人就咬在中间一点点磨了，却是无奈。

“祁凤到底怎么了？”继鸾又问。

楚归道：“哦，没什么大事，就是跟你差不多，也是有人惹了他，祁凤动了手，不过那个被打的来头不小，所以学校里逼着人去……现在已经没事儿了。”

继鸾略微放心，另一方面却又有点恼，按捺着问道：“祁凤呢？”

楚归咳嗽了声：“你这副模样还要教训他？自己先弄清楚再说。”看着她的模样，有些心疼，抬手抚上她的脸：“这怎么……”

继鸾又后退一步：“三爷放心，无碍。”

楚归双眉拧紧：“我说你……我手上有毒？”

继鸾道：“没有，是我一身龌龊，怕弄脏了三爷的手。”

楚归怎么听怎么觉得这话带刺：“哟……跟我客套起来了，那要是柳照眉在你跟前，你也这样儿？瞧你是恨不得……”

继鸾听到这里，便沉声唤道：“三爷。”

楚归心头一动，望着她的神情，道：“怎么？”

继鸾道：“我跟柳老板、没什么瓜葛了，以后就算是见了，也只是比过路人更生分些，还请三爷不要因为一些子虚乌有去为难柳老板，也不必再跟我提起他。”

楚归怔住，甚至来不及去计较那句“为难柳老板”，呆呆道：“你……的意思是……”

继鸾忽地一笑，笑里带着几分薄薄凉意，道：“三爷是聪明人，该明白我的意思，我陈继鸾说到做到，绝不会出尔反尔。”

楚归胸口一堵，居然有些说不出话来。

继鸾停了停，又说道：“我这一辈子都没什么想头，唯一的心愿就是把祁凤抚养成人，看他成家立业那就心满意足了，除此之外，不会有其他的打算了。”

楚归听继鸾的意思是跟柳照眉断了，他想着去掉柳照眉这个家伙，心里略觉得喜悦，却又有些不踏实。谁知道转眼间，继鸾却又说出这番话来。

楚归心头一凉：“你说什么？”

继鸾本是垂着眼皮的，此刻便抬起眼睛来，望着楚归，缓缓说道：“我是说，我这一辈子都只是守着祁凤，不会喜欢上什么人，更不会嫁人。”

楚归一瞬觉得自己又被气疯了：“陈继鸾，你这话是对我说的？”

继鸾淡淡道：“这只是我自己心里的一点想法，三爷勿怪。”

楚归抬手指着她，却又说不出话来，看着她脸上的伤，身上的血跟泥尘，咬牙许久，忽地笑了。

继鸾略微皱眉，楚归却望着她，清清楚楚说道：“好啊，你是因为断了柳照眉那边的念想，所以才垂头丧气的，是不是？平日里那么镇静沉稳的一个人，怎么会跑去跟不相干的人打？陈继鸾，你能耐！”

继鸾见他居然猜到自己那一番暴走的缘由，一时又烦恼。

楚归清楚又道：“那好，你给我听好了，我不管你跟柳照眉怎么样，我就是看上你了。三爷也不是柳照眉，你不喜欢别人正好儿，三爷喜欢你！你不嫁人，三爷就守着你一辈子，又怎么样！你休想跟我一副撇清干净的样儿！”

两个人四目相对，斗鸡似的站着。

厅门口上老九听了好久的墙角，听到这里，整个人几乎炸了，又偏一个字也不敢说出来。正在这时侯，却听到有人说道：“哟，这是干什么呢？”

老九吓了一跳，赶紧回身，却见进门的人居然是楚去非！先前他忙着偷听，居然没留心有人进门，一时讪讪无地自容。

幸好楚去非没有留心他，只是迈步进了门，见了楚归跟继鸾两个，那目光在两人身上扫了个来回，若有所思地笑：“这是吵起来了？我来的不是时候啊？”

第3章

门当户对

1

今天楚归其实是见过了楚去非的，上午时候楚去非遇刺的事儿传得沸沸扬扬的，楚归闻听自然大惊，急忙去探望自家大哥。

先前楚归听说楚去非是陪着情妇出去才遭了这劫的，当然不会放过这件，见人没事，林紫芝又吓得去躺着了，便把楚去非狠说一顿。

正训话里头，又听说了祁凤出事，才忙忙地又赶去学校的。

楚去非被他训了个狗血淋头，只安抚他："放心吧，你哥命大得很！以后再也不了……会留神的。"等要送他离开，才想到还有件事忘了问，但看楚归急急忙忙地样儿，便又先按捺下来。

楚去非处理了公事安抚了同僚，下午得了空，便来见楚归。谁知却正好撞见楚归同继鸾两个大眼瞪小眼。

楚归一看他来了，皱眉："哥你怎么单捡这时候来啊？凑热闹是不是？"

楚去非笑，心想："还没见过有人敢这么跟小花顶嘴，这陈继鸾……我倒是小看了她？"手上悄悄一握，摸到那根乌木簪子。

继鸾一看楚去非来了，她却不是个意气用事的，只是面对楚归时候才有些失控，当下转过身，默默地对楚去非行了个礼，喊一声："大爷来了，我先退下了。"转身要走。

楚归刚得了人回来，还没从头到脚看个够呢，哪里舍得？正要开口，却听楚去非道："陈姑娘且留步。"

继鸾略有疑惑，转头看向楚去非，楚去非笑吟吟地看着她："早先小花曾说让我见识见识陈姑娘的身手……不知这会儿陈姑娘得空不？"

楚归听楚去非竟说这个，不由一惊，又道："哥，你做什么呢？"

继鸾心中却是一动，望着楚去非那双眸子，心里想："他怎么闹这一出？难道……该不会知道出手的那个是我吧？"

继鸾看着楚去非，又看一眼楚归，见楚归那惊讶神情，知道楚归显然是不知道的……恐怕楚去非也没跟他说。

继鸾心里不想节外生枝的，便只垂眸道："大爷说笑了，我怎么敢跟您动手？"

楚去非"嘻"了声，道："怎么不敢？早听闻你身手高强，连那自然门的魏云外都是你的手下败将……先前必然是我大意了，现在得空，正好请教一番，算是切磋切磋吧！陈姑娘可赏脸？"

楚归本是不乐意的，想当初他才收了继鸾的时候，迫不及待地想要献宝，恨不得继鸾跟楚去非动手，而结果于他如浮云。

但是现在他对继鸾上了心，不管是继鸾赢还是楚去非赢，对他可都没有什么好处。继鸾赢的话楚去非面儿上不好看，对继鸾会有意见；楚去非赢的话继鸾怕是会伤到，他更心疼呢。

可是楚归瞧着楚去非那样儿，又有些纳罕。先前说起继鸾，楚去非都是一脸的不屑，像是从云端里俯视凡人似的表情，可是此番，没有揶揄，没有讥讽，楚去非的样子，却像是在诚心诚意地想跟人“切磋”了。

楚归有些不明白自家大哥葫芦里卖的什么药，又是什么让他这态度产生了一百八十度的变化。

继鸾皱眉看着楚去非，这会儿已经猜出楚去非大概是对自己起了疑心了，继鸾心里乱：真是有心栽花花不发，无意插柳柳成阴。

她本来不愿招惹这两兄弟，谁知道偏偏撂不下手，那想要紧紧握着不放的，却偏偏要放手不可。

继鸾想到这里，又看一眼楚归，忍不住就动了气。她心念一转，当下也不再退让，只淡淡说道：“那既然楚大爷如此诚意相邀，我也不敢违抗，但是拳脚无眼，若有个闪失的话，陈继鸾可是担当不起。”

这话一出，楚归跟楚去非齐齐地动容。

楚归挑眉，隐隐琢磨出继鸾这话里有话，而楚去非却不晓得继鸾颇有几分“逮不到兔子拿鹰撒气”的心思，只当继鸾托大，当下道：“陈姑娘不必客气，请！”

楚归望着继鸾眉宇间一抹淡淡愤意，却觉得这个主意很不妥当，当下道：“哥……你……”

楚去非却哪里容得耽搁，笑道：“小花，这儿不是动手的地方，你那后院，我记得有个练武场子？”

后院里的确有个练武的地方，楚归虽不是练武的奇才，但从小也算是下了番功夫的，该有的家什一样不缺。佘堂东在这里住的时候，寻常也是在那练习的。

楚归不知所措，那边楚去非已经轻车熟路去了。

继鸾扫了楚归一眼，居然一声不吭地跟了上去。

楚归站在场边上，几乎不忍看场中情形，这用一个“一面倒”来形容是绝不为过的。楚去非在军校学的那些拳术，好看则好看极了，刚猛也绝对刚猛，只可惜不管是西洋拳还是擒拿手，几乎没有什么施展的余地，因为他根本近不了继鸾的身。

只看陈继鸾那么轻描淡写地站在原地，像是随时都能够起飞的鹤鸟，楚去非却像是一只刚劲猛虎，一只凌厉的鹰隼。只可惜再怎么冲突杀伐，每次却是不出三招，便会被继鸾反擒住，“丢”出去。

开始楚去非还能撑住，顶多只是脚下踉跄而已，接下来大概是继鸾摸清了他的路子，偶尔同他硬碰，大多是用巧劲儿。有一次楚去非竟跌倒地上，摔得狼狈。

楚归抬手遮住眼睛，又不舍得不看，看继鸾气定神闲地站着，几乎没挪过脚，而楚去非楚大爷却几乎将整个场子都踩了个遍。

楚归心想："哥你这是自己找抽啊……"可是没法子，谁让楚大爷坚持。

楚归心中又痛又爽又爱，看着继鸾那神勇自在的样儿，恨不得扑上去亲几口；看楚去非那屡试屡败还屡战的样儿，一奶同胞，又有些痛苦。

最后还是楚去非自己停了手，楚大爷喘着："等……等等！"

楚归竖起耳朵洗耳恭听。继鸾却仍是不动，楚去非道："你……你总是挡着我是怎么回事？不能过招……可不成。"

楚归忍不住噗地笑出声来：这是什么破烂理由，他想的绝对比这个高明。

继鸾想了想："那好吧。"

继鸾不再一味地"挡"，而楚去非如愿以偿地跟人家过了十数招，被继鸾简简单单一个野马分鬃，楚去非身子飘起，倒飞进了旁边的花丛里。

楚归连笑也来不及，赶紧跑去抢救自家大哥。

继鸾缓缓收势："一时没收住手，请楚大爷见谅。"

楚去非被楚归搀扶着出来，楚归在他耳边嘀咕："都说不让你比了，逞什么能呢，你又不是练家子……还以为自己是高手呢啊。"这话说得在理，继鸾擅长的便是拳脚，但楚去非擅长的却非如此，根本不是一个领域的，却要硬来不是找虐吗。

楚去非却不在意，看看继鸾又看看楚归，把继鸾方才的动作回想了一遍，苦笑着说道："我算是看出来了，我是在顶某人的罪吧？"

楚归心头一颤，赶紧装不知道的："什么什么啊，谁逼着你跟人家动手的吗？都劝过你了。"

幸好楚去非不去追究这个，只看向继鸾，挺了挺腰杆，诚意十足道："陈姑娘，先头的确是我小觑了你，给你赔罪了！"

楚归正做好准备要和稀泥，总不成让继鸾白打了自家哥哥一顿，总要陪个不是的，没想到楚去非竟自己开口道歉。

楚归震惊，继鸾虽然有意要拿楚去非出气，但没想到楚去非竟这般气量，当下反而不安起来，忙真心诚意地回了个礼："不敢当……"

楚去非笑笑地看她，又看楚归："小花，我如今倒是有点儿明白你的心思了……"

楚归目瞪口呆，继鸾听到这个，却又一皱眉，低头道："若是没什么事，那我……"

楚去非咳嗽了声，道："且慢。"

继鸾抬头看他，楚去非在身上摸了摸，摸出一物："这是继鸾姑娘的吧？物归原主。"

继鸾一震，见楚去非手心的果真是那支钗子。她皱着眉，心中一闪念要不要否认，却听楚归道："咦，鸾鸾的东西怎么在大哥你手上？"

继鸾无奈地叹了口气：她怎么忘了这宗，当初买衣裳的时候，楚某人一块儿连钗子也给她置办了的，他倒是也记性好。

楚去非笑着："我欠继鸾姑娘一条命呢。"便把上午的事儿简单说了一遍，楚归听了，看向继鸾的眼神更是不同，双眸烁烁地堪比日光。

继鸾见人家已经明明白白地，也不再否认："大爷不必挂怀，我不过只是碰巧路过……顺势出手的。"加上被楚归一双眼看得她心里头乱，便找了个理由转身离开了。

楚去非瞧着继鸾离开，在楚归的手上一握，一笑："不卑不亢，不骄不躁，月白风清……怪道你喜欢她。"

楚归听了这个却得意："你才知道？"

楚去非笑道："是啊，起初不起眼儿，可越看越是与众不同，倒是觉出好来了。"

楚归听了这话却警惕："什么好不好的？再好也是我的。"

楚去非打了他一下："瞧你这样儿，你哥还能抢你的不成？只是我瞧人家怎么对你没什么意思啊。"

楚去非是花丛里的老手，什么男欢女爱通透得紧，方才进门来又瞧见那一幕，便知道这有些"襄王有心，神女无梦"。

而自家这弟弟又是个雏儿，若是对其他女人，倒是不劳操心，自然有无数人因为他的姿容跟地位权势而投怀送抱曲意奉承，但是面对这位陈姑娘……想要一帆风顺，那可就难得紧了。

楚归本是要打肿脸充胖子的，可是转念一想，就也有点忧愁，忍不住抱怨了声："你说我哪点儿不好？她怎么就……就……"但也不愿意就把继鸾对柳照眉有心的事儿说出来，那委实太掉他三爷的价了。

楚去非拍拍他的肩膀："你呀……真动了心了？"

楚归眼巴巴地看着他，倒是老老实实地点点头。

楚去非望着他的样儿，无奈地叹了口气："我们楚家的男人，哪个不是身经百战的……倒出了你这个奇葩。算啦，你听哥说，我瞧这位陈姑娘……是个吃软不吃硬的主儿，你啊，不能总是硬来。"

楚归见他说的有点道理，就说道："这个我当然知道，可、可……我还要怎么软啊？"

楚去非哈哈哈笑的快乐：“可不是让你那里软！是说手段……要温柔，温柔懂吗？像是陈姑娘这种性子，估计也就吃那套了……”

楚归听楚去非说“温柔”，心中无意识地就浮现柳照眉的脸来，整个人心里咯噔一声。

继鸾觉得楚归是一只狐狸，而楚去非则是更大点的狐狸。她无心也不能跟两只狐狸周旋，离开练武场，便直奔祁凤的房间，做梦也想不到背后那两只狐狸却正在商量怎么对付她。

远远地继鸾就听到小黑的叫声，叫得有些激烈。继鸾生怕有事，急忙加快步子，上楼之后也来不及叫一声祁凤，便推门而入。

这一瞬间映入继鸾眼中的，却是一幕令她十分惊骇的场景。却见祁凤屋里头不仅是他一个，另还有一个女孩子，而这会儿那女孩子正跟祁凤贴在一块儿，嘴对嘴，显然正是在亲热。

继鸾一看，魂飞九天，而祁凤也看到她，当下把那女孩子猛地推开，惊慌失措地叫了声：“姐！”

继鸾脸色异样，稍微有些难看，做梦也想不到祁凤居然已经长大成这样儿上了……

就算她向来从容，这会儿却也头大起来，四目相对，继鸾看看那女孩子，认出是上回来的林市长的千金叫林瑶的，当下往后一撤，咬牙道：“陈祁凤你给我出来！”

祁凤脸色通红，低着头立刻迈步往外走，林瑶将他拉住：“祁凤……”

祁凤将她甩脱，闷道：“你回去吧。”

继鸾特意走开了一段距离，祁凤出门后一打量，便走到她身边儿，也不敢抬头：“姐……”

继鸾望着他，不由地咬了咬牙，心情复杂。

先前祁凤时常嚷嚷自己已经老大不小了，几度想要出来帮继鸾做事。继鸾也知道祁凤大概到了历练的年纪，当初在祁凤这个年纪她早就开始在外头奔奔波波了。可是如今兵荒马乱，说得好点可以安安稳稳苟且偷生，说得不好那随时都是枪林弹雨命悬一线。继鸾不能也不忍让祁凤过早地就涉及那些。

何况当初她出面行走江湖乃是逼不得已，因为要照顾这个家，到现在，她已经能够独当一面，自然不用祁凤操心。

所以继鸾想要祁凤上学，在学校里学习点新式的文化也好知识也罢，像是他的同龄人一样生活着，继鸾觉得心安。

但是却怎么也想不到祁凤居然已经……

继鸾甚至不知道怎么开口。

“你……那个……”继鸾皱了皱眉，方才所看到的那幕场景实在太过震惊，甚至让她忘了本来找祁凤是为了何事，顿了会儿，才转过弯来，“学校里出了什么事？”

祁凤没想到继鸾是问这个，正在想该怎么交代方才那件儿，听继鸾一问，便呆了呆：“啊……姐……”

继鸾看着祁凤，发现少年的脸通红，脸上一副惶恐的表情。继鸾暗地里吸一口气，心道：“镇静，镇静。”

两下这么一错楞，祁凤才回答：“不、不是什么大事，就是有个人总是找我的岔，这回闹得更过分，我……我就没忍住教训了他一顿。”

继鸾皱眉：“打人家了？”

祁凤有些怕，垂着头，却仍说道：“打、打了。”

继鸾想到楚归说的那句话：“学校里怎么说？为什么……把三爷惊动了？”

祁凤便道：“本来、没打算惊动的，只是他们仗势欺人，不依不饶……被三爷几个手下看到了，大概就跟他说了……三爷、就去了。”

继鸾倒吸一口冷气：“只是被看见了？”

祁凤肩头缩了一下：“他们认识我……就来帮手了……”

继鸾听到这里，心头暗暗叫苦，大概把事情的来龙去脉弄得差不多了。大概是祁凤跟人家相斗，结果就被仁帮的人见到，那些好事之徒当然不会息事宁人，肯定一拥而上……结果便闹得楚归也知道了。

本以为是祁凤一人的事儿，如今看来竟似打了群架。

“你……”继鸾一时又失语，“你这么出息了！自己动手还不够，还带着仁帮的人一起上？你还说人家仗势欺人，你是想气死我不成？”

在继鸾想象里，若是对手是学生的话，就算多几个，恐怕也不是祁凤的对手，可仁帮的人一块儿上了，这岂不是成了仗势欺人恃强凌弱？

“不是的……”祁凤急忙分辩，只是他曾经答应过继鸾不惹事，到最后却还是跟人动了手，心里知道不管怎么都是违了那最初的言语，因此祁凤心里头也有些难过。

姐弟两人正面面相觑，却听得祁凤身后有人说道：“鸾姐……这个真的不是祁凤的错，是邹孝正他们先动的手，而且他们还请了好几个会武功的人帮忙。祁凤差一点儿就吃亏了。”

说话的自然是林瑶，大概她在身后偷听了会儿，见祁凤害怕继鸾说不明白，便赶紧出面，一边姗姗走来，一边娓娓地说。

继鸾却没料到居然还有这宗，看看林瑶，又看向祁凤。

却见祁凤没好气道：“关你什么事？你不是该走了吗？”

祁凤没给好脸，林瑶却竟不恼，反而慢声细语道：“我跟鸾姐姐说清楚了就走，你这

样吞吞吐吐地，让姐姐误会了……可是不好的。”

祁凤道：“总之跟你没关系。”

继鸾喝道：“你这是什么态度！”

祁凤一扭头，却不敢忤逆她，只好闷不作声。

继鸾又问道：“对方真的带了人对付你？”

祁凤咬了咬唇，终于点头。继鸾道：“那是为什么？总要有个由头。”

祁凤道：“开始的时候他们就跟我有嫌隙，可我总不理他们，他们也不知怎么的就……”

祁凤说到这里，林瑶见他面露气恼之色，就补充道：“姐姐，他们也不知从哪里听说了祁凤是您的弟弟，就隔三岔五地挑衅他。祁凤总不理会，可他们越来越过分，今儿更是拿您来开玩笑，说得过分了，祁凤是受不了这个才……”

祁凤顿时喝道：“你怎么这么多嘴，你回去吧！”

继鸾眉头皱紧，已经全明白了。

林瑶看着祁凤，又看看继鸾，解释说：“我只是不想因为这件小事让鸾姐姐误会你……有什么话说开了的好。”

继鸾望着她淡然的神情，心中更加诧异，又没来由地有些忐忑。

林瑶说完了，又道：“姐姐，祁凤真的不是有意惹事的……好啦，我话说完了，就不在这惹人嫌了。姐姐，我走了，改天再来见您。”

继鸾望着她，默然道：“有劳林小姐了。”

林瑶微笑，态度却十分地谦恭：“姐姐万别跟我客气。”才又转头看向祁凤，抬手在他袖子上轻轻一拉：“我走了……”

祁凤不理。林瑶笑了笑，终于转身走了。

林瑶下楼后，继鸾往旁边一步，看到林瑶出了门口，似乎是她的随从接了她出去。

继鸾看看那女孩子离开，又看沉默不语的祁凤，心里头本是千言万语，这会儿却无话了，半晌，就叹了声。

祁凤听了她这声叹息，这才抬头：“姐……”

继鸾抬手，在他肩头上一按：“她说的这些话，你怎么不跟我说？”

祁凤嘴唇动了动，才道：“我……我怕姐觉得我是在狡辩……而且……怎么说都是我没忍住。”

继鸾摇了摇头，忍不住笑了笑：“你啊……唉……那最后三爷去了，是怎么料理的？”

祁凤听她这么问，却才露出释然的表情：“学校本来有些偏向他们的，可是见了他，就跟真见了爷爷似的，一个劲儿地说对不住，连邹孝正的爸爸都变了脸色，不敢再叫嚣了……哈……”

继鸾心里头却仍沉甸甸地，只是看祁凤脸色变得轻松，她便也一笑：“既然没事就算了，但是以后……还得多注意点。”

祁凤用力点头：“三爷说他们以后不敢招惹我了。”

继鸾见他说起楚归时候，眼神有些亮，心头更是一沉，此刻连笑也笑不出来了。

继鸾便同祁凤回房去，走了两步，继鸾才又想起一件事来，脚步一顿，便道：“对了，你跟那个林小姐……”

祁凤的脸色本已经平和了，被继鸾这么一问，脸瞬间又红了起来：“姐……”

继鸾道：“你……你们两个……”

祁凤咳嗽了声，头垂得低低地：“我、我跟她没什么的……”

继鸾想到方才那一幕场景，啼笑皆非，又想到先前林瑶来的时候隔窗听到的那些话……她本来想跟祁凤说不用瞒着藏着，其实她也不是什么刻板的家长，她虽然从小照顾祁凤，就如父如母般，但自己却也是个云英未嫁的黄花闺女，对于男女之间的这些事儿更是一窍不通。一窍不通也还罢了，更加上最近被楚归厮缠，为柳照眉之情所苦，心中却也多了一份百转千回难以言说。

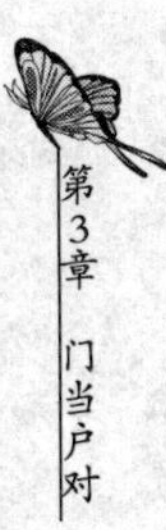

因此此刻看祁凤，继鸾心中的滋味便有些异样，姐弟两人之间又有些默然，隔了会儿，继鸾才想到一件事，便慢慢说道：“这位林小姐，似乎出身很好……”

祁凤一听这个，脸色就有些变：“姐……”

继鸾有心劝劝祁凤，感情的事极难处理，一个弄不好反而会不成佳偶成怨偶。但是面对这至亲之人，继鸾反而有些投鼠忌器，不敢用自己那浅淡的经验来指导祁凤，想来想去，只能实话实说：“如果你们真的……那套句老话来说，那咱们跟人家是门不当户不对的……祁凤，你明白吗？”

祁凤身子微抖，继鸾忙又道：“我不是在教训你，也不是在命你怎么样，我只是在提醒你，姐只是担心……”

祁凤喃喃道：“姐，门不当户不对……其实我也是知道的……”

继鸾叹了声，见祁凤脸色不佳，正要安抚他几句，却听得有个声音不高不低地说道：“陈继鸾，我瞧你真是比我还要古板，这是什么年代了，还讲求什么门当户对的？”

姐弟两人齐齐看去，却见发话的正是楚归，三爷有些意气风发地，正沿着楼梯拾级而上，边走边说：“再者说了，三爷的小舅子，怎么配不上他市长千金了？配个天仙也是绰绰有余！祁凤你该怎么整还怎么整啊，姐夫给你撑腰……”

继鸾一看楚归出现，整个人便凌乱不已，等听完他这几句话，更是如魔似幻，心头

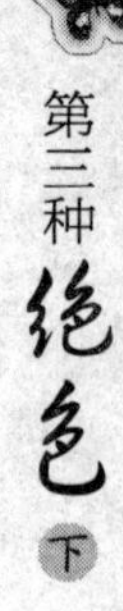

想：“苍天，大地，我上辈子是做了什么孽，怎么就偏遇上这么一人！”

祁凤呆若木鸡，忽然一个激灵，唯恐留下来楚归会逼他当着继鸾的面叫“姐夫”，当下含糊匆忙道：“姐我先回房了……”抱起正向着楚归冲的小黑逃也似地跑了。

继鸾正恨不得小黑过去咬楚归两下，见状略觉遗憾。

祁凤离开后，楚归便上了楼，眼睛看着继鸾，笑吟吟地。

继鸾扫一眼他，总觉得他那种眼神有些令她很是不安，见他身边儿没楚去非，便随口道：“楚大爷呢？”

楚归笑道：“他被打了一顿，浑身通泰，心满意足地回去了。”

继鸾咳嗽了声，略觉别扭。楚归走到跟前，悄声问道：“鸾鸾，你真把大哥当我来打了吗？”

继鸾一皱眉，却发现楚归手中捏着那枚乌木簪子，手指在上头轻轻摩挲，玉石般的手指衬着乌木，黑白分明，但那动作却更暧昧。

楚归低着头来看继鸾脸色，仍旧轻声道：“真的……那么恼我吗？”

继鸾心头一跳，忍不住后退了步，楚归却更快，抬手在她腰间一揽，逼她靠着自己，而他几乎贴在继鸾耳边，轻声又道：“如果心里没有我，怎么会恼我？”

楚去非对楚归说，如陈继鸾这样的修为，这样的性情，若非心乱，不会做出如此赌气般地迁怒行为。

而男女之间，最怕的则是波澜不起，继鸾能有如此反应，对楚归来说反是可喜可贺的。

楚归自然是个一点就通的人。

第4章

危机四伏

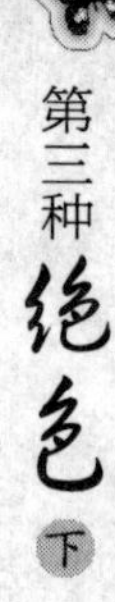

1

楚归揽着继鸾的腰，隔着层层衣裳感觉那底下的温，曾跟她一并经历的那些珍贵的场景忽然在脑中翻江倒海。

做梦也想不到，今生的情动，竟落在面前这人身上。

大概这是一种魔障，他的眼里就只有她，就像是楚去非说的一样……起初不觉得如何，但是越看越觉出那可贵可爱来，举世无双。

楚归听到自己的心怦怦地跳，几分紧张，几分温柔，几分欣喜。

都是因她而起，他觉得满意极了。

而相对于三爷的意乱情迷，继鸾的脸上一阵红一阵白，感觉到某人的手在自己腰间收紧，他的人也是，靠得越来越近，越来越紧，那脸色也有些不对，双眸望着自己，里头波光潋滟地，叫人窒息的感觉。

继鸾心头没来由地一跳，动作却比心意更快，手上一推，便将人推了开去。

楚归往后一倒，人便靠上了栏杆，身子随着一晃，面上却依旧是笑吟吟地："嗯？"

继鸾瞧着他自在的模样，笑得委实春风荡漾，想想他方才的话，敢情她先前正正经经说的那些话又白费了！

继鸾唇动了动，又忍回去，总之不管说什么对他而言都是耳旁风。这人分明只由着他自己的心意行事，合着别人说的做的都是虚的，只有他认定了的才是真的。

继鸾一想到此，万念俱灰，蔫头耷脑地转身，连说也不想多说了，白费唾沫而已。

楚归见她不做声，机不可失，便抢先一步上前，将她拦住："鸾鸾，先前我说的那些话……有的虽然有些过，但都是我的心意。我的……心意是好的，你说你跟柳照眉没干系了，以后就跟着我岂不是正好？我会对你好的……"

楚归望着继鸾的脸，心里那些话滚烫地跳跃着，有的便蹦出来，他脑中还回想着楚去非提点过的那些"要点"，于是把它们也别别扭扭却又甜甜蜜蜜地扭进来，略结巴地继续："我保证……我不会喜欢别的女人，就只对你一个人好，会疼你的，你要什么都给你……"

楚归想了想，实在不知道还要说什么，耳旁忽地听到狗叫的声音，于是灵机一动，慢慢地又道："祁凤的话，也会好好照顾的……还有你们那只狗……"

他一边艰难说着，一边在心里觉得这样似乎也不对。可是毕竟他在跟她温和地说话，照他的尺度，已经算得上是温柔了，而且说了不少，基本上楚去非交代的几点也说了，这算是个不错的进步。

他抬起手，轻轻地搭在继鸾的手上，想要将她握住，肌肤相接的瞬间，脑中却一片迷糊，更是连自己在说什么都不清楚了。

继鸾本来还算镇静，听到这里，两颊已经火红，又羞又恼，抬头喝止："三爷！"声音却有些发抖，用力将手抽出来。

楚归入迷地看着她："啊？"

继鸾看着他的表情，惊恼之余心里又有些诧异，心中有种奇怪的感觉，视线相对的瞬间，一个迷惑，一个蠢动。楚归缓缓地靠过来，想在那脸上亲一亲，运气好的话或者碰一碰那双唇，然而就在他微微一动这瞬间，楼下却传来一个意外的声音："三爷……"

这声音一响，顿时把那一点儿迷惘、一点儿意动给惊飞了，继鸾刷地后退一步，保持安全距离，同时心中惊跳不已，为了自己那一刹那的迷惑而后悔。

楚归正感动于自己的行为似乎有效，却被这不合时宜的声响打扰，心里大怒瞬间转头，当看到楼下之人是谁的时候，楚归更是倒吸一口气，怒不可遏地叫道："这婊子又回来了！来人！"

连继鸾也惊了一下，盯着楼下那人有些不能相信，原来这楼下出现的人，居然正是好久不见的密斯李。

密斯李站在楼下，笑嘻嘻地，抬手向着两人打了个招呼："嗨！三爷，陈姑娘……打扰了你们吗？"

楚归手点着她："给我闭嘴，你有胆量回来，就站着别动！"

密斯李道："三爷，我是回来向您道歉的。上回我是有点心急了……但我也是出于对你的一片爱意嘛。"

楚归道："你那也叫爱意，别恶心我了！"

继鸾见两人吵上了，却不说话。她本来是要走的，此刻却站在离楚归一步之遥，并不动，只是双眸却一直都看着密斯李。

密斯李凝视楚归，似乎不经意地又扫一眼继鸾，道："瞧三爷似乎春风得意的，我是不是回来得不是时候啊？你居然勾搭上了别人……"

楚归"呸"了声，却忍不住转头看向继鸾，见她站在身边儿，双眸却盯着密斯李看，那脸上说不出是什么表情，楚归一看，心里头竟一动。

密斯李又笑嘻嘻道："陈姑娘，好像不喜欢我出现啊。"

楚归又听了这句，心里越发摇摆，又看继鸾。却见继鸾仍旧望着密斯李，淡淡说道："李小姐说哪里话。"便不再吱声。

密斯李笑道："上回我急了点儿，对你有些言语冒犯的地方，还请不要介意呀，但陈姐姐是女中豪杰，该不会计较小妹那点口舌之过吧。"

继鸾微微一笑，并不搭腔，这才看向楚归。

楚归正在端详她，见状便又转回头来，这会儿外面老九已经领着两个人冲了进来，密斯李摆手道：“三爷三爷，对付我这么一个弱女子不用这么多人吧？”

楚归狞笑道：“你自己做了什么事儿自己清楚，就该一辈子别在我跟前出现。既然敢露头，那就要知道什么叫以牙还牙以眼还眼。”

老九一摆手，两个属下扑过去要捉密斯李，密斯李尖叫一声，抱头往外就跑：“三爷，你怎么能一点情面也不念！”

老九闪身往门口一拦，竟将密斯李捉住。楚归道：“你跑了后我都没让人去找，已经够有情面了的。拉出去！”

密斯李尖叫着挣扎：“三爷，我来这儿我原大哥可是知道的，他不会善罢甘休的！”

楚归俯身望着她：“不提那个混账东西我倒是不怎么生气，你这是生怕不死啊。”

密斯李挣扎了会儿，听楚归说完，忽然不再如方才一样惊慌失措，反而垂下双手，道：“那好吧，你想干什么？让这些人强奸我吗？”

楚归见她态度忽然大转变，不由微微挑眉。密斯李昂首挺胸，道：“如果这样会让你满意，那你就让他们来吧！”

连同继鸾在内，楚归。老九及两个帮众都给震惊了。密斯李眼睛看着楚归，陶醉般说道：“我会把他们想象成是你的。”

楚归觉得自己像是刚吞了只苍蝇，那两个帮众本来押着密斯李，听了这话也都纷纷松开手。老九都不敢靠前，均敬仰地看着这位女中豪杰。

密斯李见人都退了，却反而嚷道：“来啊来啊！还等什么！”

楚归被她的无耻惊得无言以对，张口结舌了会儿，道：“把这个……玩意儿……扔出去！”

老九勉为其难地上前，把密斯李连拉带拖地弄了出去，见人消失，楚归才叹了口气：“你说这是个什么东西……”转身看向继鸾，却见继鸾望了自己一眼，一声不吭地下楼去了。

楚归叫了声：“去哪？”

继鸾头也不回道：“门口看看。”

楚归略微放心，见继鸾出了门，又有些不放心，想了想，迈步走到朝前门的走廊一处，向外眺望。

楚归见继鸾出了门，果真并未走远，只站在门口张望似的，一会儿老九回来，两人便说起话来。楚归瞧不明白，见两人一块儿进了门回来，才赶紧地又踱步走到楼梯处，做出个缓缓下楼的样子。

顷刻间老九同继鸾进了厅门，继鸾扫他一眼，一声不吭地回房去了。

楚归心里有事当然不会拦她，见她走了，才赶紧对老九一招手。

老九心领神会，走上前来，楚归道："方才在门外，跟你说什么了？"

老九本来以为他是问打发密斯李的事儿，没想到问的是这件，便道："哦……说起这个有些古怪，三爷，鸾姐让我打听一下密斯李的来历。"

"啊？"楚归十分意外。

老九道："我跟她说密斯李是原家堡的远亲，京城里的贵小姐。她的意思是要更详细明白点儿。我还以为是三爷的意思呢……"

楚归略微疑惑，自言自语道："打听这个做什么呢？"

老九望着他，心里有个念头一闪而过，却万万不敢说出来的。谁知道楚归自己瞎捉摸了会儿，忽然说道："对了！"

老九壮着胆子问："三爷，啥事儿呢？"

楚归道："你说，她是不是吃醋了？"

老九浑身一颤，方才他心里也有这个闪念，但凡男人若是自恋起来，大概都无可救药，但老九不是局中人，却有几分明白，知道以继鸾那性子，断然地做不到那份儿上，而且继鸾问他的时候一脸郑重，跟个"醋"是沾不到半点儿关系的。

可是面前这位主儿就不一样了，老九咳嗽了声，委婉地说道："三爷，这个……大概不会吧……"

但楚归越琢磨越觉得颇为靠谱，方才在楼上继鸾看密斯李的眼神就有点古怪，而且楚去非说女人是很爱吃醋的，还教导他有时候不妨用点儿令她们吃醋的招数……如今继鸾打听密斯李的来历，难道是因为在吃密斯李的醋？

楚归想得脸儿绯红："怎么不会？这才是正常的，别看鸾鸾表面上冷冷地，其实她心里也是有我的。"

老九看得听得都十分别扭："三爷……"心里嘀咕——你这完全是剃头担子一头热，可看着三爷兴高采烈的模样儿，哪敢说半个字，恨不得把嘴锁上。

密斯李重新现身锦城之后的几日，锦城发生了三件大事，第一件事就是神风大盗光临了本城邹专员府上，幸好邹家防卫森严，神风大盗只偷走了有限的银元。

据说邹专员震怒，把警察局长怒斥了一顿不说，还请求楚督军出面，让警察局务必限期破案。因为神风大盗在本城做下的几件案子都跟些非富即贵的人员相关，几方人士联名上书，警察局长欧箴迫于压力，只好答应七日破案。

第二件事则是学生浪潮，学生们都在积极组织游行活动。据说锦城之外小日本已经有了小股骚扰，然而本省的军队却仍旧按兵不动。游行之中，难免会有一些冲突，都见了报，有正义之士便开始谴责楚督军的"残暴"跟"不作为"。

第三件，却是本省的最大官员楚去非督军，再度遇刺。

继上回的街头刺杀后，这一回对楚督军下手的，竟是他的枕边人，也是楚去非最宠爱的一个情妇。

说来继鸾也隐约认得，正是上回楚去非遇刺时候挽着的那个身段儿绝佳的女人，原来她竟是个日本人派来的卧底杀手。

幸好楚去非的确如他自己所说的“命大”。那情妇选在跟他颠鸾倒凤的时候动手，自以为万无一失，谁知道楚去非受伤乍惊之余竟能反击，将那女人掐死在身下。

这件事传扬出去，有报纸写了好大一篇曲折离奇的小说，极大地丰富了锦城百姓的茶余饭后八卦娱乐。

楚归去探望自己“多愁多病”的大哥，见督军大人伤在了颈间，差点儿就一命呜呼，精神却还是好的，正在办公。

楚归有些后怕：“倘若那女人的凶器上加了毒，你就没法儿在这儿耀武扬威了。”

楚去非哼道：“你当你哥真的什么都不知道？早就有些怀疑她了，暗中防着呢，那个贱货……”

楚去非想到那千娇百媚的女人，没想到竟是条美女蛇。虽然他见惯风月，又知道对方是敌人，因此下手毫不留情，可“一夜夫妻百夜恩”，心里还是有点儿异样。

想到那女人没有在匕首上下毒，暗恨之余稍微觉得有些欣慰，却不知那美女蛇只是自以为吃定了他所以大意了而已。

楚归咬牙切齿：“既然知道是条毒蛇，还放在身边儿，不咬你咬谁？该。”

楚去非叹道：“这几天的事儿一波一波地，没个消停，人都说山雨欲来风满楼，果真如此。”又道：“别说我了，上回跟你提的事，再不赶紧决定就晚了。”

楚归知道他说的是让自己离开锦城的事儿，便道：“那个你就不用想了，我是不会走的。”

楚去非头疼：“算了，我也知道难勉强你。对了，那个什么神风大盗，最近也闹得不消停，如今多事之秋，还有这号人出来搅局，美其名曰什么‘劫富济贫’，纯属添乱。你那有没有什么风声？尽快把这个人找出来……”

楚归脸色略有异样，干笑道：“是不是那姓邹的最近扰得你厉害？”

楚去非啐道：“人家可是上面直系派来监督的……当然比别人更有脸。”

楚归咳了声：“行了，我给你看着点儿……找几个弟兄查查吧。”

楚去非点点头：“学生们也闹得厉害，我记得……陈姑娘的弟弟也在学校里，你看着点儿啊。最近有消息说，游行的队伍里常常掺杂着些奸细，伺机闹事，那些个个都是心狠手辣的主儿。学生们热血不知道内情，他们下手害了人，学生们还以为是我们动的手……”楚去非吐了会儿苦水，及时打住道，“总之你看好了人，别让他进去掺和，真要那么运气的话可就……”

楚归心头一紧：“行，我知道了……最近小日本的奸细运动得挺猖狂啊。”

楚去非难得地一脸郑重：“是不得不防了，都爬到我床上来了……你也多防备着点儿。”

楚归笑：“那我可不担心，我床上没别人。”

楚去非白了他一眼：“对了，最近密斯李又回来了，近来在家里看见过她两次。”

楚归一听这个，烦得无法：“哥，那不是个好东西，她上回想要迷……那个啥我……我下令让兄弟们见了她就奸杀了事，本是想吓唬她别让她在锦城蹦跶的，到底是个女人不是？可上回她回来后，你当她怎么着？”

楚归把密斯李在自己家客厅那番惊世骇俗的表现叙述了一遍，把楚去非乐得不成，笑着笑着，扯得伤口疼。

楚归道：“总之你让大嫂别跟她搅合，我这辈子都不想见到她，简直丧心病狂，原先想吓唬她的，惹烦了，真杀了了事，可别怪我事先没说过。”

楚去非道：“唉，近来我事儿忙，未免疏远了你大嫂，她闲着也是无聊才会跟密斯李凑在一块儿吧，今儿我回去跟她说说。”

楚归点头：“行，总之你上心点儿，别让那疯子真作出什么事儿来。”

楚归跟楚去非室内交谈，继鸾便站在门口。楚归说完后出来，继鸾跟着三爷往外走，楚归便道：“方才在里头跟哥说的话都听到了？”

继鸾坦然应了声：“是。”他又不曾命她离开，只叫她跟着。她的耳力好，能听的都听了不足为奇。

楚归道：“祁凤这两天倒是乖，并不曾惹事，但这时候多事，还是要防着点儿。叫我看，把他留在家里头倒是安稳些。”

继鸾默然无声，楚归又道：“瞧他跟林瑶那小妞儿处得不错，但我听说林瑶最近要动身往什么美……没什么奸国去，她爹是个老狐狸，看局势倒是挺准的。老东西大概是嗅到什么不对了，催着她动身，上回林瑶跟祁凤说的那些，你还记得吗？”

继鸾正有几分忧心，听了这个，越发就忧心忡忡，乱世之下，焉有完卵？如今她是陪着祁凤，好好活一天便赚一天，但是若真的又炮火四起，那可真是……

楚归打量着她的脸，见她双眉蹙起，显然是正在忧虑的，他便放慢了步子，轻声试探着说道：“鸾鸾，你想不想让祁凤也出去避避风头？”

继鸾一惊，便抬眸看向楚归，目光竟有几分凌厉。

楚归心头一悸，忙道：“我没有别的意思，但是你看……你也听见了，大哥都有意让

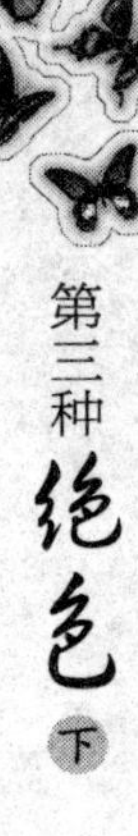

我离开锦城，可见局势是真的要不好了。你又那么疼祁凤，所以我才想……是一片好意嘛。”

楚归这可真是一片好意，继鸾心头转了转，却也明白，但她跟祁凤骨肉情深，从小又照料祁凤长大，哪里舍得就跟他分开？何况是漂洋过海的异国他乡？那将来能否再见还是个问题。

继鸾心里明白，又看楚归急急解释——三爷对谁这样儿过？那神情里还带着一丝小小地委屈般，继鸾便闷声道：“对不住……多谢了，三爷。”

楚归见她肯出声，还不是坏腔调儿，便又说道：“嗯……别说这些见外的话，我只是想要你高兴而已，我也明白，你跟祁凤姐弟情深嘛，就像是我跟大哥一样。大哥为着我好想让我走，但是我哪里舍得？就是这个意思……”

继鸾听着他一番解释，心头一动，莫名地就揪痛起来。

楚归又碎碎念道：“只是我想让你知道，我是愿意为你……咳，你们姐弟做点儿事的，你懂？”但凡涉及跟她之间，向来能言善道的三爷就有些语焉不详了。

继鸾叹了口气：“我懂三爷的好意。”

楚归见她肯答应，也松了口气：“行行……那咱们就先回去，不，还是先把祁凤接家去吧。”

继鸾见他有些高兴似的，便也跟上。

楚归出了门，将要上车，忽然又想到一件事，趁着兴致，又见继鸾肯对他“放松”似的，便问道：“对了鸾鸾，上回你跟老九打听密斯李的出身，是为了什么啊？”面儿上镇定着，心里却怦怦跳，一边仔细看继鸾。

继鸾面色倒仍是平常，道：“三爷知道了？我……只是有些奇怪……大概是我多心了。”

“什么？”楚归见她有些迟疑，哪肯放过，忙又问。

继鸾想了想，终于谨慎说道：“三爷别笑我，只不过……我总觉得密斯李有些奇怪……”

楚归一听，大笑：“她哪里是奇怪而已，她简直是奇异……奇葩……”

继鸾听着他的话，不知为何心里头感觉更有些古怪，便摇头：“三爷，我不是那个意思。我的意思是，密斯李她、她好像是个练家子。”

楚归正笑着，闻言怔了怔，那笑影也渐渐敛了：“练家子？”

继鸾有些不安，便仓促一笑：“大概……是我看错了，但是……”

自从密斯李出现，不管是在继鸾面前还是楚归面前，都是一副神经粗大过分的奇异形象，可是却从未有“动过手”之类的，但是对继鸾来说，习武之人，身上自带一股

“气”，同道中人的话，是可以彼此看出对方是练家子来的，但凡是练过武，那举手投足里，跟普通人绝对是有所不同的。

密斯李虽然不曾动手，但从头一眼见她，继鸾便觉得异样，可是细看，却又瞧不出什么来。

一直到密斯李对楚归用强的那天，继鸾不顾一切闯入房中打断她的好事。密斯李惊怒之下，挥手打向继鸾……

就在那一瞬间，继鸾从她身上感觉到一股浓烈的杀气，而那种杀气，也绝对不可能从一个手无缚鸡之力的弱女子身上散发出来。

当时也有这一点的原因，才让继鸾心生警惕，坚决地跟她扛住，逼得她中断好事仓皇离开。

但是密斯李那时候很快走了，因此继鸾便只将此事埋在心里。

没想到她去而复返，当那天密斯李出现在楚归楼下得时候，继鸾便又好好地打量了她一番，却见密斯李又变成昔日那个疯疯癫癫似的……但那种异样的感觉仍在。

继鸾解不开这谜团，心里就沉甸甸地。她宁肯相信自己是错觉，不然的话，若是一个习武的人能做到跟普通人一样举止、气息，那只有两种可能，一种可能是她的武功只是微不足道，所以没有武道的那种气，但另一种，则是因为她的武功极高，但是有心隐瞒行迹……

继鸾想不通后一种的话，密斯李究竟是为了什么才如此。

但是当日密斯李挥掌那瞬间的杀气，却又着实纠结着她。

这两天老九打探来的情报也无甚可取，无非仍旧是老一套而已，只补充了点，密斯李如今正住在原家堡。

继鸾想不通，恰巧楚归又问，她便正好直言相告。

“或许没什么……”继鸾呐呐道，是自己多心了吧。

楚归看一眼继鸾，目光下垂：“练家子、练家子……”他喃喃两声，忽然间眉头一皱，整个人霍然起身，从黄包车上跳下来。

继鸾吓了一跳，楚归却回身又进了楚去非的官邸。他走得飞快，几步冲了进去，楚去非见他去而复返，便道：“怎么……”

楚归道：“大哥，密斯李现在还在你家里头？”

楚去非皱眉道：“好像是……哦对了，我隐约听你大嫂说，今儿她们要去逛街，发生什么事儿？”

楚归咬了咬唇：“不行，马上派人去……把大嫂接回来！”

楚去非吓了一跳，但他虽然不知道什么事，却对楚归有极大的信任，当下急忙唤了个

副官进来："去看看太太去哪了，接人回来！多带几个人去！"

副官接了命令出门。楚归这边儿已经也吩咐了几个手下赶去。楚去非这才得空问道："到底怎么了？"

楚归看一眼继鸾，又看看楚去非，才道："大哥，没事儿……等大嫂好好地回来……再跟你说。"

楚去非看着他慎重的模样，心头没来由地一沉，竟有种不祥的预感。

派去的兵很快地就回来了，带回来的消息让在场的几个人都有些窒息：林紫芝所乘的那辆吉普车被人劫了。劫车的人杀了两个警卫员，伤了几个士兵，开着车劫了林紫芝扬长而去，据说车上还有密斯李。

楚归听了这个消息，脸如冰山般冷清，早在回来跟楚去非报信的时候，他已经做好了两面打算，因此就算听到最坏的那一面果然成真，却也喜怒不形于色。

楚去非却气得浑身发抖，又关心情切，一拳打向桌面："这是怎么回事！"

楚归心里大约知道发生了什么，但是这事干系太大，一说出来恐怕不会善了。继鸾站在门口，只觉得心跳不已，也隐隐地猜到几分，却兀自不大敢信。

楚去非扭头看向楚归："小花，这到底是怎么回事，你……你跟我说。"

楚归深吸两口气，就算他不说，楚去非迟早会知道，不如说了，让他自己决断。

楚归便道："哥，这件事大概跟姓李的脱不了干系，她被我恐吓，本来不敢回城的，这一回会来，肯定别有所图……前些日子原绍磊又忽然出现在锦城，你也说……原家堡的人不大好控制了……"

楚去非惊得浑身发颤："你是说，这件事是密斯李给原家堡的人打前锋？他们……劫走你大嫂是为什么？"

楚归想了会儿："恐怕他们很快就传信来了……不，让我派个人去。"他说着，又道："大哥，你别急，总有解决的法子，现在锦城事多，你又伤着……我瞧着这帮孙子是瞅准了故意让你乱，越是这时侯，你越要稳着。"

枕边人生生地被劫走，楚去非哪里能稳住？恨不得调兵出去把原家堡剿灭了，听了楚归的话才生生按捺三分："行，我知道……我不乱，小花你别派人，你大嫂的事，我自己处理……如果不行，再想法儿。"

楚归见他这么快冷静下来，就一点头："好的，大哥。"

楚去非稍微镇定，又看楚归，勉强一笑道："小花，你也有你要处理的事儿，就先去忙吧，咱们随时通信儿。"

楚归眨眨眼："好，我听大哥的。"

楚去非看着楚归转身出门的背影，他是他最可靠的后盾，或者说他们彼此为彼此最可靠的后盾。但在此刻，楚归是他最听话的胞弟，让他在这最混乱的时刻，心里头还有一方最安稳的所在。

楚去非送楚归走了，才回身又恨道："区区原家堡多大点儿地方，也敢来撩虎须，逼急了我，让他们尝尝滋味！"

楚归出了门，上了车后，拍拍旁边的座位："你上来。"

继鸾本是要到后面的车上的，但听了方才兄弟俩的谈话，又看楚归脸色如此，便一言不发地也上了车，就坐在楚归身边儿。

黄包车起了往前而行，楚归并不说话，只是靠在车上，垂着眸子似乎在想事情。

继鸾本以为他要跟自己说什么，见状便也沉默，如此走了半路，楚归才道："我就该把那狐狸精早点干掉的，是不是？"

继鸾心知他说的狐狸精就是密斯李了，便道："三爷，你又不是神仙，想不到那些的。"

楚归移动目光，看向她，看了会儿，才苦苦一笑："难得你居然能安慰我。"

是啊，继鸾说的对，他也不是神仙，无法算无遗策，又怎么能知道，北平来的贵小姐，留洋回来的人物，居然是个练家子，而且还会在关键时刻横出一刀？

他又不是继鸾这样的武功高手，能从最细微处看出不妥来，何况密斯李有心隐藏行迹。

但是，楚归也知道，因为他"轻敌"了，因为密斯李是个女人，又是个痴缠他的女人，所以他心里有份轻视跟怠慢，故而不曾细细留心。不然的话，以他的聪明敏锐，恐怕也会看出些许端倪。

而如今，大嫂被劫走了……原家堡，原家堡究竟想干什么呢？

楚归怔怔出神，黄包车一个颠簸，竟颠得他猛地晃了晃。继鸾正在旁看着他，见状不动声色地手臂一探，拦在他的胸前，将他稳住。

楚归低头看看她的手，又看看她的脸，对上她沉稳的双眸，如浮云般杂乱的心思忽然奇异地平静下来。

"继鸾，"楚归的声音放低了，缓缓说道，"我有个问题想不明白，你帮我想一想……"

继鸾听他唤自己的名字，而非亲昵的"鸾鸾"，就知道楚归在想正经事，便道："是，三爷。"

楚归抓住继鸾的手，将她团在掌心里，继鸾有些意外，本能地往后一挣。楚归却握紧了不放，继鸾看着他的神情，终于不再挣扎。

楚归问道："有一富户，家里头正在乱，小的们不听话整天起哄，还有家贼在里头窜

来窜去地闹事……从上到下地不消停，但与此同时，隔壁有个穷鬼，却正琢磨着要打劫这富户，甚至纠结了几个流氓，拿着刀在撬门了……”

继鸾认真听着，听到这里心里一惊。

楚归沉吟着说道：“那门扇都岌岌可危，就在这个功夫，这富户的小儿子抢了大儿子的媳妇……”

继鸾心里头雪亮，知道楚归说的不是富户跟穷鬼这么简单，不由地更上了心。

楚归握着她的手，转头看向她：“你说，这人家的小儿子为什么要在这个节骨眼上闹腾？”

继鸾皱着眉想了想：“也许这小儿子是个傻子，或者是个丧心病狂失心疯的。”

楚归点点头：“说得对，有可能，有可能……”

继鸾硬着头皮才说出自己心里的感受，论起动脑子来她可自诩不如三爷多矣，见他居然说自己“说得对”，心中竟有些欣慰，不由地露出一丝笑容。

楚归看着她的笑，慢腾腾地却又说道：“但是，或许还有另一种可能。”

继鸾一听，心又立刻绷紧起来：“啊？还有什么？”

楚归道：“如果这小儿子不是个傻子，而是个精明人，他又为什么这么做呢？”

继鸾恨不得抓头，这个她却猜不到了。

楚归却冲着她微微一笑，自己说了答案：“鸾鸾，你说……有没有可能，这个精明的小儿子跟那个正在撬门要打劫的穷鬼联手闹腾……好除掉大儿子？”

楚归这句话说得很慢，甚至有几分悠闲调侃的味道，但听在继鸾耳中，却凭空多了几分阴森可怖，继鸾竟然忍不住打了个寒战！

楚归说的当然不是富户跟穷鬼那么简单，他只是打了个比方。

锦城就像是这个富户，而撬门的穷鬼则是那入侵的小日本，大儿子可以说是楚去非所代表的一派，小儿子是指原家堡。

那么剩下的事情就简单多了。

继鸾觉得原家堡是失心疯了，才在风声鹤唳的时候做出这种事，但是楚归却想得更多：原绍磊不是个愚笨的人，绝对不会凭空惹怒楚去非的。原家堡近年来势力虽然膨胀得极快，但却仍旧抵不过楚去非的正规军厉害。

原绍磊如此，简直像是儿戏，又有点……要挑衅的意思，且正选在这个多事之秋，在楚去非“焦头烂额”的时候！

外人只能看到原家堡的所作所为如在示威，但是楚归却想得更深。

“应该……不至于吧。”继鸾艰难地说。

一瞬间，继鸾也想到很多：在原家堡的栗少扬，栗少扬跟着原二少，相比较原绍磊而言，原二少原振业，更似是个明白事理也更好说话的人。如果原二少也能在原家堡说上话儿，事情大概不会闹到这个地步。

但林紫芝被原家堡的人劫走，那原二少现在如何？栗少扬现在又如何了？

继鸾绞尽脑汁想了想，忽然说道："三爷，你说有没有可能……这件事只是李小姐所为，跟别人无关？"

"她？"楚归看向继鸾，"她再怎么闹腾也不过是女流之辈，总不会有胆量做得这么过分，再说她这么做是何用意？"

继鸾当然想不到："她……"还是觉得哪里有点不对，但是……任凭再怎么想也想不出来。

正在继鸾沉思的当儿，街头上一人站住双脚，怔怔地望着黄包车驰过的方向，旁边的人连叫数声"柳老板"，才让他回过神来。

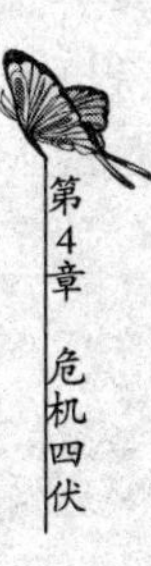

第5章

深入虎穴

1

柳照眉不经意一个回眸，将黄包车上两人情形看了个正着。继鸾面上含笑似羞似欣喜微微低头，对面楚三爷望着她亦是含情脉脉，他的手里还握着她的手……

单看此情此景，好一对女才郎貌，佳偶天成。

柳照眉不能相信。

是他自己选择了放手，或许可以叫做放手，本来无怨无悔，是明智之举，但是在亲眼看到这一幕的时候他忽然发现，他像是做错了选择，心好像被什么啃着，悲酸绞痛。

过去的那些日子如许糟糕，本来以为自己已经经历了最坏的，但直到此刻才发现，还没有，远没有……

目送车远去，柳照眉站在原地，看着自己的躯壳在跟人谈笑周旋。他的魂魄却在半空里，木然呆立，无知无觉。

到了傍晚，楚去非派去原家堡的人带了信儿回来了。

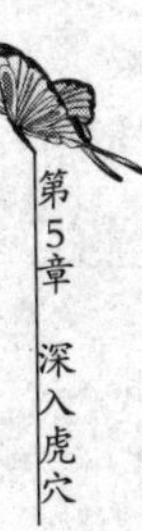

楚归自也叫了人去跟随探听，两派人回到锦城，兵分两路。楚归这边儿的回来，不大敢进门儿，在门边上站着，跟老九说：“九哥，你说我进去怎么说咧？”

老九道：“舌头在你嘴里，照实说啊！赶紧地，三爷等急了！”

那人愁眉苦脸，忽然骂骂咧咧：“原家堡的一帮孙子，瞧着就是欠收拾，我是万不能跟三爷说的，倒是大爷那边儿，也不知道听了会怎么地。”

老九一听：“真说什么不好听的了？”

那人气愤难平：“要真是不好听的也就算了，当他们放了个屁！当时……大爷派去的人说要他们把大奶奶交出来，万事太平，”看看左右无人，小声道：“你知道这帮孙子怎么回的？”

“你倒是说啊！”

那人吞吞吐吐道：“他们……他们说要三爷亲自去……才肯放人。”

老九惊了惊：“我日！”

那人又道：“这还不算，还把大爷派去交涉的那人打了个半死，幸亏我离得远，见机不妙跑得快。”

两人面对面，都有些无精打采，正在沉默里，却听得门内有人说道：“这件事我跟三爷说吧。”

老九跟那人急忙转头，却见继鸾站在门边，目光平静地看着两人：“瞧着时候多了点，就出来看看，我先进去了。”

老九顿了顿，急忙跟着入内，那送信的人想了想，也有些忐忑地跟了进来。

继鸾进了厅，楚归正在椅子上坐着出神，见她进来才道："有信儿了？"

门口两个人齐齐紧张起来，继鸾敛了手："原家堡的人回话说，要想大奶奶回来，就让三爷去一趟。"

老九跟那报信的双双一晕，没想到她真敢直接就说出来，两人面面相觑，眼中都透出对继鸾的无限佩服来，送信的更嘀咕："九哥，您瞧人家鸾姐，方才让你进来说你还不肯哩！"

老九用力踹了他一脚："闭嘴！"又细听厅内情形。

继鸾说完，本以为楚归会大怒的，没想到三爷依旧平静坐着，不动如山似的，只在脸上透出一个冷峭的笑。

继鸾见状，知道三爷自有章法，心便又安稳了几分。

楚归想了会儿，道："大哥那边，这会儿估计也知道他们的回话了？"

继鸾道："是。"

楚归眼睛闭上，又睁开："这个也不知是原绍磊的主意，还是……倘若我去，变数万千，倘若不去，如果大哥再是个心窄的，就得恨我，哼……"

继鸾低着头，默不作声，只听三爷说话。

楚归又道："他们是瞅准了现在局势复杂大哥不能轻易发兵啊，真打得一手如意算盘……"

继鸾见他沉吟，便轻声问道："三爷，大奶奶留在原家堡，稳妥吗？"

楚归眉峰蹙起，脸上便显出一种奇异的表情来，继鸾跟随他这些日子，一看这神情，心头一紧。

楚归道："原绍磊是个聪明人，本来应该是不会有什么意外的，但是……"

继鸾竟不敢问，可是心里又极想知道答案，却见楚归想来想去，道："我还得去见见大哥，对了，祁凤回来了？"

继鸾道："回来了，在自己房里头，我陪三爷走一趟。"

楚归看着她，缓缓起身，将迈步之际又停下，回头看着继鸾，慢慢说道："鸾鸾，倘若……"

继鸾本是垂着眼皮儿的，闻言便抬眼看他。

楚归手握在腰间，手指在拇指的扳指上徐徐擦过，终于说道："倘若我要往原家堡走一遭，那是极凶险的，你……肯不肯……陪……"

楚归还没有说完，继鸾又垂了眼皮，却淡淡道："三爷若是想问我肯不肯陪你走一遭，那就不必浪费时间了。我是三爷的保镖，总不成三爷在外奔走，我在家安闲无事。"

楚归噗地笑出来，手指一点继鸾："你看你，我早说我就喜欢你……这点……"眉眼儿复又荡漾了几分。

继鸾见他故态萌生，却板起脸道："三爷还是趁早别误会其他的，赶紧去大爷府上吧。"

楚归才收敛了，笑道："这会儿你竟训唤起我来了，可是三爷还是喜欢的。"话里轻薄着，却转身真往外走。

楚府留了一些属下护卫，非常时期，老九跟继鸾一块儿跟上了楚归去见楚去非。

楚去非果真在大宅里头，孤零零一个人坐在华丽的大厅内，见了楚归来，才有几分精神。

楚归并不客套："大哥，收到信儿了？"

楚去非点头，也直接说："原家堡是逼我跟他们开火呢。"

"我看不是，"楚归道，"他们是在玩什么花样，大哥，不如让我走一遭，看看他们到底在干什么。"

"胡说八道！"楚去非勃然大怒，翻脸道，"就算是跟原家堡打死了，也不许你去！"

楚归见他动怒，忙劝慰："我就一说，你叫个什么劲儿，脸红脖子粗的，青筋都爆出来了。你脖子上有伤，再这么冲动下去爆了伤，人家原家堡的人不费吹灰之力，就等着看热闹了。"

楚去非这才叹了声："小花……"他坐回沙发里，想了会儿，道："谅他们不敢对你大嫂怎么样，退一万步说，就算真的……我也不能拿你去冒险，你给我记着。"

楚归正想说话，楚去非又道："再说天无绝人之路，方才警察局长欧箴来了电话，说是有个法子……等会儿他就来了，且等看看。"

楚归诧异："他？他有什么法子？"

楚去非道："听他颇有几分自信，死马当活马医吧！"

两兄弟在厅内说着，继鸾站在门口上，正听到这里，便又听外头传来一阵脚步声响，楚去非的副官领着两人正冲这边走来。

继鸾凝眸一看，心头大震，望着那来人，震惊之余忽然有些明白了楚去非说的那个"法子"是什么……浑身的血液都在一瞬间冰冻起来似的！

楚去非的副官领进来两人，一个是锦城的警察局长欧箴，一个却是金鸳鸯的柳照眉。

欧箴一边走一边正跟柳照眉低低地说着什么，一脸的堆笑。柳照眉却是没什么表情，冷冷清清心不在焉似的，不期然里看到门口的继鸾，那眼睛顿时才直了，身段儿都似僵了几分。

副官领着两人走到门口，道："请稍候，我去通报一声。"

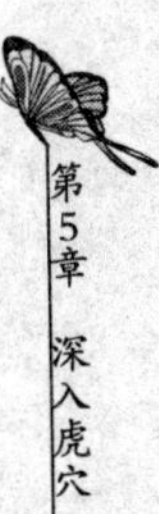

欧箴站住了脚，见继鸾站在门口上，也不以为意，只对柳照眉又低低地说："柳老板，你且听我的，若是这一遭成了，便是数不尽的好处……"

柳照眉不言语，眼睛时不时地看向继鸾。

继鸾听了会儿，便道："欧局长，是什么这一遭？"

欧箴见她忽然发声，才转头看她："哦……陈姑娘……"虽然耳闻楚三爷跟身边儿的女保镖关系暧昧，但保镖终究只是保镖而已，如今还在门口站着呢。欧箴自然不把继鸾放在眼里，只是面儿上仍旧笑眯眯地。

"这……"欧箴正要再说，那副官已经出来，道："督军请二位呢！"

欧箴笑哈哈地，对继鸾一点头，转头看柳照眉："柳老板，请。"迈步望内走。

欧箴一动，柳照眉站在原地，静了一静后便也迈步往里走。继鸾望着他平静的神色，有什么东西在身体里就往上撞，看他将要走过自己身边那刻，一伸手就攥住了柳照眉的手臂，低声问道："是不是叫你去原家堡？"

柳照眉眉一动，转头看向她。

继鸾盯着他，等待一个答案。却见柳照眉终于轻轻地开口："你还理这些做什么？我去不去，也没什么两样。"在继鸾手上一推，迈步进了厅。

继鸾站在原地，那手还僵在半空，维持着曾握住他的姿势，整个人茫然失神。

2

楚归回头，看到柳照眉进来，心里顿时也是一片雪亮。

前几日原绍磊在锦城闹腾的时候，楚归跟他撞了个正着，知道原大少对柳照眉是有一份贼心的，这会儿欧箴把柳照眉弄来，来意不言自明。

楚去非跟柳照眉却并不很熟络，只知道他是个戏曲界的名角儿，也不知道原绍磊跟柳照眉间的那点儿干系，一看是个戏子，双眉便一皱，不知欧箴这会儿把他叫来是弄什么玄虚。

欧箴上前，简略将人介绍一番，才又笑哈哈道："督军，你有所不知，这位柳老板，跟原家堡的原大少原绍磊是有些交际的，倘若让他去说和，会说服原绍磊将人送回来也不一定。"

楚去非一听，原来是这个意思："是吗？"就才正眼看向柳照眉，却见他眉目清秀过人，那样静静地站在原地，自有一股气质。

欧箴见柳照眉不言语，就轻轻推了他一下："柳老板，督军跟你说话儿呢。"

柳照眉抬眸，对上楚去非的双眸，楚去非见他眸色淡然，竟有种空寂之意，不由一愣。

两人目光乍然一对，柳照眉复又垂眸，简单道：“是吧。”那声音却是带一点儿冷，就像是冷笑似的。

楚去非原先没往那方面去想，此刻看了柳照眉的态度，心里才转了个圈儿，琢磨出一点儿异样来，当下就皱眉看欧箴。

欧箴咳嗽了声，正要再说，却听楚归在旁边开口道：“柳老板是自己想去，还是迫不得已啊。”

欧箴一听，汗刷地涌出来，手在袖口一摸，想掏块帕子出来又忍住。

柳照眉仍是那副木然的模样儿，也不看楚归：“能为督军效劳，自然求之不得。”

欧箴听了这话，心头稍安。

楚归却轻轻哼了声，几分不屑地看着柳照眉。

楚去非见楚归几分针对柳照眉，却顾不上理会这些，只道：“柳老板，你真个可以去原家堡？倘若果真能说服那姓原的，我倒是真的要大大地谢你一番……不管你要什么。”

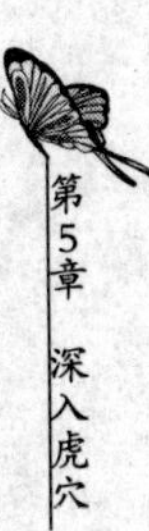

柳照眉听了这句，便抬眼看向楚去非：“督军是说真的吗？”

欧箴有些意外地看向柳照眉，楚去非则一怔，继而说道：“那当然是真的了，大丈夫一言九鼎。”

柳照眉看了会儿，忽地又垂了眸：“罢了，必是不能够的。”

楚去非皱眉：“这话是什么意思，难道当我会说话不算数？”

欧箴也笑道：“柳老板你可真是的……督军是什么人物？你想要什么，你说就是了，这锦城里上上下下地……不都得听督军的？”

楚归却琢磨地望着柳照眉，正巧儿柳照眉也看向他，忽然就说道：“我要的是一个人，若是督军能给，我拼了死也会让原绍磊把大奶奶送回来。”

楚归一听，顿时就猜到他要什么，便瞪向柳照眉。

柳照眉浑然不惧他的眼神，反而同他平静对视。

欧箴在一边儿看了个稀奇，他自然不知道柳照眉的心意及跟楚归的那点儿过节。楚去非瞅了会儿，瞧出两个人有些不妥当的，便道：“柳老板……”

柳照眉看向他，楚去非咳嗽了声，面色古怪，说道：“你要的人……该不会是我弟弟吧？”

这话一出，石破天惊，柳照眉面色大变，继而尴尬。楚归也万万想不到自家大哥竟会这么猜，一时整张脸都黑了。

欧箴也是肥胖身子一颤，这会儿真忍不住，把帕子掏出来在脸上上上下下地擦，擦得

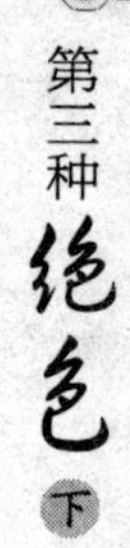

一张肥脸一道白一道红。

柳照眉轻轻咳嗽数声，苦笑道：“督军真会玩笑，我当然是不敢的。”

楚归狠瞪他一眼，咬着牙看向楚去非：“你还真敢说啊。”

楚去非松了口气，面露笑容：“哈哈，哈，开个玩笑……”但是方才看两人对视，好一种又爱又恨爱恨交织的眼神啊。

楚归不等柳照眉再说，主动说道：“柳老板，你是想要继鸾吧。明摆着跟你说，陈继鸾早已经是我的人了，你别做梦！”

柳照眉淡淡一笑，楚去非这才知道柳照眉竟然对继鸾有心！一时震惊，心头竟想：“呀，我还以为只有我这个没试过滋味的弟弟才能慧眼独具，没想到连阅尽千帆的人物竟也为她动了心，这陈继鸾还挺招人爱的……”

楚去非心里嘀咕了几声，那边楚归道：“哥，我看还是我去吧，我不信原家堡能把我怎么样。先头来的时候已经说好了，继鸾会跟着我，有她在，原家堡的那帮哪是对手？”

楚去非见他又不依不饶起来，嘴角一扯：这分明是个惊险的活儿，他却当是什么好玩似的一个劲儿往前冲。当然，说什么陈继鸾要跟着他一块儿，这却摆明是说给柳照眉听得，这醋坛子没治了。

楚去非板了脸正色道：“稍安勿躁！”

柳照眉忽然说道：“三爷自去涉险，却要女人也跟着，这不大妥当罢。”

楚归一听，本是大怒，心头一转却又道：“我们是夫妻同心其利断金，柳老板你这醋吃得可是很没来头。”

楚去非差点儿喷出一口老血。柳照眉冷冷道：“三爷成亲了吗？”

楚归见他满不在乎的样儿，恨不得把他立刻掐死：“就算是没有又怎么样，该做的差不多都做了。”

柳照眉淡淡道：“是差不多还是差很多，这区别可大得很，再说，就算是那又怎么样？”

欧箴拼命地擦脸，擦完脸又擦脖子，楚去非抬手扶着额头，无言以对。

楚归差点儿破口大骂，硬生生忍下来，伸出一根手指压下火气，心里想该一枪射过去还是乱刀砍死算了，却听得厅门口有人闷声道：“我愿意跟三爷去原家堡。”

厅内的人不约而同地都看了过来，却见继鸾站在门口，略低头，又道：“我虽然不敢保证什么，但是我相信三爷的能耐。”

楚归双眸一亮，烁烁地看着继鸾，这一瞬间，什么区区原家堡，就算是让他上刀山，下油锅也尽数不在话下。他自觉能在刀山上跳舞，油锅里翻腾，欢喜雀跃心花怒放得难以言说。

楚去非喝道：“胡闹！”

柳照眉却默不作声，只是看着继鸾，继鸾本是低着头，这会儿又抬头看向柳照眉：“原绍磊心术不正，柳老板前去无异于羊入虎口，若是给世人知道督军是用什么法子救回夫人，恐怕会有不少耻笑声音。三爷早在来前就跟我说过，三爷有这个能耐，督军为什么不相信他一次。”

楚归回过神来，知道继鸾为什么忽然间出声参与，她是为了护着柳照眉啊……心里头一股酸慢慢趟过，听到最后，却又精神一振。

楚去非呵斥道：“那让人知道我为了女人让自己的亲生弟弟去冒险，说起来会很好听么！”

“哥，”楚归走到继鸾跟前，转身看着楚去非，“鸾鸾说得对，你该信我。”

楚去非心头七上八下，暗暗记恨了继鸾，先头楚归说要去就被他压下了，如今又被她撺掇得其心不死，还要跟自己扛上。

楚去非没法儿说：就算是让林紫芝死在原家堡，他也不想让楚归去冒一点儿险，这个跟信任与否毫无关系。

楚去非看一眼柳照眉，又看向楚归，最后目光落在继鸾身上：“陈姑娘，你对柳老板可是一往情深得很啊。”

柳照眉神情微变，继鸾却不动声色。楚去非哼道：“为了不让他去原家堡，宁肯自己陪我这个蠢弟弟去冒险？但你总该想到，他也不是个傻子，又怎么会受你的撺掇？他之所以这样儿，是想做给你看，是为了你，却不知道这份心意，你受不受得起？”

继鸾低着头，垂在腰间的手微微发抖，她无言以对。手却忽然被牢牢握住，继鸾抬头，对上楚归带笑的双眸：“哥，当着我的面儿说我，你还真好意思，别说些有的没的，我看原绍磊不顺眼很久了，这次一定要踢他屁股！”

楚去非仍旧皱眉，正在这时，却听柳照眉说道：“既然三爷想去，那么……就让我也一起跟着吧。”

继鸾大为意外，又有几分焦急之色。而楚归看着柳照眉，笑道：“哟，你就这么想见原绍磊那头狼啊。”

柳照眉默默地瞅一眼继鸾，才回答：“三爷这么能耐，我跟着的话一定也不会有事的。”

楚归“嗤”地一声。

有了柳照眉“照应”，楚归又坚持，楚去非合计了一番，勉为其难地应承了，又安派了十几个带枪的士兵跟随护送。

三人乘坐楚去非的吉普车出城，本来继鸾坐在中间，楚归把她拉到另一边，自己不由

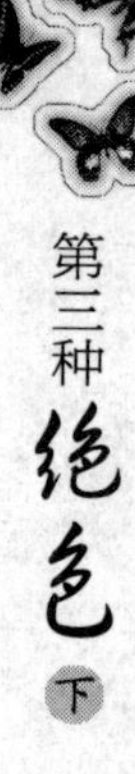

分说地坐到中间去。于是变成楚归在中间，柳照眉跟继鸾一左一右地坐着，楚归意犹未尽，便硬是抓了继鸾的手握在掌心里。

继鸾用力一拉拉了过来，楚归又凑过来，锲而不舍地握住。如此几次，闹得继鸾不厌其烦，当着柳照眉的面又不能呵斥，也无法对他动手，只好不理他。楚归如愿以偿地握着她的手，才得意地瞥了柳照眉一眼。

方才两人这番推拉柳照眉看得很是明白，当下便想到黄包车上那一幕，凝眸想想，大概了然了几分，当下反不觉得难过，只是微微一笑。

车行半路，继鸾问道："柳老板，你其实不用答应的。"

柳照眉见她跟自己说话，便道："我……我是心甘情愿的。"起初当然并非甘愿，但是后来……

楚归一听，醋意上涌，瞧着柳照眉，就想象把他踢下车时候的精彩情形。

继鸾略微沉默，才又问道："三爷，你有什么计划吗？"

楚归听继鸾问起自己，便道："暂时没有……"

柳照眉跟继鸾一起看他，楚归咳嗽了声："车到山前必有路嘛，不用担心，原绍磊就真是头狼，三爷也会咬死他。"

柳照眉嘴角一抽。继鸾忍着笑："三爷加把劲儿，一定成的。"

楚归起初得意，渐渐反应过来她取笑自己，暗中便用力捏捏她的手，继鸾也没反抗，楚归心里便高兴。

楚归这话却说得早了点儿，车子到了原家堡前，还没到镇子，远远地就看到镇外许多人站着，近了看，竟个个背着枪。当中有一辆车，车上坐着一人，吊儿郎当地，见了吉普车来到，便从车上跳下来。

吉普车停下，司机打开车门，继鸾先下了车，而后是楚归，再就是柳照眉，三人一出现，当真都是金镶玉质的人品，原家堡众人眼前均是一亮。

那领头的人则更是神色变了变，目光在三人身上扫过，然后便走过来，一直走到三人跟前，才道："楚三爷真个来了？真是蓬荜生辉。"

楚归见他身形瘦瘦，虽然也生得周正，但脸色却不太好，且年纪轻轻，身形便有些伛偻，像是个抽过大烟的。

继鸾道："这是原家堡的二少。"

楚归才笑道："原来是二少爷，好说好说，其实早就想来原家堡看看，也好多交些朋友，正好就趁着这个机会了，还劳烦二少亲自出迎，惭愧，惭愧！"

原振业也笑得很开心似的："应该的应该的，本来还准备了炮仗呢，但现在非常时期，一放炮仗，很多人以为打枪子儿了，就算了，三爷勿怪！"

两个人分明刚见面，却好像熟络了半辈子，场景感人。继鸾在旁扫了扫，在场众人里并未见到少扬。

那边原二少寒暄了，又分别见了柳照眉跟继鸾。他也没露出跟继鸾怎么熟的样儿，继鸾便也未跟他格外寒暄。

原二少迎着三人入堡，在送他们上车的瞬间，才低低跟继鸾说了声："你怎么也来啦！"时间紧迫，原二少说完这句，便头前上车带路了。

继鸾琢磨着这话，心里一沉，知道这是原二少在报讯：这堡内，指不定有什么等着呢。

3

夜幕降临，从车窗看出去，可见外头灯光烁烁，黑暗中有人持枪而立，戒备森严。

原家堡虽然有个"堡"字，但却是个大点儿的县级镇子，据说很久之前是一个"堡"的形状，随着时代变迁，那原本圈在外一层的堡垒渐渐地土崩瓦解，镇子的范围却相应地往外扩了出去。

但就在原家堡的地角偏北，那才是真正的原家堡主事人所在的地方。在过去的堡垒的基础上重又修建起来的大堡，厚实的墙壁足有三四人高，都是山上运来的岩石垒就。吉普车停着的地方是入门处，门头建得高而结实，像是城墙似的，上面还有人来回巡逻。

这要是打仗的话，一时半会儿肯定是攻不进去的。

楚归揣着袖子打量，心想："怪道原绍磊敢那么折腾，这原家堡还是有点儿门道的。"

原家堡的领袖先头是原老太爷，如今自然是原大少原绍磊了，那守门的人见原二少带了人回来，便开了门，吉普车嘟嘟地往里继续开。

这真正的"堡内"所居住的都是原家的直系亲戚跟守卫，上上下下也有几百号，连同堡外的常驻团练，如果原绍磊一召集，听他使唤的估摸着也有两三千人。

楚归下车的时候忍不住又在心里嘀咕了一句："可真像是个土匪窝子。"

楚归站在前头，继鸾同柳照眉两个在身侧略靠后，一左一右。原二少下车来迎的瞬间，前头的原家宅邸大门之中，大摇大摆地走出一人，却正是原绍磊，他身边儿还跟着一人，也是熟人，正是引出这所有事端的密斯李。

原绍磊敞着外褂，大老远先招呼了声："哟，三爷！您可来了！"

楚归哼地笑了声："原大少有请，怎么敢扫您的兴呢。"

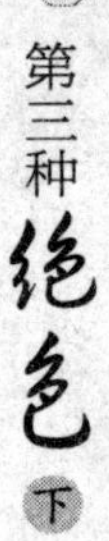

原绍磊嘿嘿笑着，又看向楚归身旁的继鸾跟柳照眉，最后那目光却粘在柳照眉身上，喜道：“柳老板竟也来了？”

柳照眉冷冷淡淡地道：“大少，久违了。”

原绍磊咳嗽了声：“久违久违，那可是，一日不见如隔三秋啊。”

柳照眉脸儿白白地，不去搭腔。

这会儿密斯李道：“三爷，没想到你会真的来。”望着楚归，那神情依旧像是个痴缠热恋的女子般。

但楚归想到她的所作所为，心中发寒，又嫌恶，面儿上倒未怎地，只道：“密斯李，你怎么不多在锦城留几天？三爷想你呐，当然得来看看。”

密斯李嘻嘻地笑：“我看三爷未必是想我，大概是想我死。”

楚归见她言语藏着犀利，便想起继鸾说的她是个练家子，这样儿一听，倒的确是锋芒暗隐不可小视的气质。

几人站在原地，互相暗怀心机地招呼，风卷过，吹得原家大门口的红灯笼晃晃悠悠。

原二少上前道：“大家伙儿都别在这儿站着了，里头说话如何？”

原绍磊才也道：“正是正是，里面儿请！”

这原家的宅子几乎就比楚归家的老宅更大一些，光是前边儿街巷长短就有二里开外，里头的规模由此可见一斑。

原绍磊是早有安排，原家的老少不相干的人一律都在后院，前头腾出来招呼楚归。楚归一脚迈进客厅，见这厅内收拾得干净简单，少几分雅致，多几分粗犷，楚归不管，转向正题：“我说大少，二少，咱们打开天窗说亮话吧，就算是彼此再有什么不快，都是男人间的事儿。你说你们绑了我大嫂来，是个什么意思？”

几个人正才落了座，原二少不言语，原绍磊道：“当着明人不说暗话，其实这纯粹是个误会。我嘛，是因为表妹在锦城遇了险，所以才叫人去帮着把她带回来的，至于楚大奶奶，那可是阴差阳错了。”

楚归道：“这么说是个误会？”

原绍磊点头。

楚归一拍手掌道：“那真是太好了，既然是个误会，那么就请我大嫂出来，我带了她回去不就得了？”

原绍磊却笑起来：“三爷，人当然得给你带回去，只不过三爷好不容易来一趟堡里，怎么说走就走？看看天儿也黑了，路上不太平，倒不如在这堡里住上一宿。”

楚归翻了个白眼：“我睡惯了家里，换地方睡不着，我大嫂在哪呢，请她出来吧？一个妇道人家，经不起你们这么吓唬。万一吓出个三长两短来就不好了。”

原绍磊道：“当然会给三爷见大奶奶，可三爷也不能一点儿情面也不给吧？睡一晚上又不能掉块肉不是？”

楚归听他言语不像，便哼了声：“那你是非留人不可了？”

原绍磊道：“人我是留定了。”

楚归道：“那我不想留呢？”

原绍磊笑：“三爷，到这功夫，你想留也得留不想留也得留。”

楚归道：“就凭你？癞蛤蟆打哈欠，好大的口气。”

原绍磊嗯了声：“还有那么句话，癞蛤蟆想吃天鹅肉，这天鹅肉，就一定要在嘴里头！三爷也知道我是个不信邪的人。”

继鸾见两人似乎有些水火不容，便打量周围，暗暗地做好应付一切的准备，目光转动间，忽地对上原二少的眼神，二少正在大少下手，此刻便向继鸾使了个眼色。

继鸾心头一怔。

楚归坐着，她便站在楚归身后，柳照眉坐在楚归下手，距离她也极近。

此时此刻，柳照眉并不关注楚归跟原绍磊两人，只是望着继鸾，看到继鸾目光顿住，他便也顺着看过去，正好儿也看到原二少那个眼色。

正好楚归道：“你也就在这窝里横，有本事锦城闹去？”

原大少哈哈地笑：“一山不容二虎，三爷是锦城的虎，我是原家堡的虎，上回我在锦城可是吃了亏的……”

楚归双眉一蹙，他在锦城吃了亏，意思是想让自己在原家堡也……

正在这时，却听得有个声音温和地说道：“怎么说的好端端地，就吵起来了？”

楚归跟原绍磊回眸，却见柳照眉平平淡淡地说道：“好好地说着大奶奶的事儿，你们两个争起来算什么？说一千道一万，这事儿是因大奶奶起的，好歹也让先见上一面儿，再说别的。”

柳照眉说到这里，就看原绍磊：“大少您说是不是这个理儿？”

原绍磊目光闪烁，终于道：“当然了……柳老板的话素来是最好听的……”

柳照眉假装听不出他话中之意，又看楚归：“三爷觉得呢？”

楚归怔了怔，道：“好啊。”

原绍磊便道：“老二，麻烦你走一趟，带大奶奶过来。”

原二少起身，答应了声往外而去，继鸾一直望着他，原二少却头也不回地走了。继鸾将目光收回来的瞬间，却见另一个人也跟着二少离开。

继鸾皱了皱眉，脚下不由地就一动，然而看看楚归，却又不怎地放心，到底便按捺着未动身形。

这会儿原绍磊便跟柳照眉又缠磨着说了几句，又撩楚归，楚归道：“大少，瞧不出你还真是个风流中人，但你这回费尽心思地叫我来，总不该只是为了那点儿事吧？”

原绍磊见楚归问起，便才笑道：“我本来是想先谈风月，再谈买卖的，三爷可真是个急性子。”

“什么买卖？”

“三爷总不会以为自己来了一趟原家堡，就轻易地把人带走了事吧，上回我在锦城吃了三爷一枪……”他的眼睛滴溜溜在楚归身上转了一圈，“三爷总要给我点好处才行。”

楚归道：“那你想要什么？”

“好说，”原绍磊笑，“三爷是个爽快人，我也是，我要三爷的一千条枪，还有柳老板的人。”

这话一出，厅内无声，继鸾暗暗恼怒，这原绍磊果真是另有所图，想到方才原二少那个眼神，恐怕他早安排了厉害的后招，倘若楚归不答应的话，大概就会机关尽出……总之不会让他们全身而退。

何况林紫芝还在他们的手上，继鸾心头急转，看向柳照眉，又看楚归，却见柳照眉的神情依旧是那样儿地淡然，似乎从始至终都没有变过，就好像原绍磊说的那些话跟他无关。

继鸾本也以为楚归会发怒，不料楚归只道：“哟，你要的可真不多。”

原绍磊道：“我这个人一向是只要对的，从不贪心。”

楚归竟嘿嘿笑了两声，忽地又道：“这去叫我大嫂的人回来得可有点儿慢啊。”

原绍磊也正觉得有些奇怪，正在这时，就听到一声惊叫从后院传来，而后是啪啪地无数声枪响，隐约有人叫道：“不好了不好了！杀人了！”

原绍磊惊觉事情有变，来不及多说急忙起身往后而去。楚归心头也一紧，赶紧跟上，一行人转过花厅，走廊尽头一转弯，便都被眼前场景惊得心头发颤。

就在眼前有几间房，正中一间房门打开，前头是小空地，周围有假山盆栽之类，但在空地上却横七竖八倒着几具尸体，胸口都带着抢眼，均已毙命。

楚归一看，手顿时握紧，原绍磊不管这些，大叫一声：“老二！”迈步往前冲去，越过这些尸体进了门，隔了一会儿，忽地大嚎了声：“老二！”

楚归顿了顿，忙也跟着入内，继鸾紧随其后，柳照眉想了想，便只站在原地。

楚归跟着进了门，却见那屋内，原绍磊正抱着一个血人，跪地大哭，看那人的衣裳穿着，俨然正是原二少！继鸾吃了一惊，刚要上前查探，却见楚归双眼发直，神情骇然如见了鬼。

继鸾这才抬眼又看，却见在里面的床上，半躺着一个人，半截儿身子在床上，双腿搭在床边，衣衫半裸，露出白生生地大腿，继鸾大吃一惊："大奶奶！"猛地扑上去。

继鸾冲到床边上，却见林紫芝瞪大双眼，死不瞑目，胸前衣裳也被撕开，露出半边身子，手中却握着一把匕首，上面还沾了血。

继鸾心头发寒，想道："这究竟是怎么回事？"看看林紫芝，又看看血人似的原二少，心中涌起一种极不好的感觉。

正在一团阴森混乱间，却见原绍磊一手抱着原二少一边慢慢抬头，扭头看向身旁的楚归，磨牙切齿一字一顿道："三爷，外面那些是不是你带来的人？"

他的脸上带着泪跟血，阴暗的灯光里看来宛如鬼怪，全没有先前的俊秀。

楚归咬牙正要说话，继鸾厉声喝道："三爷快躲！"

楚归本能地闪身，却听一声枪响，一颗子弹擦着他的手臂射了过去，与此同时，继鸾飞身冲向原绍磊！

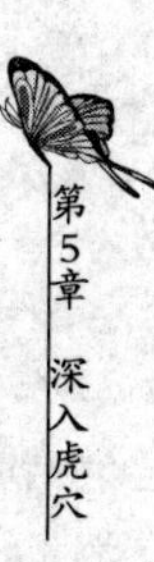

第6章

堡内风云

1

原绍磊见弟弟倒在血泊里，惊怒痛心之下，陡然向楚归发难，继鸾大喝一声，飞身扑向原绍磊。

原大少激怒，本想再向着楚归补上两枪，继鸾腾身过去，一脚将原绍磊手中的枪踢飞："大少！不要冲动！"

原绍磊一手搂着原二少，红着眼叫道："难道不是你们带来的人害了老二的！"咬牙咬得太紧，脸上的肉狰狞抽动，低头又看向原二少，双眼中泪刷地涌出来："老二，老二！"声嘶力竭地，仿佛想要把原振业唤回来。

继鸾仓促里看向原二少，见他双眸紧闭，血从颈间冒出来，将头脸跟半边身子染得惨不忍睹，显然是救不得了。

原绍磊低头这一瞬间，只听得"砰"地一下，原绍磊脑中一昏，向前栽倒。

继鸾吃了一惊，却见楚归手中握着个花瓶，乃是他方才向旁边闪避的时候顺手抄起来的，此刻便一下子打在原绍磊的脑后，花瓶也碎裂开来。

楚归把碎花瓶往旁边一扔，顺势一脚踢在原大少的肩头："你妈拉个巴子姓原的！你们鸡鸣狗盗地害了我大嫂我还没跟你算账你他妈先叫起来了！我日！"说话间，又用力在他身上又踢又踩。

继鸾见楚归发作，急忙将他用力拉开："三爷！三爷！"

楚归被继鸾拉开，兀自气恼，抬头看了一眼床上的林紫芝，一时也有些悲从中来，但此刻他们人在虎穴，倒不是哭号的时候，何况外头也热闹起来了。

楚归咬牙道："先他妈离开这个破地方！"一把拽起原绍磊。原绍磊被他打晕了，全无知觉。楚归将他拉开，原绍磊原先抱着的原二少的尸体便跌在地上。

楚归瞪着眼看了一眼原二少，又看看床上的林紫芝："鸾鸾……"

继鸾已经回身到了床边，对上林紫芝那双瞪大的眼睛，暗叹一声，手在她的眼上一抚令她双眸合上，才又拉起被子将林紫芝包起来，便抱在怀中。

楚归见她知道自己的意思，便也不说了，拖着原绍磊往外走。

外头庭院里着实热闹，楚归带来的人死了几个，原家的人闻风渐渐地都围了上来。楚归把原绍磊往外一拉，叫道："都他妈退下！不然就要原绍磊的脑袋！"

楚归拖着原绍磊，继鸾抱着林紫芝的尸体，逼开原家堡众人，缓缓地往外而行，他们走了几步，离开那门口，便有原家堡的人入内探看，一看二少死在地上，顿时惊叫道："他们杀了少爷！"

楚归心头一沉，忽地听到有人失声叫道："二表哥！二表哥！"那声音竟是密斯李。

楚归跟继鸾对视一眼，原家堡的人围在周围，虎视眈眈，眼睛里都带着仇恨，身后密斯李追上来，尖声叫道，“三爷！你实在太过了，你犯不着就杀了我二表哥吧！.”

楚归喝道：“闭上你的鸟嘴，人不是我杀的！”

“不是你？那又是谁？”密斯李的声音尖细，黑暗中传出极远，“你还想挟持我大表哥，三爷！你说的话谁信！你当原家堡像是锦城一样，能让你为所欲为吗！”

在她的煽动下，周围的壮丁们也纷纷地靠拢，楚归怒道：“都后退！谁敢上来！”手中的枪在原绍磊头上一顶，才又让众人退了下去。

继鸾盯着周围众人，心中七上八下，楚归在前，她在后。继鸾随着楚归走到厅门口，忽地停了步子，低低说道：“三爷，柳老板不在！”

楚归方才也留意到柳照眉不在，这个节骨眼上他跑到哪里去了？楚归不想理会这个，但对上继鸾的眼睛，心中便一犹豫。

这会儿工夫，原绍磊哼了声，整个人幽幽地醒过来。楚归见他醒转，心中更是一沉。原绍磊的功夫比他好，若是他恢复了，恐怕难以控制，倒还不如昏过去那样死沉死沉地容易摆布。

楚归一咬牙，抬起手枪在原绍磊头上一敲，原大少闷哼了声，又晕过去。

周围原家堡的人惊呼一声，有人便闯上前来：“放开大少！”

楚归已经在尽力拖着原绍磊，自然分身乏术。电光火石间，继鸾脚下踏前，步伐轻灵，一腿扫过去，便将那人踢了回去，那人踉跄后退，跌入人群。

密斯李叫道：“把大表哥留下！”居然自己冲上来！继鸾心中知道她会武功，便毫不客气，她双手抱着林紫芝，腿上功夫却更不容小觑，当下便踢向她胸腹间。

密斯李尖叫了声，腰往后弓起，看起来像是个被踢中的样子，继鸾却一惊，她自己知道，她的脚根本就没碰到密斯李的身上。

电光火石间，密斯李叫了声：“我就跟你们拼了！”手一抬，手中居然握着一把枪，正是先头原绍磊被继鸾踢飞的那支，端端地指向继鸾。

继鸾一怔，见密斯李手微动，黑洞洞地枪口点着自己，心中不得不佩服密斯李的手段，她假装被继鸾踢中，却趁这机会出其不意地来这一招！

但是密斯李诡计多端，却不妨继鸾身边还有个比她更能思量的人物，几乎是密斯李擎枪得一瞬，三爷手臂一挥，手上的枪也指向密斯李，两管手枪几乎是枪口对着枪口，三爷望着面前的蛇蝎货色，道：“来啊，看看是你快还是我快。”

密斯李双眉一皱，楚归寒声道：“在三爷面前，你伤不到任何一个人你信不信。”

密斯李盯着他，不由咽了口唾沫，楚归喝道：“不想死的就滚开！”

正在相持不下的瞬间，忽地听到一个声音，苍老而沉闷地，道：“都让开。”

有人惊道："是老爷！"

楚归面前让开一条路，原老爷在管家的扶持之下出来，见状道："退下。"

密斯李叫道："舅舅，他们杀了二表哥！"

原老爷喝道："你连我的话也不听了？一个女孩子舞刀弄枪的算什么？快退下！"

密斯李咬了咬牙，终于垂手，退向旁边。

楚归打量面前的老者，见他两鬓斑白，有些富态，身着马褂长袍。楚归跟他是见过面儿的，当下道："原老爷！晚辈给你见礼了。"

原老爷打量着楚归："小三爷，你客气了。"声音略有些颤抖："听说，你杀了我的二儿子？现在，连我的大儿子也不放过吗？"

楚归本不想跟原家堡的人解释，因为说他们也不信，但是面对原老爷，却不由得他不说："原二少的死的确跟我无关，我们赶到的时候，他跟我大嫂都……都已经死了。"说着，便扫了一眼继鸾怀中的林紫芝的尸体。

原老爷也随着看了一眼："楚大奶奶也死了？"

楚归道："这到底是怎么回事还没有弄清，大少就已经冲我开枪了，我之所以如此，也是迫于无奈。"

原老爷沉沉说道："那现在该怎么办？你要带着我唯一的儿子走？"

楚归望一眼原绍磊："原老爷，我只是需要一个保障，我要现在放开原大少，你们的人得把我跟我的人生吞活剥了。"

原老爷道："那好，我答应你在事情查明前绝不会动你们一根手指，是不是可以先放了绍磊？"

楚归对上这人的双眼，终于一笑："原老爷，您虽然是个人物，我也向来敬重您，但我也知道你丧子之痛，等闲怕也是不会听我们解释的，对不住，原大少还得护送我们一程……我答应你，等我们出了原家堡，就放人，你看如何。"

原老爷沉默，黑暗中两只眼睛烁烁地看着楚归，最终说道："既然如此，好……但倘若是绍磊也有个三长两短，我就拼了我这把老骨头，也要把锦城闹个鸡犬不宁。"

楚归道："恐怕等不了您动手，听闻小日本最近闹得欢不是。对了，我还有个同行的……恐怕是被您们的人给留下了？还请送他出来吧。"

继鸾听他在这时候提到柳照眉，心头一宽。

原老爷转头看向周围："你们谁看到柳老板了？"

在场的人均都摇头，原老爷道："小三爷你看到了，我们这儿没有人藏着你的人。"

楚归还要说："原老爷……"

原老爷慢慢说道："小三爷，不好太贪心吧。"

继鸾一急，楚归却道：“那估计他是先走了，既然如此，那我们也不多留了。”

原老太爷发话后，楚归同继鸾两个出了楚府大门，吉普车还等在外头，守在外面的几个护卫便冲过来，把人接应了上车。

楚归临上车功夫，见原老爷站在门口，盯着他说道：“三爷，且记得我的话，别让绍磊也有个什么万一。”

吉普车往外奔驰而出，原家堡的大门敞开，吉普车狂奔而出，一直快出了镇子。继鸾忍不住问道：“三爷，柳老板呢？”

楚归不答，只是回头打量身后，却见隔着二里左右，有车紧紧追着。楚归低头，抖抖簌簌地，捉住原绍磊双手，将他的手绑在一起。

继鸾还要问，楚归抬手在原绍磊脸上打了一巴掌：“狗日的，醒醒！”

原绍磊本就在颠簸里将要醒来，被楚归一巴掌打的醒转过来，看清楚人在何处，气道：“楚归，我跟你不共戴天！”可惜手被绑着，不然就即刻冲上来。

“闭上你的嘴！”楚归怒地又给了他一巴掌，“你弟弟是怎么死的？”

原绍磊一怔，而后道：“被刀……”说到这里，一时不忍。

“脖子上那么深的口子，”楚归却说道，“你不说我跟你说，是不是？”

原绍磊道：“怎么？”

楚归说道：“你觉得，我大嫂又是怎么死的？”

原绍磊皱了皱眉：“我……谁知道那娘们……”

“你不好说是吧？”楚归极快说道，“她的衣衫不整，看起来像是被奸污了，但是她的手里握着一把匕首，这个你该好意思说吧？”说到这里，真想再打原绍磊几个耳光。

原绍磊一想，果真是这么回事，便道：“你是想说我弟弟企图奸你大嫂，却被她杀了？就算是这样，我弟弟就该死了？”

楚归冷笑：“要真是那样，他还真该死。”

“你闭嘴！”

“你才闭嘴！”楚归分毫不让，又道，“听好！我只是觉得蹊跷，外头那些人的确是我派的。起初我以为是他们发现了你弟弟企图对我大嫂不利，所以杀死了原二少。可是匕首却在我大嫂手里握着，难道原二少是我大嫂杀的？那二少必然是先杀了我的人然后才想对我大嫂动手的，但是我们听到枪声后就很快赶到了，我也不相信二少在杀了我的人后还有兴致。”

原绍磊被原振业的死冲昏了头脑，忽地听楚归一说，心头发凉之际又莫名暴躁：“你究竟是什么意思？再怎么说，我弟弟也死了！”

楚归忍无可忍，也便吼道：“我大嫂也死了，我回去没法儿跟我大哥交代！但是她是怎么死的我更没法说！要不是答应了原老爷子，我就带你回去交给大爷发落！”

原绍磊猛地挣扎起来：“你他妈带啊，我怕你啊！”

楚归扑过去将他按住：“我他妈要不是顾全大局，还真想先把你干了，再平了原家堡！但现在日本人正在虎视眈眈，你真想弄得鱼死网破便宜了他们？”

原绍磊一震，楚归逼视着他，又道：“这件事情很可疑，二少脖子上的伤痕那么深，你真相信我大嫂那样一个手无缚鸡之力的女流之辈能杀得了他？而且你真相信二少他是个色迷心窍的人？我倒是真愿意这么信！这样我还真不理亏！他活该死！”

原绍磊红着眼吼道：“住口！”

楚归抬手给了他一个巴掌，打得原绍磊歪过头去，楚归揪着他的领口：“报仇是必须的，但是你要是报错了仇让真正的凶手背地里偷笑，那你可是个天下独一无二的蠢蛋了！你好好想想吧！”

原绍磊胸口起伏不定，生生地深吸数口气才平静下来：“好……三爷果真是舌灿莲花，我姑且先信你一次！那么你说谁下的手？”

楚归道：“我又不是神仙我怎么知道，大少可不是蠢蛋，事情发生在你原家堡，你回去好好地查查，必有端倪！”

原绍磊拧眉：“你肯放我回去？”

楚归哼道：“听这话说的，我又不想养你一辈子，听好……后面的人是原老爷派来跟着的，必是可靠的人，你自求多福吧！最后跟你说一句，打仗对我跟对我大哥来说都是家常便饭，我大嫂给你们劫来，本就是你们理亏！要我大嫂真是被二少奸污逼死的，我跟大哥也绝不会放过原家堡！”

楚归说着，把原绍磊手上的带子解开，这时候车速慢了下来，已经出了镇子，身后的车辆追得越来越近，楚归道：“还有件事，柳老板大概还在原家堡，大少若是顺利回去，还请高抬贵手放他出来。”

原绍磊目光阴沉不定：“我若不答应呢。”

楚归冷飕飕地看着他：“我是想息事宁人，大少如果一意孤行，那我也没必要跟你客气，要知道我哥之所以肯跟你们谈，不是怕你们原家堡，只是忌惮小鬼子在旁边得利。这一遭大嫂不幸，我回去还得担干系……奉劝你们别再火上浇油把事儿做绝了。”

原绍磊哼了声。

“好，我当大少你应了，那明儿早上我若是见不到柳老板，咱们索性就在鬼子眼皮子底下先干一架。”楚归望着原绍磊说罢，便打开车门，“大少，请吧！”

原绍磊看一眼楚归，又看看继鸾，终于纵身一跳，便跳了下去。

吉普车继续往前，身后的车却停下来，那亮着的车灯越来越远，渐渐变成一点。

车门关上，继鸾道："三爷，柳老板真的还在原家堡？"

楚归不应声，只是垂着眸。继鸾低着头道："三爷，我想回去。"

楚归道："不行。"

继鸾心里一堵，忍不住说道："柳老板为什么会跟着来，这个咱们都知道，他是怕三爷顶不住，他好替三爷顶，现在把他丢在原家堡算怎么回事？我负责三爷安全，现在三爷可以一路安稳回到锦城，就不必我了，我得回去看看。"继鸾说着，抬手就去推车门。

楚归一把攥住她的胳膊："他为什么来是为了替我顶？也不用全说的那么好听，他那点儿心思我明白得很，他只是不舍得，所以要跟着……他来之前就该知道事情会变得多坏，是男人就得自己应付。"

继鸾振臂将楚归甩开："对不住三爷，我不能这样。"

楚归见她已经下了决心，挺身将她一拦："好好，别急，我答应你一块儿回去行吗？"

继鸾正微觉意外，正想回头，忽然间颈间一疼，整个人竟昏了昏，继鸾只来得及叫了声"你"，便也晕了过去。楚归一把将人抱入怀中，望着继鸾的脸，慢慢地就叹了口气。

2

柳老板去了哪里？原来，就在楚归跟继鸾带着原大少离开原家堡之后，原家堡的内部，也更有一场腥风血雨。

先前柳照眉见满地的尸体，继鸾跟着楚归入内去了，他心知以继鸾的身手楚归的机智，就算原绍磊在内，情势再复杂也不会难以解决。

而听着原绍磊的哀嚎，柳照眉隐隐地猜到发生何事，就在他双足站住的瞬间，眼角一瞥的光景，瞧见一个黑影在远处的拐角一闪而没。

柳照眉看看地上的尸体又瞧一眼人影闪烁的屋里头，他似听到了继鸾一声惊慌地"大奶奶"。

柳照眉心头一动，略微踌躇之后便往那人影消失的地方走去。

就在柳照眉离开现场的瞬间，原家堡的人已经赶到也围住了屋子，因此竟没有人发现他不见了。

柳照眉拐过那黑影消失的转角，见面前是一条狭窄的走廊，顺着往上不知通向哪里，柳照眉看了会儿，没见到有什么人，便沿着墙根往前走去。

这走廊曲折往上，柳照眉渐渐看到一丝灯光，旋即发现前头是三方岔路。

一侧是个月门，貌似通往一个院落，对应另一侧是条小径，不知通向何处，另外则是顺着这走廊往上还继续有路，风一吹，听到哗啦啦的声音。

柳照眉犯了难，不知道自己要往哪个方向走，正在疑惑里，耳畔听到一声闷哼。

这闷声一闪即逝，但柳照眉的耳目极佳，顿时听出是从旁边那月门里头传来的。

柳照眉双手握拳，放轻了步子，悄然无声地也跟着拐进了月门。

进了月门放眼四顾，才发现这是一座较为宽阔的院落，黑幽幽地一片不知道是什么地方，只有右手边上，有一丝光亮一闪而过。

柳照眉正要顺着过去，忽然间毛骨悚然，耳畔听到极细微地脚步声，然后眼前那房子的门被打开，竟是有人正好走了出来！

柳照眉一颗心狂跳，呼吸几乎都停了，左顾右盼了会儿，这院落里能够掩藏身形的东西却并没有。极快之间柳照眉忙又退出月门，想也不想，就往原先那走廊通向的方向隐过去，他一直摸了过去才发现，原来此处是一片地绿藤道，茂盛的叶片交织，又没有灯光，所以才显得黑乎乎地，但是正好能够藏住他。

柳照眉正站稳了脚跟藏起身子，从月门里便出来一个人！

那人出来之后，脚步不停地往柳照眉来的路上转身走去。

柳照眉心头才一宽，那人忽然又停住脚步，猛地回过头来。

柳照眉浑身毛发倒竖，僵在原处，一动不动，淡淡的月光下，那人的双眸极亮，几乎是阴险而毒辣地逼视着这绿荫交织的所在。

有那么一瞬间，柳照眉觉得她已经看到自己了，虽然先前他经过此处的时候，特意张望了会儿，知道这边儿光线极阴暗，不走过来是发现不了什么的。

那人凝视着柳照眉的方向看了会儿，脚下一动，果然是要走回来了！

柳照眉几乎要用手捂住嘴才能忍住那一声惊呼，但就在这时候，从前院传来一阵嘈杂的呼喝声。

那人一听这个，脚步忽然停下，重新转过身去，沿路极快地跑开了。

一直到她消失了，柳照眉才放松下来，张口大口大口地呼吸空气，手心跟背上都是汗。

柳照眉在这树荫里站了会儿，才想起来一事，赶紧从里头走出来，重新迈步进了月门。这一回他比上次更加小心，方才多亏他极警觉，见机得快，又因唱戏多年，练得脚下行走无声，才没有让那人一下撞上。

柳照眉来到那人出来的屋子前，看那门扇是被拉上的，他迟疑了会儿，伸手一推，没有推开，又用了几分力道，才将门推开来。

里头并无灯光，是那人离开之前灭了蜡烛。

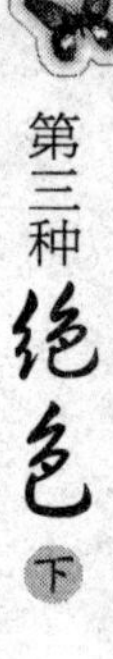

柳照眉屏住呼吸，站在门口的那刻，忽然有种惊慌的感觉，似乎觉得自己太唐突了。

正当他想要退却的时候，眼睛适应了面前的黑暗，柳照眉望见墙角里缩着一个黑影。

他的心也像是揪了起来，缩得紧紧地。

也不知是一种什么心理，明明怕极了，却还是忍不住那好奇探询之心，柳照眉一步一步走过去，却见墙角坐在的是一个人，头上还照这个黑布袋。柳照眉抬手出去，手指头抖个不停，却捉住那布袋，用力揪起来！

大抵人越是害怕想得便越是恐怖，在柳照眉心中几乎想到被黑布袋遮着的是个鬼怪的脸孔，但是幸好不是，借着极淡的月光，柳照眉依稀看清楚面前这人的轮廓，顿时惊得后退一步。

“栗……栗少扬？”柳照眉低呼出声，他记得这个人，当时在自己家里，继鸾跟这个人把酒言欢，豪爽热情地叫他“少扬”，而这个面孔俊朗的青年，也用一样的热情对待她，只不过在她不曾察觉的瞬间，那眼底才流露出一丝惆怅。

虽然只是刚刚认识，但柳照眉却明白这叫做栗少扬的青年的心意，他跟自己一样，是喜欢着继鸾的。只不过有一点不同的是，继鸾也曾喜欢过自己……可是柳照眉知道，继鸾对这青年，却确确实实一点儿男女之情也没有。

柳照眉自觉比栗少扬要幸运一点，可也只是那么一点儿而已。

这会柳照眉见栗少扬缩在墙角，心底震惊可想而知，见栗少扬闭着双眼，额头上还渗着血，不知死活，柳照眉屏住呼吸，先在他鼻端探了探，又试试他脸颊的温度，才急忙蹲下身子唤道：“栗……少扬！栗少扬！”

柳照眉唤了两声不管用，却发现少扬被捆着双手扔在地上，他粗粗看了看他额头上的伤，发现不知是被什么打的，破了一道口子，柳照眉心惊胆战，赶紧掏出一方帕子替他把伤口捂住，血立刻将帕子濡湿。

柳照眉咬了咬牙，用力将衣裳撕开一块儿，勉强地把栗少扬的头缠起来，才又试着唤他，又抬起手指去掐他的人中，怎么也唤不醒之后。柳照眉狠了狠心，用力打了少扬两耳光。

这个却是有效的。

少扬幽幽地醒转过来，一时看不清柳照眉的脸，冲口便骂道：“臭婊子！有胆杀了我！”

柳照眉吓了一跳，而后反应过来不是骂自己，便忙道：“栗少扬，你小声点，是我！”

少扬在黑暗中听到这个声音，略微觉得耳熟，却想不通是谁。柳照眉忙又道：“我是柳照眉，柳老板，我们在锦城见过的，我是继鸾的……”

少扬听到这里，才完全想起来："柳老板！你怎么在这儿？"

这时侯发现自己的双手已经被松开，便赶紧试着站起身来，没想到头上剧痛，差点跌倒，柳照眉赶紧将他扶住。

柳照眉忙道："你这却又是怎么了？原家堡劫持了楚大奶奶，我们是来要人的，三爷跟继鸾都来了，可是方才前头出了事儿，原二少跟大奶奶好像都……"

"什么！二爷已经……"少扬变了脸色，又痛又怒，"我日他妈的，是那个臭婊子搞的事儿！柳老板，快快，我们快出去！"

柳照眉跟少扬现身的时候，楚归跟继鸾正好上了车，原老爷子派了亲信一路跟上，自己转身回了府内。

密斯李站在身边，道："舅舅，你就这么放他们走吗，二表哥就白死了吗，那个楚三爷诡计多端又狠毒，万一他言而无信带了大表哥走怎么办？"

原老爷子看她一眼，默不作声地来到原二少丧命的房间，看看地上血人似的儿子，老爷子忍不住双眼泛红，泪水如涌。这功夫原二少的娘早也听了消息，匆忙跑来，见状顿时晕死了过去。

先前好些内眷也惊动了，有的便偷偷议论纷纷。

老爷子挥着拐杖怒喝一顿，把人赶回房，让人带二少的娘去休息，将二少尸体收拾入殓。

老爷子吩咐完了，气喘不休，他的身体本来就不好，才退了下来让大少主事，已经好久不亲自出面儿了，说完这些，又因丧子巨变，一时竟撑不住。

两个丫鬟便扶着老爷子回房，忽然之间其中一个无声无息地倒了地。老爷子一惊，转头一看，却见密斯李手中刀光一闪，另一个丫鬟闷哼一声，同样倒地气绝。

原老爷子靠在门扇上，望着密斯李："你这是干什么，造反了吗？"

密斯李一笑，笑容跟先前竟全不一样，是一股狡狯之意："老头子你说的没错，现在轮到你了……"她手中持刀，一步步逼近。

原老爷子气怒交加："你……你……"气喘发作，双眼发黑，几乎晕倒。

密斯李眼看原老爷子如笼中鸟俎上肉，正要动手，却听到一声怒喝，有人从门口跳进来，骂道："贱婊子！"密斯李一惊，转头一看，见栗少扬头上裹着白布，身边儿跟着一人，却是柳照眉。

柳照眉跟密斯李打了个照面，忍不住竟又打了个寒战，这会儿才确认，方才他躲在树荫下，那回眸狞视的人，真的正是这个看似毫无心机的女人。

而密斯李一看柳照眉，又看到栗少扬，便也想到了先前是大意了。她的感觉果然是对的，那树底下藏着人："柳老板，你敢坏我的好事！"她手中刀一挥，便扑过来。

栗少扬挡上前，便跟她斗在一块儿，柳照眉见原老爷子挺不住似地浑身发抖，赶紧过去扶住他："老爷子，老爷子你没事儿吧！"一边说，一边忙替他在胸前顺气。

原老爷子站稳了脚，深吸两口气，才略微觉得好过些，这会儿外头有人惊动了，便扑进来，见密斯李居然和栗少扬打起来，一时错愕，不知道该帮谁好。

原老爷子颤巍巍地："把……把那个贱人给拿下！"

大家伙儿一听，才知道要对付密斯李，正要动手，却听到几声枪响，近在耳畔，其中两人顿时倒地身亡！

真是一波又一波，横生枝节，毫无平静！

密斯李仰头狂笑："今晚上就踏平原家堡！"

栗少扬转头，却见外头不知什么时候居然多了几个身形诡异的黑衣人，手中都握着枪，被枪声惊动了的原家人有的刚一露头，就被他们枪杀，几个人纷纷地往密斯李这边赶来。

栗少扬怒道："臭婊子你到底是什么人！"

密斯李哈哈大笑："死到临头还敢嘴硬！"

原老爷子惊怒之极，几乎又晕过去。他贴身的亲信被派了出去接应原大少，一帮精锐也都去了，而内院经过二少之事颇有些混乱，一些能干的子弟都不在身边儿，正是实力空虚的时候，偏偏在这个时候被人插上一刀！

柳照眉半挡在老爷子身前，低声道："老爷子，这不是动怒的时候！"原老爷抬头看他一眼，见他面容秀美，神情却异常地沉稳，不由道："我认得你……柳……老板？"

柳照眉一点头，先前他还是无比惊怕的，因为不知道自己将面对什么，但是跟栗少扬出来之后，知道了继鸾跟楚归已经顺利脱身，他心头大石去了一半，此刻又发现密斯李竟然是内鬼，虽然惊讶，却反而镇静下来。

原老爷子本就是老狐狸，但这一夜对他来说显然是毕生最难熬的一夜，老头子身子不好，不免失常。此刻经柳照眉一安慰，便沉下心来。

密斯李正纵容手下大开杀戒，栗少扬受伤在先，也有些无法抵御，交手中被她一刀又划破肩头，鲜血飚出。

正在落尽下风之时，原老爷子忽然出声道："你们要还想活着离开原家堡的话，就住手。"

密斯李正杀机尽露，闻言心头一怔，手一挥将手下们行动制止，十几个手下行动一致，齐刷刷地在院中等候命令。

密斯李回头："怎么？你……说什么？"

原老爷子坐在椅子上，柳照眉扶着他的半边胳膊才撑着未曾让他倒下，原老爷子缓缓说道："你究竟是什么人……想干什么？"

密斯李皱了皱眉，栗少扬在旁边叫道："她不是真正的表小姐！"

原老爷子眉头一皱，密斯李哈哈一笑，忍不住说道："是原二跟你说的？我早该先杀了你，只不过觉得你还有利用价值。"

栗少扬又气又难过："老爷子，二少爷恐怕也是遭了她的毒手……"

密斯李神色得意，竟不否认。

原老爷子却脸色颓然："原来……原来……唉，我自诩英雄一世，没想到最后竟栽到个小丫头的手上……丫头，你到底是何方神圣，让我老头子死也死个明白，如何？"

密斯李傲然道："原老爷子，你莫非是想拖延时间吗，你是想让原绍磊回来救人？哈哈，你以为他回得来吗？"

原老爷子道："什么意思？"

密斯李得意道："不瞒你说，路上我们安排了伏击，只怕这会儿，他们已经中了埋伏。"

原老爷子一听，顿时咳地垂了腰。

栗少扬跟柳照眉齐齐一颤，都有种不妙的预感。柳照眉看着密斯李，颤声问："三爷他们呢！"

密斯李不怀好意地一笑："你觉得呢。"

似乎是为了应和她的话，密斯李话音刚落，只听得"轰隆"一声，惊天动地，从不远处传来，震得这边儿的地都颤了几颤。

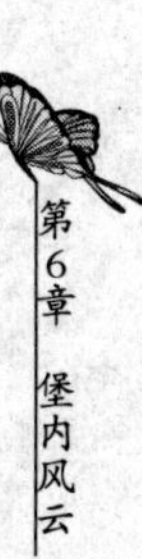

第7章

暗夜惊魂

1

柳照眉同栗少扬一听，忍无可忍，楚归的生死对他们来说自然无关紧要，但继鸾却跟楚归在一块儿，这才是最要命的。

当下栗少扬怒喝：“老子宰了你！”纵身跃向密斯李，正好堡里后生也赶来数人，当下又是一场混战。

继鸾醒来的时候，眼前淡光微影，显得十分宁静，脑中有一瞬地空白，不知道发生了什么，转过头的时候，双眼先看到窗户上映出的一支玉兰花，挂在枝头上随时都会掉下来，背后是淡白色的天色。

本来是想松一口气的，眼前忽地掠过一幕场景，一闪而过的瞬间又有更多的纷纷涌上来。

继鸾清醒过来，霍地坐起身来，转头四顾，心头一凉，发现自己居然是睡在楚归的卧室。

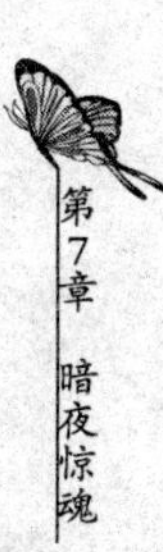

茫然四顾的瞬间，忽然“咔”地一声响起，继鸾回头看向声音所来的方向，却见进门的竟是楚归。不知为何，他的脸色格外雪白似的，显得双眼下面那团黑越发明显。

继鸾见是他，一个翻身就从床上跃下地去。楚归挑了挑眉：“醒了？就算是你身手好吧……你平时也都是这么下床的？”

继鸾眨了眨眼，望着他似笑非笑的模样，不知道要说什么，忽然间想到一件极重要的事，头在额头一按：“原家堡……”

楚归走到床边，缓缓坐了下去，好整以暇似地说道：“怎么？”

“柳老板……”继鸾皱眉看着他，却见他兀自不做声，嘴角的笑容令人捉摸不定。继鸾心想，“我在这儿多说什么！”咬了咬唇，迈步往外就走。

她先前是往床里侧翻下地的，要出门便会经过楚归身边儿，继鸾小心避开他，楚归却探身过来，伸长了胳膊，握住了她的手臂。

继鸾劈手将他挡开，顺势抵回去：“三爷，这回你不能打晕我了。”

楚归“嘶”了声，被这力道一推，整个身子往后一歪。

继鸾不以为然迈步要走，忽然却看到他抬手捂着右臂，面上微有痛色。

方才她那一推只是用些巧劲儿，只是把他推开了而已，伤不到人。

继鸾不知为何，便皱眉：“三爷……”

楚归慢慢坐直了身子，却不管其他，只是看向继鸾：“你想干什么去？”

继鸾扫过他的手臂，他却似是侧身挡着，叫她看不真切。继鸾便垂眸：“三爷，你知道的。”

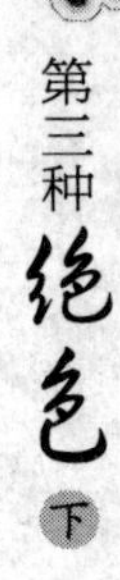

楚归忍不住问道："在你心里他就那么重要？"

继鸾本不愿回答这个问题，却仍忍不住："不是这么说，我不能对不起人。"

"你有什么对不起他的？"楚归问。

继鸾皱了皱眉，觉得自己不能再跟他消磨时间下去。一夜过去，柳照眉在原家堡还不知怎么样，一想到此，继鸾只觉得心惊肉跳。

继鸾不管楚归，迈步往外就走。楚归一把没拉住她，气得伸手一捶床，却又疼得咬牙咧嘴。他起身喝道："陈继鸾，你是保护我的，不许你离开！"

继鸾回头看他一眼："现在三爷不需要我保护，但有人却不同。"

楚归皱着眉，额头上似有汗冒出："你当他是什么这么上心！你忘了上回你跟我说过的？见到他只当是陌生人，你这是对待陌生人的态度吗！"

继鸾拉开门，迈步往外走，头也不回道："如果一个陌生人肯为了我冒险，我就不能眼睁睁地看他落入险境而不管。"

楚归还要说什么，面前的房门却被用力关上，发出老大一声。

楚归浑身有些发抖，双拳紧握，他侧着身子对着门口，是以继鸾并没有看到，他原先垂着的右臂上，缓缓地渗出血来，把白色的长衫袖管都给染红了。

继鸾拉上门，快步行过走廊，转到楼梯口上迈步便要下楼，谁知道刚走一步，便见客厅内一人缓缓地站起身来，在他旁边，还有一人，缩在椅子上半是睡着似的。

继鸾一看，几乎不信自己双眼，惊呼了声："柳老板？少扬？"瞧见栗少扬假寐的那模样，声音却放得低低地。

继鸾快步下楼，那边柳照眉迎上来，继鸾上下打量过他，见他浑身没伤，精神看来也好，一时喜出望外："你、你回来了？"

柳照眉看她关心情切之态："没事啦，倒让你担心了。"

继鸾看看他，又歪头看看睡的姿势难看却仿佛很舒服的少扬："这……究竟是怎么回事？"

当时在原家堡内，听了密斯李的话，栗少扬同柳照眉都盛怒之极。栗少扬二话不说先冲着密斯李扑上去。密斯李见他来势凶猛，杀气腾腾，竟有些不敢同他对上。

里头一团混乱，外面却也更乱，呼喝声，子弹呼啸的声，惨叫声，此起彼伏，密斯李站稳步子，同栗少扬过了两招后，便拔出枪来："别动，不然杀了你！"

少扬只以为继鸾出了事，哪里怕她这招，生死浑然置之度外，只是一顿之后便红着眼又冲上来。密斯李一咬牙，便要将他射杀当场，谁知道旁边柳照眉冲上前来一撞，竟把密斯李撞了个跟头。

柳照眉动手便去抢密斯李的枪，她的手下见势不妙，便来相助，极快缠住了少扬。

柳照眉虽然曾练过三拳两脚，却终究不是武道中人，只是仗着是男子，力气略大一些，又豁了出去，才将密斯李给暂时压制住。

谁知道这女人十分之狠，出招儿更是十分刁钻，张开腿缠住柳照眉的腰，用力一勾。

两人下面儿便紧贴着，柳照眉哪里见过这样不要脸的打法儿，这简直不是打架……皱眉之间竟被勾着身子一翻，密斯李手上一挣，渐渐地将枪口对准了他！

柳照眉心头一寒，密斯李狞笑："柳老板……你倒是胆大，想找死吗？"

正在这时侯，却听到另一个声音说道："放开他……不然，你就会死。"

密斯李一惊，却见发话的竟是原老爷子！老爷子手中本握着拐杖，此刻从拐杖的龙头里竟抽出一把枪来，正对着密斯李。

柳照眉一见，便将密斯李推开，密斯李神色不定，枪仍旧指着柳照眉，一瞬间相持不下。

原老爷子咳嗽了声，极缓慢地说道："我不管你是什么人，原家堡也不是那么好欺负的，你想在原家堡撒野，得先等我死了再说……"

密斯李目光如毒蛇一样，嘴角一挑："老爷子，一把年纪了竟还玩枪，是我看走眼了，但是你这手抖得这么厉害，能不能放枪姑且不说，万一射不准那就糟了。"

原老爷子浑然不动，道："那就试试看，但我担保，只要我一开枪，你们这些人都得跟着玩儿完！"

密斯李听了这话，目光一缩："老东西，你有什么后招？"

原老爷子道："这个你不用管……不信……就试试看，我一把老骨头了，反正也活够了，临死多几个人陪着，更也够本。"

密斯李的眼睛转动极快，看看这个，又看那个，似乎在掂量局势，正在僵持之中，却听得外头脚步声匆匆响起，而后有个人边跑边叫："老爷老爷！大少爷回来了！"

密斯李一听，大为震惊，原老爷子面露喜色，不由地略微走神。密斯李趁机便要上前，少扬冲过来拦住："贱货，这回看你插翅难逃！"

密斯李匆匆跟他过了两招，此刻她带来的人只剩下了五六个。密斯李一跺脚，忽然用古怪的语气叽里呱啦说了几句话。

黑衣人们听了，纷纷后退，密斯李回头看一眼原老爷子，目光掠过柳照眉跟少扬，狞笑道："我们还会再见的。"纵身跳出门口，很快地跟那几个人消失在夜色之中。

柳照眉扶着老爷子，原老爷子咳嗽个不停，原先那只枪从手中滑下来跌在地上。

柳照眉见状便知道老爷子方才是强撑着，恐怕真如密斯李所说，连扣扳机的力气都没有了。

老爷子一边咳嗽，一边微弱问道："大少爷……真回来了？"

那来报信的人却是昔日继鸾的旧相识，曾跟祁凤动过手的矮个梁豹，有名的心眼儿多。梁豹见密斯李等走了，才敢跑过来，小声道："老爷，我是看情形不好，才说了个谎，大少爷其实还没有回来。"

原老爷子一听，很是失望，叹息了声，靠在椅子上，颓然无力："没想到……我原家堡竟然会……"

柳照眉跟栗少扬两个面面相觑，栗少扬便道："那毒蛇不知还有没有其他诡计，我先叫堡内的兄弟们来戒备着，再带一部分人出去接应大少。老爷放心，大少爷不会有什么事儿的！"

原老爷子怅然，打起精神看他一眼："也好……就靠你了。"

栗少扬将走，又看柳照眉，柳照眉道："你先去吧，等你们回来我再走。"栗少扬点头，急匆匆地出门去了。

堡内的子弟们被召集起来，分一部分保护老爷，另一部分在堡内巡视，栗少扬自带了二百人冲了出去。

继鸾听到这里，心头冒出一股寒意，喃喃道："原来真是她！"

柳照眉问道："继鸾，莫非你早就知道吗？不对……"继鸾若是早知道那人是坏的，绝不会不防备。

果真继鸾摇头："我知道的并不怎么清楚，原本只觉得有些可疑，而且有时候会瞧出她的身手极不错，但是偏偏纹丝不露。先前进原家堡，二少爷离开的时候，我瞧见她也悄悄地起身跟了去了……唉，当时我要是跟着去就好了。"

柳照眉忙道："别这么说，谁能想到她竟是那么阴毒呢？何况你要护着三爷……跟我，怎么能放心走开。"

继鸾点点头："那后来又是怎么样？原大少他……"

柳照眉刚要说，却听旁边栗少扬打了个哈欠，竟醒了过来。

继鸾一看，喜道："少扬你醒了！"

栗少扬睡眼惺忪地看她一眼，撇嘴道："本来好容易有惊无险地过了一晚上，好歹要歇息会儿，你们两个却在旁边唧唧喳喳，好了，接下来的事儿我给你说罢。"

继鸾喜悦，柳照眉一笑，起身去摸了摸茶壶，摸着还是热的——是先前他们回来的时候佣人送上来的茶，当时都没顾得上喝。

柳照眉便给两人各倒了一杯，亲送过去，栗少扬大大咧咧接了，便一饮而尽，继鸾却冲柳照眉微微一笑以示感谢。

柳照眉自己也倒了一杯，回来的功夫抬头看了一眼楼上，有心想问问继鸾、楚归……却终究没有开口。

却听少扬说道："当时我真是急疯了，我虽然是跟着二少的，平时二少跟大少也不对付，总想着斗来斗去，可是到底还是亲兄弟，如今倒好，竟被人搞了！如果大少再出什么意外，原家堡群龙无首，在这个当口，岂不是要命？但那姓李……呸，还不知道她到底姓什么呢，那婊子说路上安排了伏击，我的心啊，只以为完了蛋了……"

继鸾瞧少扬七情上面，唉声叹气，忍不住一笑，心中却想："安排了伏击？……我却不知道，听少扬这么说大概是极凶险的，但三爷什么也没跟我说。咦，方才我离开得快，大概他是没来得及说？"想到楚归那个模样，心头不由地有些异样，觉得哪里有些不对似的。

栗少扬眉飞色舞道："我发疯似的带人冲出去，还没出堡，就听到外头枪声密集的跟炒豆子一样，把我吓得……出去后一路狂奔，终于赶到了地头却发现……"

那晚上夜色茫茫，头顶上一弯新月孤零零地，夜风居然有几分冷，风里带来的都是硝烟的味道。

但是赶着赶着，枪声却逐渐地稀疏了，栗少扬心中七上八下，不知结果到底如何，但却也隐约想到了最坏的那结局。

谁知道正走着，前头却稀稀拉拉地来了一队人，两下相撞，各自警惕，大声呼喝，互相吼了几声后差点儿放枪，千钧一发的时候才认出对方！

栗少扬这才发现回来的居然是原绍磊跟十几个堡内的人，惊喜交加下急忙冲过去，原绍磊见是他，便叹了口气："先回去再说吧。"

进了堡内后，见堡内的人已经安置了原老爷子，也喂喝了药。原绍磊才把事情简单地又讲了一遍。

"本来我想跟大少解释二少的死是那婊子干的……只怕他不相信，没想到他居然没说什么，后来听他说是三爷叫了人来帮忙才明白……"少扬感慨。

"三爷？"继鸾心头一揪。

少扬点头，有些奇怪地看她一眼："楚三爷没跟你说？不该啊，照他那性子，肯定得在你跟前自夸……"

继鸾咳嗽了声，少扬才又道："是了，听说那半路上伏击大少的是一帮小鬼子的小队，也不知什么时候潜伏进来的。老爷子派去接应的人虽然多，却架不住没防备这帮孙子，被打了个措手不及，差点儿就招架不住。大少说最初还以为是三爷安排的毒计要害他呢！多亏了三爷差人来帮忙才知道是自己小人之心了，听说，那些来帮忙的是楚督军的人，本来是去接应三爷的……"

继鸾怔怔听着，少扬叹了声："大少虽然不算是个好人，但却不是个不识好歹的。三爷本是不用管他死活的，却在那紧要关头派人来帮忙，大少自然明白……大少回了堡内

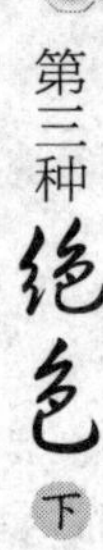

后，就吩咐，天一亮就护送柳老板回来。”

继鸾回头看一眼柳照眉。少扬道：“大少还特意派我随行，顺便……先向楚督军跟三爷赔不是……”

继鸾点点头，这件事摆明是原家堡让密斯李设了个套儿摆了一道。本来他们跟楚去非的关系还算可以，但林紫芝死在原家堡却又是怎么也改不了的事实了，原大少又被楚家两兄弟的人所救，不管怎么看，都是原家堡的人欠了楚家天大的情分。

继鸾道：“三爷……都知道了？”

少扬道：“我跟柳老板回来之后，直奔这儿来的，也幸好我们来了。三爷正安排人要往原家堡要人呢……瞧他那个样儿，倒是挺紧张柳老板的……”

柳照眉苦苦一笑：“大概不是紧张我吧……”就看继鸾。柳照眉当然知道楚归才不管自己生死，之所以如此，多半是为了继鸾。

继鸾心里很不安，便道：“昨晚上离开后，我本来想……”继鸾本来想说自己想回去救柳照眉的，可是又不想说楚归动手打晕了自己，便只摇摇头：“总之大家都没事就好了。”

少扬听了，也不问，只说道：“对了，说起没事，也不是全没事的……我跟柳老板都是皮外伤，但是三爷好像中了枪子儿。”

继鸾一惊：“什么？”

少扬越发惊讶：“怎么，他没跟你说？这人……”

继鸾咬着唇，继而站起身来：“我……我上去看看……”匆匆忙忙丢下这句，急忙地便上楼去了。

楼下两个人面面相觑，少扬看着柳照眉，忽然觉得有点儿……他摸摸鼻子：“我、我是不是多嘴了？”

柳照眉摇摇头，微笑道：“哪里……”两人对视一会儿，都齐齐地转头也看向楼上，却见继鸾的身影如风，极快地便消失了。

柳照眉垂头，望着手中那杯茶，杯子里的热气儿逐渐消散，茶，将要凉了。

继鸾冲到楚归的房门前，抬手本是要敲门的，手指头一顿，猛地便又推了过去。

继鸾推开房门：“三爷……”话刚出口，却怔了怔，并不见楚归的影子。

继鸾迈步走进去，冲进寝室一看，仍旧不见人！继鸾吓了一跳，脸色都变了，跑到窗户边看了一眼，又急忙往外跑，生怕楚归出了什么事儿，没想到刚往外跑的瞬间，却见洗手间的一扇门打开，楚归探头出来。

继鸾一看他，猛地顿住脚步，僵在原地。

却见楚归站在门内，并不出来，只露出半边身子，竟是湿着的，见是她，便面无表情地道：“干什么鬼叫鬼叫的？还没死呢！”

继鸾咽了口唾沫，定定地看着他，目光掠过那滴水的衣袖，喃喃道：“三爷……你、你不是……”

继鸾觉得他这是个要洗澡的架势，但是他不是受伤了吗？被子弹打中了吗？难道……

楚归哼了声，见她吞吞吐吐，便又缩回身子去，语气竟带一点不耐烦：“你到底要说什么啊。”

继鸾见他神情冷淡，口吻又如此，本能地后退一步，转身要走，谁知刚走了一步，就听到楚归在身后“哎哟”一声。继鸾听了这声，便想也不想地又跑回来，拉开门道：“你怎么了？”

却见楚归衣裳褪了半边，身子半裸，继鸾一看，本能地就想闭眼，谁知道目光所及，却忽看到他的右手臂上，白色的衣衫尽被染红，那伤外似乎还浸着水。

继鸾浑身一颤，抬手就抓了过去。

2

继鸾攥住楚归手臂，生生将他一拽，楚归猝不及防，竟撞上她的身，同时似乎也牵动了伤，顿时又呼痛。

楚归便道：“你抓着我干吗？”

继鸾瞅他一眼，又瞧他的伤，那伤原是被处理过的，应该还上了药，但因沾了水，伤口便显得格外清晰，更加触目惊心。

继鸾忍不住便皱了眉，偏楚归又说：“有什么可看的，留神污了你的眼，三爷是死是活跟你也没什么相干，趁早滚去看你的柳老板。”

这话里头掺杂着火药味跟醋味，交织在一起，又酸又辣。

继鸾听得更为皱眉，本想回两句嘴，但看他这模样，便只忍了回去：“三爷，你这伤怎么又沾水了，这枪伤万一弄坏了可不好收拾！”

楚归一副爷不领情的表情：“稀罕，你管我？”

继鸾见他老是不肯说人话，句句带刺。她心里倒也明白，楚归恼了她先前只管要去原家堡救柳照眉，想来当时他伤着，所以越发受了刺激。只不过他当时为何不跟她明说柳照眉已经好端端地回来了？少扬可真没说错，这人的脾气真叫一个怪。

继鸾心里想着，却不觉得恼怒，看看楚归那横鼻子竖眼的冷脸，也不觉得难看，因为知道他不是真心恼她的。继鸾便只叹了口气：“三爷，你这是跟谁怄气，疼的还是你自己。”

楚归一听这个，顿时发作起来，用力一甩，便把继鸾的手撇开：“可不是？但我乐意，我也没求着你干什么，趁早给我滚！”

继鸾见他说的越发不留情面，换做平时早走个无影无踪了，理他作甚。

继鸾沉默片刻：“三爷……我给你找件衣裳换上吧，暂时就别碰水了。”

继鸾说完之后，便要去给他找件衣裳。谁知道脚下刚一动是个要走的样子，楚归就跳脚道：“我偏碰怎么了！”把那花洒打开，劈头盖脸地浇了一身。

继鸾变了脸色，急忙跑进来要把他拉出来，楚归却反而攥住她的手臂。继鸾一拽没有拽开，楚归道：“陈继鸾，你是在关心我？”

水把他的面孔浇得有些模糊，继鸾怔了怔，头发已经湿了一半：“三爷，你出来！”

楚归干脆抱住她的腰：“我就不！”

继鸾有些无法忍受，便也叫道：“你到底发什么疯？”

楚归听她发怒，便也叫道：“你要是关心我，就只关心我一个，不要去沾别人！”

继鸾头一昏：“我……”

楚归望着她，忽然抱着她往前一步，便把继鸾压在墙上，低头吻上她的唇。

他的嘴唇有些凉，沾着水，湿湿地，继鸾瞪大眼睛，双手本能地就要将他推开，但是手指头刚划上他的手臂，隐隐地便触到黏湿的东西，继鸾情知那是血，整个人便抖了一下。

如此一顿，那手上的动作便慢了，楚归吻着她，到底是有几分经验了的，又因为想要的急切，便闯了进去，那柔软的舌像是要钻到她的心里头去，然后便住在那里，牢牢地霸占着，永远都不出来。

继鸾的手抬起，又垂下，最后隐忍地握成拳，握得紧紧地，又松开，百般煎熬。

他却都不知道，或者明知道却不管，吃定了她现在不忍。

一直到他意犹未尽地离开，苍白的脸颊已经浮现一丝嫣红，他喘息着：“鸾鸾……”

两个人视线相对，继鸾望着他如燃着一团火焰的眼：“三爷……”目光艰难地离开他的脸，望向他的手臂上，哑声道，“别沾了水。”

楚归的双眼一阵明亮，又一阵黯淡。

他的手本正在她的腰上逡巡，像是预先熟悉自己的领地，又似迫不及待地想要立刻探查，此刻却停了下来。

继鸾慢慢地握住他的手腕，将他拉出来，旁边放着毛巾。继鸾便取了来，盖在他的身上，楚归也没动。继鸾见他头上滴着水，头发紧紧地贴在身上，便撩起毛巾一角，替他擦擦头发。

“我想洗个澡。”楚归呐呐地，他身子里又生了火，可惜不是时候。

“现在不行。”继鸾一怔，而后回答，像是自然而然地。

楚归哼：“身上脏，头发上都是土。”

“哪有，明明就挺干净的，三爷你就算再脏也比别人干净。”继鸾打量他一眼，随口说道。

楚归抬眸看向她：“真的？”

继鸾被他看得又一愣，而后垂了眸子：“三爷，你好好地成不成，枪伤若是不好好打理，真的会出事儿的。”

楚归默然，片刻忽然低低说道：“我以为你恨不得我死。”

继鸾听着这句，忽然有些窒息：“三爷……你……”不知为何，双眼忽然慢慢发热。

楚归见她没说话，便转头看她一眼，却见继鸾一副怔然的模样，但双眸隐隐发红，惘然里又带一点伤心似的气息，因方才被他赌气拉住，头发上滴滴答答，也滴着水。

楚归看得一呆，然后便拿身上的毛巾替她擦头发，擦了会儿水，却又小心地垂了头，见她没什么反应，便又轻轻地亲上了她的唇。

他碰一下，蜻蜓点水似的，看一眼她，又上去碰一下。

继鸾往后一仰，又转过头去，是个避开的意思。

楚归停下来，呆了会儿，又握着毛巾替她擦水，继鸾却没避这个。

过了一会儿，楚归撒手，忽然有些迟疑地问道：“鸾鸾，你、你是不是……”他犹豫着，有一句话从心里爬上舌尖，在舌尖上晃动，半是狂喜半是奢望。

继鸾有些心不在焉。

“我以为你恨不得我死呢。”听到这句话的时候，继鸾着实被震了一震。

心中有一种很奇异的感觉。

在这混乱的刹那，继鸾甚至想到，如果楚归真的……“死”了，会怎么样。

是了，她是迫不得已才被他“收服”，实际上是强行留在他身边的，也正是因为他的阻碍，她才不能继续喜欢柳照眉，如果他真的……

那么所有的一切都不存在，她可以自由地去做她想做的任何事了。

但是，在听到他说这句话的时候，震撼之后，紧随而来的就是茫然。这茫然里头与之纠缠着的一丝……难以名状的悲怆。

继鸾分不清那是什么感觉，但是有一点她是肯定的，她绝对不想他死，从来没有想过，而且仿佛……也不能接受！

到底是为什么会生出这样一种感觉来？

当初第一次见到他明明是恐惧的，戒备的，敬而远之的，就算迫不得已跟着他，对她来说，楚三爷也只是一个主人而已。他活着，她便好好地保护他，若真的有朝一日楚三爷驾鹤西归，那也是自然而然的，他的生老病死于她无干，她只要尽了责，心无愧疚，他们之间本来只是一种关系，除此之外别无其他，当然也不会沾染什么感情之类。

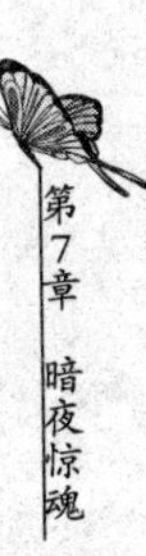

就好像是鸟跟树，停留或者离开，都是自然而然地。

但就在听他说那句话的时候，她却有种隐痛强大地生出，这种感觉不像是鸟跟树而已，像是树跟树枝，像是树跟泥土，像是树跟雨露，像是树跟空气，像是树跟……阳光……

这种感觉是喜欢吗？继鸾不知道，要说这是喜欢未免太奇怪了一些，她不认为楚归本人或者楚归身上有什么让她喜欢的地方。

相反不喜欢的却更多，也能数出来，比如他的心计，比如他的手段，他曾经的算计跟强迫……他的身份……他……

脑子一片乱。

一直到他的脸慢慢地在眼前清晰，她的目光描绘过他的眉毛，眼睛，在嘴唇上停留片刻，落在他的长发上……然后便发现其实他还是半裸着的，伤口也没有经过处理。

"三爷，"继鸾闭起眼睛摇摇头，逼自己说出正常而理智的话来，"我给你拿件儿衣裳吧……叫医生来把伤口处理一下。"

楚归发觉自己竟没勇气问出那句话，但是他却知道自己该怎么做，伸手把继鸾拦住："不要，不要别人。"固执而坚持地看着她。

继鸾皱眉，楚归又道："房间的柜子里有伤药，要处理你给我处理。"

继鸾无奈又苦笑地看他一眼，却果真点头："行。"

她有些惘然地走到房间里，站了会儿后才确定了柜子在哪，将楚归的药箱子提出来。

继鸾看到楚归也走到床边，他到底是不放心的，怕她走了。

继鸾看他一眼，去他的衣柜里翻了翻，拎出一件衣裳："先披着。"

楚归忐忑地揪着衣裳，这会儿也没有了怒火气恼，却也没了舌头似的，只是干坐着，眼睛望着她。

继鸾开了药箱，尽量把注意力都放在那些瓶瓶罐罐上，但是房间里的气氛太微妙了。继鸾觉得有一丝的尴尬，一丝的不安，便有意打破这感觉，故意问道："三爷，这伤是怎么来的？"

楚归听她问，才也如梦初醒地："啊……"而后又说道："回来的路上遭了伏击，幸好大哥的人距离不远。"

继鸾的手一停，想说什么，又没有说。

她本来要说的是他干嘛把她打晕了，用手指想想都知道当时的情形多危险，要不然楚归也不会受伤了，但是忽然又想到，就算是不打晕她又如何，她是想回原家堡的，除非他跟她一块儿返回……这事儿变数太多，不大好说。

继鸾想了想，便又问："三爷怎么不跟我说自己伤了？"

楚归哼了声："说又如何，你指不定怎么猜我，备不住以为我小题大做，亦或者借机要挟什么的……三爷才不讨你的嫌呢。"

继鸾微微摇头，却忍不住一笑，楚归看着她轻笑低头的模样儿，竟然连伤口上药的痛都忘了，自然也因继鸾动作极为小心仔细的缘故。

继鸾将楚归的伤口包扎完毕："这幸好没伤了骨头，不然的话……"

楚归心满意足，全不把伤放在心上，这会儿才又精神了，便凑近了继鸾便问："真的关心我啊？"

继鸾把药箱里的东西摆放整齐，合上箱子："三爷你先歇会儿，看时候也差不多了，我去看看祁凤。"

楚归好不容易盼了两人的相处，还相处的不赖，如此难得可贵，让他百般不舍，眼珠子骨碌碌一转："昨晚上那一场，弄得我浑身都是土，着实是脏，得洗洗才能睡。"

继鸾动作一停："那我身上岂不是也都是土，三爷怎么让我睡到你的床上？"

楚归愕然，没想到她想得这么快，但幸好他是有双倍心眼的，当下便回嘴："那自然是因为三爷抱着你，就算是滚到地上，也是三爷在下头，你身上哪沾得上土呢。"

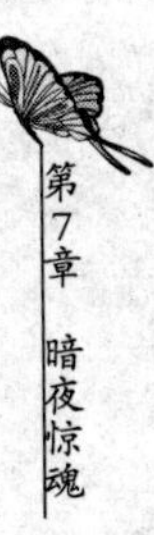

继鸾见他说得顺嘴，但细细想想，楚归中了枪她却安然无恙，真实情形就算没他说的那么过却也差不许多，继鸾便默然："三爷，伤口不能沾水，你就忍忍吧。"

楚归道："鸾鸾，我有个法子可以不沾水。"

继鸾便瞥他，对上他狡黠的双眸，忽然感觉他不会有什么好法子。

果真，楚归笑眯眯道："你帮我洗不就成了？"

继鸾听了这句，本能地就转身要走，楚归急忙道："好好，那不洗澡，横竖脱了衣裳算完，你帮我洗洗头发总该行吧？"

继鸾才顿了顿，楚归就又是一脸不服，咬牙道："你不帮忙就算了，我自己来。"

继鸾便道："三爷，不然我叫佣人来帮手？"

楚归喝道："想也别想！"

楚归是个极好洁的人，这点继鸾深知，但此刻这要求却有点……继鸾望着楚归，平日里谁理他？但此刻却是不同的，怎么个不同法儿再说。大概只用一句"伤者最大"，继鸾想到他先前那暴躁之下的举动，心有余悸，不由自主便妥协了："行……唉！"

楚归一听，差点儿就在床上翻滚。

继鸾见他有些要手舞足蹈的意思，赶紧皱着眉制止了他，便道："三爷你好好地躺着别动，我去打水。"

楚归喜悦之余不放心，叮嘱："去卫生间里就有热水。"

他眼睁睁看继鸾转身去打水，才放心地松了口气。整整一晚上的惊魂，从原家堡里头

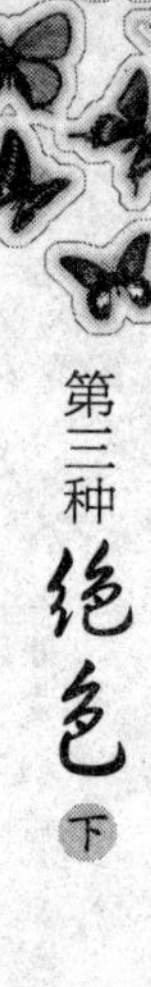

的跌宕刺激，到一路生死狂奔，回来之后还得给楚去非交代，在老宅里陪了楚去非大半宿，终于快天亮了才回来，又掂量着要派人去原家堡救柳照眉……

那一系列的事儿连轴转，他几乎就没闭过眼睛，又因臂上受伤失血，脸色便才格外苍白，这会儿放了心，就如继鸾所说，慢慢地躺下。这一刻放松下来，才觉得又累又倦来，手臂上的伤才也后知后觉地又剧痛起来。

楚归咬咬牙，叹息："嗳……还真疼。"

继鸾搬了个八角凳，端详了会儿放在床边上，便把那盆子水放在上头。

她见楚归真听话地平静躺着，本来想笑，可看他那雪白的脸色，双眉之间横着一抹倦意，那笑便也隐了。

继鸾走到床边，轻轻探手过去，探入他的身下，轻轻用力一抱。

楚归一躺之间，因彻底放松了，便竟半睡着了。继鸾一动作，他才醒来，模模糊糊道："好了？"

继鸾见他迷糊的样儿，便道："三爷，你不用动。"

楚归"哦"了一声，含混又说："你可不许偷偷就走了。"

继鸾心头一揪，不知为何心里就又有点……酸酸涩涩地貌似有些难受。

"知道了。"到底是答应了声，继鸾轻轻地将楚归的头转到床边，拿个枕头垫住他脖颈往上，又小心地将他一把的头发撩进手心里。

楚归的鼻息沉稳起来，继鸾看他一眼，试了试盆里的水，便把那缎子似的头发浸了里头去，复又抄了水，轻轻地按着他的头。

先前有次他叫头疼，让她按摩，她便只盲人摸象而已，此一番，就宛如上次，却又多了些什么……

继鸾的手又轻又软，力道适中。楚归昏昏沉沉中只觉得身子轻飘飘地，浑身那股疲倦劲儿也仿佛随着她的手的动作渐渐地给抽走了，头上一阵阵地热水滋润抚慰过，她的手却比水更加温柔……

楚归很想睡，很想睡，却又不舍得睡，耳畔像是听到窗外风吹过花枝的声音，伴随着轻微的水声，如此静好，宛如梦境。

楚归模模糊糊地竭力睁开眼睛，望见继鸾专注的脸："鸾鸾……"

继鸾一怔："三爷，我太用力了？"

她总是这句，不……不是……楚归想了想，终于问道："鸾鸾，你是不是……也喜欢我？"

先前他就想问这句话，又不敢问，如今终于问出来了。

继鸾的手一抖，差点儿把那盆水给打翻了。

第8章

一触即发

1

继鸾急忙握住那银盆边沿，水只是荡出来少许。继鸾只觉得自己的心怦怦乱跳，不管是说“是”还是“不”都无比艰难，深呼吸平静心绪后。继鸾意外地发现，问出这个问题的三爷，竟然闭着双眸，呼吸沉稳……他似是已经睡着了。

继鸾大大地松了口气，然而却又不知自己为什么如此，答案分明应该是很简单的，就是她一直以来所想的那个。继鸾呆了会儿，觉得大概是三爷问得古怪而突然，一时让她没反应过来。

继鸾小心地把那一把头发拾掇利索，用了干净的毛巾裹住，细细地将水擦去，一直用了五六块毛巾，才将头发擦得差不多干燥了。

继鸾本想把楚归唤醒的，新洗了头不好就这么睡，就算她擦得再干净，还是容易染了湿气，然而看着他恬然睡着的模样，却又没了唤他的心思，心里也知道三爷忙了一晚上，应该让他多歇会儿是真的。

继鸾轻手轻脚地挪了挪楚归的头，肩膀，又在那枕头下垫了两块干净的毛巾，把他摆出个舒服的姿势来，才又悄无声息地出门去了。

一直到房门关起，听到那一声极细微的“咔哒”声响，屋内床上的三爷才缓缓地睁开眼睛，原本明澈锐利的眸子里罩云笼雾，定定地将眼前的虚空看了会儿，才又闭上双眸，宛若睡去。

继鸾出到外面，少扬正好要走，见了她便道：“你再不下来，我可就走了。”

继鸾忙问：“你去哪？”

少扬说道：“因为惦记着你，就先来三爷这边打个招呼，如今还得去楚督军那边走一趟……虽然不知道怎么样，到底该走一趟不是。”

继鸾心头一紧，林紫芝不明不白死在原家堡，楚去非哪里肯善罢甘休。继鸾自不知道楚归回来后就去跟楚去非解释了，但纵然如此，究其源头仍然是原家堡不对。

如今原绍磊派了少扬前来，一来是原绍磊真个儿后悔了，二来少扬先前到底是二少的人。原绍磊知道楚去非应该不会平平静静地放过此事，才派了少扬做这差事，少扬能办好这事，自然善莫大焉，但若犯了楚去非的怒火……那也只能算他栗少扬短命。

少扬自然也明白这个，但箭在弦上，不由他不来。

继鸾也知道，正要说话，却听外头一阵吵嚷，接着是皮靴的声响，极快地过了院子，厅内的三人齐齐往外看去，却也都一惊，却见出现那人，正是栗少扬要去见的楚去非！

楚去非身边的几个警卫手中揪着四五个青年——都是跟着栗少扬来的原家堡的人，走到门口，狠狠往地上一扔，几个人哎呦哟声音此起彼伏。

楚去非杀气腾腾进门，手中的马鞭一指少扬：“你就是原绍磊派来的人？”

少扬见楚去非冷着一张脸红着一双眼，硬着头皮道：“是。大少派我来给您先陪个不是，以后大少会亲自来向您请罪的。”

楚去非冷笑了声：“赔不是？请罪？……少来这套，我告诉你，我跟原家堡没完，今儿就先宰了你们几个狗东西，再去原家堡，抓姓原的出来抵罪！”

楚去非一开口，周围几个警卫上前，团团就把栗少扬围住。

楚归这宅子也有十数个仁帮帮众，包括老九在内，但见是大爷发威，又有哪个敢上前半步？

继鸾跟柳照眉在边儿上站着，见状皆都震惊，而就在楚去非一挥手的当儿，继鸾极快地往前一步，顿时便将少扬挡在身后。

楚去非见状便喝道：“陈继鸾，你干什么！”

继鸾道：“大爷，少扬是我从小一块儿长大的，我不能眼睁睁地看您把他……”

继鸾还没说完，忽然肩头上多了只手，少扬从后面转出来：“我可没有让女人帮着挡枪子的爱好。但我还是挺高兴地……你能这样。”

继鸾急道：“少扬！”

楚去非冷笑：“少在那充大头，给我拿下！”

继鸾按住栗少扬的手臂，少扬握住她的手将她拽到身侧，正在相争不下的当儿，却听到楼上有人叫道：“住手！”

楼下众人齐齐抬头看去，却见在楼上，柳照眉扶着楚归正往下走来。柳照眉原先跟继鸾站在一块儿的，先前见情形不好，在场众人怕是压不住楚去非的。他趁着没人留意自己，顿时便动作迅速地上了楼。

楚归累极，正睡得沉，柳照眉推门进去，不管三七二十一一阵摇晃，顿时把三爷给摇醒了。

楚归一睁眼看清楚是柳照眉，刚要骂，柳照眉道：“大爷来了！底下怕要闹起来！”楚归打了个冷战，顿时没了睡意。

继鸾先前替楚归换了件衣裳，这紧急当口也顾不上再穿其他的，两人出了门绕到楼梯处，果真见下头一触即发。

楚去非见楚归出现，顿时道：“关你什么事？赶紧回去睡去！”但凡长眼睛都看出楚归是睡眼惺忪了，头发散散地披在肩后，只穿着一件粉白色绸布薄衣，脸色仍有些过白，像是上好的白釉瓷器，有几分易碎的脆弱似的，我见尤怜。

楚归松开柳照眉的手，看一眼跟少扬站一块儿的继鸾，走到楚去非身边，挽住他的手臂，才好声好气地劝着说道：“哥，哥……我不是跟您说了吗，这件事不怪他们……何况

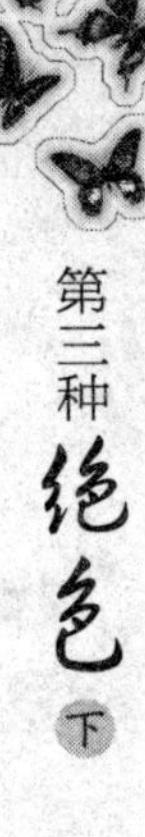

就算真的怪，也怪不到……”他回头看了栗少扬一眼，记恨地又盯了一下栗少扬握着继鸾的那手，才又对楚去非道，“也怪不到这个人身上……都是原绍磊那厮起头的，这个人却是原二少那边的，你看原二少都也死了，就别再为难他了……以后我们瞅个空把原绍磊弄死就完了……”

楚去非绷着脸，哼道：“你别以为我不知道，你是为了陈继鸾护着他是不是？现在死的是你大嫂……我……我想来想去……”

楚归道：“我知道你心里也不好受，谁叫原绍磊那混账那么蠢，竟叫个女人给糊弄了……这仇咱们是一定要报的，但两国相争也不斩来使。在这个关键当口，哥你就先放这帮人一马……”

楚去非想到林紫芝，很是难受，眼眶红红地。楚归叹了口气，单手晃了一下他的手臂：“哥，你别太难过了……”

楚去非看他一眼，瞧着他苍白的脸色，以及那垂着的不敢动的手，忍不住小声问道：“手怎么样了？”

“没事、没事……”楚归嘿嘿笑着，带几分讨好似的，“鸾鸾亲自给我包扎过啦。”

“看你那出息！”楚去非骂了声，看着他，不由地越发伤感，又看看现场，着实不是个抒情的地方，便抬手出去，抱住楚归的肩，搂着他走到旁边楼梯侧去，才道，“小花，你大嫂这一去，我身边可就只有你了。”

楚归道：“哥，没事的……都会过去的……”

楚去非摸摸他的头：“前日我接到姑姑来信，催你过去。你真的不考虑一下，过了这礼拜，再走就真没机会了。”

楚归垂眸沉默了会儿，才又暖暖一笑：“哥，瞧你说的。行，如果你能跟我一块儿走，我立刻就走行不？”

楚去非望着他，眼中渐渐泛出点什么来，看看楚归，又看看那被围在中央的少扬跟继鸾，叹了口气道：“我今儿就买你个面子……”

正在这时侯，却见外头一个士兵跑到门口，啪地行了个礼，道：“督军！外面邹专员父子跟警察局欧局长两人来见，说是要紧的事不能耽误。”

楚去非一怔，手一抬，围着少扬的士兵们退下，楚去非看看楚归：“怎么这几人跑到这里来了，是找我还是……”

楚归起初也有点摸不着头脑，转眼想了想，心头就一揪。

楚去非不明所以，重新回到厅内坐下：“行，叫他们进来吧。”

这边少扬跟继鸾忙退到一边上，楚归趁机走到继鸾身旁，想了想，很是犹豫，于是又走到少扬身旁，看了看他，最终还是又回到柳照眉身边去。

柳照眉从方才开始就觉得楚归的神色不对，见他徘徊来去最后走到自己身边，有些不明所以，却也仍不动声色。

楚归到了柳照眉身边，寒暄道："柳老板，你劳累了……"趁着人不注意，一下附耳过去，低低耳语："替我去看看祁凤。"

柳照眉怔了怔，楚归近距离地冲他一眨眼。柳照眉虽不知发生什么，却也微一点头，面上平静说道："三爷客套了。"

楚归这才回来坐下，正要唤继鸾，却见继鸾转身要走的模样。楚归吓了一跳，赶紧道："你去哪？"

继鸾站住脚："怎么了？"

楚归忙道："你别乱走，守在这儿，我心里不踏实呢。"

继鸾无可奈何，才道："三爷，你衣着单薄了点，我去给你找件外套。"

楚归一听，心头一甜，却道："行了，我叫人去拿，你在这儿哪也别去。"继鸾知道他脾气一阵儿一阵儿的，只好答应，谁知才站住的瞬间，却见柳照眉脚下无声地上楼去了。

继鸾心里怔了怔："柳老板这又是去哪？"

正在发愣之间，外头几个人却先后走了进来，正是邹专员跟警察局长欧箴，这会儿柳照眉正好上了楼，便没给几个人看到。

欧箴跟在身后，见礼的时候便一脸笑道："一大清早地，打扰三爷了，不知道督军也在这儿……实在是对不住，对不住。"

楚去非跟楚归一听，这是冲着楚归来的。

欧箴客套完了后，邹专员却露出不屑的表情来："欧局长，别跟着客套了，赶紧直奔主题吧。"

有楚去非在场，楚归便先不开口。果真，楚去非道："邹专员，欧局长，这一大清早的，两位一块儿来找我弟弟，难道是有什么天大的事儿？"

欧箴点头道："不敢，不敢……只是……只是那个……督军，邹专员说……不不，是邹专员的公子向我们举报……说……"

他颠三倒四吞吞吐吐地说着，却惹得旁边一个油头少年很不高兴。那少年按捺不住，便叫道："啰嗦什么！何不跟他明说？我们是来找神风大盗的！"

楚去非一惊："什么？你们找什么？"

那少年正是邹专员的公子，年纪不大，却打扮得油头粉面。他便叫道："是神风大盗，我们知道神风大盗就藏在这屋子里！"

楚去非气得笑起来："这可真是闻所未闻，我弟弟的宅子里有神风大盗？你倒是说说

看，哪个才是？”

此刻在场之人，楚归的人有老九，继鸾，外人便是原家堡的少扬，此外只有几个佣人，楚去非说着，大家伙儿面面相觑，也觉这少年所说的甚是可笑。

楚去非说完，又冷笑了声：“看好了再说！说得明白点儿，要是说不出来或者胡乱指认，欧局长，就把他当做是神风大盗的同党出来混淆视线诬赖好人的！不能轻饶！”

楚去非正在丧妻之痛，本想对少扬这几个人动手的却被楚归拦下，正一腔怒火没处发泄，平日里对待邹专员还算客气，但此刻却是一点儿面子也不给了。

邹专员听出他言外之意，当下变了脸色，道：“楚督军，你这是什么意思？”

楚去非道：“什么意思？意思就是我不能眼睁睁地看人往我身上扣屎盆子也不做声。”

欧箴早知道情形不妙，且不说这宅子里有没有神风大盗，就算真有，看看这是谁的地盘，他也不敢来撒野，但抵不住邹专员父子趾高气扬，逼迫着他来了，没想到楚去非正好也在，这简直是撞到了枪口上。

欧箴又掏出手帕来：“有话好好说……好好说……”

“有的人好好说他听不懂！”楚去非索性拍了桌子。

邹专员道：“楚督军，别跟我耍横，要真的神风大盗在这儿，你怎么说！”

楚去非冷笑：“任凭你处置！但要是神风大盗不在这儿，我可也要讨个说法！”

邹专员皱眉。就在这会儿，佣人把外衫取来。楚归披上，咳嗽了声，慢悠悠道：“邹专员，我大哥话是放出去了，你看看你是不是要以你的项上人头担保……这神风大盗，是在我这儿呢？”

楚归这话说得巧妙，楚去非的话是“任凭他们处置”，没说要“项上人头”，他却直接给邹专员按上了这个。

邹专员闻言，头皮一紧，欧箴也觉得脖子上冷嗖嗖地，忍不住缩了缩脖子，赶紧道：“三爷别急！不过是玩笑，玩笑，大家说个玩笑话罢了……都别当真……咱们来这儿看过了，没有，走了就是了！何必为了个神风大盗反而伤了自家人的和气呢？”

邹专员虽想找茬，奈何不敢以人头担保，他的公子也有些惊怕，因为这赌注着实狠了些，不留神就把老子送上西天了，一时有些畏缩。

父子两个均有退缩之意，加上欧箴在场中插花搅水，一场风波眼看就要大事化小小事化了。楚去非却又喝道：“等会儿，话还没说完！你们硬说神风大盗在这儿，那就是知道他的名字了？不如说来听听。”

欧箴把手摆的跟风车似的：“造孽造孽，定然不是了，是小孩子看错了，闹着玩儿……”

邹公子一听这个，顿时忍无可忍炸了锅，少年的沙哑嗓叫道：“没有，我看得清清楚楚，神风大盗就是陈祁凤！”

这一句话扔出来，仿佛一枚炸弹在客厅里炸响了，炸得众人脸色各异精彩纷呈。只有欧箴叫苦连天：“小祖宗，你这是干什么……”却已经于事无补。

2

邹公子一句话似捅了马蜂窝。

楚去非愠怒懵懂，竟想不起哪个叫“陈祁凤”。

楚归面沉似水，不动声色之余，盯着邹氏父子冷冷一笑。

少扬虽则意外，他也曾听过神风大盗的名头，但神风大盗如果是陈祁凤的话，这个他还真没想到，但没想到是一回事，仔细想想，若真是祁凤……那还真不令人意外。

只有继鸾是真真正正地震惊了，冲口喝道：“你说什么！”

继鸾头一个反应是“不可能”，目光扫过邹公子，邹专员，从欧箴面上一闪而过，“不可能”变成了“不会吧”，最后落在了楚归脸上。

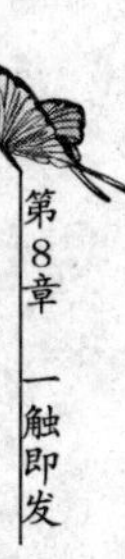

继鸾心中震惊之极，而邹公子说完后，楚去非一时没想都陈祁凤是谁。栗少扬是个聪明之人，当然不会在这时候做声，只是心里暗自打定主意，若是他们为难祁凤，便一定要二话不说相助继鸾。

先说话的人是楚归：“邹公子，你确定？可别随便诬赖好人啊。”

他这样淡淡地说了声，神情冷冷地，邹公子本年少气盛，然而被他一瞟，结结巴巴道：“我……我当然……”

楚归不等他说完，便道：“你当然什么，我记得不错的话，邹公子前些日子还跟祁凤有过争执，你不会是记恨于心，故意诬告以为报复吧。”

邹公子大惊又叫道：“我没有……”

楚归哼地一笑：“你这个年纪，被祁凤打了，当然不会善罢甘休，想来也是有的。邹公子，你自己任性也就罢了，可不能连累家人……”

“我……”邹公子被他气势所摄，咽了口唾沫竟无法再做声。

邹专员一看覆水难收，便硬着头皮道：“小三爷，并不是我们空口白牙诬赖好人，昨晚上发生的事你大概还不知道吧？”

楚归不耐烦道：“能有什么事？”

邹专员道：“昨晚上神风大盗跑到我家里头试图行窃，被我们及时发现，追捕里头有

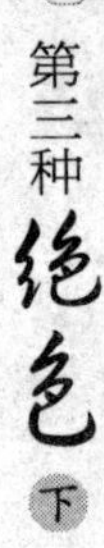

人看到神风大盗的手臂上中了一枪，而小儿也认出来，那神风大盗的身形跟陈祁凤一模一样！”

楚归闻言便挑了挑眉：“哟……还有这种事啊，怎么我一点儿也不知道。”

欧箴擦了擦汗：“三爷……知道三爷有事，因此暂时没有来打扰，请三爷见谅。”

楚归冷冷一笑：“那我帮里的人都是死的？这样天大的事居然都没有来说一声。”

老九忙请罪：“三爷恕罪，是属下们失职。”

楚去非在楚归亲热地念叨“祁凤”的时候才想起来这位主儿是谁，感情是陈继鸾的那位弟弟。楚去非眉头一皱，看楚归三言两语，终于琢磨出一点儿味来，心里暗骂楚归荒唐。

邹专员道：“怎么样三爷，你也别紧着责怪别人，因兹事体大，神风大盗在锦城为非作歹多日，又极为狡诈，所以我才命人不要张扬出去，免得事先走漏风声让人逃了，只等一击即中将人拿下再说。”

楚归笑道：“邹专员一片苦心啊……不过你放心，如果我知道哪个是神风大盗，我也会头一个将他拿下的，保证比你动手还快。”

邹专员道：“那我便放心了，那么……能不能让陈祁凤……”

楚归道：“可你们只说他手上中了枪，又凭令公子的眼神儿断人身形……这恐怕有些证据不甚确凿吧？”

邹专员皱眉：“三爷，你这意思可就是在推脱了，说一千道一万都没有用，不如你请陈祁凤出来，我们看一看他手臂上有没有伤不就知道了？”

楚归不屑地扬起下巴：“那还真不用请他了，现成的一个神风大盗就在你跟前。”

邹专员道：“三爷你这是什么意思？”

众目睽睽之下，楚归把外裳的袖子撩起，往上一卷露出底下伤痕，冷笑：“看到了？臂上有枪伤，那我岂不是你们要找的神风大盗？要不要我拆开给你们看看是不是十足十的枪伤？”

继鸾跟楚去非几乎齐齐出声，一个叫道：“不行！”一个喝道：“住手！”

两人叫完了，才又对视一眼，各自觉得对方都有点儿不太顺眼……

那边欧箴也连声叫：“使不得使不得！”

邹专员眉头深锁：“三爷您怎么这么巧也受伤了……”

楚归冷哼：“没什么，横竖昨晚上在邹专员府上多得了两件宝贝，受点伤也是值得的。”

邹专员脸色有些变：“三爷，咱说的是正经事，你可不要打趣我……”

楚归道：“邹专员，闹够了吧，你儿子年纪小，我不跟他计较，但是因为私怨而挟私报复，甚至不惜将人置之死地，这可有点不大厚道，你去作弄别人也就罢了，横竖跟我无关，但是陈祁凤，你可是找错了人了！上回的事儿我本就打算那么完了，瞧着你们还有点没完没了，要不要咱们再重新算计算计？”

邹专员怔住：“三爷，你就算……我好歹也是政府的官员，你这是威胁我吗？”他不等楚归发话，又看向楚去非：“楚督军，你就纵任你弟弟如此胡作非为，威胁政府官员？你有何面目为一省督军？”

楚去非听到这里，便哼道：“许你惯你儿子横行霸道栽赃嫁祸，就不许我让我弟弟路见不平拔刀相助？俗话说，天子犯法与庶民同罪，我说邹专员，就算你朝中有人，也不能就把儿子惯成这样，如今竟还想借题发挥，以上告要挟我，你不要做得太绝了！”

邹专员一听，五内冒火：“好好，你们就是一个鼻孔出气的——陈祁凤你们是不打算交了？”

楚去非道：“欧局长，你说这证据确凿么？如果说凭着枪伤，那我弟弟也算是嫌疑人了，如果说是靠邹公子的眼力，那他先前跟陈祁凤有私怨，这证词也不甚可靠啊。”

邹专员忙也转移火力：“欧局长，你可不能被他们糊弄了！要即刻缉拿可疑人犯审讯调查！”

欧箴被挤在中央，汗如雨下，恨不得立刻倒地装晕：“我说……我说……唉……我心绞痛犯了……”手捂着胸口，抽搐着要倒地，身后两个警察是贴身跟随着的，跟欧箴狼狈为奸心灵相通，见状便冲上来抢救，声情并茂歇斯底里地呼喊：“欧局长你醒醒……不行了，要即刻送医院！”

另一个叫道：“督军，专员，三爷……我们局长不行了，我们先送他去医院！”

两个人身形高瘦，欧箴肥胖，两人奋力架着欧箴肩膀，几乎将他提得双脚离地。欧箴依旧装死，圆圆地横在中间，远看像是两个竹竿架着一只肥猪，身形却极灵活，很快地就逃出门去消失不见。

“喂喂，你们！”邹专员气得吹胡子瞪眼，转身瞪着楚去非道，“楚督军，神风大盗的事，我一定会向中央写信检举……相信很快就会有……”

楚去非淡淡道：“请便吧，不过你要赶快，不然等小日本动手，恐怕就没人搭理你了。”

邹专员咬牙切齿，转身就走，邹公子悻悻地跟着走了。

不速之客都离开后，楚去非看向楚归：“你干的好事。”

楚归咳嗽了声，看向继鸾：“鸾鸾……栗少扬该回原家堡了吧，你不去送送？”

继鸾本来正想去找祁凤，听楚归这么说，知道他要跟楚去非私下说话，想了想少扬果然也是要走的，而经楚归这一番开脱，祁凤那边便暂时无事，继鸾默然一点头：“好的三

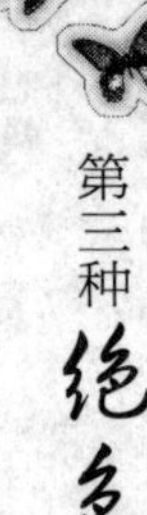

爷。”

栗少扬又向楚去非跟楚归行了个礼，才跟着继鸾往外走，少扬心里却知道，楚归留着楚去非说话，趁机让继鸾送自己走，自然也有绊着楚去非免得再节外生枝的意思，而让继鸾送，则更一层保险。

少扬本来有些对楚归瞧不上眼，但看他昨晚上单刀赴会的胆气，方才为继鸾撑着那份临危不乱，不由地在心中多了一份钦佩，心想：“怪道继鸾肯跟着他，怕也只有他这样的人物，才值得……”不再想下去免得自己更难受，但心里仍忍不住一声叹息，却半是酸涩半是欣慰。

继鸾伴着栗少扬出门后，楚去非默默道：“那个陈祁凤，真是神风大盗？”

楚归起了身，走到楚去非身边，乖乖道：“哥啊，先喝口茶吧。”亲自捧了茶送给楚去非。

楚去非一扭头不去接，板着脸：“你能耐得很，我吃不起这杯茶。”

楚归笑道：“看你说的，你是我哥啊，你吃不起谁吃得起，我知道哥你心里恼了。你打我也好骂我也罢，只别自己生闷气。”

楚去非气得有些心酸：“闭嘴！你不用说这些哄死人不偿命的，你看你办的那些事，我早跟你说神风大盗的事儿烦人，还让你留心些，怪道当时你有些古里古怪的，原来是早就知道了陈祁凤是神风大盗？”

楚去非说着说着，不等楚归出声，又冷笑：“我还以为这神风大盗到底厉害，连我弟弟都不知道他的身份，原来不是不知道，反而是有意替他遮掩护着。”

楚归垂着头：“哥，我之所以没吱声，是因为陈祁凤做的那些事不是坏事，虽然起了点骚乱，但也算是一种‘劫富济贫’，你没看余山那边饿死病死多少人？他把劫的那些钱财送过去，也救了不少人命。”

“别跟我说些好听的！”楚去非喝道，“我只问你一句，假如陈祁凤不是陈继鸾的弟弟，你会明知道他的身份却不管？”

楚归想了想，认真道：“这个可不一定……”

“什么？”

“或许我心情好，就也不会为难这人，毕竟有些老百姓暗地里叫他‘侠盗’来着，我料理了他是小事，会惹得民怨的。”

“呸，你怕那些？”

“有时候还是会怕的……”

楚去非看着他嬉皮笑脸的模样，忽然又有些伤感：“……我看你、真是鬼迷心窍了。”

楚归把那杯茶擎着，一手搂住他的肩膀：“我鬼迷心窍有什么不好，陈祁凤是我小舅子，我跟鸾鸾成了亲，很快给你生个小侄子出来，你不高兴啊。”

楚去非听了，忍不住笑出来，眼中却有些湿润：“你不用剃头担子一头热，……唉。算了，反正现在是树欲静而风不止，乱吧，乱乱也好，反正迟早是要大乱的。”

楚归听着他的声音，心头一紧：“哥……”

楚去非看他一眼，终于把那杯茶接过来：“我不会真对你动怒的，小花，只不过我也不知道能撑多久。陈祁凤那边你留心点，这事儿怕是瞒不住了……传出去的话不一定会怎么样。”

“我知道了哥，”楚归眼巴巴地看着楚去非，“我知道哥对我好。”

“滚！”楚去非肩头轻轻一撞他将他撞开，“你就是有求于我的时候才肯这么样儿，平日里我要给你按个肩膀都嫌我烦，我这大哥当的是真可怜，你用得着就拿来哄哄，不用就踹到一边。”

楚归捂着胸口，伤处有些被牵扯到：“才没有。”

楚去非醒悟过来：“伤怎么样？我一时忘了。”

楚归摇头：“没事没事。”

楚去非皱了皱眉，最后正视他的眸子，缓缓又说：“你喜欢陈继鸾……我也不拦着你，你好不容易喜欢上一个人……不管做什么，大哥都……体谅，但是，你别亏了自己！我只有这一个要求，知道不？”

楚归心头一紧，又热热地：“知道。”

楚去非怕他不长记性似的，双掌按住楚归的脸颊，又恶狠狠道：“别左耳听右耳出不当回事，给我记住，没什么能比我弟弟的命更矜贵！”

祁凤藏在房间里，不敢冒头，先前楚归来看过几次，瞧着他侧躺床上，似乎睡得安静，便没有打搅。

柳照眉上楼，摸到祁凤方面，推门进去，刚走几步，就嗅到一股血腥气。

先前楚归那奇异的举止柳照眉早留心了，他特别走到自己跟前那一番叮嘱绝非无端端的，柳照眉心头一紧，就知道祁凤出事了，不仅出事，恐怕还惹了事，因此楚归才有意避着继鸾。

柳照眉把祁凤从床上拉起来，见少年脸色发白冷汗频频，正咬着牙缩着身子，柳照眉一下就看出他肩头不妥。

祁凤兀自嘴硬：“干什么呐。”

柳照眉皱眉道：“祁凤你到底做什么了？”就想查看他的伤处，祁凤扭了一下：“没事，别动。”柳照眉道：“三爷让我上来看你，但是我估计这事儿瞒不住了，你姐

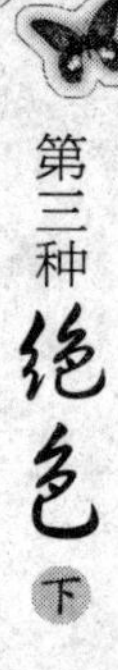

很快也会知道。”祁凤吃了一惊：“什么？……是三爷告诉姐的？他明明答应过我替我瞒着的……”

柳照眉挑眉：“瞒着什么？”

祁凤迟疑地看他：“你不知道？”

柳照眉道：“你不说我也很快就知道了……而且我知道底下警察局长跟邹专员父子来找三爷了……”柳照眉聪明，楚归听说这事儿后便叫他上楼来看祁凤，他便猜这事儿跟祁凤脱不了干系。

果真，祁凤一听，更拧了眉：“他们来了？难道……”

“难道什么？”

祁凤心头一惊，忽然道：“柳老板……不行，我不能在这儿，我得离开。”

柳照眉道：“你这模样还要去哪？你想让你姐急死吗。”

祁凤转念一想，也是，只不过虽然怕继鸾会担心自己，却又怕继鸾知道事情的真相之后会被气死，祁凤心急如焚，不知道该如何是好，柳照眉看着他犹豫的样子：“你要是肯把发生什么事儿说出来，我倒是可以考虑帮你想法儿的。”

祁凤虽然机灵，到底是个少年而已，此刻又惊又怕，惊的是事情败露，怕的是继鸾生气，正是毫无头绪之时，望着柳照眉的脸，终于道：“那你也要答应我，要是我姐不知道的话，你不能跟她说。”

柳照眉道：“你该明白我也不想继鸾生气，最好是想法儿把这件事解决了。”

祁凤叹了口气，终于把事情一五一十地说了。

其实祁凤从很久之前就开始预谋动作了，几乎是从刚进锦城不久。

那时候祁凤还没有上学，继鸾因为要想法儿救黑马，四处奔走，祁凤一个人留在租屋里头，时常跟贫民窟那帮孩子一块儿玩，起初是不打不相识，后来便极快熟络了，竟成了孩子王。

继鸾后来搬走，祁凤便离开贫民窟，但他心里头仍然记挂着那些曾经一块儿玩过的伙伴，偶尔找机会便回去看一眼，谁知道却看到了极为凄惨的场景。

祁凤这才知道为什么继鸾先前总会马不停蹄四处奔波，忙得狠了甚至一连数天不着家，有几次也是伤得令人触目惊心，但正是因为继鸾这般卖命似的，才让他没有跟有些玩伴一样因饥寒病饿而死。

当时他还颇为埋怨她为什么有时候十天半月不归家，现在想想，当时的想法是多么自私，如果没有她，他恐怕连抱怨的机会都没有了。

祁凤在震惊反思的同时，也觉得自己的无能为力，以前他常叫嚷着要出去行走江湖，继鸾总是拦着，现在他大概明白继鸾的想法了，可是那种无能为力的感觉却像是蚕在啃噬着心一样令他难受异常。

祁凤一直都不知道该怎么面对这一切，突如其来而又该早就明白的一切，一直到他在报纸的一角发现一则小小地新闻，说的是某地捉拿到一名“侠盗”，如何劫富济贫，有古代侠客的风范……但是那名侠盗的最后结局却不甚美好，被警察局捉去枪毙了。

祁凤盯着那块豆腐干看了许久，终于决定自己该也做点什么，就算是再危险也好，他总要做一点。

正好那段时候继鸾被楚归缠上，每天早出晚归，对祁凤的管束也不似先前那么严格，祁凤试着行了几次事，多多少少地也摸出了一点经验。

再然后他进了学校，学生里头多的是纨绔子弟，时常夸夸其谈地斗富，祁凤旁敲侧击或者留心听着谁是为富不仁的，便暗中行事。

竟然越做越顺利，从最初的只是凭着一腔意气，到渐渐地多了些不同的东西。

当然，危险也随之而增多，尤其是报纸上报了神风大盗的新闻之后。

祁凤也考虑停手，但昨晚上却是一个意外中的意外。

且说楚归刚送走了楚去非，继鸾便也回来了，楚归没话找话地：“鸾鸾，你这次回来得极快。”

继鸾扫他一眼：“三爷，祁凤在楼上吗？”

楚归道：“我也正想上去看看呢。”

继鸾转开头去：“三爷，……你再去睡会儿吧。”

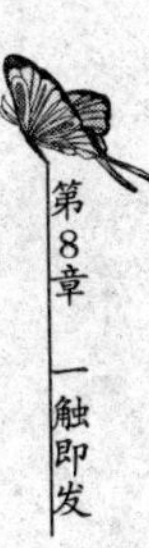

第9章

命中克星

1

继鸾有点不知道该怎么面对楚归。

送了少扬出城，继鸾一刻也不敢耽搁，飞奔着赶回，回来的路上把事情匆匆想了一遍，原来不敢相信邹家父子所说的祁凤真是神风大盗，但是隔了这一阵儿人也冷静下来了，又重想了一遍，继鸾觉得一颗心凉透了。

继鸾知道神风大盗是祁凤这件事八成没跑了，她可以不相信所有人的话，但是不会看错楚归。

楚归那种态度，听闻欧箴一行人来时候的举止，继鸾回想着，发现很多被自己忽略的细节。

不知为什么，继鸾竟觉得自己很了解楚归，倘若今日这些人是来诬告的，以楚归的性子，绝不会让他们就这么轻轻地走了。

继鸾又气又急，因为祁凤的胆大妄为，也因为楚归的“知情不报”。

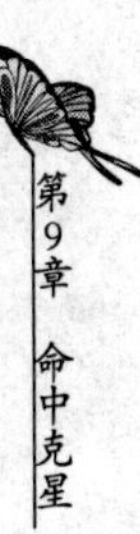

继鸾能猜到这件事三爷肯定是知情的，并不是从他从容应付邹氏父子这点上来说，实话说他本就是个泰山崩于前而面不改色的角色，继鸾觉得他知情的原因，是因为神风大盗在锦城闹得满城风雨，却无人知道他的真实身份？就算是别人不知道，楚归又怎么能不知道。

他是锦城的地头蛇，锦城出了那一号厉害人物，他怎么会安心？现在回想以前，祁凤本来不甚喜欢他的，可是不知从何时开始，竟不再见祁凤敌对楚归，其中原因，自然耐人寻味。

继鸾无法相信楚归居然对她瞒着这件事，这种震惊，甚至跟祁凤是神风大盗的事实来得同样让她无法接受。

心里头有些愤怒，又有些酸楚。

若是在以前，继鸾自然不会将这件事轻描淡写揭过去，起码要质问一下楚归，为什么竟然坐视这件事发生，却一丝一毫也不透给她，她才是祁凤的亲人啊……

可是在另一方面，三爷的确也没有这个义务告诉她，继鸾知道。

但继鸾无法张口质问楚归的另一个原因，却是……

看着他依旧苍白的脸色，那垂着的手臂……他费尽心思地应付了那些人，原绍磊，楚去非，邹氏父子……没一个省油的灯，从昨天到今天他想要安然歇息会儿都不成，此一刻，看着她进门，他竟然露出了笑容，似是看见了她而心生喜悦的笑。

这样矛盾的一个人，让继鸾觉得心酸。

所以她仅仅只是难堪地将头转开去不敢看他，淡淡地说了那句话。

但是对楚归而言，这句话的意义显然十分重大。

楚归猜得到继鸾明白他把祁凤的事“知情不报”了，但是她居然能在这一刻说出这样这句话来，那便也是关心他的。

楚归刚要搭腔，继鸾忽然道：“我去看看祁凤……”她不等楚归开口，急急地便上了楼。

楚归转头看她离去，略觉遗憾，站了会儿，便叹：“祁凤啊，不是姐夫不帮你……你自求多福吧。”本来想功成身退的，忽然间想到祁凤房里还有个人，楚归心里一紧张，想了想，便也跟着上了楼。

继鸾推开祁凤房门之时，柳照眉正在给祁凤的肩膀上药。

继鸾见了这情形，原本在嘴角的那些话忽然烟消云散，急忙冲过来：“怎么了！”

柳照眉转头：“你回来了，祁凤伤着了……”

神风大盗中了枪，继鸾听邹家两个说过，但当时她惊极心乱，对这话半信半疑，加上楚归曾说祁凤好好睡在房里，她便强自按捺，并未立刻就跑上楼去看祁凤，不然反会引得在场之人怀疑。

此刻继鸾忽见祁凤这模样，心中火烧火燎，急忙上前，先看一眼祁凤，见少年的脸色同样雪白，但精神倒不算极差，先放了一半的心，轻轻又把绑着伤的纱布揭开一点，顿时倒吸一口冷气。

“你怎么……”继鸾又心疼又着急。刚要呵斥，祁凤垂着头，黯然道：“姐，我做错了事，你罚我吧。”

继鸾一皱眉，反倒是说不出来了，柳照眉轻轻拉了拉继鸾：“事情你都知道了？”

继鸾对上他的双眸，明白柳照眉怕也知情了，便黯然一叹，看向祁凤：“真的是你？”

祁凤道：“姐，我不会狡辩，只求你别生气，你打我罚我都行。”

继鸾眼中发热，竟说不出话来，柳照眉道：“祁凤年纪小，有时候做事未免缺了章程，继鸾，你别着急……祁凤先前说他已经知道错了，他也是不忍心那些人病饿而死才冒险的……”

继鸾道：“那么他就不知道我会担心吗？”她不忍看祁凤的伤，对她来说，从小到大虽然总是罚他，却不曾动手打过他，这样宝贝的一个人，若是那枪子儿再歪一点，此刻他就站不到她跟前了，继鸾想想，一阵的后怕。

柳照眉道：“他知道，他方才也说了，祁凤，你快跟你姐说……”

继鸾心头的怒气翻涌：“不用说了，有什么用？该发生的已经发生了，人家都找上门来了。陈祁凤你真能耐得很，今日若不是三爷在，你现在还能在这儿跟我说话？你想让我怎么做？”

她终于忍不住，先是跟柳照眉说，后来便直接转向祁凤，又痛又怒，那眼中的泪刷地涌出。

祁凤坐不住，从床上翻滚下来，拉住继鸾的袖子便跪了下来：“姐，我错了，我错了，求你别气……”少年也不知道该怎么说好，他无法辩解自己所做过的一切，也不承认那是错的，甚至时光倒回的话，他依旧还会那么做的，就像是继鸾要照顾他一样，他看着那些陌生的受苦的人，也绝对不会无动于衷。

但是他当真是对不起继鸾，继鸾做的一切都是为了护着他衣食无忧，他却自己给自己找了一身的麻烦，甚至受了伤，惹了大祸，若是出了事，继鸾该怎么办？……他不是没想过，只是无法控制自己去做那些事。

继鸾站着，任凭祁凤跪在身侧，她将头转开，不让祁凤看到自己的脸，但泪却流个不停，陈继鸾从来不是个软弱的女子，从小到大流泪的次数屈指可数，但是这一刻却怎么也忍不住。

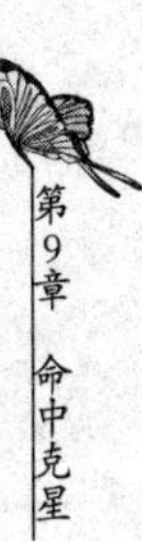

气祁凤不知天高地厚，疼他受了伤还差点丧命，同时又懊悔自己的后知后觉。

祁凤拉住她的手，却被她甩开，祁凤却张开手将她的腿抱住：“姐，你打我吧，你打我吧……”哀哀地哭求。

柳照眉在旁边看到这里，便道：“不要乱动了，伤口都要裂开了……”虽然是说祁凤，眼睛却是看着继鸾。

继鸾听了这话，轻轻一颤，抬手将脸上的泪擦了擦，才又恢复了那种淡淡的神情，回头来看了祁凤一眼，见他跪在地上，满脸的泪，可怜之极的模样，心疼之余心也又软了，急忙去看他的伤，心软了嘴里却还硬：“哭什么！你自己胡作非为的时候不是很威风么！”

祁凤吸着鼻子，眼睛发红，哽咽着：“姐……我不敢了，再不敢了，你别生气。”不敢了，看到继鸾这幅模样，他不敢再任性而为，伤了自己是小事，她是他最敬爱的姐姐，伤了她，他实在无法想象。

继鸾的手抖了两抖：“不用说得好听……起来，滚到床上去！”

祁凤却摇了摇头：“姐不原谅我，我就不起来……”

继鸾喝道：“闭嘴！”

柳照眉在旁温声道：“祁凤，你还不懂吗，你姐已经原谅你啦，你都说不敢了，以后别再闹出事来伤着自己就行，快起来吧……到床上歇会儿，把伤好好地处理一下。”

祁凤眼巴巴地看着继鸾，继鸾看他一眼，又转开目光，祁凤见状，才慢慢地起身，柳照眉扶着他：“姐弟两个，有什么解不开的？先前你没回来，祁凤怕得什么似的，瞧他的样，中枪都没这么怕的。”

继鸾咬了咬唇：“伤处理过了？”

祁凤点头：“嗯……”

继鸾心里头有些乱：“柳老板帮的忙？”

柳照眉看一眼祁凤：“幸好这孩子命大，自己先处理了一下才没失血过多……”

祁凤身为“神风大盗”，自然是“来无影去无踪”，他只是个少年，身形瘦削，身法又灵动，飞檐走壁，行动十分敏捷，因此才给人留下这么一个外号。

加上祁凤又小心谨慎，会以面巾蒙着脸，因此从没有人看过他的真面目，一直到昨晚。

祁凤这一次去的，是邹家，因为曾跟邹公子在学校有点冲突，祁凤也有点公报私仇的意思，想要教训一下这些人，谁知道却看到了令人惊讶的一幕。

当时祁凤已经摸到了几件值钱之物，正要离开，却见邹公子拉扯着一个人不放手，那人怒喝无效之下，抬手便打，邹公子吃了一个巴掌，顿时暴怒，原先的几分客气荡然无存，骂了几句不堪的，居然又动起粗来。

跟邹公子对上的那个人倘若是个寻常的倒也罢了，却偏偏是林市长的千金，也是祁凤相识的林瑶。

林瑶被邹公子拉着，动作间，衣裳也被撕裂了，祁凤看到之后，忍无可忍，格外震怒，从窗外跃进来，踢出一个花瓶，正中邹公子身上。

邹公子见有人跃进来，反应倒是迅速，捂着手臂倒退回去，一边扯着嗓子叫道：“有贼！来人啊！”来不及拉扯林瑶，呼喊着往门口跑去。

林瑶跌在地上，又羞又气，祁凤将她抱起来：“你没事吗？”

林瑶有些惊讶地看向他，眼底还带着惊惧，祁凤才醒悟过来，急忙放开她，压低了声音喝道：“赶紧离开这里！”

林瑶站起身，迟疑道：“你……”

这一会儿，门外已经冲进许多邹家的保镖，乱枪发射。

林瑶到底是个娇小姐，见状有些惊呆，竟站在原地不动，祁凤眼疾手快，用力将她推开，手臂上却中了一枪。

林瑶被他一推才反应过来，见那些保镖逼得紧，她灵机一动，便大叫一声：“他还有同伙去找专员了，不要中了他们的调虎离山计！”

几个保镖一听，有人面色大变，急忙往回跑，林瑶趁机叫道：“你快走！”

祁凤看她一眼，林瑶道：“我的人跟在下面，这么一闹就上来了，别担心我！”

祁凤这才纵身跃出了窗户，这功夫，外头的保镖又给邹公子骂骂咧咧地赶回来了，林瑶趁机冲过去，兜头给了邹公子一巴掌，骂道：“姓邹的！我要你好看！”

邹公子愣了愣，捂着脸捉住林瑶的手臂：“贱货！你找死吗！”

林瑶拳打脚踢，叫骂不已，挡在门口，几个保镖惊了惊，又耽搁了点儿时间。

这会儿林瑶的贴身护卫果真也跟着上来，见邹家一片混乱，赶紧先护着林瑶离开。

继鸾听了柳照眉的转述，便看祁凤：“就是这样？”

祁凤点头。继鸾也不知要说什么好：“那么林小姐也知道了？”

祁凤迟疑：“我……我不知道她知不知道，我没对她说过……”

继鸾抬手摸了摸额头：“算了，先不想这些，你先好好地歇会吧。”

祁凤抬手拉住她的衣袖：“姐……”

继鸾垂眸看他：“行了，睡会儿吧。”语气已经放柔和了许多。

祁凤眨了眨眼，果真乖乖地躺平，继鸾拉起被子替他盖好了，祁凤闭上眼睛，又睁开，看到继鸾之后，才又闭上，如此几番，终于真的安静睡着了。

继鸾看祁凤睡着了，才起身走到门口，柳照眉跟着走过来：“真的不气了？”

继鸾苦苦一笑：“本来很气，可是看他这个模样……细细想想，也是我的错，我要是对他上心点儿，又怎么会一直到事发了才知道……”

柳照眉轻声道：“常言道，当局者迷，你别太自责了，而且祁凤其实也不算小孩子了，倘若只是小孩儿，这就是件好玩的事，但是他所做的那些……实在让许多大人都自愧不如。”

继鸾无奈笑笑：“柳老板，你别安抚我了，也不用替他说好话……先前我进门时候你假意替他看伤，就是为了不让我为难他吧。”

柳照眉低低咳嗽了声：“你看出来了？”

继鸾垂头：“本来不知道的，但是看祁凤的伤已经处理好了，这才想通……”低低说了这一句，忽然想到一件事，抬头细细看了看柳照眉，见他脸上果真带着淡淡地倦容，便道：“你一晚上没睡？”

柳照眉怔了怔，忽地笑道：“是了，还真是如此，我自己都忘了。”

继鸾想想，合着昨晚上数她自己睡的最多，楚归睡了一小会儿，祁凤自己也忙得翻天覆地，柳照眉却是实打实地一刻也没有合过眼吧，但幸喜他是安然无恙的。

继鸾忙道：“柳老板，你要不要回去？好好地歇息歇息……”

柳照眉望着她，竟舍不得移开眼睛：“我不累……”如果让他站在这里，就这么永远地看着她的话，他绝对不会感到累的。

继鸾呆了呆，对上他的眼睛，才感觉到一丝异样，手指不由地细微发抖。

柳照眉看着她的眉眼，喉头一动，虽然知道不可以，但是却仍然无法控制般地抬手便

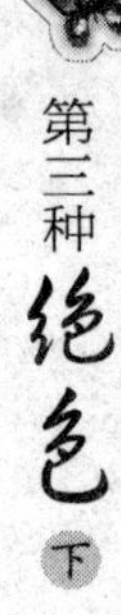

要抚向她的脸颊。

忽然之间，门外传来好大一声咳嗽。

柳照眉身子一僵，那手也僵在了半空。继鸾醒悟过来："柳老板，我、我送你回去吧？"

柳照眉当然是求之不得的，但是门外那声音却说："老九，安排几个人，好生送柳老板回去。"

继鸾愕然，而后略觉尴尬，柳照眉却极快地恢复了淡然神情，微微一笑，同继鸾说道："三爷就是周全。"说罢，这才转身出门。

继鸾见柳照眉出外，回头看看祁凤，便也跟着出去，果真见楚归站在外头走廊里，距离门口几步之遥，柳照眉背对着自己，似在跟他说话。

很快地，柳照眉迈步往外走去，继鸾往下看，果真看老九站在楼梯口等候着，柳照眉下了楼，脚下一顿又看上来，望见继鸾的时候，便一笑点头示意，随即便迈步出门去了。

一直到他出门去了，继鸾才听到耳畔有个声音冷冷说道："看够了吗？"

继鸾回头，看到楚归站在身旁，一脸不悦。

继鸾道："三爷，你怎么没去睡？"

楚归哼道："我的人都要跟别人跑了，我睡得能安稳吗。"

继鸾吃了一惊，而后皱眉道："三爷，你在说什么。"

楚归走过来，握住继鸾的手腕："你跟我来。"

继鸾道："干什么？"

楚归拉着她，便走向自己的房间，继鸾不想跟他争执，便任他而为，楚归将人带到自己房中，把门一关，便来亲她。

继鸾抬手抵在他没伤的那边儿胸前："三爷。"

楚归索性攥住她的这手，放在唇边就吻下去，热热地唇贴在上头，稍微有点湿湿地。

继鸾一惊，忙抽手回来，楚归趁机将她拦腰抱住，不依不饶便道："你别想跑，三爷要定你了，可是你总这样，让我很不放心……鸾鸾，我们成亲吧！"

继鸾大为意外，且又震惊，慢慢地脸热："三爷，你糊涂了吗？"

楚归道："三爷才没糊涂，说的都是掏心窝子的话，只要你答应一声儿，明儿我们就举行婚礼！我今儿跟大哥也都说了……很快让他抱上小侄子……"

继鸾啼笑皆非，本想挣开，可是他抱得十分用力，勉强震开他的话怕又伤到他。继鸾担心地看着他的手臂，心想三爷跟祁凤一样都不是让人省心的主儿，便按捺不动如木桩子，任凭他抱着，只耐心道："三爷，你先放开我，有话好好说。"

"不行，"楚归深思熟虑道，"我得赶紧把生米煮成熟饭才安心。鸾鸾，鸾鸾……"

他甜甜蜜蜜唤了两声，低头便亲继鸾脸上。

继鸾急忙扭头，但到底给他亲在鬓边上，楚归亲了两下，低声又道：“鸾鸾，我想要……”最后一个字吐得低低地，却更缠绵入骨，热乎乎地气息都钻到继鸾耳朵眼儿里去，撩人似的。

继鸾尴尬之极，竭力镇静，咳嗽了两声，尽量正色道：“三爷，你有伤在身，先放手。”

“伤好了就可以吗？”他柔声问，垂眸凝视着她的眼睛，他的心跟唇瓣一样蠢蠢欲动，在她脸红耳赤地想要说出拒绝的话之前，他先发制人用力而准确地吻上了她的唇。

终于找准目标的感觉令三爷欣慰而心安，享受着那软软香香的触感，怀中抱着实实在在的这人，三爷魂魄荡漾，呢呢喃喃含含糊糊道：“但是这点儿小伤也不妨碍的……”

2

楚归的自说自话能耐显然已经登峰造极，继鸾在他那种强大的自信……或者说自大——自大到目空一切的气场下俨然阵亡。

继鸾脑中轰然一声，浑身燥热，觉得整个人仿佛都涨大数倍，被楚归拥着，就像是被什么有毒的东西逼住了似的，他周身散发着的那股气息也像是有毒，把她整个人都弄得麻痹起来，从头脑到身体麻酥酥地，几乎无法动弹。

这大概就是遇到了命中的魔星了！

不管她说得如何明白，做得怎么彻底……打也打过了，甚至打了几次，骂也骂过了，自以为澄清所有，他还是一切如故。

继鸾练的是太极，擅长的是以柔克刚，但是到了楚归面前，在两人相处之间，显然他变成了克她的那个“柔”，任凭巨力来打我，牵动四两拨千斤。她强任她强，清风拂山岗；她横任她横，明月照大江，但要是反过来的话，继鸾实在自愧不如。

被他吻住的感觉，难以分清，愤怒、震惊、羞怯、尴尬、烦恼……交织在一起，还有一点没头没脑的眩晕。

这个人打也打不好，说也说不听，继鸾对他真是没有法子了。

可是却不能就任由他这么为所欲为！

理智如此说，但是究竟要怎么办，着实把继鸾难住了，往常对付这种场景，她二话不说，只消出手便可，对面这人虽能口灿莲花，拳脚上却绝不是她的对手，但是现在……

他手上带伤，身子又虚——起码在继鸾看来，彻夜不眠加上钩心斗角还受了伤，的确

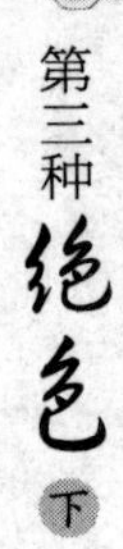

够他累的，但这样的一个人，竟还选在这个时候向她用强。

继鸾其实是无奈的，羞怒之余又有点哭笑不得。

要制服他其实不用费力，只要她狠心一点便可，但是她不愿意对这时侯的楚归出手，于是只能像是“普通人”一样“挣扎”开来。

但是这样却更见尴尬。

继鸾无法想象自己无助地想要从楚归手底下挣扎出来的那情形，如一个柔弱的弱女子般，光是想想也实在惨不忍睹了点。

她不能出手，无法挣扎，于是便把自己站成了一个木桩子，被他抱着轻薄，渐渐地上下其手，嘴唇含着她的，像是要把人一口一口吃了。

不知是不是错觉，有那么极短暂……起码继鸾以为是极短暂的一刻，继鸾竟有点恍惚，这种被尽情地、温柔而急迫地亲吻着的感觉，让她有那么瞬间的迷醉。

“三爷……够了！”趁着他的唇稍微离开，继鸾竭力转开头去，低声说道，心跳有些不稳。

“不够……怎么能够……”楚归贴着她，紧紧地，一丝缝隙也不肯留，“才刚刚开始，鸾鸾……”他迫不及待地，摸索着解她的扣子。

“三爷！”继鸾嗖地伸手，握住他的手腕，“不要……再乱来。”

“我没乱来，”楚归低喘着，眼睛紧紧地盯着她，“鸾鸾，我受不了了……”

他的声音带着一丝颤抖，苍白的脸颊上浮着淡淡的晕红，继鸾脑中一昏。楚归反握住她的手，他的手指极为灵巧地将那盘扣解开，立刻把她的衣裳剥到了肩头。

“三爷！”继鸾忍无可忍，趁着空隙，抬起右掌在他胸口一按，刚要发力将他推开，楚归抬起那伤臂握住她的手腕，极快说道，“你动手啊，像以前一样……干脆打死我算了！”

继鸾身子一颤，几乎能看到他的伤臂处又沁出血来，忍不住跺脚喝道：“你疯了么！”

楚归道：“是有点……”他叹了声，略有些欣慰，又有些狡黠地：“你也不舍得伤我是不是？”

继鸾被他拉着，脚下踉跄到了床边，楚归见机不可失，合身便将继鸾压往床上。

继鸾刚要挺身起来，却被他压了个实实在在，身子重重地跌回床上，而他的手顺势往下一拉，几乎将她的长衫扯到腰间，里头的中衣也被拉扯得有些凌乱，领口的扣子也扯开了两颗。

楚归眼疾手快地按向继鸾胸前，忽然皱眉：“你怎么还缠着……”

“楚归！”继鸾脸红耳赤，大喝一声。

楚归索性用腿将她腰腹缠住，他倒是聪明，不去压她的腿，只怕抗不过人家，嘴里还说：“鸾鸾，其实你这里……很好看，你总是缠着的话很容易就……”

“闭嘴！你放开我！”继鸾快要被他气晕了，从没见过这么无赖的货色。

楚归小心翼翼地停了嘴，却只是停了出声，他抬头在继鸾的下颌上亲了下：“鸾鸾，你看我的手臂上都流血了。”

继鸾一惊，转头一看，果真如此，她略一犹豫便又喝道：“是你自己胡作非为……”

楚归攥着她的手，飞快地缠了两圈儿，继鸾抬头一看，却见他不知从哪里拉扯出来的带子，竟把她的双手捆住了。

楚归把那布带打了个结，才略微松了口气，叹道：“鸾鸾，你说我容易吗？要跟自个儿的媳妇亲热，还得伤筋动骨的。”

继鸾气得眼睛都红了，有些后悔自己太过心软，楚归把她的手牵着，栓在床头的栏杆上。

继鸾索性不再挣扎，深吸了一口气，才道：“三爷，你想清楚你在干什么。”

楚归俯身靠近了她，在她的唇上蹭了蹭，亲昵道：“我当然知道，我想鸾鸾只是我一个人的。”他看着她的脸，越看越爱，情不自禁地贴上来摩擦了会儿，又在她耳畔低低地：“原来我不知道，想一个人的滋味竟是这么的、这么的……”

三爷思谋着，想着这滋味该怎么形容，浑身上下连骨头缝都在痒痒，就好像饿得很了，渴得狠了，想要吃进肚里，想要痛快畅饮。

继鸾听着楚归的低语，忽地出了神，眼前居然闪现柳照眉的脸，因着楚归的话，竟令她想到了他。

当初她跟着柳照眉，岂不也是有类似的感觉，不似楚归般直白而猛烈，只是柔柔地，像是涓涓细流，无声地在底下……那种渴慕，想靠近却不能的感觉……

脸颊忽然一疼，继鸾有些散乱的眸光重又凝聚，看清了面前楚归的脸。

“鸾鸾在想什么？”楚归居高临下，盯着继鸾问。

继鸾默默地看了他一会儿，轻轻一笑，垂了眸子。

楚归手一抖，重新捏了她的脸：“鸾鸾……”声音里略微带了些阴寒。

继鸾皱了皱眉：“三爷还要说什么？”

楚归望着她：“我问你刚刚在想什么。”

继鸾道：“三爷连我想什么都要管？”她仍是那样淡淡地一笑：“幸好三爷管不到。”

楚归只觉得浑身都有些发凉，心更隐隐作痛：“你在想柳照眉是不是？”

继鸾早猜到他大抵是察觉了什么，只是有些奇怪，她有表现得那么明显吗？

继鸾不承认，也不否认，只是垂着眼皮：“三爷要是没了兴致，就停手好么？”

楚归心头升起一股火来，手指都在发抖：“你这时候了居然还想着他……”他望着她的脸，他这么疼爱喜欢的一个女人，全心全意地对她，她竟然去想别的男人。

妒火高得让他几乎失控。

楚归不再做声，手握住继鸾里衣的领口，用力一扯，盘扣扣得紧，有的别着扯不出来，他用力太甚之下，竟直接把衣裳都撕裂了。

继鸾心头一颤，刚要动，楚归按住她的腰腹：“那好，我管不着你在想什么，你就只管去想他好了，但是你的人得是我的！就算你想他一辈子，你的人还是我的！”

他发狠似地埋头，在她颈间咬了一口。

很疼，继鸾甚至觉得皮都给他咬破了，忍不住低呼了声，楚归胡乱将她的衣衫扯到腰间，手碰到那柔韧温暖的腰间肌肤，原本消了的欲火又重新燃起，发誓似地恶狠狠道：“三爷今儿就要了你！”

继鸾到底是惊悸的，从没遭遇过这样的场景，本来想不理会他，这一会儿也难以淡定，用力挣了挣，喝道：“三爷，你会后悔的！”

“后悔……？”楚归喘了声，狠狠地说道，“我最后悔的是当初没把你直接留在身边，直接便要了你……反让你跟了柳照眉！”

继鸾缠着胸，让楚归很不得法儿，他便索性俯身在她腰间，直接去吻她的腰，继鸾又痒又羞，他的手却又顺着往下。

继鸾脸红耳赤，只觉得再没什么颜面了，心也像是跌到了绝望的深渊里，索性挣扎着挺身吼道：“是！我是喜欢柳老板又怎么了！他待人温柔，不象你一样！我从一开始就看穿了你，你就不是个能跟人相处的善茬儿！所以我不乐意靠近你更不乐意跟着你！是个人都会喜欢柳老板不喜欢你，柳老板会待人好，你就只会伤人！就像是现在！”

楚归的手势一僵，继鸾喘了几口气，胸口跟腹部一并起伏不定。

继鸾重新跌回床上，眼睛眨了眨，无声流出两行泪，又道：“我不喜欢这种感觉……总是担惊受怕，先前我也过得不太平，我不想让自己过得更累……跟柳老板在一块儿，我总觉得安心，他也从来不会强迫我什么，他是一个好人……可是跟着三爷你……我觉得太累了……三爷你其实也不算是彻头彻尾的坏，但是……”

楚归伏在她的腰间，一动也不动，听继鸾说道：“但是……我高攀不起，或者……也、消受不起……所以三爷，放了我吧……”

楚归的手慢慢地握成了拳，臂上的血顺着滑下来，滴在继鸾的腰上，衬在雪白的肌肤上宛如一滴血泪。

继鸾挺了挺身，望见那鲜红的血，她沉默了会儿，吸了吸鼻子：“我给您当保镖，一开始就说好了的，没有其他关系，那时候你关了祁凤要挟我，我虽然从了，但心里其实是记恨着你的，可是后来……”

咽下一口泪，继鸾道：“三爷，求你了，不要让我……再恨你……”不知为何，说到最后三个字的时候，眼泪毫无预兆地就涌出来，继鸾忍着哽咽，缓缓说出最后一句：“我真的、不想恨你。”

3

泪眼朦胧里，眼睛却被什么盖住，继鸾呆了呆，发觉是楚归的唇。

那刹那，还以为是绝望了，然而他的动作竟然极为温柔，细细地吻去了她的泪，却并无其他动作。

顷刻楚归抬手，把她额前的乱发抿在耳后：“鸾鸾……”他轻声地唤：“继鸾……”

继鸾有些迷惑地看向楚归，他到底是怎么想的，要干什么？

楚归看着她眼中那一丝迷惘，脸上却带着一抹浅笑，笑得三分无奈，七分爱悯：“继鸾，你也是喜欢我的……只不过你自己没发现而已。”

继鸾心头一震，楚归叹了口气：“算了，我不怪你，但你迟早会知道的……”他无奈地拥著她，不甘心似的，又在她脸颊上狠狠亲了两口，啵啵有声，底下的腿也搭上来，不由分说地裹住她的腰跟大腿，似怕人跑了：“三爷不舍得你难过，就不为难你了，不许哭了……让三爷抱一会儿，就抱着……”

他抱着，缠着继鸾，语气里有几分惘然，要放弃谈何容易，他用尽无赖法子才把人捆上床，可却又要放弃。

但是不怕，以后还有的是机会，楚归心里又酸又有一丝酸底下的甜：她是在意他的，他坚信，终有一天他可凭着这点翻身，终有一天，他的鸾鸾会心甘情愿地……

只是楚归没有想到，那一天竟来的如此之快。

就在楚归抱着继鸾睡着的时候，楚府却又来了一个不速之客，正是林市长的千金林瑶，打听了祁凤在哪里后，林瑶便匆匆地去找祁凤，并叮嘱老九暂时先不必打扰楚归，老九隐约知道现在也不是个去报告的好时机，便只是暗暗地盯着祁凤的房间而已。

林瑶推门而入，见祁凤正卧在床上，有些浅眠，模模糊糊听了动静便转过头来，一下看见是林瑶，顿时吃了一惊，转念一想，便又装出一副若无其事的模样：“你怎么来了。”

林瑶把门好生关了，走到床边上，望着祁凤的脸色：“我来看看你。”

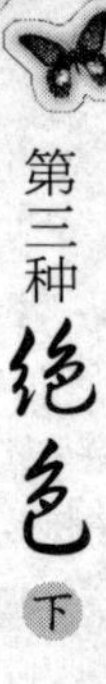

祁凤转过头去："有什么好看的？我今儿不舒服，不去上课了，你也没去？这不大好吧。"

祁凤说完，久久没听林瑶回应，祁凤忍不住转回头来看她，谁知道却见林瑶坐在床边上，垂着双眸，泪如断线的珠子一样往下掉。

祁凤吃了一惊，忙道："你怎么了？哭什么！"

林瑶的眼睛红红地，泪浸没了双眸："你现在还跟我装？你当我真的不知道？"

祁凤心头一震，便闭了嘴。林瑶从手包里掏出一方帕子，把泪擦了擦，祁凤才留意到她的眼睛有些肿，大概是来之前就已经哭过才会如此。

祁凤不做声，林瑶镇静了会儿道："我爸很瞧得起邹家那两个，姓邹的请了我几次过去。我爸坐不住，昨晚上巴巴地打发我过去。我心想索性趁机去说清楚也行，谁知道那不上台面的下流东西竟敢那么对我……"

祁凤默默地道："邹家很有权势吧，你爹大概也是这么考虑的。"

林瑶看他一眼，道："权势？他这么考虑，莫非你也这么考虑？别说他们家那点，就算是蒋公家的太子，我也是看不上！"

祁凤皱了皱眉，淡淡道："是吗，那天底下怕是没人能让你看得上了。"

林瑶杏眼圆睁，道："陈祁凤，你别揣着明白装糊涂，我心里早就有人了你该知道，那个人就是你，明明白白清清楚楚地，你别想撇清……"说着说着，泪又开始往下掉，"我也想清了，我哪儿也不去，就跟你在一块儿，就算是死，跟你死在一块儿我也乐意，别想把我往外推……"

祁凤见她哭得委实可怜，他是个情窦初开的少年，又非对林瑶全然无情，哪里会不心软，便道："你别哭了，谁把你往外推来着，我只是觉得……"

"你觉得什么？你要再说那些绝情的话，我就死在你面前。"林瑶说着，居然从手上捏着的小包里摸出一把女式手枪来，"你信不信？"

祁凤吓得一惊，赶紧把那枪夺过去："你疯了吗你！"

林瑶捂着脸，忍着哭低声道："我是疯了，昨晚上你要不出现，我就被那个姓邹的毁了，现如今在你跟前的也是一具尸体！是不是比疯了强些？"

"别瞎说八道，你好好地呢！"祁凤心头一揪，赶紧握住林瑶的手腕。

林瑶哭得脸红眼肿，却顾不上形象全无了："我铁了心要跟你一块儿，谁也拦不住，谁要敢挡着，无非是逼我去死。昨晚上我本是要来看你的，谁知道我爸爸知道了，硬是把我关在家里头。我想尽了法子才跑出来……"林瑶哭着，手挣开去，便抱住祁凤的脖子，"我爸爸就想保着自己的身家，硬逼着我跟那姓邹的应酬，没人疼我，只有你肯对我好……"

女孩子哭得花枝乱颤地贴在他身上，祁凤又听着这些话，一时脸也发红：“我哪里……”

“你还说，你要是不疼我，昨晚上怎么又冒险出手，还被那畜生伤了。”林瑶醒悟过来，“给我看看伤得要不要紧。”

祁凤叹了口气，这会儿竟连遮掩狡辩之类的都省了，乖乖不动，林瑶翻下他的衣领，往下扯了扯，露出肩头那伤，顿时又泪落如雨：“都是我害的。”

祁凤道：“没相干，不要什么也往自己身上扯……”

林瑶哭着，又笑，笑着却还带着泪，道：“我心里又疼又觉得欢喜，你是为了我受伤，可见是关心着急我的，可是毕竟又伤了。祁凤，等会儿我爸爸也许会来找我，你要是疼惜我，就站在我这边儿。我是非你不嫁的，他要逼我，我就用这把枪了结了自己，一了百了，倒也干净。”

女孩子说着，眼泪一直都不停。

祁凤听着听着，也有些心酸：“你好好地一个千金小姐，做什么弄得这样？我有什么好的……”

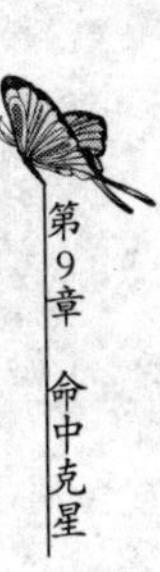

“你什么都好！”林瑶摇着头，复镇定了一下情绪，擦了擦泪沉默片刻后，又道，“当初在学校里头一次见你，老实说我很瞧不上眼……”

祁凤挑眉，林瑶一笑：“你别怪我……你也说我是千金小姐，心高气傲地，眼光也高的很，我看你生得这样好看，就有些轻视……谁知道，那天就看到你为了别人出头，跟那几个学霸打架……”

祁凤怔了怔：“啊……你看到了？”

林瑶道：“我本来躲在后山花树那偷闲，才无意中看到的，倒不是有心偷看。我瞧你三下两下干净利落地把那几个霸王打倒在地，那样威风帅气，像是画里的人物，还以为自己没睡醒做梦了……”

林瑶回想着，泪眼里闪着喜悦的光芒：“你还跟他们说不许说出去，不许告状……噗……从那以后，我就上了心，然后就……越看越爱……”声音越来越低，少女的脸颊上浮现了薄薄的晕红，美的不可方物。

祁凤窘迫道：“那……那算什么……”

林瑶垂着眸子，道：“我相信我的眼光是不会看错人的，我也算见过些形形色色的人物，从小我爸爸就带着我应酬，是什么样的人什么样的品性，我一眼就会看出来，也见过许多金玉其外败絮其中的……可是你不一样，经过昨晚上的事，我更觉得没看错人。”

祁凤默默地看她：“你不觉得我是在犯罪……胆大妄为吗？还害得我姐很伤心。”

林瑶说道：“站在有些人的立场上当然是犯罪，但是对那些你所救的人来说，你却是他们的神，不然‘侠盗’的名头岂是凭空得来的？你若不救，那些人尽数死了，又是谁的罪过？在这个世道里……孰对孰错，也不是那么轻易就能定论的。”说到最后，少女的眼睛里透出一丝惘然。

祁凤不语，林瑶又道：“自然，对鸾姐姐来说你做得很不对，你是她唯一的亲人，做这件事十分冒险，万一有个闪失，她是承受不起的。”

祁凤略觉意外，林瑶居然一语中的，林瑶说到这里，便轻轻地握住了祁凤的手，低声又说道：“其实……同样承受不起的，还有我。”

祁凤心头一动，无可奈何地轻轻叹了声。

林瑶看着祁凤的脸，缓缓往前挪到祁凤旁边儿，手搂住祁凤的腰，小心倚着他的身子便躺下来：“我对你的心意，你总该全明白了……其实这辈子这么短，我就想找个自己喜欢的一块儿就是了，你要对我无心我也就罢了，但你也是对我有心的……我知道……”

祁凤想将她推开，但是手碰过去便是一片绵软，身子又好像极爱这种紧紧相贴的感觉，因此竟未动作。

林瑶说着，仰头轻轻地在祁凤的脸颊上亲了数下，又缩入他的怀中去紧紧地抱着他，又羞又是欢喜地轻声唤道：“祁凤……”

祁凤垂眸，望见怀中的林瑶，她眼中的泪还没干，闪闪烁烁甚是动人，双颊绯红，含羞带怯，而少女身上的馨香一阵阵地侵袭而来，动人魂魄。祁凤听到自己的心怦怦地乱跳不休。

恍惚中，祁凤垂头，身不由己地望着怀中少女，祁凤是半坐着，林瑶靠着他躺倒，便反而在他下面，林瑶抬臂攀住祁凤的脖子，两片甜蜜的红唇迎上来，引人沉醉。祁凤不由自主地抱住了林瑶的腰，那腰绵软无力，在他手心里细细颤抖。

少年的热烈欲望被猛地点燃，祁凤喉头动了动，略微翻身，便将林瑶压住。

第10章

乱世柔情

1

继鸾这一觉睡得有些艰难，感觉像是守着一只老虎而眠，不知他什么时候会暴起吃人，然而渐渐地听到他沉稳的鼻息声，心才跟着安稳。

难得地，楚归整个人也未曾乱动，继鸾乱乱地想了会儿事情，大概是被他的安然传染，竟也觉得困意上涌，于是不由自主地也闭上眼睛睡了过去。

继鸾慢慢竟做了个梦，梦到的是昔日的情形。

那时她还只是个十岁不到的女娃儿，一日，父亲站在她面前，说道："鸾儿，你本是个外烈内柔的性子，但你天生宽和，悟性又高，是以爹才破例将太极传授给你，希望你能好好体悟修行。"

"爹，为什么不教祁凤？"

"祁凤年纪还小，而且他性情急躁，若是教会他上乘武艺，反会惹事，这也是爹选你传我衣钵的原因之一……爹不求你在武功上有什么造诣，只盼在这乱世之中能够安身立命，养护好祁凤……"

"爹护着我跟祁凤就行啊。"

男人一生叹息："爹年纪大了，有些事不能强求……鸾儿，你要明白，爹传你武功不是偏向你，却是要你担负更多，也注定会受更多的苦。你是女孩子，本来不该如此的……唉，你若是不愿意，现在就可以说出来。"

那女娃儿仰头看着面前的男人，张口说道："爹，我愿意。"

男人抬手在她头顶轻轻一摸："好孩子，难为你了。"

当每天早上祁凤还在呼呼大睡的时候，继鸾早已经在院子里练得汗流如雨，冬练三九，夏练三伏，打木人桩的时候手臂肿得睡觉都放不下，为了练熟八卦步脚底都磨得血肉模糊，心疼得祁凤抱着她的腿哭叫拦着不许她再习武了，求她不成，又去求父亲。

而男人只说了一句："那就快些长大，等有了自保之力的时候，就不必要再束缚着她了。"

祁凤年纪小不太懂，只知道这是拒绝，便哭得满地乱滚。

但继鸾毕竟是捱下来了。

而祁凤也长得这么大了，虽有惊险，却也安安稳稳地到了如今。

那个小小的女孩子仰望着面前的父亲，那张模糊的脸上依稀露出了淡淡地笑容："鸾儿，你做得已经够好了，但是现在……"

他转头看向别处。

继鸾跟着看过去，却见天空里飞过一只极漂亮的鸟儿，羽毛灿烂，浑身有种淡淡的金光笼罩，自在地翱翔在天空里，继鸾目不转睛看着，脱口叫道："凤凰！"

那只鸟儿叫声嘹亮，声音在天际回荡，那极美的尾羽飘摇，它飞到继鸾头顶，围着继鸾转了几圈。继鸾看到他亮晶晶地眸子，通人心意一般同她对视，正当她欣喜不已的时候，它却扭头，振翼高飞，又向着更远处飞去。

继鸾看着这幕，不知为何心中升起极大的不舍，竟好像他走了便再也看不到了似的，继鸾叫道："别走，回来！"拔腿追上去，但脚步踉跄，双腿如同灌铅似的迈不动步子，仿佛三岁小孩儿都跑得比她快，眼睁睁地看那漂亮的凤鸟儿远去。

继鸾跌在地上，父亲不见了，凤鸟也不见了，继鸾伤心之极，哭得泪眼婆娑，宛如当年那个懵懂的小女娃儿。

"鸾鸾！"耳畔有人在急切地呼唤，身子被紧紧地拥入怀中，继鸾双眸似睁非睁之间，却又听到另外一声——"轰隆隆……"

惊天动地似的声响，房子都震得晃了起来。

继鸾吃了一惊，即刻惊醒过来，头一眼看到的是身边儿楚归的脸。

楚归先前听到继鸾隐隐低泣，手足乱动，就知道她做了噩梦，正要安抚，窗外遥远处却响起如此一声，似雷非雷，竟有点像是炮弹炸裂，令人震惊。

"发生什么事？"继鸾翻身下地，极快整理了一下衣裳，便又扶着楚归下床。楚归神情一变，道："不妙……"

话音刚落，便听到另一声轰响，这一次竟赫然是在不远处似的！那震动产生的波动让楚归几乎站不住脚，继鸾张手一抱，才将他稳住。

楚归来不及解释，只道："先出去……还有祁凤，赶紧去看看！"

继鸾也想去看祁凤，但是却放心不下楚归，便将他拉住："三爷跟我来！"

楚归见她竟没有先走，便微微一笑，任由她半拉半抱着出了房。

继鸾出了房门口便大叫道："祁凤，祁凤！"

正叫嚷间，就见到祁凤出现在走廊末尾，手中却还牵着另一人的手，竟是林瑶！

两下照面，都吃了一惊。继鸾见祁凤跟林瑶都有点衣衫不整的模样，尤其是一打照面，祁凤的脸便通红。相比较而言，林瑶反倒还算是镇定的。

来不及多说，楚归心道："没想到小舅子比我这姐夫动作都快，果真是英雄出少年。"嘴里却极快道："大概是轰炸，赶紧先出去。"

楚归说了一句，继鸾便半扶着他往楼梯下冲，祁凤跟林瑶紧紧跟在后头，正好老九在底下叫道："三爷，快快！"

一众人等跑出厅内的时候，正好头顶上一架战机呼啸着掠过，几乎能看清楚上头那圆圆的鬼子标记。

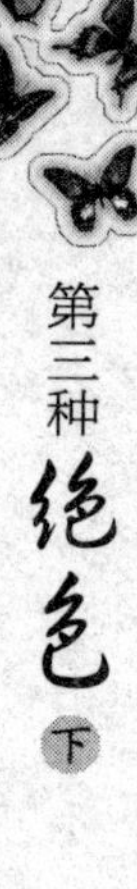

继鸾见那战机像是个俯冲的样子，心怦怦乱跳，生怕他掉下一颗炸弹来，一手拽着楚归一手拉住祁凤，双眸只盯着那阴险的飞机，只等他一有动作便即刻好闪躲。

幸好那战机直接便飞了过去，渐渐地远去，最后到了极远的地方才又响起一声轰响，继鸾放开楚归跟祁凤，只觉得手心里都是汗。

继鸾要抬手擦汗的当口，见楚归望着自己，眼神有些奇异，继鸾一怔："怎么了三爷？"

楚归却摇摇头："没事……对了，我得去大哥那一趟，轰炸机都出现了，必是鬼子动手了，我得去看看他们那怎么样。"

继鸾立刻说道："好，我跟您去。"

楚归眼睛又闪了一下，继而问道："那……"歪头就看祁凤和林瑶。

祁凤正拉着林瑶，继鸾也回头看向两人，望着两个人那副模样，竟不知该说什么好，正在这时，便听到一声哀叫从门外响起，而后有个人被两个随从扶着连滚带爬地冲了进来。

继鸾见那人有些面熟，却一时叫不上来，倒是楚归将手略一拢道："林市长怎么大驾光临。"

"什么大驾光临……"林市长一身黑袍，白瘦个高，脸上戴着副金丝眼镜，显得有些斯文，头顶本戴着礼帽，却在方才慌张之间不知丢到哪里去了，"差点儿就被炸死在路上！"

林瑶慌忙跑过来："爸爸，你没事吧！"

林市长见林瑶衣衫凌乱的模样，又看向祁凤，顿时之间瞪直了眼睛："你、你们……"

林瑶见老家伙没事儿，索性给予致命一击，便道："爸爸，你没事就好，那让我介绍一下，这是陈祁凤。"

祁凤无奈，看看继鸾，硬着头皮走上前。

林瑶抱住祁凤的手臂，毫不留情地又乘胜追击："爸爸，我就喜欢他，非他不嫁。"

林市长看看两个，脸色发青。方才被鬼子的轰炸机惊得半死，如今一波未平一波又起，自个儿女儿给的这"炸弹"更加厉害。林市长感觉整个人都被炸飞到了半空，飘飘然的。

又当着楚归的面儿，只觉得颜面无存，当下抬手就打向林瑶，谁知祁凤眼疾手快，稳稳地拦住了林市长的手："别动手。"

林市长打不下去，又被个少年拦住了，顿时倒吸一口冷气："混账……"

林瑶见祁凤维护自己，大为欣慰。林市长则气得浑身乱颤，动不了手只好动嘴："这个小子是什么来路，让你这么神魂颠倒地，竟然还做出这种不知廉耻的举止！你即刻跟我回家，两天后给我乖乖上船！”

林瑶叫道：“我不去，就算是死也要跟他死在一块儿！”

林市长按捺不住：“不孝女！”刚要抬手再打，楚归走上前来道：“林市长，有话好好说嘛，跟孩子动什么气？”

林市长深吸一口气，青着脸道：“三爷……给你看了热闹……是了，他是谁？”林市长指着祁凤便问，他其实有些知道祁凤的底细，却不敢直接向楚归兴师问罪，如今只是明知故问。

楚归轻描淡写道：“他啊，我的小舅子。”

林市长一听，惊得双眼都要弹出来：“什、什么？”

继鸾在一边甚是尴尬，刚要出声，楚归不动声色地抬手在她臂上一按，继鸾心中一叹，很是无言。

楚归笑眯眯道：“他姐姐是我还没过门儿的夫人，祁凤当然就是我的小舅子了。哈哈，林市长，我瞧令千金对我这小舅子情有独钟的，这一对儿站在一块儿倒也还算登对儿，我们这些做家长的就不要棒打鸳鸯了吧？”

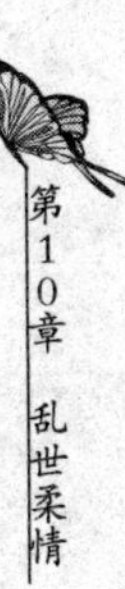

林市长支支唔唔，说不出话来。原先以为祁凤只是个毫无来历根底的小子，至多是个保镖的弟弟，在林市长这种人眼里，便如同是佣人一流，谁知道楚归竟亲自开口定了他的身份。

林市长皱眉想了想，如果真的是楚归的小舅子，楚归头顶还有个楚去非……那么祁凤配林瑶倒也不算是辱没了。

林市长想来想去，干笑道：“话虽然如此说，但是……”

“现在是新时代了，而且又是非常时期，”楚归说道，“林市长就不用拘泥那些老的观念了吧……你看，轰炸机都来过一次了……”

林市长唉声叹气，只好道：“那、那我先带她回去……这件事等三爷得了空，再详谈如何？”

林瑶极为不愿意离开祁凤：“我不走。”

林市长喝道：“你有没有点廉耻了！”

楚归道：“那也好，只是切勿为难令千金。林小姐虽然年少，却是个有主张的人，林市长可别逼得小孩儿们演梁山伯祝英台那一出啊。”

林市长心头一惊，看了一眼林瑶，唯唯诺诺点了点头，便拉林瑶离开。林瑶依依不舍地回头看祁凤。

祁凤望着她，也有些不舍，扫一眼继鸾，却只能乖乖低了头。

林瑶随着林市长去了后，继鸾便问祁凤：“你……把人家怎么了？”

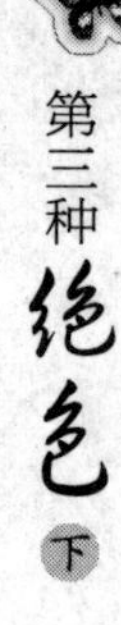

祁凤脸红耳赤："姐……"这可真是有口难言，罪上加罪。

继鸾恨不得把他狠狠地打上一顿，然而望着他的模样，忽地又想到自己那个梦，眼底就有些酸酸地，竟道："……是了，你是长大了，有些话也不必听我的，有些事儿也可以随着自个儿性子了。"

祁凤没料到她会这么说，这声音里还透着凄然，一时大惊："姐！不是这样！"

继鸾转过身，淡淡道："不用说了，你再歇会儿吧，不要出去乱走，外头不安全。"

楚归在旁道："我安排几个人留下来护着祁凤，不会有事的。"

继鸾点点头，迈步往外就走。

继鸾跟楚归出了门，心里忽然又想到一个人，便道："三爷，还有个人……是不是也劳驾你派人去看看？"

楚归瞄她一眼："你是说柳照眉？"

继鸾坦然点头，与其藏着掖着最后却仍旧被他看穿，看穿不说还横生许多猜忌，不如坦坦然然地。

楚归哼了声："放心吧，那人命大着呢……"说着，果真又吩咐老九派几个人去看看柳老板如何。

黄包车驰过闹市，眼前出现的场景让继鸾大为震惊，楚宅那里没有被炸弹波及，但是在最繁华的这条路上，却显然没那么走运了。

原本平坦的地面上坑坑洼洼，炸弹坠落的地方显出一个巨大的坑洞。在坑洞周围，零零散散横七竖八地倒着许多人，有人已经断气；有的却还在奄奄一息苟延残喘。到处都是惊呼声、呻吟声，侥幸躲过一劫的人有的还缩在角落里不敢动弹；有的满街上如疯了似地尖叫乱窜。

楚归显然也没想到现状会是如此凄惨，见许多受伤的人兀自在地上挣扎，乱石之中还夹杂着许多残肢血肉之类，惨不忍睹……

楚归扭头便跟老九道："多召集几个兄弟，把那些受伤能救的都送到医院里去。"

老九答应了声，转身去办。

继鸾自也听到，便看了楚归一眼，却听楚归喃喃道："真的要开始了吗？"

继鸾心头一刺，扭头又看一眼周遭，看着那些残肢断骸，满地鲜血狼藉，竟然有些无法直视，心里也沉甸甸地，黄包车经过那个巨大的炸弹坑洞，继鸾望着炸弹的波及范围，心中恍惚想道："倘若那飞机真的在院子头顶扔下炸弹，我能不能保证三爷跟祁凤都安然无恙？"

继鸾心头一阵虚寒凉凉浸过，正想着，手上忽地一暖，继鸾回头，却见是楚归捉住她的双手，略微用力一握。

2

继鸾同楚归先去了楚去非的指挥部，大老远地就被惊得脑中嗡嗡。却见督军府门前的路都被炸的乱七八糟，树木断折，前门跟铁栏杆都被炸塌，还有一些伤兵或呻吟或倒地无声，竟比方才经过的中山路还惨烈。

楚归一个箭步从黄包车上跳下来，飞快地就往那边跑去。继鸾从没见过他如此紧张失态之状，但是却明白楚归的心情，当下急忙便跃了下来闪身跟上。

楚归眼中无他人，飞快地跑到前头，顺手捉住一个现场的士兵喝问："楚督军呢！"

那士兵满脸尘灰，身上溅着血迹，见是楚归，便结巴道："我也不知道，我是后面执勤的，督军大概在里头。"

楚归一听，转头看向里面，见那里头楼前的院子里坑坑洼洼，像是被细细轰炸了一遍，地上倒着几个士兵……委实惊人。

却不知楼里头如何，楚归关心情切，心头凉透双腿发软。

继鸾眼疾手快，不动声色扶住他。她跟楚去非隔着一层，不似楚归那样儿骨血至亲，是以在这生死关头竟比楚归冷静，当下道："三爷别急，或许督军早一步躲了！咱们进去细细打听。"

那小兵心里慌慌地，生怕督军真有不测自己跟着倒霉，急忙溜走。

楚归茫然地迈步入内，那炸弹大概是在窗外炸的，蹦飞了窗户，把旁侧的花岗石也给炸裂了，乱石蹦飞，地上七零八落几具尸体，楚归几乎都不敢看。

继鸾却细细扫了几眼，沉声道："三爷，这些都是底下的士兵，没有督军身边儿的人。"

楚归心头略微一宽，手用力地握着继鸾的手，就像是握住了救命稻草。

然而继鸾心知肚明，这才是外面，楚去非就是在也是在里头的可能性较大。提心吊胆入了里面，见里面石块四散，物件凌乱，烟尘未退，有的房间里有人大声叫着，仿佛负了伤，也有几个士兵无头苍蝇般穿梭其中，似是忙着救护，又像是逃离，竟没有人留心继鸾跟楚归。

继鸾怕里头有事，有心让楚归站着自己进去，可又说不出口。

继鸾忙着放眼四看，见地上果真倒着两三人，都不像是楚去非的身形，只有里侧楼梯口处，有一人趴伏着，被断裂的楼梯压住半身，看不真切。

楚归眼睛便直了，脚下不由自主地就加快，几乎跑到那尸体身边的时候却又猛地刹住，双脚像是定在地上一样一动不动。

继鸾一把竟没拉住他，只来得及叫了声："三爷！"见他站住这刻，便急忙掠过楚归

身边儿，挡着楚归的视线俯身把那人背上的灰尘一掸，猛地看到那跟楚去非相似的制服，心头也跟着狠狠一颤。

那一刹，继鸾没来由地便在心底念起来："千万不要是大爷，不要是……"如此竟屏住呼吸，手却忍不住地颤抖，最终一狠心探过去，将那人身上的楼梯栏杆一抬，稍微看清楚底下的那张脸，心头才嗖地一宽。

这高低起伏实在太过刺激，继鸾脑中也昏了昏，要起身之时差点儿跌回去。

"不是大爷。"继鸾回头，望着楚归颤声说道，那瞬间竟有种大大松了口气的感觉。

楚归听了这一声，整个人反应了一下，继鸾已经走到他跟前，提高声音又说了一遍："三爷放心，不是大爷。"

楚归迟缓抬手，在继鸾肩头轻轻按了两下："好……好……"他无意识地说着，闭了闭眼，不敢看继鸾只是调开目光看向别处，但继鸾却也看得出，三爷的眼睛已经有些湿润。

继鸾安心了些，正要再去其他地方探探，身后门外却冲进几个人来。

"三爷，三爷！"当前一人叫着，几个士兵也跑进来，领头一个却是楚去非身边儿的副官，见楚归在便急忙道，"三爷，您没事就太好了，大爷派了人去您府上查看……听闻您出门了……"

"我哥在哪？"楚归精神一振，问道。

那副官带的人趁机便去四处查探伤亡情况，副官道："万幸大爷方才没在这儿，那些狗崽子是瞅准了督军府投的炸弹，大爷现在在……"副官本是一脸欢悦，说到这里却咳嗽了声，略微放低了声音道，"大爷人在明华寺……素日里这个点儿大爷都是在这儿的。今日从三爷府上出来也吩咐了直接来这，走到半路却忽然改了主意叫去明华寺，原来是要请高僧给大奶奶超度的……"

楚归跟继鸾面面相觑，没想到竟是因为这个原因让楚去非躲过一劫，楚归惊讶之余苦笑着摇摇头："原来如此，没事就好，没事就好……"

继鸾想到楚去非那个风流性情，没想到对待林紫芝倒也是一片真心。这忙乱之时竟还惦记着细理她的后事，却竟也因为这一点真心，让他躲过了日军早有预谋的轰炸。

副官又道："大爷听闻指挥部被炸，忙着派人去找三爷，让告知三爷，先别去老宅，恐怕那也是小鬼子的目标……"

楚归道："知道了，有劳你了。"

副官满脸堆笑道："三爷无恙就大好了，不然小人也不知该怎么回复大爷。"

楚归跟继鸾改道便去明华寺，明华寺乃是普通的古寺，并非是日军的目标，因此不曾被炸弹波及，寺里寺外显得极为平静，却又有种山雨欲来之前的异样气氛。

寺外那几株梅花都谢了，衬着古刹，伶仃寥落地显出几分肃静寂然，隐隐地听到诵经的声音从内传出。

楚归跟继鸾见过先前轰炸后的惨状，又经历了方才那一番惊吓，此刻站在明华寺外，两下里对比鲜明，竟有种恍然隔世的感觉。

两人疾步入内，远远地望见明华寺的大殿内有一道人影，似正在参拜，旁边却有个身披袈裟的僧人，双掌合什站立。

楚归见那跪拜的身影着制服，半身挺得笔直，分明是楚去非，心中竟然一震。

先前早有言说，楚去非是自小留洋，对这些中国风的神佛本是不以为意的。早先楚归听闻他动了念头来明华寺就惊了一跳，如今看他竟在佛像面前参拜，更是大为意外……意外之余，心中生出一种古怪的感觉来。

两人将走到大殿外，见楚去非似是个要起身的样儿，便先不进去打扰，也拦下那副官，副官见状，便在外头站着警戒而已。

继鸾跟楚归站在大殿门槛之外，进了明华寺后就嗅到淡淡的香火气息，更如世外一般。

此刻楚去非起身，同那站立一边的僧人交谈数句，那僧人道："阿弥陀佛，施主虔诚拜祝，我佛慈悲，必有所感。"

楚去非道："多谢大师，但愿如此。"

僧人垂眸："浩劫来临，还望施主多多保重，这一城众生，也寄望于施主身上。"

楚去非望着他，便道："可不知佛祖会否寄予法力无边？"

僧人不动声色，依旧静静说道："佛祖有心，但这是众生的劫数，是否能脱离苦海，虽有天数，仍待人力。"

"哈……"楚去非一笑，竟而一派释然，"大师说的是，人若不自救，又怎能寄托佛祖救之。"

僧人垂头："阿弥陀佛，施主了悟。"

楚去非一点头："内子的超度道场，还托赖大师。"

"施主且放心。"

楚去非同那僧人说完，便转过身来，他先前早见到了楚归跟继鸾在殿外，此刻便不疾不徐出来，看看继鸾，又看向楚归，抬手在楚归肩头一按，兄弟两个目光相对，有些话早就心底明了。

寺院内一片寂静，继鸾和楚去非的副官跟在数步之后，前头是楚归跟楚去非两人，缓缓而行。

楚去非低声道："这一次日寇以战机突袭，是想要对我下手，并非发动总攻，但却也随时进逼……这两年国际局势变幻不定，国内的话一方面有共军周旋，一方面渝城兵力也在，日寇虽然在鲁北、鲁中耗费大量兵力，但三方也互有消耗。这块地方对他们而言就像是一块肥肉。他们虽然想竭力吞下，却有些咬不动……锦城是鲁北这一片的龙头，只要占了这里，势必对他们的士气大有帮助，他们是势在必得的，但是……”

楚归接口说道：“他们以为是块肥肉，谁知道却是块骨头，备不住会蹦飞他们的牙，甚至噎死他们。”

楚去非忍不住笑：“你说的对。你哥就想把锦城变成一块硬骨头，一块咬不动的石头，蹦飞他们的牙最好噎死他们，小花……”

兄弟两人对面而立，楚去非缓缓地出了口气：“本来想送你跟你大嫂先一步离开，我就没后顾之忧了，但是现在你大嫂已经……我虽然是不信佛的，但你大嫂信，先前在路上我心血来潮，就很想在这儿给她办一场法事，鬼使神差就来了，没想到正赶上躲过轰炸……我想或许这是你大嫂冥冥中保佑着我。”

楚去非的眼圈有些发红，楚归眼睛也有些发热：“哥……”

“什么也不说了，”楚去非说道，“你不是小孩儿了，自己有自己的决断，哥不会强人所难……”他抬手在楚归的肩头按了按，又捏了捏，“而且我也知道，我弟弟不是会退缩的性子……你其实比哥哥强……”

“才不！”楚归皱眉说道，有些不喜欢楚去非这么说。

楚去非哈哈一笑：“罢了，夸你两句你就受不了……总之，你做好准备……我只是随便说一句啊，走的船最迟只有明后天的了，再晚的话海上也会被封锁……你好好想想吧。”

楚归闷闷答应了声：“想什么啊想……”

楚去非重重出了口气：“行行……该说的我都说了，现下我要去办正事了，你也先回去吧。”

“好。”

楚去非一笑，迈步要走，楚归唤道：“哥！”

楚去非停步，楚归张了张口，又不知说什么，只好道：“你……”

楚去非看看他，笑道：“怎么了？”

楚归皱着眉，往前走了一步，却又停下。楚去非看看他，笑着大步走回来，张开手臂用力抱了抱楚归：“成了吧？”

楚归的脸刷地红了起来，作势挣扎了一下：“什么啊！”

楚去非哈哈大笑着松手：“行啦，哥去忙啦！”冲楚归摆摆手，这一回是真的带兵走了。

楚归一直凝视楚去非的身影离去，那样大步流星、器宇轩昂、威风凛凛的模样，让楚归又感动又喜欢，甚至觉得这样的楚去非该是战无不胜的，这种想法让他的心安了一下。

在回去的路上，楚归看着两边忙乱的人群，有的人提着各色行李，行迹匆匆，已经是个要逃难的模样了。

楚归忽然张口说道："离开锦城的船最晚的是明天的。"

乱糟糟地，继鸾或许听不到，而且楚归并没有就特意跟她说。谁知道过了会儿，楚归听到继鸾说道："三爷想说什么？"

楚归这才回过头来看她："你要不要走？"

继鸾心头一揪，凝视楚归的双眼："三爷的意思是？"

"现在的情形你也看到了，这还是刚开始，如果真打起来，谁也不能保证……"楚归定定地看着她，"如果你要走，现在还来得及，我……可以送你跟祁凤走。"

刹那间，那些浮浮杂杂的人群都成了背景，耳畔的声响如潮起一般涌上来然后又飞快地退下去，在继鸾眼前只有那一个人，天地无声。

3

楚归起初还看着继鸾，过了会儿就垂了眼皮，却又继续说道："你大概听说过，我那父亲……很早就出去了，老东西没心没肺地，我也懒得理会，但我还有个姑姑在英国，我是见过她的，是个很简单好对付的女人，人也不错，一直催我们过去。前些日子还派了个人回来催，现如今在大哥家里头，大概明后天就要随船走了。现在这儿这么乱，你要是答应，我会托她带你们过去，有姑姑照顾你跟祁凤，再多带点钱，以你的本事，足够可以安稳过活……不用担心……"

继鸾只是看着他，也不知具体要看什么，是他的眼，鼻子，嘴，还是他整个人，虽然清楚他说什么，一时却又明白不过来似的，但却知道重要的一点：楚归答应要送她跟祁凤走，而且好像还打算了一条不错的路。

继鸾心里茫茫然，又有些震惊，滋味复杂竟无法反应，只是默默地望着他。

楚归却不看她，一直都垂着眼，他碎碎叨叨说完了先头那番话，就没了声音。

黄包车颠颠簸簸过了人群，楚归忍不住，终于抬头看了继鸾一眼，却见继鸾转头看向别处，也无从知晓她是什么表情。

车一直到了楚家，两人下了车，楚归又看了继鸾一眼，然而继鸾面色淡淡地，也看不出什么来。楚归有些无精打采，便也不做声，迈步往里而行。

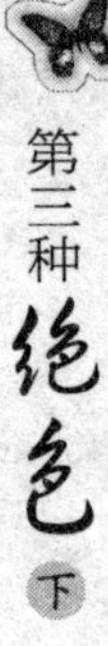

半夜，林市长上门来，两下寒暄过后，林市长说道：“三爷，我知道在这个时候打扰很是不对，但是再不说恐怕就没机会说了。”

楚归道：“市长要说什么？”

林市长咳嗽了声，压低了声音说道：“白日里见到的那个……少年，三爷说是自己小舅子那位，我可是听说，他就是那个……神风大盗。”

楚归皱眉：“又听谁说的，没影子的事儿嘛。”

林市长道：“可是邹专员亲口说的。”

楚归道：“他啊，他儿子跟祁凤打架，打不赢人家，信口诬赖罢了，这也能信？”

林市长叹了口气：“可是这名头传出去，到底是不好的……”

楚归挑眉，看着他欲言又止的模样，道：“市长到底想说什么？”

林市长看他一眼，终于下定决心似的：“三爷，事到如今我也就不藏着掖着了，说实话，我早就想送瑶瑶去留洋，她就恋上了这……这个陈祁凤，死活不肯走，一耽搁就耽搁到眼下，这是再也不能耽搁，再停下去可就走不成了。三爷，这时候满城人心惶惶，可不是我不信楚督军的能力……总归为人父母的，都想要自己子女好。我一把年纪了，也不想背井离乡，但要给自己的孩子找一条安稳的出路……”

楚归见他说的真，便道：“明白，明白。”

林市长才又继续说道：“瑶瑶喜欢陈祁凤，三爷又肯作保，那我也信他是个好的，配得上瑶瑶。俗话说女大不中留，她喜欢的话，那就随她……三爷白天说的那一番话我也想过，瑶瑶是个有主张的孩子，打定了主意我是拗不过，总不能就真的逼死她，我琢磨来琢磨去，想到个两全的法子……”

“哦？”楚归心里隐约猜到了林市长要说什么，却只听着。

果真林市长说道：“我想送瑶瑶留洋，瑶瑶要跟着陈祁凤，那不如就送这两个孩子一块儿去……去了洋鬼子的地盘，就算陈祁凤是神风大盗也无关紧要了，横竖只要两个孩子好，那我……我什么也都认了。”

林市长说到这里，忍不住有些红了眼眶。

楚归沉默了会儿，说道：“这个……未尝不是个好法子，但是我还得问问祁凤姐姐的意思。”

林市长点点头，说道：“是的是的，那三爷就尽快地跟她说说，明儿我得等信儿了，如果陈祁凤不能去，那我就算是把瑶瑶捆起来也得送她走……”

林市长告辞之后，楚归站了会儿，负手信步往前而行，走到继鸾房间外，站了会儿，见那房间门虚掩，他便悄悄推开往里看了眼，却见里头空空地并不见人。

楚归想了想，便一直往前走，又走到祁凤的房门前，见那房门也是虚掩的，里头传来低低的人声。

楚归赶紧站住，谁知人声儿却停了。楚归呆了呆，明白大概是继鸾察觉了，他想到白天继鸾的反应，便觉得没什么意思，于是低了头，背着手又离开了。

楚归本是要回房的，怎奈心头乱乱地，便顺着楼梯下楼去了。

继鸾果真是在祁凤房内的。

白天没来得及跟祁凤说话，当时心里也又惊又气，故而没跟他多说，吃了饭，继鸾便来看祁凤。

先看看他的伤如何，见包扎得好好的，关键是祁凤的精神也正在恢复，继鸾便放了心。

默默地坐在床边，看床头上放着些水果，继鸾随口便问："哪里来的？"

祁凤道："下午姐跟三爷出去后，柳大哥来了，他送的，我知道他是想来看看姐的……"

继鸾心头一动，默默拿了刀子，便去削一个水梨，片刻削好了，便递给祁凤。

祁凤觉得气氛有些沉闷，便有意说道："姐，你说柳大哥是不是记得当时我在医院里拿了他一篮子水果，所以才又买这些给我吃？"

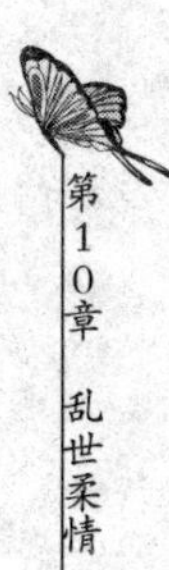

继鸾果真一笑："你就是能吃，柳老板心细，记得也无足为奇。"

祁凤看着那大大地水梨，道："姐，这么大我吃不了，我们分开吃吧。"

继鸾脸色一变，喝道："住口，自己吃！"

祁凤呆了呆："哦……"

分梨，分离，祁凤当然不知道继鸾心中在想什么。

房间内再次沉默，只有祁凤咔嚓咔嚓吃梨的声音，继鸾看他啃得香甜，一时有些目不转睛："祁凤……"这是她从小看到大的亲弟弟啊。

"啊？"祁凤答应，捧着梨子看继鸾。

继鸾望着他亮晶晶地眼睛，不知为何有些心酸："我想……"

"想什么？"祁凤又咬了一口，呆呆地问。

继鸾垂眸，心里头乱："我想……"她出神似的，最后说道，"你很喜欢那个林小姐吧。"

祁凤差点儿被水梨呛着，一时咳嗽起来，脸红耳赤手足无措似的看向继鸾："姐……姐你是不是怪我……我……"

"不是怪你，"继鸾皱眉，替他轻轻地抚了抚背，"我看她对你挺好的……那个女孩子，倒是不错的。"

祁凤垂了头，也没心思吃梨了，隔了会儿，便用手打头："姐，我真该死！"

“住口！”继鸾厉声喝道，“小孩子别总是说那个字！”

祁凤抬头看继鸾，眼睛里竟亮闪闪地：“姐……”

继鸾无法面对他的眼神，便转口看向旁边：“我只是想，你是大了……或许，我不该管着你……”

“姐！”祁凤大声叫起来，极不乐意。

继鸾按住他的手：“你听我说。”

祁凤才安静下来，继鸾道：“你是男孩子，迟早要成家立业的，其实……就算没有姐姐，你也会好好地……”

“你说什么啊！我怎么这么不爱听！”祁凤急了，手中的梨掉下来，骨碌碌顺着被子滚下去，直起身子，瞪向继鸾，大声叫道。

继鸾摇摇头，竭力忍着心头那股涌动：“你好好听姐说！”

祁凤吸吸鼻子，双手握拳，果真不言语。

继鸾才说道：“你的性子太急躁了，这点儿你要改改。你看林小姐，虽然是女孩子，但却比你镇定多了，也有主意多了。你喜欢她，姐没有意见，但是就怕你以后受欺负。”

祁凤没想到继鸾又说起这个，一时又羞又笑：“谁敢欺负我？……只有姐能欺负我，其他的人，我理也不理。”

继鸾试探问道：“林小姐也是？”

祁凤想了想，难得地正经说道：“她是有心眼，有时候也对我耍心眼，但她耍的那些心眼我都看得出来。她不敢欺负我，也不会欺负我，倘若有，我也懒得理她，我就是觉得……她对我还好，算是真心的，才搭理她的。”

继鸾见他竟说的头头是道，忍不住笑了：“你又知道？”

祁凤道：“我当然知道……先前栗少扬对姐姐好，后来柳大哥也对你好，然后还有三爷……哪个是什么样儿的，我分得很清呢！”

继鸾越发吃惊，竟顾不上害羞：“什么？”

祁凤得意洋洋道：“可是我知道姐只当栗少扬是哥们儿，你对柳大哥倒是有点意思，只可惜……”

“可惜什么？”继鸾简直不知要如何震惊好，自己的那点儿心事，祁凤竟看得明明白白？

祁凤道：“可惜柳大哥没戏，我瞧三爷……”

继鸾目瞪口呆，祁凤还要说，继鸾却忽地听到外头脚步声，急忙冲祁凤做了个噤声的手势，祁凤一蹙眉，也发觉了，当下停了口。

片刻后，两姐弟听到外头脚步声离开，继鸾便先松了口气：“别让他给听到，听到了还不一定又是什么反应，别又闹腾出什么来……”

祁凤看着她的表情，才笑道：“姐，不是我说，三爷吧，人虽则霸道了点儿，对你可是真真儿的，姐你对他吧……”

继鸾听到这句话，忽地想到上午的时候楚归抱着自己，说的那一句“你是喜欢我的”，心里不由跳乱了几下：“什么？”忍不住想从祁凤口里听一听自己对楚归是怎么样的。

祁凤想了想，说道：“我却也是看不明白的。”

继鸾白提了一颗心，当下笑：“我以为你多明白呢。”

祁凤不太服气，歪着嘴想了想，说道：“我是不太明白，但是柳大哥曾说过一句话，我觉得很有道理。”

继鸾怔了怔：“嗯？什么话？”

祁凤想了想，歪头说道：“记得那天晚上，他去探望我们，就是在租房里头出现刺客那一晚上，姐你还记得吧？”

继鸾想了想：“记得，怎么了？”

祁凤说道：“那晚上姐你替柳大哥挡了一枪，可是摆平了那些刺客后，姐你说要去看看三爷怎么样了。”

继鸾不懂他提这个作甚，便问道：“是啊，然后呢？”

祁凤望着她的眼睛：“姐你还不明白吗？那时候你已经回家来了，就算是有刺客对付三爷，跟咱们又有什么关系？你大可不必再特地地跑回去看三爷的安危，但是你去了。”

继鸾身子一震：“……这又怎么了……”

祁凤思谋着：“我一直没跟姐说，那晚上其实柳大哥一宿没睡，我早早起来的时候看到他还站在戏楼的临街阳台上往街上看……”

当时天色未明，祁凤梦醒过来后忽然想到继鸾，当下便要看看她回来了未曾，谁知道刚出了睡房，依稀便看到一道人影伶仃站在临街的楼侧栏杆前。

当时绝早，天幕还是蓝黑色的，天边还有着点点的星辰闪闪烁烁，那道身影背对自己站着，暗影里影影绰绰地，但是祁凤还是一眼就看出了是柳照眉。

祁凤本要出声的，刚试着往前走了两步，便听到那人发了一声浅浅的叹息。

祁凤虽然不懂，但是那声叹息的滋味却让他本能地住了步子，心头竟生出一抹酸楚惆怅难言。

“云母屏风烛影深，长河渐落晓星沉，嫦娥应悔偷灵药，碧海青天夜夜心……”而那人仰头望着天幕，落寞地吟了一句，又轻轻说道，“既然无心，何必又去？只怕有心无心，你自己也是不知道的……”

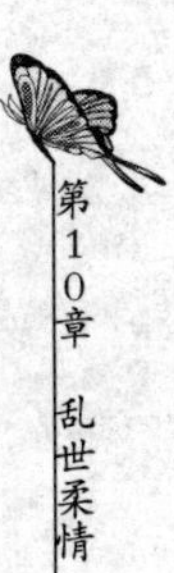

当时祁凤并不知道那是什么意思，后来渐渐地自己也情窦初开，才琢磨出当时柳照眉说这一番话时候的滋味来。

继鸾心头隐隐酸涩，张了张口，又无声。

祁凤说完了又有点后悔，看着继鸾脸色说道："姐，你不用放在心上，或许他说的并不是你。"

继鸾道："没、没事……"眼睛有些难受，继鸾转头，默默地调息片刻，才又打起精神来说道，"怎么又说起我来了，我是有正经话要跟你说的。"

祁凤道："啊？什么？"

继鸾握了握拳，却又说不出来，咬唇踌躇。

祁凤本来不以为意，渐渐地也发觉不妥，看着继鸾那副姿势，竟似有些"如临大敌"似的，祁凤重新挺直了脊背："姐，你要说什么？"

且说楚归心里极乱，下了楼后便信步乱走。

白日里日军来轰炸过，这一晚上大概有许多人会夜不能寐，楚归一味乱走，不知何时又走到先前继鸾跟魏云外说话那颗花树下，花已经尽数凋谢，一树繁茂绿叶却葱葱郁郁长了起来。

楚归摸摸树身，仰头看看，莫名其妙冒出一句："哪里有鸟的影子，大概见势不妙早就飞走了……哼，有什么稀罕……"

他没头没脑说了这句，心里却更不安稳，看看旁边的石凳，索性坐了下去，坐了会儿，便枕着那只未伤的手臂趴在了石桌上："有什么话居然也不让我听，还当三爷喜欢听呢。"

嘀嘀咕咕说了一句，楚归闭了眼睛想睡，可是又睡不着，心里的念头百转千回，最后他毫无预兆地猛地挺身坐起，叫道："混蛋，走就走！走吧都走吧！"

他起身起的急，顿时牵动那伤了的手臂，一时又呲牙咧嘴，正在做尽模样，忽地察觉异样，心有所动地转头看去，却见就在前面不远处，有个人影静静地站在院门处，一身月白长衫，月光下云淡风轻。

楚归愣了愣，旋即莫名地有些脸颊发热。

那人自然正是继鸾。

楚归看她一眼，也不知道她在这里站了多久，他咽了口唾沫，讪讪道："你干什么，吓人么？什么时候跑来的，也不出一声。"

继鸾嘴角一挑，却淡淡说道："我来了好一会儿了，三爷好像睡着了……后来，该听的大概已经都听到了吧。"

楚归越发脸热，索性恶人先告状："谁许你听的？"他要偷听点儿什么都不成，她却轻而易举把些不能听的听了去，现在只盼她不懂，只可惜仿佛是不能的。

继鸾不动声色道："三爷骂谁混蛋呢。"

楚归眨了眨眼，无赖道："不知道。"

继鸾道："三爷让谁走？"

楚归望天："用你管？"

继鸾一笑，又道："那就不说这个，三爷白日里提议说要送我跟祁凤走，不知还算不算数？"

楚归心头一扯，仿佛一颗心扭成了麻花，苦不堪言地。月光下他凝视着继鸾，隔了一会儿，才狠狠说道："三爷一言九鼎，当然算数！"

继鸾等他回答，才沉静说道："那好，我要两个人走。"

楚归只觉得有人当头打了自己一下，却把魂魄都吸空了，本能地想破口大骂，却又骂不出什么来，脸上却露出一副极忧伤的表情，失魂落魄地站着。

继鸾问道："三爷怎么不应声？"

楚归手都在发抖，抖了一会儿，猛地转过身去背对着继鸾："走就走吧！我应，我应！"

他转回身后正对着那棵大树，楚归欲哭无力，心头愤懑又辛酸的很，明明这个提议是他提出来的，明明也是为了她好，但是她说要走的时候，却好像连他的心也摘了去。

楚归无可奈何，很想扑上去，就先把这棵树狠狠地揍上一顿也好，却不知道自己真正想揍的是什么，是谁。

继鸾望着他的背影，轻轻地便叹了一声。

楚归正无处发泄，正好借题发挥，忍不住便道："你叹什么？哼……对了，难道是遗憾不能带着柳照眉走？啧啧，能够留两个人的票已经是天大的面子了，你别想就、就……"

他很想恶毒地说点什么，讥笑一番，可是却又说不出来，便气结地停下来，越发垂头丧气，只好抬起手臂，狠狠地打了面前的树一下。

继鸾见他消了声，才静静道："三爷放心，我只要两个人的。"

"放心，放心……"楚归哼了声，又道，"对了，这样才好……大难临头各自飞……也顾不上别个了……"他一边说着，一边后悔：明明他是想保全她的，她这么选择岂非正合他心意，他胡说八道什么。

楚归后悔着，咬了咬唇让神智回归，才颓然说道："算了，不用在意我说的，你定好了是么？好，三爷……三爷亲自送你们上船。"

继鸾道："送是要送的，但是我们去送。"

楚归疑惑，皱着眉转身看向继鸾："什么？"

继鸾望着他，淡淡说道："我想送祁凤跟柳老板走，三爷不会反悔吧……我要跟三爷一块儿去送。"

楚归只觉得有一股什么东西，很是分明地从身子里嗖地一声窜过，麻酥酥地又爽又快。

三爷兀自不敢相信："你……你说什么？"

继鸾缓缓说道："我不走，我会留下来……"她顿了顿，清清楚楚又道，"陪着三爷。"

就算这一刻立刻死去，楚归也觉得心满意足了，天荒地老又如何，朝朝暮暮又如何，他得了陈继鸾这么一句话，已经是今生无憾。

楚归望着继鸾，终于看清了月光中她唇边那一丝浅笑。

恍惚中三爷似乎明白了什么，最起码是自己被小小地"摆"了一道，但是他不难受，真的不难受，反而想笑，大笑，却还忍着，咬牙道："好哇，陈继鸾，你竟然敢……"

继鸾一笑低头，似乎也有点不好意思，这片刻的温柔看得他目眩神迷。

三爷绷着脸，冷冷地瞅着人走到她跟前，然后垂头看着继鸾："你说的？留下来就不许走，要陪可就要一辈子！"唇边的笑浅浅地荡了开去，再忍不住。

第11章

甘之如饴

1

楚归俯身一问，继鸾才轻咳一声，说道：“我是三爷的保镖，护着三爷是理所应当的。”

这话楚归却不爱听，但此即他心里欢喜雀跃，非同一般，这样冷淡敷衍的话竟也于他无扰。

想继鸾最紧要的人便是陈祁凤，这回却肯放祁凤一个人走，自己反留下来，不管出于何种考量，却不能再说她对自己全然无情了。就凭着这一点，便足够楚归高兴，因此竟也没把继鸾在此刻还挂心柳照眉的事儿记恨心上。

楚归“嗯”了声，越发凑近过去，方才继鸾那浅笑一低头的风情让他怦然心动，一时情难自禁，正要在那脸上吻下去，继鸾却适时地后退一步：“三爷，您该去歇息了。”

楚归哼道：“扫兴扫兴……哪个女人像你这般，这么不解风情又没些温柔，要不是三爷亲眼看过，还真要疑心你是个男的。”

继鸾转头看向一边，不去理会他风言风语。

楚归见她神情冷淡，便又凑过来：“生气了？三爷就随口说说……”

继鸾垂眸道：“三爷说的全对。”

“真生气了？”楚归越发靠的近，温声道，“其实……三爷还就喜欢你这样，我的鸾鸾是天底下独一无二的，岂是那些什么庸脂俗粉能比得上的，哼……”

饶是继鸾竭力镇定，却抵不住此人如此甜言蜜语的攻击，黑的是他白的也是他，继鸾忍不住打了个哆嗦：“三爷……”

楚归蹬鼻子上脸，抬手抱住继鸾的肩。

继鸾一皱眉，正要挣开，楚归却忽然说：“鸾鸾，你肯留下来……我很高兴。”

这一声儿，却非甜言蜜语，反而带一丝微微的凉意似的。

继鸾怔了怔，便看向他，楚归道：“我虽然说想送你走，但是……心里头其实还是舍不得的，可纵然舍不得，却……那时候我一说出这句话就后悔了，我真怕你立刻就答应了要走。”

继鸾目光一动，欲言又止。

楚归又道：“方才你来的时候，我心里乱得很，几乎就想……就算你答应要走，我也要想法儿把你留下来，真不甘心啊，但是……”

他叹息着，声音里略有凄凉之意，似乎又想到倘若继鸾真个儿走了，他得是多凄惶的。

继鸾竟无法听下去，低声唤道：“三爷，别说了。”

楚归默然，最后只又说："鸾鸾……你能选择留下，不管是出自什么考量，我……是真高兴。"

他承认自己是有私心的，不管留下来千难万难，也想她在身边儿。

这一生说长极长，说短也会很短，他好不容易遇上了这个人，无论如何，不想错失了她。

楚归回过神来，又有些不放心："祁凤答应了？那小子那么赖你……"

继鸾苦笑，涩声道："他懂事的。"

楚归见状，便说："要好好跟他说，别跟他急。小孩儿吗，要哄……何况他从小到大没离开过你，乍然要分开，确实有点难为他了。"三爷得了自己的好处，便乐意为祁凤略做考虑了。

继鸾垂头掩了面上难过之色："我知道……"

方才继鸾跟祁凤说起这件事，祁凤差点儿就从床上蹦下去。

他许久不曾这么大闹过，以前在平县的时候曾有过一两次，自打来锦城却是头一次。

继鸾见他翻天似的，她心里头却也不好过，默默坐着，那泪却悄然无声地涌出来。

祁凤正大吵大嚷间，却见继鸾未曾动作，仔细一看，吃了一惊，心头冰凉之极，急忙靠过来："姐，你怎么哭了！别……别这样……"

在祁凤的印象里，继鸾受伤流血的时候都比流泪的时候多。他几乎不记得继鸾哭的时候是什么样儿的，当下竟连叫喊吵嚷都忘了，心慌慌地从床上跳下地，双膝一屈便跪在继鸾跟前："姐，你别哭……你要我做什么都行，可就是别让我离开你。我什么也不怕，就算你让我一直都在家里半步不许出去，我也乖乖答应。"

继鸾闭上双眼，让泪跌落，哽咽说："怎么说跪就跪，你不是说你已经长大了吗？男儿膝下有黄金，这样儿像什么话。"

"我只肯对姐这样，也只会对姐这样，"祁凤仰头看着她，眼巴巴而急切地，"姐，你要是气我先前做的那些，才说出让我走的气话来，我向你保证……我以后真的不会……"

"不是，祁凤，你听姐姐说。"继鸾让自己的心境略微平静下来，才又开口说道，"……这件事其实，以前三爷就提过一次，当时我很怒，也没想过要你离开我。"

祁凤闻言就恨起楚归来："什么？三爷可真是的，怎么竟想这么对我，亏我还叫他姐夫来着！我被骗了！"

继鸾愕然，而后就一笑摇头："你别怪三爷，现在想想，的确是他想得周到，你现在就像是我那时一样，甚至有些恨他为什么会那么说……可是……今日的情形。你没有出门，因此没见到……"继鸾想到路上以及督军府的那副惨状，竟有种要窒息的感觉。

祁凤却是初生牛犊不怕虎："姐，不就是轰炸机吗？怕个什么！……小鬼子若来，就跟他们拼了！"

继鸾不知是该欣慰还是心酸："祁凤，你不是最听姐的话吗？"

祁凤嗫嚅："这……这当然了，但是除了这一件，你不许送我走！"他索性抱住继鸾双腿，叫道："我死也不离开！"

继鸾摸摸他的头，祁凤的头发短短地，发丝柔软，有些略短的发茬儿刺刺地，少年体热，头顶也散发着热气似的。继鸾想着以后或许就再也没这亲近的机会了，难过之余几乎就又动摇起来，恨不得也顺着答应祁凤罢了。

继鸾急忙收敛心神，默默调息，过了会儿，才又接着说："祁凤，你知道我最大的心愿是什么吗？"

祁凤抬头："是什么？"

继鸾望着他，缓缓说道："我的心愿跟爹的心愿是一样的，都想看你平安喜乐地长大，成家立业……"

祁凤的眼睛亮晶晶地："姐，会的。只要你别送我走，都会有的。"

他倒是一刻不停地在计较这个，也害怕这个。

继鸾明白，却还得狠下心："送你走又不是永远地再也不见。你仔细听好了，神风大盗那件事，还没有完，你要是留下，那些邹专员欧局长之类的，定会纠缠不休。至于林家那边，林小姐对你一往情深，她本是要走的，为了你却要留下来，你舍得辜负她吗？好，这些都算是其次的，那你也要考虑一下我的想法。你留在锦城，对我跟三爷都毫无帮助，虽然不至于添乱，但只要你在，我就得多记挂一份，你要是走了，以三爷的能耐，我同他度过这个难关并非难事，只要你别在这里增加些不必要的变数……将来过去这个坎，你就回来，到时候再好好地相见，岂不是两全齐美？"

祁凤静静地听继鸾说完："我……我不会添乱的……姐……"

继鸾道："我知道，但就算你规规矩矩地，倘若我在外头跟三爷忙，你留在家里，万一有个炸弹再扔下来，你让姐怎么活？"

祁凤瞪大眼睛："我……"

继鸾道："我知道你不愿意离开，我也不舍得你，但是现在你离开……依旧安安稳稳地平平安安地，才是真的对我好，你懂吗？"

祁凤听到这里，泪如泉涌，知道继鸾说的都有理，但是却怎么也过不了那关，索性什么也不说了，嚎啕道："我不管，总之我不要走，你也不许赶我走！"俊秀的一张脸哭得一塌糊涂，泪眼滂沱地，祁凤半是撒娇半是撒赖地抱住继鸾，竟不肯起身。

继鸾一直等祁凤停了哭，才又劝他上床歇息，祁凤安静下来，只是抽噎，却仍抱着继鸾不撤手。

继鸾将他的手取下，便道："你长大啦，也能自己拿主意了，姐方才说的话，你好好想想……"自取了毛巾，细细把祁凤脸上的泪跟汗都擦干了，祁凤任由她动作，等她停下，才问道："姐，倘若我答应走，以后真个儿会再见到吗？"

继鸾手势一停，然后对上祁凤的双眸："一定会。"

估计阴天了，头顶竟不见了星光，夜风也随之发凉。

继鸾抬头看看，打起精神便又送了楚归回房，楚归恋恋不舍地拉住她："不要走好么？"

继鸾有些心不在焉："三爷还有事？"

楚归一眼不眨地望着她："这话说的多生分……鸾鸾，今晚上留在这儿吧？"

继鸾怔住，脸上发热，却仍若无其事道："三爷你还是别胡思乱想了，累不累？明儿还有事呢。"

楚归哼唧着，索性单臂将继鸾揽住："鸾鸾……"拉长了语调叫她，却是十足十地撒娇加耍赖了。

这模样竟让继鸾想到方才祁凤的举止，瞬间心便有些酸软。继鸾哭笑不得："三爷，你多大了？这是干什么，放手。"

楚归决定耍赖到底："不放。"

继鸾转头看他，目光锐利："真的不放？"

楚归心头一颤，却更用力一点靠近了："抱住了就不放。"

继鸾忍不住一笑，抬起手点着他："一……"

楚归有些害怕："你想干什么？不许动手啊，我是伤者，还是病人……"

继鸾正要数"二"，见他露出畏缩之态，便忍笑道："伤者我知道，三爷怎么又病了？"

楚归眨了眨眼，慢慢道："我……好像着凉了。"

继鸾本正嗤之以鼻，忽地感觉楚归握在自己腰间的手有些发热，她心头一动，那指着楚归的手指合拢，便摸上楚归的额头。

楚归一惊，还以为她动手了，下意识地闭了闭眼，手上却还搂得死死地，等手贴上自己额头才知道继鸾在探他的体温，当下几分惊愕转作十分甜蜜。

谁知道继鸾一试之下，陡然惊心："三爷，你真的发烧呢。"

楚归略觉意外："是……吗？"

继鸾也没心思再跟他玩闹，抽出手臂握住他，将他推到床边坐下："三爷，你不是有个药箱？有退烧的吗？"

楚归"啊啊"了两声，含糊道，"不打紧……我没觉得怎么样。"又忙捉住继鸾，"你不许趁机走了啊。"

继鸾看看他，隐约觉得三爷的脸有些不正常的红晕，但是此情此景，也不知他是因为发烧的原因呢，还是因为想太多。

继鸾便道："这是可大可小的病症，三爷还是先喝点药的好，我叫人去抓一副草药吧？"

楚归听她总是说药长药短，哪里耐烦，只觉得浑身发热，趁着继鸾分心，正好一把抱住她，用尽全身力气把她往床上一压："要真个吃药，这就有现成的灵药，何必找别的！"

继鸾眼前一花，楚归已经没头没脑地吻下来。继鸾只觉得他的双手极热，唇贴在脸上也是灼热滚烫，心中一凛，想道："不妙，这若是发烧的话……那可是烧得厉害了。"

继鸾无法判断，试着将楚归一抱，两人躯体相贴加之衣衫单薄，便觉得他通体也热热地，竟像是抱着个小火炉。继鸾想到先前他趴在外头的凉桌凳上，身上带伤，又吹了冷风，继鸾心道："这多半是发烧了。"

却听楚归喃喃道："鸾鸾，你答应我的，可别又……"

继鸾叹了口气："知道了，三爷。"手却挣出来，在空中略停了停，最终小心地按上了楚归的风府穴，她的动作温柔，楚归迷糊中还以为她是在抚摸自己，兀自乱动了会儿才停下来，倒在继鸾身上，双眸合起，竟睡了过去。

继鸾按了楚归睡穴奏效，本想将他推开，不知为何一时竟未动作，手自他颈后滑回来，移到楚归的脸颊边上。

乍然昏睡，楚归双眉仍蹙着，不知是难受还是不满，继鸾手指微抖，将近未近。

2

次日天还不亮，继鸾出了楚府大门，一路不停地往柳家去。

天色还是暗蓝色，路上没几个行人，显得有几分荒凉，越过中山路的时候，还能看到地上没填的坑洞。

继鸾想到昨日那一场轰炸的情形，心中便想：这锦城以后还不知是何模样，只盼不会是想象中那么坏。

不出所料柳家的人也都没醒，大门紧闭，继鸾上前一步本想敲门，手一探又缩回来。

继鸾退后数步，在墙边转了几转，终于一抬手在墙上一拍，整个人便纵身而起，那身影如一片白云，轻飘飘地消失在墙头上。

继鸾跃进了墙内，果真并没惊动什么人。她轻而易举地寻到柳照眉卧房处，稍微犹豫，便轻轻一拍门扇："柳老板？"

里头悄无声息，继鸾复换了两声，心中焦急，试着推了推门，那门却没关。继鸾推开门，迈步入内。

时间紧迫，也顾不上柳照眉醒没醒，继鸾往内而行，拐进旁边屋门，才瞧见里头一张床，里头光线越发暗淡，依稀可见床上有人半起身子。

继鸾唤道："柳老板，是我。"

柳照眉懵懂地看了会儿，便翻身要下床，语气里带一抹初醒的欢喜："继鸾！真是你，你怎么来了？先前我还以为是做梦……"

继鸾已经到了床边上，顾不上寒暄："我有件事要跟您说。"

柳照眉双脚踩了鞋子："什么要紧事？"两人靠得近，便看清他惺忪的眉眼，仍是温和如昔。

继鸾看着柳照眉的脸，便想到方才起床的时候自己身旁那人……心头一荡，急忙又镇定下来，把事情简单地跟柳照眉说了一遍。

柳照眉的脸色有点发白："送祁凤……跟我走？那你呢？"

继鸾说道："船票是三爷给的，我欠他这个情不说，先前也答应了，除非他不用我，不然我还是要留下来保护着他的。柳老板，我觉得这是个机会，一来你也可以出去散散心，二来跟祁凤一块儿，也可以照料着他，毕竟他还听你的话……你要是答应，估摸着今明就要走了，我听三爷的意思，若是局势逼得紧还会提前。"

柳照眉心潮起伏不定，此刻便一眼不眨地看着继鸾："继鸾，你为什么想到要让我走？"

继鸾含糊说道："我在锦城也没几个相识的人……"

本想说点儿虚与委蛇的话，然而看着柳照眉认真的表情，继鸾便顿了顿，重又说道："其实我也不知道，三爷提议的时候，我就想到了柳老板……大概昨儿受了点惊吓，瞧着被炸弹轰炸过后的那场景，心里就很不稳当，总觉得不能让祁凤也摊上这个……也不能让柳老板出事儿……"

继鸾说的零碎，但柳照眉看着她，眼中却透出几分欢喜跟悲酸的光。

他该高兴的，在这样危急关头，继鸾没忘了他而想要保全他；可是他又该心酸的，她虽然想保全他，对他这样儿体贴的好，到如今却不是为了"爱"。

别人可以不清楚，柳照眉心知肚明。

柳照眉垂眸："继鸾……"

继鸾“啊”了声，看向周围，一边说道：“柳老板，事不宜迟，你有些紧要的东西，略微拾掇一下吧……”

柳照眉说道：“继鸾，我不想走。”

“啊？”继鸾意外，转头看向他，“什么？”

柳照眉眼前是晨曦的暗蓝色，就好像梦还没醒似的颜色，柳照眉定了定神，摇头轻声又说：“我不想走。”

继鸾回来的路上，脑中一阵一阵的恍惚。

她隐约也想过假如柳照眉的回答是“不”的情形，但是却并没有当真。这会儿船票算是千金难求，锦城的百姓都开始纷纷地逃难，离开锦城的火车上都是人满为患，大家像是嗅到不祥的味道，拼命地要逃离，但是又能逃到哪里去？覆巢之下无完卵，身后偌大的平原，就算有没被侵占的地方，却也不过是片刻安宁，如果锦城顶不住，就好像一道堤坝溃决，长河万里，谁也逃不脱。

但如今有个千金难得的机会在面前，他居然不要。

继鸾问他为什么，柳照眉起初沉默，后来便说：“你就当我犯了傻吧。”

继鸾真觉得他犯了傻，可是论嘴她是说不过柳照眉的。他看似是个温柔如水的人，但却又固执无比，打定了的主意几乎无人能改。继鸾在路上便想：如果实在不行，就把他打晕了让祁凤一块儿带上船倒好。

继鸾心怀忐忑回了楚府，还没进门就隐隐瞧见大厅里灯火通明。

继鸾一惊就知有事，果真，刚进门便差点儿撞上一个仁帮的帮众，见了继鸾就仿佛天上掉下元宝来：“鸾姐！您可回来了，三爷急坏了，让我去找您呢！”

继鸾顾不上问什么事儿，赶紧入内，却瞧见厅内楚归身着浅灰色的长衫，正坐在太师椅里，脸色有些微红，他身旁站着一个西装的中年男子，头上戴着一顶礼帽，面上架着一副眼镜看来很是斯文，继鸾从未见过此人。

而在楚归旁边坐着的居然是祁凤，怀中还抱着那只小黑狗，少年难得地一脸肃然，小黑像是受了惊，趴在祁凤怀中，只瞪着乌溜溜地眼却不做声。

见继鸾进内，祁凤便跃起来：“姐！”便过去拉住继鸾手臂。

继鸾道：“怎么了？都起来了？”本来她趁着楚归睡着的当儿去见柳照眉一是为了避嫌，二是为了赶时间，没想到正赶到点子上。

楚归见她看过来，便道：“跟他说了？”

继鸾知道他都猜着了，便道：“说是说了，但是……”

楚归挑眉：“他不愿意？”

先前楚归跟祁凤说了柳照眉的事儿，如今见楚归没头没脑地问出这句，祁凤便也明白，当下心中升起一丝希望，便叫道："柳大哥不走？我正好儿也不走。"

"胡闹。"楚归跟继鸾双双出口。

继鸾便道："我不知该怎么说，柳老板似乎很固执，我想实在不行就强行送他走。"

"怕要来不及了，"楚归皱眉，"方才大哥跟林市长都来了电话，最后这趟船要提前走了，八点半开船，一会儿林瑶便来这儿跟祁凤汇合。"

"什么？"继鸾惊呆。

继鸾虽然打定主意送祁凤走，也劝服了他，但是"今儿或者明天"好歹还有些缓和的余地，没想到眨眼之间就只剩下了两三个钟头。

楚归道："听闻将来几天天气不好，或许会有暴风雨，要赶过这场去……谁知道，或许是为了避免开战吧。"

楚归身边那斯文的西装男子便道："局势很紧张，越拖延就越不能保证出海的安全。"

楚归介绍说："这是我姑姑派来的管事，叫汤亩杨，就是他陪着祁凤一块儿去。他是个牢靠细致的人，有他在，万无一失。"

那"汤亩杨"微微一笑，便摘了帽子向继鸾致意："少夫人好。"显得斯文而和蔼，楚归早跟他说过继鸾，是以在他眼里继鸾便已经是楚归的妻子了。

继鸾怔了怔，因为祁凤之事竟没在意汤姆杨的称呼，只是心头乱跳，怔怔地看着祁凤，心里像是有把刀子在慢慢割一样："那……那……"

楚归说道："我再叫个人去催催他吧。"

继鸾知道他说的是柳照眉，可是柳照眉那脾气，怎么能被说动？继鸾知道自己该再去一趟，但是面前是祁凤，想到他很快就走了，那双脚就好像被粘在地上一样无法动弹。

祁凤惶惶然地，不停地说："姐，我不走了，不走了行不？"

继鸾只是看着他，无法做声，那边楚归唤了老九来，让人去探望柳照眉，回头看祁凤趁机求情，便道："不要再烦你姐姐了，她心里难受你看不出来？"

祁凤一惊，果真就住了声。楚归道："她也不舍得你，但是这么做是为了你好……你要是个男人，就出息点！不要拖拖拉拉婆婆妈妈的。"

祁凤的泪刷地就涌出来："你站着说话不腰疼，要送你走你能说走就走？"

楚归一怔，没想到祁凤说话倒是犀利。楚归便说："我要是人家的弟弟，自然就会乖乖听长姐的话。"

祁凤吸着鼻子，心里又是痛苦，又是嫉恨楚归："你也就说说风凉话而已，你巴不得送我走，好自己霸占我姐，可惜你不成的，柳大哥又不走。"

楚归怔了怔，继鸾却喝道："够了，不要胡说。"

祁凤索性扑到她怀中："姐，非要这样儿？这样生生地离开你，还不如死了痛快！"

"给我闭嘴！"继鸾恨不得打他，可惜又舍不得，也下不了手，"你再胡说八道，我就先打你一顿……三爷的主意就是我的主意，你也该学着改改这脾气，将来我不在身边，你让我怎么放心？"

祁凤道："那就别送我走！你一直看着我不就行了？"

继鸾眼中的泪强忍着，却还是掉下来："祁凤……"继鸾咽了口气："你乖，姐其实也想就这么看着你一辈子，但……人都是要长大的，你也该是大人了，你答应姐姐，以后会好好的，成不？"

祁凤抬头看她，无论如何说不出那个字来。

楚归看看姐弟两人，心里叹了声，忽然就想到楚去非，楚去非要他走，他不肯走，倒是跟祁凤和继鸾是一样的，幸而祁凤不知道这件事，不然倒可以拿出来打他的嘴。

楚归随手拿了杯茶，凉凉地喝了口，才放下杯子，就见外头有人略见狼狈地进来，正是林市长带着几个随从，护着林瑶来到。

继鸾轻轻一拍祁凤的肩，祁凤见林瑶到了，便忍了泪倔强地转过头去。

林瑶见状，便敛眉上前，走到继鸾身旁，诚心诚意地行了个礼："姐姐，谢谢您。"

林瑶自从听了楚归对林市长说祁凤会跟她一块儿走，便乐得什么似的，可是却也知道若不是继鸾从中点拨做主，祁凤怕是绝不会答应的。她心里只有祁凤，早把自己当成他的人，又知道在祁凤心里继鸾最大，她便跟祁凤一般也一心一意地敬重继鸾。

继鸾见她这样，便道："祁凤有时任性，林小姐多担待。"

林瑶忙道："姐姐放心，祁凤是极好的人，我半点也不敢挑的。"

祁凤却在旁边一声不吭，双眼红得如兔子，嘴唇都要被自己咬破了。

林市长冲上来寒暄了几句，便主张要先送他们到码头去，省得人多杂乱。楚归也是这个意思，现如今非常时刻，变数极多，自然是凡事都要往早里赶。

继鸾竭力镇定，却仍有些慌张，忽地想到祁凤的行李没有整理，便冲上楼去替他收拾，进了房门，看着面前这张床，忍不住就泪如雨下。

楼下祁凤见继鸾离开，便甩脱了林瑶的手也冲上去。林市长要说话，却被林瑶制止。

楚归叹了口气，就摇头。

祁凤上楼，未免又跟继鸾抱头痛哭一场。

继鸾只觉得五内俱碎，脑中无数个念头，想要让祁凤留下来算了，却最终都又被压下来。

末了终于替祁凤收拾了一个箱子，无非只是点儿衣裳之类，又把自己攒的银元用布包好，也一并给他塞到里头下了楼。

两人到了楼下，继鸾忽然想到柳照眉，一时焦急得很，便道："三爷，我得去看看柳老板。"

祁凤便道："姐，我跟你一块儿去。"

这自然是不行的，楚归看看两人，最后跟继鸾说道："行，那你去吧……我先送他们去码头，记得尽快赶回来就成。"他停了停，又道，"只不过……若是他不乐意，就不用勉强。"

继鸾没想到他答应得这么痛快，便转身看向祁凤，抬手细细地摸摸他的头脸："我先去看看柳老板，你好好地听话，知道吗？"

祁凤居然回答不得，眼中的泪一直都没干。继鸾一狠心，转身先出门去了，剩下楚归跟林市长便带着两个小的赶往码头。

远远地就看到码头上人影匆匆，赶往此处的尽数都是衣冠楚楚的男女，多一半是金发碧眼的洋人，在码头前面士兵持枪戒备，提防闲杂人等靠近。

林市长自有车，几个人便是坐车来的，从家里到码头也不过十分钟时间而已。此刻下车后，林市长的随从提着箱子，便往里走，楚归跟祁凤两个却不约而同回头，却还没有看到继鸾的身影。

守卫的士兵认得楚归，便放了行，一行人来到岸边上，望见海轮停在岸边，足够容纳数百人在其中。林市长巴不得把林瑶赶紧送上船，但到了这会儿，忽然又不舍起来，便碎碎念道："过去那边，要多留心……洋鬼子不是好相处的，你那洋话也是半吊子，凡事多个心眼。"

林瑶乖乖答应，望着父亲那担忧的脸，一时也不舍起来，便张手抱过去。

父女两个抱在一块儿，泪如雨下。林市长哽咽着又说："箱子里给你带了两块金子，花旗银行里还给你开了户头，金钱上足够使唤，还有陈祁凤……他要对你不好，你就……"

林瑶落泪："爸爸，我知道，你就放心吧，你也多小心。"

楚归跟祁凤两个一直望着来路，等候继鸾出现，此刻见林家父女如此，楚归便一招手，身后的老九上前，递了个小箱子过来，箱子不大，还带着锁。

楚归手上受伤不便，便对祁凤说："姐夫没什么别的……给你带一点见面礼，你拿着。"

祁凤狐疑地看着他，楚归道："让你拿着就拿着，赶紧的，又磨磨蹭蹭。"

祁凤才接过去，忽然手上一沉，差点儿被压得弯腰，赶紧用力撑住。

楚归见状，才露出了笑容："哈哈。"

祁凤知道他是成心不说，没想到他这个关头还想捉弄自己，一时气愤。楚归却伸手过

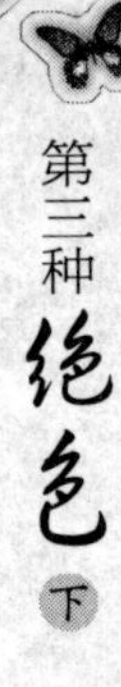

去，捉住他肩头往这边一拉，俯身道："小子，就算是去了洋鬼子的地盘，也要记得你是谁，你是陈祁凤，是陈继鸾的弟弟，三爷我的小舅子，不是什么好欺负的人物！"

祁凤听了这话，一怔之下，没来由的双眼有些发热，楚归又道："箱子里有点儿金条，还有两把枪，未必用得上，但你拿着防身总是好的。"

祁凤这才明白为什么这箱子看来不大，却为什么这么沉，当下一惊："三爷……"

"叫我什么？"楚归皱眉看他。

四目相对，祁凤沉默了一会儿，才说道："我就不叫你姐夫了，除非……"

楚归有些惊讶，祁凤继续说："除非你真的跟我姐成了亲，等以后我见了你，就一直这么叫。"

楚归才哼了声："小鬼头。"回头又看一眼继鸾来了没有。

祁凤看着他，忽然说："三爷……"

楚归重新看他，祁凤认认真真地说道："三爷，我是想看你真的跟我姐好的……你要真想当我姐夫，就……护着点自己，也护着我姐，都不许有事。"

楚归望着祁凤，半晌便一挑眉："三爷是谁？你姐跟着我，妥妥地，你这小鬼趁早把心放回肚子里。"

正说到这里，便听到一声鸣笛，竟是从海轮上传出，接着，有个人摇晃着手铃在岸边跑来跑去，竟是催着尽快上船。

林市长吓了一跳，便替林瑶提了行李要赶上船去，祁凤却道："不行，我姐还没回来。"

林瑶忙道："爸爸，再等等。"

几个人心急如焚地等在原地，一直到岸边的人渐渐地都上了船，却还没有继鸾的身影，那随船的海员来催了几次，最后出来个洋鬼子，呜里哇啦地说，林瑶听懂几句，无非仍是在催促，十分不耐烦似的。

幸好汤亩杨同样以洋文应答，两人对答几句，那洋鬼子的怒气暂时遏制，最后生硬地以中文说道："最后五分钟，不然我也没有办法。"

汤亩杨打发了洋鬼子，便对楚归说道："这人听说女爵的名字，就没了神气。"

楚归点点头，对祁凤说道："女爵就是我姑姑……你去了那边就住在她家里，什么也不用客气。"

祁凤心不在焉，就也没多话。

然而五分钟很快就过去了，祁凤望着空空的来路，心中一片悲凉，楚归按住他肩头，道："祁凤，走吧。"

祁凤扭头瞪他，气得浑身发抖："大不了我不去了！"

楚归望着他笑了笑："又说小孩儿话，若是因为她你不上船……以后出了事，你是想逼她后悔一辈子？"

祁凤哭道："可我不能不见我姐一面儿就走！"

楚归单臂将他一抱，低下头在祁凤耳旁轻声说道："又不是以后都见不到了……傻孩子，你放心，三爷答应你，会替你好好地照料你姐，绝不让她有一丝闪失好不好？三爷还等着以后你叫我姐夫呢。"他从来不曾这么和颜悦色地对人说话，说出来却有安抚人心的奇效。楚归说完后便又轻轻地抚了抚祁凤的背："像个男人一样，擦擦泪。"

祁凤抬起袖子，把面上的泪擦干了，楚归道："要争气，去吧，不见也好，不然你姐也又会多流些眼泪的。"

祁凤一步三回头地上船了，海轮呜呜地响了两声，缓缓启动，楚归手揣在袖子里，心中有些凉意，却见祁凤跟林瑶两个跑到船的栏杆前，俯身看下来。

楚归抬手一招，回头看看，心中忍不住也有些忧虑，不知继鸾出了何事，居然还没有赶来。

那海轮往前驶出，虽然隔得远，楚归仍能看到祁凤大概是哭了，连林瑶也跟着哭了，两个人挨在一块儿，相依相偎。正在难受之时，楚归心有所思地一回头，心头一喜，看到一个人影急匆匆地赶来，却被持枪的士兵拦住。

楚归急忙招呼，士兵们才放行，那人极快地跑上前来，双眼却直直地盯着离岸的海轮，自然正是迟来的继鸾。

林瑶惊见，赶紧拉一拉祁凤。祁凤抬头，整个人便跳起来，几乎要跳出栏杆似的。这边继鸾一口气跑到岸边，也不顾水花涌动，望着海轮大声叫道："祁凤！"

一俯身的瞬间，泪都尽数地没入蔚蓝的海水之中，继鸾几乎站不住脚，正在痛彻心扉的时候，身后有人探手过来，将她拦腰抱住，坚定地拥入怀中。

继鸾靠在楚归怀中，泪眼婆娑地望着那艘船，却见那船越来越远，船上的人影也渐渐模糊，一直到消失。最后连船也变成了一个黑点，平静地隐没在阴阴的天色下有些灰蓝色的海面上。

第12章

相濡以沫

1

一直到那船消失不见，继鸾兀自不肯离开，楚归半抱半哄地带她转身。

那边儿林市长送别女儿，心中亦是悲欣交集，把亲生闺女送走的滋味并不好过，但一想到女儿大概没什么危险了，便又略觉欣慰。林市长瞧着楚归拥着继鸾的模样，倒是不好打扰，就只跟老九知会了声，自己先走了。

林市长去后好一会儿，楚归才同继鸾往回走。幸而继鸾是个豁然坚强的性子，虽然别了祁凤如同剜心一般，但毕竟是她自己的选择，送走也便是送走了，回来的路上，便不再落泪，只生生忍着而已。

楚归见继鸾略见平静，有心问问她为何拖延了若干时间才来，但转念一想，必然是柳照眉那边有什么不期的意外，此刻再问，对继鸾无疑是雪上加霜，何况柳照眉如何，他本就不放在心上，此刻见继鸾好好地，于是便也不问。

你道继鸾为何竟迟了一步？果真如三爷所料，是出了点不期而至的意外。

继鸾出门之后不免又去柳家，走到半路却又遇到楚归派去找人的仁帮帮众，两下碰面，那帮众说道：“鸾姐，您若是要去柳老板家，那可别费这脚程了，方才我便是从那出来的，家里头没人！”

继鸾一惊：“可知道去了哪里？”

那帮众能在楚归手底下行走，也是个谨慎的性子，唯恐回头无法交差，自然打听了一番，便道：“问了他家的门房，说是柳老板独自一个人出了门，问他去哪里也不答，是以竟不知道去了哪。”

继鸾心头一沉，别了那人，想来想去，看看此地离金鸳鸯近，便先去哪里瞧瞧，谁知金鸳鸯的人也说没看到柳老板，继鸾转身就往柳家去，正拐了个弯儿，却见一辆车开得飞快，嗖地拐过来往前急奔。

继鸾本不以为意，只忙着躲避，谁知道一转眼的功夫，却见那辆车有几分眼熟，继鸾素来不是个粗心大意的，此一刻又是非常时期，便多看了两眼，这一看却真看出端倪来。

那辆车她原本是见过的，当初在祁凤被关了她想去央求楚归后，柳照眉知道了便说要替她处理，后来她从楚归哪里听闻了柳照眉想做什么便急急赶去，看到的那一幕，就是警察局长欧箴握着柳照眉从这辆车上下来！

继鸾方才那一眼，却也依稀看到车内坐着两个人，虽然模模糊糊看不清楚，但继鸾心中竟有种不好的预感，直觉觉得柳照眉或许就在车上。

柳照眉还真的在车上。

一大清早继鸾来过后，柳照眉虽拒绝了她，但心里头却难受无比，竟无法再入睡，想

来想去，便抄水洗了把脸，便才又走出门来。

天色阴沉沉地，有些让人喘不过气来，柳照眉在院子里站了会儿，心中想着继鸾，鬼使神差地开了门往外走去，那门房唤他，他都没应声。

柳照眉出了大门，站在门口上四处张望，心里头隐隐地竟有种念想：或许继鸾没有走，她或许还在门外，就好像是那一次一样……

只不过那一次是下着雨，柳照眉想着，就仰头看天，天空虽然灰蒙蒙地，却不曾有雨。

柳照眉呆看了会儿，便挪动脚步顺着墙根儿走。

不知道走了多久，也不知道走到了哪里，他只是有些儿失魂落魄。

一直到一声汽车的刹车声在耳旁响起，接着有人跳下车，说道："柳老板？这一大清早的，出来散步？还真有闲心啊。"这声音虽带着笑，却透着一股不怀好意，柳照眉心里厌烦，转头看去，瞧见一张几分熟络的大脸，居然正是欧箴。

柳照眉茫茫然道："欧局长。"

欧箴看着他懵懂之态，心中一动，笑道："昨晚上被楚督军捉了去，部署防范之类，你说我一个小小警察局长，竟也要掺和到打仗里头来，又生生地熬了一夜……不过倒是好，竟跟柳老板不期而遇。"

柳照眉无心跟他寒暄："那就不打扰欧局长了。"

欧箴见他转身要走，便一把拉住："柳老板，这相请不如偶遇，总归你也没别的事儿，不如到我家里头坐坐？"

柳照眉挣了挣，把袖子拉开去："还是不用了。"

欧箴见他始终冷冷淡淡地，也不似平日般温和地应付自己。他熬了一夜受了气，火气正盛，见状便道："哟，柳老板可是攀上高枝儿了，于是就不把我放在眼里了？"

柳照眉皱眉，不明白他是什么意思，欧箴将他拦住："上回楚大奶奶的事儿我就看出来了，你别真是瞧上了楚三爷吧？"

柳照眉略觉得吃惊，见他胡说八道，心里实在不悦："欧局长，这话从何说起，你自重，给我听到倒是无妨，给三爷听到了可就不大好了。"

欧箴便讪讪地笑："我无非是开个玩笑罢了，就算你瞧上了三爷，三爷也未必会……哈哈，难道你真喜欢三爷身边儿那个女人？我劝你也不要痴心妄想了，但凡是个人，谁不往高枝儿上飞？我瞧那女人姿色也是一般，不知道三爷怎么看上她的，但既然三爷看上了，那就没你的份儿了，你还是趁早撒手，跟着我……"

欧箴说着，那声调儿就变得很不像话，也凑过来意欲动手动脚。谁知柳照眉听着他说继鸾，心里早就动怒，见他又靠过来，索性将他一把推开："欧局长，你自重些！"

欧箴被他推得一个踉跄，竟撞在车上。他从未见过柳照眉翻脸，一怔之下便大怒："好你个臭戏子！老子对你好点你就真把自己当成金镶玉了！不过是个被人玩乐的物件罢了，你有什么矜贵的！"他一把撕扯住柳照眉，便把他往打开的车门里塞："你给我进去！"

欧箴虽然养尊处优，却也是兵痞出身，倒有一把蛮力，柳照眉只挣扎了一下，就被他推入车里，还没坐稳，欧箴已经坐了进来，喝道："快给我开车！"

柳照眉叫道："欧局长，你干什么！"

欧箴咬牙道："你吊老子也够了，平日里当你菩萨似的供着，反供出你的脾气来了，今儿我就要办了这事儿！"

柳照眉惊怒之下，便去推车门，欧箴索性拔出枪来，在柳照眉头上一抵："柳老板，你还是识相点儿！"

此刻那汽车已经发疯似的开起来，柳照眉转头，看着欧箴冷冷地模样，忽地一笑："你开枪啊。"

欧箴一怔，柳照眉道："我今儿就是不识相了，有胆你就开枪啊。"秀美的脸上毫无畏惧之意，只有一片死寂似的绝望。

欧箴咬了咬牙，横起枪把子在他头上一击，柳照眉吃痛，竟晕了晕，欧箴将他拥住，淫笑道："奸尸有什么乐子，等老子玩儿够了，你要死也不迟！"

车子很快停在欧公馆前，那开车的司机见势不妙，停了车便赶紧溜了。

欧箴把柳照眉拖下来，半拖半抱地把人弄进屋内，公馆的下人见状，也赶紧躲了。

欧箴把柳照眉往地上一扔，将自己的衣裳扣子一解，便扑过来，三下五除二将他的衣裳扯得七零八落，心里想着自己觊觎了这么久，总算要得偿所愿，一时之间兽性大发。

正无法停手之时，却听到身后有一声怒喝："住手！"

欧箴吃了一惊，回头一看，却见来的人居然正是跟着楚归的那个女保镖，满脸怒容地冲了过来。

欧箴见状，哪舍得煮熟的鸭子就这么飞了，索性把腰间的枪拔出来，便对准继鸾："别过来！"

继鸾一怔，果真停了步子。

欧箴道："陈姑娘是吧？是三爷让你来的？"

继鸾忙着打量柳照眉，见他问的有些怪，便未曾回答。

欧箴却是个奸猾的人，本来怕继鸾是奉了楚归命令来的，那他还真不好就直接得罪楚归，可见继鸾不答，他心里便有了数，当下奸笑道："那便不是了……陈姑娘，你这是干什么？这姓柳的戏子惯常做这些的，又跟你有什么关系？三爷对你另眼相看，你就好好地

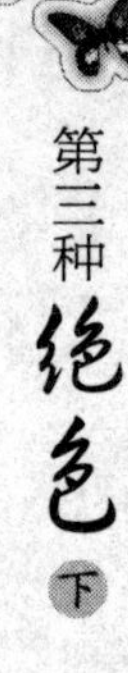

伺候三爷去得了，别出来勾三搭四的！三爷再怎么迷你，却也不会喜欢自个儿戴绿帽子！出去！”

继鸾浑身发抖，看看地上的柳照眉，见他半边脸上带着血，几乎不知是生是死，心里焦急异常，便冷道：“欧局长，你把柳老板怎么了？”

“怎么了？”欧箴扫了一眼柳照眉，“你说怎么了？”

两人对答之间，地上的柳照眉便动了动，缓缓睁开眼睛，继鸾心中一喜：“柳老板！”

柳照眉听见声响，抬头先看到欧箴，后又看到继鸾，再看到欧箴拿枪对着继鸾，顿时大惊，极快地爬起身来撞向欧箴。

这功夫，继鸾也飞身上来，将欧箴手中的枪踢开，便把柳照眉又拉了过去。

柳照眉昏头昏脑站在她身边，那边欧箴见好事不成，气怒交加：“混账王八羔子，一对奸夫淫妇！反了你们！”正要叫人，继鸾一抬手，轻而易举便掐住他的脖子。欧箴只觉得她的手竟如铁钳一般，心中一寒，无法做声，抬眼又对上继鸾锐利双眸，更加萎了。

欧箴本就是个墙头草，见情形不妙，立刻便决定好汉不吃眼前亏，便道：“有话好好说，何必动手动脚的。”

继鸾看他不顺眼已久，从他当初当街拉了柳照眉挡枪时候就已经开始，新仇旧恨，当下一巴掌扇过去：“欧局长，你给我听好了，你以后要是再敢对柳老板意图不轨，我不管欧局长你有什么三头六臂，必然让你死在我的手中！”

欧箴缩了脖子：“好好……我答应！”

继鸾不屑看他，将他一丢，拉了柳照眉便直奔出去。

继鸾拖着柳照眉的手出了欧公馆，怕欧箴狗急跳墙遣人来追，便又走了一段儿才停下，回头看柳照眉额头上的血，心急如焚：“要紧吗？”细细地又看那伤口，低头翻出自己里头衣裳，用力一扯，扯开一道，便要给他包上。

柳照眉抬手一挡：“你怎么又来了？”

继鸾听这话有些异样，却急忙又道：“出洋的船要开了，三爷派人去你家里没找到人，幸好我看到姓欧的车……”

柳照眉垂了眸子：“你是来让我走的？”

继鸾道：“柳老板，你信我，不能再耽搁了。”

柳照眉垂着眼皮，脸上带血的样子，像是一朵枯萎的花，带着凄然的绝艳：“我说过了我不去，你怎么就不听呢。”

继鸾见他果真固执，来不及多说，就攥住他的手腕：“你一定要去！”

她硬拉着柳照眉走了几步，柳照眉用力一甩手，却从她手心里挣扎了出去，继鸾回眸，却见柳照眉望着自己，说道："我为什么要去？"

继鸾怔住，心中忍不住也带了一丝怒意："你为什么不去？"

柳照眉抬头："因为我不想当一个废物，因为我不想欠你跟楚三爷的情，因为……"

"你在说什么！"继鸾上前一步，想拉住他。

柳照眉后退一步，他的手上沾着血，衣裳有些凌乱，他慌张而狼狈地看着自己，又看继鸾。她站在对面，看似近在咫尺，却注定他碰不到沾不得，如今她还想让他走得更远，最后连看一眼或许都成了奢望。

柳照眉双眼发红，颤声说道："你别过来！碰我这样的人……留神脏了你的手，我不用你管我，也不用你替我着想，倘若想对我好，那就别跟着他！要是离不开他，那就任凭我死活，都跟你无关……我生来就是这般贱命，倘若一颗炸弹落下来死了倒也干净，反正……"他说到这里，再说不下去，转过身要走，却又想到是回去的路，于是便又往前走。

柳照眉将走过继鸾身旁，却被她一把拉住，他竭力挣扎，继鸾却不放手，咬牙说道："没有谁是天生贱命！我认得的柳老板也不是说这些话的人。"

继鸾拽着他，迈步就走。

柳照眉双眼中的泪瞬间涌出来，不顾一切叫道："你对我这么好干什么！知不知道这样只会让我更舍不得你……"

继鸾身子一抖，柳照眉连挣带推地倒退一步："欧箴说的那些话我都听到了，你不能再这样，对这个好，对那个好。三爷不是吃素的，现下他可以若无其事，以后终有一天他不会再忍，对你没好处！我这辈子能做主的事不多，这一次你得让我自己做主，我说不去就是不去，你就当我不识好歹，当我疯了都行……"

继鸾又气又怒，上前一步道："刚才欧箴想干什么你难道不知道，我求你别在这个功夫想其他的，就答应我走好不好？"

"我知道，我当然知道，他有那心思不是一天两天了，不光是他，还有别人，"柳照眉对上继鸾的眼睛，又说，"我一早就是那样的人，不值当你错爱，也不值当你护着。你要是还把我当成个人，就别像他们一样强迫我，让我自己给自己做主，我要留下来，就算知道那些人想吃了我，我还是要留下来。"

"为什么！"继鸾忍无可忍，大声叫道，"你为什么在这个时候跟我犟！"

"因为……"柳照眉望着她，眼中的泪一涌而出，有个声音在心底悄然回答，"因为我爱你。"

曾经是她把他带到接近天堂，如今也是她把他留在地狱。柳照眉也想自己变成以前那个自己，那个会自私的柳照眉，有些冷血的柳照眉，就算有人求救命求到他跟前，与他无关的照样不管，当初他就是这么对她的。

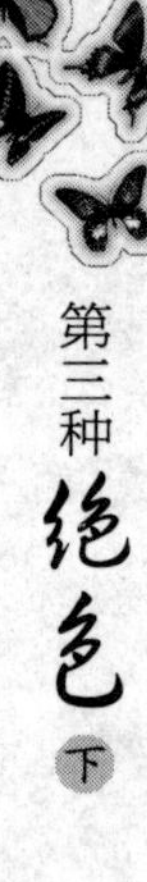

若是他还是昔日那个柳照眉，这会儿早就在船上了，没心没肺地为着自己活着，不用人任何人劝，但是现在不行，他犟得像是一头牛，就算是红着眼拼命地冲向悬崖，他也认了，他跌坠得痛痛快快，绝不会停。

“因为……”

后面那句话他没有说出来，只是含泪地望着她。

因为楚归派来找继鸾的几个手下已经极快地赶过来，有人叫道：“鸾姐，三爷让我们来找您，这船马上就要开了。”

继鸾一听，探手握住柳照眉的手腕：“跟我走。”

柳照眉大喝一声：“陈继鸾！”

继鸾脚下一顿，柳照眉望着她：“就当我求你了。”

继鸾看着他的眼睛，她的心凉得透透地，为什么他竟这样，像是把她一片心意踩在脚下，她有心强逼他上船，但是看现在这个状态……

“鸾姐，三爷说再晚就来不及了……”身后几个人焦急地催促。

继鸾看柳照眉，缓慢松手：“好吧。”她的眼中含着极深的失望，后退一步，然后转了身。

柳照眉站在原地，定定地看继鸾离开。他心里有个服了软的小孩儿，抱头蹲在地上哭得不可罢休：“不要走，不要走，留下来在我身边……我只是不舍得你而已，继鸾……”

耳旁忽地响起一个声音：“柳老板，多日不见，风采大不如昔啊。”

有个人从旁边缓步走出来，柳照眉定神看去，心中一凉：“是你……”

且说继鸾跟着那几个帮众拐过弯，却道：“你们留下，去看着柳老板，他做什么去哪里都行，别让人伤着他，也别让他伤着自己。”

几个属下站住脚，齐齐应声：“好的，鸾姐放心。”

继鸾这才飞快地往码头方向去，属下们面面相觑，道：“这是演的哪一出？”却不敢违抗她的话，急忙转身回去找柳照眉，然而回到原地，却已经不见了柳老板的身影，几个人惊了惊，旋即急忙四散开来去找寻。

只因了柳照眉固执，继鸾才耽搁了时候，继鸾并没有把这件事细跟楚归说，楚归也没问，实际上楚归也没精神再问。一路回到家里头后，楚归撑着进了客厅，忽地一头栽倒。

继鸾这才察觉不妥，先前她心不在焉，为了柳照眉的事也为了祁凤的离开，因此没怎么留心楚归，只觉得他老是紧紧地靠着自己。下了车后更是一刻不离地贴在自己身上，压得她的肩头重重地，继鸾还以为他是犯了“老毛病”，便没有在意，也没有刻意推离他。一直到楚归在客厅里忽然倒下她才发现，楚归病了。

幸好继鸾眼疾手快揽住楚归，才没让三爷跌了，手在他的额头上一探，如同碰了火炭一样，回头赶紧叫人去找大夫。

继鸾费尽力气把楚归半扶半抱弄上楼，送回他自己房间，不敢暂离片刻。一会儿大夫来了，仔细诊了一番，说是他的伤发了炎症，又加上着了凉，因此两下牵引，弄得风寒入骨。

楚归昏昏沉沉地，偶尔清醒，模模糊糊提及祁凤，竟问祁凤上船了未曾。继鸾在旁边听了，知道楚归有些烧糊涂了，十分揪心，瞅着药送了来，却喂不下去，继鸾便扶了他，亲自喂药，百般地哄着。

楚归半是昏迷，听了继鸾的声音，却有些知觉，便勉强张口，继鸾便一勺一勺地喂他把药喝了。

因知道楚归这一场病来得厉害，纠结病因，却有一半是为了自己，加上大夫说他身边少不了人，继鸾心里愧疚，怕佣人们服侍不当，便不敢离开他身边儿。如此到了夜间，便把他素日坐得那个摇椅搬来，就在床边暂时安置陪着他。

到了半夜，楚归果真呻吟起来，继鸾睡得本就警醒，当下跃起来，见他嘴唇有些干裂，便调了温水，一点点给他擦在嘴上，又喂他喝了两口。

楚归才安分了片刻，继鸾却听到外头轰隆隆响了两声。她心中揪紧，连睡的念头都没了，起身跑到窗户边上往外看，然而夜色深沉，哪里能看到什么？

继鸾看了一番，瞧不出什么端倪，心里七上八下，却也无法，便半拉起窗帘复又回来，刚坐回椅子上，就听楚归喃喃两声。

继鸾歪头看他，试图听出他说什么，怎奈三爷的声音太过模糊，也听不出什么来。

继鸾瞪着眼竖起耳朵看了会儿，觉得三爷大概是又发烧又有些做梦，始终不放心，起身又试了试他的额头，手碰过去的那刻心中震了震，仍是那么烫。

继鸾本是有些累想歇会儿的，然而这一刻，却又怕起来，头一个念头便是想着叫大夫再来给瞧瞧，刚要起身，手腕却忽地给握住了。

“别、别走……”细若游丝地声音，从三爷的嘴角溢出。

继鸾不知道楚归是叫谁别走，他现在这样儿，连此刻在他身边儿的是谁估摸着都分不清。

继鸾本想掰开他的手的，然而被他滚烫的手心贴着，她没来由地迟疑了一下，终于轻声说：“三爷放心，不走。”

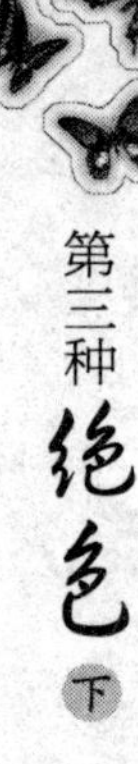

楚归闭着的双眸动了动，似乎想看人。

继鸾探身把旁边的毛巾拿过来，轻轻地擦擦楚归的脸，把上头的细汗一点点擦没了，就想给他拧一块凉毛巾再搭在额头上，然而楚归紧握着她的手腕，让她无法动弹，那素来或狡黠或嚣张的脸，此刻竟是无助的神情，因为太美，且在病中，便又显得格外脆弱。

“三爷……”继鸾忍不住叹了声，“没事的……很快就好了……”

她尽量温柔地将他固执的手缓缓掰开，在他湿浸浸的脸颊上轻轻摸了摸，浑然没发现自己这动作充满了爱宠之意。

这是祁凤离开的头一夜，本是个凄惶的夜晚，没想到却竟忙得连静默细想的功夫都无。

继鸾回身，取了块毛巾用凉水浸了，拧得半干后便回来搭在楚归的额上，他的呼吸声时而激烈时而细微，牵扯着她的心也时高时低地，竟没有一刻安生。

窗外隐隐地仍传来沉闷的轰隆声响，继鸾疑心是雷，却又不像，但不管是什么，横竖都跟她无关，此刻在她眼前心底所牵挂的，便只有这个病在床上受着煎熬的三爷。

她的眼光几乎就没有一刻从楚归这张脸上转开的。

出神的间隙，继鸾心里会猜想祁凤在船上的头一晚上会是怎么过的。他从小到大都没离开过她，从此以后却得自己一个人生活。虽然他先前总叫嚷着他已经是个男人了，能独当一面了，但在继鸾眼里，祁凤却总是那个跟自己相依为命的孩子或少年。

继鸾想着想着，眼角便不由地湿润了，流出些泪来。

她竭力忍着，想让自己歇会儿，但脑子里却总是祁凤，眼前全是楚归，不知不觉里，心中所想跟眼前所见的竟缓缓重叠在一起。

夏夜本就热，近来的天气又闷，楚归因发着高烧，浑身汗湿如雨，把贴身的衣裆都给弄得湿哒哒地。

继鸾又替楚归换了几次毛巾，不知是不是凉水的功效，只觉得三爷额头的温度稍微褪了些，只是仍旧出汗。

继鸾生怕楚归再着凉，就不敢开窗。她自己也觉得太热了，便把领口的扣子略解开两颗，时不时起身去洗一把脸再回来坐着，如此一直到下半夜外面温度下降才略觉好些。

就在黎明即将来到的最黑暗的那一刻，整个天地静悄悄毫无声息，整个锦城也好像睡在了静谧安宁的梦里，继鸾躺在椅子上昏沉而模糊地闭上眼睛，正有些略微放松的意思，耳畔忽地响起一声轰然巨响。

继鸾吃了一惊，第一时间睁开眼睛，却察觉脚下略微摇晃似的，继鸾头一反应便是鬼子又来扔炸弹了。她跳起来往前一跃，探身将在床上的楚归遮住，一手探入他的腰下似抱似搂，耳朵竖起仔细听着动静，只等见势不妙便带他离开。

那声音复又响起，但听着却并不在近处，继鸾略微放心，可是轰隆声过后，忽然又响起一阵密集的子弹声，隐隐传来。

继鸾听着那声音像是从城外传来的，心中一凛便想：难道是打起来了！

情形紧张而玄妙，继鸾不敢离开楚归身畔，这令人窒息的僵持里，却听底下三爷道："鸾鸾……"

继鸾垂眸，才发现楚归竟睁开双眼，正看着她，双眸神采不如昔日，却也不似昨晚上那样失神，已经能认得她了。

继鸾便略觉喜悦："三爷！"

楚归打量着她："外头……怎么了？"

继鸾没想到他竟也听到了，略一犹豫，便道："三爷放心，大概，不知道谁家放炮仗呢。"

继鸾自然知道那声音不是放炮，且这非常时期，谁家喜欢这个？但是说起交战开火，那前头的楚去非便自然是置身其中的。继鸾怕，怕楚归担忧，平日里他担忧也就罢了，现如今病得迷迷糊糊地，又怎么是好。

"是……是吗？"楚归喃喃地，"今儿是什么日子……"

继鸾道："不知道，也不用去管他们，闹一阵就消停了，三爷，要不要吃点东西？我叫人熬粥给你喝可好？"

楚归定神看了她一阵，却忽然说："我想……"

继鸾见他忽然停了，一时不解，楚归看着她，嘴唇轻轻地动，继鸾听不见，便附耳过来细听，猛地听清了楚归极低的那一声，顿时就红了脸。

继鸾起身，却做若无其事状："我叫九哥进来……"

楚归握住她的手："不、不要……"

这是什么时候了他还这么固执，继鸾脸上极热："三爷，我……"

楚归声音越发微弱，却还坚定："不要……别人。"

继鸾咬了咬嘴唇，虽然心疼，却到底也有几分恼意，就略带狠意看了他一眼，但看他浑然无力又有些茫然失神的样儿，却又只是一叹："唉……"

冤家，孽债，又能说什么？

继鸾顺势将楚归腰间一搂，便将他抱起来，挪着他下床。楚归头重脚轻，意识模糊，却还懂得靠在她身上。继鸾扶他走了几步，知道他是真撑不住，不敢稍微松手。

就算是以前祁凤有个病痛，继鸾百般伺候，但祁凤从没有病到过这份儿上，除了祁凤极小的时候……等他大了，就再也不曾如此亲密。

没想到竟在这人身上破了戒。

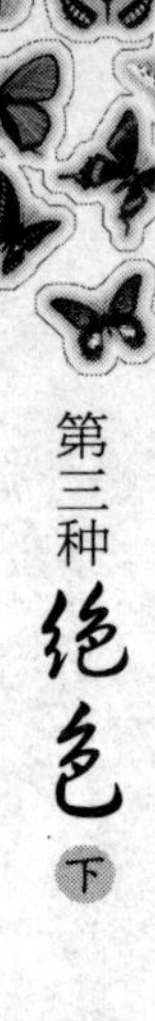

继鸾一手紧紧抱着楚归，一手去解他的衣裳，那手抖个不停，像是风中树叶似的，倒是三爷，浑然不觉什么，只顾紧紧地靠在她身上，察觉那温热的手握住自己，便才哼哼了数声。

继鸾只觉得头脸浑然涨大，眼睛都模糊了，耳畔听到那隐约的水声，手里握着那似软似硬之物，整个人都被圈在火里头，身子酥麻僵硬，那浑身的热度跟发烧的楚归大概不相上下。

终于等到他一声“好了”，继鸾如闻仙音，赶紧替三爷把衣衫整理好，扶着他出来。

等将他扶着上了床，继鸾手摸着那湿润的衫子，又觉得不妥当，该给他换一套衣裳才是，这一身都给汗湿透了，对身子不好。

想到这里，先前那股铺天盖地的羞才褪了去，继鸾心里暗想：三爷病得昏头昏脑，醒来后或许什么都不记得了。

把楚归挪上床，继鸾便又扶着他喂了两口水，才又问：“三爷，你觉得怎么样？”

楚归靠在她肩头，半睁眼瞅了她一会儿：“热。”

继鸾摸摸他的脸，感觉热气蒸腾，似自言自语，又似哄着他般说：“现在还是别换衣裳，免得又凉着，三爷再撑会儿，等好些了再换。”

“嗯。”楚归乖乖地竟答应了，又瞅继鸾，仿佛不认得她似的，看得继鸾心里发毛。

继鸾便扶着他又躺下：“我叫人熬点粥，三爷再躺会儿，起来后喝点好不好？”

楚归又“嗯”了声，含糊说：“好。”

继鸾见他如此乖顺，当真前所未见，心里欣慰，便替他又盖了盖被子，心想只要别热出毛病来，出出汗倒是好的。

这才出门唤了佣人来，嘱咐熬点白米粥，加点清火的莲子百合之类，那些佣人听着外头枪声四起，有的也起身惴惴不安，听了继鸾的吩咐正好便去了。

老九也起身查看究竟，派了几个人出去打听消息，回来后只说城外开了火，据说是小鬼子进攻，被打了回去。

继鸾听了，倒不觉得意外，这仗迟早是要打的，关键便是输赢而已。

老九站在楚归房外，不敢进内，只探头瞅了眼，便问：“三爷如何？”

继鸾道：“好了些，今儿再请个医生看看，我听人家说吃中药好得慢，西药倒是快……要不要……”

老九摇头：“三爷不吃那些西洋玩意儿，你又不是不知道。”

继鸾叹：“我现在只盼三爷早点好起来，要西洋药管用，我却是愿意的。”

老九说道：“要是你劝，或许是能行的……只不过三爷这个时候病，真是不大妥当啊，且先前也没见三爷病得这般厉害。”

继鸾打起精神来："大爷都把鬼子打退了，三爷这么厉害的人，一点儿小病又怎么能难倒了他。"

老九便笑："那倒是，得咱们鸾姐也这么衣不解带地在床边伺候，我看比那些西洋药中药都强。"

继鸾知道他打趣儿，咳嗽了声，扫他一眼，不去理会。

屋内楚归又睡了会儿，天明时候才又醒来，正好粥也温了，继鸾喂他吃了小半碗，只觉得三爷听话的模样，竟有几分像是祁凤。

喝了粥之后又吃了些药，楚归神智清醒了好些，看继鸾也不像是晚上那么直愣愣地瞅了，看继鸾坐在床边，竟问："你一夜都在这？"

继鸾怔了怔，还是一点头："是，三爷。"

楚归道："累了……就歇会。"

继鸾忙说："三爷放心，不累。"

楚归看着她，忽又问："昨晚上，怎么听着外头像是打枪了？"

天将明那一阵枪声是最激烈的，这会儿倒是又停了，继鸾知道瞒不过，便道："听闻大爷的兵跟鬼子交上火了。"

楚归顿了顿："……怎么样？"

继鸾道："鬼子没讨了好去。"

楚归这才露出淡淡笑容："我大哥到底厉害……咳咳……"咳嗽了两声，又道："想去看看他……"

继鸾忙拦着："三爷你现在先把身子养好最要紧，不然大爷见了岂不是更担心？好些再去不迟。"

楚归定神看了她一会儿："好鸾鸾，那我听你的。"

3

继鸾等楚归安稳了些，便打算出去看看情形，还没出门，老九便道："城里已经戒严了，方才大爷派了个人来，说是不叫出来走动。大爷听说三爷病了，还说等安稳了些他会来看三爷的。"

继鸾便问："那外头的鬼子兵不是逼近了？"

老九点头："所以都不让往前头去了，城里好些人向东南那边儿逃难呢。"

继鸾叹了声，忽然心头一动，便又问："那仁帮的兄弟们呢？三爷这会儿病着，他们

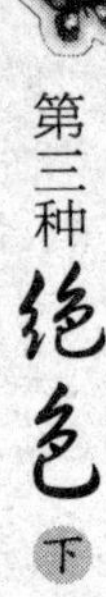

是不是……”

老九道：“放心，先前我叫各个堂主点算过了，咱们仁帮不比其他那些乌糟七八的，虽然不是所有兄弟多安安稳稳地，但大半都还规矩地留下了，等着三爷使唤呢。”

继鸾松了口气：“三爷病着，九哥你就多费心了。”

老九摇头：“跟我没什么相干，平日里三爷约束得好就是了……如今只盼三爷早早地好起来就万事大吉了。”

继鸾说道：“三爷精神好了许多，我再进去瞧瞧。对了……”

“什么？”

继鸾忽地又想到一件事：“昨儿忙乱，我叫几个兄弟护送柳老板回去，也不知怎么样了。”

“有这事儿？”老九显然不知，“我再去问问，或许他们看你忙，就没来回报。”

过了正午，楚归已能下床缓慢行走，神智清醒，只是又添了咳嗽的症状。

祁凤在家的时候也病过几遭，继鸾知道这风寒有时候很难好，通常白日会减轻些，晚上却又严重。继鸾生怕楚归晚间反复，便同他商量是不是请个西医大夫，听闻有一种针对风寒的药，打一针便可痊愈。

谁知楚归一听，像是要杀了他似的，坚决不同意，宁肯吃苦药，继鸾见他如此，便也无奈。

幸好那大夫诊脉后说了些不错的话，才算又让继鸾的心安定下来。

伺候楚归躺下后，继鸾出门，正好遇到老九上楼，拉了她远远离开楚归门口，才又放低声音说：“派人去打听了，今儿金鸳鸯没开门，听闻柳老板人在家里头呢。”

“没什么别的事儿？”

“没事儿，倒是昨儿差点没找到人，把那几个跟着的兄弟惊了一惊……谁知道不过虚惊一场。”

继鸾一听，心里打了个顿：“昨儿差点没找到人是什么意思？”

老九说道：“就是昨儿你说了后，他们便回去找人，谁知道人竟不见了！几个人分开了去找，也没找见，后来大概是一个钟头后却忽然又看到他自个儿回家去了。”

“一个钟头？不知道他去了哪？”

“这个真不知道……他们看人没事儿，也就放了心了。”

“行，”继鸾见问不出什么来，便一点头，“九哥费心了。”

“哪里话！对了，无缘无故怎么叫人看着柳老板呢，是不是出了什么事儿？”

继鸾心想，那件事可不能跟别人说，便只道：“兵荒马乱地，我是怕节外生枝……”

老九想了想：“那我再叫两个兄弟去照看着，如何？”

继鸾道："那就再好不过了。"

老九听了吩咐，便下了楼去。继鸾看他出门，心里有些沉甸甸地，想想昨儿的事，有些儿后悔自己未免急躁，大概是因为祁凤要走所以失了章法，想想也是，柳老板自来也是锦城土生土长地，她无端端就要人远渡重洋，又没有耐心仔细地说过……仓促里他怎么会一口答应呢。

且又想到昨儿碰面的时候，正是欧箴对他用强的时候，继鸾心里隐约猜到柳照眉为什么反应那么激烈，可惜当时心浮气躁地，全没顾及他的想法。

继鸾心里忐忑，幸而知道柳照眉无恙，便也暂时搁下这宗，只专心照看楚归便是。不知不觉到了夜间，果真如继鸾所料，自入了夜后楚归便又开始昏睡，连晚饭也不曾吃，本来熬了粥给他，只靠继鸾哄着勉强吞了一勺后便再也不肯张口。

继鸾这么镇静的人，也觉六神无主，懊悔白日自己没有坚持让楚归再看西医，正有些坐不住的时候，外头有佣人飞快来报，居然是楚去非来了。

继鸾一听，仿佛得了主心骨一般，虽然在楚归身边儿她算是头一个亲近的人，但毕竟楚去非才是楚归的亲人。继鸾擦擦额头的汗就要迎出去，谁知楚去非来得甚快，继鸾刚走到门口，楚去非已经也到了。

两下照面，楚去非冲继鸾一点头，便走进来："小花怎么样？"

继鸾也顾不上跟他客套："白天还好些，这会儿又有些昏沉。"

楚去非快步走到楚归床前，把白手套一脱，抬手摸上楚归的额头："还烧得这么厉害！"

继鸾被他一说，居然没来由地有些不安："本来听说西药见效快，还有个什么针之类的……劝过三爷，他不肯答应……"说到这里心头一凛：觉得自己的语气竟有点像是在开脱或者辩解之类的，但这分明跟她没什么干系。

楚去非回头看她一眼："他害怕打针的，你不知道？"

继鸾目瞪口呆，她为何会知道这个？更何况……楚归那个样儿，素日里彪悍狡诈心狠手辣地，血肉横飞都不怕，怕打针？

楚去非掀起他的袖子看了看伤处，见并没有化脓，才松了口气："小花的性子古怪，既然是他坚持，就依着他吧……从小到大都是这样儿，不肯吃西药的，熬一熬就过去了。"

继鸾本想跟楚去非讨个主意，见他这么说，便道："三爷昨晚上就有些糊里糊涂的，频频说些梦话，天明时候才安稳了些，大爷，我怕他今晚上也这样儿，如此反复，不是个事儿啊！"

楚去非眉峰一动，便看继鸾："昨晚……你照看了他一宿？"

继鸾怔住，张了张口："是……"

楚去非望着继鸾，唇边慢慢地浮出一丝笑来。继鸾本正在竭力镇定，见了这抹笑，不由地想到些奇怪的事儿，脸上就有点发红，本来想说两句，譬如是担心楚归之类，心中转了几个圈，还是罢了。

继鸾便垂头不看楚去非："大爷，我只是担心三爷的病……您拿主意吧。"

楚去非一笑："你有这份儿心就好。"

继鸾心想这是什么话啊……就不搭腔。楚去非回身又看楚归，握了他的手："我这弟弟很是古怪……"

继鸾本正在想要不要退出去，给他们兄弟一点儿独处的时间，没想到楚去非又说了这句。继鸾便站住脚，楚去非又道："有时候他所想的……我真个不懂，但是既然是他坚持的，必有道理。"

继鸾不清楚他到底想说什么，楚去非也不介意她不开口，自顾自又说道："我听闻当初你是被他强留下来的？"

继鸾咳嗽了声："是。"

楚去非道："上回……我也瞧出来了，你好像挺喜欢那个姓柳的？"

继鸾一窘，皱了皱眉问道："大爷想说什么？"

楚去非道："我想说……人这一辈子，该遇上谁，是什么命，好像是老早就注定了的。我本来以为小花这性子，这辈子指不定会找个什么样儿的女人才能配，当听说他中意你，我只觉得很不可思议，但是渐渐地听说了些事儿，见了些事儿，却觉得，该是你，得是你……小花以前若有些对不住你的地方，我代他向你道歉了。"

继鸾大惊："大爷，您这是在说什么？"

楚去非把楚归的手一握，怀中掏出一方帕子，将他额头脸颊上的汗擦了擦："我就想说，陈继鸾，我把弟弟交给你了。"

继鸾浑身汗毛倒竖，不寒而栗："大爷，我不懂！"

楚去非缓缓起身："他早把心给你了，我现在把他的人给你，明白了吗？"

继鸾本能地要拒绝，楚去非却回过身来，两人面对面站着。楚去非细看着眼前的女子，她的脸色不太好，大概是昨晚上一宿未睡，这仓皇的世道里，谁能顾得上谁？楚归眼光独到，一早就看中了她。如今全城人心惶惶，东奔西顾，她却还在这里，守着他，大概以后，也会替他守着他。

楚去非走到继鸾跟前，停了下来，缓缓抬手，握上了继鸾的肩头，像是要拥一下她，却最终又停下来："替我……好好照顾他……"他微微倾身向着继鸾，低声地说。

然后楚去非便迈步往外而去，等继鸾蓦然回身的时候，那道英武的身影已经出了门口。

这一夜，外头越发不宁静，枪炮声一夜几乎未停，继鸾守在楚归床前，想到白天楚去非的那一些话，只觉得眼热。

到了半夜，楚归果真又不安分起来，皱着眉心挣扎，喃喃不休。继鸾替他擦着汗，看他不安地在床上挣扎，心像是绞成了一股绳。楚归的呼吸十分急促，有几次像是要爬起来一样，咳得肝肠寸断。

继鸾扶着他，替他在背上顺气，想喂他吃点润肺止咳的冰糖梨水，他却始终闭着嘴不肯就范，只是躬身喘着。

继鸾抱着他的肩膀，听着外头的枪炮声，不由地把脸贴过去，脸颊贴着楚归那滚烫的脸，轻声唤道："三爷……三爷……你不能这样儿，快点好起来……"眼泪不知不觉地流出来，她再怎么能干坚强，都只是个女人而已。

泪滑下来，蜿蜒往下，浸在楚归干裂的唇角，极快地渗入那龟裂的嘴唇上去。

楚归双眸动了动，向着她靠得近了些，继鸾伸出手指擦擦沾在他脸上的泪："三爷……这功夫，你可千万不能有个三长两短。"

楚归缓缓睁开眼睛，细长的眉眼望着继鸾，有几分惘然："鸾鸾……"

他竭力地望着她似的，又说："我不会有事的。"

一句话没有说完，他便又惊天动地地咳起来，一直咳得脸颊都发了红。

继鸾把手中的碗放下，双臂抱着楚归，试图让他停下来，身子贴着身子，他咳嗽的每一声都传过来，身子的每一次颤动她也知晓，就好像她也在咳嗽一样。继鸾紧紧地搂着楚归，眼睛定定地望着他背后的墙，最后双眸一闭，泪又落下来，继鸾抱着楚归，缓缓地跟他一块儿倒在床上。

她死死地抱着他，亲吻着他的脸颊，喃喃地低语着，楚归的咳嗽缓缓停了，双眸失神地望着近在咫尺的她。他想说话，却又不能开口，一开口便会咳到死似的，继鸾的手指慢慢地抚过他的眉，眼，最后握着他的下巴，吻在他的唇上。

"泉涸，鱼相与处于陆，相呴以湿，相濡以沫，不如相忘于江湖。"

或者无关情爱，亦没有其他，只是有关生死，继鸾本能地想要他快些好起来，只要他好，不计代价。

她的手抚在他的背上，那样温和的手，像是三月里和煦的春风一样，把缠着他的病魔一点一点地驱退，楚归只觉得身在极安稳的云端上，头顶是温暖的太阳的光，身体也随着热起来，热得那么舒服。他仰头往上看，只觉得那灿烂的阳光是平生所见最美的，而他沐浴其中，身子像是要被晒得融化了一般舒服，热流在四肢百骸里流窜着，楚归舒展着手脚躺下去，耳畔听到自己唇角发出的一声满足的叹息。

第13章

断发明志

Disanzhongjuese
第三种绝色

1

1944年的炎夏，绵延的炮火在锦城响了半个多月，锦城周围除了原家堡，尽数被蚕食，锦城跟原家堡就好像是平原上的两方孤岛，在战事风雨之中飘飘摇摇。

阴霾笼罩着这一片大地，就好像整个天地都陷入了最绝望最沉闷的时刻。

然而就像是一天中最黑暗的时刻是破晓之前一样，在坚忍与抗击之中，阴霾终有散时，而黎明终会不可遏制地降临。

楚去非的军团跟日军以两败俱伤的打法中渐渐耗尽，大病初愈的楚归，召集了锦城的帮众三千余人，投入最前线。

仁帮的子弟都是楚归一手带出来的，多数是青壮年，个个像是猛虎一般，不仅凶残，而且坚决，就在战火逼近，其他帮派或者自发解散或者剩不了几个人的情况下，仁帮却依旧屹立不倒，上下一心，极少有帮众逃走分散。

三千多人，五个堂的堂主们负责记录好名单，递交楚归。

大家都知道如此很简单的一个道理：仁帮的子弟，没有临阵退缩的，有人来抢地盘，就一定要杀回去。

不管来的是谁。

死了的，家里的人都交给三爷照顾，有三爷的一口饭，就有他们的。

楚归站在路口上，一个一个地看着他们走。

他们报出自己的名字给三爷听。

三爷仔细地看着每一个人，听到名字的时候就说一声“好”，他的神态跟声音，让仁帮的弟子觉得，他记住了他们的脸跟名字。

队伍中有几个十几岁的少年，楚归觉得面生，就问：“你们是哪个帮的？”

少年略有些腼腆，却说：“我们是祁凤老大的！”

楚归一怔：“祁凤？”

少年挺了挺胸：“以前是祁凤老大照顾我们的，他走之前，让仁帮的大哥照顾我们，所以我们也是仁帮的。”

楚归看着几个少年稚气未脱的脸，他们脸上尽是骄傲，而毫无畏惧或者忐忑之色，仿佛面对一件极荣耀的事。

那像是猛虎般的三千人头也不回地去了前线。

枪炮声里，每天都有人死去，汤博，廖泽……仁帮几个堂主也都相继阵亡。

一个个熟悉的人名报回来，每听一个，楚归的脸色便白上一分。

在炎夏中病情初愈仍旧咳嗽不止的三爷，迎来了人生中的最大的劫。

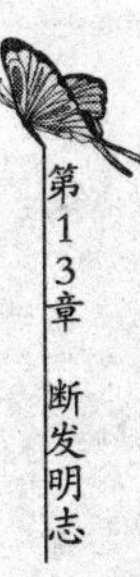

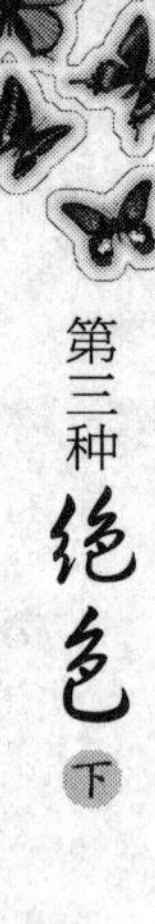

那一天，楚去非躺在楠木棺材里，一身制服依旧笔挺整齐，掩住了身上的弹孔。

他的脸依旧像是以前那样，英武而俊美，又带一点斯文，堪称儒将的完美典范。

只是脸色稍微有一点铁青，看来比昔日多了一份清冷。

整个楚府，白幡举哀。

锦城同悲。

楚去非被抢回来的时候，继鸾随行，战事吃紧，楚归不放心，几次探望都给楚去非骂了回来，后来继鸾便替他去。

在最后一次的时候，继鸾跟一个副官把楚去非带回来了。

只不过他已经无法开口说话，无法睁眼看人。

继鸾不能想象自己竟把楚去非带到了楚归面前，一路回来的时候她整个人便木然了，脑中一片空白。

但是就算瞒，也是瞒不住的。

楚归见了楚去非之后，双臂把人抱了，唤了几声“哥哥”，听不到应声。

他似乎明白了什么，还没来得及流泪，便喷了一口血。

他踉跄倒下的瞬间继鸾有种错觉，似乎楚归会跟着楚去非而去。

但出乎继鸾所料，醒来后的楚归镇静了许多。

这半个多月来他瘦了好些，眼神却更见锐利了，不用人扶，自己走到棺木旁边。

楚归低头看着里面的楚去非。

楚归从来没有对任何人说过，这段日子来，他送出去的仁帮兄弟一个一个地没了，楚归就有一种预感。

尤其是楚去非严禁他去探望他。

他曾看到作战中的楚去非，从他的眉宇里瞧出一份宁为玉碎的凛冽气息。

但是尚未成真，他就不以为真。

一直到楚去非真的就这样回来，在他的跟前。

楚归出神看着安静地楚去非，不再跟他谈笑，也不再对他呵斥的兄长。

那样欢笑无忌曾嘲讽他的容颜，那样坚强有力曾揽过他的手臂。

都成了过去，都化了云烟。

以后再也没有他了。

这个念头把他的心也碾碎了，变成一地的血肉。

老九跟继鸾齐齐看着楚归，然而谁却也不知道究竟该怎么做。

继鸾握紧了手，手心里还有些滚烫，似乎还沾着楚去非的血。她赶到的时候，楚去非还有一口气，撑着不散，一直死死地握住了她的手，说完了那句话。

可是……继鸾心里知道：若没了他，那些话又有何用。

她明白得紧，楚归跟楚去非，就像是祁凤跟自己，谁也不能离开谁，离开了谁，都无法完整。

她想劝又出不了声，于是只能守在他的身边。

楚归的手一点一点地抚过楚去非的脸，仔仔细细地看着他的容颜。

他就坐在棺木前，守着楚去非，两天两夜。

无人敢劝。

楚去非死后两天，锦城被日军攻占。

仍旧挂着白幡的楚府，来了一群不速之客。

密斯李身着日本军服，昂首阔步，她以前都是穿洋装的，忽然换了这么一身，给人一种不伦不类的感觉，然而却没有人有闲情笑。

密斯李身边带着十几个日军，拉开架势走到灵堂前头，继鸾跟老九一左一右拦上前。

密斯李扫了老九一眼，目光落在继鸾面上，笑容在脸上一闪而过："陈姑娘，这么快又见面了。"

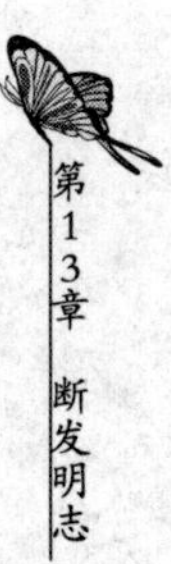

继鸾对上她的双眼，察觉这会儿的密斯李跟先前全然不同了，原来刻意流露出的天真刁蛮荡然无存。这女人身上散发着一股阴冷的气息，笑得也阴森森地，而且从她走进来的步伐举止上可以看得出是个真正的高手。

现在她已经不需要隐藏什么了。

"你来干什么？"继鸾却毫无畏惧。

现在是鱼死网破的时候，不必对入侵者手下留情，真的对上的话，弄死几个，也算够本。

"我是代表坂本大佐来吊祭楚少将的，"密斯李扫一眼继鸾身后的灵堂，目光在楚归身上停住，"顺便慰问三爷……"

继鸾无声冷笑。

密斯李收回目光，傲然又道："坂本大佐正在接受军部发来的贺电，因为成功攻下锦城，大佐很快就会被晋封为少将，但是，大佐很佩服在这场战斗之中楚少将的表现，虽然，因为少将……以及楚三爷的顽抗，让我们付出了三倍的兵力……"

老九在旁边听她侃侃而谈，觉得这女人的模样实在可厌之极，听到这里就忍不住说道："操你奶奶的，小鬼子你们活该！"

密斯李身后的几个日本人面面相觑，有人便举着枪踏上前来，守灵的几个仁帮的兄弟本也正在戒备，见状也都冲上前来。

密斯李一抬手，日本兵将枪口略往下垂。

继鸾示意老九按捺，密斯李看向继鸾，道："你们中国人有句老话，叫做胜者为王，败者为寇，现在是我们打赢了这场仗。我今天来，一是对传达大佐对楚少将的敬意，二，是想奉劝楚三爷……毕竟，先前我跟三爷也是相识一场。"

继鸾见楚归毫无反应，便问："奉劝三爷什么？"

密斯李道："三爷把仁帮的人送去战场，虽然是义勇之举，但对我们也造成了很大的损失！本来……是要枪决的，但为了维护锦城安定，所以想要请三爷戴罪立功，只要三爷肯出面宣布投靠我们大日本帝国……那么大佐可以不再计较三爷之前的所作所为。"

在场的几个人听了，个个怒血上涌，老九怒道："我操你妈的……"怒骂未已，只听密斯李身边的日本人一声咕噜，接着枪声响起。

继鸾百忙中把老九往旁边一推，却有些晚，老九身子一晃已经负伤，几个仁帮手下见状，便也开枪还击，一瞬间枪声此起彼伏，杂乱的枪声之中，外头守着的日本兵一拥而入。

密斯李道："不要不识抬举！"话音未落，忽然察觉不妙，刚要退后，喉咙却已经被人锁住："我从不知什么叫抬举！"

密斯李身不由己昂头，对上继鸾双眸，心道这女人出手好快！

原来继鸾见敌众我寡大事不妙，便想擒贼先擒王，当机立断便出手制住了密斯李。

继鸾扫视现场情形，见老九先前躲得快，只伤了肩膀，此刻正爬起来，便对密斯李道："叫他们住手！"又示意老九："去护着三爷！"

这边密斯李一抬手，涌入院中的日本兵足有百余，排兵般端枪站住。

密斯李横她一眼："陈姑娘，所谓'识时务者为俊杰'，先前我也说过成王败寇，弱者就该乖乖地服输，不要做无谓的牺牲！"

继鸾轻描淡写地看着她："那么现在你也败在我的手下，是不是也该乖乖服输？"

"你不过是趁我没有防备而已，"密斯李双眉一皱，又冷笑，"何况，楚三爷如果不肯低头，这锦城里的中国人，可有的是愿意出面的，大佐一怒之下，三爷恐怕……"

"你们来入侵，难道叫我们防备过？"继鸾淡淡说道，"另外，别人要怎么是他们的事，我们三爷，不当汉奸。"

棺木旁边的楚归听到这里，便缓缓地抬起头来。

继鸾只是个普普通通的平民百姓，先前对她来说，最大的事就是养家，照料祁凤，什么军阀、日军、国共……都很遥远，日子太平就努力谋活计糊口，日子闹起来不过是世道不好，千方百计活下来便是，身为女子处在这世道里，她没闲暇功夫去关注其他。

但是在此时此刻，面对这些带着枪闯进来的日本兵，听着密斯李所说的话，向来随遇而安的继鸾，忽然明白了一些事。

前些日子学生上街游行，他们喊“停止内战，一致对外”，又喊“打倒日本鬼子，抗击侵略者”或“打倒汉奸，不当亡国奴”……继鸾看着他们愤怒而热血地走过长街，却只是站着看一会儿，就又去忙自己的事儿了。

一直到如今。

祁凤离开是因为这场战争，仁帮子弟阵亡是因为这场战争，楚去非以身殉国也是因为这个。如今他们明火执仗地跑到楚归的面前，说着些狗屁漂亮话，实则是逼刚刚没了仁帮没了楚去非的他摇尾乞怜，跪地求饶。

国破家亡，欺人太甚。

继鸾一怒之下，手上用力，几乎当场捏碎密斯李的喉骨。

密斯李闷哼了声，看向继鸾的眼神充满怨毒。

日军在锦城打了半个多近一个月，在此之前，他们计划最多只用一周时间便可拿下这块肥沃繁华的地盘，却没有想到，楚去非只是靠死守，便跟他们耗了这么长时间。

楚去非的师团一万二千人几乎全部阵亡，但日军方面却也伤亡惨重，现在的坂本大佐是在原先的指挥官阵亡之后才被急调来的。

太平洋局势风云变化，日军在中国的侵略也渐渐趋于低迷，这一次的吞并锦城，日方势在必得，因为他们急需要一场胜利之战来鼓舞士气。

因此就算是拼着硌掉牙，把带血的牙齿吞进肚，忍着痛，也要把攻下锦城这件事当作一件盛事。日本军方也大肆宣扬坂本指挥官的“战绩”，造出一片侵略“顺利推进”的假相来。

事实上在攻下锦城后，原先负责进攻锦城的日军早就全军覆灭，在这种情况下，指挥官坂本制定了“怀柔”政策，对锦城实行“和平”统治。

一来是因为战力毁损严重，二来是因为锦城的形式极为复杂，地盘上龙蛇混杂，先前在战场上仁帮子弟的雪亮砍刀让日军记忆犹新。

在这种情况下，假如有个民望高手段高的人站出来投靠，为他们效力，那对于安抚人心稳定局面当然是不可多得的。

而那个人，就定为楚归。

楚去非的弟弟，仁帮的龙头，曾经跟他们对着干……倘若像是楚归这样的人物也投奔了大日本帝国，那就相当于整个锦城都向他们温顺地低头了。

所以对于楚归，是势在必得。

就在密斯李来之前，坂本已经对她下了令，楚归若是不答应，就立刻把人逮捕入狱，届时威逼利诱加严刑拷打，不怕他不肯屈服。

2

继鸾跟密斯李两人正对峙着，继鸾身后老九却缓步过来，面上带着犹疑之色，走到继鸾身旁，靠近了悄悄地说了几句话，同样是迟疑不决似的。

继鸾一听，便皱了眉，竟问："真的？"

老九点头："真。"

继鸾皱着眉，眼神略微变化了一番，终于一咬牙，便松了手。

密斯李怔了怔，身子摇晃，却又站住了。

老九才说道："三爷说了，大爷如今正是尸骨未寒，他也没心思谈其他的，要等大爷安葬之后再说事儿。"

密斯李伸手摸了摸喉咙，闻言略微诧异："三爷的意思是……这事可以谈？"

老九不言语，面上露出愤怒神色。他手臂受伤，血洒半身，这会儿恨不得上去拼个你死我活完事，但是却终究未动。

继鸾心中诧异，因此也未说话。

密斯李却又说道："不瞒诸位，我是奉命而来，大佐有令，得要三爷一句话。"

老九气得浑身发抖。继鸾忍不住回头看向楚归，却见三爷坐在棺木旁边，双眸望着里头，唇角一动，道："你们大佐要我什么话，你就带什么回去便是了。"

继鸾心中震惊之极，可是却不做声。密斯李试探着问道："三爷，这么说您是答应合作了？假如真是这样儿，那我做主给三爷一天时间，明儿晚上，大佐会举办共荣宴会，届时还请三爷出席……"

楚归淡淡说道："知道了，多大点儿事。"

密斯李瞪大眼睛看了他一会儿，面上才露出笑容："到底三爷还是个精明人，既然如此，我回头派人把帖子送来。"

楚归并不抬头，只是微微一抬手，是个"知道"并"送客"的手势。密斯李笑得越发得意，顺便看了继鸾一眼："陈姑娘，不知道到时候会不会见到你？"

继鸾心中错愕，便只道："三爷送客了，你请吧。"

密斯李冷笑："那我便不打扰了，三爷，咱们明儿晚上见。"她转身，仰头哈哈一笑，率兵出门去了。

老九赶前几步，却见密斯李带了一半士兵离开，却在宅子外头留了足有数百的士兵守着。

继鸾回看楚归，见他摇摇晃晃站起来，继鸾上前一步将人扶着，楚归看她一眼，哑声说："扶我入房里头，我得……洗个澡换身衣裳……"

老九回来，面上仍有疑惑之色，见状却不敢插嘴。继鸾扶着楚归上楼，犹豫了会儿：“三爷，你的身子……”

楚归一笑：“这会儿你问我的身子，不问我方才说的话？好鸾鸾……”

继鸾不明白他的意思，只是觉得他现在悲伤过度，又是病刚愈，这里头外头都透着不妙之色，便顾不上其他了。楚归咳嗽了数声：“你别担心，我撑得住，现在……还不是倒下的时候。”

继鸾一呆，楚归离开她，自己进了浴室。

继鸾站在外面，一怔之下竖起耳朵细听里头动静，生怕楚归支撑不住晕了过去摔了或者怎样，先前不是没有过的。

里头开始的时候悄然无声，继而便是哗啦啦一片水声，继鸾稍微放心，却又不敢离开分毫，便只站在浴室门口，背靠着门扇，仰头听着，心中杂念万千。

楚归在浴室里足足有一个小时，才打开门。继鸾早就候着，见他只穿着一件单薄的衫子，出来门时候微微站住脚靠着门喘了一声。

继鸾忙去扶住，楚归道：“去把那套丧服取来……”

继鸾扶他坐在床边，去将那匆忙里做好的白色素服捧了来。楚归看了会儿，眼睛一眨，落了两滴泪下来。

他眼红红地挣扎着去穿，继鸾看不下去，便道：“三爷，我来。”按住他，她帮他将衣裳穿好，头上也绑了同色孝带。

楚归收拾好，便起身道：“今儿晚上我给大哥守灵，你告诉老九一声，让他们歇着吧。”

继鸾一听，才想起先前的事来，想问楚归，看他的神情，又问不出口，只好出门跟老九说了。

晚上楚归吃了一口饭，一身素衣坐在灵堂里，继鸾站在门口，心里悲伤而忐忑，旁边老九道：“三爷真打算跟日本人合作？”

继鸾回看他一眼：“不知道。”

“你是最懂三爷心意的，”老九欲言又止，“大爷刚……三爷如果真的跟他们搅合在一块儿……”

继鸾皱眉：“三爷是个聪明人，我不信他会做傻事。”

老九叹了声：“……我听说欧箴已经投靠日本人了，林市长不肯继续担任市长，已经被……听说家里也被抢得一干二净。”

继鸾心头一寒，眼前浮现林市长那张貌似精明的脸来，对继鸾而言她所记得的只是林市长慌里慌张地催着要送林瑶出洋的一幕幕，没想到这样仿佛软弱的一个人，居然在关键

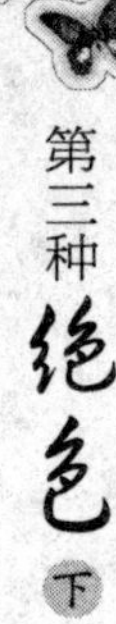

时候……

继鸾打起精神：“九哥，你身上带伤，先回去歇着吧，这里我看着就行。”

老九点点头，也没有办法，无精打采地回房去了。

继鸾站在门口上，时不时地往里看一眼，见楚归跪在灵前，不停地烧纸。

她始终站着，最后双腿都麻了，眼见头顶屋檐外头那一轮弯钩月过了中天，外头万籁俱寂。继鸾望着那亘古不变的月色，心中漠漠然地只觉得悲凉。

一晃神的功夫，继鸾重换了个姿势站着，又往里头看，一看之下，却惊得站直了身子，却见楚归守着火盆，盆里头不知何故火光大盛。

继鸾吓了一跳，同时看清楚归身旁放着一把短匕首，锋刃雪亮。

继鸾生怕楚归做出什么来，刚想要冲进去，却忽然觉得哪里不对，她一惊之下，浑身毛发倒竖，终于看出是哪不对。

楚归仍旧跪在哪里，仍旧一身的素服，然而那原本搭在肩头垂在腰上的长发已经不见了。

继鸾一脚迈在门槛里头，一脚在外，耳畔听到楚归细微的声音。

“哥……”他叫了声，拨拉着火盆里的长发，“这头发权当是我，暂时陪着你跟大嫂……等这事儿完了，我再去找你们。”

楚归的声音很平静，平静的就仿佛在叙说一件极平常的事，继鸾却只觉得身体之中横过一股寒流，望着那雪色无尘的背影，盛大的火光衬得他整个身子像是沐浴在金色光芒里头，显得圣洁而凛然。

次日，将楚去非的后事料理妥当，时候已经过了中午。

日影偏斜，坂本大佐的请帖送上门，竟是欧箴亲自来的，只见他满脸堆笑：“三爷，我给您送帖子来了，今儿晚上是大佐召开的宴会，城里头有头有脸的人物都会参加。我真是何其有幸，也能参与其中。”

楚归默不作声，也没什么表情，欧箴抬眸仔细一瞧，惊了一跳：“三爷您的头发……”

楚归才道：“碍事，剪了。”

欧箴哈哈地笑：“三爷这短发的模样，可是更清俊了……”

楚归淡淡地瞄他一眼，欧箴只觉他的眼神像是刀锋一样，那一声梗在腔子里了，只讪讪地笑。

继鸾昨儿听老九说过欧箴投靠了日本人，这会儿便上前，把帖子接了过来，却不想跟他废话寒暄。

谁知欧箴看她一眼，大概是从继鸾冷漠的神情上看出什么来，便又笑道：“陈姑娘……也会跟三爷一块儿去吗？”

继鸾到底是没忍住，便冷道：“跟欧局长有关系吗？”

欧箴笑道：“跟我当然是没什么关系，但跟别人却是有些关系的，陈姑娘大概还不知道吧？柳老板……可是个聪明人啊。”

又是“聪明人”，继鸾一听，就皱了眉：“欧局长是什么意思？”

欧箴道：“你果真是不知道的，柳老板……如今可是水原少校面前的红人啊。”大概是看出继鸾疑惑，欧箴又说：“水原少校，就是先前的李小姐，跟原家堡有亲的那个，没想到竟然是日本……咳咳……”

继鸾早知道密斯李不简单，听到这个，却也不觉如何震惊。

欧箴那边又自言自语似的：“也不知道柳老板是什么时候跟她勾搭上的……”

欧箴知道继鸾跟柳照眉之间有点儿说不清道不明，故而这会故意说这些话，说完之后，便又假笑了会儿就离开了。

欧箴走后，继鸾左思右想，就想出门走一趟。她转过身犹豫着正要跟楚归说，却听他先开了口：“不许出去。”

继鸾一怔，没想到他竟猜到了她的用意：“三爷……”

楚归静静说道：“你现在去没好处，听我的。”

继鸾见他发声，终于问道：“那三爷真要去赴宴？”

他剪了发，又病了场，遭逢大变，如今一张脸也似清瘦许多，原本已是绝色，如今光华不减，却更显出几分类似刀锋般的气息来。继鸾又不安，又担忧。

楚归这才抬眸，缓缓说道：“如果我是要去，你呢？”

3

继鸾问楚归：“为什么？”楚归笑：“因为我贪生怕死。”继鸾拧眉：“我不信三爷是这样的。”楚归望着她，继而看向别处：“很快，满城都会这么传，而且传得更难听。”

继鸾便问：“那明知道会这样，三爷还是要去？”

楚归说道：“明知道会这样，我还是要去。”

楚归是自己去赴宴的，继鸾似懂非懂，但只要楚归这一去，他所说的那些就会成真，这是毫无疑问的。

黄包车有些颠簸，前后还有日本人开道，楚归漠然抬眼四看，锦城已经不是昔日的锦

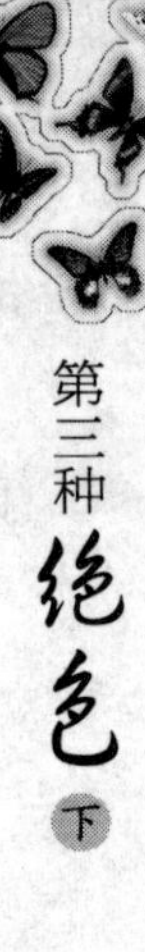

城，战事刚停，百姓们胆战心惊，街头上来来往往许多黄皮的日军，不时地还会响起零星的枪声。

有人看到楚归这一行，起初诧异，而后便露出鄙夷的眼神。

楚归望着头顶硝烟阴云织成的阴霾，遮天蔽日。他独自坐在车上，走过长街，背负着无声的唾弃，心底漠然而悲凉。

如今开始，他就是一个人了。

车子拐弯之时，楚归听到一声熟悉的骂声："楚三爷，你忘了你哥哥是怎么死的？你还记得自个儿的祖宗叫什么吗？你简直丢尽了他们的脸，背国求荣，数典忘祖，你不得好死！"

楚归转头，望见一张熟人的脸，杨茴峰。

同是锦城黑道上的，他们曾经结下血仇，杨茴峰之子杨于紊害了黑水堂汤博的妻子，楚归就纵汤博亲手杀了杨于紊，后来杨茴峰为了报仇，联合各路龙头"逼宫"，请了自然门的高手魏云外占龙头，没想到终究败在继鸾手下。

如今碰面，却是在这种情形下。

杨茴峰骂完后，凌空飞来几块砖头，直奔楚归而来。

楚归一怔，他人在车上无法躲避，身边儿的老九又负伤，就算是没有负伤也不可能尽数挡下。

正要遭受一场狼狈，从旁边掠出一道月白身影，探臂横空一兜，干净利落地将几块碎砖或挡或揽住，她袖子一展，哗啦啦，砖块落了一地。

来人自然是陈继鸾。

楚归的目光掠过那道身影，心中响起一声叹息，如圆满，如欣慰，又如……几分说不明白。

他盼她来，又怕她来。

就像是当初要送她走。

此刻，几个日本兵张牙舞爪地扑过去，将杨茴峰跟几个手下捉住。楚归人在黄包车上，淡淡然地看着这幕："老爷子，年纪大了就躲在家里安享晚年，何必出来冒这大风大雨？"

杨茴峰破口大骂，骂得胡子抖动唾沫横飞，一个日本兵哇啦一声，举起刺刀，便要戳过去。

生死之间，继鸾脚下一动，挑起地上一块石头，石块凌空飞过去，正中那日本兵的手腕。

那日本兵手一抖，枪差点儿脱手而出。

这会儿楚归便道：“别跟他们一般见识，赶紧走吧，耽误了大佐的宴会可就不好了。”

跟着的翻译叽里呱啦说了数声，日本兵才悻悻地收了枪，继续前进。

杨茴峰死里逃生，被几个门生扶着站起来，兀自不忿，冲着楚归的黄包车吐了几口唾沫，才也离开。

楚归往旁边让开，继鸾跃上车，轻轻坐了。

楚归便看她：“你怎么又来了？”

继鸾目视前方：“我是三爷的保镖，自得护着三爷。”

楚归垂头，看着她的手：“只是这样？”

继鸾又说：“我还答应了一个人，要保护三爷周全。”

楚归身子一震，猛地抬头又看继鸾，虽然不曾问，却隐隐地知道继鸾口中的那人是谁。

楚归喉头动了动，又问：“没有……其他的了？”

继鸾沉默片刻，终于说：“还有一件。”

“嗯？”

继鸾抬眸对上他的眼睛：“我相信三爷。”

这一刻，他的心，别无所求。

这粉饰太平的鸿门宴，来的宾客竟还不少，正如欧箴所言，都是些有头脸的人物。

有人见了楚归，自然惊讶非常，但面儿上都还笑哈哈地，仿佛无事发生一般，有人说：“听闻今晚上柳老板也会到场，还有一出清唱。”

“是吗，那可真是能一饱耳福了。”

“眼福却也不浅啊。”

楚归看向继鸾，这会儿，眉眼里头方带了极浅淡的笑意。

继鸾瞧着他那个眼神就知道他心里想什么，却偏只问：“三爷看我干什么？”

楚归一笑，自言自语地说：“让你跟着来……是为难了你些……”

继鸾见他有心开“玩笑”了，虽然这也并不全是玩笑，心里倒是欣慰点儿的，便道：“跟着三爷，我不知会有什么为难的。”

楚归挑眉，便看继鸾，忽然目光一滑，便滑向她身后去。

继鸾心有灵犀般地转头，却见身后有两个人正走向这边儿，一个是欧箴，一个是柳照眉，在他们身后不远处停着一辆车，看来眼熟，正是欧箴那辆，两人竟是一块儿来的。

欧箴见了楚归，少不了一阵虚情假意地奉承寒暄，柳照眉跟继鸾四目相对，却忽然都沉默了。

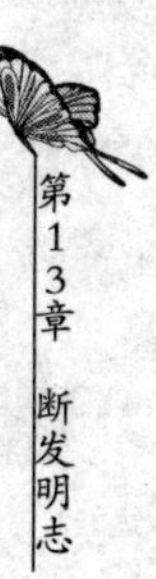

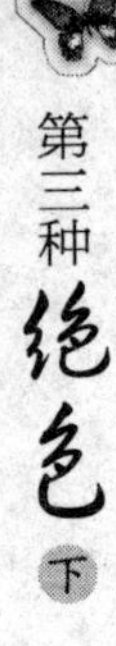

继鸾不知道该从何说起，柳照眉看看她，又看看楚归："跟三爷一块儿来的？"

继鸾道："柳老板呢？"

柳照眉明显地顿了顿，才说："你也看到了，我是跟欧局长一块儿来的，倘若你想问的是我今晚上陪的是谁……"

正说到这里，继鸾双眉一皱，同时便听到身后有人说道："楚三爷终于来了，欧局长也到了……柳老板，怎么不进内，在外面站着干什么？"

在场的人只有欧箴贴上去："水原少校，有劳您亲自出迎，究竟是三爷的面子够大呢，还是柳老板？哈，哈哈。"

密斯李也跟着一笑："欧局长可真会说笑。"

人却走到楚归跟柳照眉之间，看看楚归，忽地说："三爷的头发怎么……"

楚归微微一笑："怎么？"

"没什么没什么，倒是别有一番滋味了。"密斯李望着楚归，眼睛里飞着异样的光芒。

继鸾倒是不担心楚归对上她，却看柳照眉。只见密斯李跟楚归说完后，便又走到柳照眉身边，一伸手，竟挽住了柳照眉的手臂，才笑吟吟地看向继鸾："陈姑娘，你果然是来了，好，好。"

继鸾望着她插在柳照眉臂弯里的那手，最终淡声道："我自然是跟着三爷的。"

说到这里，楚归已经走到她的身边，竟然伸手在继鸾肩头一抱："就不用人家久等了，进去吧？"

继鸾一点头："好的三爷。"

两人转身往内去，柳照眉望着一对背影，面上淡淡地毫无表情。倒是密斯李在他肩头一靠，低声道："柳老板心里不好受吧？"

柳照眉垂眸看她："您说哪里话，我哪有这个资格。"

密斯李嘴角斜挑一笑："柳老板你也知道，如今这锦城可不是先前的锦城了，以前得不到的，现在未必不能到手……只看你愿意不愿意就是了。"

柳照眉沉默，密斯李的手在他的肩膀上拍了拍："柳老板已经错失了一次机会，……这一次，可要好好地考虑考虑，要知道人不为己，天诛地灭。"

密斯李说完，撒手往前，此刻楚归跟继鸾一前一后，正进了大厅。这临时的宴会举办所，正是在市政府里头，地方足够宽阔，园林也雅致，然而周遭处处都是鬼子兵林立，衬得厅内传来的乐声有几分强颜欢笑之意。

然而到场的众人又有哪个不是强颜欢笑的？楚归迈步往里而行，头一眼看过去，便看见身着黄皮的一名军官，大马金刀似地坐在上位上，一双鹰眼不偏不倚地扫视每个进门的宾客，而所有宾客对他自然也是又惊又惧，因此人正是此刻锦城的日本兵最高指挥官坂本少将。

一直到楚归进门，坂本的双眼便盯了上来，此刻密斯李快步进门，走到坂本少将跟前低低耳语，坂本眉头一动，便站起身来。

楚归慢慢地走到他的跟前，密斯李才道：“这位就是楚归楚先生，这是我们的坂本名一少将。”

此刻满厅的宾客鸦雀无声，都看向此处，坂本少将生得五短身材，虎背熊腰，此刻一手垂着，另一只手握着长刀也垂在腰间，板着面孔看着楚归。

楚归手中本握着一把扇子，此刻便垂在胸前。今晚他仍是一身素衣，黑色茛绸的长衫，外罩同色的浅纹纱衣，胸前别着一朵白花，胳膊上系着黑色孝带。

四目相对，继鸾觉得坂本就好像是一头熊，随时都能择人而噬。

她站在楚归身后，目光从坂本放在腰间的手上扫过，见他的手在长刀上握了一握，又有松懈之势。

然而楚归不言语，无动作，继鸾心头怦怦乱跳，将五感调到极致，浑身上下皆都绷紧，随时准备应付突发状况。

这无声的对峙令人极为紧张，也无人敢插嘴，大概过了两三分钟，楚归终于拱起双手，向着坂本少将行了个礼：“久闻少将大名，今日一见，果真名不虚传。”

坂本少将右边站着的是密斯李，左边却有个翻译，见状便叽里咕噜说了几句。

坂本少将目光一闪，双手虽然不动，却说：“楚先生客气！”竟是生硬的中国话。

楚归望着坂本，面露笑容，又说：“承蒙少将盛情相邀，真是受宠若惊啊。”

坂本少将把楚归上下一打量，脸上也闪出一丝微笑来，手一抬做了个请的动作：“不必客气，楚先生能来，我也很高兴！”

这会儿厅内才又有了人声，气氛也逐渐地缓和下来。

桌子拼在一起，排成了一列长条，大家分位子坐了，坂本在上座，左手是密斯李，密斯李身边儿坐着个平头的日本青年，一脸严峻，面相有几分凶狠，他们这一列坐的便全是日本军官。

坂本的右手边坐着的则是楚归，再往下便是欧箴，欧箴身旁才是柳照眉……往下便是一干名流角色。

继鸾无座，只站在楚归身后便是，便像是那些站在人身后等待添酒送茶的仆人般。

坂本先举杯说了一番话，他的中国话并不灵光，只限于普通寒暄，全靠翻译，大体意思便是以后要维持锦城秩序，达到共同繁荣，并且要在座的各位也都齐心协力，末了加上一句大日本帝国天皇万岁。

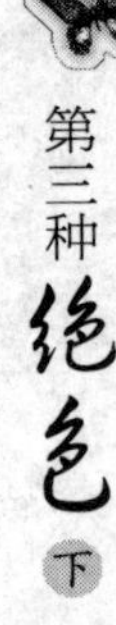

坂本说完，现场响起稀稀拉拉的掌声。

酒过三巡，上来几个日本艺妓，依依呀呀演奏了一番，密斯李那边的日本军官们便手舞足蹈起来，对面坐着的都是中国人，理解不了这种异国情调，只觉得不管是乐器还是唱腔都透着一股凄凉孤寒之意，于是齐齐笑得很是勉强。

只有欧箴不懂装懂地拍了几个马屁，怎奈坂本的中国话有限，所以自然不是很明白欧箴这番苦心。

欧箴笑得嘴角抽抽，等那几个艺妓消停了，便不失时机地说道：“听闻柳老板今晚上为大家准备了一段儿唱腔？不知道我们有没有这个荣幸……”

在场锦城的土著被艺妓的声音弄得心神不宁，听了这个建议，只觉得欧箴总算说了一句人话，于是有人也便推让柳照眉。

密斯李便道：“正好坂本少将也想听听中国的戏曲，柳老板，请吧！”

柳照眉扫了一圈在场中人，果真起身，不慌不忙，泰然自若地便清唱了一段，谁知众人一听，个个心惊，变了脸色。

坂本跟些日本军官不解其意，感觉就像是楚归他们听艺妓唱曲似的，只觉得这人依依呀呀地唱着，枯燥乏味，但柳照眉眉清目秀，声音婉转，于是这帮人便拍掌叫好起来。

欧箴苦笑着，也随着叫了两声好。密斯李双眉一皱看向柳照眉，有些不悦。

楚归在边上，本来没心思看他，此刻便转过头来相看，望着柳照眉那淡然神情，心里叹说：“没想到……他竟有这种胆量。”

原来柳照眉此刻所唱的，竟是一曲《霸王别姬》，且是里头虞姬死别霸王之前舞剑而唱的一段，词说的是：

“劝君王饮酒听虞歌，解君愁舞婆娑。嬴秦无道把江山破，英雄四路起干戈。自古常言不欺我，成败兴亡一刹那，宽心饮酒宝帐坐。”

柳照眉唱到末句，双眸有意无意地便扫向继鸾，继鸾面上寻常，心中却跳个不休。

这《霸王别姬》可算应景，国破家亡、四处干戈……可是楚霸王听了虞姬的这一曲后就乌江自刎，如今给日本人唱这个，意思可不是很好。

柳照眉唱完，向在座的点头示意之后便落了座，自始至终他都是大大方方地，但在座的锦城名流中有几个已经忍不住偷偷擦汗。

坂本虽听了个热闹，却也察觉不对，他看看密斯李，又看看在座众人，锐利的目光在柳照眉身上逡巡一遭，生硬问道：“他……唱的什么！”

密斯李闻言便皱了眉，坂本身旁的翻译早捏了一把汗，见问便忙堆了一脸笑，呜里哇啦比划着说了一番。

密斯李先是惊讶，而后便也笑着点头。坂本听得也连连点头，露出笑容道：“哟西哟西。”

又过了会儿，柳照眉起身告退，坂本兴致正好，也没拦他。

柳照眉便往外走，密斯李见状也起身出外。

继鸾心头一动，正要跟上，却见坐在密斯李身边的那个日本青年也跟着起身。继鸾看两人都出去了，便俯身在楚归耳畔低声道：“我出去看看。”

楚归手在桌子底下探过来，将她的手握住：“小心些。”

继鸾心头一热，等楚归松了手，便往外而去。

继鸾出了门，见那青年顺着走廊往前而去，继鸾踱步跟了几步，却见他停了下来。

继鸾心中担忧柳照眉，怕密斯李出来是对他不利，此刻见这人也像是冲着密斯李来的，她便不忙，凝神细听，果真听到前头密斯李的声音传来。

“不要再有下次，不然的话……”声音十分严厉，大概也放了声出来，所以隔了一段距离继鸾也能听到。

继鸾心知密斯李是因为“霸王别姬”跟柳照眉对上，密斯李也算是个中国通，自然懂其中意思。继鸾急忙细听，谁知密斯李却不吱声了，继鸾正有些着急，却见前方人影一晃，密斯李竟回来了。

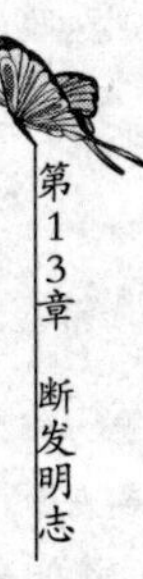

而前头那个日本青年上前一步，居然把密斯李拦住。

继鸾往柱子后一闪，听得那日本青年开口，居然说的是日本话……两人你问我答似的，说的都是继鸾听不懂的，继鸾正皱眉，忽地听密斯李喝道：“谁在哪里！”

继鸾吃了一惊，以为她看到自己了，但是没有道理，她躲得极为隐秘，继鸾便按捺不动，果真就听到院子里有个沉闷的声音说道：“对不住对不住，太君，我正躲这儿抽烟呢。”

继鸾认得这个声音，竟是那个翻译，手中果真夹着根香烟，点头哈腰地上前来。

那日本青年一见，恶声恶气地呵斥了几句，继鸾虽听不懂，却知道他是在喝令那翻译滚。

果真，那翻译躬身行了几个礼，转身要走，密斯李却将他叫住：“站住，你听到的话，不许对任何人提起，知道吗？”

那翻译忙道：“是是是。”

继鸾看到这里，便抽身回来，仍旧站在楚归身后，楚归见她回来了，暗中也松了口气。

继鸾才回来一会儿，密斯李跟那青年一前一后地也回来了，坂本少将多喝了几杯，此刻转头，跟密斯李说了几句日本话。密斯李面露惊讶之色，坂本皱着眉，又呜里哇啦了一会儿，似乎有些生气。楚归冷眼旁观，虽然听不懂他们说什么，却有点不妙的感觉。

而坂本身后那翻译听了两人的对话，便也看向继鸾，脸上露出诧异的表情来。

顷刻坂本一拍桌子，转头跟翻译说了几句，抬手又指楚归。

翻译哈着腰，便道："三爷，坂本少将说，昨日您身边儿是不是有人伤了水原少校？"

楚归面不改色："是吗，这话怎么说？"

楚归说着，就看密斯李，坂本指指自己的脖子，又指继鸾："是不是……她，会……功夫！"

灯光下，依稀可见密斯李脖子上的印记，正是昨日被继鸾捏出来的。

楚归却只笑道："少将别介意，那不过是女人之间急了，闹着玩儿的，谈什么功夫啊。"

"女……人？"坂本大着舌头，神色又疑惑又暴戾。

楚归看继鸾一眼，漫不经心似地说："她是我的女人，花拳绣腿是会两招，不过都是上不了台面儿的，没什么稀奇。"

那翻译将这话说了，坂本瞪着一双眼，看看楚归，又看看密斯李，便对密斯李说了几句，密斯李垂着头回了几声，坂本便又高声说了几句，那翻译面露苦色，最终转向楚归道："三爷，坂本少将的意思，是想看水原少将跟您这位……当场比一比。"

第14章

联手除奸

Disanzhongjuese
第三种绝色

1

现场一片静默，都在等楚归反应。坂本斜看楚归："怎么，楚先生……不答应？"

楚归闻言不以为然似地一笑："既然少将有这个兴趣，我怎么能扫兴呢。"他看着坂本说了这句，便一抬手，掌心朝上往后招了招："鸾鸾，你过来。"

继鸾本站在他的身后，见状一怔之下便迈步上前，将手搭了过去。

当着众人的面儿，楚归握住她的手，半是轻薄半是情真意切似地，淡淡说道："鸾鸾，方才少将的话你都听到了吗？"

继鸾垂着头，静静回答："回三爷，都听到了。"

楚归道："那么，你就跟密斯李……哦不，是水原少校切磋切磋吧……只不过记得，今儿这么多人在场，你可要打起精神来，别丢了三爷的脸面。"

楚归这边儿说着，那边翻译便给坂本说着，坂本听到最后一句，脸上便露出几分狞笑来。

这边楚归说到最后一句，便转头看向继鸾，慢慢又问："鸾鸾，懂吗？"

他的手翻上来，在继鸾的手背上轻轻地拍了拍。

继鸾对上他的双眸，仍旧安静沉稳地："是，三爷。"

女人之间打斗，比男人间对打更加好看，但凶险却也加倍。

密斯李早就恨上了继鸾，何况现在是当着坂本跟一干日本人的面儿。她更是半点也不能松懈，从一开始就迫不及待地步步紧逼。

继鸾依旧不急不躁，见密斯李来势凶猛，她便并不急着接招，多半是退让，偶尔见缝插针地反攻两招。

于是在开始的三分钟内，两人基本是打了个平手。

交手中，密斯李心中渐渐急躁，知道坂本怕是看得不耐烦了，当下断喝一声，攻势更如暴风骤雨一般。

继鸾脚下踏着八卦步，连连闪避，一刹那竟有点儿险象环生的意思。

密斯李大喜，耳畔似乎能听到一句日语的夸奖。

战势从此生变，继鸾步步后退，密斯李紧追不放，坂本跟几个日本军官忍不住鼓噪起来，像是给密斯李助威叫好一般，反观楚归这方，却无有一人出声。

楚归也只是静静地看着这一幕，一直到继鸾退无可退脚下居然踉跄了一下，密斯李见时机大好，猛地飞起一脚踹了过去。

继鸾躲闪不及，正被踢中胸腹之间，顿时整个人倒飞出去，而后重重地跌在地上，竟然爬不起来。

说时迟那时却快如闪电，楚归大叫一声，猛地起身，快步跑到继鸾身边儿，挽住她手臂将她扶起来："怎么样了？怎么样了？"

继鸾哑声道："我给……三爷丢脸……了……"手在胸口一捂，嘴角竟显出血迹！

密斯李站得近，当下一惊。

楚归急切地低头看着问着，望着继鸾吃痛的神情，以及唇边一丝血迹，更似胆战心惊："血！"

他抱着继鸾，回头瞪向密斯李大声喝道，"不过就是比试比试，有必要这么把人往死里打吗？就算是她以前得罪过你，至于就下这样儿的狠手吗？"

密斯李有些惊愕似地站在旁边："我……"

楚归不等她说，又看向坂本："少将，说好了是切磋切磋，瞧这都吐血了！你先前还说什么共荣共荣，我们也是抱着这个念头来吃这顿饭的，不是当面就给人这下马威吧！这是把人往死里打啊怎么着！"

那翻译辟里啪啦地翻了，坂本先前正也得意密斯李得手，听了楚归这番"抗议"，看着继鸾嘴角带血的模样，便晴转多云地干笑了两声，冲楚归道："这个……"

他转头看向密斯李："八嘎！太过分了，快向楚先生……道歉！"

密斯李双脚一顿，向着楚归一点头："对不住楚三爷，是我有些急躁了！"

楚归看着两人这一番惺惺作态，低头看看继鸾，继鸾咳嗽了声，道："三爷……是我学艺不精，怪不得别人……"

楚归咬牙，便露出恼怒的表情，扭头扫了密斯李一眼，说道："算了！也是我们技不如人，早知道这样儿就不让她跟你们打了，少将……这饭也吃完了，我得带人回去疗伤了，请少将允许我告辞！"

坂本见继鸾捂着胸口，嘴角带血精神萎靡一副无力颓败之态，又看楚归含怒带悔，便乐得做大度状。

当下楚归便拥着继鸾往外走，其他的士绅名流见状，也跟着告退，三下五除二作鸟兽散，坂本见在场没了中国人，便对密斯李用日本话说道："那个三爷，你说他很大的本事，又是楚去非的弟弟，原来不过只是一个懦夫而已！还有他身边的，居然只有个不中用的女人！"

密斯李垂着头，不敢反驳，只能答应着。

坂本又冷哼道："东亚病夫，要不是看在他能帮我们暂时管理锦城安抚人心的份上，干脆就杀了！"

密斯李忙道："少将说的是！"

坂本发了两句牢骚，又说："听龟田说，你最近跟那个唱戏的中国男人在一起？"

密斯李面色一变："是！因为他也是能接近楚三爷的人……所以我才……"

坂本打断她的话："亀田说，你对中国男人很着迷！但是你要记住，不要耽误了帝国的大事！"

密斯李垂着头，脸上掠过一丝愠怒之色，却只回答："是！少将！"

密斯李从坂本处出来，低着头转到后院，那叫亀田的日本青年军官一路默默跟着，两人走到僻静处，密斯李站住脚，回身抬手一巴掌挥过去："混蛋！竟然跟少将打我的报告！"

亀田捂着脸，皱眉说："难道我说的是错的吗？我劝过你，你为什么不听？"

密斯李望着他的脸，越看越觉得心烦，喝道："闭嘴！你要是再敢对少将胡说，我就说你缠着我！"她说完之后，迈步往外就走，亀田追上去："你要去哪里？"密斯李怒："你管不着，有本事再去告状！"头也不回地走了。

不提密斯李一怒之下离开，只说楚归抱着继鸾出了市政府，将出门口的时候，继鸾见他着实紧张，便抬手在他的手心里悄悄一勾。

楚归这才稍微心安，一言不发地上了车往回赶，一路上紧紧地把人抱在怀里头，丝毫不放。

一直到了府门口，楚归下地，便又想抱着继鸾下来，继鸾将他的手一握："三爷……你刚病好，我撑得住。"只是握着他的手下了地。

楚归立刻拥著她，进了门后便叫人熬补药，又脚步不停地半扶半抱带了继鸾回房。

进了门后，继鸾才将楚归的手松开："三爷……"

楚归掩了门，让她坐回床上："让我看看伤得如何！"忙不迭地去掀她的衣裳。

继鸾有些窘然："三爷，我没事……"急忙按住他的双手。

"我不信！都吐血了！"楚归拧着眉，"快些给我看看！"

继鸾伤到的是胸腹之间，这个地方怎么好给人看，然而楚归一副心急如焚的模样，继鸾皱着眉，无奈道："三爷我真没事……那多是做出来给他们看的。"

楚归怔了怔："真的是装的？"

继鸾一点头。楚归心头一紧："那血呢？"

继鸾小声说："是我咬破了舌头尖儿。"

楚归心头一疼："给我看看。"便捏住继鸾的下巴，皱着眉喃喃地又说道："让我的鸾鸾受苦了。"

继鸾恁般大方的一个人，被他这样缠着，也忍不住有些脸红："三爷……"

"给我看看。"楚归叫着，又道，"我就叫你输而已，没叫你输得这么惊天动地……不成，给我看看！"

他不依不饶地又缠上来，捏捏继鸾的下巴想看舌头，又去扯她的衣裳想看身上的伤，上下其手，极其之忙。

你道为何楚归跟继鸾说什么“装的”，“叫你输而已”？原来当时坂本要两人比，分明就是要给密斯李找场子，倘若继鸾赢了，他必然越发不依不饶，逼急了这些凶残成性的鬼子指不定作出什么来。

楚归当然知道，他心中自有打算，明着把继鸾拉过来，手指却在她手心里飞快地写了个“输”字。

继鸾起初虽然有些不懂他为何让自己这么做，但是她知道楚归的心机是一等的，因此便一直在找机会。

继鸾被楚归环抱着，他的手不停地在她身上摸来转去地找扣子要解。继鸾被他缠的不行，摸到痒痒处忍不住便笑了声。

楚归气恼着：“还笑，还笑……当时虽然知道你是明白我的意思的，可是看你那样……把三爷吓死了！下回可不带这样的了。”

继鸾听着他碎碎念，面上微笑：“好，三爷。”这会儿的楚归，像是个活人了……自从楚去非出了事，在继鸾的眼里，三爷成了一具空壳子。她嘴里不说，心里担忧又难受。

但是继鸾也没跟楚归说：这输哪里是会那么容易的？竟比赢更难些，因为要输得不露痕迹，顺其自然……

偏对方又是个高手，一不留神被看出来那就糟了，因此继鸾才拼了受密斯李那一脚，把败相做了个十足十。

因继鸾说了声“好，三爷”，让楚归有些心动，端详着她便问：“是好三爷，还是三爷好？”

继鸾一怔，楚归趁机将她按倒，手大概是碰到了继鸾伤处，继鸾“哎吆”叫了声。楚归吓得急忙缩手，继而又怒道：“还说没伤着？快给我看看！”

继鸾叹了口气：“那三爷你别动，我给你看就是了。”

楚归闻言，果真没再动，只是斜躺在旁边，却仍盯着她虎视眈眈。

继鸾看他一眼，缓缓地把长衫解开，迟疑了会儿，终于撩起里头的衫子，楚归探头一瞧，心头发凉，丝丝地痛。

原来在继鸾的腰腹上，有一个清晰的青紫印子，显然就是密斯李那一脚留下的了。

继鸾虽然轻描淡写说是装的，但时机哪能把握得那么准确?

高手过招，生死刹那，当然也顾不得许多了。

楚归看着，那眼睛就有些不好，手指发抖，想要摸一摸，又不敢似地。

继鸾本正提防着他摸过来，见他没有动作，正有些惊奇，低头一看楚归那神情，心中

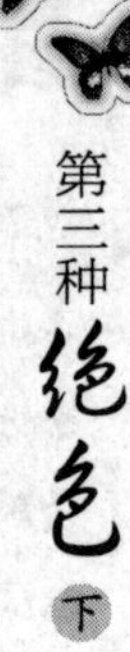

一动。

继鸾便赶紧把衣裳放下，轻声安慰道："三爷……真没事，就是看着有些吓人。"

楚归不言语，默默地探臂过来，顺势就将继鸾的腰轻轻搂住，将脸极温柔地贴在她的腹上："鸾鸾……"

"嗯……三爷。"

楚归感觉脸颊下的身体透出缕缕暖意，轻声说道："你放心，今儿你受的苦，很快三爷就给你连本带利讨回来。"

"三爷……"继鸾的眼睛忍不住也有些异样，大概是他的声音太过……温柔了些。

楚归手上略微用力将她抱了抱，又怕弄得她伤口疼。

他将脸在她腰间蹭了蹭，说："鸾鸾，我……只有你了。"

继鸾怔了怔。楚归叹了声："你不许有事，三爷不许你有事。"

继鸾望着缠在腰间的这个男人，心中感觉很是奇妙，有种类似暖流般的东西淌过心尖儿似的，并不难受，反而很是……熨帖。继鸾看着他新剪的那短短的头发，忍不住抬手在上面摸了一摸，发丝在掌心里，有些痒痒，继鸾便说："三爷，我会一直……在你身边的。"

楚归的身子颤了颤，然后他便起了身，两人都在床上，面对面地，你看看我，我看看你，继鸾有些不好意思，便垂了眸，正想要下去，楚归却抬手在她肩头一按。

继鸾抬头看他，楚归望着她，将继鸾垂在额前的头发缓缓往耳后一抿，目光从她的眉眼往下，一直落在她的唇上，流连忘返。

"好鸾鸾……"楚归轻叹，手指捏着继鸾的下巴，头略一偏，轻轻地吻了下去。

继鸾心头一震，本想避开的，不知为何竟没有动。

2

楚归亲下去的时候，察觉继鸾小小地躲了一躲，却居然没有一拳打过来或者直接翻身下地，这便是一个明显的进步、或者说妥协了。

三爷心头砰然而动，就好像是一只手搅乱了春水，柔柔地，带一丝痒，鼻端嗅到她身上熟悉的气息，不知不觉地就把人的腰给揽住了。

继鸾武功底子好，一把腰也练得柔韧弹性十足，握在手中似乎能感觉到身子里头那股极惹人的活力，勾得三爷口干舌燥，欲罢不能。

他的舌尖探入，索取，想要更多，气息咻咻之间，已经把人压到了床上。

“三爷！”继鸾脸红耳赤，舌头也不似是自己的了，已经被他吃了去，仓促里发出一点儿声响，沙哑而含糊。

楚归半张着唇抬头，一手压在继鸾腰间，一手抚过她的脸，凝眸看底下的眉、眼。他的心在胸膛里头，跳得极不安分，双耳似乎能听到那鼓点似的声响，催人似的。

目光相对刹那，继鸾挽回了些神智，满心只觉得这不对，可是身子却像是被麻痹了一样，手指头都有些酥软。她闭了闭眼睛，本能地想要逃避，似乎不看就万事太平。

“鸾鸾……”楚归觉得手底下的脸颊润泽，是一种令他迷醉的温度跟触感，他像是干涸的禾苗渴水一样盼她。

自从战事吃紧，楚去非殉国之后，三爷整个人就仿佛变成了一具行尸走肉。

有件事楚归没对任何人说过，在得知楚去非出事的时候，他脑中最后一个念头就是即刻冲去战场，就算是死，也要跟哥哥死在一起，总之让一切有个结束就行。

与其留下来承受那些无休止的失去亲人的痛苦，他宁肯就轰轰烈烈一了百了地跟他同去。

有几次他几乎冲出了厅门口，喉咙里那句喝令老九召集剩下人手跟鬼子同归于尽的话几次即将脱口而出，但最终他还是选择了另一条路。

死不是最可怕的。

尤其是在这个时候。

支撑他到现在的是他想要复仇的熊熊信念，让他忍辱负重的是骨子里的那股决烈永不服输，但让他觉得感激的是，幸好身边还有这样一个人。

在木讷空洞之余，他有一种还在活着的感觉。于是就算是面临最险恶的局面，身陷最不堪的环境，因为身边这个人还在，他仍旧得感谢上苍，并未将他置于至绝望的境地，就像是在寒冷的深渊与无边的黑暗里，仍能见到一缕暖意，一点星光。

楚归望着继鸾，一眼不眨地看着这张近在咫尺的熟悉的脸，他爱她，先前是一种男女之爱，但到现在，又更不同。

楚归也知道，没有什么比现在更清楚的知道，继鸾原本是不爱他的，就算是在现在，她心里未必也是像他爱她一样地感觉……

自从大变之后，楚归整个人似乎也比之前更清醒了许多，在这种境遇里，他知道继鸾之所以留下，或许一方面是感激他送了祁凤走，一方面是因为当初的誓言……要跟着他。

到现在，或许还有楚去非的原因。

绝不是因为她爱他之故。

楚归都想得很清楚。

或许……她心里是有些喜欢他的，但却不似他爱她那么多。

他渴望，却不奢望。

楚归知足。

因为她仍旧留下来了，在这个兵荒马乱人人自危的时候，在他把自己放在风口浪尖的时候，她还在。

她虽然是个女人，但却比男人更加一言九鼎。她说留下来陪着他，那便一定会留到最后。

何况她这么信任着他。

不管是不是关乎一种男女之间的“爱”，楚归是感激的。

因为这份清醒而喜悦的感激欣慰，他不该在这个时候欺她迫她。

楚归看着她，眼睛却一点一点红起来，泪不知不觉地，薄薄地笼着，随着他目光转动而闪烁，看来竟有几分惊心动魄。

他的手一寸一寸地滑到她的鬓边，低头在她眉心轻轻一吻，却没有再做其他。

他只是极尽温柔地将她抱住，在她耳畔低低地：“你要记住……三爷喜欢你，你答应永远陪着我，我也希望永远都跟你在一起。鸾鸾，你要记住这句话。”

继鸾被他拥在怀里，却有种奇异的安稳感，她怔了怔，隐约明白了三爷心里想什么：“我知道的，三爷。”她低低地回答。

楚归闭了双眸，在她鬓边轻轻地蹭了蹭：“睡吧……放心，我不会……趁机欺负鸾鸾的。”

继鸾听着他柔肠百结略带叹息的那一句，没来由地红了脸。

她待他一片赤诚，他不会玷污这片心。

有那么一句老话：投之以木瓜，报之以琼琚。匪报也，永以为好也。

目前他报不了更多，只也以一片真心相报而已。

果真如楚归所料，很快锦城的百姓便传遍了楚三爷当了汉奸的消息。事实上从日军进驻后，密斯李来见楚归的时候，流言已经散了出去。传闻楚三爷要降给日本人了，但毕竟只是传说而已，于是相信的人也只一半一半，但那日楚归去赴那鸿门宴，众目睽睽下大家看了个清楚，又加上杨茴峰那一场大骂，于是这罪名跟骂名算是落实了。

何况在此后一连数日，楚三爷同日军首领坂本少将一块儿参加了几次公开活动，貌似狼狈为奸相谈甚欢，令人侧目……

现如今人人提及楚归，往往还伴随着一口充满鄙夷的唾沫。

在有一次的“维和共荣”活动上，台下不知从哪里飞出好些碎石臭鸡蛋，袭向台上的坂本跟楚归。

当时继鸾离得远未曾及时挡住，三爷挨了一枚臭蛋，显得有几分狼狈，坂本大怒，命人捉拿捣乱之人，一时现场混乱，继鸾飞身上前护着三爷退场。

自打继鸾认得他，三爷便一直都是一副衣冠楚楚不染纤尘似的模样，哪里会如现在这般。这几日继鸾明里暗里也听了不少唾骂，此刻见状，忍不住有些难受。

楚归对此倒是泰然自若，回家洗了个澡，大概是瞧着继鸾有些情绪低落，便道："乖，这还是轻的，下一回或许就换了真枪实弹了。"说的明明是性命攸关的事儿，却一副淡然无谓的口吻。

继鸾向来不善言辞，见状便只好说道："委屈三爷了。"又道："下回我一定看着……"

楚归将她一抱，笑："好鸾鸾，就算是天底下的人用唾沫淹了我，有你在，三爷也不在乎。"

正说着，外头有人来报，说是密斯李来访。

这一阵儿楚归跟坂本打得火热，自然跟密斯李不少见，但她亲自上门却还是头一遭。

人入内落了座，楚归道："水原少校大驾光临，实在蓬荜生辉，不知道是不是少将有什么新的指示？是需要壮丁呢，还是要钱呢？"

密斯李笑道："三爷，你对帝国可真是忠心耿耿，我很欣赏，但是我这次来是为了私事，跟少将无关。"

"私事？"楚归露出感兴趣的表情。

密斯李不错眼地看着楚归："三爷既然跟我同一阵线了，那之前的一些事大概也可以化干戈为玉帛了。我新在大胜关那里置了座宅子，想办场宴席作为入宅之喜，不知有没有这个荣幸请三爷过去喝杯水酒？"

楚归一挑眉："这是好事啊，少校可以派了个人来说一声儿，到时候我当然要到场的。"

密斯李见他一口答应，很是满意，便笑看着他："三爷真是个知情识趣的人，那好，请帖我会派人送来，到时候我就恭候三爷大驾啦。"

楚归笑得三分荡漾，连声道："一定一定。"

两人目光相对，密斯李只觉得三爷双眼含情，流光溢彩地十分动人，一时令她心中也蠢蠢欲动，碍于厅内还有他人，便只暂且按捺。

三日后密斯李新置的宅子张灯结彩，锦城有头脸的人物们纷纷登门道贺。

众人济济一堂，于觥筹交错里营造出一片太平无事的错觉。酒过三巡，忽有一个仆人来到楚归这桌上，将个字条偷偷地给了继鸾。

继鸾莫名，把字条打开，瞧见里头的字，脸色一变，便悄声对楚归说道："三爷，我有点事，三爷容我先离开一会儿？"

楚归正捏着杯子，脸儿红红地，闻言淡淡扫她一眼："去吧，只别耽误了，早点回

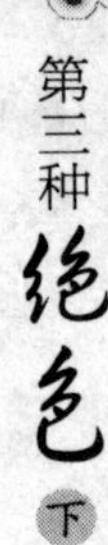

来……”

继鸾答应了，匆匆转身离开。

继鸾转入内堂，有些仆人低头走过，无人理她。继鸾站住脚看了会儿，便又往内，不知不觉拐进一所院落，一抬头，却看见上头有人冲这边招了招手。

继鸾略一迟疑，终于快步无声地上了楼，在廊间第二扇门前停下，将门一推。

里头有人说道：“快进来。”继鸾听了这个声音，便不再迟疑，推开门迈步入内。

大胜关这边儿多是老房子，密斯李所得的这座，却是先前林市长家的，古色古香、美轮美奂。

继鸾入内，却见在屋里头桌子前端坐着的那人，居然是柳照眉。

“柳老板……”继鸾唤了声，却又不知要说什么，她早就想见他，却一直没有机会，现在见了，千头万绪又不知从何说起，继鸾便只问，“你叫我来，有什么事儿吗？”

说话间柳照眉已经起身，将房门掩了，十分小心似的，才回身说：“你来的时候可有人看到？没有人跟着你吧？”

继鸾想了想，便摇头：“无人知道，我连三爷也没告诉。”

柳照眉便看她：“为什么不跟三爷说？”

继鸾沉默了会儿：“三爷……”

柳照眉却已经走到她的身边儿，手抬起在她肩头一按，又顺着肩头滑到她手腕上，最后竟握住了她的手，他又问：“怎么不跟他说？你是怕三爷知道了……会不让你来见我？”

继鸾咳嗽了一声，忽然间目光往下：“柳老板……”

“你不说，我也知道，”柳照眉却望着她，柔声道，“你心里还有我，就是怕给他知道……”

继鸾哑然，默默地只说：“柳老板，你叫我来……就是为了这个吗？”

柳照眉微微一笑，才松开她的手回到桌边，道：“是，也不是。”

继鸾道：“三爷在堂下等着，我还得回去……”

柳照眉道：“别急，三爷一时半会儿不会叫你的。你过来坐，我还有话说。”

继鸾只好走到桌子边上，柳照眉倒了杯茶放在继鸾跟前，手指在茶盏中一浸，悄无声息地沾了水，在桌上极快地画了一画。嘴里却说：“其实继鸾你心里也知道，三爷其实……已经不是以前那个三爷了。”

继鸾看着桌面儿：“柳老板……这是什么意思？”

柳照眉冷冷一笑，手指沾水，嘴里不紧不慢地说道：“三爷如今一心跟着日本人，你难道不知道外头的人骂的多难听？难为你竟还跟着他……继鸾，你听我说，现在不同往日，只要你愿意，我有办法让三爷放你。”

继鸾皱了皱眉，含糊说道："话……也不是这么说，三爷也是身不由己……"

"什么身不由己……"柳照眉哼了声，"瞧他跟日本人打得火热，却瞧不出有什么身不由己的地方，你可别说他是身在曹营心在汉呢。"

继鸾便道："柳老板，这个不能乱说。"

柳照眉微笑："怕什么，这儿又没别人，何况就算他是假意的，跟我也没什么相干……你该知道，我留心的只是你，看你跟着他受些唾骂委屈，我心里不平而已，先前还以为他是什么三头六臂的呢，谁知道还不是跟我似的……"说到最后一句，便轻声一叹。

"柳老板……"继鸾知道他说的是什么，却又不便提这个，"柳老板你方才说可以让我离开三爷，是真的？"

柳照眉道："我骗你做什么。"

"可是他怎么会答应？"

柳照眉慢慢说道："答不答应，还不是日本人一句话的事儿？"

继鸾皱眉，有些犹豫般地："柳老板你的意思是，可以让日本人出面？我觉得……这好像不大妥当。"

柳照眉想了会儿，便说："不用日本人出面也行，现在这非常时期，三爷又没了楚去非当靠山，只要我们抓住了三爷的把柄，不愁他不乖乖放了你。"

"什么把柄？"

"譬如他表面上投诚日本人，实际上却……"柳照眉的声音越来越低，人却靠近，探手挽住继鸾肩头，"当初是他逼迫你低头的，现在大好机会在前，你也不必再为他卖命，继鸾……"他的声音本就温柔，如今更带一股蛊惑人心的味道。

继鸾脸红耳赤，低低咳嗽数声："柳老板……你让我……咳，想想，我……还是先回去伺候三爷……"

"伺候他什么？"柳照眉却不放人似的，手臂将继鸾搂紧了，带着笑似的低声在继鸾耳畔说道，"他如今有人伺候着呢，不用你去……"

楚归喝了两杯酒，不见继鸾回来。堂前几个生旦正在咿咿呀呀地做戏，有人便道："看别人的戏到底没趣，若说起锦城戏曲界头一号的人物还得是柳老板！对了，怎么不见他人？"

另一人窃笑，低低说道："你却是找死，谁不知道柳老板跟了如今这位水原少校，正春风得意呢，还敢让他出来唱戏？"

楚归听了，便冷笑一声，面露不屑之色，正握着杯子无聊地转，却听耳畔有人低笑道："莫非是我冷落了三爷，让三爷在此这般无聊的？"

楚归回头，正好对上密斯李一张笑脸，手中还握着个酒杯，见楚归回头相看，便又

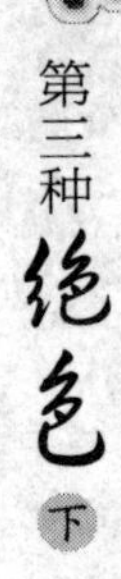

道：“我这杯酒是来敬三爷的，是不是来得有点儿晚？”

楚归见是她，便也笑道：“水原少校说哪里话，不晚不晚！我也正想敬你一杯呢！”

密斯李将杯子往前一探：“那我跟三爷可是心有灵犀了。”

两人轻轻一碰，都饮了半杯。

密斯李见楚归痛快喝了，脸颊红红地，别有风情，便又笑：“酒都喝了，三爷还这么叫未免见外……”她说着，便在这桌儿楚归身边落了座，落座瞬间人便也倾身过来，似醉非醉地亲热道：“我的名字叫做水原玲子，三爷只叫我玲或者玲子便是……”

楚归见她靠得近，却也不以为忤，半是戏谑地笑道：“哟，我还以为少校你叫密斯李呢……”

密斯李见他竟有几分假以颜色似的，全不似以前般冷漠，便越发笑嘻嘻地：“那是之前假冒的特殊身份……三爷可还记恨着我吗？”

四目相对，竟有些“火花四溅”，楚归笑得一片光明磊落：“怎么在少校眼里，我是个心胸狭窄的人吗？”

他们两个在这儿“低声细语”，旁边坐上本有几个士绅在，此刻便都识趣地躲了，这桌上便空空如也。

密斯李望着楚归，越看越觉得心痒，扫了一眼周围，便道：“这儿说话不方便，三爷……咱们不如到里面说几句？”

楚归道：“我倒是想的，只不过我那保镖要回来了，找不到人，怕又惹麻烦。”

“三爷是说陈继鸾？”密斯李笑吟吟地，看着楚归，“若嫌她碍眼，三爷自扔了她便是，三爷下不了手，让我代劳也是可以的。”

她话中的意思不言自明，楚归却仍是笑：“我的鸾鸾人虽然凶了点儿……奈何你家三爷最喜欢这口儿的，一时还是舍不得扔的。”

密斯李听他说“我的鸾鸾”，眼神便一变，听到“你家三爷”，却又欲火重燃，半真半假道：“既然如此，那我呢？”

楚归哈哈笑着，握了杯酒：“最近内忧外患的，加上身子耗得有些虚，怕是应付不了……你这号的。”

密斯李听他言语轻佻，不由地吃吃笑了起来，一把攥住楚归的手：“在三爷眼里，我就这么如狼似虎？”

楚归嘴角一抽，正在这时，便听到身后有个声音冷冷说道：“三爷，您喝醉了，该回去了吧？”

两人回头，却望见继鸾眉眼淡淡，稍带一丝寒意，笔直地站在身后。

这场景，倒有几分“捉奸在桌”的意思，楚归咳嗽了声，把手从密斯李手中抽出来，装模作样道："一时高兴喝多了，是有几分醉了，少校，就恕我先行告辞，改天再亲自登门向你赔罪……"说到后面一句，笑吟吟地就冲她抛了个眼风。

密斯李见继鸾忽然出现，本正不悦，听到楚归后面一句，又见他眼角带春，瞬间什么火气也没了，便笑着拱手道："那我便随时恭候三爷大驾了。"

3

数日后的一个下午，继鸾悄悄离开楚家，在路上十分小心，不停驻足左顾右盼，像是避着人似的，最终竟到了金鸳鸯。

而自从她出了楚宅，路上就一直有人若隐若现地跟着，直到发现她进了戏楼。

继鸾进了楼里，也不消停，戏楼中几个打杂有意无意地经过柳老板的厢房，隔着那雕花镂空的窗门，似能听到里头些许低语，并些异样的响动，令人想入非非。

足足过了半个多钟头，厢房的门才轻轻打开，那道曾悄无声息潜入房中的影子极快闪出，左右飞快地打量了一眼走廊，手还不忘在领口处稍微整理了一下。这一动作，才更看出她的头发有些许散乱，脸颊异样地红着。

这人自然正是继鸾。

继鸾前脚离开金鸳鸯，后脚柳照眉便露了头，柳老板依旧衣冠楚楚，面上带着一抹得意似的笑。

几个潜伏在周围窥探的眼线将这情形看了个仔细。

"她真的这么说？"水原公馆里，密斯李看着柳照眉，沉思着问。

"千真万确，"柳照眉点头，有些失望似地，"但虽是这么说，瞧着也没什么意思似的……"

水原笑，眼中却透出一抹寒光："是吗？"

"难道不是吗？"柳照眉哼了声，说道，"想想也是，三爷可是个最谨慎不过的人，要抓他的把柄谈何容易，更何况或许他是真的投诚，那可真是抓也抓不着，继鸾虽然是他贴身跟着的，但到底也是个女人，有些关乎性命的要紧大事，估计也不至于就跟她说。"

他说到这里，更有些惆怅："何况就这么硬扯她下水，我也是担心的，生怕她瞒不过三爷的眼目，给他瞧出端倪来那可就……"

密斯李正在沉吟，听到这里，就说："怎么，你担心陈继鸾？"

柳照眉看她一眼："我统共就这么一个对我真心好的人，自然是要担心她的。"

"难道我对你不是真心好？"密斯李笑看柳照眉。

柳照眉白她一眼，声音带几分嗔然：“难道我会不知道你心里在想什么？你喜欢的是楚三爷吧？只拿我当替身罢了。”

这些许的幽怨跟失落的冷意拿捏得恰到好处，令人听了只觉舒服。

密斯李听了，便笑了数声：“这可不一定，我也是真喜欢柳老板呢……”

柳照眉将她推开，冷道：“少来说些好听的，只是我也懂……我本来也不求什么别的，不管你想着谁，只要你仍旧对我好那便是了。何况如今我也没什么名声了，就仗着你当靠山了，故而对你尽心竭力的。以后不管怎么样，你得了楚三爷也好，没得也好，我得了继鸾也好，没跟她一块儿也好，你可得记得我这些好处，对我好着些。你得知道，有人恨着我恨得牙痒痒呢！”

密斯李看着他幽幽怨怨地说到这里，听了最后一句，便道：“你说龟田？他又针对你了？”

柳照眉眼底一片黯然，把头转开去：“我只知道锦城的这些人会瞧不起我，却不知道龟田少校也视我如眼中钉，你可得护着我，若是有朝一日没了你，他定然会把我生撕了，对上他那双眼，我就浑身发冷。”说到最后，柳照眉双手一握，真有些寒意似的缩了缩身子。

密斯李咳嗽了声，握住他的手：“别管他，他就是嫉妒……也不看看自己那副模样！我一看他就觉得恶心！你放心，他若是再敢动你一指头，我也对他不客气！”

柳照眉叹了声：“你有这个心就好了，只不过最好还是别闹得太厉害，给少将知道了，一怒之下，对你对我都不好……”

“你说的对。”密斯李双眉皱着，眼神闪烁。

柳照眉看着她的神情，又道：“那继鸾说的那件事儿你打算怎么办，但有一点……可千万不要冒险行事，你可不能出一点儿事啊。”

密斯李望着他，笑道：“难为你这么关心我，行了，我会小心行事的……”

次日，锦城爆出一桩事来，听闻楚府里头闹了起来，具体是因何闹起来的，倒是不知情，只听闻惹事的是三爷的一个保镖……有知情人透露，楚三爷动了真怒，还开了枪。

据说当日，在府内闹得不够，楚三爷风驰电掣地来到了金鸳鸯，二话不说把正在上妆的柳照眉拉扯出来，啪啪打了两个耳光，骂得惊天动地：“什么玩意儿！敢动我的人！今儿三爷不弄死了你……”

里头的众人躲闪不迭，而三爷话音未落，身后一人闪了出来，将柳照眉抢过去，红着脸说道：“三爷，手下留情！千错万错都是我的错！”

围观的大家伙一看，出面的是素来跟随三爷的女保镖陈继鸾，想当初鬼子没进城之前，可巧在这金鸳鸯里也发生过这样两男一女相争的戏码……没想到此刻竟会重演。

陈继鸾挡着柳照眉，楚三爷站在对面，气得浑身发抖似的，蓦地擎出一把枪来，围观的众人大叫了声，有人就地乱滚，退避三舍。

楚归瞪着继鸾，眼睛发红，咬牙切齿：“你滚开，不然三爷连你一块儿杀！”

那女子叫道：“三爷！”

身后柳照眉却道：“继鸾，咱们不用怕他，现如今锦城的天已经变了，也不是他能一手遮天的！”

楚归一听，怒火朝天：“我虽不能一手遮天，要杀了你们这对狗男女却是易如反掌！”

曾记得上回三爷也是如此动作过……但这次有人显然没上次那么幸运。

只听一声枪响，在金鸳鸯里外回响。

火光一溜中，只听惨叫声起，也不知是谁的，撕心裂肺。

“你活该！”紧接着，楚三爷暴吼了声，跺了跺脚，把枪一扔，转身黑着张脸如风似的自去了。

而楼上有人凄厉地叫着：“快叫医生，快叫医生！”又哭着似的唤：“继鸾，继鸾！你撑住，醒醒！”

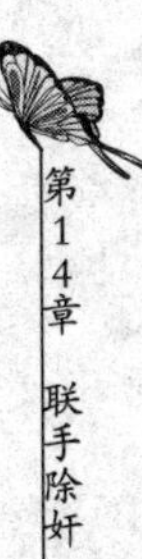

次日，楚三爷冲冠一怒为红颜，得不到手便辣手摧花的消息纷纷扬扬地传了出去。

又有人说真相是三爷的这女保镖吃着柳楚两家，一女从二男委实花心，三爷受不了戴绿帽子，所以才痛下杀手。

幸而传说那女子只是受伤，并没有性命之虞。但从此便留在了金鸳鸯，听闻柳老板衣不解带地伺候。

密斯李曾亲自来“探望”过，看得清楚，继鸾那伤在肩头，虽然没死，短时间内要动作却是极难的。

柳照眉私下里对密斯李说：“继鸾是为了我才受伤的，若没她挡着，如今我便是个死人！我跟楚三势不两立！他若是清白的，那我也没话说，若真的有什么阳奉阴违的不妙处，求你答应，我绝不能放过他！我这口气受得也够久了！”

密斯李看他脸红耳赤，又伤又怒，咬牙切齿，露出前所未有的恨意狠像来，只好安抚。

当下继鸾便在金鸳鸯养伤，如此两日之后的一个夜晚，一道人影极其隐秘地从楚家的后门闪了出来。

此人一身黑衣，头戴檐帽遮挡的十分严密，上了黄包车离开楚家，在巷落里七扭八拐地转了许久终于停在一处院落前。

那人下了车，脚步匆匆往里头去，走过一处空旷的院地，拾级而上，便进了上面的楼阁，黑暗中那楼顶尖尖地，正是以前弃之不用的德国人曾修建的一处小教堂。

而那人进了楼内之后，有几道人影迅速靠近，将上台阶之时，领头的一个人压低声音

说了几句话，竟是日语。

其他人便低低答应了声，果真竟站在底下隐藏身形，只那领头的人自己上去了。

那人上了楼，见眼前一团乌黑，她摸黑静气走了会儿，隐约看到眼前有一丝亮光，耳畔似乎能听到轻轻的交谈声。

那人双眸一眯，脚下无声地往那一点光亮摸去，顷刻间人到了那房间外头，侧耳细听，便听到里面说："三爷忍辱负重在鬼子手底下行事，要比舍身成仁更难百倍，这件事上头已经知道，十分嘉许……"

外头那人停了脚步，便靠在门口，略微往里看去，屋里头射出的灯光照在她脸上，只见一双眼睛如毒蛇一般，正是密斯李。

密斯李听到这是个陌生的男人声音，又听了这些话，暗中咬牙，隐着身形往里一看，却见里头光线暗淡，一个檐帽压得低低的男人侧身对着门口坐着，只露出半边脸。

另一个人则是背对门口坐的，同样头戴檐帽，一身暗色云纱绸衫，看得眼熟，不是楚三爷又是何人？

密斯李暗中咬牙，心道："他果然是假意向帝国投诚，亏得我还……实在是可恨之极！"一时便摸到了腰间的手枪，然而想到楚归的脸，忍不住又有些迟疑，心中转了几个念头，便见里头那男人又说："三爷的意思我们是知道的……这批军火实在……"声音压得很低，三爷似乎也回了几句，但声音却压得更低。

密斯李听到"军火"二字，又惊又怒，强行按捺。

里头两人说了会儿，那男人便又略提高声音："在敌人眼皮子底下行事危险万分，我不耽搁了，就先离开……"说着，竟起了身。

密斯李见状，手中的枪握紧，骤然便闪身而出，叫道："都不许动！"

那男人正起身，闻言便站直了身子，果真一动不动。

密斯李扫他一眼，又恨恨地去打量背对着自己坐着的楚归，恨道："三爷，起来吧！枉我曾对你另眼相看，差点儿被你骗了……"

那坐着的楚归果真慢慢地站了起来，手搭在帽檐上，便转过身来。

密斯李望见他压低的帽檐底下端正秀美的唇形，那唇角似略有上挑之意。密斯李本要冷笑开口，忽然之间身子一震！

几乎是密斯李带人包围了小教堂的同时，有一大队日本宪兵，在龟田的带领下，前呼后拥地来到了楚宅。

大门惊天动地地被拍打了一阵，楚家的老门卫将门打开，又赶紧地闪开了去，龟田率领众人冲进大门，里头老九领着几个兄弟跳了出来："你们干什么！"

龟田冷道："坂本少将有要事，要见楚三爷，让他出来！"话语虽生硬，却是中国话无疑。

老九怒道：“半夜三更的，三爷是你们想见就能见的？滚出去！”

龟田一听，变了脸色，骂出一句日本话，一挥手，几个宪兵冲上来，便将老九几个围起来，强行压住。

龟田狞笑道：“楚三爷要是还不出现，那么你们几个就死啦死啦的！”

身后的日本兵闪开，露出后面大步走上前的一人，双眼透出极为不悦地光，手按在腰间的刀柄上，冲着龟田呜里哇啦说了一句什么。

龟田垂头连连答应，旁边那跟着的翻译提心吊胆，听龟田说道：“我以人头担保！楚三爷并不在家，他是假意投降我们帝国，实际上跟敌人有密切的联系。根据可靠情报，今晚上他们会会面！”

坂本眉头一耸，目露杀机，转头看向翻译：“去问，楚三爷到底在不在，要还不露面，那么……”

翻译战战兢兢，逼于无奈扬声便说：“三爷究竟……在不在，太君说……”

月黑风高，这批凶神恶煞矗立庭中，像是野兽要择人而噬，几个宪兵迫不及待地便要往厅里头冲。正在这时侯，却听到一个声音懒洋洋地，道：“哪来的混账王八羔子，大半夜的……吵得人不得安宁！”

院子里龟田和坂本一听，齐齐变了脸色。

4

一声哈欠，门口上有人迈步出来，一身雪白单薄的睡衣，手在门扇上一扶。

他抬头看到一院子的人，目光还似有几分睡意朦胧，乍然看到了坂本，那懵懂的脸上就浮起了恍然的笑来：“这……怎么是少将！这么晚了您这是……”他打着招呼，迈步下了台阶。

就算是灯光再暗也看得清楚，这是如假包换的楚归楚三爷，活生生地就在眼前。

坂本看一眼楚归，又瞪向龟田：“笨蛋，你怎么解释！”

龟田瞪着眼盯着楚归，竟不死心，便同坂本又以日语道：“少将！我怀疑他们见面的地方就在这里！院子都已经围住了，只要一搜就能搜出来！”

坂本控制住要给他一巴掌的冲动，转头看向楚归，装模作样地说道：“楚先生，龟田少校得到密报，说你今晚上会跟敌人密会，所以他想搜查搜查贵府。”

翻译急忙说了，楚归皱起眉来，很不高兴：“龟田少校这是哪儿得来的密报？可没这么空口白牙作弄人的，我正睡得好好地就给人吵起来，我跟谁密会，跟周公密会？”

翻译不敢怠慢，一句一句给说，坂本和龟田脸色都不太好看。

龟田更是咬牙切齿，恨不得就咬楚归一口。

楚归说着，话锋一转：“不过……我给坂本少将这个面子，既然来了一趟，别空手儿回去，要搜就搜吧，但是丑话说在前头，平白无故我总不能白担这个罪名，要搜出什么来，我任凭少将处置，可要是搜不出什么来呢？”

翻译说罢，坂本就看龟田，龟田道：“我也任凭少将处置！”

楚归听了，冷冷一笑：“那就搜吧？只有一件儿，别毁坏了我家中的物件。”说着，就又仰头打了个哈欠，显得很是无聊似的。

坂本一点头，龟田叫道：“好好搜，不要毁坏东西！”宪兵一拥而入，四处散开。

楚归瞧着这势头，便道：“瞧他们这架势估摸着得耗段时间，不如我陪少将进里头喝杯茶吧。”

坂本见他和颜悦色，心头一动。龟田在旁边低低说道：“少将，这人诡计多端……”

楚归虽然不知道他嘀咕什么，但看他鬼鬼祟祟的模样，便也猜到他大概是在拦着，便啧啧地道：“敢情我的茶里会有毒啊，瞧龟田少校这还没喝就一脸中毒了。”

龟田脸色一变，坂本听了个大概，就道：“还是不喝茶了，时间不早了，公事办完了的话就可以离开了。”

楚归哼了声，打开扇子扇风。

三人在院子里站了会儿，宪兵们一一回来回报，都是无果。坂本的脸色一分一分变黑，龟田忍不住咆哮了声：“都搜仔细了？”

等最后一拨宪兵回来，还是什么也没搜到，楚归便道：“哟，真遗憾，还以为能搜出什么来让我也开开眼界呢，少将，您说这怎么办吧？”

坂本终于忍不住，面向龟田，挥起手臂给了他一个耳光：“混账东西！还不向楚先生赔罪！”

龟田直挺挺地，终于向楚归一低头：“是我冒昧了！”

“这买卖不亏啊，”楚归笑看着坂本跟龟田，“这要是搜出什么不该有的来，我可就人头落地，这什么都搜不出来，一句道歉就完事儿了。但是少将，以后你可得让龟田少校机灵点，这要是每天晚上都来这么一次‘密报’，我是不嫌烦的，少将您也整晚地跟着折腾，那可真有点儿说不过去了。”

坂本和龟田两个灰溜溜地出了楚府，到了门口，坂本左右开弓又打了龟田两个耳光：“怎么回事！”

龟田捂着脸：“是水原亲自说的，今晚上她会去追踪楚三爷。”

“这么大的事，为什么事先没有跟我说！”

“水原也怕事情出错，所以想要等确实之后才跟少将汇报。”

“那现在又是怎么回事！人为什么还在，水原追踪的又是谁！”

“这个……是我太急躁了，我会立刻联络水原。”

密斯李在调配人手的时候被龟田发现，她也的确对龟田说过自己今晚上有一次秘密行动，但是为了保险起见，她没有直接说是针对楚归的。

至于龟田为什么知道这件事跟楚归有关系，却又是从另一个途径里得到的。

没想到竟然栽了个大跟头。

且说在小教堂的阁楼里，密斯李面前的那位“三爷”转过身，不紧不慢地抬起头来。

当帽檐底下那张脸完全出现在面前的时候，密斯李整个人从头凉到脚，仓促震惊间虽然不知道究竟是怎么回事，但心头却本能地生出一种不祥的预感。

“怎么是你？”密斯李大为吃惊，手中的枪随着一晃。

那人一双极为明亮的眼睛镇定地望着她，神情也是淡淡地：“不是三爷，你很失望吗。”

虽然是一身类似三爷平日穿着的华贵男装，但说话的这人，赫然竟是陈继鸾，暗影闪烁里，一身华服的她有种凛然不可犯的美。

到现在，密斯李已经知道中了计，她一边抬枪指着继鸾，脚下往后一退，就要将手下的人叫进来，谁知道脚还没踏出门口，身后悄无声息有个人贴了上来，硬邦邦的家伙在腰间一撞，说道：“乖乖地放下枪。”

密斯李一听这个声音，心头寒意凛然：“你是……”

密斯李身后那人轻声一笑，烛光中映出一张半带邪气的面孔，却不失英俊，居然正是原家堡的原绍磊。

而站在继鸾旁边的那人也一掀帽子，赫然正是栗少扬。

“你们……”密斯李看看三人，情知果然中计，恐怕插翅难飞。她咬了咬牙，将枪放低，刹那间心中转动，猛地看向继鸾，失声叫道，“这件事柳照眉也参与了？”

继鸾冷冷一哼并未出声，倒是密斯李身边的原绍磊垂头，在她耳畔低声说道：“倒是便宜了你这蛇蝎贱人，现在你就下去陪我二弟吧，他等了你很久了……”

密斯李听着这阴森森的声音，纵然是个杀人不眨眼心狠手辣的主儿，此刻却仍忍不住有些不寒而栗。

栗少扬道：“跟她啰嗦什么，赶紧了结她完事！”

密斯李听到这里，忽然恶狠狠地说：“你们杀了我，柳照眉也会陪葬！”

继鸾一惊，原绍磊也略微怔然，正在这时，密斯李脚下飞速一转，顺势一个后肘向后

击出去，原绍磊避之不及，竟被击中肋下！

原绍磊痛哼了声就弯了腰。

栗少扬见状，急忙上前来救护，密斯李正欲开枪，手腕一麻，枪便落了地。

她转头一看，却见出手的竟是继鸾。

先前因为那场“争风吃醋”闹得血溅金鸳鸯，锦城老少爷们儿都知道，继鸾中枪的是左肩头，但此刻密斯李见她动作间竟毫无阻滞，心中雪亮之余又极度愤怒：“柳照眉果真跟你们串通了……”一掌劈出的功夫又骂出一连串日本话来。

那边栗少扬扶起原绍磊，继鸾扫见他无恙，却也放心，不疾不徐后退一步，冷道：“那是因为柳老板是个有血性的汉子。”

密斯李紧追不放，又咬牙笑道：“你想给他报仇？因为我占了他？你也不过是我的手下败将……”

“我是要报仇，不过不止是为了柳老板。”

继鸾止步，抬手，手指在密斯李腕上一搭，顺势往前滑去。

密斯李垂眸刚要反应瞬间，继鸾的手已经按上她的胸口，轻声道：“你当真以为上次我输给你了？”

密斯李被她在胸前一按，脚下踉跄往后退去：“你！上回你……”

“上回是三爷让我故意输的，”继鸾吐气，手掌从胸前微微上扬，“还要再来吗？”

栗少扬跟原绍磊在旁看着，原绍磊目光沉沉便道：“这女人蛇蝎毒辣，陈继鸾你能行吗？不如让我一枪打死她了事……”原振业便是死在这人身上，方才他大意之下又吃了亏，让原绍磊很是恼火。

栗少扬道：“外头的人都收拾干净了吗？”

原绍磊点头。栗少扬便道：“上回她打败了继鸾，十分得意。今晚上让她死得心服口服吧！”

密斯李听两人谈话，心中又喜又怒，喜的是他们肯给个机会让她跟继鸾对打，怒的是他们竟以为她输定了！

密斯李发了狠，咬牙骂了句，纵身又上，她的功夫跟继鸾的太极正是走的两个套路。上回在厅内比划的时候继鸾早也领教，通俗些说，太极讲究的是慢而稳，或者有点后发制人的意思，但密斯李的功夫，却如暴风疾雨一般，叫人措手不及，全在一个“快”跟“狠”上，几乎每一招出来都是取人性命的杀招。

这一回密斯李垂死挣扎，更加手脚不留情，双腿连环踢出，打斗间竟把屋内的一张桌子给劈得粉碎！

原绍磊见状，心中暗惊，他跟栗少扬虽不是武学行家，但看这女人凶猛如野兽的架势却也知道，如果是单打独斗，他们绝对打不过此人！

一念至此，不由地暗暗庆幸今晚上跟他们在一起的，还有一个陈继鸾。

要知道先前在原绍磊看来，陈继鸾的出现不过只是“引蛇出洞”的角色而已，没想到此刻竟是保命的决胜棋子。

两个男人心中浮想联翩，那边继鸾跟密斯李也渐渐至生死关头。密斯李为求活命，施展毕生绝学，手脚击出，都如兵器般锐利，更不给人丝毫喘息机会一般。

若是换在以前，继鸾恐怕也会给她这种打法震惊，然而经过上一次的“比试”，继鸾对于她的拳脚功夫摸了有七八分熟悉，除了最初的避让数招之后，很快同她对上，寸步不让。

一个急欲要对方性命，另一个稳扎稳打，这没有窗的斗室就好像一个笼子，两人身形交错，极快地过招……昏黄的灯光下看得人目不暇给。

这斗室之中的一场争斗，让原绍磊跟栗少扬大开眼界，少扬只知道继鸾武功厉害，可是究竟怎么个厉害法儿，他又不是整日跟着继鸾，自然看不到那许多，如今一看，委实大开眼界。

而对原绍磊来说，更是目眩神迷，望着继鸾宛若游龙般的身形，一则揪心，一则佩服得五体投地，他虽不是内行，却也看出，那阴险毒辣的日本女人已露出败相。

因为此刻继鸾已经不再只是寸步不让，而是开始主动进攻了，而密斯李原本敏捷的身形，动作间也微微露出窘促之态！

相斗之中，密斯李大喝一声，一脚高高踢出，原绍磊跟栗少扬正瞪大眼睛看，忽然间“啪”地一声，那挂在墙上的提灯已经被踢下来，众人眼前一团漆黑。

原绍磊聪明，立刻叫道：“不好！她要逃！”赶紧一推栗少扬，将门口紧紧守住。

原绍磊心中极为震怒，因为室内一片漆黑，也不知继鸾如何，也不能开枪。如果那人冲出来的话……以他们两人的功夫，很可能会拦不住。

正当原绍磊跟栗少扬提着心的瞬间，却听到室内嚯嚯数声，接着一声闷哼。

栗少扬关心情切，失声叫道：“继鸾！”

忙乱中，原绍磊忽地记起自己随身带着打火机，来不及欢喜，赶紧抬手在胸口一摸，颤抖的手果真摸到冰凉一物，赶紧掏出来，打了两下才打着。

借着打火机幽幽的光芒，原绍磊跟少扬齐齐看进去，却惊了一跳，却见是在门口距离他们极近的地方，站着两道人影。

其中一个看到灯光，淡淡出声道：“少扬，我没事。”

她慢慢收手，栗少扬仔细一看，却见贴着墙边的那个正是密斯李，身子略微抽搐，却无法出声。

原绍磊大为放心，从密斯李所处的位置一推便知道：“这贱人果然是见打不过所以想

逃……陈继鸾，你行啊！”密斯李诡计多端，但继鸾却早窥知端倪且反应迅速，原绍磊这会儿当真是发自肺腑的赞叹。

继鸾却仍是那副淡然之态：“她手上捏着许多人命，二少也是死在她手的，大少，你给她个痛快吧。”

她本是能直接杀了密斯李的，但原振业死在她手，这个仇还得原绍磊自己动手。

原绍磊自明白继鸾的心意，对继鸾佩服之余，又有点说不出的感觉：“这个情……我记下了！”

继鸾道：“是三爷的意思，这也都是三爷的安排。”

她捡起地上的礼帽，迈步要走的瞬间忽然又停下，转头看着一息尚存的密斯李，说道：“对了，三爷还有句话让我转告你，你安心地去，那些跟你一块儿的，三爷会一个一个送他们去找你。”

密斯李双眼一鼓，却说不出话来。

继鸾说完后，戴上礼帽迈步出门，一脚踏出门口，便听到里头“咔嚓”一声，听来似颈骨断裂的声响。

原绍磊低低道：“振业，哥给你报仇了。”声音里却毫无喜悦之意，反带了一股难言的沉痛。

栗少扬见继鸾要走，便急忙追出来：“继鸾！”

继鸾停下步子，回头看他：“还有事？你们进城一趟不容易，要多小心。这女人出事之后锦城必然戒严，你们趁早赶紧走，别耽搁。”

栗少扬点头，走廊里光线越发阴暗，几乎看不清她的脸。栗少扬终于道：“自个儿保重。”

继鸾心头一暖，探手在他手上一握：“都一样。”她不再停顿，转身飞快地下楼去了。

栗少扬站在走廊里，听着那轻微的脚步声远去，心中隐隐地有些不舍。正呆站，身后原绍磊出来：“陈继鸾走了？”

栗少扬“嗯”了声，反问：“妥当了？”

原绍磊道：“妥了。”又道：“我现在才明白以前老二为什么会想招揽一个女人，那时候我还笑他被鬼迷了心窍，现在想想，该被笑的那个人是我，倘若那时候我见了她……这会儿能让她效命的或许就是我了吧。”

栗少扬一听，大少的口吻里头似乎还带有一点儿惆怅，便道：“那可不一定，不是谁都能降伏继鸾的。”

“哼，”黑暗中原大少哼了声，隔了会儿，栗少扬才又听他隐约叹了句，“倒也是。”

第15章

明修栈道

1

密斯李的尸身是在次日被发现的，地方也有些巧妙，居然是在龟田的住所。

有些惊人的是尸身有些不像话，衣裳都被撕扯得一塌糊涂，几乎是赤身裸体了。

坂本为此大发雷霆，把龟田叫来之后，左右开弓狠狠地打了他数个耳光，又踢了一脚，此后几天龟田的脸颊都是高高鼓起的。

龟田也不知道为什么水原居然会死在自己的住处，而且是那种姿态。他忙碌了整个夜晚，天明时候才回去睡的，全然不知屋内还有一具尸体，一直到底下的宪兵无意中入内才发现。

但因为龟田平日对密斯李很有意思，而密斯李又有些看不上他，两个人之间颇有点儿纠缠。这个坂本是知情的，有几个跟两人亲近的日军军官也知道……现在闹出这种事来，虽然有人觉得匪夷所思，但是也的确不是不可能的。

龟田一时之间简直是百口莫辩。

幸好坂本虽然大怒，却没有直接就拔枪崩了他。龟田是军部指派的高材生，要坂本留在身边好好地历练培养的，贸然毙了难以交代。

坂本下令革了龟田的职，让宪兵将他押起来审问，在所有真相大白之前不许放人。

龟田被关在牢房里，将这些天来发生的事一一回想了一遍，一方面很是痛苦，因为水原无缘无故地就死了，而且是以那种不名誉的方式，甚至连累到他，另一方面，龟田当然也知道自己是被设计了，他想来想去，觉得有一个人十分可疑。

当然不会说楚归，那天晚上去楚归家里搜人，已经让坂本很不愉快，现在又出了这件事……龟田在悲愤交加之余，说出了一个人名。

柳照眉。

龟田本来不会带人去找楚归麻烦的，因为水原在那天晚上之前虽然对他透露了要去跟踪一个人，却没有说那人就是楚归。

透露这个消息给他的人，是柳照眉。

本来龟田还得意于自己的逼迫功力大有成效，且在心中笑那个懦弱的男人不中用，但是在去楚归家里扑了个空反被羞辱了一顿后，龟田有一种可怕的预感。

但他还不是百分百地认定柳照眉……那个可笑而无能的戏子，竟有那个胆量敢戏弄他这样的帝国军人！

一直到水原丧命，自己被关押，事情发展到失控的边缘。龟田忍无可忍，向坂本说明了自己的怀疑。

坂本当然不是傻子，在对中国作战一直到现在经历了这么多年，爬上了少将的职位，在具有超乎寻常的凶残之余，坂本也有着极为狡猾的头脑。

他可以认为龟田那天晚上唆使他去找楚归的麻烦是因为嫉妒那个漂亮的中国男人。

他也可以认为龟田是在杀死水原之后故意用这一招来摆脱嫌疑。

但是，坂本却深知水原玲子的为人，虽然是个女人，但却绝对比十个男人都难对付，而且如果论起单打独斗来，龟田绝对不会是水原的对手。

论智慧龟田也不会是对手。

验尸的结果却是水原死在颈骨断裂，另外身上隐隐地也有几处瘀伤。

能够打败水原的人……坂本想不到会是谁，但绝对不是龟田。

如果说龟田是色欲攻心进行偷袭……坂本总觉得不太可能。

就如继鸾所说，水原出事之后，锦城便戒严了，但出乎继鸾意料的是，在戒严的第二天，日军司令部竟派出宪兵，将锦城里知名的几个黑帮头目和有些名气的武道中人统统都逮捕了。

但这却不算完，此后又几天，就在立秋之前最炎热的一天午后，坂本率领宪兵包围了金鸳鸯。

随行的居然还有楚归楚三爷。

坂本下令逮捕锦城的其他黑帮头目的时候，楚归却一直置身事外安然无恙。于是这几日骂声甚嚣尘上，甚至就算是楚宅也不得安宁，有些爱国之士暗中组成“锄奸团”，三爷是头一号炙手可热的人物。

坂本冷眼旁观，却见楚归依旧如故，似什么也没发生似的，一副要忠心耿耿当汉奸到底的面孔。

但是在坂本看来，就算是最狡猾的狐狸也会有露出尾巴的一天。

除非那只狐狸是真正忠心的。

下了车后，楚归望着头顶金鸳鸯那金子描漆招牌，笑嘻嘻问：“少将，怎么来到这儿了？不会是特意来听戏的吧？”

坂本看着他的脸，一点头：“是的，想看一出戏！”

金鸳鸯的客人见状，多半都脚底抹油溜了。宪兵包围了金鸳鸯，坂本手按刀柄，杀气腾腾地进入。

入内坐定了，戏班班主战战兢兢地出来应酬。坂本道：“怎么不见……柳老板？”

班主急忙道：“太君，柳老板近来有些感染风寒，不曾登台。”

坂本一抬眼，旁边一个宪兵上前，二话不说一个耳光甩过去，打得班主眼冒金星差点跌在地上。

翻译忙道：“太君要见柳老板，还不把人叫来？”

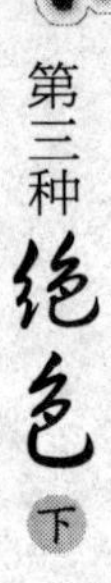

坂本却又不急不忙地开口："对了，听说，陈继鸾也跟他在一起。"说着，就看楚归。

楚归没想到他会说起这个，正也看过来，四目相对。坂本的脸上露出一丝令人不寒而栗的笑："上回楚三爷说那是你的女人，为什么……居然她会跟别的男人在一起？"

楚归不以为然地垂眸看手上扳指："女人嘛，新鲜过一阵儿不喜欢了也是有的。"

坂本道："上次是夜晚见到，看得不清楚，这回要好好地看看。"

楚归笑得轻薄："长得也就一般，粗眉丑眼的，又不经看……您看她干什么啊。"

坂本按着长刀："我听说，这位陈继鸾曾经跟一名高手比试！是你们的什么'占龙头'，那个龙头我去看过，哟西……"

楚归心头一震，却仍面不改色，语气里头仍旧戏谑地笑："少将是听谁说的，我倒是也听说过，还说陈继鸾会飞呢，这都不过是些流言，一传十十传百地，一个说成十个，一分厉害说成一百分……其实不过那么回事，少将不也是亲眼见过的？她都还不是水原少校的对手……女人而已，最适合她们的其实还是呆在家里头……"

坂本嘴角一动，不像是笑，反倒像是牙关在磨，显得有些狰狞。

一会儿的功夫，楼上柳照眉果真现身，继鸾也跟在后头，两人一前一后下楼。继鸾的目光透过虚空同楚归相对，望见后者眼中透出的一丝焦灼。

继鸾极快将目光移开，就仿佛两人从未对视过。

柳照眉下了楼，轻轻咳嗽数声："太君召我不知道有什么事儿？"

坂本双眼锐利，听着他透着温婉的声调儿，又看向他身后的继鸾，忽然说道："听说，半月前，楚三爷用枪伤了你？"他盯着继鸾，自然是跟她说的。

楚归一听，脸色就变了。

继鸾却只道："是的。"

柳照眉陪笑道："医生看过了，说这手臂差点儿都废了，故而这段日子不敢动，一直都养在楼里呢。"

坂本轻轻冷哼，目光在两人之间逡巡一番，又看向继鸾："你的伤，真那么厉害？"

继鸾还没回答，楚归露出不耐烦的神色："少将，问这个干什么？我当时是气急了才动的手……没打死她算是她走运！算了算了，看见了也眼气，还是快点让她滚得远远的吧！"

坂本看向楚归："急什么，我也想看看，楚三爷生气之下把人伤得怎么样。陈继鸾，你的伤口，看一看。"

继鸾皱眉，柳照眉也急了，蹙着眉道："太君，这个不成吧，大庭广众之下，还让人脱衣裳吗？"

坂本狞笑："不行吗？"

楚归忍无可忍，脸色阴郁，猛地起身："她伤的怎么样我还不清楚吗？少将你这是什么意思，是不相信我？"

两下对峙，坂本身边的宪兵顿时持枪相向。楚归身边老九几个人也将他围在中央，翻译跟戏楼老板各自抱头要躲避，气氛一时紧张。

沉默里头，却听到继鸾静静说道："既然要看，那就看好了。"

众目睽睽之下，继鸾抬手按在左肩肩头上，夏天衣着单薄，继鸾手上用力，将衣衫一扯，那单薄的绢丝顿时裂开，露出半面肩头。

楚归来不及喝止，心提在嗓子眼里的同时，眼睁睁见了所见的，那脸色顿时雪白一片。

原来在继鸾的肩头上，赫然有一个明显的伤处，正是愈合期，又因天热上了药，所以外面只裹了极薄一层纱布，继鸾干净利落地动手，将纱布揭开，露出底下那伤。

楚归仔仔细细看着，目光纹丝不错开，此刻身不由己猛地上前一步，却又生生停下。

这边坂本盯着继鸾肩头，在他旁边的一名军医上前，细看了一翻，回来用日本话道："确是枪伤无误！"

坂本咬了咬牙，一时没话。

楚归转头看他："少将，这伤是看到了，少将该不会是怀疑陈继鸾怎么着吧？就她这伤，举一举手怕还困难呢……我自己动的手我能不知道吗？"

坂本看他一眼，目光下垂，终于说道："很好！"他张口又说了几句话，猛地起身，往外而走，身边的宪兵上前，居然押住了柳照眉。

楚归惊道："少将，你这是干什么？"

坂本站住脚，冷冷地说："亀田在牢里供认，说这个人跟水原的死有关。押走！"日本兵持枪将柳照眉推搡着往外，继鸾拧眉踏前一步，却被楚归死死拦住。

2

日本兵们押着柳照眉往外走，如同一群恶狼押着一只绵羊。

柳照眉什么也没说，只是在临出门的时候回头看了一眼，一双明如秋水的眼睛同继鸾的目光极快间对了一对。

继鸾看着他的双眼，就往前挣了挣。

楚归死死拦着继鸾的腰，生怕一撒手她就走了，又生怕降服不了她，就低着头在她耳

眸急切地说着："别急别动……现在别去！否则的话会更坏事！听我的鸾鸾，你听三爷的！"

继鸾眼睁睁地看着柳照眉被带出门去，坂本临去之前也回头看了一眼，目光在继鸾面上掠过，看向楚归，继而极迅速地一笑，出门去了。

金鸳鸯里的人惊魂未定，见日本兵走了，才纷纷四散，有人唉声叹气，有人小声咒骂，有人道："没想到柳老板也会招惹了日本人……唉，这一去，想再活着出来可就难了……"

戏台老板还求楚归："三爷您行行好……您看能不能……"

楚归不开口，只一摇头，使了个眼色。

戏台老板无可奈何，黯然退下。

继鸾听着那几句话，眼前发黑，几乎就想挥开楚归，飞身追出去。

楚归见继鸾仍看着门口，目光呆呆地，便牢牢攥住她的手："鸾鸾，三爷跟你说话了……"一边安抚嘱咐，一边拉着她反往楼上走。

柳照眉在楼上是有个居所的，楚归拉着继鸾便进了门，没有人来打扰，老九等站在走廊里等待。

楚归将门关了，继鸾身子一晃，眼泪便无声落下来。

楚归将她抱着，轻轻压在门扇上，抬手替她擦泪："鸾鸾别哭！别担心……"

继鸾歪头，将他推开："三爷……你拦着我干什么？"

楚归握着她的手，低低地："你自己也知道现在出去讨不了好，坂本就是想要你忍不住。他也是想看我怎么反应，你放心……给我点时间。"

"那柳老板怎么办？"继鸾自然知道楚归说的是对的，可是让她什么也不做就这么生生地看他们把柳照眉带走，简直像是被人很慢地捅了一刀，痛不可挡。

楚归思谋着，望着她含泪的模样，又看看她露出伤处的肩："你放心，三爷在呢，我会想法儿……"

继鸾垂着头："柳老板被他们带走，一定会……会吃苦头的。"

楚归心想这恐怕真的不可避免，但是这会儿还不是跟坂本翻脸的时候。

楚归凝眸想了会儿，便问："鸾鸾，这件事你交给我，倘若现在跟他们拼是没什么好处的，只怕赔了柳老板不说，你我也都跟着倒霉，什么也做不了了。柳照眉自己也知道，不然他为什么一声不吭就走了？现在我们所做的就是'忍'。他忍一忍，你也是……可是话说回来，你这肩上的伤是怎么回事？"

继鸾听着楚归的话，理是那个理，说的也对，但想想，柳照眉越是明白事理，她心里就越觉得难过。他那么一个人，落入那个虎狼之地里被一些磨牙吮血畜生似的围住，能有什么好去？继鸾心头有一口气，真想什么也不顾就冲出去拼了。

听到楚归后面一句，继鸾便也瞅了一眼自己伤处："……其实你也早就知道这事儿会瞒不住的，可是当时你就下不了那个狠心，事后，我跟柳老板商议这样不行……水原的事儿完了后，那晚上他就……"

用毛巾捂着枪口，在她肩上……

楚归倒吸一口冷气。

当时水原那女人自以为收服了柳照眉，利用柳照眉来探楚归的底儿，"乔迁之喜"宴请楚归跟一干豪绅那天，便让柳照眉对继鸾下手。

水原以密斯李的身份潜伏锦城的时候，自也瞧出三个人之间有些情感纠葛的。柳照眉明白她的意思，便如她所想，扮出一副因为被横刀夺爱而痛恨怨怒楚归的面貌。

那日柳照眉传信让继鸾来见，问的那些话，都是水原的授意，事实上在柳照眉跟继鸾说话那会儿，水原便也正在隔壁听着。

但是，他们并没有想到柳照眉嘴上说着，手指头沾了茶水，在桌上写着字。

继鸾本就疑惑，柳照眉一使眼神，继鸾垂眸瞧见那水光淋淋地"隔墙有耳"四字，心头豁然开朗。

于是柳照眉一边写字，一边说话，而继鸾也按照他的指引，配合他演了一出好戏。

水原怀疑楚归是假意归顺，一方面想探他的真面目，另一方面想要得到楚归，两下交煎，便不肯放手。

楚归也知道她是个祸害，更何况她手里捏着许多人命。

于是才有那一晚上的"引蛇出洞"，水原只以为可以捉到楚归，谁知道却是把自己引到了阎罗殿，顺便还拉了龟田下水。

龟田是妒火攻心，聪明反被聪明误。

他早知道水原那晚上带了几个特工有行动，却偏偏鬼鬼祟祟不肯对他明说。他也知道水原对楚归一直有点觊觎的心理，生怕水原会被"美色"所迷到时候会放过楚归。

他知道柳照眉是水原的"亲信"，于是便逼上门来，柳照眉起初不肯说，被他威逼，才隐约吐露一二。龟田一听果真如他所料，自然不肯放过这个机会，于是索性请了坂本杀上楚宅，想要逼得水原没有假公济私的机会。

没想到却把自己送进了整个圈套。

至于那一幕"争风吃醋血溅金鸳鸯"，也是想让日本人安心，但楚归怎么也不肯真伤继鸾，故而今日楚归见了继鸾真伤着了才面色大变。

而这伤，却是柳照眉下的手。

继鸾说完，又道："你也别担心，这伤其实并没伤着筋骨，柳老板下手的巧妙，都是

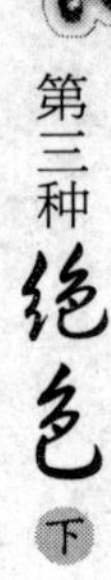

皮肉伤而已，看着吓人，实则好得快，这已经好得差不多了。”

楚归听了继鸾说，心中一方面震惊柳照眉居然肯下去这个手，另一方面却不由对他生出些许怨恨来。

但这大概也是一种奇妙的机缘，想他楚归血雨腥风什么没见过，但要让他在心爱的女人肩头开一枪，他却怎么也下不了那个手。他宁可自己身上挨那么一下。

可是柳照眉素来是个温和的人似的，偏偏在这个紧要关头竟下得去那个狠手。楚归想不通柳照眉持枪射中继鸾肩头的时候会是什么样的心情。

“那个家伙……”楚归咬牙，心里滋味颇有些异样地。

继鸾却管不了这个，抬眸看他，又道：“三爷，一定要把柳老板救出来……起码，打听打听他被关在哪里。”

楚归收敛心神，心头一动，问道：“你想干什么？可不许轻举妄动！”

继鸾道：“三爷，柳老板是个什么样的人你也知道。日本人的手段又毒辣，柳老板是受不了那些苦的……三天，我只等三天，要是三爷救不出柳老板，我就算拼了这条命……”

“闭嘴！”楚归难得地发了怒，吼道，“胡说什么！你的命是三爷的！你敢为了别人拼了试试！”

“三爷。”继鸾叹了口气，双眼依稀又见泪光莹然，她素来是那么刚强的一个女子，可见是真伤了心了。

楚归怔住，终于抬手抱住她的头，在她的额头上用力亲了口：“好，三爷应你，应你好不好？鸾鸾，别哭，不许你哭……”

为了她一言既出，倾山倒海，他也得做到。

楚归不放心把继鸾再留在金鸳鸯了，走的时候便带上了她。

日本兵进城也有段日子了，锦城街头又恢复了昔日的宁静，起码是表面的宁静，行人们来来往往，似乎每个人都有事在忙。如果不是那随时会出现的黄皮，会让人有种锦城还是昔日锦城的错觉。

楚归坐在车上，手撑着下巴，双眸漫不经心看着周围，脑中却一刻不停地在转。

最近坂本逼得越来越紧，似乎对他也越来越不信任，捉走了柳照眉，大概也是想看他的立场吧。

因为继鸾相求，楚归最初倒也是想过是不是去跟坂本周旋周旋，打个哈哈说几句好话，替柳照眉开脱开脱。

但是，他跟柳照眉可是面儿上为了女人撕破脸的，且身份又不相关，不管怎么样，为了柳照眉说话都显得有些奇怪。

而且这样一来，坂本很可能会看破他们之间其实是明分暗合的，贸然如此反而更害了柳照眉。

楚归扶了扶额头，忽然间听到身旁继鸾道：“三爷小心！”抱着他极快地往下一压。

与此同时楚归听到有人叫道：“打死大汉奸！”两声枪响过后，不知从哪里飞出两道人影来，向着楚归袭来。

这段日子来因为楚归投奔了日本人，很多热血的爱国人士都想把他除之后快，老九等人也已经应付了好多次类似的，当下飞快把楚归围起来，将来人挡下。

这边儿打斗着，那边街头上巡逻的宪兵跟警察也惊动了，很快就有人向着这边冲来。

刹那间，枪声、呼喝声、尖叫声……人群像是炸锅一样，四处乱窜，乱成一团。

楚归被继鸾护着，眼睛打量着周围，也不说话。继鸾以为他惊到了，忙道：“三爷，没事了。他们逃了。”楚归握了握她的手腕，竟露出一个微笑：“鸾鸾，我想到法子了。”

周遭是尖叫着奔逃的人群，不远处是持枪赶来的狼群，在这般喧嚣乱世纷杂场景生死时刻，继鸾看着楚归那很浅得笑，却忽地有种安稳的感觉，这种感觉，类似于暗夜见光，寒冬靠火。

3

楚归果真又去见了次坂本，他先是假惺惺地问了问为什么要捉拿柳照眉，可问出什么来了，坂本自不会跟他透露更多，只说还在拷问。

楚归便在那副忧心忡忡之中透出一点喜悦来，这当然瞒不过坂本的眼睛，坂本便道：“楚先生你难道不是为了救柳老板来的？”

楚归一听，却哈哈地挑了眉笑：“这都给少将看出来了……事实上我还真是给人求着来给柳照眉说情的，但他是少将你的重要案犯，我又有什么办法？”

坂本见他一脸云淡风轻，似乎救不出柳照眉对他来说反是一件轻松且值得欢喜的事儿，坂本便道：“那是谁托三爷说情的？”

楚归不以为然：“当然是那些喜欢听他戏的人，还有我那女人……哭哭啼啼地缠着我，不就是一个戏子吗，那一个个跟要死了爹似的……”

坂本道：“事到如今也不瞒着三爷了，那天晚上龟田贸然带我去你府上，就是因为那个柳老板告的密，所以我想，水原的死也跟他脱不了干系！”

“原来是这样，”楚归瞪大眼睛，“我还以为怎么少将会冲着我去了呢，原来是他在

搞鬼，那可就不足为奇了。我跟他本来就有些小仇的，他必然是恨着我，想借少将的手除掉我。还是少将英明，佩服，佩服！”

坂本略微得意，又道：“但是事情具体还在审讯中，水原的死大有可疑！应该是被个高手害死的，因此柳老板一定有帮凶，可惜他还没有招认！”

“该死！”楚归一拍大腿，气得大声叫出来，“少将说的对，这肯定得有帮凶啊！我估摸着，应该跟那些什么‘锄奸团’脱不了干系！听闻他们也暗害了几个帝国的军官？他奶奶地，最近还咬上了我！昨儿在路上还被伏击了一顿呢！”

坂本动容：“三爷被伏击的事情我也听说了，‘锄奸团’实在是大大的可恨！”

楚归说道：“少将，得想个法儿把他们一网打尽才是啊，这样下去，人心惶惶，不是办法。何况如果少将推测的对，那个害死水原少校的高手恐怕也是他们一伙的……这一想起来，就好像是刀架在脖子上！”

坂本皱眉：“是的！要尽快查出，逮捕！只可惜前些日子逮捕的那些人也供认不出什么来，那个柳老板……还得再审问审问！”

楚归闻言，就似笑非笑，说道：“说起来吧，少将您逮捕的那些人，多一半可都是我的对头啊，问什么问，全枪毙了完事儿……”

坂本听他如此冷血，便道：“若是坚持不供认，是会枪毙的。”

“那我可就放心了，倘若放出来，有那些恨极了我的，怕会对我不利的，”楚归点头，又道，“可是别人也就算了，这柳照眉区区一个戏子……说实话我还真不相信他有胆量跟‘锄奸团’勾结，就算是跟他们勾结了，瞧他那模样，只要一恐吓估计就全招了。怎么，难道他什么也不说？”

坂本阴沉着脸，算是默认。楚归皱着眉也想了会儿：“不如这样，少将，你让我见见他，他想什么怕什么，我可是最明白不过的……”

坂本犹疑地看向楚归：“是吗？”

楚归拍胸：“我办事儿，你放心！我还真不信他是个能咬住牙的！”

关押柳照眉的监狱，是锦城有名的“铁笼子”，也是德国人留下的监狱改造，中间一座大堡，周遭有些刑房之类，阴森可怖，砖墙都是花岗石的，窗户口嵌着拇指粗的铁条，委实如铜墙铁壁一般。

一脚才踏进院内，就觉得阴风阵阵。楚归却笑：“哟，真没想到有朝一日会跑来这个地方。”

坂本见他谈笑风生，只觉真乃异数，两人跟一些随从一块儿入内。看守亲自来迎接，说柳照眉刚用了刑，现在在牢房里。

坂本道：“去看看。”

里头却更加阴凉，且不透一丝阳光，就像是在地下一样，空气中弥漫着一股令人窒息的味道，楚归从袖子里掏出一块手帕捂在口鼻上。

走廊里还不时地响起惨叫声音，楚归也不再说话，只任凭那监狱长领着往前走。

两边牢房里关押着好些人，有人听到脚步声，不免来看，有人认出楚归，便嘶声叫道："楚三爷，你忘了督军是怎么死的吗？你好卑鄙无耻！"

楚归转头，嫌恶道："这谁啊，我不认得。"

坂本看了一眼，他旁边的副官说："这是战俘。"既然是战俘，那就是楚去非军中的了，怪不得会这么说。

楚归点点头，不以为然，又往前走，走了阵，便听到呻吟声，咳嗽声。将走过一个牢房门口的时候楚归停了步子，把帕子略移开一点儿："哟，杨老先生还没死呐。"

里头一阵咳嗽，有人便叫骂起来，原来这里头关的是杨茴峰跟几个门生。

坂本停下步子来看，楚归回头看他："我叫人宰了他的儿子，他恨着我呢。这老东西一把年纪了，倒是命硬。"里头杨茴峰似是伤重，又或者病着，气喘吁吁道："楚、楚……你不得好、好……"

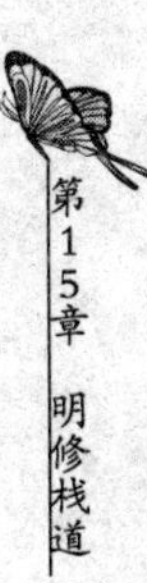
第15章 明修栈道

楚归道："不得好死是不是？你说不了我替你说，说话都说不利落了还逞强。只怕你死了我还没死呢，你就乖乖呆着吧。"笑着摇摇头："少将我们走吧。"

坂本见他浑然无心，面色缓和了些，一点头，又往前走。

将走到尽头的时候才停下步子，打开房门，坂本道："请。"

楚归回头看他："您可别这么说，弄得我要进这牢房似的，少将跟我一块儿？我也安心些。"

坂本见他不避人，便也答应，牢房门便开着，两人走了进去。楚归早看见墙边角落歪着一人，本来是一身素白的衣裳，此刻条条道道地，血痕遍布，浑如一个血人似的。

楚归忍了心跳，却对坂本道："这怎么变成这样了啊，真是柳老板吗？我说少将，你们下手也忒狠了，怎么能对柳老板这样儿呢？就跟人好好地谈谈，人家知道的话未必就不肯说不是？"一边说着，一边捂着鼻子，嘴里似是替柳照眉说话，脸上却是嫌弃的表情。

坂本倒也明白，便道："我也不知道这是怎么回事。"就走到门口，装模作样地训斥了句："不是让你们好好招待柳老板！"

楚归走到柳照眉身边，心怦怦地跳，心想幸好没有答应继鸾带她来，不然的话场景必然失控。

这会儿柳照眉便转过头来，楚归见他脸上也是血，不由叫道："柳老板，您怎么样？伤着脸了没有？"便过来左顾右盼："啧啧，这张脸以后还要登台唱戏的，可别毁了！"

柳照眉认出是楚归："楚……三爷？您来做什么？"有气无力地，温润的眉眼全模糊

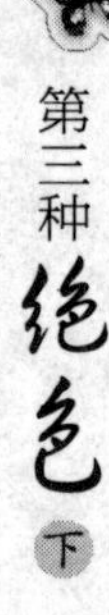

了，饶是楚归心硬，那颗心还是一抽一抽地。

楚归拿帕子擦擦口鼻，就道：“我说柳老板，不是我说你，你好好地一个人，自唱你的戏去，多安生！怎么竟搅到这浑水里来了呢。”

柳照眉咳嗽了声：“我、没有……我是……清白的。”

任凭楚归口灿莲花，柳照眉始终这么说，最后逼急了，竟唾了楚归一口：“你不用再费口舌了。”

楚归后退一步：“不、不识抬举！”

坂本看没什么结果，脸色便更阴沉沉地，楚归转头看他，小声地：“不过少将，瞧他这么嘴硬，难道他真的是清白的？”

坂本不置可否，楚归叹了口气：“算了，我也是尽人事，听天命……”转身要走，身后柳照眉忽然道：“楚三爷……”

楚归停了脚步，柳照眉往他方向爬了一步：“三爷，人之将死其言也善，麻烦你……替我捎句话给继鸾……”

楚归身子一僵，不等柳照眉说完，就冷冷道：“三爷眼里揉不得沙子，凭什么给你带话？白日里别说梦话。”转身毫不留情地走了。

坂本示意把牢房的门锁上，又站了会儿，便也往前跟上楚归，一块儿离开监狱。

一路上楚归絮絮叨叨，骂骂咧咧，一会儿说柳照眉不识抬举，一会儿骂“锄奸团”无孔不入，听得坂本双耳都嗡嗡地，好不容易送他下车，坂本出了口气，身后龟田道：“少将，你觉得他怎么样？”自柳照眉入狱，他就给放了出来。

坂本道：“他虽是个懦夫，还是个能办事的人，之前我们对他的怀疑可以消除了。”

龟田想了想，略有点不甘心，可又无法：“那柳老板呢？”

坂本沉思了会儿：“水原的死跟他脱不了干系，再加紧审问力度。如果再不招认，就枪毙！”

龟田才觉有些平衡：“是！”忽然又想到一件事：“刚才有特务传来一条消息，说今晚上有一批军火要交易。”

坂本坐直了身子：“消息可靠吗？”

龟田说道：“可靠，警察局那边也确认了，是原家堡那批人要的。”

坂本目露凶光：“原家堡的人，这批军火绝对不能流到他们手上！马上调兵！”

原家堡其实已经不能称为原家堡了，锦城被破的前两天原家堡就不复存在，原大少原绍磊带着原家堡里残存的几百人马撤离一直以来休养生息的地方，退到了五十里开外的驼山上。

驼山虽不算高，却连绵起伏占地甚广，驼山上有许多魏晋时候留下的洞窟佛像，整个驼山横看更如一个卧倒的佛像，是个人杰地灵的好地方。

原绍磊就带人躲到了驼山上，打起了游击。

坂本以占领锦城为第一要务，因此只将原家堡打散了事，并没有将他们的残部放在眼里，更没有乘胜追击，等发觉不对已经晚了。

原绍磊狡猾，三五不时带着人出来偷袭一番，虽然不足为惧，却也令人头疼。

要围剿的话，驼山又甚大，要搜捕起来实在不易，进行过两三次，却又损兵折将无功而返。

因此坂本一听说这批军火是支援他们的，当然恼火，下令调配人手，务必将军火拦截，顺便剿灭原家堡之人。

已经立了秋，晚上秋凉，会听到秋虫的鸣叫声。

锦城的这一晚上，夜静风息，月影昏沉，万籁俱寂，整个锦城仿佛闷在蒸笼里似的，又闷又炎热，让人喘不过气来。

平地上起了一阵风，这阵风忽悠悠地越来越高，一直攀到最高处，在树梢上盘旋飞舞，发出了呼啸的声响。

一声呼啸，引得更多风起，渐渐地，锦城的千棵树也跟着在风中狂舞起来！风声连成一片，像是什么鬼怪在吼，又像是野兽在咆哮。

风像是粗暴的手，卷来了满天的云，云中藏着雷电。

暗沉沉的天空掠过一道电光，轰隆隆……雷声从远到近，像是战鼓轰响，像是从每个人的头顶碾压过去。

雷声之中，不知何处传来一声清脆枪声，就像是一个信号，夜的沉静彻底被打破。

4

这一夜，三爷彻夜无眠，站在小楼上望着外头夜色沉沉的锦城。这座城，以及这座城中的人都在沉睡，但有一些人却注定不能安歇，他们东奔西走，以命相搏，这些不能睡的人是醒狮，他们用怒吼声把黎明唤来。

这一夜，三爷想起了先前那一晚，继鸾假扮是他、引蛇出洞干掉水原的那一晚上。因为做了那场戏，他心里想着她却不能见，好不容易盼她回来，她又要马不停蹄地出去，他连多说几句话的功夫都没有。

当时她进了房间，换他的衣裳，门在仓促里却没有关。三爷在门口徘徊，手一碰，门开了一条缝。

在室内的微光里他看着她脱下长衫，换上他的衫子，她的举手投足，他暗地里着迷她却不知道。

然而三爷看到继鸾清瘦了。他很心疼，心头还涩了一涩，情不自禁地就推门进去。

继鸾大概是知道他进来的，或许也是知道他站在门口的，因为就在三爷推门进去之前，曾看见她穿衣的手势僵了那么一僵，然后便又若无其事地继续了。

如果她想赶他出去，只消一句话，但是她却仍旧未曾转身就仿佛不知道他进来似的。楚归觉得她身上有股吸力，或者有什么魔力，引得他的一双脚情不自禁地就直直地走到她的身边，引得他这颗心怦怦地就靠到她身边。他在后面张开双手，将她牢牢地抱住。

沉默了会儿，继鸾道："三爷……"她犹豫着，时间不能耽搁。

楚归贴着她的背，低头在她的鬓边上蹭了蹭，简简单单轻声说了两个字："想你。"这无比简短的两个字，却有百转千回、万种滋味在其中。

继鸾的脸无声地就红了起来，她咳嗽了声，低头看自己还敞开的外褂子："三爷，我得……"

楚归嗅着她身上熟悉的气息，古人说什么"一日不见如隔三秋"，在未遇上她之前他以为那是什么东西……没想到此一回，却无师自通地懂得了其中之滋味。

在她耳畔细细地亲了几下，知道她怕羞，也知道她有要事，三爷晓得分寸，便停下来，垂眸望着她身上的褂子，叹："鸾鸾穿我的衣裳都这么好看。"

继鸾正觉得自己大概是丑的，有些不敢抬头……她虽然从来不大在意自己的容貌，但是她也知道她的脸不算是出色的，何况她走惯江湖，一张太出色的脸反倒是麻烦，这样儿倒是正好。

可是看惯了三爷穿这些衣裳，明白他的美跟俊。自己却顶了他这一身儿皮，虽然是为了正经事，但大概是有些"东施效颦"似的了吧。

继鸾便垂了眸子："三爷别说笑啦。"她掩饰自己那前所未有的窘迫，抬起手去系那盘扣。

楚归握住她的手，将她的手在掌心里一攥："我没说笑，是说真的……我的鸾鸾穿什么都好看，是最好看的。"他拉起她的手，在唇边亲了口，才又振作起精神来："好了不闹你了，我给你系。"

继鸾正不知要怎么面对他，楚归却垂眸抬手，一本正经亲自给她系起那扣子来，他的模样那样地认真，灯光下那样修长的眉眼里，竟多了些温柔之色，看得她竟出了神。

他总是这样，前一阵儿似没正形，后一阵偏又正经地叫人咋舌。

她总是措手不及，而后又慢慢习惯。

楚归一点一点替她把衣裳系好，又整理了一番，上下一打量，很是满意，忽地又说道："这算什么事儿？没给你脱下来，反倒是给你穿上了……"

继鸾本是不明白这句话的意思的，在这些方面她素来迟钝，一直到要下楼的功夫才反应过来，脚下一个踉跄，差点儿马失前蹄。

楚归有万语千言，却也知道最好的是不让她去冒险，可是……不管怎样，陈继鸾这一趟是走定了的，却又没有人比他更明白。

"给我好好地回来。"楚归想来想去，只憋出这一句，"三爷等着你呢。"

继鸾戴了他的帽子，抬头的功夫冲他一笑："三爷放心吧。"

她利落地走了，而楚归却沉浸在那个异样明媚的笑中，这好像是她第二次这么对他笑。第一次，是在打定主意送祁凤走的那天晚上，在后院里，那一笑的风情迷倒了他……

楚归心想："不愧是我的鸾鸾。"她这么一笑，又美又笃定，就好像千军万马也难不倒，给他吃了定心丸。

但是看人消失在门口，楚归仍是忍不住难受的。

狗日的小日本！他心中狠狠地骂出这一句，若是没有这帮混账王八蛋，大哥就不会死，大嫂也会好端端地，而他，或许真的已经抱上了继鸾，开始造小崽子的日子……

楚归坐在窗户边上等消息，一如今夜。

今夜不同往日，要比迎上水原更凶险百倍。

黑暗中，几道人影悄无声息地摸进楚家，看门的老头睡得很沉，未有丝毫察觉。

几个人一直进了厅内，一个人悄声道："不是说这大汉奸家里有很多人护着的吗？怎么咱们这么轻易就进来了？"

另一个低声道："难道是个圈套？"

"就算是圈套咱们也来定了，快去找这大汉奸，要了他的狗命！"

几个人一顿合计，分头行动。

其中一个矮胖身形的上了楼梯，顺着房间摸过去，瞧见其中一个亮着光，便潜了过去，从门缝里瞧见里头窗户边上站着一个人。矮胖子一阵紧张，正想行动，那边窗口上楚归正好回过身来。

矮胖子望见他的脸，一阵出神，门却忽地被风吹开了。

楚归正好也看过来，目光相对。矮胖子一阵尴尬，而后赶紧握紧了手中的枪："别动，也别叫！"

楚归怔了怔："你是哪位？"

矮胖子见他神情平静，便有些迟疑起来："我……我是……我是来杀大汉奸楚归的，他在哪？"

楚归挑了挑眉："他？"

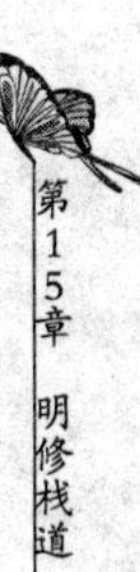

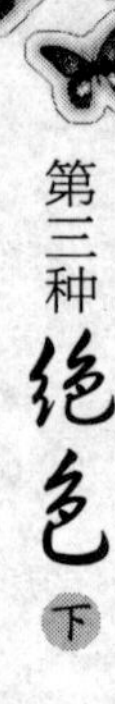

矮胖子忽然反应过来："对了，你又是什么人？"心中只想：这人生得这么好看，应该不是那个大汉奸吧……

楚归笑得和蔼："我？我叫陈祁凤，我是被他请来做客的，他今晚上不在家……出去跟人打牌去了。"

矮胖子皱了皱眉，不由地失落起来："什么？他出去打牌了？"

楚归见他防备松懈，便不露声色往前一步，正要再鬼扯两句，顺便将人制服，却听到门口有个冷冷的声音道："蠢材，别被他骗了，他就是楚归！"

楚归一皱眉，门口的人已经迈步走了进来："楚三爷，你可真能耐，竟能睁着眼说瞎话，只可惜白费了心机，没想到我是见过你的吧？"这人身形瘦削，脸带刀疤。

楚归面不改色地笑："我怎么会是楚归呢？你是不是认错人了？可别错杀无辜啊。"

刀疤便阴笑道："什么错杀无辜，楚三爷连我都不认识了？当初你跟你大哥联手唱了一出好戏杀了杜大帅，可没想到我就在身边儿跟着吧……以后还一直追杀我们追得跟野狗似的……"

楚归看看他，又看看他身边儿矮胖子，这一会儿门口又来了一个，看来跟那矮胖子一样，都不过是十八九左右的年纪，探头探脑道："怎么了？找到人了？他就是楚归？"

楚归的手在腰间轻轻一动，刀疤厉声喝道："三爷，别在我跟前弄鬼！"

楚归漫不经心一笑："什么弄鬼啊。"

矮胖子挠挠头，刀疤握着枪上前一步，围着楚归转了一转，手在楚归腰间一摸，便将他的随身手枪摸出来，在手心掂量着，似笑非笑道："三爷，你也有今天啊？"

楚归便笑："您别见怪！我这也不过是壮壮胆的，且都说我不是楚归了，你可别误人子弟，公报私仇啊。"

刀疤皱眉，矮胖子听到这里，就上前一步，犹豫着说："王大哥你可别认错了，他真是那个可憎的大汉奸？"

刀疤道："谁不知道楚三爷是有名的貌美如处子，却心毒如蛇蝎？"说着，便在楚归后腿上一踢："早就想干掉你了，可惜你又跟了日本人……幸好今晚上天赐良机……"

正在这时侯，窗外遥远处忽地传来极大的一声轰响，屋内几人一怔，楚归顺势起身，在刀疤胸口一撞。刀疤踉跄往后退："你娘的！"

楚归往门口一扑，便把矮胖子擒住，他看的明白，这三人里头数刀疤最有经验身手也最好，其他两个不知是哪里找来的菜鸟。

楚归抱住矮胖子，夺过他的枪抵在他头上，又将他挡在自己跟前做挡箭牌："别过来！不然先杀了他。"

身后那青年叫道："别伤他！王大哥……"

刀疤脸色阴沉地看他一眼，又看楚归："我好不容易等到这个机会……"说了这一句，手中枪火一溜闪出，只听胖子惨叫一声，居然已经中枪！

楚归心中一惊，没想到这刀疤如此心狠手辣。旁边的青年见胖子血溅当场，又惊又吓，大叫一声冲过去，谁知刚一转身，耳畔听到一声枪响，背上剧痛。

青年回头，望着开枪的刀疤，手向着他一指，便慢慢地跌在地上，死不瞑目。

楚归见状，手上一松，那胖子跌在地上，还剩一丝气息。

楚归看他一眼，反而冷静下来："你连自己的同伙都不放过？"

刀疤冷笑道："什么同伙，不过是几个白痴学生。我看他们偷偷聚在茶楼说什么要为革命做点儿事，我就随便说我知道楚归的住处，他们就真的决定来杀你。你说可笑不可笑？"顺便踢了一脚那青年的尸体。

楚归道："这么说你们不是'锄奸团'的？"

刀疤哼道："什么狗屁！我只是想趁乱发点财再报报私怨，这两个本来想用来试试水的，没想到这么容易进来，早知道就不用带着他们了，碍手碍脚的！三爷，我送你上了西天，外头只说是'锄奸团'干的，多一举两得的事儿啊，三爷，你就受死吧。"他举起枪，对准楚归。

就在这时，门口上进来一个人，见刀疤举枪对着楚归，便命不顾地冲进来："三爷！"

楚归大惊失色："别过来！"

却已经晚了。

一声枪响，那人正扑在楚归怀中，替他挡住了那一颗子弹，瘦弱的身子一阵抽搐。

楚归瞪大双眼，今晚上头一次地失措了。

楚归定神看着怀中这张稚气的脸，这个孩子跟其他几个孩子原先都是跟随陈祁凤的，后来楚归送了仁帮的人上阵，这几个孩子也要去，是楚归拦下他们让他们跟着自己的。

因为楚归"投降"了日本人，有几个孩子气愤地离开，但这个却相信陈祁凤所信任的大哥不会是当汉奸的人，所以仍旧坚定地留在楚归身边。

但是现在……

刀疤却走上前来，提防着说道："三爷，可真有你的，明明是煮熟了的鸭子你却还会飞……只不过这回你可是逃不了了，乖乖地……"

说到这里，那窗户外忽地响起一阵阵的枪声，枪声密集，像是过年时候放炮仗的声响。

刀疤皱眉往外看了一眼："又是哪闹腾呢，可真不消停。"

楚归将那孩子一放，扭头看着刀疤，眼睛红红，跃起身便冲上来。

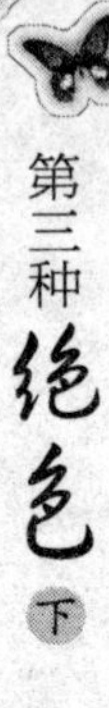

刀疤早有防备，闪身笑道：“三爷，同样的招数可不能再使第二次！”一边说着，一边拿枪狠狠地砸向楚归头上。

楚归只觉得额头剧痛，眼前一阵发黑。

刀疤顺势抬脚在他腰间一踹：“三爷，若论起拳脚来，你可真不如我！”

楚归身子倒退，猛地撞上墙，一时浑身骨头架子都散了，顺着墙根滑在地上。

刀疤走到他的跟前，拿枪在他下巴上一抬，正要再出言不逊。楚归忽地抓住他脚腕用力一掀。刀疤站立不稳往后跌去，顿时眼冒金星。楚归咬牙跃起，跳向他的身上，举拳疯了似地打向刀疤脸上。

刀疤吃了两拳，咬牙切齿，抬手阻住楚归的手，他是行伍出身，自然孔武有力，楚归竟被他架住，正相持不下。楚归目光一转，瞧见旁边跌落的枪，当下一咬牙，俯身用力以额头击向刀疤额上。

刀疤没想到他居然用这么不要命的招儿，脑中一疼，手上一松。

楚归松开手往旁边歪出去，手一探捉住枪，回臂的时候正好刀疤骂了一句也翻身爬起，楚归见机不可失，虽未瞄准却只能开枪。

刀疤吓得停了一停，楚归额头上的血流下来，把眼睛都迷了，方才又撞了头还晕着……楚归吸一口气竭力眯起眼睛，勉强看见眼前的人影，微微瞄准扣动扳机。

一声枪响，刀疤的身子晃了晃，最终跌在地上。

楚归稍微松了口气，耳畔却隐隐地听到脚步声响。楚归咬着唇，握着枪看着门口，却见门口冲出几个人来，纷纷唤着“三爷”。楚归听出这是自己人的声音，勉强指着地上的孩子：“救……”心头略一宽，便迷糊过去。

等楚归醒来的时候，已经是下半夜，窗外的枪声渐渐停了。

楚归似乎听到耳畔有低低的说话声音，听起来十分耳熟，却一时想不起来是谁。楚归竭力转过头去，依稀望见距离床不远站着两道人影，同样都穿着白色的衣裳，只不过一个看来身段儿高挑些，看来竟十分相称。

楚归认出一个人影是继鸾，立刻便张口叫，那边的听见了他的声音，便急忙过来：“三爷……”靠近了后楚归才把她的脸看的清楚，不是继鸾是谁？这叫声里却带着些担忧关切地语气，让他心安。

楚归忙握紧她的手：“你回来啦？事儿……办得怎么样？”还想问那个人是谁，但还没有张口，那个人已经自己走了过来：“三爷放心吧，明修栈道暗度陈仓声东击西，三爷的计策成功了，事情办得很顺利。”那样温和的脸，出尘的气质，居然是自然门的魏云外。

楚归一看这张脸，整个人也清醒三分，挣扎着欠身起来：“魏先生？”

第16章

两情相悦

1

今夜的确有一批军火交易，只不过那一批军火不是给原家堡，而是偷运给魏云外带来的人的。

但是原家堡最近风头正盛，坂本急欲铲除原绍磊一党，所以在这个风口浪尖上，楚归就把原绍磊这一条线给卖了。

在楚归的谋划、继鸾的出手之下原绍磊才干掉了水原，因此在楚归传信说要他配合之后，原大少苦思冥想了一番，终于决定买楚归这个人情，就算是还了欠他的情。何况本质上两人联手还是为了对付日本鬼子，所以原绍磊就算是明知山有虎，也要往虎山行了。

这一夜，原绍磊带人到卢湾接应军火，顺便牵制了坂本派出的大批日军。

而在另一方面，楚归所要真正对付的，却是锦城的古堡监狱。

打头阵的是欧箴，或者说是被挟持了的欧箴。

欧局长也不明白，前一刻他还好端端地窝在姘头的怀里胡天胡地享受温柔乡，下一刻就被一个神秘蒙面人拎出被窝，硬邦邦的枪口顶在额头上。

欧箴天不怕地不怕，就是怕死。在立刻死跟以后可能会死之间刚艰难地徘徊了一小会儿，腿上就吃了一刀，望着那嗖地一下涌出的血，欧箴立刻选择了暂时性的屈服。

于是欧局长重新穿戴整齐，几个人换了警察局的衣裳，大家乘坐欧箴的专车，威风地往古堡监狱进发。

看守的日军见是欧箴，因欧局长早就混了脸熟——说起来这监狱里头有超过一半的人是被欧箴带着手下捉拿进来的，于是简单地问了几句就放了行。

轿车开进了监狱，就好像是运了一颗炸弹进来。几个人下车，明面上是陪着欧局长实际上是挟持着——进了监狱里头。

然后事情就变得一发不可收拾。

在车上的时候欧箴想了许多法子逃生，后来发现这些人防范的极严，就放弃了种种冒险的策划。后来进了里头，欧箴见覆水难收就开始想象善后的法子，如何向坂本求情之类……谁知道这些人一进里头，立刻无比干净利落地把内室的三个日本兵给干掉了。

欧箴站在门口，望着那手起刀落的动作，正在心惊，却见角落里一直没有做声的一个人抬起头来看了他一眼。欧箴对上那一双极明澈的眼睛，背后"嗖"地一声，似乎预感到了什么，浑身顿时发起抖来。

欧箴正要动作，身旁有个熟悉的声音低低说道："欧局长，只要你乖乖配合，我们是不会为难你的！不然的话……"

欧箴眼前发黑，知道自己已经是骑虎难下，只盼回头老虎不要一口咬死自己。

古堡监狱顶上巡逻的士兵看到自己人从监狱里头出来，有十几个匆匆地往前头去，又有几个往后面去，却不知发生何事。

顷刻，监狱背后的高墙旁边轰然一声，震得人站不住脚，一堵高墙轰然倒塌。

日本兵大惊，正要瞄准射击，身后却有几道影子神不知鬼不觉地靠近。

与此同时，前门处忽然间响起枪声，监狱里头的日本兵顿时一涌而出，头顶上却传来炒豆般的枪声，原本是对准入侵者的枪口，竟对着日本兵扫射起来。与此同时大门处的枪战正也如火如荼，日本兵乍然遇袭又腹背受敌，一时阵脚大乱。满院都是呜里哇啦地叫骂声、枪声、惨叫声，反应过来的日本兵多半冲着大门口奔去，却没留心后院墙被炸了个大大地缺口，许多人互相扶携，纷纷奔出，如囚鸟出笼，龙归大海。

此刻，魏云外面上带着极浅的笑："三爷您留心，头上的伤可不轻。"

楚归被继鸾扶着，手不由地将她的手握紧掌心里，这一刻才觉安心："魏先生也去了？"

魏云外望着楚归的眼："这样的大戏，魏某人心痒，也掺和了一脚。"

继鸾道："魏先生客气了，实在是帮了大忙。"

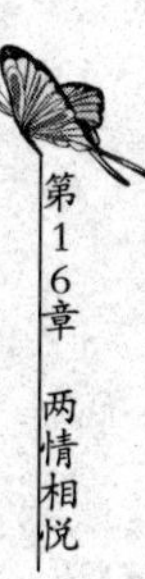

这场古堡劫囚不亚于虎嘴里掏食，但凡时机上稍微差点儿，哪个环节出了漏子，就会把这批智闯的人也都陷进去，所谓"偷鸡不着蚀把米"。但因几个高手的存在，杀警卫杀的利落干净不露痕迹，占据制高点又占得恰到好处，且前门处声东击西吸引了日军火力，而坂本的重心又放在卢湾支援不及时……种种因素，才阴差阳错让他们险中求胜。

楚归看看两人，这会儿才觉得头疼，看着魏云外说："……大概，不仅是为了做这事儿吧！以前狠追着我要钱，这回把你的那批军火丢出去喂狗了，你大概还想找机会跟我要回去吧。"

魏云外见他说的直白，忍不住喜笑颜开："三爷用那批军火把被日本人囚禁的爱国人士都救了出来，用意自是好的，也是值得的，我当然不敢再跟三爷要什么。"

楚归斜眼看他："真的？不对……你是一副悭吝的性情，我可不信你就真这么大方起来。"

魏云外忍不住又笑："三爷果真目光如炬，不瞒三爷说，这次救出来的有几个是我党的要人，另外有几个国军方面的良将，都是我们所急需的作战人才。昨夜晚我已经叫人先护送了几位走了。"

楚归听了，就道："这叫先斩后奏……或者截糊啊，我就知道你不是个肯做亏本买卖的，瞧我忙前忙后，差点儿赔上自己的命跟……"看了继鸾一眼，又停下来："倒是给他人作嫁衣裳，便宜了你们了。"

魏云外此刻才正色说道："我对三爷的举动是十万分赞赏的，回头会向上面报告。"

楚归摆手："算了，我被人骂惯了，又不求什么流芳百年，我只想要人平安无事就行，对了……天明后怕要戒严了，人都带出去了吗？"

继鸾才说道："按照原先定的，原绍磊跟少扬带了一些离开了，还有一些就是被魏先生带走了，放心吧。"

楚归警惕："柳照眉呢？他……没事吧？"什么时候柳照眉的事儿也跟他相干起来了？他只是怕姓柳的有个三长两短，会牵扯到继鸾而已。

继鸾说道："本想让他跟着魏先生的……不料他自己要去跟着原绍磊。不过也好，毕竟经过这么些事，还有少扬在……"

楚归知道她忌惮的是原绍磊，姓原的以前对柳照眉不三不四。但是现在非常时期，他该不至于还那么邪性的。何况柳照眉既然执意留下，必然有他自己的打算，楚归是深知的。于是便叹："我倒真个小瞧了他，哼。"

继鸾却看他头上的伤，瞧瞧看没出血才道："三爷少说两句吧。"

楚归垂眸看她，魏云外在旁看到这里，便道："看时候我也该走了，三爷，您多保重，日本人那边不好应付。"

楚归叹了口气："行行，知道了，魏先生慢走，我可就不送了。"

魏云外一拱手，看继鸾一眼，往外而行。继鸾忙起身相送，楚归哪舍得她离开，可也知道魏云外大抵有事跟她说，便嘀咕："又要闹什么呢。"却没拦阻。

继鸾出到外头，果真见魏云外正站在门口，见她出来，便道："听闻你前日也伤了，现在如何了？"

继鸾看一眼肩头："已经大好了，魏先生惦记。"

魏云外一笑，低声道："水原的事儿，是你做的？"

继鸾心头一动，这事儿楚归知道，原绍磊栗少扬知道，柳照眉知道，其他人却没透露半分，只因关系太过重大。

魏云外道："你在猜我为什么知道是么？这锦城里功夫数一数二的，就那么几个，当初三爷诈降的时候，我们那边也有很多人唾骂。我却绝对不信，如果三爷真归了日本人，以你的性子是不会甘心留下的……"

继鸾才说道："是三爷策划的，多谢魏先生信任三爷。"

魏云外看着她："现如今非常时期，三爷这无疑如玩火一样，步步危机。日本人又凶残，我知道你们都受苦了……"

继鸾喉头涩住：铁蹄之下，受苦的何止两人而已？

魏云外似看出她的难过，又温声道："再撑一撑，日本人的好日子很快就要过去了。"他的声音里有种温和的坚定。

他的声音很轻，继鸾却忍不住精神振奋起来：“魏先生，你的意思是……”

魏云外的眼睛很明亮：“我们中国是不会亡国的，我们有三爷，有你，有柳老板那样外柔内刚的，有楚去非那样为国捐躯的……有原绍磊跟少扬那样跟日军周旋的……还有今晚上，在监狱里……我看到了很多很多……这种力量，是强大的，没什么可以打压，可以控制的……”

魏云外是个淡泊的人，继鸾从未见过他失态的模样，可是现在魏先生的眼睛却红了，他深吸了口气，将继鸾的手紧紧一握，说道：“很快……我们中国是必胜的。”

魏云外走后，继鸾怀着心事回到屋里，方才跟魏云外说了那一番话，虽然对她来说是极大的鼓舞，但有一件事，她不知道这时侯该不该跟楚归说。

楚归正怔怔地坐在床上，见继鸾入内才高兴起来：“他走了？”

继鸾点头，楚归张手，意思是叫她过去。继鸾只好过去，楚归趁机握住她手，将她拉到床边靠着自己坐下：“你瞧瞧，为了救你那柳老板，扯出这么一连串来……看魏云外那副模样，肯定得了不少好人物，怪道军火都不要了，够他们乐得了，倒是苦了咱们。”

继鸾听到这里，眼睛忍不住就有些模糊了。

楚归正高兴着，见继鸾不应声才发觉不对：“怎么了？”

继鸾吸了吸鼻子：“三爷，有件事我得跟你说。”

楚归心头一沉，预感到了什么。

继鸾眼中的泪终于掉下来：“三爷，九哥走了。九哥临走前让我带话给你：说他没给你丢脸。”

楚归心猛地颤了颤：“老九……”

这次参加行动的都是仁帮的亲信好手，老九自然也在其中。他是楚归的人，各处都有人认识他，老九蒙着脸，带着两个子弟抢上了古堡城头，用机关枪逼住了涌出来的日本兵，掩护继鸾他们带着囚犯逃走。但是子弹打完了之后日本兵围上来，老九闷声不响地拉了一颗手榴弹，把自己跟几个逼近了的日本兵炸上了天。

那一刻继鸾正护着人逃走，闻声回眸之时正看到古堡顶上那一团耀眼无比轰轰烈烈地光，隐约似乎能听到老九那豪爽地笑声。

楚归听到这个消息，虽然震惊，却也是意料之中。他并没有想到就能让所有人都全身而退，甚至也知道必然会付出惨重代价，但是这件事情他不得不做。

楚归想到昔日老九的脸，那张再熟悉不过的脸，似乎总是会跟在他身边永远不会离开。就算是楚归并没有跟他们说他诈降的事，老九疑心他当了汉奸，虽不太高兴，却还是留下了。

可是直到现在……

他不在了，以后再也不会出现。

楚归闭上眼睛，感觉眼睛里湿润的什么东西流出来，他一仰头，却低低地笑：“……好！”

他翻身迈步下了地，走到门口：“给我拿酒来，要最烈的白酒。”

额头带伤，楚归身子晃了晃，继鸾上前将他扶住：“三爷！”

楚归转头看她，眼睛里光芒闪烁：“放心，三爷没事儿！”

一会儿的功夫佣人把酒送来，楚归倒了酒，走到窗户边，将窗扇猛地推开，迎着无形的冷风，对着漆黑的夜空说道：“干得好，没给三爷丢脸，不愧是我的人……你们比三爷早走一步，就在那边好好地等着三爷，等三爷摆平了那些狗日的，就去找你们，到时候再带着你们闹腾。”

他一举手，倾下一杯酒，酒自沉沉夜色中跌下，打过花枝，纷纷地落在地上，酒入渴闷的大地。那瞬间，脚下的大地都似在微微战栗，有亿万个声音在纷纷回应。

继鸾站在身后，望着楚归手撑着窗户站在窗边上久久不动，只有肩头还在轻微地发抖。他略微低头，竭力按捺似的。

继鸾想要上前，却又未动。心底有个声音轻轻地叹了声：“三爷。”

天将明，不知何处传来了鸡叫的声音。

天快亮的时候坂本带人到场，古堡监狱几乎荡然一空，地上横七竖八留下了十几具尸体，有一多半是关押在牢房里的俘虏和捉来的囚犯。

坂本见状，暴跳如雷，本想把监狱长给枪毙，谁知监狱长已经在昨晚上枪战里死了。

天放明，锦城的百姓渐渐地听说了昨晚上古堡监狱被劫之事，一个个都忍不住喜上眉梢。街头巷里纷纷流传的是说昨晚上锦城来了一批高手，具体也不知是哪一派的，但是这群高手来无影去无踪，杀入监狱救走了关押的囚犯不说，还杀死了几个锦城有名的汉奸，比如警察局长欧箴……还有楚归楚三爷……但是楚归命大，只是受了重伤而已。

坂本也听说了这件事，在卢湾跟原家堡的人交手之后，双方各有死伤。原绍磊见势不妙，带人慌忙逃窜，军火也扔下了。坂本闻讯大喜，本以为大获全胜，谁知转头就听说了监狱被劫的事。

坂本本来有些疑心楚归的……然而昨晚上楚归也遭了暗杀，坂本特意去看望了楚归，军医说他头上的伤要再狠上几分，那楚归现在就已经没命了，这伤绝对是伪造不出来的。

加上街头巷尾的传闻，坂本又惊又怒，渐渐地也倾向了是有国共方面的高手潜入锦城搞鬼。

事情大概就如此过去了，坂本在锦城严密搜捕被救走的犯人，可惜都一无所获。

没有人在意，渐渐养好伤的三爷再次露面，身边少了一个人。

炎夏过去，入秋之后，天气一日冷似一日，今年的秋天似乎格外短暂，秋雨下了几场，很快地寒风凛冽，严冬提前降临。

而就在立冬之后，日军在锦城的最高指挥官坂本，在连遭了几次暗杀、龟田也因此丧命之后，就在锦城的市政广场上，搭起了一个巨大的擂台。

起初锦城的百姓还不知这是什么，都以为是戏台子。甚至连楚归等几个知名的人物也不知情，一直到擂台搭好，上头也打起了横幅，几个日本武士出现在台上耀武扬威的时候，大家伙儿才知道了这是来做什么用的。

“先是你受了伤，然后是我，”在楚府，楚归将继鸾抱了，“现在狗日的又闹出这个来，是想干什么？”

这一段日子里，继鸾已经对他动辄的亲密举止弄得习以为常：“三爷觉得他们有什么图谋？”她转头看他，望见他额头上的伤已经愈合了，留下浅浅一道印子，提醒着那夜的惊心动魄。

楚归将下颌抵在继鸾发鬓边，亲昵地蹭着：“我前些日子为了让坂本相信，就说了魏先生的名字……魏先生又配合地现了几次身。估计坂本是动了心思，他们的情报里肯定知道魏先生是共产党那边的……加上监狱那件事，我猜他们这样，是想引蛇出洞？”

继鸾道：“摆擂台就是想让人上去打，我们不理会他们不就行了？”

楚归苦笑：“鸾鸾，你是个有主意的人，可是天底下不全是你这样儿的人啊，何况狗日的很狡诈，不知道会用什么法子，他们总有法子逼人上去打的。”

继鸾道：“就是不知道他们的底细，如果摸清了他们的斤两……”

“想也别想！”继鸾还没有说完，楚归就猜到了她的意思，“坂本吃了大亏，不会再做亏本的买卖，就算你真的能打赢了他们，也防不住他使阴招。我可不许你去冒险。”

继鸾垂眸，望着他勒紧自己腰间的那手：“可是……柳老板被他们折腾的那样，还有九哥的仇……”

楚归听了这话，眼睛就也红了。

楚归声东击西丢卒保车的计划是成功了，可是却也付出了惨重的代价。外头无人知道，老九跟他的几个忠心手下都死在了那一夜……虽然他们都是心甘情愿地。起初以为楚归立志当汉奸，包括老九在内的几个亲信郁卒欲死，就在那一夜楚归对他们说了真相，几个人都是愿意以命相托的，对他们而言，死得其所。

但是逝者已矣，活着的人，却永远无法忘记，也不会忘记。

“所以我不要你再冒险，”楚归紧紧地抱着继鸾，“这件事我来想法儿，先看看狗日的怎么打算……”

继鸾是信任楚归的，转头看他一眼：“三爷要小心些，我看坂本最近越来越有些针对

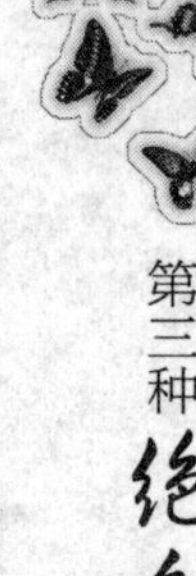

你。”

楚归一笑：“他不是傻子，迟早是会发现不对的。上回监狱的事儿若不是刀疤来的巧，恐怕他早就生疑了。最近又在逼我给他开烟馆……我觉着也是差不多了，最迟……就在这年关时候吧，总要跟狗日的干一票大的，让他们知道三爷不是吃素的……”

继鸾最近很喜欢听他发狠，不像是在之前，旁观看着，只觉得心里冷嗖嗖地震撼，半是畏惧半是疏离，但是现在听他发狠，心里就会觉得安稳，似乎一切都会向着好的方向发展，虽然现在是最黑暗的时候。

继鸾微微一笑：“我信三爷。”

楚归听到她的声音带笑，他的心便也轻轻地荡漾了一下：“真的信我？”然后他抱紧了继鸾：“既然信我，那怎么还忍心让我一直吃素啊。”

继鸾怔了怔，然后脸就热了：“三爷！”这人就是有这能耐，前一刻还正经凛然，后一刻就现了形，让她哭笑不得。

继鸾想挣开，楚归却搂紧不放，望着她微红的耳根，偏在上面又亲了亲：“说起来，我的生日快到了，鸾鸾，你打算送我什么？”

2

渐渐地习惯了……继鸾心想，究竟是从什么时候开始的？却不知道。

渐渐地习惯了他毫无预兆地就抱过来，或者肆无忌惮地在她脸上鬓边发间亲上一口，或者更多……

只要不是太逾矩，她不会试图挣脱开去。

继鸾觉得，这一种感觉，有些可怕。

最初他那样强横霸道，如狂风骤雨，惹她敬而远之，十万分不喜。然而谁能想到命运之手翻云覆雨，一路走来，共同经历了那么多，那么多，种种求不得，爱别离，甚至生生死死，直到如今。

究竟从何时开始，在她心中，他不再是那样一个令人畏惧、憎恶的冷清狠厉人物，却变成如今这幅模样？

就像是细雨循着微风入夜，润物细无声，她也不知不觉地融入了他的怀里，虽然不肯承认，却竟有无法自拔之意。

就像是现在……

继鸾望着楚归的侧脸，他温柔的，耍赖的神情……怎么能想到，初次相见那个拔枪欲杀的狠辣人物，会有这样一面，有朝一日会这样拥着她，说着些令人脸红心跳的话，做着些在此之前她想也想不到的事……

这样的轻声细语，这样的密怜亲吻，让她的心也觉得颤抖，酥酥麻麻地，像是要向谁投降、臣服、欢喜……

怎么会这样？

继鸾迷惘地想：人，真是很奇怪……起初分明跟他不死不休，恨得翻天覆地，到现在，却是不弃不离，难舍难分。

“在想什么？”耳畔传来他低低地问话，带着温暖，侵入她心里。

“没……”略有点慌乱地，继鸾把头转开去。

她该怎么回答，又该怎么面对，起初是恨他不假，后来所爱的却也不是他啊，明明另有其人，但是为何……

继鸾是不大肯承认自己是“爱”楚归的，何况她实在也说不出口，而且这也不是个好时机。她跟他现在这情形，倒像是一路走来生死相依所练就的感情，好似“亲情”，却不及“情爱”。

继鸾不懂，或者不愿去懂，于是下意识地处处躲避。

楚归瞧出她的闪躲，一手揽着她，便轻轻捏住她的下巴：“明明就有。”他始终是比她高好些的，略微低头端详她的脸。

继鸾的脸上，有一丝可疑地晕红。

楚归望着她躲闪的眼睛，又看看脸颊上的红，神情就有些意味深长。

“肯定在心里想什么了，”他确定以及用一种如假包换地语气说，“是不是在想我？”

继鸾忍不住就笑了。

楚归望着那个笑，魂魄荡漾，嘴上却不饶人：“被我说中了吧，鸾鸾你可真坏，不声不响地就偷偷在心里想三爷了，说，你想三爷干什么了？”

继鸾见他越说越不像话，便竭力想板起脸来像是以前那种公事公办的模样，可惜方才已经笑了，再如此也只是欲盖弥彰，便只好顺手将他推开，自己转了身，竭力淡淡道：“我能想三爷干什么，想三爷能耐呗。”说完之后，便忍不住又暗自一笑。

楚归看不到她的笑，但他向来是继鸾给一分颜色他就敢开十家染坊的主儿，当下上前：“三爷怎么能耐啦？三爷的能耐鸾鸾还没见识过……啊我知道了，鸾鸾你学坏了，你是不是偷偷地在心里想我跟你……”

“三爷！”继鸾见他果真越来越胡说，急忙喝止了。刚要回身，楚归却已经从后面上前来，将她整个儿抱住，柔声说：“鸾鸾，近来苦了你了。”

继鸾一怔：这却是正经话……

心里正有点感动，然而却还有一丝的狐疑……果然，就在继鸾感动未已，却听楚归道：“什么时候让三爷……”末尾几个字就变得极小声，暧昧勾缠地。

继鸾心道：“我早就该想到他就是这样，趁机顺竿上。”

楚归又叹了声：“古人说匈奴未灭不言家，但是我这么大的年纪了，守着心爱的人儿，却不能抱抱亲亲，一尝所愿……”

继鸾斜眼看他：“三爷还会引经据典啊。不过三爷应该也不过是才过双十有二吧？只比我大两岁而已，有许多人这会儿还没成家呢，你急什么。”

楚归振振有辞：“我当然急，很多人没成家是因为没找到。可是我找到了啊，整天放在身边又不能吃，我眼急心也急。”

继鸾便笑：“那三爷怎么就知道我找到了呢？”

楚归正在荡漾，乍然听了这句，整个人呆若木鸡：“啊？”

继鸾见他赫然呆了下来，便忍不住又一笑：“三爷怎么了？”

楚归却好像出了神，望着继鸾，怔了会儿后忽然说：“你还想着柳照眉啊？”

继鸾本是看不过他那样笃定的模样，信口说的那句话，丁点儿也没有想到柳老板，却没有想到楚归竟想到了。

继鸾便也怔住。

楚归看着她，欲言又止：“鸾鸾……”

继鸾神情一瞬黯淡，被他触动心事，想到柳照眉生死未卜，不知如何。上回他被送走的时候就是一身的伤，惨不忍睹，继鸾几乎不敢多看一眼。此后坂本巡查严密，原家堡的人也没多进锦城，自然没法儿通风。

继鸾想到这里，也有些发愣。但看在楚归眼里，则像是默认了。

楚归瞧在眼中，心一时凉了几分，顿时想起当日城破之时那心若死灰之时的感觉，悲凉酸涩，双唇微动待要再说，抬眸正对上继鸾双眼，她正双眉蹙起看向自己。

楚归望着她清澈的眸子，忽然觉得继鸾是不悦自己了。

是了，这是什么时候，他竟还有心厮缠她说这些。大概是最近相濡以沫太久，让他生出一种类似天长地久的错觉，似乎她只是属于自己的了，而全然忘了先前她是心有所属、是被他强压在自己身边的……她是个外柔内刚的性子，但她骨子里温柔跟刚强是并济的。那种温柔深深隐藏，等闲绝对不会显露出来。而在先前，继鸾那种少见的“温柔”是放在柳照眉身上，在她于戏台下凝望他的时候楚归冷眼旁观看的清楚，当时他不明白自己是什么心理，为什么那时候会那么生气，后来察觉自己于她是动了心思了才知道那种感觉叫做“嫉妒”，但是，他也该是满足的，因为后来，起码就是在这段时间里，继鸾的温柔，是放在他的身上的。

不管是因为共同经历了那么多事也好，他助过她也好，她跟他同生死过也好，她是一直都在他身边的。

这么长时间来守着他，仁至义尽，出生入死……也纵容他一时忘形的种种，但是他又凭什么要她一定是属于他的？

当初楚去非战死的时候他是下了决心跟日本人讨了血仇之后就去见他的，却因为她在身边，让他的身子、心都暖了起来，无端地想要更多了……也忘了更多了吗。

楚归心头发凉，身上却热了，是一种类似愧疚痛楚的虚热，他甚至不敢再看继鸾的眼睛，他极快地垂了眸子按捺那种不安的心跳："我……"他张开口，想找个理由，却什么也说不出，脑中一片空白，像是什么都没有。最终他抬手，虚虚地随便点了个方向："有事。"

就在继鸾回话之前楚归迈步就走，生怕在这里多留一刻，他本是没什么资格再求其他的，尤其是在这个时候，眼前有点模糊，身子一痛，耳畔有一声响。楚归知道自己撞上什么，他急忙抬手，发现自己竟碰到一张桌子，腰间有些痛。

"三爷！"身后继鸾唤了一声，楚归微微侧脸，看到她迈步追了过来。楚归忽然有些怕，他从来不曾生过这样的心思，是一种患得患失如履薄冰的感觉，手在桌子上扶了扶。楚归并不回头，极快地往后摆了摆手："没事，没事……"然后极快地出门去了。

身后继鸾追了过来，却只追到门口，楚归已经进了院子，那身影匆匆地消失在院落之间。继鸾站在门口，手扶着门边，皱眉沉思，总觉得三爷方才的举止有些反常。她隐约察觉有一点不对，可是又怎会想到只是因为她一句无心戏言，三爷一瞬间竟想到那么远？

继鸾垂眸想了片刻，到底不大放心，脚下一动想追过去，然而这会儿门口却来了一人。继鸾一看他，顿时住了步子。

继鸾从外头回来的时候，天色已经微黑，刚进门，就见小六子蹲在门边的台阶上，蔫头耷脑地。小六子就是先前跟着祁凤的那孩子，后来刀疤来刺杀楚归的时候替楚归挡了一枪，小家伙命大，经过一番抢救竟活了下来，只是一条胳膊有些不大好使了。自从他出院之后，就一直贴身跟着楚归。

小六子见她露面，便忙跳起来："鸾姐你终于回来了！"声音竟带了哭腔。

继鸾吃了一惊："发生什么事？"

小六子拉着她的袖子："三爷下午被日本人叫去，回来之后，不知为什么就把自己关在房里一直喝酒，怎么劝都不听，醉得那样了……急死我了！"

继鸾听到这里，来不及多说："我去看看！"撇开小六子急急往内，掠进楼里，上去到楚归的房间，打开房门就闻到一股浓浓的酒气。

继鸾看楚归趴在桌上，便闪身过去扶住他："三爷！"低头一看，却见楚归脸上通红，酒气扑面，熏人欲醉。

"三爷你这是怎么了！"继鸾心惊，便要将楚归从桌子旁扶起，谁知楚归皱了皱眉，挥手便推人："滚开！"

继鸾冷不防竟被推开！楚归转头看过来，双眸半睁，瞧见是她，忽地一笑："陈继鸾，你知道回来了？你……你还知道回来？"

继鸾站稳身子，听这话有些异样，却并不急着问询，只道："三爷，你喝醉了。"

这会儿小六子也冲上来，继鸾回头看他在门口呆呆站着，便冷静吩咐道："小六，泡壶浓浓的普洱来……再去厨房叫整治点醒酒的东西，三爷没吃饭吧？再弄点清淡的饭菜。"

小六子见她神情淡然而镇定，心里也才有些安稳，慌忙答应了，扭身就走，临走之时听到里头楚归大吼一声："不用你假惺惺地！你怎么不去跟着你那念念不忘的人一块儿走！"

小六子吓得一哆嗦，心怦怦乱跳，不知道向来冷静无所不能的三爷怎么会有这样失态抓狂的时候，更不知他嘴里说的那是什么意思，只撒腿快跑，心里暗暗祈祷继鸾能照料好他，别让他出事。

且说屋内，继鸾见楚归似醉得厉害，又说出这句来。她眉头一皱，心里有些明白，见楚归身形摇摇欲坠，便仍旧冷静地往前一步："三爷，你先坐会儿。"

她的手刚抓住楚归，楚归重又用力一推："你走开！不用……不用对我好！我、我也就这么一个人，从来不是好人，不是你……心里的……也不值得你再对我好，你要走就走吧！三爷……不、不拦着你……"

继鸾早有防备，手在他臂上一握，纷丝不动，静静问道："三爷让我去哪？"

楚归看她一眼，近距离看，继鸾发现他的双眼极红。楚归冷笑了声："去……去哪？去找柳照眉，去找祁凤都行！就是别跟着我……"他颓然垂眸，异样地沉默了一会儿，才又伸手去抓桌上的酒："跟着我干什么，还顶着汉奸的名头，受那些气……该死的小日本，老子迟早有一天连本带利都给你讨回来！"

继鸾忙凝神细听，确定周围没什么异动才放心："三爷，你在日本人那吃了委屈？"

楚归喘了几口气，端起酒要喝。继鸾抬手给他压下。楚归咬牙："你猜下午我去干什么了……看坂本杀人！杀人也没什么出气的，三爷就是杀人出身的，可是……可是眼睁睁地看日本人杀中国人，可我还得拍手叫好……"

楚归竟无法说下去，眼泪刷地涌出来。他低着头，那泪便如雨似地纷纷落下。他喃喃道："你不在场，幸好你不在场……鸾鸾……"

继鸾的眼睛极快地红了，此一刻，已经全明白了他的心意。

她下午去见什么人，楚归心里有数。原绍磊派了线人来，自然会交代柳照眉的事儿。楚归自己去见日本人，又受了那番折腾，幸好他也不是个善茬，才能泰山崩于前而面不改色，没露出破绽。

但是继鸾不行，若是继鸾在场，恐怕会无法坐视那些修罗地狱般的场景在眼前发生。

他是嫉妒继鸾偏向柳照眉的，他又是庆幸继鸾因柳照眉而不在的，向日本人阳奉阴违他是痛苦的，却竭力隐忍着，有些事他不得不做，哪怕是伤敌八百自损三千。

所以他说让继鸾走，一则赌气一则是真心的，这种日子或者这种罪他自己承受就行了，不用再拉她下水。

楚归弓着腰，泪流得停不下来。

继鸾从旁将他抱住："三爷，别哭……"

楚归靠在她的身上，仍是闭着眼睛。继鸾牢牢地拥着他，在他耳畔轻声说："不管是什么，我都会跟三爷在一块，陈继鸾虽然不是男子，但说出去的话却也是一言九鼎。三爷……这些都是暂时的，迟早会向他们讨回这笔账来，何况日本人也吃过咱们的亏。我既然参与了，就不会中途退出，不让我看到他们彻底栽在三爷手里那一日，我死也不会甘心！"继鸾的声音很低，但却极为温和沉稳，笃然坚定。

楚归听着，哽咽都在喉咙里，而后咽下，他摸索着拥著她的腰："鸾鸾……你这么好，你这么好，可是我……"

"三爷。"

"你越是好，我越是不想放你，你知不知道。"

"三爷……"

"现在走还来得及，这话我、我就说这一次了。"他咬着牙，眼泪都跌在她肩头。

继鸾想了想，说："不想放……那就不用放。"

"鸾鸾……"楚归毛骨悚然，抬头看向继鸾，"你、你说什么？"

他泪痕满脸，双眸通红，又是半醉。他怕自己会听错了，误会了……眼前的人却冲他一笑，笑容炫目，让他有些头晕。

继鸾望着楚归，慢慢地说："我说三爷不用放手，就……紧紧地抓着我吧。"她的口吻依旧是云淡风轻地，连神情也是。这一刻，楚归又在她的身上看到了那种叫做"温柔"的东西，陈继鸾稀有的温柔，这会，是真真切切，对着他，对着他一个人的。

楚归呆呆看了她一会儿，忽然捧住她的脸，用力吻了下去："是你说的……你说的……不要反悔！"

继鸾垂着的手微微握紧，却又缓缓松开，他的唇齿之间带着浓烈的酒气，大概她也有

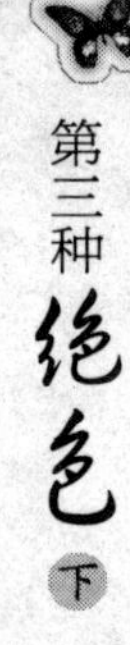

些醉了：怎么办，这一刻，陈继鸾觉得，她的心像是不属于自己了。

3

小六子听了继鸾吩咐，不敢慢了半步，先飞跑去厨下告诉了声儿，又赶紧回去泡茶，滚烫的一壶水冲进去。他不敢离开只站着等，隔了会儿打开壶盖看了眼，上好的普洱已经变作墨色，浓该是够浓了。小六子满意，即刻提了茶壶往楼上去。

到了三爷门前，小六子见那房门竟是掩上了，里头却似没有声息。他心头一惊，生怕出了什么意外，急忙推开门进去，里头却只空着一张桌子。小六子吓了一跳，张口叫道："三爷？鸾姐……"后面这声还没叫完，就听见里屋有奇怪的响动。

小六子心头一动，急忙停了口，提着茶壶往里间拐了几步，瞧见那门是虚掩着的，隔着一道拇指宽的缝。小六担心两人，又不敢大声叫嚷，便探头想看看能不能瞧见他们到底怎么了，是不是再里头吵呢，谁知入眼所见，竟是里屋的床上，三爷在上，牢牢地将个人儿压在下头。

小六又是一惊，头一念想便是两人怕是吵来吵去，便打起来了，他正迟疑着要如何是好，耳畔却听到一声呻吟似的轻唤："三、三爷……"这声音又小又轻，低低地，隐含羞怯似的，浑然不似平日继鸾的声音。小六子听在耳中，只觉得心也怦怦飞跳了两下，一时竟没反应过来。

这功夫里头的两人便动了下，小六瞧的半是明白，两人都是有些衣衫不整，上面的是三爷无误，底下那个……小六定睛看去，瞧见她的肩头衣衫被扯下来，雪白的肩头处，露出一个明显的愈合的疤痕。

"鸾……"只听三爷一声喘息地轻叹。小六越发受惊，感情底下被压着的那个真是鸾姐！他一惊之下，喉头便发了一声，却见被三爷压着那人僵了一僵，便转头来看。

四目相对，小六呆若木鸡，手中的茶壶差些儿脱手扔了。

眼前的那人，头发散乱，脸颊通红，双眸如秋水含着光，潋滟漂亮，唇色嫣然，明明是极诱人的女色……然而这人却是他所认识的"鸾姐"，可是……又怎能把现在这幅模样的继鸾跟昔日那个淡然如暖春白雪的人物重合在一起？

瞧见门口的小六，继鸾又惊又羞，手一挣试图起身，谁知却被三爷探手将她的手指扣住，十指相扣，紧紧地又压回被子里去。

继鸾低呼了声，头上的楚归便道："好鸾鸾……别动、别动……求你了……嗯……"那声音温柔的令人腿软，而他俯身下来，柔情万种地吻住了她的唇，也遮了她的容颜。

小六只看到一个起伏的背影，三爷的衣衫渐渐滑到腰间，满耳也都是喘息跟低吟的声响……他不能再看无法再听了，浑身如同火烧，心跳得像是要爆炸。

小六紧紧捏着那茶壶往回就跑，慌里慌张跑到门口，便又想将茶壶放下，刚回身，听到里头若无若有的声响，不由胡乱又想："三爷怕是不需要喝这个了……"于是又提着重新出来，顺便把门轻轻带上。

小六出了门，想来想去终究又不放心，急忙跑到厨下吩咐，让做好了之后先不必送去。他自个儿便守着那一壶茶，提心吊胆地在楼下仰望楼上，猜测什么时候房门会开，兴许三爷口渴了要喝茶，他就赶紧给送上去。

谁知道小六从傍晚苦苦等到半夜，那房门都没有要开的迹象。小六心惊胆战又怕出事，壮着胆子跑到门口偷听了会儿，谁知又听到些少儿不宜似的响动，于是做贼似的又赶紧轻手轻脚退回来。

如此便是整整一夜。

次日，小六瞧见三爷整个人精神焕发地露了面，整个人全须全尾整整齐齐，貌似比昔日更多颜色三分，像是吃了什么妙药灵丹，比昨日黄昏的落拓颓然分明两人！

小六一看，先放下一半的心，倒是继鸾未曾出现，让他又把另一半的心给提起来。

这日三爷没去别处，一连几日他都没有出门，只窝在家里头，继鸾露面的也少……小六探头探脑地留心，他也毕竟不是小孩儿了，隐隐约约知道发生了什么——总归只要两个平安没事，那就谢天谢地了，于是才把心都放下。

三爷在家里称心如意的当儿，坂本的那擂台却逐渐热闹起来。

如楚归跟继鸾所谈过的，对坂本弄出的这东西，锦城的百姓本是不感冒的，只是好奇些而已。旋即听坂本宣布了擂台的规则，原来是任何人都可以上台挑战日本武士，各凭实力，生死无咎。

自然，表面上还是有一套冠冕堂皇的说辞，譬如要促进中日双方的"友好"，而中华的武术又是博大精深，故而要"彼此切磋"，才特意设的擂台。

最初锦城的百姓们也只是观望看热闹罢了，谁不知道小鬼子阴险狡诈，这擂台摆的不明不白，又隐含杀机，大家都不傻，谁肯去当那咬钩的鱼呢。

坂本见无人应战，他倒是早有安排，原本捕捉地下党的时候捉拿了好些"可疑分子"，便硬逼着人上台。

被严刑拷打过的人怎么能打得过养精蓄锐的日本武士？必然惨死了几个，人非草木，民怨升腾，开始有人不忿，但碍于日军淫威，仍旧无人上台，一直到一个囚犯奋起反抗，竟将跟他对打的武士击死！围观的百姓们热血沸腾连声叫好的同时，不由地又担心他的安危，谁知坂本的翻译笑容可掬地上台，连连赞扬了此人之后，把规则重新说了一次，不管

是谁打死谁，只是靠真本事而已，死伤全由天命，“皇军”绝对不会计较，啰嗦完之后，当场又将人释放。

由此，便有人开始上台了，皆因为被日军压迫得狠了，终于有个可以正大光明杀死日本人的机会，有一些血气方刚又拜师学习练过几年拳脚的青年便按捺不住。

就像是起了连串效应。一个人上去，信心满满地，却反身受其害，其他的人又想报仇，于是便前仆后继，场面着实惨烈。

通过电台跟报纸，擂台之事逐渐传了开去，有一些武林中人也暗中来到锦城。——恰这时侯，坂本将锦城的出入通行放松了许多，却把他身边的警卫增加了数倍。

楚归知道这恐怕是个套儿。

水原死后；锦城监狱被劫；龟田遇害，此后还有一些底下的军火买卖之类……坂本问起来，楚归往往天花乱坠地说上一通，譬如高手如云的锄奸队，譬如神出鬼没的爱国武林人士。魏云外是自愿把名字送给楚归让他给日本人交差利用的。坂本的情报网也不是吃素的——锦城这一片自古以来就是豪侠义士出没之地，习武人士不在少数，倘若放任而不加管束，恐怕情形会愈演愈烈，而满城撒网或者四处捕捉的方式皆都无效。因为这些人武功高强之余也很会隐藏身形，潜伏跟逃脱能力更是一等一的，而日军在这种阴影笼罩下士气低迷无法振作。因此坂本想来想去，向军部打了报告，从本土调了五个武功绝顶高妙的武士来坐镇，一来震慑中国人，二来振作日军士气，第三最重要的一点，是想要那些深藏不露的高手自投罗网。

最初那个囚犯杀死日本高手的一幕，是坂本特意安排的，那所谓的高手不过是他身边的一个护卫而已，故而才能被背水一战的囚犯杀死，这不过是个诱饵。

果真有人上钩，有一个人上钩，便有更多的人冲上来，渐渐地，擂台下的尸体越来越多，擂台就越来越轰动，而日军控制的报纸跟四处散布的传单上也大肆宣扬擂台战之事，并刊登大幅照片，配合极尽煽动及侮辱性的言语，消息飞快地在沦陷区以及周围扩散开来。坂本利用的就是中国人的爱国之心自尊之心，知道那些真正的高手绝对不会坐视日本人在擂台上耀武扬威。

坂本将其命名为“蜘蛛行动”，而他就像是一只毒蜘蛛，坐在幕后撒着大网，等待猎物扑网而来。

“现在打听到的消息有，八卦掌的董掌门，形意门的陶当家，长江大刀侠孙先生，通背拳的余堂东，自然门的魏云外，都到了，另外还有太极门的一名高手……具体是谁却不清楚……其他的还在打探。”

楚宅中，楚归坐在桌边，听着仁帮的下属汇报，神情变化不定。

“另外，好像这些门派里还有人准备对三爷不利。”那下属说着，便又道，“三爷，要不要再去调些人手来保护三爷。”

楚归一抬手：“不必了，你先下去吧。”

那属下答应了声，便行退下。楚归才轻轻一笑，转头看身边儿的人：“高手云集啊，可正中坂本下怀了，只不知道他胃口够不够大，能不能吃得了这么多人。”

继鸾回看他一眼，瞧着他笑吟吟地模样，心中竟不免动荡了一下，面上仍正色说道：“这些都是前辈高人，三爷可得想个法子，不能让他们白白送死。”

楚归道：“没有那金刚钻，别揽那瓷器活。放心，他们既然敢来，自然有所准备。这些人不比寻常武夫，都是些聪明的，而且你没听呢，他们还有人想对我下手呢。”

继鸾道：“我会护着三爷的。”

楚归嘻地一笑，探臂就握住继鸾的手：“我就等你这句，也最爱听你说这句了。”

继鸾很是脸热，只好用力把手抽回，假作淡然，却不妨楚归凑过来：“你的脸红了，又想什么了？这可还是白天呢……”

继鸾望见他的眼神，忙退后两步：“三爷！”

楚归索性欺身过来：“这可又要开始忙了，先让我……”正要抱人，外头忽传来浅浅地一声咳嗽。继鸾听了这个声音，忙闪身躲开。

“我来得不巧吗？”门口，魏云外不请自来，迈步入内。

“知道不巧你还进来得这么快，”楚归斜看他，很不高兴，“我发现你这人擅长敲竹杠拐带人口之外，还很擅长坏人好事。”

魏云外扫了继鸾一眼，轻笑道：“三爷过奖了，只是我有几个朋友想要会会三爷，时间仓促，故而来不及事先通报了。”

“说的好听，什么朋友？”

话音刚落，继鸾忽地脸色一变，闪身到了楚归身前。与此同时，一道影子从房梁上跃下，身影迅捷无比，极快地攻向楚归，却正好被继鸾拦下。

楚归一惊，不由后退一步，眼前继鸾已经极快地跟来人动上手。楚归手在腰间一摸之际，目光扫向旁边，望见魏云外淡然的神情，心头一动，手才慢慢放下。

那边继鸾拦住来人，闪电般地跟来人过了十余招，来人才笑了声，纵身跃出圈子：“锦城的太极手，果真名不虚传！”

继鸾自跟了楚归，也不能偃旗息鼓，渐渐地外头流传出去，都知道锦城有个出色的太极高手，虽是女子，却是不容小觑。但继鸾来历成谜，且又不是正统太极出身，因此外头的武林人士提及继鸾，只用“锦城的太极手”来称呼，其中是褒是贬，则由人各自体会。

继鸾收势立在楚归身边，定睛看去，见来人五短身材，身形瘦狭，看似五六十岁年纪，头发有些稀疏，面容不足为奇，仿佛一寻常乡野老者般，细看却能看出此人双眸有

神，气度隐隐不凡。

继鸾抱拳道："过奖了，能跟形意门的陶老爷子过招，是晚辈的荣幸。"

陶老爷子之前从未跟继鸾照面，没想到只过了几招对方就一下识破自己身份。陶老爷子仰头一笑，胡子翘起，眼角光芒闪烁扫着继鸾说道："平和谦恭，敏锐沉慧，好好，怪不得魏云外把你夸赞得跟神仙人物似的。耳闻不如闻名，闻名却胜耳闻！我瞧你生得虽然一般，身手却好，是个好苗子……只可惜好像并非是名师指点，不然造诣会更在此之上……"

继鸾小时得父亲教导，才长大些陈父仙逝，她便只能自行摸索，幸而天资过人，且又勤而不怕苦，才练就一身过人本事，没想到这人一眼就看出自己没有名师指教，果真不愧为高手。

继鸾关注的只是这点，至于说自己"生得一般"，却是不以为意的。正要说话，谁知楚归却不乐意，道："你这老头！瞧你跟核桃成精似的，胡吹的好一口大气，我家鸾鸾怎么就姿色一般了？"却浑然忘了当初初相见，是谁对着继鸾评头论足同样不屑。

陶老爷子闻言，便眯起眼睛看楚归："这个大概就是那个心狠手辣的大汉奸楚三爷啦。"

楚归嗤之以鼻："好说好说，就是我。"

陶老爷子哼道："正好，找的就是你，死到临头还敢对我老爷子出言不逊，看招！"他说到便动手，即刻腾身而起。

继鸾见状，忙道："老爷子且慢动手！"正要再拦住，却见身后魏云外冲自己使了个眼色。

继鸾一看，便犹豫着停了手，高手过招都在瞬间决胜负。这一刻陶老爷子便纵身向前，制住楚归，一把攥住他的喉咙，另一只手搭上他肩头："小子，若不求饶，即刻捏碎你的喉骨！"

继鸾皱了皱眉，几乎忍不住。魏云外微笑着偷偷冲她一摆手，却听楚归淡淡哼道："瞧您老风一吹就会顺着跑的样儿，还是留点儿精神，先把擂台上的日本人给干掉再夸嘴吧。"

陶老爷子见他一脸安然，不由啧啧称奇，原来他虽然一手捏着楚归喉骨并未用十分力道，但另一只搭在楚归肩头的手却用力不轻。寻常人被他一捏，即刻就会痛彻心扉大叫出声，没想到楚归竟丝毫不乱，依旧气定神闲如斯。

陶老爷子不由也笑："好小子，有胆儿！真不愧是这锦城的龙头……哼，我老爷子知道你外是奸里头是忠的，不过是吓唬吓唬你，没想到你倒是硬挺，魏云外倒没夸大口。"

魏云外笑："我怎么敢在前辈们面前胡乱说话呢。"

继鸾关心情切，这会儿才明白魏先生冲自己使眼色的用意，便也一笑。

他说着便放了手，回头又看一眼继鸾，又道：“当真是英雄出少年，哈哈……魏云外，我见过了，你们有话说，我不耐烦听，先行一步！”出到门口，纵身一跃，便不见了踪影。

魏云外这才踱步向前：“这老爷子，就是脾气急。”

这边继鸾赶紧扶住楚归，楚归却已经变了面色，扶着胳膊大声叫苦：“我日！老东西想给我下马威，肩膀都要断了，鸾鸾快给我看看，一准儿青紫了！”皱眉苦脸地向着继鸾诉苦，跟先前的冷漠淡定判若两人。

继鸾啼笑皆非，忙过去探他的胳膊，察觉没有动了筋骨才松了口气，又安抚：“先前三爷那副英雄气概，我以为前辈留了手……那你当时怎么不叫？”声音却是又气又笑，又是爱宠似的，带一股自己都未曾察觉的温柔关切。

楚归听了这句，浑身便舒坦了，哼哼道：“老东西想吓唬我，我当然不能露怯，难道叫他得意吗？哎哟还是疼……鸾鸾给我捏捏吧？”

那边魏云外从旁看着两人情态，哭笑不得之余，看看楚归，又看看继鸾，目光便有些变幻不定。

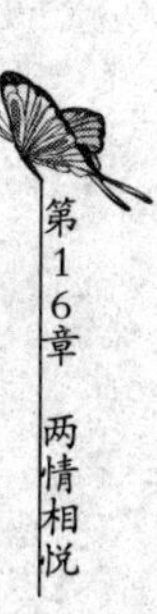

第17章

惊世风华

1

魏云外是个无事不登三宝殿的人物，这一趟来，便是跟楚归商议如何对付坂本的毒蜘蛛擂台。

此后，锦城便重又热闹起来。魏云外跟陶门主出现的次日，擂台上终于有了一幕让国人扬眉吐气的场景，形意门的陶老爷子上场迎战日本武士。

在场的大多数人都不知道老头的来历，只是瞧着这位外表其貌不扬、甚至看起来有些干瘪畏缩的年过半百老者，有人心中担忧，有人便叫嚷起来："老头，不要上去送死了！"一些不知比他精壮多少倍的年青人都战不过，这老头不是发疯了吗？

日本人方面却更高兴，那武士望着老头的模样，笑得嘎嘎作响，有心想要先好好地把老头折磨一顿，然后再痛快杀死。

陶老爷子迈步上台之后，生死状一签，两人对面站着，武士如猛兽一般冲过来，老爷子陡然发招。

形意拳讲究的是快，直接，而有效，身法更是伶俐敏捷之极。那武士眼前一花已经失了老爷子的踪影，起初还以为是自己看差了，片刻才醒悟过来，是遇到高手了！

台下本来都准备捂住眼睛的观者望见这幕，精神一振，个个屏息静气直了眼睛。

陶老爷子招招凌厉，只周旋了二十余招，那日本武士已经有支撑不住之态，步步后退，台下坂本变了脸色，然而却挽不住颓势。

老爷子是姜桂之性，老而弥辣，摸透对方的套路后更是得理不饶人，用的虽然是拳，那一双铁拳却如利器一般，仗着本领高强，便施展近身搏斗之招，侧身靠近之时，一拳击在那武士眼前，顿时一枚眼球便暴了出来，那武士高声惨叫，观者胆寒！

然而老爷子毫不停顿，连环掌法拍出，那武士胸前肋骨尽断，往后踉跄退出几步。老爷子却并不在追击，反而退到了擂台边沿，正在众人莫名之际，那武士仰头喷一口血，往后倒地毙命。

老爷子捋着胡子，仰头长笑一声，纵身跃入人群，身形如龙游大海，顿时之间已经消失无踪。

等坂本反应过来派人追击，哪里还能找到老爷子的踪影。只有台上的武士尸体陈列着，台下的观者半晌才暴声叫好。

陶老爷子性情孤僻，更知道日本人不会善罢甘休，功成身退后连招呼也未曾打，直接便出城回山西而去。

第二天，却是长江大刀侠对上日本武士刀。

因有了第一天的大获全胜，此番的观者更多一倍。

孙刀侠是江南人士，一柄大刀使得出神入化，他为人十分正义，性格刚烈豪爽，常常路见不平，便行些仗义助人之事。他又经常在长江一带出没，因此人送外号长江大刀侠。

使武士刀的是一名日本浪人武士，在日本有“百人斩”之称，又叫“鬼刀”，被日本军部重金收买而来。

孙刀侠拎刀上台，台下观众见刀侠身材魁梧，相貌堂堂，一副豪侠模样，先喝了无数声儿采。

那浪人盯着刀侠，邪笑着说了句日本话，将一柄锋利嗜血的刀斜斜擎出。

两人也不客套，直接便对上招。

刀侠的刀法沉稳霸气，鬼刀却在一个“奇诡”上，一个是中国刀界的霸主，一个是日本刀法的王者，两名行家刚刚对上，便立见端倪。

中华刀对上日本刀，前排的观者耳畔听到极刺耳一声响，双刀之间闪出一溜火花，才是第一招，两人各尽全力，这一簇瞬间迸出的火花，似就注定了结局。

“孙大侠性子本就激烈，是个宁折不弯的，所以宁肯放弃全身而退打成平手的机会，也要选择那样的方式解决……”

继鸾低低地说，回想白日所见那一幕，心中兀自震颤。

楚归垂眸，轻轻叹了声：“孙大侠不愧是豪侠，是个顶天立地的好汉子。”

刀侠的刀法虽霸气有余，但鬼刀实在太过轻灵诡异，十几招下来，两人已经各有损伤，再继续，各自都发了狠性，竟有些似是两败俱伤的打法。

本来可以就此叫停的，但是孙大侠却毫无退意，两人最后交手关头，孙大侠大开空门，露出胸前破绽，鬼刀见状自不会放过，叫了声后极快地便砍了过来，谁知道孙刀侠竟是以自身做诱敌之计，趁着鬼刀砍中自己那瞬间，长刀破空，直掠向鬼刀颈间……

那一瞬间，震惊了台下所有的看客！

长刀破空，鲜血横飞，已经分不清那究竟是谁的血，刀侠跟鬼刀面对面，一个几乎被砍开半面身子，一个被长刀掠飞了头颅！两人的身躯挺立片刻，鬼刀的头颅落地，鲜血如喷泉涌出，身躯往后扑倒，刀侠面露笑意，横刀长笑三声，倒地身亡。

饶是坂本惊怒，却也不得不佩服刀侠的狠烈，另一方面是要做戏，竟把刀侠的尸体好生收拾给安葬了。

此夜，锦城下了入冬以来的头一场雪。

大雪纷纷扬扬铺天盖地，像是天地也挂上了素练，为英雄祭奠！

继鸾跟楚归说了会儿，感觉天气越冷。楚归望着继鸾，便想拉她去睡，正要开口，外头小六却跑进来：“三爷，鸾姐，外头来了个人，说是要请鸾姐。”

楚归皱眉：“这么晚了，什么人？”

小六道："他说……是太极门的，所以要叫鸾姐过去一趟。"

楚归皱眉："太极门的人？又有什么了不起，不去。"

继鸾将他的手一握，走前一步："我去看看是谁，再瞧瞧他们是什么来意，没事。"楚归虽不乐意，却也无法。

继鸾出外，见门口果真站着一人，瞧着打扮以及身手，的确是会家。继鸾便一抱拳："这位是？"

那人抬头，却是个大概双十的青年，眉眼大方，望见继鸾，眉峰不易察觉地一皱："陈继鸾？"

继鸾见他有些不客气，便道："正是，您是？"

青年冷冷淡淡说道："太极门陈妙峰，奉家师之命，来请您过去一会。"

"原来是陈大侠，久仰。"继鸾对这个名字却不陌生，太极门青年一辈里头响当当地人物，也是现任太极门掌门的长子，将来很有可能成为新任掌门。继鸾见他亲自来到，那么他口中的家师，自然是现任太极门掌门陈太启老先生了，仁帮的人只打听了太极门有位前辈高手来到，却没想到竟是陈老先生亲临。

继鸾不敢怠慢，便道："劳烦稍等片刻，我进去说一声儿便跟您去拜见前辈。"

陈妙峰一点头，继鸾飞快入内，向楚归说了："既然是陈掌门，他是个响当当地前辈人物，不至于对我不利。我去去就回来，三爷别挂心，若是太晚了，就自个儿先睡。"

楚归哪里肯依从："没你我怎么睡得着？不行，我不放心，我要跟你一块儿去。"

继鸾急忙拦阻："人家只说请我，且是因为我练的也是太极，您去算什么回事，未免添乱，何况这是非常时刻，三爷不能轻举妄动。"

楚归长长地叹了口气，张开手臂将继鸾一抱，垂头看她："那你答应我好好地快去快回，我等你回来，你不回来，我就不睡。"

继鸾听他口吻又是无赖又是温柔，便一笑："知道了。"

楚归见她应了，才放了人。

继鸾跟着陈妙峰一路东拐西走，绕了几条街，已经完全迷了路，继鸾素日记路就难，何况陈妙峰故意为之。

天黑，又下了雪，眼前景物都似变了，真真雪上加霜，难记难记，末了又进了一条弄堂，方才到了地头。

一路上陈妙峰都是冷冷清清地，继鸾瞧得出他对自己不甚待见，于是便也不同他多话。待进了那条胡同，里头门边站着一人，见陈妙峰带人来了，便迎上前来，扫继鸾一眼："就是她？"

陈妙峰一点头，幸好继鸾心宽性和，并不将他们的种种表现放在心上，何况要见的是

太极门正宗顶尖的高手，对其他的人，继鸾并不多加理会。

陈妙峰便领着继鸾入内，此刻天便又悄无声息地落起雪来，背后那人看看左右无人，便也关了门。

这是一座地处偏僻地古旧宅院，陈妙峰亲领着继鸾入了内院。进了屋，迎面一个中年男子迎上来，这人面容倒是和蔼许多，见了继鸾，一点头，又对陈妙峰说："我瞧雪大，以为不来了，刚劝老爷子睡，谁知道老爷子笃定说一定会来的，刚说着，人就来了。"

陈妙峰道："我进去先报一声儿吧。"汉子道："不必，老爷子说人来了就直接让进去。"

陈妙峰又一皱眉，就回头看继鸾，继鸾也不急，只看着他，陈妙峰才说："陈姑娘，请吧，里头便是家师。"

继鸾一拱手："多谢。"不卑不亢，自自在在迈步入内。

继鸾进去了，背后那汉子才啧啧道："没想到锦城果真有这一号人物，瞧那气派，倒像是个练太极的……果真也像是个好手。"

"叔你就别长他人志气了，不过是个来历不明的女人……不知哪学来的功夫，若是偷师得的，那咱们可还得给她算算账。"

汉子便笑："不是我长他人志气灭自己威风，我瞧着这位姑娘，武功修为不在你之下。"

陈妙峰气："呸，叔你说这话我可不乐意，她不过是个偏门，咱们可才是正统！"

汉子望着他气恼神情，笑着摇摇头，只问："你说老爷子特特地要见她是为什么事儿？"

陈妙峰道："当然是要问清楚她的武功哪里学来的，不能让这种旁门左道坏了咱们太极门的名声！"

汉子闻言，便不置可否，却也不再出声了。

且说继鸾入内，迎面瞧见前头太师椅上坐着一位头发花白的老者，一双眸子光华内敛，瞧见继鸾进来，面上亦无任何喜怒之色。

继鸾向前行了礼："陈继鸾见过前辈。"

陈太启望着她："不必客套，非常时期，开门见山吧。自然门的魏云外在我面前极力夸奖你的不凡，方才瞧你进门身形，的确是有点门道，你究竟是跟谁学的太极？"

继鸾略微沉默，陈太启道："你若真的还尊我一声'前辈'，就不要跟我虚与委蛇，说些没用的。"

继鸾只好说："是自小家父教导的，并无别人。"

陈太启道："如此，你父亲叫什么？"

继鸾犹豫了会儿："前辈，非是我不愿说，是家父临去，叮嘱我不许对任何人透露他的名字。"

陈太启端详着她："好，那么我说，你听，你只说对不对便是。你父亲名字叫陈太玄，对吗？"

饶是继鸾性子内敛定力过人，仍不免吃了一惊，陈太启望见她的神情便明了，瞬间竟闭了闭眸："真的是他。"

继鸾道："前辈……"

"你难道就不觉得奇怪吗，"陈太启重看向继鸾，"我们的名字，都是一个'太'字辈。不错，你父亲算起来是我的弟弟，但是他是偏房所出，所以自小并不受宠。他性子外柔内刚，略长大些，竟自离家出走，从此隐姓埋名，毫无音信……"

继鸾静静听着，暗自惊心。

陈太启长叹了声："十年离乱后，长大一相逢，问姓惊初见，称名忆旧容……只是我却想不到，再次相见，见的却是他的女儿了。"

继鸾默默无语，听到这里，便道："前……前辈，我还有个弟弟，前些日子送去留洋了。"

陈太启并不觉得意外，只是一点头："也好，能见到你，也算是了我一桩心事，听闻锦城有你如此的好手我还奇怪，若是太玄的女儿，就罢了……你……走吧。"

继鸾抬眸看他："前辈……"忽然唤她前来，说了这一番话，现在竟又轻易地让她离开，如此……而已？

陈太启似觉疲倦："去吧。"

继鸾见他不愿再谈，她自不是个强人所难的性子，正要走，忽然停步："前辈，你也要对战日本人？"

陈太启重凝眸看她："如何。"

继鸾踌躇了会儿，终于说道："只是想……前辈多加留心，保……重。"

陈太启面色稍微缓和："区区日本人，我还并不放在心上，此次来锦城……罢了，你去吧。"

他虽然欲言又止，继鸾心头却不由一动：来的路上继鸾就猜疑，太极门势大，江湖地位且高，为何对付日本人的擂台需要掌门人亲自来到。现在看来，恐怕陈太启亲自来锦城并非特意为了擂台而来，而是为了……

继鸾低了头："是，前辈。"她终究未改口，何况陈太启也并未就让她改口。继鸾后退几步，到了门口，才转身出外。

陈妙峰见她这么快出来，有些惊讶，正要拦住，却听里头陈太启的声音传出来："好

生送人回去吧。”

陈妙峰越发吃惊，本来以他的意思是要为难为难继鸾的，见状只好退下。

继鸾出了门，却无人相送，她左右看看，认得来路，便顺着走出去，走了几步，便站定了认方向，可惜看来看去，哪条路都面熟。

继鸾正打量，却见远处有人向自己招手，夜色里有些看不清脸容，身形却似熟悉。继鸾迟疑着过去，才认出竟是一个仁帮子弟。

“鸾姐，三爷让我们跟着您呢，先前偷偷追到这里跟丢了，不敢离开，幸好您出来了。”那弟子跺着脚，冻得脸发青。

继鸾很是感动：“累了你了，咱们快回去吧，回去后让人烫壶酒给你驱寒。”

那弟子笑道：“鸾姐，我瞧着您龙潭虎穴也能去得，但方才那模样，是又不认得路了吧？”

继鸾见他识破，便笑：“给你识穿了。”

有人带路，便极快地回到了楚府，继鸾即刻打发那弟子去吃酒，自己便去见楚归，谁知才走到一重门口，就见小六跑出来，低声道：“鸾姐，你回来啦！”

继鸾看看厅内有灯光，心头一动：“有人？”

小六道：“是那个魏先生……神神秘秘地，刚来不久，也不叫人在厅里，自个儿跟三爷说话呢，也不知说什么，你回来就好啦。”

继鸾心想魏先生是地下党，说的话自然外人不能知道，便也摸摸小六的头，打发他先去睡，自己放轻了步子往厅边儿去。

继鸾将走到厅门口，就听到里头果真传来魏云外的声音：“三爷本就非凡人，只不过我有些意外的是，三爷竟能让继鸾、心甘情愿地跟了您……”

继鸾没想到魏云外竟说起这个，一时心跳，脚下便停了，下意识觉得自己这时候进去似乎不大妥当。

却听楚归道：“我跟鸾鸾，不过是两情相悦而已。”声音是喜盈盈地。

继鸾一听，心里便默念：“脸皮真厚啊。”

魏云外笑了声：“三爷，恕我直言，也容我多说一句，真的是两情相悦吗？”

楚归道：“这是什么意思，难道我还会强迫鸾鸾不成？何况她一身功夫……”

魏云外笑得有些微妙：“三爷自然不会用那种徒劳无功反落下乘的法子，但是只要三爷愿意，又何必强迫……怕是有无数法子感住继鸾的。继鸾虽然能干，到底是个女子，且她性子和悯……”

“魏先生，你越说越离谱了，你的意思难道是我欺负鸾鸾好性情……就骗了她欺了她吗。”不知为何，楚归的声音有几分冷意。

魏云外声音却依旧平和淡然："离谱不离谱，横竖三爷心里明白，其实我并没立场说这些话，我也希望三爷知道……我若真想说，直接就去问继鸾了，之所以跟三爷说，就是不想在这时候让你跟她之间生隔阂。继鸾是个万中无一的女子，我也只是希望她别被辜负。"

"胡说八道，我怎么会辜负鸾鸾。我所做一切，也不过是为求得她的心罢了。"

"呵呵，三爷的心机总让人防不胜防。魏某人也只是未雨绸缪罢了……一时没忍住多嘴了，三爷莫怪。"

门外继鸾听到这里，脸上的笑已经渐渐地隐去，残余的一点笑影仿佛僵住了似的。

夜空之中还落着雪，继鸾却忽然不觉，只是双足陷在雪中，陡然生出几分寒意，缓缓地攀上心头而已。

一直到魏云外告辞，继鸾才猛然醒悟，望见魏云外的身影已经出现门口，继鸾便也迈步迎上去，只装出一个刚回来的样子。

2

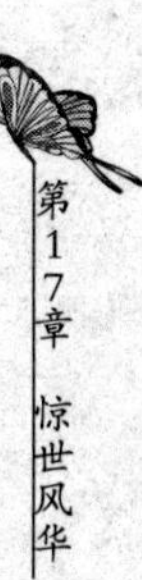

魏云外见了继鸾，有些错愕，目光在她头顶一扫，便也浅浅说了几句便离开了。

楚归也不送他，只将继鸾握着肩膀拉进厅内，看着她头顶的雪："刚回来？"不知为何，总觉得心神不宁，觉得手中所握的胳膊冰冷至极。

继鸾垂眸："嗯。"

楚归看着她的脸，眼皮跳了几下，无奈之下干笑道："那他们叫你去干什么？"

继鸾想了想，说道："没事，就是问了问我的师承来历。"

楚归"哦"了声："好，没为难你就好。"急忙替她扫去头发跟肩头上的雪："可冻坏了我的鸾鸾了。"

继鸾往旁边躲了一躲："三爷，夜深了，不如早点歇息罢。"

楚归手势一僵："啊？"

继鸾抬头看他，勉强一笑："最近事多，三爷要多用心了。"

楚归瞧着她那个笑，心中那股不安的感觉更加强烈："鸾鸾，你是不是……"那一句"你刚才是不是听到了什么"，却怎么也问不出口，倘若她真的听到了，他该怎么说？

楚归欲言又止，只好仍做无事人状："鸾鸾，你累了，我们早点睡吧？"

继鸾皱眉看他一眼，扭身欲走，楚归见她果然异常，一时情急，急忙将继鸾拦住："鸾鸾！"

继鸾停下步子，缓缓抬头看向楚归，这张绝色脸容上带着忧虑焦急的神情，双眸似能说话。

继鸾心想：就算是明知道他不像是外表看来这样好，但是表象却仍旧能欺骗人，或许她也早就受了他的蛊惑了吧！毕竟爱美之心，人皆有之，就像是看着一朵开得太好的花，虽然只是存着远远相看的心思，却保不准心中不知不觉里印上他的影子。

何况三爷并不是一朵花，三爷，有的是手段。

继鸾想到方才魏先生跟他的对话，想到昔日种种，想到那个迷乱的黄昏夜晚，醉了酒的他……大不似先前的三爷，怎么会那么失态，真的……是一时之间忍不住了吗？

但是他却那么干净果决地把她压在了床上，还有接下来的那些……

当时沉耽其中并未细想，然而此刻想起来，止不住地心惊肉跳，身体甚至都像是失了力气。

继鸾望着楚归，无法再回想，心头泛凉，双眸也有些异样，也无法再看下去了。她一摇头："三爷，我实在累了，真不能……跟你说了……"她勉强一笑，掠过楚归身边，径直回房去了。

楚归呆呆仰望她离开，整个人如坠了冰窟之中。

次日，整个锦城尽是一片白，然而擂台前却聚集了至少近千人。

台下坂本身边也多了一个圆眼镜的日本人，却是从军部来的高层，因为这一场擂台之赛轰动异常，连军部高层也对其十分瞩目。

今日上场的是通背拳的余堂东，余堂东曾在楚归府内教习过，因遇上继鸾后才告退了，却是旧人。

继鸾站在楚归身后，有些忧心，她是知道余堂东功底的。

果真，余堂东跟那武士过了十数招后，便有些相形见绌，勉强撑到三十多招，已经是险象环生。余堂东惊怒之下，想效仿孙刀侠的壮举，只可惜到底技不如人，激战中受了对方一脚，踉跄退到了台边，竟跌下台去。

擂台的规则便是除非一人倒下才算另一人获胜，不然先行坠下擂台上的，便也算做输了。

余堂东落地，观者唏嘘，而他十分惭愧，无颜见台下诸人，低头往人群外而去。

余堂东离开之后，天空又飘起雪花来，那日本武士获胜，十分张狂，于台上呼啸喝骂。

坂本跟那军部高层亦看的眉飞色舞，两人相视而笑，连连点头。

就在台下观者暗自唏嘘之时，却又有人上了台，但见那人头发花白，年纪跟头一天对战的陶老爷子不相上下，然而一张脸上却毫无皱纹，如此大的年纪，脸色却是健康地泛着红，着一身玄色太极服，步伐沉稳，举止大气，风雪飘摇里身形不动如山，矜贵出尘。

那日本武士见状，便知道是个高手，且又因为陶老爷子事迹在前，自然不敢怠慢。

但是台下众人却有许多认得这位上台的主儿的，当下大声欢呼起来，未曾开战，先露了喜色，有人更是大叫：“陈掌门！那是太极门的陈前辈！”

陈太启听了底下欢呼，上台之后略微驻足，对着台下拱手略尽了几个礼，坂本便问旁边的翻译：“这个老头是什么来历，为什么那些人那么高兴？”

翻译便说：“太君，这位是有名的太极门的掌门人先生，在武林道上十分有名望的。”

坂本脸色便见阴沉。

陈太启行礼过后，便站定了，向那武士邀招，那武士见他气度非凡，先便有点怯意了，只是不曾流露，反而野兽似地大吼了声，疯狂冲来。

继鸾见状，便精神抖擞定睛看来，却见陈太启不慌不忙，也并不动，一直到那武士冲到跟前，才抬手顿足，只是一个斜步便踩了过去，间不容发之际闪过一招，闪开之余，那八卦掌反手一挥，打在那武士背上。那人来不及回身，踉跄往前冲出几步！

只不过是头一招而已，双方高下便即刻见了端倪。

而继鸾也看出来了，这武士虽则不凡，但陈太启却更高明，这武士万不是他的对手。只奇怪的是，陈太启似并不着急击败这人，明明在十招左右的时候他就有必胜把握，却一直到了近三十招的时候，才骤然出招。

但继鸾心里却是高兴的，并不是每个人都有机会亲眼目睹太极门掌门人将一路二十四式的太极掌法明明白白打上一遍，虽然多半都是些基本招式，且继鸾也都练得烂熟，但是由高手中的高手使出来，却别有一番不同的气势！

继鸾一边目不转睛地细看，心里却隐隐地有所感悟，于一些细节上结合陈太启所演练的招法，有了好些不同的领悟。

风雪之中，陈太启的身形宛如一只墨色雪鹤。看得继鸾目眩神迷，心想：“这才是高手风范！”竟无形中生出一种仰慕之意。

陈太启戏够了那日本武士，骤然出招，便将人击倒，然而他不似陶老爷子，性子并没有那么狠辣，且他又自重身份，因此并未痛下杀手，只是将那人击倒了事。

台下欢声雷动，陈太启微微一笑，面不红气不喘，仍旧往台下一拱手，便欲下台。

谁知道那日本武士栽了跟头，又是当着高层的面儿，恼羞成怒之下发了兽性，大喝一声从后又冲过来。

陈太启听得身后风声不对，方要闪身避开，那武士已经到了跟前，陈太启本想如开始那样故技重施，谁知这武士却也不笨，脚下一跃仍旧挥拳击过来。陈太启眼睛一眯，手仓

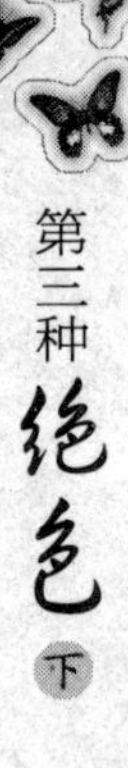

促地跟他一对，脚下连环步极为玄妙地踩了开去，竟在极快之间绕到那武士身后，顺势一脚踢出。

那武士惨叫一声，他冲来的势头本就迅猛，被陈太启一脚踢中背心处，顿时飞扑向擂台外面，底下的人慌忙躲避，那武士扑在地上，颈骨断裂，顿时当场气绝！

陈太启略微皱眉看了看地上那尸体，暗中握了握右手，方才抬手对了一掌的时候，只觉得掌心有些微刺痛。陈太启不以为然，便想下台后再查看。

他这边正欲下台，身后却有人高叫了声。陈太启回头，却见从台后又走出一个人来，身材高大而壮实，面色冷峻，双手抱拳，着一身武士服，正是最后一个日本武士。

此刻雪下得更大了，台上也落了厚厚地一层雪，那武士一步一步走上前，直直地看着陈太启，显然是要邀战。

陈太启见状，倒也无所畏惧，他是年少成名，到如今德高望重，武林道上显有敌手，就像是他曾跟继鸾说过的一样，对他而言一个或者两个日本武士，并不瞧在眼中。见状便也留步，缓缓转过身来。

雪越发大，纷纷扬扬自天空降落，几乎迷了人的眼睛，陈太启望着那日本武士，刚要往前一步，忽然觉得眼前有些模糊。

陈太启站住脚，以他如今的修为，自然知道这并非是无端端的，老爷子心知有异，拧眉一想，抬掌垂眸，顿时一惊，却见掌心处竟有两个极小的孔，小孔极细微本是看不出来的，但现在周遭却已经发青发黑，显然是有毒！

陈太启一想便知端倪，必然是方才那武士不甘落败，于是便用了阴招，大概在他的手中藏着两枚极细小的毒针……陈太启跟他一对掌的功夫，便着了道！

对面站着的那日本武士名唤藤原，却是几个人之中武功最高的一个，是军部的武士教练，特意为了这一次擂台而调过来的。他自己是大佐的军衔，只比坂本低一级而已。

藤原望着陈太启，今日军部首脑在座，自不能落了日本武士的颜面，双手贴在腿上向着陈太启一点头，当下提拳断喝一声，飞扑过来。

陈太启站稳脚步，见他来的刚猛，便闪身避开，一闪身的功夫，眼前又是一花！

两人在台上刚过了两招，底下继鸾已经看出不妥："不对……"她只是不由自主地喃喃出声，说完之后，却听到身边有人问："怎么了，哪里不对？"

继鸾低头，却见说话的是坐在身前的楚归。

从比赛开始之时，继鸾便一直关注台上，并未留心周遭，但是对楚归来说，所看者，却都是她。

自从昨晚上继鸾见过陈太启回来之后，举止便极为异常，楚归觉得，大概是自己多心了，或许继鸾是真的遇上什么事儿，累了……

但是早上起来相见了，继鸾依旧是那样淡淡地，楚归心里就知道：坏事了。

继鸾的表现，就像是两人又回到了楚归刚逼迫她答应跟了自己的那时候。

继鸾见楚归问，便道："老爷子有些不对，不行……"他们说话的功夫，周围爆出许多声喝彩，原来台上老爷子一掌拍中了藤原。楚归也看见这幕："哪里不对？瞧他挺精神的……"

"不……"继鸾也目不转睛地看着，但脸上却毫无欢喜神情，"不行！"她皱着眉往前一步，手臂却被人握住。楚归道："你干什么？"

"老爷子……"继鸾不知该怎么解释，她不是不懂武功的门外汉，当然不会以为陈太启的表现是即将获胜的前兆，仓促里目光从楚归面上滑开，便看向旁边，不远处站着的正是陈妙峰跟陈家二叔和几个弟子。陈妙峰略微得意似的，陈家二叔面上却带着迷惘之色。继鸾乱看之间，却听到一声惊呼，她心知不好，急忙扭头看向台上，却见陈太启脚下踉跄，手在唇边一捂，对面藤原提拳拉开架势，见状也有些惊讶似的。

"怎么回事？"周围有窃窃私语的声音，"陈掌门怎么了？"

楚归这也才看出继鸾所说的"不对"是什么意思，继鸾脚下一动便想上台，那边陈妙峰却更快一步冲了过去，却被底下的宪兵们持枪拦住。

上面陈太启呕了口血，藤原望着他，脸色微变，终于转头向着翻译说了句什么。翻译一愣，旁边的坂本却用日语吼道："藤原君，你干什么！"

藤原扭头向他，冷峻道："我要公平的决斗！"

翻译忐忑不安地跟陈太启说道："老爷子，藤原太君说你受伤了，他约你改天再战。"

陈太启眼前已经一片模糊，勉强听了这句，便一点头，这会儿继鸾冲到台边，也被宪兵持枪拦住，楚归上前道："自己人自己人！"

宪兵回头看坂本，见他没什么不悦才放行。继鸾飞身上台，正好陈太启已经撑到强弩之末，继鸾见势不妙急忙将他用力搀住，老爷子才没倒下。

"老爷子！"继鸾心头发凉，却见老头儿原本红润白净的脸上罩着一层乌黑之色，嘴唇灰白，"这……"

陈太启睁眼看她一眼："是你……"

这会儿陈妙峰也飞身上来，见状惊急莫名："爹您怎么了！"

陈太启道："先带我……回去。"

陈妙峰同陈家二叔一左一右搀扶老爷子下台，凌乱飞雪之中，台下观众自动分开两边，默然忧心，目送陈老爷子离开。

3

大夫诊断，老爷子中的是蛇毒，幸好仗着一身过硬的修为才救回一条命，但也因此元气大伤，几度昏迷，神志不清，一直到了半夜人才重又清醒过来。

陈太启显赫一辈子，临老却在此遭了横祸栽了跟头，守着的众人均都悲愤。陈妙峰望着老父躺在炕上，面色铁青气息微弱之状，心中更是如同油煎，忍不住红着眼咬牙道："下回让我上场，非要给爹报这个仇不可！"

很少有人看出陈太启是因何中招的，陈妙峰更不知道害陈太启的日本武士已经坠下擂台跌死，还以为是后上场的藤原所为，但陈太启如此模样，能保命已经是不幸中的大幸，自然是无法再上场的了。

陈妙峰低声说罢，炕上陈太启双眉一蹙，便睁开双眼，低低说了句什么。

守在跟前的陈家人急忙靠前，陈妙峰更是着急："爹你醒了？"

陈二叔却问道："当家你说什么？"

陈太启勉强睁开眼睛，目光转动看向陈妙峰，模糊却徐徐坚定说道："不可。"

陈妙峰怔住："爹？"

陈太启不再看他，却看向陈二叔："去叫继鸾……来见我。"

陈妙峰吃了一惊，陈二叔也有些意外，但却立刻答应了。先前继鸾却也正在此处，只不过碍于礼数规矩，并未就在里屋而已。

陈二叔急忙抽身出来，见外头没了人，急忙问守着的子弟，弟子说继鸾方才出门，二叔三两步冲出门口，果真见继鸾要走，便急忙叫住了她。

原来继鸾守了半夜，见老爷子醒来，没了性命之忧，便要回去。

继鸾狐疑地回来，跟着二叔入了里屋，陈太启已经被扶起来，半倚在被上，见继鸾进来，道："别多礼，你过来吧。"

继鸾便走上前，旁边陈妙峰见父亲举止有异，便不想离开。陈太启却也没赶他，倒是二叔为了避嫌，先把几个亲传弟子给劝了出去。

于是屋内只剩下了陈妙峰，二叔，继鸾跟陈太启。

陈太启望着继鸾："你怎么在这儿？"

继鸾便说："先前不放心前辈，所以……刚要走的。"

陈太启嘴角一动，目光望着继鸾，眼神竟有些惘然："其实从一开始见了你，我就察觉，你的长相……是有几分像是太玄的……"

旁边陈妙峰闻言，惊地浑身一颤，陈二叔却有几分知情，倒还镇定。

继鸾不知说什么好，本能地觉得这不是叙旧的时候，而且老爷子这会儿说起旧事来，让她心里隐隐地不安，继鸾便说：“前辈……您还是好生歇息……”

陈太启却淡淡一笑：“你听我说，这一次来锦城，我本是想亲眼看看。倘若你真的是太玄的传人，又跟了大汉奸，我就亲手替他清理门户。”

继鸾忍不住心头一颤。陈妙峰嘴唇微动，却是无言。

陈太启望着继鸾，默默地调息片刻，才慢慢地又说：“但是，我人还未到锦城，就先后有国共两方面的人来找我。我才知道，原来楚三爷并不是外头所传说的那样不堪，而只是忍辱负重而已，所以那天……我才也并没有为难你。太玄的女儿，并没有丢他的脸，也没有软了骨头……咳、咳咳……”

继鸾垂着头：“老爷子……”

陈妙峰忍不住上前：“爹……先别说了……身子要紧。”

陈太启见他靠前，便道：“你听听也好，继鸾，正是你年少离家的三叔的女儿。”

陈妙峰看继鸾一眼，却又转回目光，并不说话。

陈太启也不同他多说，只又看向继鸾：“太玄的悟性极好，也教得你很好，但到底并不是嫡传的，究竟欠缺火候……今日在擂台上……咳……”

继鸾见他说到这里，便直接道：“老爷子，我都看到了……”

陈妙峰越发惊疑，陈太启含笑点头：“你果真是太玄的女儿，按理说，妙峰是我亲传的，功夫自在你之上……”

继鸾说道：“我是不敢跟陈大侠比的。”

陈太启却道：“你不必谦虚，妙峰虽然底子好，但是他有一宗却万不如你。”

陈妙峰听父亲居然如此说，又是不服又是微微愠怒。他先入为主，认定继鸾是野路子出身的，很有几分诛灭的心思，且又因为继鸾是女子，故而更是十万分瞧不上眼。如今看父亲这么说，自然很是抵触。

继鸾也有些疑惑，却听陈太启道：“若论起纸上谈兵，你大概不是他的对手，但是你从小奔走江湖，却是有极好的实战经验，因此若论起真的上阵对敌，你比他强上百倍。”

陈妙峰按捺不住：“爹，你怎么可以……可以……”可以如此推崇一个女子却贬低他？——这句话他却说不出来，总不能当面忤逆老爷子。

陈太启道：“我知道你不服，继鸾，你去跟他过几招。”

在场三人统统震惊，继鸾更道：“老爷子，这怎么使得，我万不是陈大侠的对手。”

“咳……”陈太启咳嗽了声，“让你去你就去！”老爷子双眉一振，不怒自威。

继鸾没有办法，陈妙峰却巴不得有这机会让他一展所长，也算是无声地反驳老爷子的话，两人便出了里屋。

陈太启让人扶着，来到门边上观望。

面前雪花无声落着，地上的雪已经没了人脚，继鸾跟陈妙峰两人踏足其中，继鸾看着对面青年那隐含怒气的双眸，不由叹了口气。两人各自起势，却听陈太启道："都不许留手。"

继鸾一听，心中更是叹了声，无奈，探手往前，手心朝上："陈兄，请。"雪自面前飘落，雪花纷乱。她人却如同静水轻云，通身地沉稳平和气派，就好像所有尘世烦杂都半点也不沾身。

陈太启看看继鸾，又看看陈妙峰，望着略带怒意的儿子。这一场比试虽然还未开始，他却已经清楚地知道了那个结局。

继鸾回到楚宅，已经是下半夜。她怕惊扰了旁人，刻意放轻了步子，家里头的人似乎都睡了，继鸾悄无声息地推门进了厅内，正想上楼，却忽然身子一僵。

客厅的椅子上，端坐着一个人，继鸾望着那沉浸在夜色里的人影："三……三爷？"

黑暗中，那人一动不动，仿佛未曾听到她那声唤，继鸾在一刹那以为那人不是楚归，亦或者是他，但是他睡着了，然而很快她便知道这两点都是错的。

楚归坐在那儿，是他无疑，且也并没有睡。继鸾本就自夜色中来，进了厅内，眼睛极快适应了屋里头的光线，便也看见了……

外头的雪反着光，照在窗户上，淡淡地雪光溶在夜色里头，继鸾看见楚归清凉如水且又带些落寞的眼神，他是清醒着的，清醒着坐等着她。

继鸾本不愿意上前的，此刻却仍忍不住往前走了一步，似乎脚已经脱离了自己的指挥："三爷……你怎么还没睡？"莫非在这里一直等到了现在？继鸾想到这个，心也忍不住跳，一阵慌张，张皇无措。

楚归静静地看着她，并不回答，继鸾却无法再往前了，危险。

"三爷，去睡吧……天凉，别冻坏了。"这厅里头不怎么暖和，他就这么坐在这儿等，岂不是要冻出毛病来？

"你眼中还有我吗？"淡淡地一声问话，他终于出了声。

继鸾心中一梗："三爷……这是哪里话。"

"实话，真话，我心里的话，"楚归慢慢地说，"鸾鸾，你是不是也该跟我说说你心里想什么了？"

继鸾不由自主地咬了咬唇，脚下想后退，却又未动："我不懂三爷说什么。……还是早点睡吧。"她想转身，却也未动。

楚归起身，坐了太久，腿都麻了。他踉跄了一下，她却并没有就过来扶，若是之前……恐怕早就过来扶住他了。

因为这个小小地异动，楚归心头一阵悲凉，他慢慢地迈动步子走到继鸾跟前，黑暗中两个人面对面地。

“那天晚上……你听到了？”楚归问。他决定不再逃避，哪怕是跟她说破了，也强似现在这样被冷冷淡淡地疏远着，像是两人之间隔着一块透明的冰，坚冰。

“三爷……”继鸾心里绞痛，“我、我要睡了。”

继鸾转身欲走，楚归及时握住她的手臂，不由分说将她抱住：“听到了是不是？魏云外说的那个……我虽然、但是我是真的……不是故意要……我只是怕失了你、鸾鸾，你说啊……你骂我、打我……都行，你就别不理我，鸾鸾……”

继鸾呆了呆，而后竭力挣脱开去：“三爷！”

楚归定在原地，继鸾抬手在脸上抹过，沉默了片刻：“三爷，我现在不想说这个。”

“陈继鸾……”

“三爷，我是说真的……”继鸾闭了闭双眼，眼睛有些许湿润，继鸾深吸了口气，终于说道，“三爷，我已经答应了……太极门的陈掌门，下一次擂台，我会代他上。”

楚归一下子愣住了，几乎有些怀疑自己听错：“什……什么？”

“那蛇毒厉害……陈掌门已经破例收了我做弟子……所以下次会由我代替他上场跟……”

不等她说完，楚归便道：“不！我不答应！”

继鸾默然。楚归匆忙上前一步：“不许去，不许去！鸾鸾，你不是太极门的人，不要在这个时候把自己搅进去！再说……再说太极门不是还有陈妙峰吗，凭什么让你去？不去！”

继鸾默默听着，她不能说自己刚才跟陈妙峰过招，结果果真如陈太启所说一般赢了。其实继鸾也懂为什么陈太启坚持要两人比试，一方面，是要陈妙峰心服口服，而另一方面，陈太启说不出口，继鸾却明白。

陈妙峰是陈太启临老所得的独生子，也是将来继承太极门的传人，而藤原的实力，跟他对过数招的陈太启异常清楚，若是陈妙峰上场有个三长两短，那么……

幸好还有一个陈继鸾。

继鸾并不会计较更多，于公于私，她都会答应陈太启。

陈妙峰显然实战上不如她，而且她也是陈家人，当初照料着祁凤这独苗。现在，她更要顾全大局。

何况，难道要陈老爷子把话都说透了来求她？

而且在别人眼中，老爷子舍弃了陈妙峰而让她代替上场，却是大大地高看和抬举了她的。

她该高兴的是吗，其实。

继鸾只是不愿意去想更多。

可是只有她自己知道，之所以并没有考虑多长时间就答应了老爷子的另一个原因是什么……

是什么……

她的心凉凉地，那个原因，她却更加说不出口的。

雪色泛着淡淡地光，带着冷意。继鸾望着面前的人，如何才能不沉溺在他的目光里，如何才能不被他迷惑？

最开始的开始，明明是那么坚定地讨厌着他，跟他对立着，甚至一度决绝不可收拾。

但是现在……却如此的、如此的……

果真是爱而欲其生恨则欲其死？

继鸾只是不想再身不由己，不想再体会那种被迷惑被“玩弄”手心的感觉。

“三爷，”继鸾静静地望着面前的人，想把他看清楚，然后永远记住或者忘记，“我已经答应人家了。”

“我不答应！”楚归蓦地大声叫道。

继鸾只是淡然地看着他，然后摇摇头。楚归猛地踏前一步：“你听到了吗，我不答应，你不能去！”

“三爷……”继鸾低声，“三爷是在怕吗？”

楚归不做声。

“三爷是怕我会输，甚至会死吗？”

楚归浑身轻轻地发抖：她知道，她既然知道，又为什么非要如此冒险？

“三爷真的……这么担心我吗？”

废话，废话……楚归却说不出口。

“三爷……”沉默了会儿，最后继鸾说，“三爷放心，我也未必会输的。就像是上次占龙头……不也是有惊无险吗？三爷当时说相信我，可是当时我自己都不信自己。那么这一回……三爷就再相信我一次，好吗？”

楚归说不出来，什么都说不出来。

雪色跟夜色交织的暗影中，她宛然一笑：“夜深了，三爷也去睡吧……说真的，三爷若是病了，我会分心的。”她转身要走，然而身后却毫无声息。继鸾迈出一步，终究无声一叹，回过身看了楚归一眼，抬手握住他的手，拉着他往楼上一步一步走去。

第18章

一生之约

1

这场雪断断续续下了半月，眼看就要年底了，却没个好天儿，天空里几乎成日都笼着阴霾，不见阳光，北风一阵紧似一阵，天也越发地冷，那立在广场里的擂台冻成了冰坨。

日子虽不好过，却也还得过，锦城的百姓们忙忙碌碌，为了一个新年而忙活着，暂时把打擂台的事儿抛在了脑后，等擂台决赛的消息传开之后，才知道擂台的地点换了。

因为外面儿实在太冷，风大雪急地，坂本把打擂台的地点换在了城内偏僻角落的废弃厂房里。这厂房连绵十几间通着，足能容纳近千人，宽敞且又能遮风挡雪。

同时也有个消息在百姓们之中传了出去，据说这回挑战日本武士藤原大佐的人不再是太极门的陈老爷子。因陈老爷子吃了日本人的暗亏，一时半会儿无法上台，于是换了一个人。有人说是换了一个女人——这个大家伙儿是不信的，这打擂台又不是儿戏，怎么会换个女人？有人猜，代替陈老爷子上台的不会是别人，定然是他的嫡传弟子加亲生儿子陈妙峰。太极门里新一辈最出类拔萃的，非他莫属了。

在各种猜测里，观众们的期待值也越来越高，没有人想要错过这个千载难逢的机会。因此擂台重开的那一日，来观战的百姓把个废厂房挤得满满地，人数逾千。

更有许多报社记者，本地的，外地的，甚至还有外国人士，纷纷地举着相机等待。

陈太启是出现了的，他身边儿跟着数个太极门的弟子，但是最醒目的自然是右手边的陈妙峰，但令大伙儿惊奇的是，陈太启左手边，竟也跟着一名女子。有人认得，那女子，正是先前跟随楚三爷不离左右的名唤陈继鸾的。

厂房里头人虽多，此刻却鸦雀无声，每个人都默默地注视着这一行人。陈太启缓步到了擂台前，藤原已经等候多时，见状便也起身。

坂本看着这幕，就对楚归说："那个，不是你的女人吗？"

楚归望了一眼继鸾："少将您的记性真好，可不就是她吗。"

坂本皱眉："她的……怎么会跟那些人在一起？"

楚归抬头张望："哟，可不是？瞧这架势，倒像是跟他们混得不错，难道真个儿要打擂台啊？"

"怎么，三爷你也不知道？"

"这人都给我惯坏了，做什么事儿也不跟我说，"楚归显得无奈又有点气愤，"让少将您见笑了。不过，女人嘛，最适合她们的就是生孩子了，不知天高地厚地跑出来又能掀起什么风浪？少将您别把她放在眼里，让她闹腾闹腾便也消停了。"

翻译忙把这一串跟坂本说了，坂本斜眼看楚归，冷笑了声："如果真的是她跟藤原大佐对打，那就是自寻死路！"

楚归抱着双臂："谁说不是呢，这女人……惯得太厉害了也不好，可真叫人头疼。"

坂本看他惺惺作态，便不再搭腔，转身跟那军部高层低语。

那边藤原大佐迎上陈太启，看看陈太启，又看看他身后的陈妙峰跟陈继鸾："谁要跟我打？"

陈太启抬手，手心朝上，向着继鸾。

藤原大佐变了脸色："女人？"

陈太启微微闭眸一点头，沉稳说道："她，就代表我，她要是输，那么我陈太启，连同整个太极门都向你低头认输。"

藤原动容："你……"审视了一眼陈太启，重新又看向继鸾。

藤原回身，便向坂本告知此事。那边楚归叹道："可真是要反了天啊……没办法没办法，天要下雪，狼要咬人，有什么法子呢？"揣着袖子起了身，往继鸾跟陈太启身前走去。

陈太启看了楚归一眼，并不言语。楚归也不跟他搭腔，自个儿走到继鸾身前，望着她。

继鸾看着他的眼睛："三爷。"

楚归仍不答应，只是静静地望着她，看了片刻，才笑："真是没办法，算了。"

继鸾垂眸，却见楚归探臂，将她一抱。众目睽睽，继鸾才要挣开，听耳畔楚归又道："你既然打定了主意要去，那就去吧，但是……能赢自然是好，赢不了也没关系。"

继鸾怔了怔，恍惚里有些失神，仿佛又回到了占龙头那日的情形。

楚归抬头微笑，却不似昔日轻佻模样，说道："有三爷在呢。"

继鸾慢慢抬头，对上他的眼睛，四目相对的瞬间。她心里知道，有一些话，这会儿不说，有可能就一辈子也说不成了，可是……最终她也只是一点头，道："是，三爷。"

楚归深深看她一眼，双手揣在袖子里。他点点头转过身来，眼皮儿一垂，眼底一片悲凉，偏挑了唇角笑了笑。

那边藤原请示了坂本，得了许可，便重回来上了擂台。陈妙峰陪着继鸾上去，引得台下观者一片哗然。陈妙峰握住继鸾手腕高高举起手臂："这是我师妹陈继鸾，今日就由他代表我太极门出战！"

陈妙峰无视台下骚动，低头看向继鸾，往昔再怎么敌对，不服，此刻也尽敛了："小心些……别辜负了……爹对你的期望。"

继鸾答应了声，陈妙峰纵身下台。

忽然间台下有人叫道："一个女人……怎么可以代表太极门？太极门没有爷们了吗！"

楚归双眸一寒，那边陈妙峰不声不响，分开人群掠了过去，云手一拂准确将那人擒住，沉声道："不管是男是女，太极门有的是人敢上台挑战，你算什么？只会躲在角落里诋毁别人的货色！你比女人强到哪里？"手腕一抖，那人倒退数步，满脸羞愧。

台上藤原抱着手臂，冷冷地望着对面继鸾。继鸾深吸一口气，目光从台下收回，当双眸掠过坂本身边儿的楚归之时，心头还是不由地隐隐痛了一下。

继鸾敛了心神，看向藤原："请。"

今日继鸾仍是穿着素日里的长衫，头发绾起用簪子别住，越发显得干净利落，气质出尘。

藤原望着她，显然不悦，竟不肯主动出招，站在原地一动不动。

底下坂本看了会儿，哇啦吼了声，藤原扫他一眼，阴沉沉地又看向继鸾，依然抱臂不动。

他不动，继鸾便也不动，更不主动上前，只是沉静看他。

两人如此对峙，就好像两个人都被施了定身法定在台上似的，又像是时光都停住了，台下观众看得紧张且又莫名，有人耐不住，便叫道："打啊！"

渐渐地，仿佛所有人的耐性都在流逝，连起初静默忍耐的陈妙峰几乎也有些按捺不住，看看台上，又看陈太启，却见父亲面上神情淡然，一如最初。

陈妙峰看看父亲，又看看继鸾，蓦地发现了两人之间竟有一份莫名地相似……就在这一瞬间，陈妙峰仿佛想通了什么。

但，就如"不鸣则已一鸣惊人"般，几乎是电光火石间，藤原手臂一放，忽地闪身往前，而与此同时，继鸾脚下一扫，同时也冲了过去。

台下还有许多人在出神未留心的功夫，两个人却已经如雷霆闪电一般过了数招。双方的拳掌交接，变幻如云海浪涛，诡谲莫测，叫人目不暇给！

原来起初藤原便有些不以为然，便有心考量继鸾，若是她耐不住性子冲过来，便先失了气势，没想到继鸾竟动也不动，藤原心知或许对方的确不好对付，不然陈太启也不会轻易将整个太极门的输赢成败都托付她的身上。

藤原探了一探，便骤然发难，心中仍存念头，想要在间不容发之间将对方解决！于是上来就一番暴风骤雨般的迅猛进攻！

藤原在军部的时候是负责教导军官武道的，擅长的是空手，是空手里刚柔流的顶尖人物。他悟性极高，在原本武道的基础上自创一派，整个军部没有比他武功修为更高的，也没有什么人是他的对手。大多数人遇上他雷霆似的猛攻战术，往往就在最初的几招之类被击败，高明者最多也只能撑过五招。

然而让藤原意外的是，面前这个看似貌不惊人闲如淡云的女人，居然能在这刹那之间接过他自创的连环必杀招。而且更惊人的是，她并没有丝毫退缩，应付他的招数有条不紊，见招拆招地，毫无任何窘迫败相！

两人行云流水电闪雷鸣地过了几招，藤原心中震惊，这才真正地知道了对方果然是极不好惹，对他来说，能接下他这几招的人，才有资格当他的真正对手！

台上继鸾跟藤原过招，台下陈妙峰暗中捏了一把汗，正在死死地盯着看，却听得父亲低声问道："若是你的话，可能接住他几招？"

陈妙峰无言以对。

从继鸾跟藤原对峙的时候开始，他就有些按捺不住，若是换做他在台上，那会儿就不会等到藤原先动，他自己就会主动冲上去。却不知，武道中有一则"后发制人"之说，而藤原之所以不动，大概就是为了让对手失去耐性，对手失去耐性贸然冲上前，他得胜的机会便会更大！而如果陈妙峰主动冲上去，照面之间藤原再使出这样的闪电连环招数，陈妙峰自忖：仓促里他绝对没有稳稳地把对方的杀招全接住的把握！

刹那间，一阵后怕。这才明白了陈太启所说的"实战经验"是什么意思。

数招过后，藤原正欲打起精神全面迎敌，却察觉对方的招数也变了。

在顺顺利利有条不紊接下藤原的闪电杀招之后，继鸾一改保守不动的风格，忽然进攻！

日本的"空手"，前身是从琉球王国传入的，结合日本武道演练而成。但传说中，琉球人所学的"空手"，其实是在明朝后期从明传入的拳法跟琉球手结合而成的一种新拳系，因此起初空手又叫"唐手"。

而藤原所练的刚柔流，柔之以鹤，刚之以虎，阴阳交济，其实在本质上也跟"太极"有异曲同工之妙。

继鸾之所以没有被藤原的疾风打法打得乱了阵法，一来是一早就做足准备，知道其中奥妙，二来则是她在对招之上的确有点"身经百战"，本质沉稳，心无杂念才能聚精会神见招拆招。

然而藤原为求战术有效，所练得空手全都是为了达到简单直接便能致命杀敌效用的，加上藤原为人便是走刚猛路数，因此继鸾虽然挡下他这几招而未曾露出败相，而且在掌、手肘、腿之类交撞之时也尽力避让，却仍不免被他刚猛力道袭到，尤其双掌，隐隐地竟有些麻。若是实打实地跟他肘或者腿不甚撞上，恐怕有骨折之虞，而幸好藤原最初的打法是快招，一招连环一招不肯暂停，不然倘若他运劲实打实地缠斗，恐怕比现下情形更为难一倍。

因此藤原在心中暗惊之余，继鸾却也并不觉得轻松，在迎战藤原之前陈太启同她分析过许多情形，但到底如何，还是得让她上场之后才知。继鸾见藤原的连环攻即将告一段

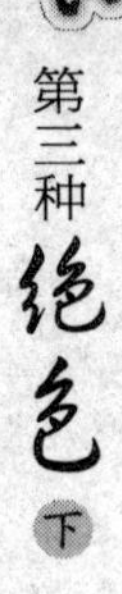

落，心念一动，猛地提一口气，不退反进！

藤原没想到这个中国女人居然敢主动进击，意外之余，大喝一声，双脚马步沉稳，一双肉掌虎虎生威，真如一只猛虎一般，想要将那不知天高地厚撩虎须的人给撕裂爪牙之下。

两人不交手则已，一对上手居然片刻也不停，擂台下面诸人均都看得呆了，如痴如醉，如梦如幻。

从未见过这样的高手交战，两人的身形飘忽，快得几乎让人看不出谁是怎么出手的，一招还没分明，台上已经又换了数招……只让人目瞪口呆，满心震撼，却连惊叹的话都无暇说出口来。

何为高手，何为国手，不过如此！

台下坂本看着，脸色阴晴不定，看看台上，就又看楚归，后者却依旧泰然似的。

这一会儿，坂本明白了：当时在堂会的时候陈继鸾跟水原那一场交手，若是这中国女人拿出现在的一半劲头，水原就不可能获胜！

坂本此刻已经没了起初小觑继鸾的心思，但是在震惊之余，却又异常动怒：“楚归先生，你的女人，这么厉害！”

楚归正定定地看着台上，起初竟没听到。坂本手握成拳，才忍了怒意：“楚归先生！”

楚归这才听见，仓促里转头看他，依旧是笑：“少将？什么事？”

坂本目光阴沉：“你的女人，不是你说的那么没用！你是不是故意欺骗我？”

楚归听了一怔，而后笑道：“我怎么敢欺骗少将呢，在我眼里，她就是该留在家里安安稳稳地嘛，乖乖地给我生个娃儿就更好了，这出来抛头露面的……我可是十万分不乐意。但人被我惯坏了，我说的话都不听了，这我也没办法啊……”

坂本见他装模作样，一时咬牙。

就在这时，只听得全场齐齐地一声惊呼，楚归脸色微变，身子都僵直了，却见台上继鸾身形极快倒退，但虽然闪得已经极快，但仍旧被藤原擦边踢中一脚。

刹那间继鸾只觉得肋骨上像是被狠狠砍了一刀，百忙中她回手轻轻在肋下一捂，继鸾皱眉咬牙，顺势极快旋过身去，重对上藤原。

这是从对招开始，两人头一次分开。

继鸾有些气喘，藤原的胸口也不停起伏，两人彼此相看，像是两个真正的对手一样。这一刻，已经将生死或者周围的人尽数置之度外，眼中所见，便是面前的对手，只因两人心中尽数明白，他们这一场势必要分出输赢，而这输赢，无关钱财，无关声名，而是以死跟生来论定的！

楚归的手抓在膝盖上，微微用力，掌心里渗出汗来，只有他自己知道。

台下的观战百姓们，也没有任何一人再出声鼓噪，经过方才那一场对招，众人都彻底被震住了。若是说起初还有些疑惑不忿陈太启为何竟让一个女人代替上台，但是现在，那份轻视均已经化作沉甸甸地敬佩跟暗中盼继鸾获胜的祈祷……

继鸾跟藤原两人对视一眼，然而，没有谁先谁后，几乎是同时地，两个人齐齐动了！

交手，错身，藤原一掌如虎爪拍出，继鸾腾身而起，身形如鹤避开，同时一脚踢向藤原头上。

藤原倒退数步，飞腿踢向正落下身形的继鸾。继鸾深吸一口气，脚尖往下，竟正对上藤原踢直了的脚。

隐隐地有倒吸冷气的声音在场中响起，两人身形一高一低，一虎一鹤，虎踞鹤扬地，场景诡异而惊险，正当藤原暗吼一声想撤脚挥拳，继鸾借力用力，腾身飞落，脚尖刚落地，藤原已如猛虎下山，狂风暴雨般攻来。

继鸾脚下急点，频频后退数步，人几乎已经到了擂台边沿，眼看退无可退，藤原侧腰探身出去，就在继鸾要腾身跃开之际握住了她的腰。

继鸾拧眉，人已经腾空而起，竟是被藤原抓了起来！

藤原在日本国的时候就称王称霸，俨然国手，从未遇到相称的对手，故而虽然一身登顶的武功，但却从来没有像是今日这般打的如此痛快。

他给继鸾逼出了兽性，擒住继鸾之后，将她高举，他眼见得手，骨子里嗜血的本能涌上来，竟仰头虎吼起来。

台下楚归坐直了身子，手捏在大腿侧，一动不动，只是双眸幽冷看着台上，脸色冷峻如寒雪。

先前的擂台赛上也不乏惨烈场景出现，这一变故出现之时，已经有许多人不忍看，抬手捂住脸或者低下头去。

陈妙峰忍不住往前一步，陈太启抬手攥住他的手腕。

而藤原大吼一声之时，忽然尾音转为凄厉！

继鸾人给他举在半空，就在藤原要将她用力摔落的那刻，她身形下坠同时，继鸾扬手向着藤原太阳穴上击去。

藤原本是胜券在握，乍然吃亏，眼前一黑脑中昏了昏，继鸾腰身一挺，藤原只觉得自己双手似是握住了一尾刚出水的鱼，竟有些抓不住要给她挣扎出去之意，再加上太阳穴剧痛，双手忍不住竟松开！

此刻继鸾的身子距离地面有半臂距离，她顺势在地上斜滑出去，卸去身上那股刚猛坠地的力道，起身之余，手在地上一按，长脚踢出，竟是踢向藤原左腿的膝弯，同时另一条

腿横扫过去。

藤原浑身铜皮铁骨，寻常人若是想扫倒他恐怕反会被那股刚猛力道反弹伤到自己。继鸾深知，故而先点他的膝弯让他力道外泄，才又扫向他脚腕处。

果真藤原站立不稳，身形往后倒跌下去。继鸾纵身而起，一脚踢出，踢向藤原胸前。

藤原双臂回护，将她挡开，自己反而更加踉跄后退出去。继鸾落地之后，分毫不停，重又冲过去，双拳连出，却并不是向着藤原胸前，而只是望他颈间招呼！

藤原脚下站不稳，手上便失去章法，连吃几下，只觉得眼前越发黑了。他到底是高手，临危不乱，倒下之时凭着感觉探臂出去，竟握住继鸾手腕，旋即往后倒去。

继鸾被他握住瞬间，似乎听到腕骨断裂的声响，然而在这一刻，就像是不曾察觉痛楚一样，继鸾双膝屈起，顺势往藤原胸前撞去！

于是藤原倒地，而继鸾膝盖抵上藤原的肋胸之处，就在他头将贴地瞬间。继鸾抬起完好的左手，捏成拳，用尽全身力气，击向藤原眉心印堂穴。

藤原本来想要折断继鸾的手腕，然而胸部被她双膝骤然撞上，似乎有些骨折，正欲垂危反击，耳畔却听到细微一声响，然后眼前一团漆黑，脑中发昏，整个人脱了力。

藤原的后脑勺重重撞在地上。

原本捏着继鸾手腕的手掌缓缓松开，同样跌落下来。

他倒在地上，被继鸾压着，一动不动。

继鸾垂眸望着他，砸中他额心的手，指骨似乎也被碰裂，却不敢离开，仍旧提着拳，一眼不眨地看着底下的藤原，只等他若是稍微异动便再砸落下去。

台上一片死寂。

而台下也是，在最初的震惊跟死一样的静默后，有人开始伸长脖子往上看。

这场比试委实太过惊险，几度生死，让人难以置信……就算是结果已经到来。

“死了吗？”

“赢了吗？”

声音越来越大，从疑问，到肯定，有人甚至激动而高兴地叫起来：“死了！我们赢了！”

任凭观众沸腾，但继鸾却仍不敢动。

翻译跟主持人战战兢兢上前，见藤原鼻口渗着血，一动不动，翻译伸出颤抖的手指探向藤原鼻端，然后脸上露出不可置信的表情。他抬起头，茫然说：“死……死了……藤原大佐……死了！死了！”

继鸾听着那个声音，却恍恍惚惚，不大相信，她不敢放松，或许……是自己的幻觉呢？

继鸾提着拳，浑然没发现自己的指骨碎了，血顺着拳头，一滴一滴流下来。

一直到耳畔有个声音响起："没事了鸾鸾……鸾鸾，结束了，你……赢了！"

然后有人把她抱起来，搂入怀中。

继鸾模模糊糊抬头，眨了眨眼才看清楚是楚归，双腿一软，几乎站不稳。

台下一片躁动哗然，而陈妙峰跟陈太启对视一眼，起身走到擂台边上，脚下一跺轻轻飞身上了擂台，单膝跪倒靠向楚归身边："怎么样？"

楚归用力将继鸾抱住，目光一转看见陈妙峰，便咬了咬牙，低声说："带她走！"

陈妙峰眉峰一动，楚归却看向旁边，只见坂本正大步从擂台下上来，身边儿十几个宪兵手中持枪正逼近，楚归把继鸾往陈妙峰手中轻轻一送："赶紧！"

陈妙峰抱过继鸾，那边楚归起身挡着他，脸上却露出那没心没肺的笑来："哟，大伙儿别急，有话好好说！友好，友好嘛！"

坂本却阴沉着脸，手一挥，台上台下的宪兵们涌上前来，举枪瞄准擂台上的两人。

2

台下顿时一片鼓噪，百姓们躁动起来，像是海潮一般涌动，有人见势不妙，有些害怕，便向外跑去，一时惊呼声四起，有的人还想看戏，却被推搡着身不由己地往外退去，只有少数人还站稳脚跟儿地瞧着。

其中有些人便觉得蹊跷，这楚三爷不是大汉奸吗，陈继鸾一向是跟着他的，怎么忽然又跟日本人打起来了？而这一会儿，日本人却又把三爷给围住了，难道是狗咬狗？

可是一些聪明人，从头看到此刻，却似乎明白了什么。

台上，楚归挡着陈妙峰，转头望着坂本，笑："我说坂本少将，这杀气腾腾的是干什么？说好的'共荣'呢？"

"住口！你们……一个也逃不了，"坂本脸色狰狞如鬼，"她杀的是藤原大佐！你……也逃不了干系！"

"您这话说的，我怎么就逃不了干系了？"

坂本咬牙："你跟她……勾结……你根本没有真正投靠皇军！"

"哟……"楚归笑，看了一眼继鸾，慢慢地说道，"真不好意思，终于给你看出来了。"

坂本吃了一惊，隔了会儿才反应过来他是承认了！又气又惊，一时鼓起眼睛气结："你、你！"

身后陈妙峰也吃了一惊，不由看向楚归，近距离瞧，却见这男子绝色的脸上透出一抹柔韧坚毅的神情，这罕见的表情出现在这张脸上，有种令人心折的绝色意味。

匆乱中台下有许多的观众都也听到，一时之间议论鼓噪声四起！有的人看着门口涌进来的日本兵，却不由地又十分担忧。

这会儿那高层军官也走过来，十分之怒："这是怎么回事！"

坂本忙站直身子，恭敬回答："上将放心！我早有安排，会立刻将他们逮捕！"说着，就一挥手，示意宪兵上前。

继鸾身上受伤，脱力动不得，意识也有些模糊。楚归垂眸看着她，眸中深情一闪而过，抬头扬声："都他妈给我站住！"

坂本一怔，却听见数声呼喝，擂台下忽然多了十几个人影，手中却也都带着枪，三三两两地瞄准了台上几人。

这会儿剩下的那些观众见状，又跑了大半，屋内多是些日本兵，把擂台围得密不透风。楚归的仁帮手下出现的虽突兀，但势单力薄的可怜，要跟日本兵对抗显然是不行的。

坂本冷笑："楚归先生，不要不识抬举！我这里有两千的士兵，你这几个人就想跟我们对抗吗！"

楚归哈哈一笑："那当然不行了，但是要摆平你跟你身边那个龟蛋，倒是绰绰有余。"

坂本皱眉："你说什么？"

楚归笑笑，扫了一眼台下的仁帮子弟："孩子们，给狗日的瞧瞧！"

围在擂台边儿上的一个仁帮亲信听了，便掀起擂台下的布幔，那在外围的日本兵看了个正好，顿时惊叫起来，纷纷躁动。

坂本在擂台上看不清，便喝骂："什么事！"

有个宪兵惊慌失色："炸……炸弹！"

坂本倒吸一口冷气，顿时之间，围着的士兵自发地开始后退。

楚归一抬手："都别动，尤其是坂本少将……跟你身边儿那个什么什么……你们也跑不了，这擂台底下可藏了不少炸药呢，咱们现在简直就是站在炸药包上，全点的话，大概能把这屋顶也掀飞了，这儿的人一个也跑不了。"

他站在炸药包上，却兀自谈笑风生，而台下观者听了，楚三爷原来这是打着主意要跟日本人同归于尽呢！震撼感慨之余，更是慌乱奔逃。

坂本色变，这才知道彻底上了楚归的当，没想到竟给他钻了这个空子使出这一招。

楚归笑道："别急别急，和平，和平……其实咱们还可以谈条件的，这样，少将，这女人伤得厉害，不救的话估计会死，就先让人带她走，我跟您谈正经事儿吧。"

坂本哪里会答应："楚先生，你打的如意算盘不灵，谁也不许走。"

楚归嘿嘿笑笑，背着手说："对不住，我的如意算盘从没有不灵的，你听也得听不听也得听。"

坂本见他一副有恃无恐的样子，气急败坏叫道："你要点燃炸药，所有人会一块儿死！"

楚归道："所以你就别让我点啊，送走了她，咱们还能好商量，不然，就死路一条了，我们中国人讲究生不同年死同穴，我其实是想跟她一块儿死的，奈何我还想活命，所以……你该明白吧？最好先保住她的命再说其他的。"

那翻译擦着汗说了这些，坂本脸色变化不定，看看身边的军部来人，最终一跺脚："放她走！"

"少将可真是个聪明人，"楚归说着，低头看继鸾，却见她闭着双眸，一手断了腕骨，一手断了指骨，恐怕身上还有别的伤，不然不会如此严重。

楚归看着继鸾紧闭的眸子，想到要送她离开了，面上的笑淡淡地，心中却一片酸涩，心道："鸾鸾，以后……你可自由了。"

他苦苦一笑，看向陈妙峰："有劳了。"又低声道："你出南门儿，有人接应……"

陈妙峰深看楚归一眼，二话不说抱着继鸾跳下擂台。

台下陈太启接应了陈妙峰，太极门的人看看擂台上那站着的无畏身影，陈太启向着楚归微微点头，才喝道："走！"

太极门的弟子也走了个一干二净，至此，仓库内已经没剩别的人，只有有限的几个仁帮弟子跟日本人对峙着。

楚归目送大伙儿出门，才又一笑："哎呀，我终于放心了。"

坂本正要问他怎么解决，忽然间见楚归手底一溜火光冒出来，同时耳畔一声枪响，坂本吓得色变，忍不住一哆嗦，站定了脚才发现，身边的军部上将中枪倒地，胸口一个血洞，显然已经毙命。

坂本暴跳如雷："楚归！你想干什么？"

楚归耸耸肩："不干什么，走火了……少将你可得小心，让你这些人别跟我似的走火，射中了炸药可就全完蛋了。"

翻译说完，双腿打哆嗦，坂本被他气得简直要爆炸。楚归却施施然地转头："翻译，别走啊先，我有几句话想让你翻译给他们听。"

翻译见势不妙，正想趁着没人留意溜走，闻言默默地闭了闭眼，叹了口气，抬手一扶眼镜，终于转过身来，向着楚归一行礼："三爷您说吧。"

"你们很喜欢说什么'共荣'对不对？"

坂本按捺着，还想甜言蜜语：“不错，我们是友好的。”

楚归笑了：“共荣，友好……假如我带人跑到你们日本，杀你们的家人朋友，抢你们的金银财宝，还逼着你们当我的狗，你管这个叫‘共荣’不？”

翻译官站在旁边，哆嗦着说了一句，楚归笑，扬声道：“大声儿点，你也是中国人！”

翻译官浑身一抖，终于认命地叹了口气，缓缓地站直了身子，大声地翻译出这一句。

坂本咬牙切齿，却无法做声。

楚归盯着他，一笑，又说：“我们仁帮，有个规矩，自家的地盘儿就像是自家的女人一样，谁也不能碰！手碰了斩手，脚踩了跺脚，人过界了，就留下命！坂本少将，你们可是把我的忌讳都犯齐了。”

翻译额头滑下一滴汗来，却仍挺着胸，将楚归的这句翻译完毕。

坂本听到那“留下命”一句，整个脸色变了，楚归见翻译说完了，便温声道：“辛苦你了，先前替柳老板照应的事儿，算是欠你一个情，你走吧。”

翻译官面色惨白，眼底却波澜涌动：“三爷，您真是条汉子。”转身跳下台去，踉跄一步，才往外跑去。

楚归见翻译官走远，才笑看坂本，坂本道：“你究竟要怎么样？别忘了你也在这里！”

楚归笑眯眯地说道：“当然没忘，不在这里怎么看着你死呢？”他温和而狰狞地说了这句，才又扬声道：“孩子们还等什么，炸啊！”这一句话，说到末尾，语调乍然上扬，如可裂金石，掷地有声。

仁帮立在擂台下的弟子闻言，立刻点燃炸药。

坂本激怒：“拦住！拦住！给我打死他！”

楚归身边几个仁帮弟子将身挡在他身前，回枪射击，一瞬间，爆炸声，枪声，乱成一片，偌大的废弃厂内硝烟尘灰四起，场景模糊，如乱了一锅粥。

枪声逐渐停了，但厂房外头却又传来枪声跟爆炸的声音，炸药点燃了擂台上的幔布跟挂饰，着了火，火势凶猛地席卷开来，好些没死的日本兵匆忙外逃。

着火的门口，却另有一人，踉跄地逆行着冲了进来。

“三爷，三……”微弱地叫着，一句还没叫完，就被扑面而来的烟尘呛了一口。

继鸾看不清，只有慢慢地往前，眼前人影晃动，一个人影冲过来，继鸾模糊里看清楚那身服装，一掌劈过去，将那日本兵砍倒，又叫：“三爷！”才叫了声，就给浓烟逼得咳成一片。

耳畔有些嘈杂慌乱的声响，屋内的残存日军顾不上其他，正在仓皇逃窜，继鸾捂着口鼻往里冲了几步，循着记忆往擂台的方向摸去，正走着，忽然听到“霍”地一声，并数声惨叫。继鸾回头，却见方才自己进来的门口从屋顶掉下一枚横梁，重重地砸在门侧，几个欲逃窜的日本兵被压在下面，哇哇乱叫。

而与此同时，外头敞开的仓库大门忽然被掩了起来，继鸾吃了一惊，不知是谁人所为，但这屋里情况如此险恶，且又没找到楚归，这门掩起来岂不是断了退路了吗？然而继鸾环顾周遭，满目地火光跟乱尘，却丝毫瞧不见那人的影子，更听不到他的回音，地上都是日本兵的尸体，还有几具看打扮却是仁帮弟子的……

继鸾垂眸看着，双眼通红，滴出泪来，心中不由地一片绝望，于是竟也不想去理会那关起的大门了。

“你这混蛋……”绝望之际，继鸾垂了伤手，忍不住喃喃，“这个时候还想送我走，你是傻了，还是呆了……不是说要紧紧地抓着我吗，为什么这会儿偏要放手……”

她越想越痛，心里的痛更甚于身上的痛，走到半路醒来，不顾陈妙峰的劝阻执意回来，就是这个结局么？连他最后一面也看不到？

继鸾想到楚归的脸，想到他昔日种种，双腿一软，跪在地上，血痕狼藉的手捂着脸，失声痛哭起来。

正欲绝望之中，继鸾耳畔忽地听到一声低低咳嗽，在里外夹攻的噪乱声响里，如此缠绵直入肺腑地传入她的耳中。

继鸾惊地抬头，背后肩膀上却有一只手轻轻搭了过来，那个声音微弱地：“知道我费心送你出去，怎么不走反而回来了……你要是走的话……”

继鸾泪眼朦胧看着远处，双眸一闭，两行泪滑落下来，火光闪烁里惊心动魄，她抬手握住肩膀上的手，牢牢地，似乎永远不放。

这一回……换她死死地抓住他吧……

暂以一辈子为约，永不放手，永不分离。

1945年冬，锦城解放。

“太白何苍苍，星辰上森列。去天三百里，邈尔与世绝……”

秦岭最高的山脉是太白山，太白山自古是道家名山，山势险峻，植被丰富。太白积雪，平安云海，冰碛石阵……美景数不胜数。

传说古迹亦繁多，山上的绝龙岭，据说是殷商时候闻仲太师丧命的地方，跑马梁则是东汉刘秀跑马的地方，而最高的拔仙台，却是姜子牙封神的所在。

而太白山最著名的，则是药王谷，传说药王孙思邈曾经在此隐居过，而自古以来，山上曾隐居过的高人逸士不计其数。

拔仙台往下，平安寺以上的偏僻石崖下，有一座小小古寺，距今也不知多少年，因为

上山路途遥远艰险，生活清苦艰难，因此也没有僧人驻扎。

此即正值开春，山下已经有些春光，但山上却还显得冷峭，且正也下过一场春雪，山月升起来，照耀着山顶的薄薄春雪，宛如人间仙境。

又是一个明月夜，月光照着淡淡地初雪，闪着皎洁而出尘的微光，古寺的院墙斑驳，极其低矮几乎不如一人高。

寺院内，矮矮古朴地亭子里头，有两人对面坐着，月光斜斜照如亭子里，照得两人半身明亮，恍若仙人。

“仔细，再错一次你就输定了。”

“唉……又这么快……”

那男子的声音便笑：“我已经很慢了，你啊，都这么多次了你怎么总是没有长进……”

女人的声音不疾不徐，却还带一点点无奈：“等等，再让我看看……可我早就说过，我不适合这种动脑的，如果是他的话或许倒是行的。”

男子摇头摆手：“不行不行，要是他，我也不干，必然是赢不过的，这世上也难有人赢过他……”

他叹息似地说了一句，却只听到对方轻笑了声，男子看她一眼，抬手捻了一枚棋子，轻轻放下，“啪”地一声过后，又开口：“吃！都说让你仔细了……听我说起他就忍不住得意了吗？对了，刚下了这场雪，下山的路定又难走，你明儿还要下山吗？我也跟着如何。”

“不行，你万不许去，”女子的声音回答，端然笃定，温和平正，“虽说你先前有点武功底子，这几年也长进许多，但究竟不够火候，上回差点儿滑下悬崖那遭，几乎把我吓死。你就安分留在这儿看家吧，我自己能行。”

“哦，早知道我就练武生，不唱旦角儿……”他笑了笑，又说，“可要背着他，上山下山地，我到底也不放心……虽然你也已经走过多少回我都不记得了……那温泉是不是真的有用？”

“皇帝都用的温泉，大抵是有用吧，”女子的声音有些落寞，却又如春风和暖振作飘扬而起，“不管如何，我都是要去的。”

“你啊……好吧，”他很是无奈，清秀出尘的面上却又露出笑容，“时间还在，今夜月光这么好，又没有风，就再下一盘吧。”

“随你。”

楚归艰难地睁开眼睛，灰蒙蒙地暮色在他刚睁开的眸子里，却显得无比刺目，他不得不眯起眼睛来。

他想要出声，可是却没有任何声音，好像喉咙不再归自己指挥，不，不仅是喉咙，就连整个身体都是，楚归毫无知觉。

“啊……”他想大叫了一声，然而出口的却只是一声沙哑的……类似叹息似的声响。

男女对答的声音从外间传来，若有若无。

听着那一问一答的声儿，楚归又躺了会儿，才挣扎着起身，然而身体像不是自己的。他好不容易能动了，却翻身跌在了地上，幸好床面不高，而且楚归也没觉出身体疼来。

他喘了口气，试着往那声音来的方向竭力爬去。

“山下的情形好些了吗？”男人又说。

楚归顿了顿，茫然想了会儿，觉得不是他渴望听到的那个，

“比先前要好些了，放心，我会小心避开他们的，免得看到了被当做野人，可是世道变了些，上回遇见一个人，并没怎么惊讶，对我们倒是还和蔼。”

终于……听到他喜欢的那个声音了，楚归无意识地笑了笑，他趴在地上顿了顿，又拼命往前爬去，然而他的动作却比蜗牛快不了多少，过了许久，才勉强爬到了门口。

月光照着雪光，外头极为明亮，虽不是日光，但楚归的眼睛却依旧受不了，顿时流下泪来。

他忍不住闭上了眼。

但是闭上眼，脑中却有张模糊的脸反而清醒起来。

“好了，不下了，每一次都是输，”女子温和的声音从前头传来，笑着说，“还是早些睡吧，还有，你那屋里头冷不冷？若是冷，我明儿下山再寻床被褥带上来给你。”

“不用了，何况已经开春了，再冷也有限，倒是你跟他那边多添床被子倒好，别亏待了咱们三爷……”对面的人无奈，说到末尾却转了笑音，戏谑似的。

他一边说着，无意中目光一转，看向门口，顿时之间如同见到了鬼怪。他张口，哆嗦着：“天、天啊……”

“怎么了？”女子还未曾察觉，笑着问，忽然之间像是感知到什么，那身子陡然地便僵了。

楚归顺着门口气喘吁吁地爬起来，身子像是软软地剥了皮的虾，无力地蜷缩着靠在门板上。

他望着前头，痴痴地，呆呆地，他不知道自己要看谁，可是本能地想要看，不错眼地看。

视线模模糊糊地，楚归渐渐看清楚，眼前是个极大的空旷的院子，头顶青天，悬着一轮明晃晃地月，月亮极大，像是就在眼前伸手就能摸到似的，而天月底下是极洁白的雪……雪地中间有一座小小的六角亭子，里头对面坐着两个人。

背对着他的那人，正缓缓地回过身来，距离太远，楚归看不清她的脸，可恍惚里脑海

中却浮起一张熟悉的脸。

那人脚下一动，出了亭子，脚下竟还踉跄了一下。

楚归的眼睛适应不了光，甚至是这样淡而温柔的月光，他看了一会儿，被迫眯起眼睛，终于望见那人是穿着一袭白色长衫，整个人云淡风轻，清逸自在，她步着雪，踏着月光，缓缓地向自己走来。

若逢新雪初霁，满月当空，

下面平铺着皓影，上面流转着亮银，

而你带笑地向我步来，

月色与雪色之间，你是第三种绝色。

无端端的，就好像是春天里的地一声哨音，点破了冰川的薄壁，那些被阻挡着的汩汩春水，欢唱着跳跃着……一涌而出，不可遏制。

那个人的脸在眼前和心底一点一点地清晰起来。而她终于走到他的身边，她定定地望着他，澄澈的眸子里渐渐地涌出什么来，她来不及擦去，反而瞪大眼睛凝望他。

月光下，楚归脑中有一些光影不停地闪回，从初遇开始，相杀相互携扶到相爱，种种种种的场景片段，都有她，都是她。

“陈继鸾……”

楚归听到自己喉咙里发出了这样一声，像是琴弦上最美的声响，浸润着明月清风，醉人甘露。

冰川初融，春雪消散，岁月更替，阴晴转换……忽忽悠悠地岁月流逝了那么多，他最终还是醒来了。

楚归的眼前明亮了又模糊，泪落下，眼睛反更清澈。

继鸾张开手臂，将他抱住：“三爷，三爷，三爷！……”她喃喃地，流着泪，却是喜悦的泪。

“鸾鸾……”楚归嗅到她身上清雪似的气息，“我都……错过了什么……”

但幸好不晚，乱世已去，天地静好，而他还有一辈子的时间，跟她一块儿看明月圆缺，雪落雪散，花开满山，细雨绵润……以后他不会再错过了，苍天所赐予的种种，他皆会跟她携手度过，直至地老天荒，世界尽头。

番外之一：愿逐月华流照君

阴暗的牢房里，柳照眉卧在地上，这牢房里只有他一个人，像是整个世界都将他遗弃了，柳照眉无力地蜷缩着身子，身体的每一寸都在疼，疼得他几乎要昏厥过去。

他怔怔地望着地上透进来的一丝微弱的光，想到白天楚归的举止，被血染得模糊的脸上露出一丝无力地笑。

当时楚三爷是吃醋吗？居然那么急地就拒绝了他……柳照眉静静地望着那抹朦胧地光："不管怎么样……我……是没什么遗憾的……"不管怎么样，他跟她相处了好些日子。从他们定计要除掉水原开始，她有一段时间是属于他的。

不管楚三爷愿意不愿意，她肩头的伤是他亲手给的，她的人也是他负责照料的。楚三爷可以拥有她的任何，这一段日子，是属于他柳照眉的，谁也不能夺走，谁也无法取代。

当初他坚持留下来，或许就是知道以后还会有那么一点好日子。

因为那一点……如今落得这个境地，他也没什么可后悔的。

柳照眉眼中一片模糊，那笑也浅淡地近似于无。

就在这时候，牢房的门吧嗒一声开了。

柳照眉并没有动，只是心里微微地觉得有点奇怪，明明刚动过刑，怎么又来了？

他忽然有点懊恼，的确是有些难熬的，若不是心里还有那么一点儿惦记，恐怕就真的要寻死了，那些寻死的法儿，他在心里想过好些次了。

其实……快要撑不住了。

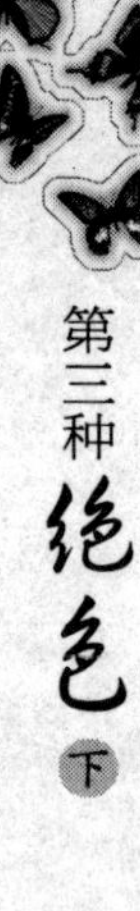

有人极快地到了身边，就在柳照眉觉得那气息有些熟悉的时候，有一双手将他用力地抱了起来，然后耳畔有个声音又痛又怒地低呼了声："柳老板？"

柳照眉身子一抖，明明身体已经给折磨得没什么知觉了，在听到这个声音的时候仍旧觉得痛了一下。他竭力睁开眼睛，然后眼中血泪模糊，让他看不清："谁？是谁？"他颤抖着声音哑着嗓子问。

"是我，"那个声音在耳畔急促地回答，"是我！"

柳照眉脑中"嗡"地响了一声：啊，莫非是他太想念那人了，所以出现了幻觉？又莫非他是将要死了，所以灵魂出窍？

而那人狠狠地咬了咬自己的唇："你撑着些！我背着你，没事了！没事了……"声音里带了哽咽。

他似乎听出她的声音有些颤抖，那一刻柳照眉想到了以前，在他被楚归派出的人打得半死的时候，那个被他拒绝过的人出现救了他出生天，当时她也是说过相似的话，柳照眉记得她说：我抱不动您，背着还是可以的。

"继鸾？"他含糊而莫名感激地念出这名字，他为她坠进地狱，她却又带他逃出生天。这个，大概就是他的宿命，是他自己所选择的宿命。

那一夜是惊心动魄而狂乱的，他被她背着，耳畔听到枪声跟呼喝声，却丝毫也不担心不害怕，在迷乱的夜色里，柳照眉忽然很想就回到当初相遇的时候。假如时光能够倒转，就在她出现在他面前那一刻，他就得紧紧地抓住她，比任何人更快一步地……

他的双手环在她的脖子上，身子在她背上颠颠簸簸，摇摇晃晃。他闻着她身上熟悉而令他无比渴望的味道，眼泪从眼角无声地滑出来，落在继鸾的颈间。

匆忙里她又怎会知道，在她背上的那人，心中百转千回地，慢慢地眷恋跟不舍，悔痛和感激。

柳照眉并没有就跟着魏云外离开，反去跟了原绍磊跟栗少扬。跟着魏云外是会安稳的，他会把他带到解放区去，在大后方，战火不染，但是原绍磊在驼山上打游击，却时常地险象环生，任谁都会选择跟着魏云外，但柳照眉没有。这其中只有一个原因，那就是跟着原绍磊，距离锦城近一些。

要走的话早在继鸾让他上船离开的时候就已经走了，何必等在这时。

柳照眉在辗转之中听说了很多楚归跟继鸾的消息，有的让他安心，有的让他揪心，但不管如何，都不打紧，横竖他一直都在。她在，他就也在，她若是出了事，他会去送她。

一直到继鸾要打擂台的那天。

起初柳照眉是不知道上台的是继鸾的，当时楚归暗中跟原绍磊、魏云外的人秘密地通了信，所以就在那天，在擂台上生死一刹的时候，八路军暗中调动，向着锦城进军，而在海边上，原家堡的人也悄悄地逼近。

坂本在炸弹中被轰上天之时，锦城里头楚归安排好的仁帮子弟得到信号，即刻开始冲击日军的指挥部，而与此同时，城外的八路军也开始发动进攻，海岸边原绍磊带着人，先把坂本准备运送搜刮到的金银珠宝的货轮给劫了……

另一方面，柳照眉带着人出了城，就在他们准备进攻的时候有个仁帮的弟子来报信，让他去城南处接一个人。

柳照眉几乎没有问就知道接应的是谁。栗少扬二话不说，叫了几十个兄弟悄悄跟着他，趁着乱潜进城去。

然而他没有接到人。

赶来的太极门的陈妙峰说："她半路上醒来，问了楚三爷还留在仓库里，就又折回去了……"青年的脸上有一种无奈的隐痛："我拦不住她……也不想拦着……"

陈妙峰说，楚归是打算跟坂本同归于尽的，这会儿怕是救不了了……

柳照眉站在原地，耳畔枪声四起：她还是选择了他……还是……他笑了笑，旁边的人问："四爷，要不要回去？"

他跟了原绍磊后，便坐了原家堡的第四把交椅，扮的是军师的角色，日子虽然过得惊险而清苦，他却是前所未有的喜欢着。

柳照眉微笑："不回去，去仓库！"

他是戏子出身，下九流的……素来被人瞧不起，日子混混沌沌随波逐流地过，但自打认识了她，他忽然间有了主意，也习惯自己拿主意了。譬如坚持不乘船离开，譬如坚持去了驼山，这一会儿，就是坚持去仓库！

就算知道一切都已经枉然，他就是要亲自去看上一眼！

就在他们赶到仓库的时候，仓库里又传来一声爆炸的声响，将仓库半边屋顶都给掀塌了。

后来柳照眉才知道那是什么，原来楚归最初安排的那些擂台下的炸药包，也不知是仁帮的弟子故意为之还是碰巧，就在他站的那地方的那个炸药包，最初居然并没有成功地爆炸。

柳照眉不顾劝阻，把那摇摇欲坠的大门撞开，顿时一股浓烟裹着火焰先迫不及待地冲了出来，任谁也不会以为里头还有活人了，但是他就是不甘心。

就算是尸体也好，他要亲眼看到。

柳照眉踉跄地在地上找来找去："继鸾！三爷！继鸾！"

当终于找到了那两个人的时候，柳照眉的头一个念头就是：他终于把两个人的尸体找到了。

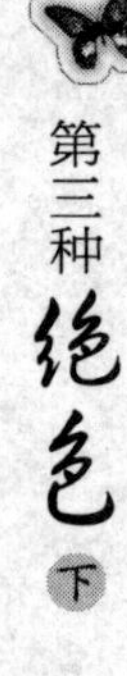

“什么尸体，三爷我命大得很！”

如今，那个被他亲手从即将被烧成火焰山的仓库里拖出来的人物，十分得意而不屑地睥睨着他，用一种很欠揍的口吻说：“别以为你救了我跟鸾鸾三爷就感激你啦！去……我要吃个桃子，洗干净了毛啊。”

柳照眉忽然觉得自己当初不该连他也一块儿拖出来的，嗯，该把这个人扔在原地，任凭他死活，或许他去了黄泉也是好一阵折腾，比在这儿折腾他好些。

“你今天已经吃了三个了。”心里想的是一回事，嘴上说的却是另一回事，柳照眉觉得大概是因为他跟继鸾一块儿在这太白山上“修行”了十年，故而脾气也变得极为温和了，“肚子疼的话你别缠着向继鸾诉苦啊。”

“用你管，”那位大爷躺在藤椅里——那还是他编的，身上盖着一床毯子，十分舒服地换了个姿势，骄横地一歪头，“哼！”

柳照眉觉得：以前光知道这个主儿是不好惹的，没想到耍起孩子脾气来居然更是登峰造极……他默默地把桃子洗干净送回来，楚归用审视的眼神把那枚桃子仔仔细细看了一遍：“这次的毛弄得很干净，比上次有进步。”

柳照眉忽然生出一种感觉，觉得自己是不是该“山呼万岁谢主隆恩”来配合一下楚某人。

楚归终于伸出自己尊贵的手拿了那枚桃子过去，咔嚓咔嚓开始吃：“这山上的桃子就是甜，是不是有仙气儿呢，再加上是继鸾亲自摘的，越发好吃。”

柳照眉嘴唇一动，咽下一句话：继鸾摘的都已经给这位爷吃光了，现在吃的是他摘的。

憋出内伤啊。

柳照眉默默地编藤椅，旁边还放着一些藤桌，筐子之类……这是他这些年来练出的另一项技能，世道好的时候，继鸾会拿了下山去卖，然后换点日用的东西背上山来。

这么多年，他的手粗糙了好些，不比当初唱戏时候那样精致细腻，可是却更加有力；这么多年，继鸾闲暇便教他练太极，这会儿的柳老板，已经不是昔日扶风摆柳的柳老板，虽然兴致好了，会唱上几段儿，然而观众是青山，碧水，云涛跟松树……还有一些山中的飞禽走兽，那种感觉，难以言喻。

而这么多年过去了，他的身子却变得很是强健，最初上山，走上十多步会气喘，但现在，上山下山，不在话下。

藤条在柳照眉手中编来编去，他忽然听到耳畔有个声音道：“其实我还是挺高兴的……”

“嗯？”他疑惑，但楚三爷的脾气向来是神鬼莫测的，自己的好奇心最好不要太严重，于是柳照眉依旧头也不抬地编藤椅。

“这些年……我昏迷的这些年，多亏了你陪着她。”

“啊？”柳照眉的手势一停，有些怀疑自己的耳朵。

“要是没有你，我也不知道……这些年她该怎么过，如果是我守着一个不知道什么时候会醒来的人，还得细细致致地照料着，我想我是撑不下去的……”

“三……三爷……”柳照眉望着那个眯着眼睛对着阳光的人，语塞。

“继鸾也跟我说了，其实她不用说我也知道，她的性子……”楚归欲言又止，“所以我虽然嫉妒……但还是高兴，这些年来你陪着她的。”

柳照眉总算回过味来：“三爷……”心里稍微地有些触动，似乎有些柔软地……

“但是吧，”楚归却没说完，昂着下巴道，“我还真不懂你了，这么多年……总该有几个机会的，你都没动过心？”

“嗯？”

“若是三爷守着自己心爱的女人却只能看着，那可不行……”楚归哼，忽然间露出幸灾乐祸的口吻，“但想想也是，鸾鸾爱的人是我，自然不会跟你怎么样，而且鸾鸾的武功那么高强，你想扑也不行的。”

“……”柳照眉觉得，自己的心还是太容易就被“触动”了，这位爷，根本就不是什么能让人感动的主儿。

耳畔传来咔嚓咔嚓地吃桃子声音，柳照眉平心静气，低头重新编藤椅，耳畔却又听到极为模糊的一声：“……”

声音很含糊，也低，柳照眉怀疑自己听错了，他本来不想理会，过了会儿，却抬起头来看楚归：“三爷你刚说什么？”

楚归扭头看他一眼：“没有啊，我没说话。”

柳照眉不眨眼地看着他。

楚归高傲地把头转开去，柳照眉仍旧看着他，却见三爷望着前头的云海翻涌，嘴角一动：“多谢。”

这一回，清楚多了。

柳照眉望着面色略不自在的那人，笑容如春光明媚。

番外之二：海阔天空

太白山下更有一方汤峪温泉，隋炀帝的时候曾在此建“凤凰宫”作为避暑之地，后唐玄宗亦曾赐名“凤泉汤”，从此处上山到太白最高的拔仙绝顶，一路险峻崎岖，脚程快身体强健的话也要一天时间。

然而在汤峪周遭的老居民，却记得大概是在十年前，每隔三天，就会有一个女子背着一个人来泡温泉，几乎是雷打不动，风雪不改。

又有人看得真，据说那男子不知得了什么怪病，总是昏迷不醒，全靠那女子照料着。

大家伙儿不知道他们是从哪里来的，但是那女子脾气温和，有时候还会拿出些山上采的灵芝之类的草药卖——都是些极好的货色，有懂行的认识，那一定得是在深山绝壁上才能采到的好物，可是那女子行事委实低调，看她打扮，举止，一举一动十分大方，问她名字，只说是楚家人。

如果不是这女子的脾性好，汤峪周遭的人几乎以为遇到神人了，因为她偶尔带的草药名贵不说，且行事又古怪。譬如带着泡温泉的那名男子虽然总是昏迷不醒着，——但有人瞧见过他的模样，生得俊美极了，汤峪周遭没有一个女子能比得上。

而且有一次，有人故意向这女子找茬，要抢她的灵芝，谁知道却反被教训了一顿。

如果不是有人跟她交易过、说过话，明白她并非神仙鬼狐之类，还真个儿要当是神人来膜拜了。

1955年的春天，初雪融化的太白山上下来两人，一直下了崎岖的山道，继鸾才将身后的人放下来。

楚归用力抱着继鸾的胳膊："先前，你都是这么带我下山的？"他的脸通红，自己居然成了陈继鸾的大号行李了！被她背着上山下山，这样长而惊险的上山下山路，亏得她有这个能耐，更亏得她有这个耐心！

楚归不知说什么好，只好发挥自己的毒舌碎碎念："你不怕累，我还怕累到我的人呢！泡泉有什么，你就那么笨，死心眼儿，非要背着个大大的累赘自讨苦吃？你嫌日子过得太清闲啊！"

"行啦，"继鸾只是温和地笑，十年弹指过，她的容貌在他眼里却一如从前，分毫未变，唯一变了的大概是更惹他贪恋了，"是皇帝泡过的温泉呢，有神保佑着的，你瞧，你不是醒过来啦？"

楚归还想说，继鸾将他抱住："我是真高兴……也是心甘情愿的……"

楚归张了张口，却发不出声音来。继鸾将脸在他胸口一贴："别提之前的事了，你醒了，好了，比什么都强。以后你全恢复了后我就不背着你了。咱们一块儿上山下山，好吗？"

还有什么不好的？楚归点头。

当初仓库里最后的炸药爆炸，楚归本能地抱紧了继鸾，身子被掀飞出去，在医院救回一条命，却怎么也醒不了。

魏云外动用自己的关系寻了许多著名医师，却都无计可施，只有一个老中医透露说，往西行大概是太白山处，有一个隐居的前辈高人，医术出神入化，或许有用……

本是随口说说的，继鸾竟上了心。

于是一路行来，那高人没有找到，却阴差阳错地在此隐居了。

楚归昏迷了十年，身体都失了知觉，仿佛刚刚还魂一样……各种的不适应，一开始连脑袋都是迷迷糊糊的，一直隔了数天才把往事都想起来。

而昏迷并不像是字眼上这么简单，楚归躺着的这十年里，继鸾每天都要给他按摩身子，手足。隔上三天就要背他下山泡温泉，一来是沐浴，二来这泉传说好处极多，对身体大为有益。

在继鸾无微不至精心照料下，楚归醒来才没有受许多苦，不然的话，若是一般人睡个十年，醒来后肌肉恐怕都要萎缩了，哪里还能直接就动弹得了？

继鸾帮楚归解了外衣，楚归乖乖地一动不动，任凭她动作。继鸾解开两枚扣子，忽然醒悟："如今你自己可以啦。"楚归忍着得意欢喜转开头："如今我的手还麻着呢。"

继鸾瞧他一眼，只道这人又要耍赖了，但她并不介意，什么叫失而复得？好不容易盼他醒来，继鸾不介意更宠他一些。

继鸾只一笑，慢慢地替楚归把衣裳解了：“我抱三爷进去吗？”

楚归望着那一池腾腾水汽，莫名地有些脸热，忽然间又想到一个严重问题：“鸾鸾，我睡了这么多年，那个不会不好使了吧？”

继鸾呆了呆：“哪个？”

楚归垂眸往下看，继鸾顺着他的目光看下去，一时也红了脸：“三爷！”

靠在池子边沿，身子被温暖的温泉水包围，楚归满足地喘了口气，对面继鸾目不转睛地看他：昔日都是她搂着他，而他总是闭着眼睛，毫无知觉。继鸾曾经幻想过他忽然间睁开眼睛，说一句：“鸾鸾我醒了。”却总是失望地落空，如今，不是梦，是最好的真实。

因为三爷存在的地方，就总是无比真实的。比如他说：“你靠在那角落做什么，我要坐不住了……快过来扶我！”

继鸾不去想他这话的真实度，其实她也是很想就过来的，依旧坐在他身边儿，依旧抱着他，感觉他……于是继鸾便自水里到了楚归身边，正要抬手抱过去，楚归却已经先抱了过来，他的双臂结实有力，哪里是个没力气的？

继鸾却任由楚归抱着，感觉他凝视自己，感觉他轻轻亲吻，感觉他的手在腰间徘徊，一点一点，都是无比真切地。继鸾感动得要哭，不舍得闭上眼睛，怕失去这美景，不舍的睁开眼睛，怕一切都是空。

“鸾鸾……”身边的人儿低声，有些儿喘息，“我发现了，好使。”

继鸾嘴角一扯，忍不住便笑了，纵然眼角还噙着泪：三爷，三爷……她的好三爷！

楚归搂着那一把柔韧的腰，这是他的鸾鸾。他开始就没看错的人，他深深贪恋和爱的人，身体的某一处契合地进入……比身在温泉中更让人觉得舒服妥帖，就好像灵魂也被妥帖地放在了温泉之中，浸润，包裹，细致地抚慰着。

他缓缓地动作，一边紧紧地搂着她，继鸾并未抗拒，任由他予取予求，甚至主动抱住他的脖子，双眉微蹙，虽然借着泉水的润滑，还是有些隐隐地痛，可是心里却是高兴地，似乎是在进行一件极为圣洁、极为欢喜的事。

楚归抬手，擦去继鸾脸上的水，有汗有泪，他贪婪地望着她的脸，索取跟给予着，一瞬间，像是得到了整个世界的丰足。

温泉水荡漾，隐隐的水声里，伴着谁的喘息跟谁的低吟，楚归俯身亲吻着继鸾的脸，快慰里头，觉得脸颊上隐隐的凉意。楚归眯起眼睛往上看，瞧见夜空里飘落一点一点的清雪。

他紧紧地抱着继鸾，洁白的小雪从空中飘落，浸入温泉水中，跟热气腾腾的泉水融为一体。

“我都错过了什么……”楚归看这眼前美景，看着美景之中最美的她的脸，紧紧地抱着人，他低头吻住了继鸾的唇，“但以后……一定会每一刻都……不会放过……”

1955年入秋，楚归的身体大好，就有些呆不住山上了。继鸾知道他的意思，跟柳照眉商量之后，三人启程，经过一番长途跋涉终于返回了锦城，想要看看锦城如今变成什么模样了。

谁知却遇到了一个想象不到的故人，陈祁凤。

在1951年首度留学生归国潮中，祁凤就已经回来过一次，但当时林瑶留在国外，且怀了身孕，祁凤找不到楚归跟继鸾等人，又牵挂林瑶，便又返回。

这一年，祁凤之所以回来，一是为了再找继鸾，二，却是因为有件事要跟楚归交代，如果楚归还无恙的话。

继鸾三人回到锦城的这日，正是祁凤绝望之时，绝望之余的祁凤回到楚宅打算临别再看一次，谁知道却正好遇到了三人！

因为这次相遇，让三人的人生轨迹又产生了变化。

三人相见，其中莫大的惊喜自不必说，好不容易暂时平静下来。祁凤才又说了自己在前两年从英国转去了美国，如今已经跟林瑶生了两个孩子。继鸾听了自然大为欢喜，恨不得看看祁凤的娃儿。同时祁凤还带了个消息，楚归在国外的父亲病危，唯一心愿就是见他一面。因此楚归的姑姑派人给祁凤送信，托他回国也找一找楚归。

楚归对这位风流花心的父亲没什么感情，本是懒得见，但看向继鸾，心念一转，却有不同想法。

为了他，继鸾隐居山上，苦熬十年，虽然她是个淡泊的性子，但毕竟那是十年，不是一刻钟，一眨眼的功夫。而此刻他们回到锦城，这么巧便遇到祁凤，楚归想：或许是时候出去走走了。

而且祁凤有了娃儿，这正是继鸾心心念念的……出去瞧瞧，似也没什么不好。

楚归本来还想费一番口舌劝继鸾的，没想到一开口继鸾便答应了。对她而言，就算是整个世界都去得，何况她这辈子最爱的两个男人都有意如此？

一行人转道香港，乘坐“威尔逊总统号”轮船驶往美国，尚未登船之前，有一份报纸引起了船上几人的主意。

最先看到报纸上所刊登的新闻的是柳照眉——他本是不想跟着继鸾一行的，然而似乎是听话惯了，且又因为没什么其他目标，便也一块儿随行，当看着港报上的那大幅照片的时候才哑然失笑：没想到竟在此遇到旧相识。

报上刊登的是大亨原绍磊先生又资助了一间孤儿院的消息，原绍磊西装革履，衣冠楚楚，形象很是了得，引得楚归啧啧：“这混蛋竟跑到这里来了！那不知栗少扬是不是也在这儿？”

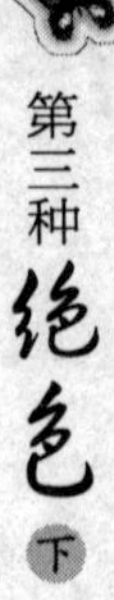

柳照眉望着面前的港城，浮想联翩，轮船要起航的时候，柳照眉却并未上船。他站在港口处目送船离开。

继鸾，楚归，祁凤站在船头上挥手离别，楚归看着柳照眉孤零零的影子："说真的我有点后悔，他一个人不会吃亏吧……还是让船停下把人接回来。"

继鸾笑："你说停就停啊！没事儿，他有数，会好好照顾自己的，毕竟……现在不是以前了。"

楚归便抱住她的肩膀："是啊，祁凤都有两个娃儿了，我们呢？"

继鸾见他转移话题的本领果真越发炉火纯青，便咳嗽了声："那我们以后多他们一个，可好？"

楚归几乎怀疑自己听错了，反应过来后便紧紧地贴上来："鸾鸾，可是你说的，别反悔！"

继鸾笑："别闹……祁凤看着呢。"

祁凤目不斜视地看着港口："没关系，该怎么来就怎么来，我什么也没看见。"

三人相顾，一场大笑。

柳照眉平静地看着轮船驶远，目光隐隐带笑，并无伤感之色。

这回不是生死离别，只是一次短暂的分开，或许……不、不是或许，是一定，在不久的将来，他们还会重聚。

而对柳照眉而言，他的心，依然还在那山上，凝固在那些跟她朝夕相对的日子里，那是足以让他可以带着满足笑容回忆一生的绝色岁月。

清晨的太阳初升，海面上波光粼粼，耀眼漂亮。碧空如洗，海风清爽，白鸥在海上翩然飞舞追逐，欢悦鸣叫。柳照眉站在栏杆前，任凭海风吹拂自己的长衫，风从两肋下穿过，让他有种能够振翼飞舞的感觉，自由无垠，如许真切！